# LES
# ᴬUTEURS LATINS

EXPLIQUÉS D'APRÈS UNE MÉTHODE NOUVELLE

## PAR DEUX TRADUCTIONS FRANÇAISES

L'UNE LITTÉRALE ET JUXTALINÉAIRE PRÉSENTANT LE MOT A MOT FRANÇAIS
EN REGARD DES MOTS LATINS CORRESPONDANTS
L'AUTRE CORRECTE ET PRÉCÉDÉE DU TEXTE LATIN

**avec des arguments et des notes**

PAR UNE SOCIÉTÉ DE PROFESSEURS

ET DE LATINISTES

---

## CÉSAR

### LES COMMENTAIRES
#### SUR LA GUERRE DES GAULES
EXPLIQUÉS LITTÉRALEMENT
TRADUITS EN FRANÇAIS ET ANNOTÉS
PAR E. SOMMER

**Livres V, VI et VII**

---

## PARIS

LIBRAIRIE HACHETTE ET Cᶦᵉ

79, BOULEVARD SAINT-GERMAIN, 79

LES

# AUTEURS LATINS

EXPLIQUÉS D'APRÈS UNE MÉTHODE NOUVELLE

## PAR DEUX TRADUCTIONS FRANÇAISES

Ces livres ont été expliqués littéralement, traduits en français et annotés par E. Sommer, agrégé des classes supérieures, docteur ès lettres.

47 358. — Imprimerie LAHURE, 9, rue de Fleurus, à Paris.

# LES
# AUTEURS LATINS

EXPLIQUÉS D'APRÈS UNE MÉTHODE NOUVELLE

## PAR DEUX TRADUCTIONS FRANÇAISES

L'UNE LITTÉRALE ET JUXTALINÉAIRE PRÉSENTANT LE MOT A MOT FRANÇAIS
EN REGARD DES MOTS LATINS CORRESPONDANTS
L'AUTRE CORRECTE ET PRÉCÉDÉE DU TEXTE LATIN

### avec des arguments et des notes

PAR UNE SOCIÉTÉ DE PROFESSEURS

ET DE LATINISTES

———

# CÉSAR

## COMMENTAIRES SUR LA GUERRE DES GAULES

LIVRES V, VI ET VII

# PARIS

## LIBRAIRIE HACHETTE ET Cie

79, BOULEVARD SAINT-GERMAIN, 79

—

1902

# AVIS

On a réuni par des traits les mots français qui traduisent un seul mot latin.

On a imprimé en *italique* les mots qu'il était nécessaire d'ajouter pour rendre intelligible la traduction littérale, et qui n'ont pas leur équivalent dans le latin.

Enfin, les mots placés entre parenthèses, dans le français, doivent être considérés comme une seconde explication, plus intelligible que la version littérale.

# ARGUMENT ANALYTIQUE

DU CINQUIÈME LIVRE DES COMMENTAIRES DE CÉSAR
SUR LA GUERRE DES GAULES.

# C. JULII CÆSARIS

# COMMENTARIORUM

## DE BELLO GALLICO

## LIBER V.

I. Lucio Domitio, Appio Claudio consulibus [1], discedens ab hibernis Cæsar in Italiam [2], ut quotannis facere consuerat, legatis imperat, quos legionibus præfecerat, uti, quam plurimas possent, hieme naves ædificandas veteresque reficiendas curarent. Earum modum formamque demonstrat. Ad celeritatem onerandi subductionesque paulo facit humiliores quam quibus in nostro mari [3] uti consuevimus; atque id eo magis, quod

I. Sous le consulat de L. Domitius et d'Appius Claudius, César, en s'éloignant, suivant son usage, des quartiers d'hiver pour aller en Italie, ordonne aux lieutenants qui commandaient les légions de faire réparer pendant la mauvaise saison les vieux vaisseaux et d'en construire le plus possible. Il leur en indique l'espèce et la forme. Pour qu'il fût plus facile de les charger et de les tirer à sec, on les fit un peu moins élevés que ceux dont on se sert dans notre mer, d'autant plus qu'il avait observé que l'alternative fréquente des marées rendait les

# C. JULES CÉSAR.

# COMMENTAIRES

## SUR LA GUERRE DES GAULES.

## LIVRE V.

I. Lucio Domitio, Appio Claudio consulibus, Cæsar discedens ab hibernis in Italiam, ut consuerat facere quotannis, imperat legatis quos præfecerat legionibus uti curarent ædificandas hieme naves quam plurimas reficiendasque veteres. Demonstrat modum formamque earum. Ad celeritatem onerandi subductionesque facit paulo humiliores quam quibus consuevimus uti in nostro mari ; atque id eo magis, quod cognoverat fluctus

I. Lucius Domitius *et* Appius Claudius *étant* consuls, César s'éloignant des quartiers-d'hiver *pour se rendre* en Italie, comme il avait-coutume de faire tous-les-ans, commande aux lieutenants qu'il avait mis-à-la-tête des légions qu'ils prissent-soin de faire construire pendant l'hiver des vaisseaux *aussi nombreux* [nombreux qu'*ils pourraient faire construire* les plus et de faire-réparer les anciens. Il indique la mesure (grandeur) et la forme de ces *vaisseaux*. Pour la promptitude (facilité) de *les* charger et la mise-à-sec il *les* fait un peu plus bas que *ceux* dont nous avons-coutume de faire usage sur notre mer ; et cela d'autant plus, qu'il avait reconnu les flots

propter crebras commutationes æstuum minus magnos ibi
fluctus fieri cognoverat : ad onera et ad multitudinem jumentorum transportandam paulo latiores quam quibus in reliquis utimur maribus. Has omnes actuarias [1] imperat fieri, quam
ad rem multum humilitas adjuvat. Ea, quæ sunt usui ad ar-
mandas naves, ex Hispania apportari jubet. Ipse, conventibus
Galliæ citerioris peractis, in Illyricum [2] proficiscitur, quod a
Pirustis [3] finitimam partem provinciæ incursionibus vastari
audiebat. Eo quum venisset, civitatibus milites imperat, cer-
tumque in locum convenire jubet. Qua re nuntiata, Pirustæ
legatos ad eum mittunt, qui doceant nihil earum rerum publico factum consilio, seseque paratos esse demonstrant omnibus rationibus de injuriis satisfacere. Accepta oratione eorum,
Cæsar obsides imperat, eosque ad certam diem adduci jubet :
nisi ita fecerint, sese bello civitatem persecuturum demon-

vagues moins grosses dans l'Océan ; mais, afin qu'ils portassent plus
de charge et de chevaux, ils étaient un peu plus larges que ceux que
nous employons dans les autres mers. Il voulut aussi qu'ils allassent à
voiles et à rames, et leur peu d'élévation les y rendait très-propres.
Enfin il fit venir d'Espagne tout ce qu'il fallait pour les équiper. Après
avoir tenu les assemblées de la Gaule citérieure, il partit pour l'Illyrie : il avait appris que les Pirustes dévastaient les frontières voisines de notre province. En arrivant, il ordonne des levées dans les
cités et désigne le lieu du rassemblement. A cette nouvelle, les Pirustes lui envoient des députés pour le prévenir que la nation n'a
pris aucune part à ce qui s'est fait et l'assurer qu'ils sont prêts à
donner sur tous les griefs toute espèce de satisfaction. César reçoit
leurs excuses, exige des otages, ordonne de les lui amener à jour
fixe ; sinon, il déclare qu'il fera la guerre à la cité. On amena

| | |
|---|---|
| fieri minus magnos ibi | devenir moins grands (gros) là |
| propter | à cause |
| commutationes crebras | des changements fréquents |
| æstuum ; | des marées : |
| ad onera     [titudinem | pour *transporter* les cargaisons |
| et ad transportandam mul- | et pour transporter un grand-nombre |
| jumentorum, | de bêtes-de-somme, |
| paulo latiores | *il les fait* un peu plus larges |
| quam quibus utimur | que *ceux* dont nous faisons-usage |
| in reliquis maribus. | sur les autres mers. |
| Imperat omnes has | Il commande tous ces *vaisseaux* |
| fieri actuarias, | être faits légers, |
| ad quam rem | pour laquelle chose |
| humilitas adjuvat multum. | le peu-d'élévation aide beaucoup. |
| Jubet ea, | Il ordonne ces *objets*, |
| quæ sunt usui | qui sont à utilité (utiles) |
| ad armandas naves, | pour équiper les vaisseaux, |
| apportari ex Hispania. | être apportés d'Espagne. |
| Ipse, conventibus | Lui-même, les assemblées |
| Galliæ citerioris | de la Gaule citérieure |
| peractis, | étant menées-à-terme, |
| proficiscitur in Illyricum , | part pour l'Illyrie, |
| quod audiebat | parce qu'il entendait *dire* |
| partem | la partie |
| finitimam provinciæ | limitrophe de la province |
| vastari incursionibus | être dévastée par des incursions |
| a Pirustis. | par les Pirustes. |
| Quum venisset eo, | Comme il était arrivé là, |
| imperat milites civitatibus, | il commande des soldats aux cités, |
| jubetque convenire | et *leur* ordonne de se réunir |
| in locum certum. | dans un lieu déterminé. |
| Qua re nuntiata, | Lequel fait étant annoncé, |
| Pirustæ | les Pirustes |
| mittunt ad eum legatos, | envoient vers lui des députés, |
| qui doceant | qui *lui* enseignent (pour lui dire) |
| nihil earum rerum | rien de ces choses     [publique, |
| factum consilio publico, | n'avoir été fait d'après une résolution |
| demonstrantque | et ils manifestent |
| sese esse paratos | eux-mêmes être prêts |
| satisfacere de injuriis | à donner-satisfaction de *ces* injures |
| omnibus rationibus. | par tous les moyens. |
| Oratione eorum accepta, | Le langage d'eux ayant été accueilli, |
| Cæsar imperat obsides, | César *leur* commande des otages, |
| jubetque eos adduci | et ordonne eux être amenés |
| ad diem certam : | pour un jour déterminé :     [ainsi, |
| nisi fecerint ita, | s'ils n'avaient pas fait (ne faisaient) pas |
| demonstrat sese | il déclare lui-même |

strat. His ad diem adductis, ut imperaverat, arbitros inter civitates dat, qui litem æstiment pœnamque constituant.

II. His confectis rebus conventibusque peractis, in citerio-
rem Galliam revertitur, atque inde ad exercitum proficiscitur.
Eo quum venisset, circuitis omnibus hibernis, singulari militum studio. in summa omnium rerum inopia, circiter sexcen-
tas ejus generis, cujus supra demonstravimus, naves, et
longas viginti octo invenit instructas, neque multum abesse
ab eo, quin paucis diebus deduci possent. Collaudatis militibus atque iis qui negotio præfuerant, quid fieri velit, ostendit,
atque omnes ad portum Itium [1] convenire jubet, quo ex portu
commodissimum in Britanniam transmissum esse cognoverat,
circiter millia passuum triginta [2] a continenti. Huic rei quod satis

les otages au jour qu'il avait indiqué, et César prit des arbitres entre
les deux peuples pour estimer le dégât et fixer l'indemnité.

II. Après avoir terminé cette affaire et tenu les assemblées, il re-
vint dans la Gaule citérieure, d'où il repartit pour l'armée. Ayant,
en arrivant, visité tous les quartiers d'hiver, il reconnut que, grâce
au zèle extraordinaire des soldats, on avait, quoique l'on manquât
de tout, construit environ six cents vaisseaux de la forme que nous
avons dite, avec vingt-huit galères, et que, sous peu de jours, ils
seraient presque en état d'être lancés : il en témoigna sa satisfaction
aux soldats et aux directeurs des travaux, leur fit part de ses intentions, et donna l'ordre à tous de se réunir au port Itius, d'où il savait que la traversée était le plus facile : en effet, ce port n'est guère
qu'à trente milles de la Bretagne. Laissant pour cela le nombre de

| | |
|---|---|
| persecuturum civitatem | devoir poursuivre la cité |
| bello. | par la guerre. |
| His adductis | Ceux-ci (les otages) ayant été amenés |
| ad diem, | pour le jour *fixé*, |
| ut imperaverat, | comme il avait commandé, |
| dat arbitros | il donne (nomme) des arbitres |
| inter civitates, | entre les cités, [différend |
| qui æstiment litem | qui fassent ( pour faire )-estimation du |
| constituantque | et établissent (pour fixer) |
| pœnam. | les dommages-intérêts |
| II. His rebus confectis | II. Ces choses ayant été achevées |
| conventibusque peractis, | et les assemblées menées-à-terme, |
| revertitur | il revient |
| in Galliam citeriorem, | dans la Gaule citérieure, |
| atque inde | et de là |
| proficiscitur ad exercitum. | part pour l'armée. |
| Quum venisset eo, | Quand il fut arrivé là, [courus, |
| omnibus hibernis circuitis, | tous les quartiers-d'hiver ayant été par- |
| studio militum | l'ardeur des soldats |
| singulari, | *étant* extraordinaire, |
| in summa inopia | dans (malgré) une extrême disette |
| omnium rerum, | de toutes choses, |
| invenit instructas | il trouve *tout* équipés |
| circiter sexcentas naves | environ six-cents vaisseaux |
| ejus generis, | de cette sorte, |
| cujus demonstravimus | dont nous avons parlé |
| supra, | ci-dessus. |
| et viginti octo longas, | et vingt-huit vaisseaux longs, [coup |
| neque abesse multum | et *il trouve* ne pas s'en manquer beau- |
| ab eo, | de ceci, |
| quin possent deduci | qu'ils ne pussent être tirés *à la mer* |
| paucis diebus. | sous peu-de-jours. |
| Militibus | Les soldats |
| atque iis qui præfuerant | et ceux qui avaient été-à-la-tête |
| negotio | de l'entreprise |
| collaudatis, | ayant été loués-tous-ensemble, [fasse), |
| ostendit quid velit fieri, | il indique ce qu'il veut être fait (qu'on |
| atque jubet omnes | et ordonne tous |
| convenire ad portum Itium, | se réunir au port Itius, |
| ex quo portu | duquel port |
| cognoverat | il avait reconnu |
| transmissum in Britanniam | le trajet vers la Bretagne |
| esse commodissimum, | être le plus aisé. |
| triginta millia passuum | à trente milliers de pas |
| circiter | environ |
| a continenti. | du continent. |
| Reliquit militum | Il laissa *la quantité* de soldats |

esse visum est militum reliquit : ipse cum legionibus expeditis
quatuor et equitibus octingentis in fines Trevirorum [1] proficiscitur, quod hi neque ad concilia veniebant, neque imperio
parebant, Germanosque Transrhenanos sollicitare dicebantur.

III. Hæc civitas longe plurimum totius Galliæ equitatu
valet [2], magnasque habet copias peditum, Rhenumque, ut
supra demonstravimus [3], tangit. In ea civitate duo de principatu inter se contendebant, Indutiomarus et Cingetorix : ex
quibus alter, simul atque de Cæsaris legionumque adventu
cognitum est, ad eum venit; se suosque omnes in officio
futuros neque ab amicitia populi Romani defecturos confirma-
vit ; quæque in Treviris gererentur, ostendit. At Indutiomarus
equitatum peditatumque cogere, iisque, qui per ætatem in
armis esse non poterant, in silvam Arduennam abditis, quæ

troupes qu'il crut suffisant, il partit lui-même avec quatre légions
sans bagage et huit cents chevaux pour le pays des Trévires, qui
ne paraissaient pas aux assemblées des Gaulois, qui n'exécutaient
pas ses ordres, et qui, disait-on, sollicitaient les Germains d'outre-
Rhin.

III. Ce peuple est sans contredit le plus puissant de la Gaule en
cavalerie ; il a une infanterie considérable, et, comme nous l'avons dit
ci-dessus, borde le Rhin. Deux hommes s'y disputaient le premier
rang, Indutiomare et Cingétorix. Celui-ci, dès qu'il sut que César
arrivait avec ses légions, vint le trouver; il l'assura qu'il resterait
dans le devoir avec tous les siens, qu'il ne se détacherait pas de l'alliance des Romains, et il lui apprit ce qui se passait chez les Trévires. Indutiomare, au contraire, rassemble de la cavalerie et de l'infanterie : ceux à qui l'âge ne permet pas de porter les armes, il les
cache dans les Ardennes, forêt immense qui s'étend depuis le Rhin

| | |
|---|---|
| quod visum est esse satis | qui parut être assez |
| huic rei : | pour cette opération : |
| ipse | lui-même |
| cum quatuor legionibus | avec quatre légions |
| expeditis | débarrassées-de-bagages (légères) |
| et octingentis equitibus | et huit-cents cavaliers |
| proficiscitur | part |
| in fines Trevirorum, | pour le territoire des Trévires, |
| quod hi | parce que ceux-ci |
| neque veniebant | et ne venaient pas |
| ad concilia, | aux assemblées, |
| neque parebant imperio, | et n'obéissaient pas à *son* ordre, |
| dicebanturque sollicitare | et étaient dits solliciter |
| Germanos Transrhenanos. | les Germains d'outre-Rhin. |
| III. Hæc civitas | III. Cette cité |
| valet longe plurimum | est-forte de beaucoup le plus |
| totius Galliæ | de toute la Gaule |
| equitatu, | par la cavalerie, |
| habetque magnas copias | et a de grandes quantités |
| peditum, | de fantassins, |
| tangitque Rhenum, | et touche le Rhin, |
| ut demonstravimus supra. | comme nous *l*'avons indiqué ci-dessus. |
| In ea civitate | Dans cette cité |
| duo contendebant inter se | deux *hommes* luttaient entre eux |
| de principatu, | pour le premier-rang, |
| Indutiomarus | Indutiomare |
| et Cingetorix : | et Cingétorix : |
| ex quibus alter, | desquels l'un, |
| simul atque cognitum est | aussitôt qu'on eut été informé |
| de adventu Cæsaris | de l'approche de César |
| legionumque, | et des légions, |
| venit ad eum ; | vint vers lui ; |
| confirmavit se | il affirma lui-même |
| omnesque suos | et tous les siens |
| futuros in officio | devoir être (rester) dans le devoir |
| neque defecturos | et ne pas devoir se détacher |
| ab amicitia populi Romani ; | de l'amitié du peuple romain ; |
| ostenditque | et il découvrit *à César* |
| quæ gererentur in Treviris. | ce qui se faisait chez les Trévires. |
| At Indutiomarus | Mais Indutiomare |
| instituit cogere | entreprit de rassembler |
| equitatum peditatumque, | de la cavalerie et de l'infanterie, |
| iisque, qui per ætatem | et ceux qui à-cause-de *leur* âge |
| non poterant esse in armis, | ne pouvaient pas être sous les armes, |
| abditis | étant cachés |
| in silvam Arduennam, | dans la forêt des-Ardennes, |
| quæ ingenti magnitudine | qui d'une immense grandeur |

ingenti magnitudine per medios fines Trevirorum a flumine
Rheno ad initium Remorum pertinet, bellum parare instituit.
Sed posteaquam nonnulli principes ex ea civitate, et familia-
ritate Cingetorigis adducti, et adventu nostri exercitus perterriti, ad Cæsarem venerunt, et de suis privatim rebus[1] ab eo
petere cœperunt, quoniam civitati consulere non possent,
Indutiomarus, veritus ne ab omnibus desereretur, legatos ad
Cæsarem mittit : « Sese idcirco ab suis discedere atque ad eum
venire noluisse, quo facilius civitatem in officio contineret, ne
omnis nobilitatis discessu plebs propter imprudentiam labe-
retur. Itaque esse civitatem in sua potestate, seque, si Cæsar
permitteret, ad eum in castra venturum et suas civitatisque
fortunas ejus fidei permissurum. »

IV. Cæsar, etsi intelligebat qua de causa ea dicerentur,
quæque eum res ab instituto consilio deterreret, tamen, ne

jusqu'aux frontières des Rémois, à travers le pays des Trévires ; enfin il se prépare à la guerre. Mais, lorsque quelques-uns des plus
considérables de la cité, soit par suite de leurs liaisons avec Cingétorix, soit par la terreur qu'inspirait notre approche, se furent rendus auprès de César et eurent commencé à traiter avec lui de leurs
intérêts particuliers, puisqu'ils ne pouvaient rien pour la cité, Indutiomare, craignant d'être abandonné de tout le monde, envoya des
députés à César : « Il n'avait point voulu quitter ses concitoyens et
se rendre près de lui, pour mieux maintenir les siens dans le devoir
et de peur qu'en l'absence de toute la noblesse la populace ne tombât dans quelque faute par ignorance : il était ainsi resté le maître
de la cité et, si César le permettait, il viendrait dans son camp remettre en ses mains son sort et celui de son peuple. »

IV. César voyait bien ce qui dictait ce langage à Indutiomare et
ce qui le faisait renoncer à ses projets. Cependant, pour n'être pas

| | |
|---|---|
| per medios fines | passant par le milieu-du territoire |
| Trevirorum | des Trevires |
| pertinet a flumine Rheno | s'étend depuis le fleuve *du* Rhin |
| ad initium Remorum, | jusqu'au commencement des Rémois, |
| parare bellum. | de préparer la guerre. |
| Sed posteaquam | Mais après que |
| nonnulli principes | quelques-uns-des principaux |
| ex ea civitate, | de cette cité, |
| et adducti | et amenés (déterminés) [gétorix, |
| familiaritate Cingetorigis, | par la parenté de (leur parenté avec) Cin- |
| et perterriti | et épouvantés |
| adventu nostri exercitus, | par l'approche de notre armée, |
| venerunt ad Cæsarem, | furent venus auprès de César, |
| et cœperunt | et eurent commencé |
| petere ab eo | à faire-des-demandes à lui |
| privatim | en-leur-nom-privé |
| de suis rebus, | touchant leurs *propres* intérêts, |
| quoniam non possent | puisqu'ils ne pouvaient pas |
| consulere civitati, | pourvoir à (au salut de) la cité, |
| Indutiomarus, veritus | Indutiomare, ayant craint |
| ne desereretur ab omnibus, | qu'il ne fût abandonné par tous, |
| mittit legatos ad Cæsarem : | envoie des députés vers César *et dit :* |
| « Sese noluisse | « Lui-même n'avoir pas voulu |
| discedere ab suis | s'éloigner des siens |
| atque venire ad eum | et venir vers lui (César) |
| idcirco, | pour-cette-raison, |
| quo facilius | afin que plus facilement |
| contineret civitatem | il retînt la cité |
| in officio, | dans le devoir, |
| ne discessu | de peur que par le départ |
| omnis nobilitatis | de toute la noblesse |
| plebs laberetur | le peuple ne faillît |
| propter imprudentiam. | à-cause-de *son* imprudence. |
| Itaque civitatem | Ainsi la cité |
| esse in sua potestate. | être en son pouvoir, |
| seque, si Cæsar permitteret, | et lui-même, si César *le* permettait, |
| venturum ad eum | devoir venir vers lui |
| in castra | dans le camp |
| et permissurum fidei ejus | et devoir remettre à la foi de lui |
| fortunas suas civitatisque.» | les biens de-lui-même et de la cité. » |
| **IV.** Cæsar, | **IV.** César, |
| etsi intelligebat | bien qu'il comprît |
| de qua causa | pour quel motif |
| ea dicerentur, | ces choses étaient dites, |
| quæque res deterreret eum | et quelle circonstance détournait lui |
| a consilio instituto, | du plan entrepris, |
| tamen, ne cogeretur | cependant, de peur qu'il ne fût forcé |

æstatem in Treviris consumere cogeretur, omnibus ad Britan-
nicum bellum rebus comparatis, Indutiomarum ad se cum
ducentis obsidibus venire jussit. His adductis, in iis filio propinquisque ejus omnibus, quos nominatim evocaverat, consolatus Indutiomarum hortatusque est uti in officio permaneret :
nihilo tamen secius, principibus Trevirorum ad se convocatis,
hos singillatim Cingetorigi conciliavit : quod quum merito
ejus ab se fieri intelligebat, tum magni interesse arbitrabatur,
ejus auctoritatem inter suos quam plurimum valere, cujus
tam egregiam in se voluntatem perspexisset. Id factum graviter tulit Indutiomarus, suam gratiam inter suos minui, et,
qui jam ante inimico in nos animo fuisset, multo gravius hoc
dolore exarsit.

V. His rebus constitutis, Cæsar ad portum Itium cum legionibus pervenit. Ibi cognoscit quadraginta naves, quæ in

obligé de perdre son été chez les Trévires, quand tout était prêt
pour l'expédition de Bretagne, il ordonne à Indutiomare de venir le trouver avec deux cents otages. Indutiomare les ayant amenés,
et parmi eux se trouvaient son fils et tous ses parents, qui avaient
été expressément désignés, César le rassure et l'exhorte à ne pas
s'écarter de son devoir. Il fait néanmoins venir séparément les principaux des Trévires, qu'il met dans les intérêts de Cingétorix : César
savait qu'il le méritait; mais il croyait très-important en outre
d'augmenter dans la cité l'influence d'un homme qui lui avait montré tant de dévouement. Indutiomare vit avec douleur diminuer son
crédit parmi les siens, et la haine qu'il nous portait déjà en devint
encore beaucoup plus ardente.

V. César, ayant pris ces arrangements, se rendit avec ses légions
au port Itius. Il y apprit que quarante vaisseaux construits chez les

| | |
|---|---|
| consumere æstatem | de passer l'été |
| in Treviris, | chez les Trévires, |
| omnibus rebus comparatis | toutes choses étant préparées |
| ad bellum Britannicum, | pour la guerre de-Bretagne, |
| jussit Indutiomarum | ordonnarIndutiomare |
| venire ad se | venir vers lui-même |
| cum ducentis obsidibus. | avec deux-cents otages. |
| His adductis, | Ceux-ci ayant été amenés, |
| in iis filio | *et* parmi eux le fils |
| omnibusque propinquis | et tous les proches |
| ejus, | de lui. |
| quos evocaverat | qu'il avait mandés |
| nominatim,      [rum | nommément, |
| consolatus est Indutioma- | il consola Indutiomare |
| hortatusque | et *l'*exhorta |
| uti permaneret in officio : | pour qu'il persévérât dans le devoir : |
| nihilo secius tamen, | en rien moins cependant (néanmoins), |
| principibus Trevirorum | les principaux des Trévires |
| convocatis ad se, | ayant été appelés vers lui, |
| conciliavit hos Cingetorigi | il accommoda ceux-ci avec Cingétorix |
| singillatim : | un-à-un : |
| quod quum intelligebat | *chose* que d'un côté il comprenait |
| fieri ab se | être faite par lui-même (César) |
| merito ejus, | selon le mérite de lui (Cingétorix), |
| tum arbitrabatur | *et* d'un-autre-côté il estimait |
| interesse magni, | être-d'un-intérêt grand, |
| auctoritatem ejus, | l'autorité de cet *homme*, |
| cujus perspexisset | dont il avait reconnu |
| voluntatem in se | la bonne-volonté envers lui-même |
| tam egregiam, | *être* si excellente, |
| valere | avoir-du-pouvoir *aussi grandement* |
| quam plurimum | qu'*il pouvait en avoir* le plus |
| inter suos. | parmi les siens. |
| Indutiomarus | Indutiomare |
| tulit graviter | supporta péniblement |
| id factum, | ceci *avoir été* fait, |
| et, qui jam ante | et, *lui* qui déjà auparavant |
| fuisset animo inimico | avait été d'une disposition ennemie |
| in nos, | envers nous, |
| exarsit multo gravius | s'enflamma beaucoup plus fortement |
| hoc dolore. | par ce ressentiment. |
| V. His rebus | V. Ces choses |
| constitutis, | ayant été établies, |
| Cæsar cum legionibus | César avec les légions |
| pervenit ad portum Itium. | arriva au port Itius. |
| Ibi cognoscit | Là il apprend |
| quadraginta naves, | quarante vaisseaux. |

Meldis [1] factæ erant, tempestate rejectas , cursum tenere non
potuisse atque eodem, unde erant profectæ, revertisse; reliquas paratas ad navigandum atque omnibus rebus instructas
invenit. Eodem totius Galliæ equitatus convenit, numero
millium quatuor, principesque omnibus ex civitatibus : ex
quibus perpaucos, quorum in se fidem perspexerat, relinquere
in Gallia, reliquos obsidum loco secum ducere decreverat,
quod, quum ipse abesset, motum Galliæ verebatur.

VI. Erat una cum ceteris Dumnorix Æduus, de quo ab nobis
antea dictum est [2]. Hunc secum habere in primis constituerat,
quod eum cupidum rerum novarum, cupidum imperii, magni
animi, magnæ inter Gallos auctoritatis cognoverat. Accedebat
huc quod jam in concilio Æduorum Dumnorix dixerat « Sibi a
Cæsare regnum civitatis deferri; » quod dictum Ædui graviter
ferebant, neque recusandi aut deprecandi causa legatos ad

Meldiens n'avaient pu continuer route, parce que la tempête les avait
repoussés, et qu'ils avaient regagné leur point de départ : les autres
étaient pourvus de tout et prêts à mettre en mer. Au même port se
rassembla la cavalerie de toute la Gaule, au nombre de quatre mille
hommes, avec les premiers de chaque cité. Pour ceux-ci, César avait
résolu de n'en laisser en Gaule qu'un petit nombre, dont il connaissait l'attachement, et d'emmener les autres en guise d'otages, parce
qu'il craignait un soulèvement en son absence.

VI. De ce nombre était l'Éduen Dumnorix, dont nous avons déjà
parlé : il était un des premiers que César voulait avoir avec lui, parce
qu'il le savait désireux d'un changement, passionné pour le pouvoir,
fort entreprenant et très-considéré parmi les Gaulois. De plus il
avait déjà dit, dans l'assemblée des Éduens, « que César lui offrait
de le faire roi de la cité. » Ce propos avait affligé les Éduens, qui
n'osaient envoyer de députés à César ni pour s'y opposer ni pour

| | |
|---|---|
| quæ factæ erant | qui avaient été faits |
| in Meldis, | chez les Meldiens, |
| rejectas tempestate, | repoussés par la tempête, |
| non potuisse tenere cursum | n'avoir pu maintenir *leur* direction |
| atque revertisse eodem | et être revenus au-même-point |
| unde profectæ erant ; | d'où ils étaient partis ; |
| invenit reliquas | il trouve les autres |
| paratas ad navigandum | prêts à naviguer |
| atque instructas | et munis |
| omnibus rebus. | de toutes choses. |
| Equitatus totius Galliæ | La cavalerie de toute la Gaule |
| convenit eodem, | se rassembla au-même-endroit, |
| numero quatuor millium, | au nombre de quatre mille, |
| principesque | et les principaux |
| ex omnibus civitatibus : | de toutes les cités : |
| ex quibus decreverat | d'entre lesquels il avait résolu |
| relinquere in Gallia | de laisser en Gaule |
| perpaucos, | de très-peu-nombreux, |
| quorum perspexerat | desquels il avait reconnu |
| fidem in se, | la fidélité envers lui-même, |
| ducere reliquos secum | d'emmener les autres avec lui-même |
| loco obsidum, | en guise d'otages, [absent, |
| quod, quum ipse abesset , | parce que, tandis que lui-même serait- |
| verebatur motum Galliæ. | il craignait un mouvement de la Gaule, |
| VI. Æduus Dumnorix, | VI. L'Éduen Dumnorix, |
| de quo dictum est ab nobis | duquel il a été parlé par nous |
| antea, | précédemment, |
| erat una cum ceteris. | était ensemble avec les autres. |
| Constituerat | Il (César) avait résolu |
| habere hunc secum | d'avoir celui-ci avec lui-même |
| in primis, | entre les premiers, |
| quod cognoverat eum | parce qu'il avait appris lui |
| cupidum rerum novarum, | désireux d'un état-de-choses nouveau |
| cupidum imperii, | désireux de pouvoir, |
| magni animi, | *homme* d'un grand courage, |
| magnæ auctoritatis | d'une grande autorité |
| inter Gallos. | parmi les Gaulois. |
| Huc accedebat | Là (à cela) s'ajoutait |
| quod jam Dumnorix | que déjà Dumnorix |
| in concilio Æduorum | dans une assemblée des Éduens |
| dixerat | avait dit |
| « Regnum civitatis | « La royauté de la cité |
| deferri sibi a Cæsare ; » | être offerte à lui-même par César ; » |
| quod dictum | laquelle parole |
| Ædui ferebant graviter, | les Éduens supportaient péniblement, |
| neque audebant | et n'osaient pas |
| mittere legatos ad Cæsarem | envoyer des députés vers César |

Cæsarem mittere audebant. Id factum ex suis hospitibus Cæsar cognoverat. Ille omnibus primo precibus petere contendit ut in Gallia relinqueretur : partim, quod insuetus navigandi mare timeret ; partim , quod religionibus [1] sese diceret impediri. Posteaquam id obstinate sibi negari vidit, omni spe impetrandi adempta, principes Galliæ sollicitare, sevocare singulos horta-rique cœpit, uti in continenti remanerent ; metu territare, non sine causa fieri ut Gallia omni nobilitate spoliaretur : id esse consilium Cæsaris, ut, quos in conspectu Galliæ interficere vereretur, hos omnes in Britanniam transductos necaret : fidem reliquis interponere, jusjurandum poscere, ut quod esse ex usu Galliæ intellexissent, communi consilio administrarent. Hæc a compluribus ad Cæsarem deferebantur.

VII. Qua re cognita, Cæsar, quod tantum civitati Æduæ

l'en détourner. César tenait cela de ses hôtes. D'abord Dumnorix essaye, à force de prières, d'obtenir qu'on le laisse en Gaule : il di-sait que, n'ayant pas l'habitude de la mer, il craignait de s'embar-quer ; il était d'ailleurs retenu par des motifs religieux. Voyant qu'on persiste à le refuser et qu'il a perdu toute espérance d'obtenir ce qu'il désire, il se met à intriguer auprès des principaux Gaulois ; il les prend à part l'un après l'autre et les exhorte à rester sur le conti-nent ; il cherche à leur inspirer des craintes : ce n'est pas sans des-sein, selon lui, qu'on enlève à la Gaule toute sa noblesse ; le but de César était de faire périr dans la Bretagne ceux dont il n'osait se dé-faire à la face de la Gaule. A d'autres, il engage sa parole et de-mande leur serment de travailler de concert à ce qu'ils jugeront utile à la patrie. César recevait des informations à ce sujet de divers côtés.

VII. Instruit de ce qui se passait, il avait résolu, en tenant compte

| | |
|---|---|
| causa recusandi | en vue de refuser |
| aut deprecandi. | ou de détourner-*cela*-par-des-prières. |
| Cæsar | César |
| cognoverat id factum | avait appris ce fait |
| ex suis hospitibus. | de ses hôtes. |
| Ille primo | Celui-là (Dumnorix) d'abord |
| contendit petere | s'appliqua à demander |
| omnibus precibus, | avec toute-sorte-de prières, |
| ut relinqueretur in Gallia : | qu'il fût laissé en Gaule : |
| partim, quod | en partie, parce que |
| insuetus navigandi | non-habitué à naviguer |
| timeret mare ; | il craignait la mer ; |
| partim, quod diceret | en partie, parce qu'il disait |
| sese impediri | lui-même être empêché (retenu) |
| religionibus. | par des motifs-religieux. |
| Posteaquam vidit | Après qu'il eut vu |
| id negari sibi | ceci être refusé à lui-même |
| obstinate, | avec-persistance, |
| omni spe impetrandi | tout espoir de *l'*obtenir |
| adempta, | *lui* ayant été enlevé, |
| cœpit sollicitare | il commença à solliciter |
| principes Galliæ, | les principaux de la Gaule, |
| sevocare singulos | à *les* appeler-à-part un-à-un |
| hortarique ;     [nenti, | et à *les* exhorter, |
| uti remanerent in conti- | pour qu'ils restassent sur le continent, |
| territare metu, | à *les* effrayer-sans-cesse par la crainte, |
| non fieri sine causa | *disant* ne pas se faire sans motif |
| ut Gallia spoliaretur | que la Gaule fût dépouillée |
| omni nobilitate : | de toute la noblesse : |
| id esse consilium Cæsaris, | celui-ci (le suivant) être le dessein de César, |
| ut, quos vereretur | que, *ceux* qu'il redoutait |
| interficere | de mettre-à-mort |
| in conspectu Galliæ, | à la vue de la Gaule, |
| necaret omnes hos | il tuât tous ceux-ci |
| transductos in Britanniam: | transportés en Bretagne : |
| interponere fidem | *il commence à* faire-intervenir (engager) |
| reliquis, | aux autres,     [*sa* parole |
| poscere jusjurandum, | à *leur* demander un serment, |
| ut administrarent | qu'ils gouvernassent |
| consilio communi | dans des vues communes |
| quod intellexissent | *ce* qu'ils auraient compris |
| esse ex usu Galliæ. | être de l'utilité de la Gaule. |
| Hæc | Ces *faits* |
| deferebantur ad Cæsarem | étaient rapportés à César |
| a pluribus. | par plusieurs. |
|     VII. Qua re cognita, |     VII. Cette circonstance étant connue, |
| Cæsar ; quod tribuerat | César, parce qu'il avait accordé |

dignitatis tribuerat, coercendum atque deterrendum, quibuscumque rebus posset, Dumnorigem statuebat; quod longius
ejus amentiam progredi videbat, prospiciendum ne quid sibi
ac reipublicæ nocere posset. Itaque dies circiter viginti quinque in eo loco commoratus, quod Corus[1] ventus navigationem
impediebat, qui magnam partem omnis temporis in his locis
flare consuevit, dabat operam ut in officio Dumnorigem contineret, nihilo tamen secius omnia ejus consilia cognosceret :
tandem, idoneam nactus tempestatem, milites equitesque
conscendere in naves jubet. At, omnium impeditis animis,
Dumnorix cum equitibus Æduorum a castris, insciente Cæsare,
domum discedere cœpit. Qua re nuntiata, Cæsar, intermissa
profectione atque omnibus rebus postpositis, magnam partem

de la considération qu'il avait témoignée aux Éduens à un si haut
ægré, de contenir Dumnorix et de le réprimer par toute sorte de
moyens; il pensait, voyant sa démence augmenter chaque jour, à
prévenir le mal qui pourrait en résulter pour lui même et pour la
république. Ainsi, comme le *Corus*, qui souffle dans ce pays la plus
grande partie de l'année, s'opposait au départ, pendant vingt-cinq
jours environ que l'armée fut retenue dans le port, César eut soin de
maintenir Dumnorix dans le devoir et d'être cependant informe de
toutes ses intentions : enfin, le temps se trouvant favorable, il ordonne aux légions et à la cavalerie de s'embarquer. Mais, tandis que
tous les esprits sont occupés, Dumnorix, à l'insu de César, quitte le
camp avec la cavalerie éduenne et reprend le chemin de son pays. A
cette nouvelle, César interrompt l'embarquement, suspend tout et

| tantum dignitatis | tant de considération |
|---|---|
| civitati Æduæ, | à la cité éduenne, |
| statuebat | résolvait |
| Dumnorigem coercendum | Dumnorix devoir être contenu |
| atque deterrendum | et devoir être détourné *de son dessein* |
| quibuscumque rebus | par toutes les choses (tous les moyens) |
| posset ; | qu'il pourrait ; |
| quod videbat | *et* parce qu'il voyait |
| amentiam ejus | la démence de lui |
| progredi longius, | s'avancer *chaque jour* plus loin, [pourvoir) |
| prospiciendum | *il résolvait* devoir être pourvu (qu'il **fallait** |
| ne posset | à ce qu'il ne pût pas |
| nocere quid | nuire en quelque chose |
| sibi ac reipublicæ. | à lui-même et à la république. |
| Itaque | En conséquence |
| commoratus in eo loco | ayant séjourné en cet endroit |
| viginti quinque dies | vingt-cinq jours |
| circiter, | environ, |
| quod ventus Corus, | parce que le vent Corus, |
| qui consuevit | qui a coutume |
| flare in his locis | de souffler dans ces lieux |
| magnam partem | une grande partie |
| omnis temporis, | de tout temps (de toute l'année), |
| impediebat navigationem , | empêchait la navigation, |
| dabat operam | il donnait *son* soin |
| ut contineret Dumnorigem | à ce qu'il contînt Dumnorix |
| in officio, | dans le devoir, |
| nihilo secius tamen | *et* en rien moins (néanmoins) cependant |
| cognosceret | connût |
| omnia consilia ejus : | tous les desseins de lui : |
| tandem, nactus | enfin, ayant trouvé |
| tempestatem idoneam, | un temps convenable, |
| jubet milites equitesque | il ordonne les soldats et les cavaliers |
| conscendere in naves. | monter sur les vaisseaux. |
| At, animis omnium | Mais les esprits de tous |
| impeditis, | étant occupés, |
| Dumnorix cœpit | Dumnorix commença |
| discedere a castris | à s'en aller du camp |
| domum | vers *sa* demeure |
| cum equitibus Æduorum, | avec les cavaliers des Éduens, |
| Cæsare insciente. | César ne-*le*-sachant-pas. |
| Qua re nuntiata, | Ce fait ayant été annoncé, |
| Cæsar, | César, |
| profectione intermissa | le départ ayant été suspendu |
| atque omnibus rebus | et toutes les affaires |
| postpositis, | mises-après *celle-là*, |
| mittit | envoie |

equitatus ad eum insequendum mittit retrahique imperat; si vim faciat neque páreat, interfici jubet : nihil hunc se absente pro sano facturum arbitratus, qui præsentis imperium neglexisset. Ille enim revocatus resistere ac se manu defendere suorumque fidem implorare cœpit, sæpe clamitans « Liberum se liberæque civitatis esse. » Illi, ut erat imperatum, circumsistunt hominem atque interficiunt; at Ædui equites ad Cæsarem omnes revertuntur.

VIII. His rebus gestis, Labieno in continente cum tribus legionibus et equitum millibus duobus relicto, ut portus tueretur et rem frumentariam provideret, quæque in Gallia gererentur, cognosceret, consiliumque pro tempore et pro re caperet, ipse cum quinque legionibus et pari numero equitum, quem in continenti relinquebat, solis occasu naves solvit, et,

fait partir à sa poursuite la plus grande partie de sa cavalerie, avec ordre de le ramener ou de le tuer, s'il résiste, s'il n'obéit pas : il jugeait n'avoir rien de bon à attendre, pendant son absence, d'un homme qui en sa présence avait enfreint ses ordres. En effet, comme on veut l'arrêter, il résiste, il emploie la force, il implore le secours de sa troupe, et ne cesse de crier « qu'il est libre et d'une cité libre.» D'après les ordres de César, on l'entoure, on le tue, et toute la cavalerie éduenne revient auprès de César.

VIII. Cette affaire finie, Labiénus est laissé sur le continent avec trois légions et deux mille cavaliers, afin de garder les ports, de pourvoir aux vivres et de s'informer de ce qui se passerait en Gaule : il devait se conduire suivant le temps et les événements. César, avec cinq légions et un nombre de cavaliers égal à celui qu'il laissait sur le continent, lève l'ancre au coucher du soleil : la flotte, poussée par un

magnam partem equitatus
ad eum insequendum
imperatque retrahi ;
si faciat vim
neque pareat,
jubet interfici :
arbitratus, sese absente,
hunc, qui neglexisset
imperium præsentis,
facturum nihil
pro sano.
Ille enim revocatus
cœpit resistere
ac se defendere manu
implorareque
fidem suorum,
clamitans sæpe
« Se esse liberum
civitatisque liberæ »
Illi,
ut imperatum erat,
circumsistunt hominem
atque interficiunt ;
at equites Ædui
revertuntur omnes
ad Cæsarem.
 VIII. His rebus gestis,
Labieno
relicto in continenti
cum tribus legionibus
et duobus millibus
equitum,
ut tueretur portus
et provideret
rem frumentariam,
cognosceretque
quæ gererentur in Gallia,
caperetque consilium
pro tempore
et pro re,
ipse,
cum quinque legionibus
et numero equitum pari
quem relinquebat
in continenti,
solvit naves
occasu solis,

une grande partie de la cavalerie
pour le poursuivre
et commande *Dumnorix* être ramené ;
s'il faisait violence (résistance)
et n'obéissait pas,
il ordonne *lui* être tué :
estimant, lui-même étant absent,
cet *homme*, qui avait méprisé
l'autorité de *lui* présent,
*ne* devoir faire rien
à-la-façon-d'un *homme* sain (sensé).
En effet celui-là rappelé
commença à résister
et à se défendre avec *son* bras
et à implorer
l'appui des siens,
criant souvent
« Lui-même être libre
et d'une cité libre. »
Ceux-là (les cavaliers),
comme il *leur* avait été commandé,
entourent l'homme (Dumnorix)
et *le* tuent ;
mais les cavaliers éduens
reviennent tous
vers César.
 VIII. Ces choses ayant été faites,
Labiénus
ayant été laissé sur le continent
avec trois légions
et deux milliers
de cavaliers,
pour qu'il protégeât les ports
et pourvût
à l'approvisionnement de-blé,
et prît connaissance
de-ce qui se ferait en Gaule,
et prît une résolution
selon les circonstances
et selon l'événement,
lui-même,
avec cinq légions
et un nombre de cavaliers égal
à *celui* qu'il laissait
sur le continent,
détacha les vaisseaux (mit à la voile)
au coucher du soleil

leni Africo provectus, media circiter nocte vento intermisso,
cursum non tenuit, et, longius delatus æstu, orta luce, sub
sinistra Britanniam relictam conspexit. Tum rursus, æstus
commutationem secutus, remis contendit, ut eam partem
insulæ¹ caperet, qua optimum esse egressum superiore æstate
cognoverat. Qua in re admodum fuit militum virtus laudanda,
qui vectoriis gravibusque navigiis, non intermisso remigandi
labore, longarum navium cursum adæquarunt. Accessum est
ad Britanniam omnibus navibus meridiano fere tempore ;
neque in eo loco hostis est visus, sed, ut postea Cæsar ex
captivis comperit, quum magnæ manus eo convenissent, multitudine navium perterritæ (quæ cum annotinis privatisque,
quas sui quisque commodi fecerat, amplius octingentis uno

petit vent de sud-ouest qui tomba vers minuit, ne put suivre sa route; la
marée la porta trop loin, et l'on vit au jour qu'on avait laissé la Bretagne à gauche. Alors, profitant du changement de marée, on s'efforça
de gagner à la rame l'endroit que, l'été précédent, on avait reconnu
si favorable pour un débarquement. On ne put trop louer dans cette
circonstance l'ardeur des soldats, qui, ramant sans relâche, firent
voguer de pesants transports aussi vite que des galères. Toute la
flotte aborda vers midi en Bretagne : sur la côte on ne vit point
d'ennemis ; mais, dans la suite, les prisonniers dirent à César que
des forces imposantes s'y étaient réunies, et qu'effrayées de la multitude des vaisseaux, dont il s'offrait à la vue plus de huit cents, y
compris ceux de l'année précédente et ceux que chacun avait fait

| | |
|---|---|
| et, provectus | et, ayant été porté-en-avant |
| leni Africo, | par un doux vent-d'Afrique, |
| vento intermisso | le vent s'étant interrompu |
| media nocte circiter, | au milieu-de la nuit environ, |
| non tenuit cursum, | ne garda pas sa direction, |
| et, delatus longius | et, porté trop loin |
| æstu, | par la marée, |
| luce orta, | le jour s'étant levé, |
| conspexit Britanniam | aperçut la Bretagne |
| relictam sub sinistra. | laissée à gauche. |
| Tum rursus, | Alors de nouveau, |
| secutus | ayant suivi (s'étant laissé aller) |
| commutationem æstus, | le (au) changement de marée, |
| contendit remis, | il força de rames, |
| ut caperet | afin qu'il saisît (gagnât) |
| eam partem insulæ, | cette partie de l'île, |
| quā cognoverat | dans laquelle il avait reconnu |
| æstate superiore | l'été précédent |
| optimum egressum | le meilleur lieu-de-débarquement |
| esse. | se trouver. |
| In qua re | Dans laquelle circonstance |
| virtus militum | le courage des soldats |
| fuit admodum laudanda, | fut grandement à-louer, |
| qui navigiis vectoriis | eux qui avec des bâtiments de-transport |
| gravibusque, | et lourds, |
| labore remigandi | le travail de ramer |
| non intermisso, | n'ayant pas été interrompu, |
| adæquarunt cursum | égalèrent la marche |
| navium longarum. | des vaisseaux longs. |
| Accessum est | On aborda |
| ad Britanniam | en Bretagne |
| omnibus navibus | avec tous les vaisseaux |
| fere tempore meridiano; | à peu près au moment de-midi; |
| neque hostis visus est | et l'ennemi ne fut pas aperçu |
| in eo loco, | dans cet endroit, |
| sed, ut postea Cæsar | mais, comme ensuite César |
| comperit ex captivis, | l'apprit des prisonniers, |
| quum magnæ manus | après que de grandes troupes |
| convenissent eo, | s'étaient réunies là, |
| perterritæ | épouvantées |
| multitudine navium | par la multitude des vaisseaux |
| (quæ cum annotinis | (qui avec ceux de-l'année-dernière |
| privatisque, | et les *bâtiments* particuliers, |
| quas quisque fecerat | que chacun avait faits |
| sui commodi, | *en vue* de sa commodité, |
| visæ erant | avaient été aperçus |
| amplius octingentis | *au nombre de* plus que huit-cents |

erant visæ tempore), a littore discesserant, ac se in superiora
loca abdiderant.

IX. Cæsar, exposito exercitu et loco castris idoneo capto,
ubi ex captivis cognovit quo in loco hostium copiæ conse-
dissent, cohortibus decem ad mare relictis et equitibus tre-
centis, qui præsidio navibus essent, de tertia vigilia ad hostem
contendit, eo minus veritus navibus, quod in littore molli
atque aperto deligatas ad ancoram relinquebat; et præsidio
navibus Q Atrium præfecit. Ipse, noctu progressus millia
passuum circiter duodecim ', hostium copias conspicatus est.
Illi, equitatu atque essedis ad flumen progressi, ex loco superiore nostros prohibere et prœlium committere cœperunt.
Repulsi ab equitatu, se in silvas abdiderunt, locum nacti
egregie et natura et opere munitum, quem domestici belli, ut
videbatur, causa jam ante præparaverant : nam crebris ar-

faire pour sa commodité, elles s étaient éloignées du rivage pour se
cacher dans les montagnes.

IX. Dès que l'armée fut à terre et qu'il eut choisi un campement
convenable, César, informé par des prisonniers de la position de
l'ennemi, laissa au bord de la mer dix cohortes et trois cents chevaux pour garder la flotte, et, à la troisième veille, marcha contre
les Bretons, craignant d'autant moins pour sa flotte, qu'il l'avait
laissée à l'ancre, sur un fond mou et une plage unie. Q. Atrius commandait les forces destinées à la protéger. Il avait fait de nuit environ douze milles, lorsqu'il découvrit les troupes de l'ennemi. Les
Bretons, marchant vers la rivière avec leur cavalerie et leurs chars,
tentèrent, de dessus la rive, de faire reculer les nôtres et d'engager
l'action. Repoussés par notre cavalerie, ils s'enfoncèrent dans les
bois, où se trouvait un lieu très-bien fortifié par la nature et par
l'art, et qui paraissait avoir été disposé jadis à l'occasion d'une guerre

| | |
|---|---|
| uno tempore), | en un-seul moment), |
| discesserant a littore, | elles s'étaient éloignées du rivage, |
| ac se abdiderant | et s'étaient allées-cacher     [teurs). |
| in loca superiora. | dans les lieux plus élevés (sur les hau- |
| IX. Cæsar, | IX. César, |
| exercitu exposito | son armée ayant été débarquée |
| et loco idoneo castris | et un endroit convenable pour un camp |
| capto, | ayant été pris (choisi), |
| ubi cognovit ex captivis | dès qu'il eut appris des prisonniers |
| in quo loco | dans quel endroit |
| copiæ hostium | les troupes des ennemis |
| consedissent, | s'étaient établies, |
| decem cohortibus | dix cohortes |
| et trecentis equitibus | et trois-cents cavaliers |
| relictis ad mare, | ayant été laissés auprès de la mer, |
| qui essent præsidio | lesquels fussent à garde (pour garder) |
| navibus, | aux (les) vaisseaux, |
| contendit ad hostem | se dirigea vers l'ennemi |
| de tertia vigilia, | à la troisième veille,     [seaux, |
| veritus eo minus navibus, | craignant d'autant moins pour les vais- |
| quod relinquebat | qu'il les laissait |
| deligatas ad ancoram | attachés à l'ancre |
| in littore molli | sur un rivage mou |
| atque aperto; | et découvert (uni); |
| et præfecit Q. Atrium | et il préposa Q. Atrius |
| præsidio navibus. | à la garde aux (des) vaisseaux. |
| Ipse, progressus noctu | Lui-même, s'étant avancé de nuit |
| duodecim millia passuum | de douze milliers de pas |
| circiter, | environ, |
| conspicatus est | aperçut |
| copias hostium. | les troupes des ennemis. |
| Illi, progressi ad flumen | Ceux-là, s'étant avancés vers la rivière |
| equitatu atque essedis, | avec la cavalerie et avec des chars, |
| ex loco superiore | depuis une position plus élevée |
| cœperunt prohibere nostros | commencèrent à écarter les nôtres |
| et committere prœlium. | et à engager le combat. |
| Repulsi ab equitatu, | Repoussés par la cavalerie, |
| se abdiderunt in silvas, | ils se cachèrent dans des forêts, |
| nacti locum | ayant trouvé une position |
| egregie munitum | excellemment fortifiée |
| et natura | et par la nature |
| et opere, | et par le travail de l'homme, |
| quem præparaverant | qu'ils avaient préparée |
| jam ante | déjà auparavant |
| causa belli domestici, | en vue d'une guerre domestique, |
| ut videbatur : | comme il semblait : |
| nam omnes introitus | car tous les accès |

boribus succisis omnes introitus erant præclusi. Ipsi ex silvis
rari propugnabant, nostrosque intra munitiones ingredi prohibebant. At milites legionis septimæ, testudine facta [1] et
aggere ad munitiones adjecto, locum ceperunt, eosque ex
silvis expulerunt, paucis vulneribus acceptis. Sed eos fugientes longius Cæsar prosequi vetuit, et quod loci naturam igno-
rabat, et quod, magna parte diei consumpta, munitioni castrorum tempus relinqui volebat.

X. Postridie ejus diei mane tripartito milites equitesque in
expeditionem misit, ut eos qui fugerant persequerentur. His
aliquantum itineris progressis, quum jam extremi essent in
prospectu, equites a Q. Atrio ad Cæsarem venerunt, qui
nuntiarent, superiore nocte, maxima coorta tempestate,
prope omnes naves afflictas atque in littore ejectas esse; quod
neque ancoræ funesque subsisterent, neque nautæ guberna-

domestique; de grands abatis en fermaient toutes les avenues. Les
barbares se battaient épars dans les bois et défendaient l'entrée de
leur retranchement. Mais les légionnaires de la septième, ayant
formé la tortue, élevèrent une terrasse tout contre, enlevèrent le
poste et chassèrent l'ennemi du bois; ce succès ne leur coûta que
quelques blessures. César défendit de poursuivre trop loin les Bretons dans leur fuite, parce qu'il ne connaissait pas les lieux, et parce
que, la plus grande partie du jour étant écoulée, il voulait garder
du temps pour fortifier le camp.

X. Le lendemain matin, il envoya son infanterie et sa cavalerie sur
trois points, à la poursuite de l'ennemi. Nos soldats avaient déjà fait
un peu de chemin, et l'on voyait déjà les dernières bandes des
fuyards, lorsque des cavaliers, dépêchés par Atrius, vinrent annon-
cer que, dans la nuit, une affreuse tempête avait maltraité et jeté sur
le rivage presque tous les vaisseaux : rien n'avait pu résister à sa
violence, ni ancres, ni câbles, ni pilotes, ni matelots; aussi les

| | |
|---|---|
| præclusi erant | avaient été fermés |
| crebris arboribus succisis. | par de nombreux arbres coupés. |
| Ipsi ex silvis | Eux-mêmes depuis les forêts |
| propugnabant rari, | combattaient dispersés, |
| prohibebantque nostros | et empêchaient les nôtres |
| ingredi intra munitiones. | d'entrer dans les retranchements. |
| At milites | Mais les soldats |
| septimæ legionis, | de la septième légion, |
| testudine facta | la tortue étant faite |
| et aggere | et une terrasse [ments, |
| adjecto ad munitiones, | ayant été élevée auprès des retranche- |
| ceperunt locum, | prirent la position, |
| expuleruntque eos ex silvis, | et chassèrent eux des forêts, |
| paucis vulneribus acceptis. | peu-de blessures ayant été reçues. |
| Sed Cæsar vetuit | Mais César défendit |
| prosequi longius | de poursuivre plus loin |
| eos fugientes, | eux qui fuyaient, |
| et quod ignorabat | et parce qu'il ne-connaissait-pas |
| naturam loci, | la nature du terrain, |
| et quod, magna parte diei | et parce que, une grande partie du jour |
| consumpta, | étant épuisée, |
| volebat tempus relinqui | il voulait du temps être laissé |
| munitioni castrorum. | pour la fortification du camp. |
| X. Postridie ejus diei, | X. Le lendemain de ce jour, |
| mane, | le matin, |
| misit in expeditionem | il envoya en expédition |
| tripartito | en-trois-divisions |
| milites equitesque, | les soldats et les cavaliers, |
| ut persequerentur | afin qu'ils poursuivissent |
| eos qui fugerant. | ceux qui avaient fui. |
| His progressis | Ceux-ci s'étant avancés |
| aliquantum itineris, | un peu de chemin, |
| quum jam extremi | lorsque déjà les derniers *des fuyards* |
| essent in prospectu, | étaient en vue, |
| equites | des cavaliers |
| venerunt ad Cæsarem | vinrent vers César |
| a Q. Atrio, | de-la-part-de Q. Atrius, |
| qui nuntiarent, | qui devaient annoncer, |
| nocte superiore, | la nuit précédente, |
| maxima tempestate coorta, | une très-grande tempête s'étant élevée, |
| prope omnes naves | presque tous les vaisseaux |
| afflictas esse | avoir été maltraités |
| atque ejectas in littore ; | et jetés sur le rivage ; |
| quod neque ancoræ | parce que ni les ancres |
| funesque subsisterent, | et les câbles ne résistaient, |
| neque nautæ | ni les matelots |
| gubernatoresque | et les pilotes |

toresque vim pati tempestatis possent : itaque ex eo concursu
navium magnum esse incommodum acceptum.

XI. His rebus cognitis, Cæsar legiones equitatumque re-
vocari atque itinere desistere jubet; ipse ad naves revertitur:
eadem fere, quæ ex nuntiis litterisque cognoverat, coram
perspicit, sic ut, amissis circiter quadraginta navibus, reliquæ
tamen refici posse magno negotio viderentur. Itaque ex legionibus fabros delegit et ex continenti alios arcessiri jubet,
Labieno scribit, ut, quam plurimas posset, iis legionibus, quæ
sint apud eum, naves instituat. Ipse, etsi res erat multæ
operæ ac laboris, tamen commodissimum esse statuit, omnes
naves subduci et cum castris una munitione conjungi. In his
rebus circiter dies decem consumit, ne nocturnis quidem temporibus ad laborem militum intermissis. Subductis navibus

bâtiments s'étaient fort endommagés en se heurtant les uns contre
les autres.

XI. César, à cette nouvelle, ordonne de rappeler et de faire revenir légions et cavalerie : lui-même il retourne à sa flotte. Il voit de
ses yeux à peu près ce que lui avaient annoncé la lettre et les exprès:
il lui sembla cependant qu'il n'y aurait de perdus qu'environ quarante vaisseaux et qu'à force de travail on pouvait réparer le reste.
Il prend donc des ouvriers dans les légions, il en fait venir du continent : il écrit à Labiénus de faire construire par ses légions le plus
de vaisseaux possible. Quoique l'opération exigeât beaucoup de peine
et de fatigues, il jugea cependant que le meilleur parti était de tirer
à terre toute la flotte et de l'enfermer dans la même enceinte que
le camp. On y employa dix jours environ, sans interrompre le travail des soldats même pendant la nuit. Les vaisseaux étant à sec et

| | |
|---|---|
| possent pati | ne pouvaient supporter |
| vim tempestatis : | la violence de la tempête ; |
| itaque | en conséquence |
| ex eo concursu navium | par-suite-de ce choc des vaisseaux |
| magnum incommodum | un grand dommage |
| acceptum esse. | avoir été reçu (essuyé). |
| XI. His rebus cognitis, | XI. Ces faits ayant été appris, |
| Cæsar jubet | César ordonne |
| legiones equitatumque | les légions et la cavalerie |
| revocari | être rappelées |
| atque desistere itinere ; | et cesser *leur* marche ; |
| ipse revertitur ad naves : | lui-même retourne vers les vaisseaux |
| perspicit coram | il reconnaît en présence (de ses yeux) |
| fere eadem | à peu près les mêmes choses |
| quæ cognoverat | qu'il avait apprises |
| ex nuntiis litterisque, | des messages et de la lettre, |
| sic ut, | *mais* de-telle-sorte que, |
| quadraginta navibus | quarante vaisseaux |
| circiter | environ |
| amissis, | étant perdus, |
| reliquæ tamen | les autres cependant |
| viderentur posse refici | paraissaient pouvoir être réparés |
| magno negotio. | avec une grande difficulté. |
| Itaque delegit fabros | En-conséquence il choisit des ouvriers |
| ex legionibus | des (dans les) légions |
| et jubet alios | et ordonne d'autres *ouvriers encore* |
| arcessiri ex continenti, | être mandés du continent, |
| scribit Labieno | il écrit à Labiénus |
| ut iis legionibus, | qu'avec ces légions, |
| quæ sint apud eum, | qui étaient auprès de lui, |
| instituat | il commence |
| naves | des vaisseaux *aussi nombreux* [breux. |
| quam posset plurimas. | qu'il pourrait *construire* les plus nom- |
| Ipse, etsi erat res | Lui-même, quoique *ce* fût une affaire |
| multæ operæ ac laboris, | de beaucoup de soin et de travail, |
| tamen statuit | cependant décida |
| commodissimum esse | le *parti le* plus avantageux être |
| omnes naves subduci | tous les vaisseaux être tirés *à terre* |
| et conjungi cum castris | et être réunis avec le camp |
| una munitione. | par un-seul (le même) retranchement. |
| Consumit | Il emploie |
| circiter decem dies | environ dix jours |
| in his rebus, [turnis | dans (à) ces choses, |
| ne temporibus quidem noc- | le temps même de-la-nuit |
| intermissis | n'étant pas laissé-en-intervalle |
| ad laborem militum. | pour le travail des soldats. |
| Navibus subductis | Les vaisseaux ayant été tirés *à terre* |

castrisque egregie munitis, easdem copias, quas ante, præsidio
navibus reliquit : ipse eodem, unde redierat, proficiscitur. Eo
quum venisset, majores jam undique in eum locum copiæ
Britannorum convenerant, summa imperii bellique admini-
strandi communi consilio permissa Cassivellauno, cujus fines
a maritimis civitatibus flumen dividit, quod appellatur Tamesis,
a mari circiter millia passuum octoginta [1]. Huic superiore tempore cum reliquis civitatibus continentia bella intercesserant :
sed nostro adventu permoti Britanni hunc toti bello imperio-
que præfecerant.

XII. Britanniæ pars interior ab iis incolitur, quos natos in
insula ipsa memoria proditum dicunt : maritima pars ab iis,
qui prædæ ac belli inferendi causa ex Belgis transierant, qui
omnes fere iis nominibus civitatum appellantur, quibus orti
ex civitatibus eo pervenerunt, et bello illato ibi remanserunt,

le camp bien fortifié, César laissa pour garder la flotte les mêmes
troupes qu'auparavant, et retourna du côté d'où il était revenu. Lorsqu'il y fut rendu, les Bretons y étaient rassemblés en plus grand
nombre et, d'un commun accord, ils avaient remis le suprême commandement et la conduite de la guerre à Cassivellaunus, dont les
États, séparés des cités maritimes par un fleuve qu'on nomme la Tamise, étaient environ à quatre-vingts milles de la côte. Il n'avait
pas cessé, jusque-là, d'être en guerre avec toutes les autres cités;
mais l'effroi de notre arrivée avait déterminé les Bretons à lui confier
toute l'autorité.

XII. L'intérieur de la Bretagne est habité par des peuples que leurs
traditions prétendent nés dans l'île même : les bords de la mer le
sont par des Belges qui y passèrent pour faire la guerre et pour piller.
Ils s'y fixèrent ensuite et commencèrent à cultiver la terre : ils por-

| | |
|---|---|
| castrisque egregie munitis, | et le camp excellemment fortifié, |
| reliquit præsidio navibus | il laissa à garde aux (pour garder les) |
| easdem copias, | les mêmes troupes, [vaisseaux |
| quas ante : | qu'*il avait laissées* auparavant : |
| ipse proficiscitur eodem, | lui-même part pour-le-même-endroit, |
| unde redierat. | d'où il était revenu. |
| Quum venisset eo, | Comme il était arrivé là, |
| jam majores copiæ | déjà de plus grandes troupes |
| Britannorum | des Bretons |
| convenerant undique | s'étaient réunies de-toutes-parts |
| in eum locum, | dans cet endroit, |
| summa imperii | l'ensemble du commandement |
| bellique administrandi | et de la guerre à-conduire |
| permissa | ayant été remis |
| consilio communi | d'une résolution commune |
| Cassivellauno, | à Cassivellaunus, |
| cujus flumen, | dont un fleuve, |
| quod appellatur Tamesis, | qui est appelé Tamise, |
| dividit fines | sépare le territoire |
| a civitatibus maritimis, | des cités maritimes, |
| octoginta millia passuum | à quatre-vingts milliers de pas |
| circiter | environ |
| a mari. | de la mer. |
| Bella continentia | Des guerres continuelles |
| intercesserant huic | étaient arrivées à celui-ci |
| tempore superiore | dans le temps précédent |
| cum reliquis civitatibus : | avec le reste-des cités : |
| sed Britanni, | mais les Bretons, |
| permoti nostro adventu, | émus de notre arrivée, |
| præfecerant hunc | avaient préposé celui-ci |
| toti bello imperioque. | à toute la guerre et au commandement. |
| XII. Pars interior | XII. La partie intérieure |
| Britanniæ | de la Bretagne |
| incolitur ab iis, | est habitée par ces *peuples*, |
| quos dicunt | lesquels ils disent |
| proditum memoria | *avoir été* transmis par la tradition |
| natos in insula ipsa : | nés dans l'île même : |
| pars maritima | la partie maritime |
| ab iis qui transierant | par ceux qui avaient passé *en Bretagne* |
| ex Belgis | de chez les Belges |
| causa prædæ | en vue de butin |
| ac belli inferendi ; | et de guerre à-apporter ; |
| qui fere omnes | lesquels à peu près tous |
| appellantur | s'appellent |
| iis nominibus civitatum, | de ces (des) noms des cités, |
| ex quibus civitatibus orti | desquelles cités issus |
| pervenerunt eo, | ils arrivèrent là, |

atque agros colere cœperunt. Hominum est infinita multitudo creberrimaque ædificia, fere Gallicis consimilia : pecorum magnus numerus. Utuntur aut ære aut talis ferreis, ad certum pondus examinatis, pro nummo. Nascitur ibi plumbum album in mediterraneis regionibus, in maritimis ferrum ; sed ejus exigua est copia : ære utuntur importato. Materia cujusque generis, ut in Gallia, est, præter fagum atque abietem. Leporem et gallinam et anserem gustare fas non putant: hæc tamen alunt animi voluptatisque causa. Loca sunt temperatiora quam in Gallia, remissioribus frigoribus.

XIII. Insula natura triquetra, cujus unum latus est contra Galliam. Hujus lateris alter angulus, qui est ad Cantium [1], quo fere omnes ex Gallia naves appelluntur, ad orientem solem,

tent en général le nom des cités d'où ils sont venus. La population est immense ; les habitations, presque semblables à celles de la Gaule, sont très-rapprochées, et le bétail est très-nombreux. Ils emploient comme monnaie du cuivre, ou des espèces de dés de fer d'un poids déterminé. On trouve de l'étain dans l'intérieur des terres et du fer sur la côte, mais en petite quantité ; le cuivre leur vient du dehors. Ils ont les mêmes arbres que la Gaule, excepté le hêtre et le sapin. Ils ne se permettent de manger ni la poule, ni l'oie, ni le lièvre ; ils en élèvent cependant pour leur plaisir. Le climat est plus tempéré et le froid moins rude que dans la Gaule.

XIII. L'île est triangulaire : un des côtés regarde la Gaule. Le promontoire de Cantium, où d'ordinaire abordent les vaisseaux qui viennent de la Gaule, forme, à l'orient, son angle supérieur ; l'infé-

| | |
|---|---|
| et bello illato | et la guerre ayant été apportée |
| remanserunt ibi, | restèrent là, |
| atque cœperunt | et commencèrent |
| colere agros. | à cultiver des terres. |
| Multitudo hominum | La multitude des hommes (habitants) |
| est infinita | est immense [prochées), |
| ædificiaque creberrima, | et les habitations très-fréquentes (rap- |
| fere consimilia | à peu près toutes-semblables |
| Gallicis : | aux *habitations* gauloises : |
| numerus pecorum magnus. | le nombre du bétail *est* grand. |
| Utuntur pro nummo | Ils se servent pour monnaie |
| aut ære | ou de cuivre |
| aut talis ferreis, | ou de dés de-fer, |
| examinatis | pesés |
| ad pondus certum. | selon un poids déterminé. |
| Plumbum album | Du plomb blanc (de l'étain) |
| nascitur ibi | naît là |
| in regionibus | dans les contrées |
| mediterraneis, | du-milieu-des-terres, |
| ferrum in maritimis ; | du fer dans les *contrées* maritimes ; |
| sed copia ejus | mais la quantité de ce *fer* |
| est exigua : | est faible : |
| utuntur ære importato. | ils se servent de cuivre importé. |
| Materia cujusque generis | Du bois de chaque essence |
| est, ut in Gallia, | est *chez eux*, comme en Gaule, |
| præter fagum | excepté le hêtre |
| atque abietem. | et le sapin. |
| Non putant fas | Ils ne pensent pas *qu'il soit* permis |
| gustare leporem | de goûter (manger) du lièvre |
| et gallinam et anserem ; | et de la poule et de l'oie ; |
| alunt tamen hæc | ils nourrissent cependant ces *animaux* |
| causa animi | en vue de *leur* (par) caprice |
| voluptatisque. | et de *leur* (par) plaisir. |
| Loca sunt temperatiora | Les contrées sont plus tempérées |
| quam in Gallia, | qu'en Gaule, [tenses). |
| frigoribus remissioribus. | les froids *étant* plus relâchés (moins in- |
| XIII. Insula natura | XIII. L'île par *sa* nature |
| triquetra, | *est* triangulaire, |
| cujus unum latus | de laquelle un côté |
| est contra Galliam. | est vis-à-vis la Gaule. |
| Alter angulus hujus lateris, | L'un-des-deux angles de ce côté, |
| qui est ad Cantium, | qui est à Cantium, |
| quo appelluntur | où abordent |
| fere omnes naves | à peu près tous les vaisseaux |
| ex Gallia, | *venunt* de la Gaule, |
| spectat | regarde |
| ad solem orientem ; | vers le soleil levant. |

inferior ad meridiem spectat. Hoc latus tenet circiter millia
passuum quingenta [1]. Alterum vergit ad Hispaniam atque occi-
dentem solem, qua ex parte est Hibernia, dimidio minor, ut
æstimatur, quam Britannia; sed pari spatio transmissus, atque
ex Gallia, est in Britanniam. In hoc medio cursu est insula,
quæ appellatur Mona [2]; complures præterea minores objectæ
insulæ existimantur : de quibus insulis nonnulli scripserunt
dies continuos triginta sub bruma esse noctem. Nos nihil de
eo percontationibus reperiebamus, nisi certis ex aqua mensuris [3] breviores esse quam in continente noctes videbamus.
Hujus est longitudo lateris, ut fert illorum opinio, septingentorum millium [4]. Tertium est contra septentriones, cui parti
nulla est objecta terra ; sed ejus angulus lateris maxime ad
Germaniam spectat : huic millia passuum octingenta [5] in lon-

rieur est au midi. Ce côté a cinq cents milles environ. Le second
est tourné vers l'Espagne et le soleil couchant : dans cette partie est
l'Hibernie ; on estime qu'elle est plus petite de moitié que la Bretagne, dont elle est à la même distance que la Gaule. Entre la Bretagne et l'Hibernie est l'île de Mona ; on croit qu'en face de la côte se
trouvent aussi beaucoup de petites îles qui, suivant quelques écri-
vains, ont, au solstice d'hiver, une nuit de trente jours. Nos recherches ne nous apprirent rien là-dessus : seulement nous trouvâmes
par nos horloges d'eau que les nuits étaient plus courtes que sur le
continent. Les habitants donnent à ce côté sept cents milles de long.
Le troisième est au septentrion et n'a pas de terres en face. Un de
ses angles regarde plutôt la Germanie. On attribue à ce côté une lon-

| | |
|---|---|
| inferior ad meridiem. | l'angle inférieur regarde vers le midi. |
| Hoc latus tenet | Ce côté occupe |
| circiter quingenta millia | environ cinq-cents milliers |
| passuum. | de pas. |
| Alterum | L'autre côté |
| vergit ad Hispaniam | incline vers l'Espagne |
| atque solem occidentem, | et le soleil couchant, |
| ex qua parte est Hibernia, | duquel côté est l'Hibernie, |
| dimidio minor | de moitié moins-grande |
| quam Britannia, | que la Bretagne, |
| ut æstimatur; | à ce qu'on estime; |
| sed transmissus | mais la traversée |
| in Britanniam | d'Hibernie en Bretagne |
| est pari spatio | est de la même distance (longueur) |
| atque ex Gallia. | que de Gaule en Bretagne. |
| In medio hoc cursu | Au milieu-de ce trajet |
| est insula, | est une île, |
| quæ appellatur Mona; | qui est appelée Mona; |
| præterea | outre-cela |
| complures insulæ minores | plusieurs îles plus petites |
| existimantur objectæ : | sont crues être situées-en-face de la côte : |
| de quibus insulis | sur lesquelles îles |
| nonnulli scripserunt | quelques-uns ont écrit |
| sub bruma | disant à-l'époque-du solstice-d'hiver |
| noctem esse | la nuit être (régner) |
| triginta dies continuos. | trente jours de-suite. |
| Nos reperiebamus | Nous ne trouvions (n'avons appris) |
| nihil de eo | rien sur cela |
| percontationibus, | par nos informations, |
| nisi videbamus | sinon que nous voyions |
| mensuris certis | par les mesures de temps déterminées |
| ex aqua | tirées de l'eau (des clepsydres) |
| noctes esse breviores | les nuits être plus courtes |
| quam in continenti. | que sur le continent. |
| Longitudo hujus lateris, | La longueur de ce côté, [(des Bretons), |
| ut fert opinio illorum, | à ce que comporte l'évaluation de ceux-là |
| est | est |
| septingentorum millium. | de sept-cents milles. |
| Tertium | Le troisième côté |
| est contra septentriones, | est vis-à-vis le septentrion, |
| cui parti nulla terra | à laquelle partie aucune terre |
| est objecta | n'est faisant-vis-à-vis; |
| sed angulus ejus lateris | mais un angle de ce côté |
| spectat ad Germaniam | regarde vers la Germanie |
| maxime : | de-préférence : |
| existimatur | on estime |
| octingenta millia passuum | huit-cents milliers de pas |

gitud.nem esse, existimatur. Ita omnis insula est in circuitu vicies centum millium passuum [1].

XIV. Ex his omnibus longe sunt humanissimi, qui Cantium incolunt, quæ regio est maritima omnis, neque multum a Gallica differunt consuetudine. Interiores plerique frumenta non serunt, sed lacte et carne vivunt pellibusque sunt vestiti. Omnes vero se Britanni vitro inficiunt, quod cæruleum efficit colorem; atque hoc horridiore sunt in pugna adspectu : capilloque sunt promisso atque omni parte corporis rasa, præter caput et labrum superius. Uxores habent deni duodenique inter se communes, et maxime fratres cum fratribus parentesque cum liberis; sed, si qui sunt ex his nati, eorum habentur liberi, quo primum virgo quæque deducta est.

XV. Equites hostium essedariique acriter prœlio cum equitatu nostro in itinere conflixerunt, tamen ut nostri omni-

gueur de huit cents milles. Ainsi le circuit entier de l'île est à peu de deux mille milles.

XIV. Les plus civilisés des habitants sont, sans contredit, ceux du Cantium, pays absolument maritime, où les mœurs diffèrent peu de celles des Gaulois. Les habitants de l'intérieur ne sèment guère de blé; ils vivent de chair et de laitage et se couvrent de peaux. Tous les Bretons se frottent de pastel et se colorent ainsi en bleu; ce qui rend leur aspect hideux dans le combat. Ils portent les cheveux longs et se rasent tout le corps, excepté la tête et la lèvre supérieure. Chez eux, les femmes sont communes entre dix et douze, surtout entre les frères et les frères, entre les pères et les fils : mais les enfants qu'elles ont appartiennent à celui qui le premier les a connues vierges.

XV. Pendant la marche, la cavalerie ennemie et les chariots engagèrent vivement le combat avec nos cavaliers, qui cependant eurent l'avan-

| | |
|---|---|
| in longitudinem | en longueur |
| esse huic. | être à ce *côté*. |
| Ita omnis insula | Ainsi toute l'île |
| est in circuitu [suum. | est en circuit (a un circuit) |
| vicies centum millium pas- | de vingt-fois cent mille pas. |
| XIV. Ex omnibus his | XIV. De tous ces *peuples* |
| humanissimi longe | les plus civilisés de loin (de beaucoup) |
| suntqui incolunt Cantium, | sont *ceux* qui habitent le Cantium, |
| quæ regio | laquelle contrée |
| est maritima omnis, | est maritime tout-entière, |
| neque differunt multum | et ils ne diffèrent pas beaucoup |
| a consuetudine Gallica. | des mœurs gauloises. |
| Plerique interiores | La plupart de ceux de-l'intérieur |
| non serunt frumenta, | ne sèment pas de blé, |
| sed vivunt lacte et carne | mais vivent de lait et de viande |
| suntque vestiti pellibus. | et sont vêtus de peaux. |
| Omnes vero Britanni | Mais tous les Bretons |
| se inficiunt vitro, | se teignent de pastel, |
| quod efficit | ce qui *leur* fait |
| colorem cæruleum ; | une couleur bleue ; |
| atque hoc | et par cela |
| sunt adspectu horridiore | ils sont d'un aspect plus horrible |
| in pugna : | dans le combat : |
| suntque capillo promisso | et ils sont de (ont) une chevelure longue |
| atque omni parte corporis | et toute partie du corps |
| rasa, | rasée, |
| præter caput | excepté la tête |
| et labrum superius. | et la lèvre supérieure. |
| Deni duodenique | Dix-par-dix et douze-par-douze |
| habent uxores | ils ont des épouses |
| communes inter se, | communes entre eux, |
| et maxime | et surtout |
| fratres cum fratribus | les frères avec les frères |
| parentesque cum liberis ; | et les parents avec les enfants ; |
| sed si qui | mais si quelques *enfants* |
| nati sunt ex his, | sont nés de ces *épouses*, |
| habentur liberi | ils sont tenus (passent) *pour* les enfants |
| eorum quo | de ceux où (chez qui) |
| primum | pour-la-première-fois |
| quæque deducta est virgo. | chaque *femme* a été menée vierge. |
| XV. Equites hostium | XV. Les cavaliers des ennemis |
| essedariique | et les combattants-montés-sur-des-chars |
| conflixerunt acriter prœlio | luttèrent vivement par le combat |
| cum nostro equitatu | avec notre cavalerie |
| in itinere, | dans la marche, |
| tamen ut nostri | cependant *de telle sorte* que les nôtres |
| fuerint superiores | furent supérieurs |

bus partibus superiores fuerint, atque eos in silvas collesque
compulerint : sed compluribus interfectis, cupidius insecuti,
nonnullos ex suis amiserunt. At illi, intermisso spatio, im-
prudentibus nostris atque occupatis in munitione castrorum,
subito se ex silvis ejecerunt, impetuque in eos facto, qui erant
in statione pro castris collocati, acriter pugnaverunt, duabusque missis subsidio cohortibus a Cæsare, atque his primis
legionum duarum, quum hæ, perexiguo intermisso loci spatio
inter se, constitissent, novo genere pugnæ perterritis nostris,
per medios audacissime perruperunt, seque inde incolumes
receperunt. Eo die Q. Laberius Durus, tribunus militum,
interficitur. Illi, pluribus submissis cohortibus, repelluntur.

XVI. Toto hoc in genere pugnæ, quum sub oculis omnium
ac pro castris dimicaretur, intellectum est nostros propter

tage sur tous les points et refoulèrent les Bretons sur les hauteurs et
dans les bois : mais, après avoir tué beaucoup de monde, comme ils
poursuivaient l'ennemi avec trop d'ardeur, ils essuyèrent aussi quelques pertes. Au bout de quelque temps, tandis que nos troupes, qui
ne se méfiaient de rien, travaillaient aux retranchements, les Bretons,
s'élançant du bois, fondirent sur le poste placé en avant du camp,
et le chargèrent vivement. César fit marcher au secours deux cohortes, les premières de deux légions, et, comme elles se furent for-
mées à peu de distance l'une de l'autre, tout étonnées de la nouvelle
manière de combattre des ennemis, ils se jetèrent entre deux avec
une extrême audace et se retirèrent sains et saufs. Un tribun des
soldats, Q. Labérius Durus, fut tué dans cette journée. On détacha
un plus grand nombre de cohortes, et les Bretons furent repoussés.

XVI. Cette affaire, qui eut lieu aux portes du camp, sous les yeux
de l'armée entière, fit voir que notre infanterie, à cause du poids de

| | |
|---|---|
| omnibus partibus, | de tous les côtés, |
| atque compulerint eos | et refoulèrent eux (les ennemis) |
| in silvas collesque : | dans les forêts et les collines ; |
| sed compluribus interfectis, | mais beaucoup ayant été tués, |
| insecuti cupidius, | ayant poursuivi trop ardemment *le reste*, |
| amiserunt | ils perdirent |
| nonnullos ex suis. | quelques-uns des leurs. |
| At illi, | Mais ceux-là (les ennemis). [intervalle, |
| spatio intermisso, | de l'espace (du temps) étant laissé-en- |
| nostris imprudentibus | les nôtres ne-s'y-attendant-pas |
| atque occupatis | et étant occupés |
| in munitione castrorum, | à la fortification du camp, |
| se ejecerunt subito | s'élancèrent tout à coup |
| ex silvis, | des forêts, |
| impetuque facto | et une charge étant faite |
| in eos qui collocati erant | contre ceux qui avaient été placés |
| in statione pro castris, | de garde devant le camp, |
| pugnaverunt acriter : | ils combattirent vivement : |
| duabusque cohortibus | et deux cohortes |
| missis subsidio | ayant été envoyées au secours |
| a Cæsare, | par César, [premières) |
| atque his primis | et celles-là les premières (et c'étaient les |
| duarum legionum, | de deux légions, |
| quum hæ constitissent, | comme elles s'étaient établies, |
| perexiguo spatio loci | un très-petit intervalle de place |
| intermisso inter se, | étant laissé entre elles, |
| nostris perterritis | les nôtres ayant été effrayés |
| genere novo pugnæ, | de *ce* genre nouveau de combat, |
| perruperunt | ils (les ennemis) firent-irruption |
| audacissime | très-audacieusement |
| per medios, | à travers le milieu-de *nos soldats*, |
| seque receperunt inde | et se retirèrent de là |
| incolumes. | sains-et-saufs. |
| Eo die | Ce jour-là |
| Q. Laberius Durus, | Q. Labérius Durus, |
| tribunus militum, | tribun des soldats, |
| interficitur. | est tué. |
| Illi, | Ceux-là (les ennemis), |
| pluribus cohortibus | de plus nombreuses cohortes |
| submissis, | ayant été envoyées-ensuite, |
| pelluntur. [gnæ | sont repoussés. |
| XVI. In hoc genere pu- | XVI. Dans ce genre de combat |
| toto, | tout-entier, |
| quum dimicaretur | comme on combattait |
| sub oculis omnium | sous les yeux de tous |
| ac pro castris, | et devant le camp, |
| intellectum est | il fut compris |

gravitatem armaturæ, quod neque insequi cedentes possent,
neque ab signis discedere auderent, minus aptos esse ad hujus
generis hostem ; equites autem magno cum periculo prœlio
dimicare, proptérea quòd illi etiam consulto plerumque cede-
rent, et, quum paulum ab legionibus nostros removissent, ex
essedis desilirent et pedibus dispari prœlio contenderent.
Equestris autem prœlii ratio et cedentibus et insequentibus
par atque idem periculum inferebat. Accedebat huc ut nunquam conferti, sed rari magnisque intervallis prœliarentur,
stationesque dispositas haberent, atque alios alii deinceps
exciperent, integrique et recentes defatigatis succederent.

XVII. Postero die procul a castris hostes in collibus constiterunt, rarique se ostendere, et lenius quam pridie nostros
equites prœlio lacessere cœperunt. Sed meridie, quum Cæsar

ses armes, n'avait point d'avantage contre un ennemi de cette espèce, parce qu'elle ne pouvait le poursuivre dans sa retraite, et
qu'elle n'osait pas s'éloigner des enseignes ; quant à la cavalerie,
elle s'exposait beaucoup en attaquant, parce que les barbares
fuyaient souvent à dessein, et, lorsqu'ils l'avaient attirée à quelque
distance des légions, sautant alors de leurs chars à terre, ils lui livraient
à pied un combat inégal. Cette manœuvre était donc également dan
gereuse pour notre cavalerie, soit qu'elle reculât, soit qu'elle pour·
suivît. Ajoutons que les ennemis ne combattaient jamais serrés,
mais en se dispersant à de grands intervalles, et qu'ils postaient leurs
pelotons sur divers points, de façon qu'ils se succédaient sans cesse
et que des hommes frais remplaçaient les combattants fatigués.

XVII. Le lendemain, les ennemis prirent position loin du camp,
sur des collines, ne se montrant qu'en petit nombre, et harcelèrent
notre cavalerie avec moins de vivacité que la veille. Mais à midi,

| | |
|---|---|
| nostros, | les nôtres (nos soldats), |
| propter gravitatem | à-cause-de la pesanteur |
| armaturæ, | de *leurs* armes, |
| quod neque possent | parce que et ils ne pouvaient pas |
| insequi cedentes, | poursuivre *les ennemis* se retirant, |
| neque auderent | et ils n'osaient pas |
| discedere ab signis, | s'écarter des enseignes, |
| esse minus aptos | être moins aptes |
| ad hostem hujus generis; | pour *combattre* un ennemi de cette espèce; |
| equites autem | d'autre-part les cavaliers |
| dimicare prœlio | lutter dans le combat |
| cum magno periculo, | avec un grand danger, |
| propterea quod illi etiam | parce que ceux-là (les ennemis) encore |
| cederent plerumque | se retiraient le plus souvent |
| consulto,    [lum nostros | à dessein,                [nôtres |
| et, quum removissent pau- | et, quand ils avaient écarté un peu les |
| ab legionibus, | des légions, |
| desilirent ex essedis | sautaient-en-bas des chariots |
| et contenderent pedibus | et luttaient à pied |
| prœlio dispari. | dans un combat inégal. |
| Ratio autem | Or le système |
| prœlii equestris | du combat à-cheval |
| inferebat periculum par | apportait un danger égal |
| atque idem | et le même |
| et cedentibus | et aux *nôtres* se retirant |
| et insequentibus. | et aux *nôtres* poursuivant. |
| Huc accedebat | Là (à cela) s'ajoutait |
| ut nunquam prœliarentur | que jamais *les ennemis* ne combattaient |
| conferti, | serrés (en troupe serrée), |
| sed rari | mais dispersés |
| magnisque intervallis, | et à de grandes distances, |
| haberentque stationes | et avaient des postes |
| dispositas, | disposés *en divers endroits*, |
| atque alii deinceps | et que d'autres successivement |
| exciperent alios, | reprenaient (prenaient la place) d'autres, |
| integri et recentes | et que des *soldats* non-entamés et frais |
| succederent defatigatis. | remplaçaient les *combattants* fatigués. |
| XVII. Die postero | XVII. Le jour suivant |
| hostes | les ennemis |
| constiterunt in collibus | se tinrent sur les collines |
| procul a castris, | loin du camp, |
| cœperuntque se ostendere | et commencèrent à se montrer |
| rari, | peu-nombreux, |
| et lacessere nostros equites | et à harceler nos cavaliers |
| prœlio | par le combat |
| lenius quam pridie. | plus mollement que la veille. |
| Sed meridie, | Mais à midi, |

pabulandi causa tres legiones atque omnem equitatum cum
C. Trebonio legato misisset, repente ex omnibus partibus ad
pabulatores advolaverunt, sic, uti ab signis ' legionibusque non
absisterent. Nostri, acriter in eos impetu facto, repulerunt,
neque finem sequendi fecerunt, quoad subsidio confisi equites, quum post se legiones viderent, præcipites hostes egerunt:
magnoque eorum numero interfecto, neque sui colligendi,
neque consistendi, aut ex essedis desiliendi facultatem dederunt. Ex hac fuga protinus, quæ undique convenerant, auxilia
discesserunt : neque post id tempus unquam summis nobis-
cum copiis hostes contenderunt.

XVIII. Cæsar, cognito consilio eorum, ad flumen Tamesin
in fines Cassivellauni exercitum duxit ; quod flumen uno
omnino loco pedibus, atque hoc ægre, transiri potest. Eo
quum venisset, animum advertit, ad alteram fluminis ripam

---

César ayant envoyé le lieutenant C. Trébonius au fourrage avec trois
légions et toute la cavalerie, ils tombèrent de toutes parts sur les
fourrageurs, et même osèrent s'approcher des enseignes et des légions. Les nôtres les chargèrent avec impétuosité, les culbutèrent et
ne cessèrent de les poursuivre que lorsque notre cavalerie, se sentant
soutenue par l'infanterie qu'elle voyait derrière elle, pourchassa leurs
bandes en déroute : on leur tua beaucoup de monde, sans leur donner le temps ni de se rallier, ni de s'arrêter, ni de sauter de leurs
chars. Les auxiliaires qui avaient accouru de tous côtés se retirèrent
après cette déroute, et dès lors l'ennemi ne nous livra plus bataille
avec toutes ses forces.

XVIII. Instruit de cette résolution, César conduisit son armée
vers la Tamise, sur le territoire de Cassivellaunus. Le fleuve n'a
qu'un seul gué, qui même est très-difficile. Arrivé sur le bord. Cé-

| | |
|---|---|
| quum Cæsar | comme César |
| misisset tres legiones | avait envoyé trois légions |
| atque omnem equitatum | et toute la cavalerie |
| cum C. Trebonio legato | avec C. Trébonius *son* lieutenant |
| causa pabulandi, | en vue de faire-du-fourrage, |
| repente advolaverunt | tout à coup ils s'élancèrent |
| ex omnibus partibus | de tous les côtés |
| ad pabulatores, | vers les fourrageurs, |
| sic uti non absisterent | de-telle-sorte qu'ils ne s'éloignaient pas |
| ab signis legionibusque. | des enseignes et des légions. |
| Nostri, | Les nôtres, [contre eux |
| impetu facto acriter in eos, | une charge ayant été faite vivement |
| repulerunt, | *les* repoussèrent, |
| neque fecerunt finem | et ne firent pas une fin (ne cessèrent pas) |
| sequendi, | de *les* poursuivre, |
| quoad equites | jusqu'à ce que les cavaliers |
| confisi subsidio, | comptant sur un appui, |
| quum viderent legiones | puisqu'ils voyaient les légions |
| post se, | derrière eux, |
| egerunt hostes | poussèrent les ennemis |
| præcipites : | fuyant-à-la-hâte : |
| magnoque numero eorum | et un grand nombre d'eux |
| interfecto, | ayant été tué, |
| dederunt facultatem | ils *ne leur* donnèrent la facilité (le temps) |
| neque sui colligendi, | ni de se rallier, |
| neque consistendi, | ni de s'arrêter, |
| aut desiliendi ex essedis. | ou (ni) de sauter-à-bas des chariots. |
| Protinus ex hac fuga, | Aussitôt après cette déroute, |
| auxilia, | les troupes-auxiliaires, |
| quæ convenerant undique, | qui avaient afflué de-tous-côtés, |
| discesserunt : | se dispersèrent : |
| neque unquam | et jamais |
| post id tempus | après (depuis) ce moment |
| hostes | les ennemis |
| contenderunt nobiscum | ne luttèrent avec nous |
| summis copiis. | avec l'ensemble-de *leurs* troupes. |
| XVIII. Cæsar, | XVIII. César, |
| consilio eorum cognito, | la résolution d'eux étant connue, |
| duxit exercitum | conduisit *son* armée |
| ad flumen Tamesin | vers le fleuve de la Tamise |
| in fines Cassivellauni, | sur le territoire de Cassivellaunus; |
| quod flumen | lequel fleuve |
| potest transiri pedibus | peut être passé à pied |
| uno loco omnino, | dans un-seul endroit en tout, |
| atque hoc ægre. | et cela difficilement. |
| Quum venisset eo, | Comme il était arrivé là, |
| advertit animum, | il tourna *son* esprit vers *ceci* (remarqua) |

magnas esse copias hostium instructas : ripa autem erat acutis
sudibus præfixis munita ; ejusdemque generis sub aqua de-
fixæ sudes flumine tegebantur. His rebus cognitis a captivis
perfugisque, Cæsar, præmisso equitatu, confestim legiones
subsequi jussit. Sed ea celeritate atque eo impetu milites
ierunt, quum capite solo ex aqua exstarent, ut hostes impetum legionum atque equitum sustinere non possent ripasque
dimitterent ac se fugæ mandarent

XIX. Cassivellaunus, ut supra demonstravimus [1], omni de-
posita spe contentionis, dimissis amplioribus copiis, millibus
circiter quatuor essedariorum relictis, itinera nostra servabat,
paululumque ex via excedebat, locisque impeditis ac silvestribus sese occultabat, atque iis regionibus, quibus nos iter
facturos cognoverat, pecora atque homines ex agris in silvas
compellebat ; et, quum equitatus noster liberius prædandi

sar vit un corps nombreux d'ennemis rangé en bataille sur l'autre
rive : elle était défendue par des palissades aiguës, et l'eau du fleuve
cachait de pareils pieux, enfoncés dans son lit. Instruit de ces circonstances par des prisonniers et des déserteurs, César envoie la
cavalerie en avant, et la fait suivre de près par les légions. Les soldats, quoiqu'ils n'eussent que la tête hors de l'eau, s'avancèrent avec
un tel élan et une telle rapidité, que l'ennemi, ne pouvant soutenir
le choc des légions et de la cavalerie, abandonna la rive et prit la
fuite.

XIX. Cassivellaunus, ayant perdu tout espoir de soutenir la lutte,
ainsi que nous l'avons dit plus haut, licencia le gros de son armée
et ne garda que quatre mille chars environ avec lesquels il observait
notre marche, s'écartant un peu de la route, se cachant dans les endroits fourrés et couverts de bois, et faisant rentrer dans les forêts
le bétail et les habitants des lieux où il voyait que nous devions
passer : et, quand notre cavalerie se répandait trop au loin pour

| | |
|---|---|
| magnas copias hostium | de grandes troupes d'ennemis |
| instructas esse | avoir été rangées-en bataille |
| ad alteram ripam : | sur l'autre rive : |
| ripa autem munita erat | or la rive avait été garnie |
| sudibus acutis præfixis ; | de pieux aigus enfoncés-au-devant ; |
| sudesque ejusdem generis | et des pieux de la même espèce |
| defixæ sub aqua | enfoncés sous l'eau |
| tegebantur flumine. | étaient cachés par le fleuve. |
| His rebus cognitis | Ces choses ayant été apprises |
| a captivis perfugisque, | des prisonniers et des transfuges, |
| Cæsar, | César, |
| equitatu præmisso, | la cavalerie ayant été envoyée-en-avant, |
| jussit legiones subsequi | ordonna les légions suivre-de-près |
| confestim. | aussitôt. |
| Sed milites | Mais les soldats [dité |
| ierunt ea celeritate | marchèrent avec cette (une telle) rapi- |
| atque eo impetu, | et cet (un tel) élan, |
| quum exstarent ex aqua | tandis qu'ils étaient-au-dessus de l'eau |
| capite solo, | de la tête seule, |
| ut hostes | que les ennemis |
| non possent sustinere | ne purent pas soutenir |
| impetum legionum | le choc des légions |
| atque equitum | et des cavaliers |
| dimitterentque ripas | et abandonnèrent les rives [dans) la fuite. |
| ac se mandarent fugæ. | et se confièrent à (cherchèrent leur salut |
| XIX. Cassivellaunus, | XIX. Cassivellaunus, |
| omni spe contentionis | tout espoir de lutte |
| deposita, | étant déposé (perdu), |
| ut demonstravimus supra, | comme nous l'avons indiqué ci-dessus, |
| amplioribus copiis | le gros-de ses troupes |
| dimissis, | étant congédié, |
| circiter quatuor millibus | environ quatre milliers |
| essedariorum | de soldats-combattant-sur-des-chariots |
| relictis, | étant laissés (retenus près de lui), |
| servabat nostra itinera, | observait notre marche, |
| excedebatque paululum | et s'écartait un peu |
| ex via, | de la route, |
| seseque occultabat | et se cachait |
| locis impeditis | dans des lieux embarrassés |
| ac silvestribus, | et boisés, |
| atque iis regionibus, | et dans ces contrées, |
| quibus cognoverat | dans lesquelles il avait appris |
| nos facturos iter, | nous devoir faire route, |
| compellebat | il rassemblait |
| ex agris in silvas | des champs dans les forêts |
| pecora atque homines ; | le bétail et les hommes (habitants), |
| et, quum noster equitatus | et, quand notre cavalerie |

vastandique causa se in agros effunderet, omnibus viis notis
semitisque, essedarios ex silvis emittebat et magno cum periculo nostrorum equitum cum iis confligebat, atque hoc metu
latius vagari prohibebat. Relinquebatur ut neque longius ab
agmine legionum discedi Cæsar pateretur, et tantum in agris
vastandis incendiisque faciendis hostibus noceretur, quantum
labore atque itinere legionarii milites efficere poterant.

**XX.** Interim Trinobantes [1], prope firmissima earum regionum civitas, ex qua Mandubratius adolescens, Cæsaris fidem
secutus, ad eum in continentem Galliam venerat ( cujus pater
Imanuentius in ea civitate regnum obtinuerat interfectusque
erat a Cassivellauno ; ipse fuga mortem vitaverat ), legatos ad
Cæsarem mittunt pollicenturque sese ei dedituros atque imperata facturos : petunt ut Mandubratium ab injuria Cassi-

piller et ravager, comme il connaissait tous les chemins et tous les
sentiers, il lançait ses chars hors des forêts et engageait avec elle
des combats où elle courait toujours de grands dangers ; ce qui l'empêchait d'étendre ses courses. César ne pouvait donc lui permettre
de s'éloigner des légions , et le seul mal qu'éprouva l'ennemi fut
celui que put lui causer l'infanterie au milieu de ses travaux et de
ses marches, en dévastant et brûlant ses propriétés.

XX. Cependant les Trinobantes, cité la plus puissante à peu près
de ces cantons, de laquelle était Mandubratius, jeune homme qui
s'étant attaché à César, était venu le trouver sur le continent ( son
père, Immanuentiu  qui avait été roi du pays, avait été mis à mort
par Cassivellaunus, et lui-même n'avait échappé que par la fuite)
envoyèrent des députés à César et lui promirent de se soumettre,
d'exécuter ses ordres : ils le priaient en même temps de protége

| | |
|---|---|
| se effunderet in agros | se répandait dans les champs |
| liberius | plus librement *que d'habitude* |
| causa prædandi | en vue de piller |
| vastandique | et de dévaster, |
| omnibus viis semitisque | toutes les routes et les sentiers |
| notis, | étant connus *de lui*, |
| emittebat ex silvis | il envoyait des forêts |
| essedarios, | des soldats-combattant-sur-des-chariots, |
| et confligebat cum iis | et luttait avec ceux-ci |
| cum magno periculo | avec un grand péril |
| nostrorum equitum, | de (pour) nos cavaliers, |
| atque hoc metu | et par cette crainte |
| prohibebat vagari latius. | *les* empêchait de courir plus au loin. |
| Relinquebatur | *Ceci* était laissé (restait) |
| ut neque Cæsar pateretur | que et César ne souffrît pas |
| discedi longius | qu'on s'écartât un-peu-loin |
| agmine legionum, | de la marche des légions, |
| et noceretur hostibus | et qu'on nuisît aux ennemis |
| in vastandis agris | en dévastant *leurs* champs |
| faciendisque incendiis | et en faisant (allumant) des incendies |
| tantum | autant *seulement* |
| quantum milites legionarii | que les soldats légionnaires |
| poterant efficere | pouvaient accomplir |
| labore atque itinere. | par le travail et la marche. |
| **XX.** Interim | **XX.** Cependant |
| Trinobantes, | les Trinobantes, |
| civitas prope firmissima | la cité à peu près la plus puissante |
| earum regionum, | de ces contrées, |
| ex qua | de laquelle |
| adolescens Mandubratius, | le jeune Mandubratius, |
| secutus fidem Cæsaris, | ayant suivi (embrassé) le parti de César, |
| venerat ad eum | était venu vers lui |
| in continentem Galliam | sur le continent *de* la Gaule |
| (cujus pater Imanuentius | (dont le père Imanuentius |
| obtinuerat regnum | avait occupé la royauté |
| in ea civitate | dans cette cité |
| interfectusque erat | et avait été tué |
| a Cassivellauno; | par Cassivellaunus; |
| ipse vitaverat mortem | lui-même avait évité la mort |
| fuga), | par la fuite), |
| mittunt legatos | envoient des députés |
| ad Cæsarem | à César |
| pollicenturque | et promettent |
| sese dedituros ei | de se donner à lui |
| atque facturos imperata: | et d'exécuter *ses* ordres : |
| petunt | ils demandent |
| ut defendat Mandubratium | qu'il protége Mandubratius |

vellauni defendat, atque in civitatem mittat, qui præsit impe-
riumque obtineat. His Cæsar imperat obsides quadraginta
frumentumque exercitui, Mandubratiumque ad eos mittit. Illi
imperata celeriter fecerunt, obsides ad numerum frumentaque
miserunt.

XXI. Trinobantibus defensis atque ab omni militum injuria
prohibitis, Cenimagni, Segontiaci, Ancalites, Bibroci, Cassi [1],
legationibus missis, sese Cæsari dedunt. Ab his cognoscit non
longe ex eo loco oppidum Cassivellauni abesse, silvis palu-
dibusque munitum, quo satis magnus hominum pecorisque
numerus convenerit. Oppidum autem Britanni vocant, quum
silvas impeditas vallo atque fossa munierunt, quo incursionis
hostium vitandæ causa convenire consuerunt. Eo proficiscitur
cum legionibus : locum reperit egregie natura atque opere
munitum ; tamen hunc duabus ex partibus oppugnare conten-

Mandubratius contre les violences de Cassivellaunus et de le leur envoyer pour être à la tête du gouvernement. César exigea d'eux quarante otages, avec du blé pour l'armée, et leur envoya Mandubratius.
Ils exécutèrent promptement ces ordres et livrèrent exactement les
otages et le blé.

XXI. Voyant les Trinobantes protégés et mis à l'abri de toute in-
sulte de la part du soldat, les Cénimagnes, les Ségontiaques, les
Ancalites, les Bibroces, les Cassiens députèrent vers César et se sou-
mirent. Il apprit d'eux qu'il n'était pas loin de la ville de Cassivellaunus, qui était défendue par des bois et des marais, et où les Bretons s'étaient réfugiés en assez grand nombre avec leur bétail. Les
Bretons appellent ville un bois très-fourré, qu'ils entourent d'un
rempart et d'un fossé, et où ils se réfugient pour échapper aux incursions de l'ennemi. César part avec ses légions, trouve une place bien
fortifiée par la nature et par l'art, et néanmoins entreprend de don-

| | |
|---|---|
| ab injuria Cassivellauni, | contre l'injustice de Cassivellaunus, |
| atque mittat in civitatem, | et *l'*envoie dans *leur* cité, |
| qui præsit | lequel serait (pour être)-à-leur-tête |
| obtineatque imperium | et posséderait (posséder) l'autorité. |
| Cæsar imperat his | César commande à eux |
| quadraginta obsides | quarante otages |
| frumentumque exercitui. | et du blé pour l'armée, |
| mittitque Mandubratium | et envoie Mandubratius |
| ad eos. | chez eux. |
| Illi fecerunt imperata | Ceux-ci exécutèrent *ses* ordres |
| celeriter, | promptement, |
| miserunt obsides | envoyèrent des otages |
| ad numerum | jusqu'au nombre *fixé* |
| frumentaque. | et du blé. |
| XXI. Trinobantibus | XXI. Les Trinobantes |
| defensis | étant protégés |
| atque prohibitis | et écartés (mis à l'abri) |
| ab omni injuria militum, | de toute insulte des soldats, |
| Cenimagni, Segontiaci. | les Cénimagnes, les Ségontiaques, |
| Ancalites, Bibroci, Cassi, | les Ancalites, les Bibroces, les Cassiens, |
| legationibus missis, | des députations ayant été envoyées, |
| sese dedunt Cæsari. | se donnent à César. |
| Cognoscit ex his | Il apprend de ceux-ci |
| oppidum Cassivellauni | la ville de Cassivellaunus |
| abesse non longe | être-distante non loin |
| ab eo loco, | de cet endroit, |
| munitum silvis | fortifiée par des forêts |
| paludibusque, | et des marais, |
| quo numerus satis magnus | *et* où un nombre assez grand |
| hominum pecorisque | d'hommes et de bétail |
| convenerit. | s'était rassemblé. |
| Britanni autem | Or les Bretons |
| vocant oppidum, | appellent (disent que c'est) une ville, |
| quum munierunt | lorsqu'ils ont fortifié |
| vallo atque fossa | d'une palissade et d'un fossé |
| silvas impeditas, | des forêts embarrassées (épaisses), |
| quo consuerunt convenire | où ils ont-coutume de se rassembler |
| causa vitandæ incursionis | en vue d'éviter une incursion |
| hostium. | des ennemis. |
| Proficiscitur eo | Il part *pour aller* là |
| cum legionibus : | avec les légions : |
| reperit locum | il trouve un endroit |
| egregie munitum | excellemment fortifié |
| natura atque opere ; | par la nature et le travail *des hommes* |
| tamen contendit | cependant il s'efforce |
| oppugnare hunc | d'assaillir cet *endroit* |
| ex duabus partibus. | de deux côtés. |

dit. Hostes, paulisper morati, militum nostrorum impetum non tulerunt, seseque alia ex parte oppidi ejecerunt. Magnus ibi numerus pecoris repertus, multique in fuga sunt comprehensi atque interfecti.

XXII. Dum hæc in his locis geruntur, Cassivellaunus ad Cantium, quod esse ad mare supra[1] demonstravimus, quibus regionibus quatuor reges præerant, Cingetorix, Carvilius, Taximagulus, Segonax, nuntios mittit, atque his imperat uti, coactis omnibus copiis, castra navalia de improviso adoriantur atque oppugnent. Ii quum ad castra venissent, nostri, eruptione facta, multis eorum interfectis, capto etiam nobili duce Lugotorige, suos incolumes reduxerunt. Cassivellaunus, hoc prœlio nuntiato, tot detrimentis acceptis, vastatis finibus, maxime etiam permotus defectione civitatum, legatos per Atrebatem Commium[2] de deditione ad Cæsarem mittit. Cæsar, quum statuisset hiemem in continenti propter repentinos

ner l'assaut de deux côtés. Les ennemis, après avoir résisté un moment, ne purent soutenir le choc de nos soldats et se sauvèrent par une autre partie de la ville. On y trouva quantité de bétail, on prit et on tua beaucoup de fuyards.

XXII. Tandis que cela se passait dans cette contrée, Cassivellaunus dépêchait des exprès dans le Cantium, situé près de la mer, comme nous l'avons dit, et qui était gouverné par quatre rois, Cingétorix, Carvilius, Taximagulus et Ségonax ; il leur commande de réunir toutes leurs forces, d'attaquer à l'improviste et d'emporter le camp maritime. Comme ils s'en approchaient, on fit une sortie, on leur tua beaucoup de monde, sans perdre un seul homme, et l'on prit même un chef de distinction, Lugotorix. A la nouvelle de cette défaite, Cassivellaunus, ébranlé par tant d'échecs, par le ravage de ses terres, surtout par la défection des cités, adressa, par l'entremise de l'Atrébate Commius, des députés à César pour faire sa soumission. Comme, à cause des brusques mouvements des Gaulois, César avait

| | |
|---|---|
| Hostes, | Les ennemis, |
| morati paulisper, | *nous* ayant retardés un peu, |
| non tulerunt impetum | ne supportèrent pas l'élan |
| nostrorum militum, | de nos soldats, |
| seque ejecerunt | et s'élancèrent-au-dehors |
| ex alia parte oppidi. | d'un autre côté de la ville. |
| Magnus numerus pecoris | Un grand nombre de bétail |
| repertus ibi, | *fut* trouvé là, |
| multique in fuga | et beaucoup *d'hommes* dans la fuite |
| comprehensi sunt | furent saisis |
| atque interfecti. | et tués. |
| XXII. Dum hæc | XXII. Tandis que ces *événements* |
| geruntur in his locis, | se passent dans ces lieux, |
| Cassivellaunus | Cassivellaunus |
| mittit nuntios ad Cantium, | envoie des messagers dans le Cantium, |
| quod demonstravimus | que nous avons indiqué |
| supra | ci-dessus |
| esse ad mare, | être auprès de la mer, |
| quibus regionibus | auxquelles contrées |
| quatuor reges præerant, | quatre rois commandaient, |
| Cingetorix, Carvilius, | Cingétorix, Carvilius, |
| Taximagulus, Segonax, | Taximagulus, Ségonax, |
| atque imperat his uti, | et commande à ceux-ci que, |
| omnibus copiis coactis, | toutes *leurs* troupes étant rassemblées, |
| adoriantur de improviso | ils attaquent à l'improviste |
| atque oppugnent | et forcent |
| castra navalia. | le camp naval. |
| Quum ii venissent | Comme ceux-ci étaient venus |
| ad castra, | vers le camp, |
| nostri, eruptione facta, | les nôtres, une sortie étant faite, |
| multis eorum interfectis, | beaucoup d'entre eux ayant été tués, |
| etiam duce nobili | *et* même un chef de-distinction |
| Lugotorige | Lugotorix |
| capto, | ayant été pris, |
| reduxerunt suos incolumes, | ramenèrent les leurs sains-et-saufs. |
| Cassivellaunus, | Cassivellaunus, |
| hoc prœlio nuntiato, | ce combat *lui* ayant été annoncé, [suyés), |
| tot detrimentis acceptis, | tant de dommages ayant été reçus (es- |
| finibus vastatis, | *son* territoire ayant été dévasté, |
| permotus maxime etiam | ému surtout aussi |
| defectione civitatum, | par la défection des cités, |
| mittit legatos ad Cæsarem | envoie des députés vers César |
| per Atrebatem Commium | par *l'intermédiaire de* l'Atrébate Commius |
| de deditione. | touchant *sa* reddition (soumission). |
| Cæsar, quum statuisset | César, comme il avait résolu |
| agere hiemem in continenti | de passer l'hiver sur le continent |
| propter motus repentinos | à-cause-des mouvements soudains |

Galliæ motus agere, neque multum æstatis superesset atque id facile extrahi posse intelligeret, obsides imperat, et, quid in annos singulos vectigalis populo Romano Britannia penderet, constituit : interdicit atque imperat Cassivellauno ne Mandubratio, neu Trinobantibus bellum faciat.

XXIII. Obsidibus acceptis, exercitum reducit ad mare, naves invenit refectas. His deductis, quod et captivorum magnum numerum habebat, et nonnullæ tempestate deperierant naves, duobus commeatibus exercitum reportare instituit. Ac sic accidit, uti ex tanto navium numero, tot navigationibus, neque hoc, neque superiore anno, ulla omnino navis quæ milites portaret desideraretur : at ex iis, quæ inanes ex continenti ad eum remitterentur, prioris commeatus expositis

résolu de passer l'hiver sur le continent, qu'il ne restait que quelques jours d'été, et qu'il voyait combien il serait facile de les lui faire perdre, il exigea des otages et régla le tribut annuel que la Bretagne payerait au peuple romain. Il défendit formellement à Cassivellaunus de faire la guerre à Mandubratius et aux Trinobantes.

XXIII. Ayant reçu les otages, il ramena son armée au bord de la mer, où il trouva ses vaisseaux réparés. On les remit à flot et, comme il avait beaucoup de prisonniers et que plusieurs vaisseaux avaient péri dans la tempête, il résolut de faire passer l'armée en deux convois. Or il arriva que, dans toutes les courses de cette année et de la précédente, de tant de navires, on n'en perdit pas un seul qui eût des soldats à bord ; tandis que, de tous ceux qu'on lui renvoyait à vide du continent, où ils avaient débarqué les soldats du

| | |
|---|---|
| Galliæ, | de la Gaule, |
| neque superesset multum | et qu'il ne restait pas beaucoup |
| æstatis | de l'été |
| atque intelligeret id | et qu'il comprenait ce *reste d'été* |
| posse extrahi | pouvoir être traîné en-longueur (dépensé |
| facile, | facilement,                    [en délais) |
| imperat obsides, | commande des otages, |
| et constituit | et établit (fixe) |
| quid vectigalis | quoi de (quel) tribut |
| Britannia penderet | la Bretagne payerait |
| in singulos annos | pour chaque année (annuellement) |
| populo Romano : | au peuple romain : |
| interdicit | il défend |
| atque imperat | et il commande |
| Cassivellauno | à Cassivellaunus |
| ne faciat bellum | qu'il ne fasse pas la guerre |
| Mandubratio, | à Mandubratius, |
| neu Trinobantibus. | ou (et) *qu'il ne la fasse* pas aux Trinobantes. |
| XXIII. Obsidibus | XXIII. Les otages |
| acceptis, | ayant été reçus , |
| reducit exercitum | il ramène *son* armée |
| ad mare, | vers la mer, |
| invenit naves refectas. | *et* trouve les vaisseaux réparés. |
| His deductis, | Ceux-ci étant lancés, |
| quod et habebat | parce que et il avait |
| magnum numerum | un grand nombre |
| captivorum , | de prisonniers, |
| et nonnullæ naves | et quelques vaisseaux |
| deperierant tempestate, | avaient péri par la tempête, |
| instituit | il résolut |
| reportare exercitum | de ramener *son* armée |
| duobus commeatibus. | en deux convois. |
| Ac accidit sic, | Et il arriva ainsi, |
| uti ex tanto numero | que d'un si-grand nombre |
| navium, | de vaisseaux, |
| tot navigationibus, | en tant de traversées, |
| neque hoc, | ni cette *année*-là, |
| neque anno superiore, | ni l'année précédente, |
| omnino ulla navis | absolument aucun vaisseau |
| quæ portaret milites | qui transportait des soldats |
| desideraretur : | ne fut regretté (perdu) : |
| at ex iis, | mais que de ceux, |
| quæ remitterentur inanes | qui étaient renvoyés vides |
| ex continenti ad eum, | du continent vers lui, |
| militibus | les soldats |
| prioris commeatus | du premier convoi |
| expositis, | ayant été débarqués, |

militibus, et quas postea Labienus faciendas curaverat numero
sexaginta, perpaucæ locum caperent; reliquæ fere omnes
rejicerentur. Quas quum aliquandiu Cæsar frustra exspectasset, ne anni tempore a navigatione excluderetur, quod æquinoctium suberat, necessario angustius milites collocavit, ac,
summa tranquillitate consecuta, secunda inita quum solvisset
vigilia, prima luce terram attigit omnesque incolumes naves
perduxit.

XXIV. Subductis navibus, concilioque Gallorum Samarobrivæ[1] peracto, quod eo anno frumentum in Gallia propter
siccitates angustius provenerat, coactus est aliter ac superioribus annis exercitum in hibernis collocare, legionesque in
plures civitates distribuere : ex quibus unam in Morinos[2] ducendam C. Fabio legato dedit; alteram in Nervios Q. Ciceroni; tertiam in Essuos L. Roscio; quartam in Remis cum

premier convoi, et de ceux que Labiénus avait fait construire au
nombre de soixante, il y en eut très-peu qui prirent terre : presque
tous furent rejetés en mer. César, les ayant en vain attendus quelque temps, fut obligé, vu l'approche de l'équinoxe, de mettre ses soldats plus à l'étroit, dans la crainte que la saison ne lui fermât la
mer. Alors, profitant d'un grand calme, il leva l'ancre, la seconde
veille étant déjà commencée, et, dès le point du jour, il aborda en
Gaule avec tous ses vaisseaux en bon état.

XXIV. Il les fit tirer à sec, tint à Samarobrive l'assemblée de la
Gaule, et, comme cette année la récolte avait été moins abondante
à cause de la sécheresse, il fut obligé de cantonner son armée autrement que les années précédentes, et de répartir les légions entre plusieurs cités. Le lieutenant C. Fabius alla donc chez les Morins avec
une légion, Q. Cicéron chez les Nerviens avec une autre, L. Roscius
chez les Essuens avec une troisième, et T. Labiénus avec une qua-

et quas postea Labienus
curaverat faciendas
sexaginta numero,
perpaucæ
caperent locum;
fere omnes reliquæ
rejicerentur.
Quas quum Cæsar
exspectasset aliquandiu
frustra,
ne tempore anni
excluderetur a navigatione,
quod æquinoctium
suberat,
collocavit necessario
milites angustius,
ac, summa tranquillitate
consecuta,
quum solvisset
secunda vigilia inita,
prima luce attigit terram
perduxitque naves
omnes incolumes.

XXIV. Navibus
subductis,
concilioque Gallorum
peracto Samarobrivæ,
quod eo anno
propter siccitates
frumentum provenerat
angustius
in Gallia,
coactus est
collocare exercitum
in hibernis
aliter
ac annis superioribus,
distribuereque legiones
in plures civitates :
ex quibus dedit unam
legato C. Fabio
ducendam in Morinos ;
alteram Q. Ciceroni
in Nervios ;
tertiam L. Roscio
in Essuos ;
jussit quartam

et *de ceux* que dans-la-suite Labiénus
avait eu-soin devoir être faits (avait fait
soixante en nombre, [construire)
de très-peu-nombreux
prirent atteignirent) le lieu *où il était* ;
*que* presque tous les autres
furent rejetés *en mer.*
Lesquels comme César
avait attendu quelque-temps
en vain,
de peur que par la saison de l'année
il ne fût privé de la navigation,
parce que l'équinoxe
approchait,
il plaça forcément
*ses* soldats plus à l'étroit,
et, un très-grand calme
ayant suivi,
comme il avait détaché *les amarres*
la seconde veille étant commencée,
au point-du jour il toucha terre
et ramena *ses* vaisseaux
tous sains-et-saufs.

XXIV. Les vaisseaux
ayant été tirés *à terre*,
et l'assemblée des Gaulois
ayant été tenue à Samarobrive,
parce que cette année-là
à-cause-des sécheresses
le blé avait poussé
plus resserré (moins abondant)
dans la Gaule,
il fut forcé
d'établir *son* armée
en quartiers-d'hiver
autrement
que les années précédentes,
et de répartir les légions
dans plusieurs cités :
desquelles il donna l'une
au lieutenant C. Fabius [chez les Morins ;
devant être conduite (pour la conduire)
une seconde à Q. Cicéron
*pour la conduire* chez les Nerviens ;
une troisième à L. Roscius
*pour la conduire* chez les Essuens ;
il ordonna la quatrième

T. Labieno in confinio Trevirorum hiemare jussit; tres in
Belgio collocavit : his M. Crassum, quæstorem, et L. Muna-
tium Plancum, et C. Trebonium, legatos, præfecit. Unam
legionem, quam proxime trans Padum conscripserat, et
cohortes quinque, in Eburones[1], quorum pars maxima est
inter Mosam ac Rhenum, qui sub imperio Ambiorigis et Cati-
volci erant, misit. His militibus Q. Tituriam Sabinum et
L. Aurunculeium Cottam, legatos, præesse jussit. Ad hunc
modum distributis legionibus, facillime inopiæ frumentariæ
sese mederi posse existimavit : atque harum tamen omnium
legionum hiberna (præter eam, quam L. Roscio in paca-
tissimam et quietissimam partem ducendam dederat) millibus
passuum centum[2] continebantur. Ipse interea, quoad legiones
collocasset munitaque hiberna cognovisset, in Gallia morari
constituit.

XXV. Erat in Carnutibus[3] summo loco natus Tasgetius, cujus

trième chez les Rémois, sur la frontière des Trévires : trois furent
établies dans le Belgium sous les ordres du questeur M. Crassus et
des lieutenants L. Munatius Plancus et C. Trébonius ; enfin il envoya cinq cohortes et la dernière légion, levée récemment au delà
du Pô, chez les Éburons, dont la plus grande partie habite entre
la Meuse et le Rhin, et qui avaient pour rois Ambiorix et Cativolcus. Ces dernières troupes étaient sous les ordres de deux lieutenants, Q. Titurius Sabinus et L. Aurunculéius Cotta. César crut
voir dans cette distribution des troupes un remède facile contre la disette; et cependant tous les quartiers n'occupaient qu'une étendue de
cent milles, excepté celui de L. Roscius, qui avait été envoyé dans
une contrée très-soumise et très-paisible. César résolut de rester
dans la Gaule jusqu'à ce que les légions fussent établies dans leurs
cantonnements et qu'il les y sût bien retranchées.

XXV. Il y avait chez les Carnutes un homme d'une haute nais-

| | |
|---|---|
| hiemare in Remis | hiverner chez les Rémois |
| cum T. Labieno | avec T. Labiénus |
| in confinio Trevirorum ; | sur les confins des Trévires ; |
| collocavit tres in Belgio : | il en établit trois dans le Belgium : |
| præfecit his | il mit-à-la-tête-de celles-ci |
| M. Crassum, quæstorem, | M. Crassus, questeur, |
| et L. Munatium Plancum, | et L. Munatius Plancus, |
| et C. Trebonium, legatos. | et C. Trébonius, lieutenants. |
| Misit unam legionem, | Il envoya une légion, |
| quam conscripserat | qu'il avait enrôlée |
| proxime | dernièrement |
| trans Padum, | au delà du Pô, |
| et quinque cohortes, | et cinq cohortes, |
| in Eburones, | chez les Éburons, |
| quorum maxima pars | dont la plus grande partie |
| est inter Mosam | est entre la Meuse |
| ac Rhenum, | et le Rhin, |
| qui erant sub imperio | qui étaient sous l'autorité |
| Ambiorigis et Cativolci. | d'Ambiorix et de Cativolcus. |
| Jussit | Il ordonna |
| Q. Titurium Sabinum | Q. Titurius Sabinus |
| et L. Aurunculeium Cot-legatos,            [tam, | et L. Aurunculéius Cotta, lieutenants, |
| præesse his militibus. | commander à ces soldats. |
| Legionibus distributis | Les légions ayant été réparties |
| ad hunc modum, | de cette manière, |
| existimavit                          [ment | il pensa |
| sese posse mederi facillime | lui-même pouvoir remédier très-facile-à la disette de-blé : |
| inopiæ frumentariæ : | |
| atque tamen hiberna | et cependant les quartiers-d'hiver |
| omnium harum legionum | de toutes ces légions |
| (præter eam | (excepté celle |
| quam dederat L. Roscio | qu'il avait donnée à L. Roscius |
| ducendam | à-conduire |
| in partem pacatissimam | dans la partie la plus soumise |
| et quietissimam) | et la plus tranquille) |
| continebantur | étaient renfermés |
| centum millibus passuum. | dans cent milliers de pas. |
| Ipse constituit                  [temps, | Lui-même résolut |
| morari in Gallia interea, | de séjourner dans la Gaule pendant-ce-jusqu'à ce qu'il eût établi les légions |
| quoad collocasset legiones | |
| cognovissetque | et eût appris |
| hiberna munita. | les quartiers-d'hiver être fortifiés. |
| XXV. Erat | XXV. Il y avait |
| in Carnutibus | chez les Carnutes |
| Tasgetius | un certain Tasgétius |
| natus loco summo, | né d'une famille très-élevée, |

majores in sua civitate regnum obtinuerant. Huic Cæsar, pro
ejus virtute atque in se benevolentia, quod in omnibus bellis
singulari ejus opera fuerat usus, majorum locum restituerat.
Tertium jam hunc annum regnantem inimici, palam multis
etiam ex civitate auctoribus, eum interfecerunt. Defertur es
res ad Cæsarem. Ille veritus, quod ad plures pertinebat, ne
civitas eorum impulsu deficeret, L. Plancum cum legione et
Belgio celeriter in Carnutes proficisci jubet ibique hiemare,
quorumque opera cognoverit Tasgetium interfectum, hos
comprehensos ad se mittere. Interim ab omnibus legatis
quæstoribusque, quibus legiones transdiderat, certior factus
est in hiberna perventum locumque hibernis esse munitum.

XXVI. Diebus circiter quindecim, quibus in hiberna ventum

sance, Tasgétius, dont les ancêtres avaient régné sur la cité. César
l'avait rétabli dans le rang de ses aïeux, pour récompenser son courage
son attachement et les services signalés qu'il lui avait rendus dans
toutes les guerres. Cette année, qui était la troisième de son règne
ses ennemis, ouvertement aidés par plusieurs personnes de la cité
l'assassinèrent. On en rendit compte à César, qui, comme bien des gens
étaient compromis, craignit qu'ils ne portassent la cité à se révolter
et donna l'ordre à L. Plancus de passer aussitôt, avec sa légion, de
Belgium chez les Carnutes, d'y prendre ses quartiers d'hiver, d'ar
rêter et de lui envoyer ceux qu'il apprendrait être les auteurs de la
mort de Tasgétius. Cependant tous les lieutenants et les questeurs
auxquels il avait confié des légions l'informèrent qu'ils étaient arri
vés dans leurs cantonnements et s'y étaient fortifiés.

XXVI. Environ quinze jours après que les légions avaient gagné

| | |
|---|---|
| cujus majores | dont les ancêtres |
| obtinuerant regnum | avaient possédé la royauté |
| in sua civitate. | dans leur cité. |
| Cæsar restituerat huic | César avait rendu à celui-ci |
| locum majorum, | le poste de *ses* ancêtres, |
| pro virtute ejus | en-raison-de la valeur de lui |
| atque benevolentia | et de *sa* bonne-volonté |
| in se, | envers lui-même (César), |
| quod in omnibus bellis | parce que dans toutes les guerres |
| usus fuerat | il avait usé |
| opera singulari ejus. | d'une aide toute-particulière de lui. |
| Inimici, | *Ses* ennemis, |
| multis etiam ex civitate | beaucoup même de la cité |
| auctoribus palam, | *étant* fauteurs ouvertement, |
| interfecerunt eum, | tuèrent lui, |
| regnantem hunc annum | qui régnait cette année-là |
| jam tertium. | déjà la troisième. |
| Ea res | Ce fait |
| defertur ad Cæsarem. | est rapporté à César. |
| Ille veritus, | Celui-ci ayant craint,                [sieurs, |
| quod pertinebat ad plures, | parce que *la culpabilité* s'étendait à plu- |
| ne civitas deficeret | que la cité ne fît-défection |
| impulsu eorum, | à l'instigation d'eux, |
| jubet L. Plancum | ordonne L. Plancus |
| cum legione | avec *sa* légion |
| proficisci celeriter | partir promptement |
| ex Belgio | du Belgium |
| in Carnutes | chez les Carnutes |
| hiemareque ibi, | et hiverner là, |
| mittereque ad se | et envoyer vers lui-même |
| comprehensos | saisis (après les avoir arrêtés) |
| hós opera quorum | ceux par le ministère desquels |
| cognoverit | il aurait appris |
| Tasgetium interfectum. | Tasgétius *avoir été* tué. |
| Interim | Cependant |
| factus est certior | il fut fait mieux-informé (apprit) |
| ab omnibus legatis | de tous les lieutenants |
| quæstoribusque, | et les questeurs, |
| quibus transdiderat | auxquels il avait remis |
| legiones, | les légions,                              [ver |
| perventum in hiberna | qu'on était arrivé dans les quartiers-d'hi- |
| locumque munitum esse | et qu'un emplacement avait été fortifié |
| hibernis. | pour les quartiers-d'hiver. |
| **XXVI.** Circiter | **XXVI.** Environ |
| quindecim diebus, | au bout des quinze jours, |
| quibus ventum est | au bout desquels on était arrivé |
| in hiberna. | dans les quartiers-d'hiver, |

est, initium repentini tumultus ac defectionis ortum est ab
Ambiorige et Cativolco : qui quum ad fines regni sui Sabino
Cottæque præsto fuissent, frumentumque in hiberna compor-
tavissent, Indutiomari Treviri nuntiis impulsi, suos concita-
verunt, subitoque oppressis lignatoribus, magna manu castra
oppugnatum venerunt. Quum celeriter nostri arma cepissent
valiumque ascendissent, atque, una ex parte Hispanis equitibus emissis, equestri prœlio superiores fuissent, desperata
re, hostes suos ab oppugnatione reduxerunt. Tum suo more
conclamaverunt uti aliqui ex nostris ad colloquium prodirent;
habere sese quæ de re communi dicere vellent, quibus rebus
controversias minui posse sperarent.

XXVII. Mittitur ad eos colloquendi causa C. Arpineius,
eques Romanus, familiaris Q. Titurii, et Q. Junius ex Hispania
quidam, qui jam ante missu Cæsaris ad Ambiorigem ventitare

leurs quartiers, une révolte éclata tout à coup de la part d'Ambiorix
et de Cativolcus. Ils étaient venus au-devant de Sabinus et de Cotta
jusque sur les frontières de leur pays, et avaient apporté du blé
dans les cantonnements; mais, excités par les agents du Trévire
Indutiomare, ils soulevèrent leur nation, surprirent les Romains qui
coupaient du bois et vinrent attaquer le camp avec des forces considérables. Nos soldats ayant promptement pris les armes et bordé le
rempart, et la cavalerie espagnole, qui sortit par une des portes,
ayant battu celle des ennemis, ils désespérèrent du succès et retirèrent leurs troupes de l'assaut. Alors ils crièrent à leur manière que
quelques-uns des nôtres sortissent pour conférer avec eux : ils avaient
à faire pour l'intérêt commun des propositions qu'ils croyaient de
nature à terminer tous les différends.

XXVII. On envoya pour s'entretenir avec eux C. Arpinéius, chevalier romain, ami de Q. Titurius, avec Q. Junius, un Espagnol,
que César avait plus d'une fois dépêché vers Ambiorix. Ce dernier

| | |
|---|---|
| initium | le commencement |
| tumultus repentini | d'une révolte soudaine |
| ac defectionis | et d'une défection |
| ortum est ab Ambiorige | partit d'Ambiorix |
| et Cativolco : | et de Cativolcus : |
| qui quum fuissent præsto | qui après qu'ils avaient été au-devant |
| Sabino Cottæque | de Sabinus et de Cotta |
| ad fines sui regni, | à la frontière de leur royaume, |
| comportavissentque | et avaient transporté |
| frumentum | du blé |
| in hiberna, | dans les quartiers-d'hiver, |
| impulsi nuntiis | excités par les messages |
| Treviri Indutiomari, | du Trévire Indutiomare, |
| concitaverunt suos, | soulevèrent les leurs (leurs concitoyens), |
| lignatoribusque | et ceux-qui-coupaient-du-bois |
| oppressis subito, | étant accablés soudainement, |
| venerunt magna manu | vinrent avec une grande troupe |
| oppugnatum castra. | attaquer le camp. |
| Quum nostri | Comme les nôtres |
| cepissent arma celeriter | avaient pris les armes promptement |
| ascendissentque vallum, | et étaient montés sur le retranchement, |
| atque, equitibus Hispanis | et, les cavaliers espagnols |
| emissis ex una parte, | ayant été envoyés-hors *du camp* d'un côté, |
| fuissent superiores | avaient été vainqueurs |
| prœlio equestri, | dans un combat de-cavalerie, |
| re desperata, | l'entreprise étant jugée-désespérée |
| hostes reduxerunt suos | les ennemis ramenèrent les leurs |
| ab oppugnatione. | de l'attaque. |
| Tum conclamaverunt | Alors ils crièrent |
| suo more | à leur manière |
| uti aliqui ex nostris | que quelques-uns des nôtres |
| prodirent ad colloquium; | s'avançassent à une conférence; |
| sese habere | eux-mêmes avoir *des choses* |
| quæ vellent dicere | qu'ils voulaient dire |
| de re communi, | sur l'intérêt commun, |
| quibus rebus sperarent | par lesquelles choses ils espéraient |
| controversias posse minui. | les différends pouvoir être affaiblis. |
| XXVII. C. Arpineius, | XXVII. C. Arpinéius, |
| eques Romanus, | chevalier romain, |
| familiaris Q. Titurii, | ami de Q. Titurius, |
| mittitur ad eos | est envoyé vers eux |
| causa colloquendi, | en vue de conférer, |
| et quidam Q. Junius | et un certain Q. Junius |
| ex Hispania, | d'Espagne, |
| qui jam ante | qui déjà auparavant |
| missu Cæsaris | sur l'envoi de (envoyé par) César |
| consueverat ventitare | avait-coutume de venir-souvent |

consueverat, apud quos Ambiorix ad hunc modum locutus est :
« Sese pro Cæsaris in se beneficiis plurimum ei confiteri debere,
quod ejus opera stipendio liberatus esset, quod Aduatucis
finitimis suis pendere consuesset ; quodque ei et filius et fratris
filius ab Cæsare remissi essent, quos Aduatuci, obsidum
numero missos, apud se in servitute et catenis tenuissent :
neque id, quod fecerit de oppugnatione castrorum, aut judicio
aut voluntate sua fecisse, sed coactu civitatis ; suaque esse
ejusmodi imperia, ut non minus haberet juris in se multitudo,
quam ipse in multitudinem. Civitati porro hanc fuisse belli
causam, quod repentinæ Gallorum conjurationi resistere non
potuerit : id se facile ex humilitate sua probare posse, quod
non adeo sit imperitus rerum, ut suis copiis populum Romanum se superare posse confidat : sed esse Galliæ commune

leur tint ce discours : « Il avouait devoir beaucoup à César pour les
bienfaits qu'il en avait reçus : grâce à lui, il avait été affranchi du
tribut annuel qu'il payait aux Aduatuques ses voisins ; César avait
rendu son fils et celui de son frère, que les Aduatuques s'étaient fait
envoyer avec d'autres otages et qu'ils tenaient dans l'esclavage et
dans les chaînes. Aussi, en attaquant le camp, n'avait-il suivi ni sa
volonté ni sa façon de penser ; sa cité l'y avait forcé : car telle était
la nature de son autorité, que le peuple n'avait pas moins de pouvoir sur lui qu'il n'en avait sur le peuple. Au reste, l'insurrection
venait de ce que sa cité n'avait pu refuser d'entrer dans la conspiration subite des Gaulois : il pouvait en donner pour preuve sa faiblesse ; car il n'avait pas assez peu d'expérience pour se flatter, avec
ses seules forces, de triompher du peuple romain. Mais la Gaule en-

| | |
|---|---|
| ad Ambiorigem ; | vers Ambiorix ; |
| apud quos Ambiorix | devant lesquels Ambiorix |
| locutus est ad hunc modum: | parla de cette manière : |
| « Sese confiteri | « Lui-même avouer |
| pro beneficiis Cæsaris | en-raison-des bienfaits de César |
| in se | envers lui-même |
| debere plurimum ei, | devoir beaucoup à lui (à César), |
| quod opera ejus | parce que par l'aide de lui |
| liberatus esset stipendio | il avait été délivré du tribut |
| quod consuesset pendere | qu'il avait-coutume de payer |
| Aduatucis, suis finitimis ; | aux Aduatuques, ses voisins ; |
| quodque et filius | et parce que et son fils |
| et filius fratris, | et le fils de son frère, |
| quos, | lesquels, |
| missos numero obsidum, | envoyés au nombre d'otages, |
| Aduatuci | les Aduatuques |
| tenuissent apud se | avaient retenus chez eux-mêmes |
| in servitute et catenis, | dans l'esclavage et les chaînes, |
| remissi essent ei | avaient été renvoyés à lui |
| ab Cæsare : | par César : |
| neque fecisse aut judicio | et n'avoir pas fait ou par préférence |
| aut sua voluntate | ou par sa volonté |
| id quod fecerit | ce qu'il avait fait |
| de oppugnatione | touchant l'attaque |
| castrorum, | du camp, |
| sed coactu civitatis ; | mais par contrainte de (forcé par) sa cité ; |
| suaque imperia | et son autorité |
| esse ejusmodi, | être de-telle-sorte, |
| ut multitudo | que la multitude |
| non haberet minus juris | n'eût pas moins de droit (pouvoir) |
| in se | sur lui-même |
| quam ipse | que lui-même |
| in multitudinem. | sur la multitude. |
| Porro hanc causam belli | Or cette cause de guerre |
| fuisse civitati, | avoir été à sa cité, |
| quod non potuerit resistere | qu'elle n'avait pas pu résister |
| conjurationi repentinæ | à la confédération subite |
| Gallorum : | des Gaulois : |
| se posse facile | lui-même pouvoir facilement |
| probare id | prouver cela |
| ex sua humilitate, | d'après (par) sa faiblesse, |
| quod non sit | parce qu'il n'était pas |
| adeo imperitus rerum, | tellement sans-expérience des affaires, |
| ut confidat | qu'il eût-confiance |
| se posse superare | lui-même pouvoir vaincre |
| populum Romanum | le peuple romain |
| suis copiis : | par ses forces : |

consilium; omnibus hibernis Cæsaris oppugnandis hunc esse
dictum diem, ne qua legio alteræ [1] legioni subsidio venire posset : non facile Gallos Gallis negare potuisse, præsertim quum
de recuperanda communi libertate consilium initum videretur. Quibus quoniam pro pietate satisfecerit, habere nunc
se rationem officii pro beneficiis Cæsaris ; monere, orare Titu-
rium pro hospitio, ut suæ ac militum saluti consulat : magnam
manum Germanorum conductam Rhenum transisse ; hanc
adfore biduo. Ipsorum esse consilium, velintne, prius quam
finitimi sentiant, eductos ex hibernis milites aut ad Ciceronem aut ad Labienum deducere, quorum alter millia passuum circiter quinquaginta [2], alter paulo amplius ab his absit.

fière avait formé une conjuration ; ce jour était fixé pour attaquer tous
les quartiers de César, afin qu'une légion ne pût aller au secours de
l'autre. Des Gaulois n'avaient guère pu refuser des Gaulois, surtout
lorsque le complot paraissait avoir pour but de recouvrer la liberté
commune. Mais, après avoir témoigné de son amour pour sa patrie,
il allait s'acquitter envers César : ainsi, par reconnaissance pour
lui, il prévenait Titurius, il le priait comme son hôte de pourvoir à
son salut et à celui de ses soldats. Un corps nombreux de Germains
soudoyés avait passé le Rhin et devait arriver dans deux jours. C'é-
tait aux Romains de voir s'ils voulaient, avant que les cités voisines
s'aperçussent de rien, se retirer du cantonnement et rejoindre ou Labiénus ou Cicéron, dont l'un était éloigné d'environ cinquante milles

| | |
|---|---|
| sed consilium commune | mais une résolution commune |
| Galliæ | de la Gaule |
| esse ; | exister ; |
| hunc diem dictum esse | ce jour-là avoir été dit (fixé) |
| oppugnandis | pour attaquer |
| omnibus hibernis | tous les quartiers-d'hiver |
| Cæsaris, | de César, |
| ne qua legio | afin que quelque légion |
| posset venire auxilio | ne pût pas venir au secours |
| alteræ legioni : | à une (d'une) autre légion : |
| Gallos non potuisse facile | des Gaulois n'avoir pas pu facilement |
| negare Gallis, | faire-refus à des Gaulois, |
| præsertim | surtout |
| quum consilium | quand une résolution |
| videretur initum | paraissait abordée (prise) |
| de recuperanda | pour recouvrer |
| libertate communi. | la liberté commune. |
| Quibus | Auxquels |
| quoniam satisfecerit | puisqu'il avait satisfait |
| pro pietate, | en-raison-de *son* amour *pour son pays,* |
| nunc se | maintenant lui-même |
| habere rationem officii | avoir (tenir) compte de *son* devoir |
| pro beneficiis Cæsaris | en-raison-des bienfaits de César ; |
| monere, orare Titurium | avertir, prier Titurius |
| pro hospitio, | au-nom-de *leurs* relations-d'hospitalité, |
| ut consulat suæ saluti | qu'il pourvoie à son *propre* salut |
| ac militum : | et *à celui* des soldats : |
| magnam manum | une grande troupe |
| Germanorum | de Germains |
| conductam | louée (prise à solde) |
| transisse Rhenum ; | avoir passé le Rhin ; |
| hanc adfore | celle-ci devoir être-présente |
| biduo. | dans deux-jours.    [tait à eux de voir) |
| Consilium esse ipsorum, | La résolution appartenir à eux-mêmes (c'é- |
| velintne, | s'ils voulaient, |
| prius quam finitimi | avant que les *peuples* voisins |
| sentiant, | s'*en* aperçoivent, |
| deducere milites | conduire les soldats |
| eductos ex hibernis | emmenés des quartiers-d'hiver |
| aut ad Ciceronem | ou auprès de Cicéron |
| aut ad Labienum, | ou auprès de Labiénus, |
| quorum alter absit ab his | dont l'un était-éloigné d'eux |
| quinquaginta millia | de cinquante milliers |
| passuum | de pas |
| circiter, | environ, |
| alter paulo amplius. | l'autre d'un peu plus. |
| Se polliceri | Lui-même promettre |

Illud se polliceri et jurejurando confirmare, tutum iter per fines suos daturum; quod quum faciat, et civitati sese consulere, quod hibernis levetur, et Cæsari pro ejus meritis gratiam referre. » Hac oratione habita, discedit Ambiorix.

XXVIII. Arpineius et Junius, quæ audierint, ad legatos deferunt. Illi, repentina re perturbati, etsi ab hoste ea dicebantur, non tamen negligenda existimabant : maximeque hac re permovebantur, quod civitatem ignobilem atque humilem Eburonum sua sponte populo Romano bellum facere ausam, vix erat credendum. Itaque ad concilium rem deferunt, magnaque inter eos exsistit controversia. L. Aurunculeius compluresque tribuni militum et primorum ordinum centuriones, « Nihil temere agendum, neque ex hibernis injussu Cæsaris discedendum, existimabant : quantasvis magnas' etiam copias Germanorum sustineri posse munitis hibernis, docebant : rem

et l'autre d'un peu plus. Il leur promettait, il leur jurait de les laisser traverser en sûreté son territoire. Il conciliait ainsi les intérêts de sa cité, qui serait soulagée des quartiers, avec sa reconnaissance pour les bienfaits de César. » Ambiorix se retire après ce discours.

XXVIII. Arpinéius et Junius rapportent aux lieutenants ce qu'ils ont entendu. Dans le trouble où les jetait cet événement imprévu, ils ne crurent pas devoir négliger l'avis, quoiqu'il vînt d'un ennemi. Ce qui faisait sur eux le plus d'impression, c'est qu'il était à peine croyable que la faible et obscure cité des Éburons eût osé d'elle-même faire la guerre au peuple romain. Ils portèrent donc l'affaire au conseil, où il s'éleva de grands débats entre eux. L. Aurunculéius pensait avec plusieurs des tribuns et des premiers centurions « Qu'il fallait ne rien précipiter, ne pas quitter le cantonnement sans l'ordre de César : ils soutenaient que, dans un camp bien retranché, on pouvait résister même aux Germains, quel que fût leur nombre; la preuve

et confirmare illud
jurejurando,
daturum iter tutum
per suos fines ;
quod quum faciat,
sese et consulere
civitati,
quod levetur hibernis,
et referre gratiam Cæsari
pro meritis ejus. »
Hac oratione habita,
Ambiorix discedit.
    XXVIII. Arpineius
et Junius
deferunt ad legatos
quæ audierint.
Illi, perturbati
re repentina,
etsi ea dicebantur ab hoste,
tamen existimabant
non negligenda :
permovebanturque
maxime hac re,
quod erat vix credendum
civitatem Eburonum
ignobilem atque humilem
ausam sua sponte
facere bellum
populo Romano.
Itaque deferunt rem
ad concilium,
magnaque controversia
exsistit inter eos.
L. Aurunculeius   [tum
compluresque tribuni mili-
et centuriones
primorum ordinum
existimabant
« Nihil agendum temere,
nec discedendum
ex hibernis
injussu Cæsaris :
docebant
copias Germanorum
etiam quantasvis magnas
posse sustineri
hibernis munitis :

et affirmer ceci
avec serment,
devoir *leur* donner un passage sûr
à travers son territoire ;     [cela),
laquelle chose lorsqu'il faisait (en faisant
lui-même et veiller-aux-intérêts
de *sa* cité,     [d'hiver,
parce qu'elle serait soulagée des quartiers
et rendre grâce à César
pour les services de lui. »
Ce discours ayant été tenu,
Ambiorix se retire.
    XXVIII. Arpinéius
et Junius
rapportent aux lieutenants
ce qu'ils avaient entendu.
Ceux-ci, troublés
par *cet* événement soudain,   [ennemi,
bien que ces choses fussent dites par un
cependant estimaient
*elles* ne pas *être* à-négliger :
et ils étaient émus
surtout par cette circonstance,
qu'il était à peine croyable
la cité des Éburons
obscure et chétive
avoir osé de son *seul* mouvement
faire la guerre
au peuple romain.
Aussi ils portent l'affaire
devant le conseil,
et un grand débat
s'élève entre eux.
L. Aurunculéius
et plusieurs tribuns des soldats
et centurions
des premiers rangs
pensaient
« Rien ne devoir être fait précipitamment,
et qu'il ne fallait pas se retirer
des quartiers-d'hiver
sans-l'ordre de César :
ils montraient (soutenaient)
les forces des Germains
même si grandes qu'elles fussent
pouvoir être soutenues
avec des quartiers-d'hiver fortifiés :

esse testimonio, quod primum hostium impetum, multis ultro vulneribus illatis, fortissime sustinuerint; re frumentaria non premi; interea et ex proximis hibernis et a Cæsare conventura subsidia : postremo, quid esse levius aut turpius, quam, auctore hoste, de summis rebus capere consilium? »

XXIX. Contra ea Titurius, « Sero facturos, clamitabat, quum majores hostium manus, adjunctis Germanis, convenissent; aut quum aliquid calamitatis in proximis hibernis esset acceptum, brevem consulendi esse occasionem; Cæsarem arbitrari profectum in Italiam . neque aliter Carnutes interficiendi Tasgetii [1] consilium fuisse capturos, neque Eburones, si ille adesset, tanta cum contemptione nostri ad castra venturos esse. Non hostem auctorem, sed rem spectare; sub-

en était qu'on avait soutenu vigoureusement le premier effort des ennemis, en leur blessant beaucoup de monde. On ne manquait point de blé : cependant, on recevrait du secours des cantonnements voisins et de César. Enfin quoi de plus inconséquent et de plus honteux que de former une résolution extrême sur le conseil d'un ennemi ? »

XXIX. Titurius s'écriait au contraire « Qu'il serait trop tard pour prendre un parti, quand les ennemis, par la jonction des Germains, auraient rassemblé des forces plus considérables, ou que les quartiers voisins auraient essuyé quelque revers. On avait peu de temps pour songer à sa sûreté. Il croyait César parti pour l'Italie: autrement les Carnutes n'auraient pas osé comploter la mort de Tasgétius, et, si César avait été là, les Éburons ne seraient pas venus attaquer notre camp avec tant de mépris. Il considérait les choses et non les assertions de l'ennemi : le Rhin était à deux pas;

| | |
|---|---|
| rem esse testimonio, | ce fait être à témoignage (le prouver), |
| quod sustinuerint | qu'ils avaient soutenu |
| fortissime | très-bravement |
| primum impetum hostium, | le premier choc des ennemis, |
| multis vulneribus | de nombreuses blessures |
| illatis ultro ; | ayant été portées en outre ; |
| non premi | eux-mêmes ne pas être pressés |
| re frumentaria ; | par l'approvisionnement de-blé ; |
| interea | pendant-ce-temps |
| auxilia conventura | des secours devoir arriver-ensemble |
| et ex hibernis proximis | et des quartiers-d'hiver les plus proches |
| et a Cæsare : | et d'auprès de César : |
| postremo, | enfin, |
| quid esse levius | quoi être (qu'y avait-il) de plus léger |
| aut turpius, | ou de plus honteux, |
| quam capere consilium | que de prendre résolution |
| de rebus summis, | sur les affaires les plus élevées, |
| hoste auctore ? » | l'ennemi étant conseiller ? » |
| XXIX. Contra ea | XXIX. En-réponse-à ces raisons |
| Titurius clamitabat | Titurius s'écriait          [trop tard. |
| « Facturos sero, | « Eux devoir faire cela (prendre un parti) |
| quum manus hostium | quand des troupes d'ennemis |
| majores, | plus grandes, |
| Germanis adjunctis, | les Germains leur étant adjoints, |
| convenissent ; | se seraient réunies ; |
| aut, quum | ou, lorsque |
| aliquid calamitatis | quelque chose de (quelque) désastre |
| acceptum esset | aurait été reçu (essuyé)          [ches. |
| in hibernis proximis, | dans les quartiers-d'hiver les plus pro- |
| occasionem consulendi | l'opportunité de délibérer |
| esse brevem ; | être courte ; |
| arbitrari | lui-même penser |
| Cæsarem profectum | César être parti |
| in Italiam : | pour l'Italie : |
| aliter neque Carnutes | autrement ni les Carnutes |
| capturos fuisse | n'avoir dû prendre (n'auraient pris) |
| consilium | la résolution |
| interficiendi Tasgetii, | de tuer Tasgétius, |
| neque Eburones, | ni les Éburons, |
| si ille adesset, | si celui-là (César) eût été-présent, |
| venturos esse | n'avoir dû venir (ne seraient venus) |
| ad castra | vers le camp |
| cum tanta contemptione | avec un si-grand mépris |
| nostri. | de (pour) nous. |
| Non spectare | Lui-même ne pas considérer [de l'ennemi). |
| hostem auctorem, | l'ennemi se portant garant (les assertions |
| sed rem ; | mais le fait , |

esse Rhenum; magno esse Germanis dolori Ariovisti mortem[1]
et superiores nostras victorias; ardere Galliam, tot contume-
liis acceptis sub populi Romani imperium redactam, superiore
gloria rei militaris exstincta. Postremo, quis hoc sibi persua-
deret, sine certa re Ambiorigem ad ejusmodi consilium de-
scendisse? Suam sententiam in utramque partem esse tutam:
si nil sit durius, nullo periculo ad proximam legionem per-
venturos; si Gallia omnis cum Germanis consentiat, unam
esse in celeritate positam salutem. Cottæ quidem atque eorum,
qui dissentirent, consilium quem haberet exitum? In quo si
non præsens periculum, at certe longinqua obsidione fames
esset pertimescenda. »

XXX. Hac in utramque partem disputatione habita, quum
a Cotta primisque ordinibus acriter resisteretur : « Vincite,
inquit, si ita vultis, » Sabinus, et id clariore voce, ut magna

les Germains conservaient un profond ressentiment de la mort
d'Arioviste et de nos dernières victoires. La Gaule brûlait de venger
tant d'outrages reçus, sa liberté ravie, sa vieille gloire guerrière
anéantie. Qui se persuaderait enfin qu'Ambiorix eût pris un parti
pareil sans avoir un but bien déterminé? Son avis, à lui, offrait
sûreté des deux côtés. S'il n'existait rien de fâcheux, on rejoindrait
sans danger la légion la plus proche ; si toute la Gaule était liguée
avec les Germains, il n'y avait de salut que dans la célérité. Quant
au parti que proposaient Cotta et ceux du même avis que lui, qu'en
résulterait-il? Si pour le moment il était sans danger, on aurait
toujours à craindre un long siége et la famine. »

XXX. L'un et l'autre ayant ainsi exposé ses motifs, comme Cotta
et les premiers centurions faisaient une vive opposition : « Empor-
tez le donc, puisque vous le voulez, » dit Sabinus, et d'une voix

| | |
|---|---|
| Rhenum subesse ; | le Rhin être proche |
| mortem Ariovisti | la mort d'Arioviste |
| et nostras victorias | et nos victoires |
| superiores | antérieures |
| esse magno dolori | être à (causer un) grand ressentiment |
| Germanis ; | aux Germains ; |
| Galliam ardere, | la Gaule être ardente, |
| redactam sub imperium | *elle* réduite sous l'empire |
| populi Romani, | du peuple romain, |
| tot contumeliis acceptis, | tant d'outrages ayant été reçus, |
| superiore gloria | *son* ancienne gloire |
| rei militaris | de (dans) l'art de-la-guerre |
| exstincta. | ayant été éteinte (anéantie). |
| Postremo, | Enfin, |
| quis persuaderet hoc sibi, | qui pourrait persuader ceci à soi-même, |
| Ambiorigem descendisse | Ambiorix être descendu (en être venu) |
| ad consilium ejusmodi | à une résolution de-cette-sorte |
| sine re certa ? | sans un but certain ? |
| Suam sententiam | son avis |
| esse tutam | être sûr |
| in utramque partem : | de l'un-et-l'autre côté :　　[*l'ordinaire,* |
| si sit nihil durius, | s'il n'y avait rien de plus fâcheux *qu'à* |
| perventuros nullo periculo | *eux* devoir arriver sans aucun péril. |
| ad legionem proximam ; | auprès de la légion la plus proche ; |
| si omnis Gallia | si toute la Gaule |
| consentiat cum Germanis, | était-d'accord avec les Germains, |
| unam salutem esse | un seul *moyen de* salut exister |
| positam in celeritate. | reposant sur la promptitude. |
| Quem exitum quidem | Quelle issue à la vérité |
| haberet consilium Cottæ | avait l'avis de Cotta |
| atque eorum | et de ceux |
| qui dissentirent ? | qui différaient-de-sentiment *avec Titurius* ? |
| In quo | Dans lequel (en le suivant) |
| si non periculum præsens, | si non un danger présent, |
| at certe fames | mais du moins une famine |
| longinqua obsidione | *causée* par un long siége |
| esset pertimescenda. » | était à-redouter. » |
| XXX. Hac disputatione | XXX. Cette discussion |
| habita | ayant été tenue (faite) |
| in utramque partem, | dans l'un-et-l'autre sens, |
| quum resisteretur acriter | comme il était résisté vivement |
| a Cotta | du-côté-de Cotta |
| primisque ordinibus : | et des *centurions des* premiers rangs : |
| « Vincite, si vultis ita, » | « Emportez-le, si vous voulez ainsi, » |
| inquit Sabinus, | dit Sabinus, |
| et id voce clariore, | et cela d'une voix plus éclatante, |
| ut magna pars militum | pour qu'une grande partie des soldats |

pars militum exaudiret : « Neque is sum, inquit, qui gravissime ex vobis mortis periculo terrear : hi sapient, et, si
gravius quid acciderit, abs te rationem reposcent; qui, si per
te liceat, perendino die cum proximis hibernis conjuncti,
communem cum reliquis belli casum sustineant, nec rejecti
et relegati longe ab ceteris aut ferro aut fame intereant. »

XXXI. Consurgitur ex concilio; comprehendunt utrumque
et orant « Ne sua dissensione et pertinacia rem in summum
periculum deducant : facilem esse rem, seu maneant, seu
proficiscantur, si modo unum omnes sentiant ac probent;
contra in dissensione nullam se salutem perspicere. » Res
disputatione ad mediam noctem perducitur. Tandem dat
Cotta permotus manus; superat sententia Sabini. Pronuntiatur
prima luce ituros; consumitur vigiliis reliqua pars noctis:
quum sua quisque miles circumspiceret, quid secum portare

plus éclatante afin qu'une grande partie des soldats l'entendît :
« Pour moi, je ne suis pas ici celui que le péril effraye le plus:
ceux-là goûteront mes raisons, Cotta, et, s'il arrive malheur, ils
s'en prendront à toi, eux qui, si tu le permettais, réunis dès après-
demain au cantonnement voisin, courraient avec le reste de l'armée
les chances de la guerre et ne périraient point par le fer ou par la
faim, isolés et relégués loin des autres légions. »

XXXI. Le conseil se lève; on s'attache aux deux lieutenants,
on les conjure « de ne pas aggraver encore par leur dissension et
leur opiniâtreté les périls de la situation. On pouvait, sans danger,
ou rester ou partir, pourvu que tout le monde fût d'accord : si au
contraire la mésintelligence régnait, on ne voyait plus aucune
chance de salut. » La contestation dura jusqu'au milieu de la nuit:
enfin Cotta, ébranlé, se désiste; l'avis de Sabinus l'emporte; on
arrête de partir au point du jour. Le reste de la nuit se passe sans
dormir, chaque soldat examinant ce qu'il peut emporter avec lui et

| | |
|---|---|
| exaudiret : | l'entendît : |
| « Neque sum is, | « Et je ne suis pas un tel *homme*, |
| inquit, | dit-il, |
| qui terrear gravissime | qui sois effrayé le plus fortement |
| ex vobis | d'entre vous |
| periculo mortis : | par un péril de mort : |
| hi sapient, et, | ceux-ci seront-sages, et, [sastre) |
| si quid gravius | si quelque chose de plus lourd (quelque dé- |
| acciderit, | est arrivé, |
| reposcent rationem abs te; | *en* demanderont raison à toi; |
| qui, si liceat per te, | *eux* qui, si *cela* était-permis par toi, |
| die perendino | le jour d'après-demain |
| conjuncti | réunis |
| cum hibernis proximis, | avec les quartiers-d'hiver les plus proches, |
| sustineant casum belli | soutiendraient la chance de la guerre |
| communem cum reliquis, | commune (en commun) avec les autres, |
| nec intereant aut ferro | et ne mourraient pas ou par le fer |
| aut fame | ou par la faim |
| rejecti et relegati | rejetés et relégués |
| longe ab ceteris. » | loin des autres. » |
| XXXI. Consurgitur | XXXI. On se lève |
| ex concilio; | du conseil; |
| comprehedunt utrumque | *les assistants* saisissent l'un-et-l'autre |
| et orant | et *les* prient |
| • Ne sua dissensione | « Que par leur dissentiment |
| et pertinacia | et *leur* opiniâtreté |
| deducant rem | ils n'amènent pas l'affaire |
| ad summum periculum : | à un extrême danger : |
| rem esse facilem, | la situation être facile, |
| seu maneant, | soit qu'ils restent, |
| seu proficiscantur, | soit qu'ils partent, |
| si modo omnes | si seulement tous |
| sentiant ac probent unum; | pensaient et approuvaient une *même* chose; |
| contra in dissensione | au-contraire dans le dissentiment |
| se perspicere | eux-mêmes *n*'entrevoir |
| nullam salutem. » | aucun salut. » |
| Res perducitur disputatione | L'affaire est menée par la discussion |
| ad mediam noctem. | jusqu'au milieu-de la nuit. |
| Tandem Cotta permotus | Enfin Cotta ébranlé |
| dat manus; | donne les mains (cède); |
| sententia Sabini superat. | l'avis de Sabinus l'emporte. |
| Pronuntiatur | On déclare [jour; |
| ituros prima luce; | *les soldats* devoir marcher au point-du |
| pars reliqua noctis | la partie qui-reste de la nuit |
| consumitur vigiliis, | est passée dans la veille (sans dormir), |
| quum quisque miles | tandis que chaque soldat |
| circumspiceret sua, | examinait *ses* bagages, |

posset, quid ex instrumento hibernorum relinquere cogeretur.
Omnia excogitantur, quare nec sine periculo maneatur, et
languore militum et vigiliis periculum augeatur. Prima luce
sic ex castris proficiscuntur, ut quibus esset persuasum, non
ab hoste, sed ab homine amicissimo Ambiorige consilium
datum, longissimo agmine maximisque impedimentis.

XXXII. At hostes, posteaquam ex nocturno fremitu vigi-
liisque de profectione eorum senserunt, collocatis insidiis
bipartito in silvis opportuno atque occulto loco, a millibus passuum circiter duobus[1], Romanorum adventum exspectabant;
et, quum se major pars agminis in magnam convallem demisis-
set, ex utraque parte ejus vallis subito se ostenderunt, novis-
simosque premere et primos prohibere ascensu atque iniquis-
simo nostris loco prœlium committere cœperunt.

ce qu'il lui faudra laisser de son équipement d'hiver. On imagine
tout ce qui peut rendre le séjour périlleux et le danger plus grand
par l'abattement et l'insomnie du soldat. Au point du jour on part
du camp, en colonne fort allongée et avec beaucoup de bagages,
comme des gens convaincus que le conseil d'Ambiorix n'était pas
celui d'un ennemi, mais d'un homme tout dévoué.

XXXII. Cependant l'ennemi, informé du départ de la légion par le
bruit qui se fit dans le camp, où les soldats veillèrent toute la nuit
s'embusque en deux endroits du bois, où, caché dans une position
avantageuse, il attendit les Romains, à deux milles environ du camp.
Quand la majeure partie des troupes se fut enfoncée dans un grand
vallon, il parut tout à coup sur les deux revers et, poussant l'arrière-
garde d'une part, de l'autre empêchant l'avant-garde de gagner les
hauteurs, il engagea le combat dans une position très-mauvaise
pour les nôtres.

| | |
|---|---|
| quid posset portare secum, | *voyait* ce qu'il pourrait emporter avec lui, |
| quid ex instrumento | quoi (quelle partie) de *son* équipement |
| hibernorum | de quartiers-d'hiver |
| cogeretur relinquere. | il serait forcé de laisser. |
| Omnia excogitantur, | Toutes les *raisons* sont imaginées, |
| quare nec maneatur | pour-lesquelles et on ne resterait pas |
| sine periculo, | sans danger, |
| et periculum augeatur | et le danger serait augmenté |
| languore | par l'abattement |
| et vigiliis militum. | et les veilles des soldats. |
| Prima luce | Au point-du-jour |
| proficiscuntur ex castris | ils partent du camp |
| sic ut | ainsi que *des gens* |
| quibus persuasum esset | à qui il aurait été démontré |
| consilium datum | *ce conseil avoir été* donné |
| non ab hoste, | non par un ennemi, |
| sed ab homine amicissimo | mais par un homme très-ami |
| Ambiorige, | Ambiorix, |
| agmine longissimo | sur une file très-longue |
| impedimentisque maximis. | et avec des bagages très-considérables. |
| XXXII. At hostes, | XXXII. Mais les ennemis, |
| postcaquam senserunt | après qu'ils se furent aperçus |
| de profectione eorum | du départ d'eux |
| ex fremitu nocturno | par le bruit de-la-nuit |
| vigiliisque, | et les veilles, |
| insidiis collocatis | des embuscades ayant été établies |
| bipartito | en-deux-endroits |
| in silvis | dans les forêts |
| loco opportuno | dans un poste avantageux |
| atque occulto, | et caché, |
| a duobus millibus passuum | à deux milliers de pas |
| circiter, | environ, |
| exspectabant | attendaient |
| adventum Romanorum : | l'arrivée des Romains : |
| et, quum major pars | et, comme la plus grande partie |
| agminis | de la troupe-en-marche |
| se demisisset | s'était enfoncée |
| in magnam convallem, | dans une grande vallée, |
| subito se ostenderunt | tout à coup ils se montrèrent |
| ex utraque parte | de l'un-et-l'autre côté |
| ejus vallis, | de cette vallée, |
| cœperuntque | et commencèrent |
| premere novissimos | à presser les derniers |
| et prohibere primos | et à écarter les premiers |
| ascensu | de la montée |
| atque committere prœlium | et à engager le combat |
| loco iniquissimo nostris. | dans un lieu très-défavorable aux nôtres. |

XXXIII. Tum demum Titurius, ut qui nihil ante providisset,
trepidare, concursare, cohortesque disponere; hæc tamen ipsa
timide atque ut eum omnia deficere viderentur : quod plerumque iis accidere consuevit, qui in ipso negotio consilium
capere coguntur. At Cotta, qui cogitasset hæc posse in itinere
accidere, atque ob eam causam profectionis auctor non fuisset,
nulla in re communi saluti deerat, et in appellandis cohortandisque militibus imperatoris, et in pugna militis officia
præstabat. Quumque propter longitudinem agminis minus
facile per se omnia obire, et, quid quoque loco faciendum esset,
providere possent, jusserunt pronuntiare ut impedimenta relinquerent atque in orbem consisterent. Quod consilium, etsi
in ejusmodi casu reprehendendum non est, tamen incommode
accidit : nam et nostris militibus spem minuit, et hostes ad

XXXIII. Alors enfin Titurius, qui n'avait encore songé à rien,
s'agite, court çà et là, met les cohortes en bataille, mais avec l'air
effrayé d'un homme qui se voit sans ressources, comme il arrive le
plus souvent à ceux qui attendent au moment même pour prendre un
parti. Mais Cotta, qui avait jugé que pareille chose pouvait survenir
en chemin et qui s'était, en conséquence, opposé au départ, n'ou-
bliait rien de ce qui importait au salut commun : en appelant les
soldats par leur nom, en les encourageant, il remplissait les devoirs
d'un général, et dans le combat ceux d'un soldat. Comme, attendu
la longueur de la colonne, les deux chefs ne pouvaient aisément tout
voir par eux-mêmes et prendre, suivant les lieux, les dispositions nécessaires, ils firent proclamer d'abandonner le bagage et de
se former en cercle. Quoique, dans la circonstance, ce parti ne fût
pas à blâmer, il eut cependant des suites funestes : il affaiblit l'espoir

XXXIII. Tum demum Titurius,
ut qui providisset nihil ante,
trepidare, concursare, disponereque cohortes ;
tamen hæc ipsa timide
atque ut omnia viderentur deficere eum :
quod consuevit accidere plerumque
iis qui coguntur capere consilium in negotio ipso.
At Cotta, qui cogitasset hæc posse accidere in itinere,
atque ob eam causam non fuisset auctor profectionis,
deerat in nulla re saluti communi,
et in appellandis cohortandisque militibus, præstabat officia imperatoris,
et in pugna militis.
Quumque propter longitudinem agminis
possent minus facile obire omnia per se,
et providere quid faciendum esset quoque loco,
jusserunt pronuntiare ut relinquerent impedimenta atque consisterent in orbem
Quod consilium, [dum etsi non est reprehendendum in casu ejusmodi,
tamen accidit incommode: nam et minuit spem

XXXIII. Alors enfin Titurius,
comme *un homme* qui n'avait prévu rien auparavant,
de s'empresser, de courir-çà-et-là, et de ranger les cohortes ;
*faisant* cependant ces choses mêmes timidement
et *de telle sorte* que toutes ressources parussent manquer à lui .
ce qui a-coutume d'arriver la plupart *du temps*
à ceux qui sont forcés de prendre une résolution pendant l'affaire même.
Mais Cotta, qui avait songé ces choses pouvoir arriver dans la marche,
et pour cette raison n'avait pas été partisan du´ départ,
ne faisait-défaut en aucun point au salut commun,
et en interpellant et en exhortant les soldats, remplissait les devoirs d'un général ,
et dans le combat *ceux* d'un soldat.
Et comme
à-cause-de la longueur de la colonne
ils pouvaient moins facilement s'occuper de tout par eux-mêmes,
et pourvoir
à ce qui devait être fait dans chaque endroit,
ils ordonnèrent de proclamer que *les soldats* abandonnassent les bagages
et se rangeassent en cercle.
Laquelle résolution, bien qu'elle ne soit pas blâmable dans une conjoncture de-cette-sorte,
cependant tomba désavantageusement: car et elle diminua l'espoir

pugnam alacriores effecit, quod non sine summo timore et
desperatione id factum videbatur. Præterea accidit, quod
fieri necesse erat, ut vulgo milites ab signis discederent, quæ
quisque eorum carissima haberet, ab impedimentis peter
atque abripere properaret, clamore ac fletu omnia comple
rentur.

XXXIV. At barbaris consilium non defuit : nam duce
eorum tota acie pronuntiare jusserunt « Ne quis ab loco
discederet; illorum esse prædam, atque illis reservari quæ
cumque Romani reliquissent : proinde omnia in victoria posit
existimarent. » Erant et virtute et numero pugnando pares
nostri tamen, etsi ab duce et a fortuna deserebantur, tamen
omnem spem salutis in virtute ponebant, et, quoties quæque
cohors procurreret, ab ea parte magnus hostium numerus
cadebat. Qua re animadversa, Ambiorix pronuntiari jube
« Ut procul tela conjiciant, neu propius accedant, et, quam

des nôtres et redoubla l'ardeur de l'ennemi, parce qu'il sembla
qu'on ne dût agir ainsi que dans l'excès de la crainte et du déses-
poir. De plus, ce qui était infaillible, la plupart des soldats quittèren
les enseignes et coururent enlever des chariots chacun ce qu'il ava
de plus précieux, faisant tout retentir de lamentations et de cris.

XXXIV. Mais les barbares ne manquèrent point de conduite : ca
les chefs firent proclamer dans toute l'armée « Que personne n
quittât son poste; le butin leur appartenait, on leur réserverait tou
ce que les Romains abandonneraient; qu'ils songeassent donc qu
tout dépendait de la victoire. » Les ennemis avaient la valeur et l
nombre nécessaires pour soutenir une lutte contre nous; quant
nos soldats, abandonnés par leur chef et par la fortune, ils mettaien
tout leur espoir dans leur courage, et partout où chargeait un
cohorte, on voyait tomber un grand nombre de Gaulois. Ambiorix
le remarquant, fit donner l'ordre aux siens « De lancer leurs trait
de loin, de ne pas s'approcher et de reculer partout où les Romain

| | |
|---|---|
| nostris militibus, | à nos soldats, |
| et effecit hostes | et elle rendit les ennemis |
| alacriores ad pugnam, | plus empressés pour le combat, |
| quod id | parce que cela |
| non videbatur factum | ne semblait pas fait |
| sine summo timore | sans une extrême crainte |
| et desperatione. | et un *extrême* désespoir. |
| Accidit præterea, | Il arriva en outre,                [faite, |
| quod erat necesse fieri | laquelle chose il était nécessaire être |
| ut milites vulgo | que les soldats de-tous-côtés |
| discederent ab signis, | s'éloignaient des enseignes, |
| quæ quisque eorum | *et que les objets* que chacun d'eux |
| haberet carissima, | avait le plus chers (estimait le plus), |
| properaret petere | il s'empressait de *les* aller-prendre |
| ab impedimentis | d'entre les bagages |
| atque abripere, | et de *les* enlever, |
| omnia complerentur | que tout était rempli |
| clamore ac fletu. | de cris et de pleurs. |
| XXXIV. At consilium | XXXIV. Mais la conduite |
| non defuit barbaris : | ne manqua pas aux barbares : |
| nam duces eorum | car les chefs d'eux |
| jusserunt pronuntiare | ordonnèrent de proclamer |
| tota acie | dans toute l'armée |
| « Ne quis discederet | « Que personne ne s'éloignât |
| ab loco; | de *son* poste; |
| prædam esse illorum, | le butin appartenir à eux. |
| atque quæcumque Romani | et tout ce que les Romains |
| reliquissent | auraient laissé |
| reservari illis : | être réservé à eux : |
| proinde existimarent | en-conséquence qu'ils pensassent [toire.» |
| omnia posita in victoria. » | tout *être* reposant sur (dépendre de) la vic- |
| Erant pares pugnando | Ils étaient suffisants pour combattre |
| et virtute et numero : | et par le courage et par le nombre : |
| nostri tamen, | les nôtres cependant, |
| etsi deserebantur | bien qu'ils fussent abandonnés |
| ab duce et a fortuna, | par *leur* chef et par la fortune, |
| tamen ponebant in virtute | cependant plaçaient en *leur* courage |
| omnem spem salutis, | tout *leur* espoir de salut, |
| et, quoties quæque cohors | et, *toutes les fois* que chaque cohorte |
| procurreret, | s'élançait-en-avant, |
| magnus numerus hostium | un grand nombre d'ennemis |
| cadebat ab ea parte. | tombait de ce côté. |
| Qua re animadversa, | Lequel fait étant remarqué, |
| Ambiorix | Ambiorix |
| jubet pronuntiari | ordonne être proclamé |
| « Ut conjiciant tela procul, | « Qu'ils lancent les traits de loin, |
| neu accedant propius, | ou (et) ne s'avancent pas plus près, |

in partem Romani impetum fecerint, cedant : levitate armorum et quotidiana exercitatione nihil iis noceri posse ; rursus se ad signa recipientes insequantur. »

XXXV. Quo præcepto ab iis diligentissime observato, quum quæpiam cohors ex orbe excesserat atque impetum fecerat, hostes velocissime refugiebant. Interim eam partem nudari necesse erat et ab latere aperto tela recipi. Rursus, quum in eum locum, unde erant progressi, reverti cœperant, et ab iis, qui cesserant, et ab iis, qui proximi steterant, circumveniebantur; sin autem locum tenere vellent, nec virtuti locus relinquebatur, neque ab tanta multitudine conjecta tela conferti vitare poterant. Tamen tot incommodis conflictati, multis vulneribus acceptis, resistebant, et, magna parte diei consumpta, quum a prima luce ad horam octavam pugnaretur,

chargeraient : avec leurs armes légères et leur manière ordinaire de combattre, ils ne pouvaient pas faire de mal aux Romains ; quand l'ennemi se replierait sur ses enseignes, on se mettrait à sa poursuite. »

XXXV. Cet ordre ayant été parfaitement exécuté, dès qu'une cohorte se détachait du cercle et chargeait, l'ennemi fuyait de toute sa vitesse ; cependant les flancs dégarnis de la cohorte étaient nécessairement exposés aux traits. Voulait-elle revenir au point d'où elle était partie ? elle était enveloppée et par ceux qui s'étaient retirés devant elle et par les bataillons les plus voisins. Voulait-elle maintenir sa position ? la valeur ne pouvait se déployer et les rangs serrés ne pouvaient éviter les traits d'une telle multitude. Malgré tous ces désavantages et quoique couverts de blessures, nos soldats se défendaient pourtant, et, bien que la plus grande partie de la journée fût écoulée, car on avait combattu depuis le point du jour jusqu'à la

et cedant,
in quam partem Romani
fecerint impetum :
posse noceri
nihil iis
levitate armorum
et exercitatione
quotidiana ;
insequantur
se recipientes rursus
ad signa. »

XXXV. Quo præcepto
observato diligentissime
ab iis,
quum quæpiam cohors
excesserat ex orbe
atque fecerat impetum,
hostes refugiebant
velocissimo.
Interim erat necesse
eam partem nudari
et tela recipi
ab latere aperto.
Rursus, quum cœperant
reverti in eum locum,
unde progressi erant,
circumveniebantur
et ab iis qui cesserant
et ab iis qui proximi
steterant ;
sin autem vellent
tenere locum,
neque locus relinquebatur
virtuti ,
neque conferti
poterant vitare tela
conjecta
ab tanta multitudine.
Tamen,
conflictati tot incommodis,
multis vulneribus acceptis,
resistebant,
et, magna parte diei
consumpta,
quum pugnaretur
a prima luce
ad octavam horam.

et cèdent *de ce côté*,
duquel côté les Romains
auraient fait une charge :　　[du-mal
ne pouvoir être fait (on ne pouvait faire)-
en rien à eux (aux Romains)
par la légèreté de *leurs* armes
et *leur* pratique (manière de combattre)
de-chaque-jour (habituelle) ;
qu'ils poursuivent *les Romains*
se retirant de nouveau
vers *leurs* enseignes. »

XXXV. Cette recommandation
ayant été observée très-exactement
par eux,
lorsque quelque cohorte
était sortie du cercle
et avait fait une charge,
les ennemis fuyaient-en-arrière
très-rapidement.
Pendant-ce-temps il était nécessaire
ce côté être dégarni
et les traits être reçus
sur le flanc découvert.
D'autre-part, lorsqu'ils commençaient
à revenir dans cet endroit,
d'où ils s'étaient avancés,
ils étaient enveloppés
et par ceux qui s'étaient retirés
et par ceux qui *étant* le plus proches
s'étaient tenus *en place ;*
mais s'ils voulaient
garder *leur* position,
et une place (carrière) n'était pas laissée
à la valeur,
et étant serrés
ils ne pouvaient pas éviter les traits
lancés
par une si-grande multitude.
Cependant,
assaillis de tant de désavantages,
de nombreuses blessures ayant été reçues,
ils résistaient,
et, une grande partie du jour
étant écoulée,
comme on combattait
depuis le point-du jour
jusqu'à la huitième heure,

nihil, quod ipsis esset indignum, committebant. Tum T. Bal-
ventio, qui superiore anno primum pilum duxerat, viro fort
et magnæ auctoritatis, utrumque femur tragula transjicitur;
Q. Lucanius, ejusdem ordinis, fortissime pugnans, dum cir
cumvento filio subvenit, interficitur; L. Cotta, legatus, omne
cohortes ordinesque adhortans, in adversum os funda vul
neratur.

XXXVI. His rebus permotus, Q. Titurius, quum proc
Ambiorigem suos cohortantem conspexisset, interpretem suum
Cn. Pompeium, ad eum mittit, rogatum ut sibi militibusqu
parcat. Ille appellatus respondit : « Si velit secum colloqu
licere; sperare a multitudine impetrari posse quod ad mil
tum salutem pertineat; ipsi vero nihil nocitum iri, inque ea
rem se suam fidem interponere. » Ille cum Cotta saucio com

huitième heure, ils n'avaient rien fait d'indigne d'eux. Alors T. Ba
ventius, officier très-brave et très-estimé, qui avait été fait primip
l'année précédente, eut les deux cuisses traversées par une dem
pique; Q. Lucanius, du même grade, qui combattait avec la p
grande valeur, fut tué en secourant son fils enveloppé par les enne
mis; le lieutenant L. Aurunculéius Cotta, tandis qu'il encourage
chaque cohorte et chaque rang, fut blessé d'un coup de fronde
visage.

XXXVI. Alors Sabinus consterné, voyant dans le lointain A
biorix qui animait ses troupes, lui envoie Cn. Pompéius, son int
prète, pour le prier de l'épargner lui et ses soldats. Ambiorix
pond « Que Sabinus peut venir lui parler; il espère obtenir de s
armée la vie sauve pour les Romains : quant à Sabinus, il ne
sera fait aucun mal; il en donne sa parole. » Titurius propose

| | |
|---|---|
| committebant nihil | ils *ne* commettaient rien |
| quod esset indignum ipsis. | qui fût indigne d'eux-mêmes. |
| Tum utrumque femur | Alors l'une-et-l'autre cuisse |
| transjicitur tragula | est traversée par une javeline |
| T. Balventio, | à T. Balventius, |
| qui anno superiore | qui l'année précédente    [*des triaires.* |
| duxerat primum pilum, | avait conduit la première compagnie |
| viro forti | homme brave |
| et magnæ auctoritatis; | et d'une grande considération; |
| Q. Lucanius, | Q. Lucanius, |
| ejusdem ordinis, | du même rang (grade), |
| pugnans fortissime, | combattant très-bravement, |
| dum subvenit | tandis qu'il secourt |
| filio circumvento, | *son* fils enveloppé, |
| interficitur; | est tué; |
| L. Cotta, legatus, | L. Cotta, lieutenant, |
| adhortans omnes cohortes | exhortant toutes les cohortes |
| ordinesque, | et *tous* les rangs, |
| vulneratur funda | est blessé par une fronde |
| in os adversum. | au visage par-devant. |
| XXXVI. Permotus | XXXVI. Ému |
| his rebus, | de ces événements, |
| Q. Titurius, | Q. Titurius, |
| quum conspexisset procul | comme il avait aperçu de loin |
| Ambiorigem | Ambiorix |
| cohortantem suos, | exhortant les siens, |
| mittit ad eum | envoie vers lui |
| suum interpretem, | son interprète, |
| Cn. Pompeium, | Cn. Pompée, |
| rogatum ut parcat | *le* prier qu'il épargne |
| sibi militibusque. | lui-même et les soldats. |
| Ille interpellatus respondit: | Celui-ci interpellé répondit: |
| « Si velit | « Si *Titurius* voulait |
| colloqui secum, | s'entretenir avec lui-même, |
| licere; | *cela* être-permis; |
| sperare | *lui-même* espérer |
| quod pertineat | ce qui avait-rapport |
| ad salutem militum | au salut des soldats |
| posse impetrari | pouvoir être obtenu |
| a multitudine; | de la multitude; |
| iri vero nociturum | mais on n'irait faire-de-mal |
| ipsi nihil, | à lui en rien, |
| inque eam rem | et pour ce point |
| se interponere | lui-même interposer (engager?) |
| suam fidem. » | sa parole. » |
| Ille communicat | Celui-là (Titurius) propose |
| cum Cotta saucio, | à Cotta blessé |

municat, si videatur, pugna ut excedant et cum Ambiorige
una colloquantur : « Sperare ab eo de sua ac militum salute
impetrare posse. » Cotta se ad armatum hostem iturum negat
atque in eo constitit.

XXXVII. Sabinus, quos in præsentia tribunos militum
circum se habebat et primorum ordinum centuriones, se sequi
jubet, et, quum propius Ambiorigem accessisset, jussus arma
abjicere, imperatum facit, suisque, ut idem faciant, imperat.
Interim, dum de conditionibus inter se agunt longiorque
consulto ab Ambiorige instituitur sermo, paulatim circumventus interficitur. Tum vero suo more victoriam conclamat
atque ululatum tollunt, impetuque in nostros facto, ordines
perturbant. Ibi L. Cotta pugnans interficitur cum maxima parte
militum; reliqui se in castra recipiunt, unde erant egressi : e
quibus L. Petrosidius aquilifer, quum magna multitudine

Cotta blessé de sortir avec lui de la mêlée et d'aller conférer avec Ambiorix : « Il se flatte d'en obtenir la vie sauve pour lui et les siens. »
Cotta déclare qu'il n'ira point trouver un ennemi en armes et persiste
dans son refus.

XXXVII. Sabinus ordonne aux tribuns des soldats et aux premiers centurions qu'il avait autour de lui de le suivre. Quand il fut
près d'Ambiorix, celui-ci lui commanda de jeter ses armes : Sabinus
obéit et ordonne aux siens d'en faire autant. Cependant, tandis qu'il
traite des conditions avec Ambiorix, qui prolonge à dessein l'entretien, on l'enveloppe insensiblement et on le tue. Alors les barbares
crient victoire à leur manière, poussent un hurlement, fondent sur
nos troupes, et mettent nos rangs en désordre. Là périrent en combattant L. Cotta et la plupart des soldats. Le reste se retira vers le camp
d'où l'on était parti. De ce nombre était le porte-enseigne L. Petrosidius : pressé par une foule d'ennemis, il jeta l'aigle dans l'

| | |
|---|---|
| si videatur, | si *cela lui* semble *bon*. |
| ut excedant pugna | qu'ils sortent du combat (de la mêlée) |
| et colloquantur | et s'entretiennent |
| una cum Ambiorige : | ensemble avec Ambiorix, *disant :* |
| « Sperare | « *Lui-même* espérer |
| posse impetrare ab eo | pouvoir obtenir de lui *ce qu'il veut* |
| de sua salute ac militum. » | touchant son salut et *celui* des soldtas. » |
| Cotta negat se iturum | Cotta nie lui-même devoir aller (refuse |
| ad hostem armatum, | vers un ennemi armé, [d'aller] |
| atque constitit in eo. | et il persista en cela. |
| XXXVII. Sabinus | XXXVII. Sabinus |
| jubet tribunos militum | ordonne les tribuns des soldats |
| et centuriones | et les centurions |
| primorum ordinum | des premiers ordres |
| quos habebat circum se | qu'il avait autour de lui |
| in praesentia | dans le moment-présent |
| sequi se, | suivre lui-même, |
| et, quum accessisset | et, comme il s'était avancé |
| propius Ambiorigem, | plus près d'Ambiorix, |
| jussus | ayant reçu-l'ordre |
| abjicere arma, | de jeter *ses* armes, |
| facit imperatum, | il fait la chose commandée, |
| imperatque suis | et commande aux siens |
| ut faciant idem. | qu'ils fassent la même chose |
| Interim, | Cependant, |
| dum agunt inter se | tandis qu'ils traitent entre eux |
| de conditionibus | des conditions |
| sermoque longior | et qu'un entretien plus long |
| instituitur consulto | est entrepris à dessein |
| ab Ambiorige, | par Ambiorix, |
| circumventus paulatim | enveloppé peu à peu |
| interficitur. | il est tué. |
| Tum vero suo more | Mais alors à leur manière |
| conclamant victoriam | ils crient victoire |
| atque tollunt ululatum, | et élèvent (poussent) un hurlement, |
| impetuque facto in nostros, | et une charge étant faite contre les nôtres |
| perturbant ordines. | ils troublent les rangs. |
| Ibi L. Cotta pugnans | Là L. Cotta combattant |
| interficitur | est tué |
| cum maxima parte | avec la plus grande partie |
| militum ; | des soldats ; |
| reliqui | le reste |
| se recipiunt in castra, | se retire dans le camp, |
| unde egressi erant : | d'où ils étaient sortis : |
| ex quibus L. Petrosidius | d'entre lesquels L. Pétrosidius |
| aquilifer, | porte-enseigne, |
| quum premeretur | comme il était pressé |

hostium premeretur, aquilam intra vallum projecit, ipse pro castris fortissime pugnans occiditur. Illi ægre ad noctem oppugnationem sustinent : noctu ad unum omnes, desperata salute, se ipsi interficiunt. Pauci ex prœlio elapsi, incertis itineribus per silvas ad T. Labienum legatum in hiberna perveniunt, atque eum de rebus gestis certiorem faciunt.

XXXVIII. Hac victoria sublatus, Ambiorix statim cum equitatu in Aduatucos, qui erant ejus regno finitimi, proficiscitur; neque noctem neque diem intermittit, peditatumque se subsequi jubet. Re demonstrata, Aduatucisque concitatis, postero die in Nervios pervenit, hortaturque « Ne sui in perpetuum liberandi atque ulciscendi Romanos, pro iis, quas acceperint, injuriis, occasionem dimittant : interfectos esse

retranchements et succomba en combattant vaillamment devant le camp. Les autres soutinrent avec peine l'assaut jusqu'au soir et, désespérant de pouvoir se sauver, s'entre-tuèrent dans la nuit jusqu'au dernier. Un petit nombre, échappé du combat, traversa les bois au hasard, gagna le quartier du lieutenant T. Labiénus et l'instruisit de ce qui venait de se passer.

XXXVIII. Enflé de sa victoire, Ambiorix part aussitôt avec sa cavalerie pour se rendre chez les Aduatuques, qui étaient voisins de son royaume; il marche jour et nuit sans s'arrêter, et ordonne à l'infanterie de le suivre sans retard. Il expose aux Aduatuques l'état des choses, les soulève et, le lendemain, arrive chez les Nerviens qu'il exhorte « A ne pas perdre cette occasion de s'affranchir à jamais et de venger sur les Romains les outrages qu'ils en ont reçus. Deux

| | |
|---|---|
| magna multitudine hostium, | par une grande multitude d'ennemis, |
| projecit aquilam | jeta l'aigle |
| intra vallum, | en dedans du retranchement, |
| ipse pugnans fortissime | *et* lui-même combattant très-bravement |
| pro castris | devant le camp |
| occiditur. | est tué. |
| Illi sustinent ægre | Ceux-ci soutiennent avec-peine |
| oppugnationem | le siége |
| ad noctem : | jusqu'à la nuit : |
| noctu omnes, | la nuit tous, |
| salute desperata, | le salut étant jugé-sans-espoir, |
| se interficiunt ipsi | se tuent eux-mêmes |
| ad unum. | jusqu'à un-seul (jusqu'au dernier). |
| Pauci | De peu nombreux |
| elapsi ex prœlio | ayant échappé de la bataille |
| perveniunt | arrivent                     [sard) |
| itineribus incertis | par des routes incertaines (prises au ha- |
| per silvas | à travers les forêts |
| ad legatum T. Labienum | auprès du lieutenant T. Labiénus |
| in hiberna,           [rem | dans *ses* quartiers-d'hiver, |
| atque faciunt eum certio- | et font lui mieux-informé (l'instruisent) |
| de rebus gestis. | des choses faites. |
| XXXVIII. Sublatus hac victoria, | XXXVIII. Elevé (enflé) par cette victoire, |
| Ambiorix | Ambiorix |
| proficiscitur statim | part aussitôt |
| cum equitatu | avec *sa* cavalerie |
| in Aduatucos, | chez les Aduatuques, |
| qui erant finitimi | qui étaient voisins |
| regno ejus ; | du royaume de lui ; |
| intermittit | il *ne* laisse-en-intervalle |
| neque noctem neque diem, | ni nuit ni jour, |
| jubetque peditatum | et ordonne l'infanterie |
| subsequi se. | suivre-de-près lui-même. |
| Re demonstrata, | L'affaire ayant été exposée, |
| Adnatucisque concitatis, | et les Aduatuques ayant été soulevés, |
| pervenit in Nervios | il arrive chez les Nerviens |
| die postero, | le jour suivant, |
| hortaturque | et *les* exhorte                [casion |
| « Ne dimittant occasionem | « Qu'ils ne laissent-pas-échapper l'oc- |
| sui liberandi in perpetuum | de s'affranchir à jamais |
| atque ulciscendi Romanos | et de punir les Romains |
| pro iis injuriis | pour ces (les) injures |
| quas acceperint : | qu'ils *en* ont reçues : |
| demonstrat | il fait-voir |
| duo legatos interfectos esse | deux lieutenants avoir été tués |

legatos duo magnamque partem exercitus interiisse demonstrat; nihil esse negotii, subito oppressam legionem, quæ cum
Cicerone hiemet, interfici; se ad eam rem profitetur adjuto-
rem. » Facile hac oratione Nerviis persuadet.

XXXIX. Itaque, confestim dimissis nuntiis ad Centrones,
Grudios, Levacos, Pleumoxios, Geidunos[1], qui omnes sub
eorum imperio sunt, quam maximas manus possunt, cogunt,
et de improviso ad Ciceronis hiberna advolant, nondum ad
eum fama de Titurii morte perlata. Huic quoque[2] accidit, quod
fuit necesse, ut nonnulli milites, qui lignationis munitionis-
que causa in silvas discessissent, repentino equitum adventu
interciperentur. His circumventis, magna manu Eburones,
Nervii, Aduatuci atque horum omnium socii et clientes legionem oppugnare incipiunt : nostri celeriter ad arma concurrunt,
vallum conscendunt. Ægre is dies sustentatur, quod omnem

lieutenants ont été tués ; une grande partie de l'armée a péri : rien
n'est plus facile que de surprendre et d'égorger la légion cantonnée
sous les ordres de Cicéron. Il leur offre pour cela son secours. » Ce
discours les persuade sans peine.

XXXIX. En conséquence, les Nerviens dépêchent aussitôt des exprès aux Centrons, aux Grudiens, aux Lévaques, aux Pleumoxiens,
aux Geidunes, tous peuples qui leur étaient soumis, rassemblent
le plus de troupes qu'ils peuvent et se jettent à l'improviste sur le
quartier de Cicéron, qui n'avait pas encore reçu la nouvelle de la
mort de Titurius. Il lui arriva de même, ce qui était inévitable, que
plusieurs de ses soldats, qui coupaient du bois dans la forêt pour le
chauffage et les fortifications, furent surpris par l'arrivée soudaine
de la cavalerie ennemie. Après les avoir enveloppés, les Éburons, les
Aduatuques, les Nerviens, tous leurs clients, tous leurs alliés, en
nombre considérable, commencent l'attaque du camp. Les nôtres
courent promptement aux armes et bordent le rempart. Ce premier
jour on eut peine à se défendre, parce que l'ennemi mettait tout son

| | |
|---|---|
| magnamque partem | et une grande partie |
| exercitus | de l'armée |
| interiisse : | avoir péri ; |
| nihil negotii esse, | rien d'embarras n'être (il était facile), |
| legionem | la légion |
| quæ hiemet cum Cicerone | qui hivernait avec Cicéron |
| oppressam subito | accablée tout à coup |
| interfici ; | être massacrée ; |
| profitetur se adjutorem | il déclare lui-même *être* auxiliaire |
| ad eam rem. » | pour cette entreprise. » |
| Hac oratione | Par ce discours [viens. |
| persuadet facile Nerviis. | il persuade facilement *la chose* aux Ner- |
| XXXIX. Itaque, | XXXIX. En conséquence, |
| nuntiis | des messagers |
| dimissis confestim | ayant été envoyés-de-tous-côtés en hâte |
| ad Centrones, Grudios, | vers les Centrons, les Grudiens, |
| Levacos, Pleumoxios, | les Lévaques, les Pleumoxiens, |
| Geidunos, | les Geidunes, |
| qui sunt omnes | qui sont tous |
| sub imperio eorum, | sous l'autorité d'eux, |
| cogunt copias | ils rassemblent des forces *aussi grandes* |
| quam possunt maximas, | qu'ils peuvent *rassembler* les plus grandes, |
| et advolant de improviso | et accourent à l'improviste |
| ad hiberna Ciceronis, | vers les quartiers-d'hiver de Cicéron, |
| fama de morte Titurii | le bruit de la mort de Titurius [lui |
| nondum perlata ad eum. | n'ayant pas-encore été apporté jusqu'à |
| Accidit huic quoque, | Il arriva à celui-ci aussi, |
| quod fuit necesse, | *ce* qui fut (était) nécessaire, |
| ut nonnulli milites, | que quelques soldats, |
| qui discessissent in silvas | qui s'en étaient allés dans les forêts |
| causa lignationis | en vue de la provision-de-bois |
| munitionisque, | et de la fortification, |
| interciperentur | furent surpris |
| adventu repentino equitum. | par l'arrivée soudaine des cavaliers. |
| His circumventis, | Ceux-ci ayant été enveloppés, |
| Eburones, Nervii, Aduatuci | les Eburons, les Nerviens, les Aduatuques |
| atque socii et clientes | et les alliés et les clients |
| omnium horum | de tous ces *peuples* |
| magna manu | avec une grande troupe |
| incipiunt | commencent |
| oppugnare legionem. | à attaquer la légion. |
| Nostri celeriter | Les nôtres promptement |
| concurrunt ad arma, | courent aux armes, |
| conscendunt vallum. | montent sur le retranchement. |
| Is dies sustentatur | Ce jour est soutenu (on résiste pendant |
| ægre, | avec-peine, [cette journée) |
| quod hostes | parce que les ennemis |

spem hostes in celeritate ponebant, atque, hanc adepti victoriam, in perpetuum se fore victores confidebant.

XL. Mittuntur ad Cæsarem confestim ab Cicerone litteræ,
magnis propositis præmiis, si pertulissent. Obsessis omnibus
viis, missi intercipiuntur. Noctu ex ea materia, quam munitionis causa comportaverant, turres admodum centum viginti
excitantur incredibili celeritate : quæ deesse operi videbantur, perficiuntur. Hostes postero die, multo majoribus
copiis coactis, castra oppugnant, fossam complent. Ab nostris
eadem ratione, qua pridie, resistitur : hoc idem deinceps reliquis fit diebus. Nulla pars nocturni temporis ad laborem
intermittitur; non ægris, non vulneratis facultas quietis
datur ; quæcumque ad proximi diei oppugnationem opus sunt,
noctu comparantur : multæ præustæ sudes, magnus mura-
lium pilorum numerus instituitur; turres contabulantur,

espoir dans la célérité, se flattant d'être toujours vainqueur, s'il rem-
portait encore cet avantage.

XL. Aussitôt Cicéron écrit à César et promet de grandes récompenses à qui rendra ses lettres. L'ennemi, maître de tous les chemins,
arrête les exprès. Pendant la nuit, avec le bois dont on avait fait
provision pour les fortifications, on élève cent vingt tours avec une
promptitude incroyable, et on renforce les ouvrages. L'ennemi, dont
le nombre s'était fort accru, renouvelle l'assaut le lendemain et
comble le fossé. On se défendit de la même façon que la veille, et il
en fut de même les jours suivants. On ne cesse pas de travailler un
seul instant de la nuit; les malades, les blessés ne peuvent prendre
aucun repos : chaque nuit on apprête ce qu'il faut pour la défense
du lendemain; on prépare des pieux durcis au feu et un grand
nombre de javelots de rempart; on revêt les tours de planches, les

| | |
|---|---|
| ponebant omnem spem | plaçaient tout *leur* espoir |
| in celeritate, | dans la promptitude, |
| atque, adepti | et, ayant acquis |
| hanc victoriam, | cette victoire, |
| confidebant | avaient-confiance |
| se fore victores | eux-mêmes devoir être vainqueurs |
| in perpetuum. | à jamais. |
| XL. Litteræ | XL. Une lettre |
| mittuntur confestim | est envoyée à la hâte |
| ab Cicerone ad Cæsarem, | par Cicéron à César, |
| magnis præmiis propositis, | de grandes récompenses étant proposées, |
| si pertulissent. | si *les messagers la* portaient-jusqu'au- |
| Omnibus viis obsessis, | Toutes les routes étant assiégées, [bout. |
| missi intercipiuntur. | les messagers sont interceptés. |
| Noctu          [modum | Pendant la nuit |
| centum viginti turres ad- | cent vingt tours à peu près |
| excitantur | sont élevées |
| celeritate incredibili | avec une rapidité incroyable |
| ex ea materia, | avec ce bois, |
| quam comportaverant | qu'ils avaient amassé |
| causa munitionis : | en vue de la fortification : |
| quæ videbantur deesse | les choses qui paraissaient manquer |
| operi | à l'œuvre *du retranchement* |
| perficiuntur. | sont achevées. |
| Hostes die postero, | Les ennemis le jour suivant, |
| copiis multo majoribus | des forces beaucoup plus grandes |
| coactis, | ayant été assemblées, |
| oppugnant castra, | assaillent le camp, |
| complent fossam. | comblent le fossé. |
| Resistitur ab nostris | Résistance-est-faite par les nôtres |
| eadem ratione qua pridie : | de la même façon que la veille : |
| hoc idem fit deinceps | cette même chose se fait successivement |
| diebus reliquis. | les jours de-reste (suivants). |
| Nulla pars | Nulle partie |
| temporis nocturni | du temps de-la-nuit |
| intermittitur | n'est laissée-en-intervalle |
| ad laborem ; | pour le travail ; |
| facultas quietis datur | la facilité du repos *n'*est donnée |
| non ægris, non vulneratis; | ni aux malades, ni aux blessés ; |
| quæcumque sunt opus | toutes les choses qui sont un besoin (né- |
| ad oppugnationem | pour *soutenir* l'assaut          [cessaires) |
| diei proximi | du jour suivant |
| comparantur noctu : | sont préparées de nuit : |
| multæ sudes præustæ, | beaucoup de pieux brûlés-par-le-bout, |
| magnus numerus | un grand nombre |
| pilorum muralium | de javelots de-rempart |
| instituitur ; | est entrepris ; |

pinnæ loricæque ex cratibus attexuntur. Ipse Cicero, quum tenuissima valetudine esset, ne nocturnum quidem sibi tempus ad quietem relinquebat, ut ultro militum concursu ac vocibus sibi parcere cogeretur.

XLI. Tunc duces principesque Nerviorum, qui aliquem sermonis aditum causamque amicitiæ cum Cicerone habebant, colloqui sese velle dicunt. Facta potestate, eadem, quæ Ambiorix cum Titurio egerat, commemorant : « Omnem esse in armis Galliam, Germanos Rhenum transisse, Cæsaris reliquorumque hiberna oppugnari. » Addunt etiam de Sabini morte; Ambiorigem ostentant fidei faciendæ causa : « Errare eos dicunt, si quidquam ab his præsidii sperent, qui suis rebus diffidant; sese tamen hoc esse in Ciceronem populumque Romanum animo, ut nihil nisi hiberna recusent atque hanc

parapets et les créneaux de claies d'osier. Cicéron lui-même, quoique d'une très-faible santé, ne se réservait même pas la nuit pour se reposer : il fallut les instances des soldats attroupés pour le forcer à se ménager.

XLI. Alors les chefs et les premiers des Nerviens, qui avaient quelque accès auprès de Cicéron ou quelques relations d'amitié avec lui, demandent une conférence; quand ils l'ont obtenue, ils lui répètent ce qu'avait dit Ambiorix à Titurius : « Que toute la Gaule est en armes; que les Germains ont passé le Rhin; qu'on attaque les quartiers de César et de ses autres lieutenants. » Ils lui apprennent la mort de Sabinus, et lui montrent Ambiorix pour donner créance à cette nouvelle. Ils ajoutent « Qu'il se trompe, s'il s'attend à être secouru par des gens qui craignent pour eux-mêmes. Tels sont cependant leurs sentiments pour Cicéron et pour le peuple romain, qu'ils ne se refu-

| | |
|---|---|
| turres contabulantur, | les tours sont revêtues-de-planches. |
| pinnæ loricæque | les créneaux et les parapets |
| attexuntur ex cratibus. | sont bordés de claies. |
| Cicero ipse, | Cicéron lui-même, |
| quum esset | quoiqu'il fût |
| valetudine tenuissima, | d'une santé très-faible, |
| ne relinquebat quidem sibi | ne laissait même pas à lui-même |
| tempus nocturnum | le temps de-la-nuit |
| ad quietem, | pour le repos, |
| ut cogeretur ultro | *tellement* qu'il était forcé spontanément |
| concursu | par l'attroupement |
| ac vocibus militum | et les paroles des soldats |
| sibi parcere. | à se ménager. |
| XLI. Tunc duces | XLI. Alors les chefs |
| principesque Nerviorum, | et les principaux des Nerviens, |
| qui habebant cum Cicerone | qui avaient avec Cicéron |
| aliquem aditum sermonis | quelque accès (facilité) d'entretien |
| causamque amicitiæ, | et *quelque* motif d'amitié, |
| dicunt | disent |
| sese velle colloqui. | eux-mêmes vouloir conférer *avec lui.* |
| Potestate facta, | L'autorisation ayant été faite (donnée), |
| commemorant eadem | ils exposent les mêmes choses |
| quæ Ambiorix egerat | qu'Ambiorix avait traitées |
| cum Titurio : | avec Titurius : |
| « Omnem Galliam | « Toute la Gaule |
| esse in armis, | être en armes, |
| Germanos | les Germains |
| transisse Rhenum, | avoir passé le Rhin, |
| hiberna Cæsaris | les quartiers-d'hiver de César |
| reliquorumque | et des autres |
| oppugnari. » | être assaillis. » |
| Addunt etiam | Ils ajoutent aussi *quelques mots* |
| de morte Sabini ; | touchant la mort de Sabinus ; |
| ostentant Ambiorigem | ils montrent-avec-affectation Ambiorix |
| causa faciendæ fidei. | en vue de faire créance (de faire croire ce |
| Dicunt | Ils disent         [qu'ils rapportent). |
| « Eos errare, | « Eux (les Romains) se tromper, |
| si sperent | s'ils espèrent |
| quidquam præsidii | quoi-que-ce-soit d'appui |
| ab his | de-la-part-de ceux (de gens) |
| qui diffidant | qui n'avaient-pas-confiance |
| suis rebus ; | en leurs *propres* affaires ; |
| sese tamen | eux-mêmes cependant        [d'esprit |
| esse hoc animo | être de cette (d'une telle) disposition- |
| in Ciceronem | envers Cicéron |
| populumque Romanum, | et le peuple romain, |
| ut nihil, nisi recusent | qu'*ils ne font* rien, sinon qu'ils refusent |

inveterascere consuetudinem nolint : licere illis incolumibus per se ex hibernis discedere, et, quascumque in partes velint, sine metu proficisci. » Cicero ad hæc unum modo respondit : « Non esse consuetudinem populi Romani, ullam accipere ab hoste armato conditionem; si ab armis discedere velint, se adjutore utantur legatosque ad Cæsarem mittant : sperare, pro ejus justitia, quæ petierint, impetraturos. »

XLII. Ab hac spe repulsi, Nervii vallo pedum undecim et fossa pedum quindecim hiberna cingunt. Hæc et superiorum annorum consuetudine a nostris cognoverant, et, quosdam de exercitu nacti captivos, ab his docebantur : sed, nulla ferramentorum copia, quæ sunt ad hunc usum idonea, gladiis cespitem circumcidere, manibus sagulisque terram exhaurire cogebantur. Qua quidem ex re hominum multitudo cognosci

sent qu'à donner des quartiers d'hiver ; ils ne veulent pas que cette habitude s'enracine. Il peut emmener ses soldats sains et saufs de leur cantonnement et prendre sans crainte le chemin qu'il voudra. » Cicéron se borne à leur répondre « Que l'usage du peuple romain est de ne recevoir aucune proposition d'un ennemi armé ; s'ils veulent déposer les armes, ils auront son appui ; qu'ils envoient des députés à César : juste comme il l'est, ils obtiendront probablement ce qu'ils demandent. »

XLII. Déçus dans leur espoir, les Nerviens entourent le camp d'un rempart de onze pieds avec un fossé de quinze. Ils en avaient appris la manière, en vivant les années précédentes avec nos soldats; de plus, ils se faisaient instruire par quelques prisonniers de notre armée. Mais, n'ayant point d'outils de fer propres à ce travail, il leur fallait couper le gazon avec leurs épées et enlever la terre dans leurs mains ou dans leurs sayons. On put, d'après cela, se faire une

| | |
|---|---|
| hiberna | les quartiers-d'hiver |
| atque nolint | et ne-veulent-pas |
| hanc consuetudinem | cette coutume |
| inveterascere : | s'enraciner : |
| licere per se | être-permis par eux-mêmes [saufs |
| illis discedere incolumibus | à eux (aux Romains) de sortir sains-et- |
| ex hibernis, | des quartiers-d'hiver, |
| et proficisci sine metu [lint. | et de partir sans crainte |
| in quascumque partes ve- | du côté qu'ils voudraient. |
| Cicero | Cicéron |
| respondit ad hæc | répondit à ces *paroles* |
| unum modo : | une chose seulement : |
| « Non esse consuetudinem | « Ne pas être l'habitude |
| populi Romani, | du peuple romain, |
| accipere ullam conditionem | de recevoir quelque condition |
| ab hoste armato; | d'un ennemi armé; [armes, |
| si velint discedere ab armis, | s'ils voulaient s'éloigner des (déposer les) |
| utantur se adjutore | qu'ils se servent de lui *pour* appui |
| mittantque legatos | et envoient des députés |
| ad Cæsarem : | à César : |
| sperare, | *lui-même* espérer, |
| pro justitia ejus, | selon la justice de lui (de César), |
| impetraturos | *eux* devoir obtenir |
| quæ petierint. » | *ce* qu'ils auraient demandé. » |
| XLII. Nervii, | XLII. Les Nerviens, |
| repulsi ab hac spe, | repoussés de (déçus dans) cet espoir. |
| clngunt hiberna | entourent les quartiers-d'hiver |
| vallo undecim pedum | d'une palissade de onze pieds |
| et fossa quindecim pedum. | et d'un fossé de quinze pieds. |
| Et cognoverant hæc | Et ils avaient appris cela |
| a nostris | des nôtres |
| consuetudine | par l'habitude |
| annorum superiorum, | des années précédentes. |
| et, nacti quosdam captivos | et, s'étant procuré quelques prisonniers |
| de exercitu, | de *notre* armée, |
| docebantur ab his : | ils étaient instruits par ceux-ci: |
| sed, nulla copia | mais, nulle facilité *n'étant à eux* |
| ferramentorum, | d'outils-de-fer, |
| quæ sunt idonea | qui sont propres |
| ad hunc usum, | à cet usage, |
| cogebantur | ils étaient forcés |
| circumcidere cespitem | de couper le gazon |
| gladiis, | avec *leurs* épées, |
| exhaurire terram | d'enlever la terre |
| manibus sagulisque. | avec *leurs* mains et *leurs* sayons. |
| Ex qua quidem re | D'après laquelle circonstance en vérité |
| multitudo hominum | le grand-nombre de *ces* hommes |

potuit · nam minus horis tribus millium decem [1] in circuitu munitionem perfecerunt : reliquisque diebus turres ad altitudinem valli, falces testudinesque, quas iidem captivi docuerant, parare ac facere cœperunt.

XLIII. Septimo oppugnationis die, maximo coorto vento, ferventes fusili ex argilla glandes fundis et fervefacta jacula in casas, quæ more Gallico stramentis erant tectæ, jacere cœperunt. Hæ celeriter ignem comprehenderunt et venti magnitudine in omnem castrorum locum distulerunt. Hostes, maximo clamore insecuti, quasi parta jam atque explorata victoria, turres testudinesque agere et scalis vallum ascendere cœperunt. At tanta militum virtus atque ea præsentia animi fuit, ut, quum undique flamma torrerentur maximaque telorum multitudine premerentur suaque omnia impedimenta atque omnes fortunas conflagrare intelligerent, non modo

idée de leur nombre; car, en moins de trois heures, ils eurent achevé un rempart qui avait dix milles de circuit. Les jours suivants, ils élevèrent des tours de la hauteur de notre retranchement, préparèrent des faux et firent des tortues, sur les instructions des mêmes prisonniers.

XLIII. Le septième jour du siége, un grand vent s'étant élevé, ils se mirent à lancer, avec la fronde, des balles d'argile brûlantes et à darder sur nos huttes, qui avaient été couvertes de chaume à la façon des Gaulois, des javelines rougies au feu. Le feu y prit bientôt, et, comme le vent était très-fort, gagna tout le camp. Les ennemis s'élancent alors en poussant de grands cris, font avancer les tortues et les tours, appliquent les échelles et escaladent le rempart. Mais telle fut l'énergie et la présence d'esprit des soldats que, rôtis de tous côtés par les flammes, accablés d'une grêle de traits, sachant que le feu dévorait tous leurs bagages et toute leur fortune,

| | |
|---|---|
| potuit cognosci : | pût être connu : |
| nam minus tribus horis | car en moins de trois heures |
| perfecerunt munitionem | ils achevèrent un retranchement |
| decem millium in circuitu : | de dix milles en circuit : |
| diebusque reliquis | et les jours de-reste (suivants) |
| cœperunt parare | ils commencèrent à préparer |
| ac facere turres | et à faire des tours |
| ad altitudinem valli, | jusqu'à la hauteur du retranchement, |
| falces testudinesque, | des faux et des tortues, |
| quas iidem captivi | que les mêmes prisonniers |
| docuerant. | leur avaient enseignées. |
| XLIII. Septimo die | XLIII. Le septième jour |
| oppugnationis, | du siège, |
| maximo vento coorto, | un très-grand vent s'étant levé, |
| cœperunt jacere in casas, | ils commencèrent à jeter sur les huttes |
| quæ tectæ erant stramentis | qui avaient été couvertes de chaume |
| more Gallico, | à la manière gauloise, |
| glandes ferventes | des balles brûlantes |
| ex argilla fusili | d'argile en-fusion |
| et jacula fervefacta. | et des javelines chauffées. |
| Illæ | Celles-ci (les huttes) |
| comprehenderunt ignem | prirent le feu |
| celeriter | rapidement |
| et magnitudine venti | et par la grandeur (force) du vent |
| distulerunt | le portèrent-çà-et-là |
| in omnem locum | en tout endroit |
| castrorum. | du camp. |
| Hostes, insecuti | Les ennemis, ayant suivi (s'élançant alors) |
| maximo clamore, | avec de très-grands cris, |
| quasi victoria parta jam | comme la victoire étant acquise déjà |
| atque explorata, | et assurée, |
| cœperunt agere turres | commencèrent à pousser des tours |
| testudinesque | et des tortues |
| et ascendere vallum | et à escalader le retranchement |
| scalis. | avec des échelles. |
| At virtus militum | Mais le courage des soldats |
| fuit tanta | fut si-grand |
| atque præsentia animi ea, | et leur présence d'esprit telle, |
| ut, quum undique | que, tandis que de-toutes-parts |
| torrerentur flamma | ils étaient rôtis par la flamme |
| premerenturque | et étaient accablés |
| maxima multitudine | d'une très-grande multitude |
| telorum | de traits |
| intelligerentque | et savaient |
| omnia sua impedimenta | tous leurs bagages |
| atque omnes fortunas | et toute leur fortune |
| conflagrare, | se consumer, |

denigrandi causa de vallo decederet nemo, sed pæ te ne re-
spiceret quidem quisquam ; ac tum omnes acerrime fortissi-
meque pugnarent. Hic dies nostris longe gravissimus fuit;
sed tamen hunc habuit eventum, ut eo die maximus hostium
numerus vulneraretur atque interficeretur, ut se sub ipso
vallo constipaverant, recessumque primis ultimi non dabant.
Paulum quidem intermissa flamma, et quodam loco turri
adacta et contingente vallum, tertiæ cohortis centuriones ex
eo, quo stabant, loco recesserunt suosque omnes removerunt,
nutu vocibusque hostes, si introire vellent, vocare cœperunt:
quorum progredi ausus est nemo. Tum ex omni parte lapidibus
conjectis deturbati turrisque succensa est.

XLIV. Erant in ea legione fortissimi viri, centuriones qui
jam primis ordinibus appropinquarent, T. Pullio et L. Varenus. Hi perpetuas inter se controversias habebant, quinam

non-seulement aucun d'eux n'abandonna le rempart, non-seulement
personne, pour ainsi dire, ne regarda derrière soi, mais tous combat-
tirent avec une ardeur et un courage admirables. Cette journée fut
pour nous bien plus rude qu'aucune autre. Cependant, il se trouva à
la fin que les ennemis eurent un grand nombre de tués et de blessés,
parce qu'ils s'étaient entassés au pied du rempart, et que les derniers fermaient la retraite aux premiers. Quand la flamme se fut
un peu amortie, l'ennemi ayant avancé une tour qui vint se coller
au rempart, les centurions de la troisième cohorte reculèrent et firent
reculer leurs soldats, en invitant, du geste et de la voix, les barbares à entrer, s'ils le voulaient ; mais nul n'osa. Alors on les as-
saillit de pierres de tous côtés, on les culbuta, on brûla leur tour.

XLIV. Dans la légion étaient T. Pulfion et L. Varénus, deux
centurions du plus grand courage et déjà sur le point de parvenir
aux premiers rangs. C'était entre eux des débats, une rivalité sans

| | |
|---|---|
| non modo nemo | non-seulement personne |
| decederet de vallo | ne s'éloignait du retranchement |
| causa demigrandi, | en vue de s'en aller, |
| sed pæne quisquam | mais presque personne |
| ne respiceret quidem ; | même ne regardait-en-arrière ; |
| ac tum omnes pugnarent | et qu'alors tous combattaient |
| acerrime fortissimeque. | très-ardemment et très-bravement. |
| Hic dies | Ce jour |
| fuit longe gravissimus | fut de loin (beaucoup) le plus accablant |
| nostris ; | pour les nôtres ; |
| sed tamen | mais cependant |
| habuit hunc eventum, | il eut ce résultat, |
| ut eo die | que ce jour-là. |
| maximus numerus hostium | un très-grand nombre d'ennemis |
| vulneraretur | fut blessé |
| atque interficeretur, | et fut tué, |
| ut se constipaverant | vu qu'ils s'étaient entassés |
| sub vallo ipso, | au-pied-du retranchement même, |
| ultimique | et que les derniers |
| non dabant recessum | ne donnaient pas de retraite |
| primis. | aux premiers. |
| Flamma quidem | La flamme à la vérité |
| intermissa paulum, | s'étant ralentie un peu, |
| et quodam loco | et en un certain lieu |
| turri adacta | une tour ayant été poussée |
| et contingente vallum, | et touchant le retranchement, |
| centuriones tertiæ cohortis | les centurions de la troisième cohorte |
| recesserunt ex eo loco | se retirèrent de ce (du) poste |
| quo stabant, | dans lequel ils se tenaient, |
| removeruntque | et écartèrent |
| omnes suos; | tous les leurs ; |
| cœperunt vocare | ils commencèrent à appeler |
| nutu vocibusque | du signe et des voix |
| hostes, si vellent introire : | les ennemis, s'ils voulaient entrer : |
| quorum nemo | desquels personne |
| ausus est progredi. | n'osa s'avancer. |
| Tum lapidibus conjectis | Alors des pierres ayant été lancées |
| ex omni parte, | de tout côté, |
| deturbati | *ils furent* culbutés |
| turrisque succensa est. | et la tour fut incendiée. |
| XLIV. In ea legione | XLIV. Dans cette légion |
| erant viri fortissimi, | étaient *deux* hommes très-braves, |
| centuriones | centurions |
| qui jam appropinquarent | qui déjà approchaient |
| primis ordinibus, | des premiers rangs, |
| T. Pulfio et L. Varenus. | T. Pulfion et L. Varénus. |
| Hi habebant inter se | Ceux-ci avaient entre eux |

anteferretur, omnibusque annis de loco summis simultatibus
contendebant. Ex iis Pulfio, quum acerrime ad munitiones
pugnaretur : « Quid dubitas, inquit, Varene? aut quem locum
probandæ virtutis tuæ spectas? hic, hic dies de nostris controversiis judicabit. » Hæc quum dixisset, procedit extra munitiones, quaque pars hostium confertissima visa est, in eam
irrumpit. Ne Varenus quidem tum vallo sese continet, sed
omnium veritus existimationem subsequitur. Mediocri spatio
relicto, Pulfio pilum in hostes mittit atque unum ex multitudine procurrentem transjicit, quo percusso et exanimato, hunc
scutis protegunt hostes, in illum tela universi conjiciunt neque
dant regrediendi facultatem. Transfigitur scutum Pulfioni et
verutum in balteo defigitur. Avertit hic casus vaginam et gla-
dium educere conanti dextram moratur manum; impeditum

fin, et tous les ans ils se disputaient le rang avec un acharnement
haineux. Au moment où le combat était le plus animé : « Qu'at-
tends-tu, Varénus, s'écria Pulfion, et quelle autre occasion veux-tu
pour montrer ta valeur? Voici le jour qui jugera notre querelle. »
A ces mots, il sort du retranchement et fond sur le plus épais des
ennemis. Varénus aussi ne se tient plus renfermé ; jaloux de mériter
l'estime publique, il suit de près son rival. Pulfion lance son javelot, perce et tue un Gaulois de la foule qui venait à lui : les ennemis
couvrent le corps de leurs boucliers, dirigent à la fois tous leurs
coups contre Pulfion et lui ôtent tout moyen de retraite. Un trait
traverse son bouclier, s'enfonce dans son baudrier et dérange le four-
reau de son épée. Lorsqu'il veut la tirer, cet accident retarde sa main
et, dans ce moment critique, les Gaulois l'entourent. Son ennemi

| | |
|---|---|
| controversias perpetuas, | des démêlés continuels, |
| quinam anteferretur, | *pour savoir* lequel serait préféré, |
| omnibusque annis | et tous les ans |
| contendebant de loco | ils rivalisaient pour le rang |
| summis simultatibus | avec d'extrêmes inimitiés. |
| Ex iis Pulfio, | De ceux-ci Pulfion, |
| quum pugnaretur acerrime | comme on combattait très-ardemment |
| ad munitiones. | auprès des retranchements : |
| « Quid dubitas, inquit, | « Pourquoi hésites-tu, dit-il, |
| Varene? | Varénus? |
| aut quem locum | ou quel lieu (quelle occasion |
| probandæ tuæ virtutis | de prouver ta valeur |
| spectas? | attends-tu? |
| hic, hic dies judicabit | ce *jour*-ci, ce jour-ci jugera (prononcera) |
| de nostris controversiis. » | sur nos débats. » |
| Quum dixisset hæc, | Comme il avait dit ces *mots*, |
| procedit extra munitiones, | il s'avance hors des retranchements, |
| quaque pars hostium | et par où une partie des ennemis |
| visa est confertissima, | parut la plus serrée, |
| irrumpit in eam. | il s'élance sur cette *partie*. |
| Ne Varenus quidem tum | Pas même Varénus alors |
| sese continet vallo, | ne se tient-enfermé dans le retranchement, |
| sed veritus | mais craignant |
| existimationem omnium | l'opinion de tous |
| subsequitur. | il suit-de-près. |
| Mediocri spatio relicto, | Une courte distance étant laissée, |
| Pulfio mittit pilum | Pulfion envoie *son* javelot |
| in hostes | contre les ennemis |
| atque transjicit | et *en* traverse |
| unum ex multitudine | un de la multitude |
| procurrentem, | qui courait-en-avant, |
| quo percusso et exanimato, | lequel ayant été frappé et tué, |
| hostes protegunt hunc | les ennemis protégent celui-ci (le mort) |
| scutis, | de *leurs* boucliers, |
| universi conjiciunt tela | tous lancent-ensemble des traits |
| in illum, | contre celui-là (Pulfion), |
| neque dant | et ne *lui* donnent (laissent) pas |
| facultatem regrediendi. | la facilité de retourner. |
| Scutum transfigitur | Le bouclier est percé |
| Pulfioni | à Pulfion |
| et verutum | et le dard |
| defigitur in balteo. | se fiche dans le baudrier. |
| Hic casus avertit vaginam | Cet accident détourne le fourreau |
| et moratur | et retarde |
| manum dextram | la main droite |
| conanti | à *lui* s'efforçant |
| educere gladium. | de tirer *son* épée. |

hostes circumsistunt. Succurrit inimicus illi Varenus et labo-
ranti subvenit. Ad hunc se confestim a Pulfione omnis multitudo convertit; illum veruto transfixum arbitrantur. Occursat
ocius gladio cominusque rem gerit Varenus, atque, uno interfecto, reliquos paulum propellit, dum cupidius instat, in locum
dejectus inferiorem concidit. Huic rursus circumvento fert
subsidium Pulfio, atque ambo incolumes, compluribus interfectis, summa cum laude sese intra munitiones recipiunt. Sic
fortuna in contentione et certamine utrumque versavit, ut
alter alteri inimicus auxilio salutique esset, neque dijudicari
posset uter utri virtute anteferendus videretur.

XLV. Quanto erat in dies gravior atque asperior oppugna-
tio, et maxime quod, magna parte militum confecta vulneribus,
res ad paucitatem defensorum pervenerat, tanto crebriores
litteræ nuntiique ad Cæsarem mittebantur : quorum pars de

---

Varénus vient à son aide et le secourt dans ce danger. Aussitôt
toute la foule laisse Pulfion, qu'elle croit percé d'outre en outre, et
se tourne contre Varénus, qui met promptement l'épée à la main et
se bat de près : il tue un des ennemis et repousse un peu le reste;
mais , comme il les pressait avec trop d'ardeur, il s'abat et tombe
dans un creux, où il est enveloppé. Pulfion lui porte secours à son tour
et tous deux rentrent dans le camp sans blessures et couverts de
gloire. Dans ce défi, la fortune et le combat tournèrent de manière
que les deux rivaux se secoururent et se sauvèrent l'un l'autre, et
que l'on ne put décider lequel méritait le prix de la bravoure.

XLV. La position devenait tous les jours plus difficile et plus pé-
rilleuse, car, la plupart des soldats étant couverts de blessures, on
était réduit à une poignée de défenseurs ; on envoyait d'autant plus
souvent à César des lettres et des messagers, dont un grand nombre

| | |
|---|---|
| Inimicus Varenus | Son ennemi Varénus |
| succurrit illi | court-au-secours à lui |
| et subvenit laboranti. | et soutient lui mis-en-péril. |
| Omnis multitudo | Toute la multitude |
| se convertit confestim | se tourne aussitôt |
| ad hunc | vers celui-ci |
| a Pulfione ; | en se détournant de Pulfion ; |
| arbitrantur illum | ils supposent celui-là (Pulfion) |
| transfixum veruto. | transpercé par le dard. |
| Varenus occursat ocius | Varénus accourt rapidement |
| gladio | avec son épée |
| geritque rem cominus, | et soutient l'affaire (combat) de près, |
| atque, uno interfecto, | et, un ayant été tué, |
| propellit paulum reliquos, | écarte un peu les autres, |
| dum instat cupidius, | et, tandis qu'il presse trop ardemment, |
| dejectus | descendu |
| in locum inferiorem | dans un endroit plus bas |
| concidit. | il tombe. |
| Pulfio | Pulfion |
| fert rursus subsidium | apporte de nouveau du secours |
| huic circumvento, | à celui-ci enveloppé, |
| atque ambo incolumes, | et tous-deux sains-et-saufs, |
| compluribus interfectis, | de nombreux ayant été tués, |
| sese recipiunt | se retirent |
| intra munitiones | en dedans des retranchements |
| cum summa laude. | avec la plus grande gloire. |
| Fortuna versavit utrumque | La fortune ballotta l'un-et-l'autre |
| in contentione et certamine | dans la lutte et le combat |
| sic, ut alter inimicus | de-telle-sorte, que l'un-des-deux ennemis |
| esset auxilio salutique | fût à secours et à salut (secourût et sauvât) |
| alteri, | à l'autre (le second), |
| neque posset dijudicari | et qu'il ne pût être décidé |
| uter | lequel |
| videretur anteferendus utri | paraissait préférable auquel (à l'autre) |
| virtute. | par la valeur. |
| XLV. Quanto | XLV. D'autant plus que |
| oppugnatio erat in dies | le siége était de jour en jour |
| gravior atque asperior, | plus pressant et plus acharné, |
| et maxime quod, | et surtout parce que, |
| magna parte militum | une grande partie des soldats |
| confecta vulneribus, | étant accablée de blessures, |
| res pervenerat | l'affaire en était venue (on en était réduit) |
| ad paucitatem defensorum, | à un petit-nombre de défenseurs, |
| tanto crebriores | d'autant plus fréquents |
| litteræ nuntiique | des lettres et des messagers |
| mittebantur ad Cæsarem : | étaient envoyés à César : |
| quorum pars deprehensa | desquels une partie arrêtée |

prehensa in conspectu nostrorum militum cum cruciatu neca-
batur. Erat unus intus Nervius, nomine Vertico, loco natus
honesto, qui a prima obsidione ad Ciceronem perfugerat
suamque ei fidem præstiterat. Hic servo spe libertatis magnisque persuadet præmiis, ut litteras ad Cæsarem deferat. Has
ille in jaculo illigatas effert, et, Gallus inter Gallos sine ulla
· suspicione versatus, ad Cæsarem pervenit. Ab eo de periculis
Ciceronis legionisque cognoscitur.

   XLVI. Cæsar, acceptis litteris hora circiter undecima diei,
statim nuntium in Bellovacos ad M. Crassum [1] quæstorem mittit,
cujus hiberna aberant ab eo millia passuum viginti quinque[2].
Jubet media nocte legionem proficisci, celeriterque ad se
venire. Exiit cum nuntio Crassus. Alterum ad C. Fabium [3] legatum mittit, ut in Atrebatium fines legionem adducat, qua

étaient arrêtés et périssaient dans les tourments à la vue de nos soldats. Dans le camp était un Nervien de naissance distinguée, nommé
Verticon, qui, dès le commencement du siége, s'était rendu près de
Cicéron et lui avait montré du dévouement. Il engage un esclave,
par l'espoir de la liberté et d'une récompense considérable, à se
charger d'une lettre pour César. Cet homme l'emporte attachée à un
javelot : Gaulois, il circule, sans être soupçonné, parmi des Gaulois
et parvient jusqu'à César. Ce fut par cet homme qu'on apprit le
danger où étaient Cicéron et sa légion.

   XLVI. Ayant reçu ces dépêches vers la onzième heure, César envoie sur-le-champ un messager au questeur M. Crassus, qui avait ses
quartiers à vingt-cinq milles, chez les Bellovaques. Il lui ordonne de
partir au milieu de la nuit avec sa légion et de venir promptement
le rejoindre. Crassus se met en route avec le courrier. Un autre avait
porté au lieutenant C. Fabius l'ordre d'amener sa légion à un endroit
du pays des Atrébates où César savait devoir passer. Il écrit encore

| | |
|---|---|
| necabatur cum cruciatu | était mise-à-mort avec des tourments |
| in conspectu | à la vue |
| nostrorum militum | de nos soldats |
| Intus | Au-dedans (dans le camp) |
| erat unus Nervius, | était un Nervien, |
| nomine Vertico, | de nom Verticon, |
| natus loco honesto, | né d'une famille honorable, |
| qui a prima obsidione | qui dès le commencement-du siége |
| perfugerat ad Ciceronem | avait fui vers Cicéron |
| præstiteratque ei | et avait donné à lui |
| suam fidem. | sa foi. |
| Hic persuadet servo | Celui-ci persuade à un esclave |
| spe libertatis | par l'espoir de la liberté |
| magnisque præmiis | et par de grandes récompenses |
| ut deferat litteras | qu'il porte une lettre |
| ad Cæsarem. | à César. |
| Ille effert has | Celui-là emporte cette *lettre* |
| illigatas in jaculo, | attachée à *son* javelot, |
| et Gallus | et Gaulois |
| versatus | ayant circulé |
| sine ulla suspicione | sans *exciter* aucun soupçon |
| inter Gallos, | parmi les Gaulois, |
| pervenit ad Cæsarem. | parvient auprès de César. |
| Cognoscitur ab eo | On reçoit-connaissance par lui |
| de periculis Ciceronis | des dangers de Cicéron |
| legionisque | et de la légion. |
| XLVI. Cæsar, | XLVI. César, |
| litteris acceptis | la lettre ayant été reçue |
| undecima hora diei | à la onzième heure du jour |
| circiter, | environ, |
| mittit statim nuntium | envoie aussitôt un messager |
| in Bellovacos | chez les Bellovaques |
| ad quæstorem M. Crassum, | au questeur M. Crassus, |
| cujus hiberna | dont les quartiers-d'hiver |
| aberant ab eo | étaient-éloignés de lui |
| viginti quinque millia | de vingt-cinq milliers |
| passuum. | de pas. |
| Jubet legionem | Il ordonne la légion |
| proficisci media nocte | partir au milieu-de la nuit |
| venireque celeriter ad se. | et venir rapidement à lui. |
| Crassus exiit | Crassus sortit *de ses quartiers* |
| cum nuntio. | avec le messager. |
| Mittit alterum | Il (César) envoie un autre *messager* |
| ad C. Fabium legatum | à C. Fabius *son* lieutenant, |
| ut adducat legionem | pour qu'il amène *sa* légion |
| in fines Atrebatium, | sur le territoire des Atrébates, |
| qua sciebat | par où il savait |

sibi iter faciendum sciebat. Scribit Labieno, si reipublicæ commodo facere posset, cum legione ad fines Nerviorum veniat: reliquam partem exercitus, quod paulo aberat longius, non putat exspectandam; equites circiter quadringentos ex proximis hibernis cogit.

XLVII. Hora circiter tertia ab antecursoribus de Crassi adventu certior factus, eo die millia passuum viginti [1] progreditur. Crassum Samarobrivæ præficit, legionemque ei attribuit, quod ibi impedimenta exercitus, obsides civitatum, litteras publicas frumentumque omne, quod eo tolerandæ hiemis causa devexerat, relinquebat. Fabius, ut imperatum erat, non ita multum moratus, in itinere cum legione occurrit. Labienus, interitu Sabini et cæde cohortium cognita, quum omnes ad eum Trevirorum copiæ venissent, veritus ne, si ex hibernis fugæ similem profectionem fecisset, hostium impetum sustinere non posset, præsertim quos recenti victoria efferri

à Labiénus de se rendre avec la sienne sur la frontière des Nerviens, si le service de la république le permet. Ne croyant pas devoir attendre le reste de l'armée, qui était un peu trop éloigné, il tire des quartiers les plus voisins environ quatre cents cavaliers.

XLVII. Vers la troisième heure, les coureurs de Crassus ayant annoncé son arrrivée, César fit vingt milles ce jour-là. Il remit à Crassus le commandement de Samarobrive avec une légion, parce qu'il avait dans cette place les bagages de l'armée, les otages des cités, les registres publics et tout le blé qu'il avait réuni pour passer l'hiver. Fabius, obéissant sans retard à l'ordre qu'il avait reçu, joignit César sur la route avec sa légion. Quant à Labiénus, comme à la nouvelle de la mort de Sabinus et du massacre des cohortes toutes les forces des Trévires s'étaient portées vers son camp, il craignit de ne pouvoir, dans une marche qui aurait l'air d'une fuite, résister à l'attaque des ennemis, qu'il savait tout transportés de leur récente

| | |
|---|---|
| lter faciendum sibi. | route devoir être faite par lui-même. |
| Scribit Labieno, | Il écrit à Labiénus, |
| si posset facere | s'il pouvait le faire |
| commodo reipublicæ, | avec le bien de la république, |
| veniat cum legione | qu'il vienne avec sa légion |
| ad fines Nerviorum : | vers le territoire des Nerviens : |
| non putat | il ne pense pas |
| partem reliquam exercitus | la partie restant (le reste) de l'armée |
| exspectandam, | devoir être attendue, |
| quod aberat paulo longius ; | parce qu'elle était un peu trop loin ; |
| cogit | il rassemble |
| ex hibernis proximis | des quartiers-d'hiver les plus proches |
| quadringentos equites | quatre-cents cavaliers |
| circiter. | environ. |
| XLVII. Tertia hora circiter | XLVII. A la troisième heure environ |
| factus certior | fait mieux-informé (averti) |
| ab antecursoribus | par des coureurs |
| de adventu Crassi, | de l'arrivée de Crassus, |
| progreditur eo die | il s'avance ce jour-là |
| viginti millia passuum. | de vingt milliers de pas. |
| Præficit Samarobrivæ Crassum, | Il met-à-la-tête-de Samarobrive Crassus, |
| attribuitque ei legionem, | et donne à lui une légion, |
| quod relinquebat ibi | parce qu'il laissait là |
| impedimenta exercitus, | les bagages de l'armée, |
| obsides civitatum, | les otages des cités, |
| litteras publicas | les papiers publics |
| omneque frumentum | et tout le blé |
| quod devexerat eo | qu'il avait transporté là |
| causa tolerandæ hiemis. | en vue de passer l'hiver. |
| Fabius, | Fabius, |
| ut imperatum erat, | comme cela lui avait été commandé, |
| non moratus ita multum, | n'ayant pas tardé tellement beaucoup (sans [retard], |
| occurrit | vient-à-la-rencontre |
| cum legione | avec sa légion |
| in itinere. | pendant la marche. |
| Labienus, | Labiénus, |
| interitu Sabini | la mort de Sabinus |
| et cæde cohortium cognita, | et le massacre des cohortes étant connus, |
| veritus ne, | ayant craint que, |
| si fecisset profectionem | s'il avait fait un départ |
| ex hibernis | de ses quartiers-d'hiver |
| similem fugæ, | semblable à une fuite, |
| non posset sustinere | il ne pût pas supporter |
| impetum hostium, | le choc des ennemis, |
| præsertim quos sciret | surtout eux qu'il savait |

sciret, litteras Cæsari remittit, quanto cum periculo legionem ex hibernis educturus esset : rem gestam in Eburonibus¹ perscribit : docet omnes equitatus peditatusque copias Trevirorum tria millia passuum ² longe ab suis castris consedisse.

XLVIII. Cæsar, consilio ejus probato, etsi, opinione trium legionum dejectus, ad duas redierat, tamen unum communis salutis auxilium in celeritate ponebat. Venit magnis itineribus in Nerviorum fines. Ibi ex captivis cognoscit quæ apud Ciceronem gerantur, quantoque in periculo res sit. Tum cuidam ex equitibus Gallis magnis præmiis persuadet uti ad Ciceronem epistolam deferat. Hanc Græcis conscriptam litteris mittit, ne, intercepta epistola, nostra ab hostibus consilia cognoscantur. Si adire non possit, monet ut tragulam cum epistola, ad amentum deligata, intra munitiones castrorum abjiciat. In litteris scribit, se cum legionibus profectum cele-

victoire : il écrit donc à César le risque qu'il courrait à retirer la légion de ses quartiers ; il lui mande ce qui s'était passé chez les Éburons, et l'informe que toutes les forces des Trévires, infanterie et cavalerie, ont pris position à trois milles de son camp.

XLVIII. César approuva ses raisons, quoique après avoir compté sur trois légions il fût réduit à deux, et jugea que le salut commun dépendait uniquement de la célérité. Il vint donc, à grandes journées, dans le pays des Nerviens. Il y apprit par des prisonniers ce qui se passait autour de Cicéron et dans quel danger il était. Alors il engage, à force de promesses, un cavalier gaulois à lui porter une lettre qu'il écrit en grec, afin que l'ennemi, s'il l'intercepte, ne découvre pas ses projets. Il recommande à cet homme, s'il ne peut parvenir jusqu'au camp, de l'y lancer avec une javeline, en l'attachant à la courroie. Il disait dans cette lettre qu'il était en marche avec ses

| | |
|---|---|
| efferri victoria recenti, | être exaltés par une victoire récente, |
| remittit litteras Cæsari, | envoie-en-réponse une lettre à César, |
| cum quanto periculo | *disant* avec quel-grand danger |
| educturus esset legionem | il ferait-sortir *sa* légion |
| ex hibernis : | de *ses* quartiers-d'hiver : |
| perscribit | il *lui* écrit-d'un-bout-à-l'autre |
| rem gestam in Eburonibus : | l'événement arrivé chez les Éburons : |
| docet omnes copias | il *lui* apprend toutes les troupes |
| equitatus peditatusque | de cavalerie et d'infanterie |
| Trevirorum | des Trévires |
| consedisse | s'être établies |
| tria millia passuum | à trois milliers de pas |
| longe ab suis castris. | loin (de distance) de son camp. |
| XLVIII. Cæsar, | XLVIII. César, |
| consilio ejus probato, | la résolution de lui étant approuvée, |
| etsi, dejectus opinione | quoique, déçu dans l'attente |
| trium legionum, | de trois légions, |
| redierat ad duas, | il était revenu (en était réduit) à deux, |
| tamen ponebat in celeritate | cependant faisait-reposer sur la célérité |
| unum auxilium | la seule ressource |
| salutis communis. | du salut commun. |
| Venit magnis itineribus | Il va à grandes marches |
| in fines Nerviorum. | sur le territoire des Nerviens. |
| Ibi cognoscit ex captivis | Là il apprend des prisonniers |
| quæ gerantur | ce qui se passait |
| apud Ciceronem, | auprès de Cicéron , |
| inque quanto periculo | et dans quel-grand danger |
| res sit. | la situation était. |
| Tum persuadet | Alors il persuade |
| magnis præmiis | par de grandes récompenses |
| cuidam ex equitibus Gallis | à un certain d'entre les cavaliers gaulois |
| uti deferat epistolam | qu'il porte une lettre |
| ad Ciceronem. | à Cicéron. |
| Mittit hanc | Il envoie celle-ci |
| conscriptam | écrite |
| litteris Græcis, | en caractères grecs, |
| ne, epistola intercepta, | de peur que, la lettre étant interceptée, |
| nostra consilia | nos desseins |
| cognoscantur ab hostibus. | ne soient appris des ennemis. |
| Si non possit adire, | S'il ne pouvait aborder *le camp,* |
| monet ut abjiciat | il *l'*avertit qu'il lance |
| intra munitiones castrorum | en dedans des retranchements du camp |
| tragulam cum epistola, | une javeline avec la lettre, |
| deligata ad amentum. | attachée à la courroie. |
| Scribit in litteris | Il écrit dans la lettre |
| se profectum | lui-même parti |
| cum legionibus | avec les légions |

riter affore; hortatur ut pristinam virtutem retineat. Gallus, periculum veritus, ut erat præceptum, tragulam mittit. Hæc casu ad turrim adhæsit, neque ab nostris biduo animadversa, tertio die a quodam milite conspicitur; dempta ad Ciceronem defertur. Ille perlectam in conventu militum recitat, maxima- que omnes lætitia afficit. Tum fumi incendiorum procul vide- bantur, quæ res omnem dubitationem adventus legionum expulit.

XLIX. Galli, re cognita per exploratores, obsidionem relin- quunt, ad Cæsarem omnibus copiis contendunt : eæ erant armatorum circiter millia sexaginta. Cicero, data facultate, Gallum ab eodem Verticone, quem supra ' demonstravimus, repetit, qui litteras ad Cæsarem referat : hunc admonet, iter caute diligenterque faciat : perscribit in litteris hostes ab se

légions et qu'il arriverait bientôt : il exhortait Cicéron à persister dans son ancienne valeur. Le Gaulois craignit de s'exposer et lança la javeline, suivant ses instructions. Elle s'attacha par hasard à une tour et y resta deux jours sans être aperçue. Le troisième, un sol- dat la vit et la porta à Cicéron, qui, l'ayant lue d'abord, assembla les troupes et les combla de joie en la leur relisant à haute voix. On découvrait déjà, dans le lointain, la fumée des incendies, ce qui dissipait tous les doutes sur l'approche des légions.

XLIX. Les Gaulois, informés de cette circonstance par leurs éclai- reurs, lèvent le siége et marchent à César avec toutes leurs forces, qui montaient environ à soixante mille combattants. Cicéron, ayant le moyen d'écrire à César, demande encore à ce Verticon, dont nous avons parlé plus haut, un Gaulois pour porter sa lettre; il recom- mande au messager de marcher avec diligence et précaution. Il mar- que dans la lettre que les ennemis ont abandonné le siége pour tourner

| | |
|---|---|
| affore celeriter ; | devoir arriver promptement : |
| hortatur ut retineat | il exhorte *Cicéron* à ce qu'il conserve |
| pristinam virtutem. | son ancienne valeur. |
| Gallus, veritus periculum, | Le Gaulois, ayant craint le danger, |
| mittit tragulam, | envoie la javeline, |
| ut præceptum erat. | comme il avait été prescrit. |
| Hæc casu | Celle-ci par hasard |
| adhæsit ad turrim, | s'attacha à une tour, |
| neque animadversa | et non remarquée |
| ab nostris | par les nôtres |
| biduo, | pendant deux-jours, |
| conspicitur tertio die | est aperçue le troisième jour |
| a quodam milite : | par un certain soldat ; |
| dempta | enlevée |
| defertur ad Ciceronem. | elle est portée à Cicéron. |
| Ille recitat | Celui-ci lit-à-haute-voix |
| in conventu militum | dans une réunion des soldats |
| perlectam, | *la lettre* lue-jusqu'au-bout *d'abord par lui* |
| afficitque omnes | et *les* comble tous |
| maxima lætitia. | de la plus grande joie. |
| Tum fumi incendiorum | Alors des fumées d'incendies |
| videbantur procul, | étaient vues au loin, |
| quæ res [nem | laquelle circonstance |
| expulit omnem dubitatio- | bannit tout doute |
| adventus legionum. | de (au sujet de) l'arrivée des légions. |
| XLIX. Galli, | XLIX. Les Gaulois, |
| re cognita | l'affaire étant connue |
| per exploratores, | au-moyen-de *leurs* éclaireurs, |
| relinquunt obsidionem, | abandonnent le siége, |
| contendunt ad Cæsarem | se dirigent vers César |
| omnibus copiis : | avec toutes *leurs* troupes : |
| cæ erant circiter | celles-ci étaient environ |
| sexaginta millia | soixante milliers |
| armatorum. | de *gens* armés. |
| Cicero, facultate data, | Cicéron, la facilité *lui en* ayant été donnée, |
| repetit | demande-de-nouveau |
| ab eodem Verticone, | au même Verticon, |
| quem demonstravimus | que nous avons indiqué |
| supra, | ci-dessus, |
| Gallum, | un Gaulois, [lettre |
| qui referat litteras | qui porte (pour porter)-de-nouveau une |
| ad Cæsarem : | à César : |
| admonet hunc | il avertit celui-ci (le messager) |
| faciat iter caute | qu'il fasse route avec-précaution |
| diligenterque : | et avec-diligence : |
| perscribit in litteris | il écrit dans *sa* lettre |
| hostes discessisse ab se | les ennemis s'être éloignés de lui-même |

discessisse omnemque ad eum multitudinem convertisse.
Quibus litteris circiter media nocte Cæsar allatis suos facit
certiores, eosque ad dimicandum animo confirmat : postero
die luce prima movet castra, et, circiter millia passuum quatuor [1] progressus, trans vallem magnam et rivum multitudinem hostium conspicatur. Erat magni periculi res, cum
tantis copiis iniquo loco dimicare. Tum, quoniam liberatum
obsidione Ciceronem sciebat, eoque omnino remittendum de
celeritate existimabat, consedit, et, quam æquissimo potest
loco, castra communit. Atque hæc, etsi erant exigua per
se, vix hominum millium septem, præsertim nullis cum impedimentis, tamen angustiis viarum, quam maxime potest,
contrahit, eo consilio, ut in summam contemptionem hostibus veniat. Interim, speculatoribus in omnes partes di-

toutes leurs forces contre César. Celui-ci reçoit la lettre vers minuit, la
communique à ses soldats et les anime au combat. Le lendemain, au
point du jour, il lève le camp, fait environ quatre milles et aperçoit
les bandes des ennemis au delà d'une large vallée et d'un ruisseau.
Il eût été fort dangereux de combattre une armée aussi forte dans
une position peu avantageuse ; d'un autre côté, comme il savait Cicéron délivré du siége, il pensait devoir de toute façon ralentir un peu
sa célérité Il s'arrête donc et assoit son camp sur le meilleur emplacement qu'il peut trouver. Quoiqu'un camp de sept mille hommes au
plus, sans aucun bagage, dût naturellement être fort petit, il le res-
serre encore le plus possible, en rétrécissant les rues, pour inspirer
à l'ennemi le plus profond mépris. Cependant il envoie de tous côtés

| | |
|---|---|
| convertisseque ad eum omnem multitudinem. | et avoir tourné vers lui (César) toute *leur* multitude. |
| Quibus litteris allatis circiter media nocte, Cæsar | Laquelle lettre ayant été apportée environ au milieu-de la nuit, César [siens], |
| facit suos certiores, confirmatque eos animo ad dimicandum : | fait les siens mieux-informés (instruit les et affermit eux de courage pour combattre : |
| die postero prima luce movet castra, | le jour suivant au point-du jour il met-en-mouvement *son* camp, |
| et progressus quatuor millia passuum circiter, | et s'étant avancé de quatre milliers de pas environ, |
| conspicatur multitudinem hostium trans magnam vallem et rivum. | il aperçoit la multitude des ennemis au delà d'une grande vallée et d'un ruisseau. |
| Erat res magni periculi, dimicare cum tantis copiis loco iniquo. | *C'*était une affaire d'un grand danger, de combattre avec de si-grandes forces dans une position défavorable. |
| Tum, quoniam sciebat Ciceronem liberatum obsidione, | Alors, parce qu'il savait Cicéron délivré du siége, |
| eoque existimabat remittendum omnino de celeritate, | et pour cela pensait qu'il fallait se relâcher de-toute-façon sur la rapidité, |
| consedit, & communit castra loco quam potest æquissimo. | il s'arrêta, et il fortifie un camp dans un lieu *aussi avantageux* [geux. qu'il peut *camper* dans le plus *avanta-* |
| Atque, etsi erant exigua per se, septem millium hominum vix, | Et, quoiqu'il (le camp) fût petit par lui-même, de sept mille hommes à peine, |
| præsertim cum nullis impedimentis, tamen contrahit hæc maxime quam potest angustiis viarum, | surtout avec aucuns bagages, cependant il resserre ce *camp* le plus qu'il peut par les espaces-étroits des rues, |
| eo consilio, ut veniat hostibus [nem. in summam contemptio- | dans ce dessein, qu'il vienne (tombe) pour les ennemis dans un extrême mépris. |
| Interim, speculatoribus dimissis in omnes partes, | En attendant, des éclaireurs étant envoyés de tous les côtés, |

missis, explorat quo commodissimo itinere vallem transire possit.

L. Eo die, parvulis equestribus prœliis ad aquam factis, utrique sese suo loco continent : Galli, quod ampliores copias, quæ nondum convenerant, exspectabant; Cæsar, si forte timoris simulatione hostes in suum locum elicere posset, ut citra vallem pro castris prœlio contenderet; si id efficere non posset, ut, exploratis itineribus, minore cum periculo vallem rivumque transiret. Prima luce hostium equitatus ad castra accedit prœliumque cum nostris equitibus committit. Cæsar consulto equites cedere seque in castra recipere jubet; simul ex omnibus partibus castra altiore vallo muniri portasque obstrui atque in his administrandis rebus quam maxime concursari et cum simulatione timoris agi jubet.

LI. Quibus omnibus rebus hostes invitati copias transducunt aciemque iniquo loco constituunt; nostris vero etiam de

à la découverte, afin de savoir où il pourra le plus aisément passer le vallon

L. Ce jour-là, après quelques escarmouches de cavalerie près du ruisseau, on garda sa position de part et d'autre : les Gaulois, parce qu'ils attendaient des forces plus considérables, qui n'étaient pas encore arrivées; César, pour tâcher, en feignant la crainte, d'attirer les ennemis sur sa position, afin d'en venir aux mains en deçà de la vallée et devant son camp : s'il n'y réussissait pas, il voulait étudier les chemins, pour passer ensuite avec moins de danger le vallon et le ruisseau. A la pointe du jour, la cavalerie ennemie s'approche de notre camp et engage le combat avec le nôtre : César ordonne à dessein aux nôtres de reculer et de rentrer dans le camp; il fait, en même temps, exhausser le rempart sur tous les points et boucher les portes, recommandant aux soldats, tandis qu'ils exécutent ses ordres, de courir çà et là comme des gens remplis d'épouvante.

LI. Toutes ces démonstrations engagent les ennemis à passer le vallon et à se mettre en bataille dans une mauvaise position. Comme

explorat — il examine
quo itinere commodissimo — par quelle route la plus commode
possit transire vallem. — il pourrait passer le vallon.

L. Eo die, — L. Ce jour-là,
parvulis prœliis — de tout-petits combats
equestribus — de-cavalerie
factis ad aquam, — ayant été faits (livrés) auprès de l'eau,
utrique — les uns-et-les-autres
sese continent suo loco : — se maintiennent dans leur position :
Galli, quod exspectabant — les Gaulois, parce qu'ils attendaient
majores copias, — de plus grandes forces,
quæ nondum convenerant, — qui n'étaient pas-encore arrivées ;
Cæsar, si forte — César, *pour voir* si par hasard
simulatione timoris — par un semblant de crainte
posset elicere hostes — il pourrait attirer les ennemis
in suum locum, — sur sa position,
ut contenderet prœlio — afin qu'il luttât par le combat
citra vallem — en deçà de la vallée
pro castris ; — devant le camp
si non posset efficere id, — s'il ne pouvait exécuter cela,
ut, itineribus exploratis, — afin que, les chemins étant examinés,
transiret vallem rivumque — il passât la vallée et le ruisseau
cum periculo minore. — avec un danger moindre.
Prima luce — Au point-du jour
equitatus hostium — la cavalerie des ennemis
accedit ad castra — s'avance vers le camp
committitque prœlium — et engage le combat
cum nostris equitibus. — avec nos cavaliers.
Cæsar consulto jubet — César à dessein ordonne
equites cedere — les cavaliers reculer
seque recipere in castra ; — et se retirer dans le camp ;
simul ex omnibus partibus — en-même-temps de tous les côtés
castra muniri — le camp être fortifié
vallo altiore — d'un retranchement plus haut
portasque obstrui — et les portes être bouchées
atque in administrandis his — et en exécutant ces choses
jubet concursari — il ordonne qu'on coure-çà-et-là
quam maxime — le plus possible
et agi — et qu'on agisse
cum simulatione timoris. — avec un semblant de crainte.

LI. Quibus rebus — LI. Par lesquelles choses
omnibus — toutes *ensemble*
hostes invitati — les ennemis attirés
transducunt copias — font-passer *leurs* troupes
constituuntque aciem — et rangent *leur* ligne-de-bataille
loco iniquo ; — dans une position désavantageuse ;
nostris vero — mais les nôtres

vallo deductis, propius accedunt, et tela intra munitionem ex
omnibus partibus conjiciunt ; præconibusque circummissis,
pronuntiari jubent, « Seu quis Gallus, seu Romanus velit ante
horam tertiam ad se transire, sine periculo licere; post id
tempus non fore potestatem : » ac sic nostros contempserunt,
ut, obstructis in speciem portis singulis ordinibus cespitum,
quod ea non posse introrumpere videbantur, alii vallum manu
scindere, alii fossas complere inciperent. Tum Cæsar, omnibus
portis eruptione facta equitatuque emisso, celeriter hostes dat
in fugam, sic, uti omnino pugnandi causa resisteret nemo,
magnumque ex eis numerum occidit atque omnes armis
exuit.

LII. Longius prosequi veritus, quod silvæ paludesque in-
tercedebant, neque etiam parvulo detrimento illorum locum
relinqui videbat, omnibus suis incolumibus copiis, eodem die

on avait retiré nos troupes même du rempart, ils s'approchent et
lancent de tous côtés des traits en dedans du retranchement. Ils font
faire le tour du camp par des hérauts, avec ordre de proclamer « que
tout Romain ou Gaulois qui voudra passer de leur côté le peut sans
risque jusqu'à la troisième heure ; plus tard, il ne sera plus temps : »
et tel fut leur mépris pour nous, que, pensant ne pouvoir pas forcer
les portes du camp, qui avaient été masquées, pour la forme, d'un simple
rang de gazon, ils se mirent les uns à arracher les palissades, les autres
à combler le fossé. César, ayant alors fait faire une sortie par toutes
les portes et lancé sa cavalerie, les mit en fuite avec tant de promptitude que pas un d'eux ne s'arrêta pour combattre. On en fit un
grand carnage et on dépouilla tous les morts de leurs armes.

LII. César craignit de pousser trop loin la poursuite, parce
qu'entre eux et nous se trouvaient des bois et des marais, et parce
qu'il voyait qu'en abandonnant la place ils essuyaient des pertes
considérables ; le même jour il rejoignit Cicéron avec toutes ses trou-

| | |
|---|---|
| deductis etiam de vallo, | ayant été retirés aussi du retranchement. |
| accedunt propius, | ils s'avancent plus près, |
| et ex omnibus partibus | et de tous les côtés |
| conjiciunt tela | lancent des traits |
| intra munitionem ; | en dedans de la fortification ; |
| præconibusque | et des hérauts |
| circummissis , | étant envoyés-tout-autour, |
| jubent pronuntiari, | ils ordonnent *ceci* être proclamé, |
| « Seu quis Gallus, | « Soit que quelque Gaulois, |
| seu Romanus | soit que *quelque* Romain |
| velit transire ad se | veuille passer à eux |
| ante tertiam horam, | avant la troisième heure, |
| licere sine periculo ; | *cela lui* être-permis sans danger ; |
| post id tempus | après ce moment |
| potestatem non fore : » | *cette* facilité ne devoir plus être : » |
| ac contempserunt sic | et ils méprisèrent tellement |
| nostros, | les nôtres, |
| ut, portis obstructis | que, les portes ayant été bouchées |
| in speciem | pour l'apparence |
| singulis ordinibus | *chacune* d'un *seul* rang |
| cespitum, | de gazons,                   [(croyaient) |
| quod videbantur | parce qu'ils paraissaient *à eux-mêmes* |
| non posse introrumpere ea, | ne pouvoir pas faire-irruption par là, |
| alii inciperent | les uns commençaient |
| scindere vallum manu, | à arracher la palissade avec la main, |
| alii complere fossas. | les autres à combler les fossés. |
| Tum Cæsar, | Alors César, |
| eruptione facta | une sortie étant faite |
| omnibus portis | par toutes les portes |
| equitatuque emisso , | et la cavalerie étant lancée, |
| dat celeriter hostes | met promptement les ennemis |
| in fugam , | en fuite, |
| sic uti omnino nemo | tellement qu'absolument personne |
| resisteret causa pugnandi ; | ne s'arrêta en vue de combattre ; |
| occiditque | et il tua |
| magnum numerum ex eis | un grand nombre d'entre eux |
| atque exuit omnes armis. | et *les* dépouilla tous de *leurs* armes. |
| LII. Veritus | LII. Ayant craint |
| prosequi longius, | de *les* poursuivre trop loin, |
| quod silvæ paludesque | parce que des forêts et des marais |
| intercedebant, | se-trouvaient-dans-l'intervalle, |
| et videbat etiam | et qu'il voyait aussi |
| locum relinqui | la position être abandonnée        [mis) |
| detrimento illorum | avec un dommage d'eux (pour les enne- |
| non parvulo, | non tout-petit (considérable), |
| omnibus suis copiis | toutes ses troupes |
| incolumibus, | *étant* saines-et-sauves. |

ad Ciceronem pervenit. Institutas turres, testudines munitionesque hostium admiratur : producta legione, cognoscit non
decimum quemque esse relictum militem sine vulnere. Ex his
omnibus judicat rebus, quanto cum periculo et quanta cum
virtute res sint administratæ : Ciceronem pro ejus merito
legionemque collaudat; centuriones singillatim tribunosque
militum appellat, quorum egregiam fuisse virtutem testimonio
Ciceronis cognoverat. De casu Sabini et Cottæ certius ex captivis cognoscit. Postero die concione habita rem gestam proponit, milites consolatur et confirmat : quod detrimentum
culpa et temeritate legati sit acceptum, hoc æquiore animo
ferendum docet, quod, beneficio deorum immortalium et
virtute eorum expiato incommodo, neque hostibus diutina
lætatio, neque ipsis longior dolor relinquatur.

LIII. Interim ad Labienum per Remos incredibili celeritate

pes saines et sauves. Il voit avec surprise les tours dressées par l'ennemi, ses tortues, ses lignes de circonvallation. Il passe en revue la
légion : sur dix soldats, il n'en trouve pas un sans blessures. Il juge,
d'après toutes ces circonstances, quels dangers on a courus et quelle
valeur ou a déployée. Il donne à Cicéron et à la légion les éloges
qu'ils méritent, et s'adresse nominativement aux tribuns et aux centurions de la rare bravoure desquels Cicéron lui avait rendu témoignage.
Les prisonniers lui confirment le malheur de Sabinus et de Cotta.
Le lendemain, il fait assembler les troupes ; il leur expose l'événement, il console et rassure les soldats : ils doivent être d'autant
moins affectés de la perte essuyée par la faute et l'imprudence d'un
de ses lieutenants, que, grâce à la bonté des dieux immortels et à
leur propre courage, le désastre a été vengé, les ennemis n'ont pas
longtemps à se réjouir, ni eux longtemps à s'affliger.

LIII. Cependant la nouvelle de la victoire de César parvient par

| | |
|---|---|
| eodem die | le même jour |
| pervenit ad Ciceronem. | il arrive auprès de Cicéron. |
| Admiratur | Il regarde-avec-étonnement |
| turres institutas, | les tours dressées, |
| testudines | les tortues |
| munitionesque hostium : | et les retranchements des ennemis : |
| legione producta, | la légion ayant été sortie, |
| cognoscit [litem | il reconnaît [sur dix) |
| non quemque decimum mi- | pas *même* chaque dixième soldat (un soldat |
| relictum esse sine vulnere. | n'avoir été laissé sans blessure. |
| Judicat | Il juge |
| ex omnibus his rebus | d'après toutes ces circonstances |
| cum quanto periculo | avec quel-grand danger |
| et cum quanta virtute | et avec quel-grand courage |
| res administratæ sint . | les affaires avaient été conduites : |
| collaudat Ciceronem | il loue-tout-ensemble Cicéron |
| pro merito ejus | selon le mérite de lui |
| legionemque ; | et la légion ; |
| appellat singillatim | il adresse-la-parole un-à-un |
| centuriones | aux centurions |
| tribunosque militum | et aux tribuns des soldats |
| quorum cognoverat | desquels il avait appris |
| testimonio Ciceronis | par le témoignage de Cicéron |
| virtutem fuisse egregiam. | la valeur avoir été excellente. |
| Cognoscit certius | Il apprend *un renseignement* plus certain |
| ex captivis | des prisonniers |
| de casu Sabini | sur le malheur de Sabinus |
| et Cottæ. | et de Cotta. |
| Die postero | Le jour suivant |
| concione habita | une assemblée ayant été tenue |
| proponit rem gestam, | il expose l'événement accompli, |
| consolatur | il console |
| et confirmat milites : | et rassure les soldats : |
| docet detrimentum | il *leur* montre le revers |
| quod acceptum sit | qui avait été reçu (essuyé) [nant |
| culpa et temeritate legati | par la faute et l'imprudence d'un lieute- |
| ferendum animo æquiore | devoir être supporté d'une âme plus égale |
| hoc quod, | parce que, |
| incommodo expiato | le désastre ayant été expié (vengé) |
| beneficio | par le bienfait |
| deorum immortalium | des dieux immortels |
| et virtute eorum, | et par le courage d'eux. |
| neque lætatio diutina | ni une allégresse durable |
| relinquatur hostibus, | n'était laissée aux ennemis, |
| neque ipsis dolor longior. | ni à eux-mêmes une douleur trop longue. |
| LIII. Interim | LIII. Cependant |
| fama de victoria Cæsaris | le bruit de la victoire de César |

de victoria Cæsaris fama perfertur, ut, quum ab hibernis
Ciceronis abesset millia passuum circiter sexaginta [1], ecque
post horam nonam diei Cæsar pervenisset, ante mediam noctem ad portas castrorum clamor oriretur, quo clamore significatio victoriæ gratulatioque ab Remis Labieno fieret. Hac
fama ad Treviros perlata, Indutiomarus, qui postero die castra
Labieni oppugnare decreverat, noctu profugit copiasque
omnes in Treviros reducit. Cæsar Fabium cum legione in sua
remittit hiberna, ipse cum tribus legionibus circum Samaro-
brivam trinis hibernis hiemare constituit, et, quod tanti motus
Galliæ exstiterant, totam hiemem ipse ad exercitum manere
decrevit. Nam illo incommodo de Sabini morte perlato, omnes
fere Galliæ civitates de bello consultabant, nuntios legatio-
nesque in omnes partes dimittebant, et, quid reliqui consilii

les Rémois à Labiénus avec une promptitude si incroyable, qu'éloigné, comme il l'était, de cinquante milles du quartier de Cicéron,
où César n'était arrivé qu'après la neuvième heure du jour, il entendit
avant le milieu de la nuit, aux portes de son camp, les cris des
Rémois qui lui annonçaient la victoire et l'en félicitaient. Le bruit
en étant parvenu aux Trévires, Indutiomare, qui avait résolu d'attaquer le lendemain le camp de Labiénus, s'enfuit de nuit, et ramena dans leurs foyers tous les Trévires. César renvoya dans son
quartier Fabius avec sa légion : il résolut, quant à lui, de faire hiverner trois légions réparties en trois cantonnements autour de Samarobrive, où il se proposa de passer l'hiver entier, à cause des
grands mouvements qui avaient lieu dans la Gaule. Car, sur la nouvelle du désastre et de la mort de Sabinus, presque toutes les cités
pensaient à prendre les armes : on s'envoyait de tous côtés des courriers et des députés ; on délibérait sur le plan qu'on suivrait, sur le

| | |
|---|---|
| perfertur ad Labienum | est porté jusqu'à Labiénus |
| per Remos | par les Rémois |
| celeritate incredibili, | avec une rapidité incroyable, |
| ut, quum abesset | de-sorte-que, quoiqu'il fût éloigné |
| sexaginta millia passuum | de soixante milliers de pas |
| circiter | environ |
| ab hibernis Ciceronis, | des quartiers-d'hiver de Cicéron, |
| Cæsarque pervenisset eo | et que César fût arrivé là |
| post nonam horam diei, | après la neuvième heure du jour, |
| ante mediam noctem | avant le milieu-de la nuit |
| clamor oriretur | un cri s'éleva |
| ad portas castrorum, | aux portes du camp, |
| quo clamore | par lequel cri |
| significatio victoriæ | l'annonce de la victoire |
| gratulatioque | et des félicitations |
| fieret Labieno ab Remis. | étaient faites à Labiénus par les Rémois. |
| Hac fama | Ce bruit |
| perlata ad Treviros, | ayant été porté chez les Trévires, |
| Indutiomarus, | Indutiomare, |
| qui decreverat | qui avait résolu |
| oppugnare castra Labieni | d'attaquer le camp de Labiénus |
| die postero, | le jour suivant, |
| profugit noctu | s'enfuit de nuit |
| reducitque omnes copias | et ramène toutes ses troupes |
| in Treviros. | chez les Trévires. |
| Cæsar remittit Fabium | César renvoie Fabius |
| cum legione | avec sa légion |
| in sua hiberna, | dans ses quartiers-d'hiver. |
| constituit ipse hiemare | décide lui-même d'hiverner |
| cum tribus legionibus | avec trois légions |
| circum Samarobrivam | autour de Samarobrive |
| trinis hibernis, | dans trois quartiers-d'hiver, [la Gaule |
| et, quod tanti motus Galliæ | et parce que de si-grands mouvements de |
| exstiterant, | s'étaient élevés, |
| decrevit manere ipse | résolut de rester lui-même |
| ad exercitum | auprès de l'armée |
| totam hiemem. | pendant tout l'hiver. |
| Nam illo incommodo | Car ce désastre |
| de morte Sabini | touchant la mort de Sabinus |
| perlato, | ayant été porté (annoncé) de tous côtés, |
| fere omnes civitates Galliæ | presque toutes les cités de la Gaule |
| consultabant de bello | délibéraient au-sujet-de la guerre, |
| dimittebantque | et envoyaient |
| in omnes partes | de tous côtés |
| nuntios legationesque, | des messagers et des députations, |
| et explorabant | et examinaient [tion pour l'avenir) |
| quid consilii reliqui | quoi de résolution restant (quelle résolu- |

caperent atque unde initium belli fieret, explorabant, nocturnaque in locis desertis concilia habebant. Neque ullum fere totius hiemis tempus sine sollicitudine Cæsaris intercessit, quin aliquem de conciliis ac motu Gallorum nuntium acciperet. In his ab L. Roscio legato, quem legioni tertiædecimæ præfecerat, certior est factus, « Magnas Gallorum copias earum civitatum, quæ Armoricæ [1] appellantur, oppugnandi sui causa convenisse, neque longius millia passuum octo [2] ab hibernis suis afuisse; sed nuntio allato de victoria Cæsaris, discessisse, adeo ut fugæ similis discessus videretur. »

LIV. At Cæsar, principibus cujusque civitatis ad se evocatis, alias territando, quum se scire quæ fierent denuntiaret, alias cohortando, magnam partem Galliæ in officio tenuit. Tamen Senones [3], quæ est civitas in primis firma et magnæ inter

point où l'on devait commencer la guerre; on tenait des assemblées, de nuit, dans des lieux déserts; et César ne fut pas, de tout l'hiver, un moment sans inquiétude et sans recevoir quelque avis sur les conciliabules et les mouvements des Gaulois. Entre autres le lieutenant L. Roscius, qui commandait la treizième légion, lui fit savoir « Que les cités de la Gaule nommées Armoricaines avaient rassemblé de grandes forces pour l'attaquer; que les Gaulois avaient pris position à huit milles de son quartier, mais qu'à la nouvelle de la victoire de César, ils s'étaient éloignés si rapidement, que leur départ ressemblait plutôt à une fuite. »

LIV. César, ayant appelé près de lui les premiers de chaque cité, intimide les uns, en leur déclarant qu'il sait ce qui se passe, encourage les autres, et parvient ainsi à maintenir une grande partie de la Gaule dans le devoir. Cependant les Sénonais, cité des plus puis-

| | |
|---|---|
| caperent | elles prendraient |
| atque unde fieret | et d'où serait fait |
| initium belli, | le commencement de la guerre, |
| habebantque | et tenaient |
| concilia nocturna | des assemblées nocturnes |
| in locis desertis. | dans des lieux déserts. |
| Neque fere ullum tempus | Et presque aucun moment |
| totius hiemis | de tout l'hiver |
| intercessit | ne se passa |
| sine sollicitudine Cæsaris, | sans inquiétude de (pour) César, |
| quin acciperet | sans qu'il reçût |
| aliquem nuntium | quelque message |
| de conciliis | touchant les assemblées |
| ac motu Gallorum. | et le mouvement des Gaulois. |
| In his | Parmi ces *nouvelles* |
| factus est certior | il fut fait mieux-informé (fut instruit) |
| ab L. Roscio legato, | par L. Roscius *son* lieutenant, |
| quem præfecerat | qu'il avait mis-à-la-tête |
| tertiædecimæ legioni, | de la treizième légion, |
| « Magnas copias Gallorum | « De grandes troupes de Gaulois |
| earum civitatum, | de ces cités, |
| quæ appellantur | qui sont appelées |
| Armoricæ, | Armoricaines, |
| convenisse | s'être rassemblées |
| causa sui oppugnandi, | en vue de l'assiéger, |
| neque afuisse | et n'avoir pas été éloignées |
| a suis hibernis | de ses quartiers-d'hiver |
| longius | plus loin |
| octo millia passuum ; | *que* huit milliers de pas ; |
| sed nuntio | mais la nouvelle |
| de victoria Cæsaris | de la victoire de César |
| allato, | ayant été apportée, |
| discessisse, | *elles* s'être retirées, |
| adeo ut discessus | de-telle-sorte que *cette* retraite |
| videretur similis fugæ. » | parût semblable à une fuite. » |
| LIV. At Cæsar, | LIV. Mais César, |
| principibus | les principaux |
| cujusque civitatis | de chaque cité |
| evocatis ad se, | ayant été appelés auprès de lui, |
| alias territando, | tantôt en effrayant, |
| quum denuntiaret | alors qu'il déclarait |
| se scire | lui-même savoir |
| quæ fierent, | quelles choses se faisaient, |
| alias cohortando, | tantôt en exhortant, |
| tenuit in officio | maintint dans le devoir |
| magnam partem Galliæ. | une grande partie de la Gaule. |
| Tamen Senones, | Cependant les Sénonais, |

Gallos auctoritatis, Cavarinum, quem Cæsar apud eos regem
constituerat (cujus frater Moritasgus, adventu in Galliam
Cæsaris, cujusque majores regnum obtinuerant), interficere
publico consilio conati, quum ille præsensisset ac profugisset,
usque ad fines insecuti, regno domoque expulerunt : et, missis
ad Cæsarem satisfaciendi causa legatis, quum is omnem ad se
senatum venire jussisset, dicto audientes non fuerunt. Tantum apud homines barbaros valuit, esse repertos aliquos
principes belli inferendi, tantamque omnibus voluntatum
commutationem attulit, ut, præter Æduos et Remos, quos
præcipuo semper honore Cæsar habuit, alteros pro vetere ac
perpetua erga populum Romanum fide, alteros pro recentibus
Gallici belli officiis, nulla fere civitas fuerit non suspecta

santes et dont l'influence est considérable dans la Gaule, projettent
d'un commun accord de tuer Cavarinus, que César leur avait donné
pour roi. Son frère Moritasgus régnait à l'arrivée de César dans la
Gaule, et ses ancêtres avaient régné avant lui. Cavarinus, ayant
pressenti leur dessein, prit la fuite ; ils le poursuivirent jusqu'à la
frontière et le privèrent de ses biens et de la royauté. Ils députèrent
ensuite vers César pour se justifier ; mais César ayant ordonné au
sénat entier de venir le trouver, on n'obéit pas. Cette circonstance,
que l'on trouvait un peuple disposé à se mettre à la tête de la guerre,
fit tant d'impression sur les esprits des barbares et changea leurs
dispositions à tel point, qu'à l'exception des Éduens et des Rémois,
que César avait toujours particulièrement honorés, les uns à cause
de leur ancien et constant attachement pour le peuple romain, et les
autres à cause des services récents qu'ils nous avaient rendus dans
les guerres de la Gaule, il n'y eut presque plus de cité qui ne nous

| | |
|---|---|
| civitas quæ est firma | cité qui est puissante |
| in primis | entre les premières |
| et magnæ auctoritatis | et d'une grande autorité |
| inter Gallos, | parmi les Gaulois, |
| conati interficere | ayant tenté de mettre-à-mort |
| consilio publico | d'après une résolution publique |
| Cavarinum, | Cavarinus, |
| quem Cæsar | que César |
| constituerat regem | avait établi roi |
| apud eos | chez eux |
| (cujus frater Moritasgus, | (dont le frère Moritasgus |
| adventu Cæsaris | à l'arrivée de César |
| in Galliam, | en Gaule, |
| cujusque majores | et dont les ancêtres |
| obtinuerant regnum), | avaient possédé la royauté), |
| quum ille præsensisset | comme celui-là s'en était aperçu-d'avance |
| ac profugisset, | et s'était enfui, |
| insecuti usque ad fines, | l'ayant poursuivi jusqu'à la frontière, |
| expulerunt regno | ils le chassèrent de son royaume |
| domoque : | et de sa maison : |
| et, legatis | et, des députés |
| missis ad Cæsarem | ayant été envoyés à César |
| causa satisfaciendi, | en vue de donner-satisfaction, |
| quum is jussisset | comme celui-ci avait enjoint |
| omnem senatum | tout le sénat |
| venire ad se, | venir vers lui, |
| non fuerunt audientes | ils ne furent pas obéissants |
| dicto. | à l'ordre. |
| Valuit tantum | Ceci eut-de-la-force tellement |
| apud homines barbaros, | auprès de ces hommes barbares, |
| aliquos principes | quelques promoteurs |
| belli inferendi | de la guerre à-porter contre nous |
| repertos esse, | avoir été trouvés, |
| attulitque omnibus | et apporta à tous |
| tantam commutationem | un si-grand changement |
| voluntatum, | de volontés, |
| ut, præter Æduos | que, excepté les Eduens |
| et Remos, | et les Rémois, |
| quos Cæsar habuit semper | que César traita toujours |
| honore præcipuo, | avec un honneur particulier, |
| alteros pro fide | les uns pour leur dévouement |
| vetere ac perpetua | ancien et continuel |
| erga populum Romanum. | envers le peuple romain, |
| alteros | les autres |
| pro officiis recentibus | pour leurs services récents |
| belli Gallici, | de (pendant) la guerre des-Gaules, |
| fere nulla civitas | presque aucune cité |

nobis. Idque adeo haud scio mirandumne sit, quum compluribus aliis de causis, tum maxime quod, qui virtute belli omnibus gentibus præferebantur, tantum se ejus opinionis deperdidisse, ut a populo Romano imperia perferrent, gravissime dolebant.

LV. Treviri vero atque Indutiomarus totius hiemis nullum tempus intermiserunt, quin trans Rhenum legatos mitterent, civitates sollicitarent, pecunias pollicerentur, magna parte exercitus nostri interfecta, multo minorem superesse dicerent partem. Neque tamen ulli civitati Germanorum persuaderi potuit ut Rhenum transiret, quum se bis expertos dicerent, Ariovisti bello et Tenchtherorum transitu, non esse amplius fortunam tentandam. Hac spe lapsus, Indutiomarus nihilominus copias cogere, exercere, a finitimis equos parare, exsules damnatosque tota Gallia magnis præmiis ad se allicere cœpit. Ac

fût suspecte. Je ne sais si l'on doit tant s'en étonner, et cela pour plusieurs raisons, surtout à cause de la douleur amère que ressentaient les Gaulois d'être déchus au point de recevoir des ordres des Romains, eux que leurs exploits avaient mis au-dessus de toutes les nations.

LV. Indutiomare et les Trévires, de leur côté, n'avaient pas cessé durant tout l'hiver d'envoyer des députés au delà du Rhin, de tourmenter les cités et de leur offrir de l'argent, en les assurant que la plus grande partie de l'armée romaine avait péri et qu'il n'en restait que les débris. Cependant ils ne purent déterminer aucun peuple germain à passer le Rhin; partout on leur répondit qu'après ce qu'on avait éprouvé dans la guerre d'Arioviste et dans l'excursion des Tenchthères, on ne devait plus tenter la fortune. Indutiomare, déçu dans cet espoir, n'en commence pas moins à lever des troupes, à les exercer, à acheter des chevaux chez les peuples voisins, à attirer à lui, par l'appât des récompenses, les bannis et les condamnés de toute la Gaule; et déjà ses préparatifs lui avaient acquis tant

| | |
|---|---|
| fuerit non suspecta nobis. | ne fut non suspecte à nous. |
| Haudque scio | Et je ne sais pas |
| idne sit adeo mirandum, | si cela est tellement étonnant, |
| quum de aliis causis | et pour d'autres raisons |
| compluribus, | nombreuses, |
| tum maxime quod | et surtout parce que |
| qui virtute belli | *ces peuples* qui par le courage de la guerre |
| præferebantur | étaient mis-au-dessus |
| omnibus gentibus | de toutes les nations |
| dolebant gravissime | s'affligeaient très-fortement |
| se deperdidisse tantum | eux-mêmes avoir perdu tant |
| ejus opinionis, | de cette réputation, |
| ut perferrent imperia | qu'ils supportassent des ordres |
| a populo Romano. | de-la-part-du peuple romain. |
| LV. Treviri vero | LV. Mais les Trévires |
| atque Indutiomarus | et Indutiomare |
| intermiserunt | *ne* laissèrent-passer |
| nullum tempus | aucun moment |
| totius hiemis, | de tout l'hiver, |
| quin mitterent legatos | sans qu'ils envoyassent des députés |
| trans Rhenum, | au delà du Rhin, |
| sollicitarent civitates, | sollicitassent les cités, |
| pollicerentur pecunias, | promissent des sommes-d'argent, |
| dicerent, | dissent, |
| magna parte | une grande partie |
| nostri exercitus | de notre armée |
| interfecta, | ayant été massacrée, |
| partem multo minorem | une partie de beaucoup la plus petite *des deux* |
| superesse. | rester. |
| Neque tamen | Et cependant |
| potuit persuaderi | il ne put être persuadé |
| ulli civitati Germanorum | à aucune cité des Germains |
| ut transiret Rhenum, | qu'elle passât le Rhin, |
| quum dicerent | vu qu'ils disaient |
| se expertos bis, | eux-mêmes avoir éprouvé deux-fois, |
| bello Ariovisti | par la guerre d'Arioviste |
| et transitu Tenchtherorum, | et par le passage des Tenchthères. |
| fortunam | la fortune |
| non tentandam esse | ne devoir pas être tentée |
| amplius. | davantage. |
| Lapsus hac spe, | Déchu de cet espoir, |
| Indutiomarus | Indutiomare |
| nihilominus cœpit | néanmoins commença |
| cogere copias, | à rassembler des troupes, |
| exercere, | à *les* exercer, |
| parare equos a finitimis, | à acquérir des chevaux des *peuples* voisins, |
| allicere ad se tota Gallia | à attirer vers lui de toute la Gaule |

tantam sibi jam iis rebus in Gallia auctoritatem comparaverat,
ut undique ad eum legationes concurrerent, gratiam atque
amicitiam publice privatimque peterent.

LVI. Ubi intellexit ultro ad se veniri, altera ex parte Senones Carnutesque conscientia facinoris[1] instigari, altera
Nervios Aduatucosque bellum Romanis parare, neque sibi
voluntariorum copias defore, si ex finibus suis progredi cœ-
pisset, armatum concilium indicit (hoc more Gallorum est
initium belli), quo lege communi omnes puberes armati convenire consuerunt; qui ex iis novissimus venit, in conspectu
multitudinis omnibus cruciatibus affectus necatur. In eo concilio Cingetorigem, alterius principem factionis, generum
suum, quem supra[2] demonstravimus, Cæsaris secutum fidem,
ab eo non discessisse, hostem judicat bonaque ejus publicat.

d'influence sur les Gaulois, que des députations accouraient de tous
côtés pour lui demander, soit au nom de leurs cités, soit en leur
propre nom , sa bienveillance et son amitié.

LVI. Voyant qu'on le recherchait; que, d'un côté, la conscience
de leur attentat animait les Sénonais et les Carnutes; que, d'un
autre, les Aduatuques et les Nerviens se préparaient à la guerre, et
que, s'il sortait une fois de son pays, il ne manquerait pas de volon-
taires, il convoque une assemblée armée. Dans les mœurs des Gaulois, c'est par là qu'on commence la guerre : la loi oblige, sans exception, tout ce qui est dans l'âge de puberté à s'y trouver en armes,
et le dernier arrivé périt, sous les yeux de la multitude, dans toute
espèce de tourments. Dans cette assemblée, Indutiomare fait déclarer ennemi public le chef du parti contraire, Cingétorix, son gendre
( nous avons dit plus haut qu'il était attaché à César et lui était de-
meuré fidèle ), et confisque ses biens : il annonce ensuite à l'assem-

| | |
|---|---|
| magnis præmiis | par de grandes récompenses |
| exsules damnatosque. | les exilés et les condamnés. |
| Ac jam iis rebus | Et déjà par ces choses |
| comparaverat sibi in Gallia | il avait acquis pour lui-même en Gaule |
| tantam auctoritatem, | une si-grande autorité, |
| ut undique legationes | que de-toutes-parts des députations |
| concurrerent ad eum, | affluaient vers lui, |
| peterent publice | *lui* demandaient au-nom-de-leur-peuple |
| privatimque | et en-leur-nom-particulier |
| gratiam atque amicitiam. | *sa* faveur et *son* amitié. |
| LVI. Ubi intellexit | LVI. Dès qu'il eut compris |
| veniri ultro ad se, | qu'on venait spontanément vers lui |
| ex altera parte | d'un côté |
| Senones Carnutesque | les Sénonais et les Carnutes |
| instigari | être animés |
| conscientia facinoris, | par la conscience de *leur* attentat, |
| altera | de l'autre |
| Nervios Aduatucosque | les Nerviens et les Aduatuques |
| parare bellum Romanis, | préparer la guerre aux Romains, |
| neque copias | et les troupes |
| voluntariorum | de volontaires |
| defore sibi, | ne pas devoir manquer à lui-même, |
| si cœpisset | s'il avait commencé |
| progredi ex suis finibus, | à s'avancer hors de son territoire, |
| indicit concilium armatum | il indique une assemblée armée |
| (hoc est initium belli | (c'est le commencement de la gue... |
| more Gallorum), | dans la coutume des Gaulois), |
| quo lege communi | où par une loi commune |
| omnes puberes | tous ceux dans-l'âge-de-la-puberté |
| consuerunt convenire | ont coutume de se rassembler |
| armati ; | tout-armés ; |
| qui venit novissimus ex iis | celui qui est arrivé le dernier d'entre |
| necatur | est mis-à-mort |
| affectus | accablé |
| omnibus cruciatibus | de tous les tourments |
| in conspectu multitudinis. | en vue de la multitude. |
| In eo concilio | Dans cette assemblée |
| judicat hostem | il juge (déclare) ennemi *public* |
| Cingetorigem, | Cingétorix, |
| principem | chef |
| alterius factionis, | de l'autre parti, |
| suum generum, | son gendre, |
| quem demonstravimus | que nous avons indiqué |
| supra, | ci-dessus, |
| secutum fidem Cæsaris, | ayant suivi la cause de César, |
| non discessisse ab eo, | ne s'être pas séparé de lui, |
| publicatque bona ejus. | et confisque les biens de lui. |

His rebus confectis, in concilio pronuntiat, arcessitum se a Senonibus et Carnutibus aliisque compluribus Galliæ civitatibus huc iter facturum per fines Remorum, eorumque agros populaturum ac, priusquam id faciat, Labieni castra oppugnaturum : quæ fieri velit, præcipit.

LVII. Labienus, quum et loci natura et manu munitissimis castris sese teneret, de suo ac legionis periculo nihil timebat, ne quam occasionem rei bene gerendæ dimitteret, cogitabat. Itaque a Cingetorige atque ejus propinquis oratione Indutiomari cognita, quam in concilio habuerat, nuntios mittit ad finitimas civitates equitesque undique evocat : iis certum diem conveniendi dicit. Interim prope quotidie cum omni equitatu Indutiomarus sub castris ejus vagabatur, alias ut situm castrorum cognosceret, alias colloquendi aut territandi causa : equites plerumque omnes tela intra vallum conjiciebant. La-

blée qu'appelé par les Sénonais, les Carnutes et plusieurs autres peuples de la Gaule, il se rendra dans leur pays par celui des Rémois, dont il ravagera les terres, mais qu'avant tout il attaquera le camp de Labiénus. Il donne alors ses ordres.

LVII. Labiénus, qui se tenait renfermé dans un camp admirablement fortifié par l'art et par la nature, ne craignait rien pour luimême ni pour la légion ; il songeait à ne pas laisser échapper l'occasion d'un succès. Informé par Cingétorix et par ses parents du discours tenu dans l'assemblée par Indutiomare, il dépêche des courriers dans toutes les cités voisines, leur demande de la cavalerie, et lui donne rendez-vous à jour fixe. Indutiomare cependant rôdait presque chaque jour autour du camp avec la sienne, tantôt pour reconnaitre les lieux, tantôt pour parlementer ou pour intimider ; et, le plus souvent, tous ses cavaliers lançaient des traits en dedans du

His rebus confectis, | Ces choses ayant été achevées,
pronuntiat in concilio | il déclare dans l'assemblée
se arcessitum | lui-même appelé
a Senonibus et Carnutibus | par les Sénonais et les Carnutes
compluribusque aliis civi- | et plusieurs autres cités
Galliæ,    [tatibus | de la Gaule,
facturum iter huc | devoir faire route (se rendre) là
per fines Remorum, | à travers le territoire des Rémois,
populaturumque | et devoir ravager
agros eorum | les champs d'eux
ac, prius quam faciat id, | et, avant qu'il fasse cela,
oppugnaturum | devoir attaquer
castra Labieni : | le camp de Labiénus :
præcipit | il prescrit
quæ velit fieri. | ce qu'il veut être fait.

LVII. Labienus, | LVII. Labiénus,
quum sese teneret | comme il se tenait *enfermé*
castris munitissimis | dans un camp très-fortifié [*des hommes*,
et natura loci et manu, | et par la nature du lieu et par la main
timebat nihil | *ne* redoutait rien
de suo periculo | relativement à son danger
ac legionis ; | et *à celui* de la légion ;
cogitabat | il songeait
ne dimitteret | à ce qu'il ne laissât-pas-échapper
quam occasionem | quelque occasion
gerendæ rei bene. | de faire l'affaire bien (de remporter un
Itaque | Aussi     [succès).
oratione Indutiomari, | le discours d'Indutiomare,
quam habuerat in concilio, | qu'il avait tenu dans l'assemblée,
cognita a Cingetorige | étant appris de Cingétorix
atque propinquis ejus, | et des proches de lui,
mittit nuntios | il envoie des messagers
ad civitates finitimas | aux cités voisines
evocatque undique equites : | et appelle de-tous-côtés des cavaliers :
dicit iis diem certum | il indique à eux un jour déterminé
conveniendi. | de (pour) se réunir.
Interim prope quotidie | Cependant presque chaque-jour
Indutiomarus | Indutiomare
cum omni equitatu | avec toute *sa* cavalerie
vagabatur sub castris ejus, | rôdait sous le camp de lui,
alias ut cognosceret | tantôt pour qu'il reconnût
situm castrorum, | l'assiette du camp,
alias causa colloquendi | tantôt en vue de conférer
aut territandi : | ou d'intimider :
plerumque omnes equites | le plus souvent tous *ses* cavaliers
conjiciebant tela | lançaient des traits
intra vallum. | en dedans de la palissade.

bienus suos intra munitiones continebat timorisque opinionem,
quibuscumque poterat rebus, augebat.

LVIII. Quum majore in dies contemptione Indutiomarus
ad castra accederet, nocte una intromissis equitibus omnium
finitimarum civitatum, quos arcessendos curaverat, tanta diligentia omnes suos custodiis intra castra continuit, ut nulla
ratione ea res enuntiari aut ad Treviros perferri posset. Interim
ex consuetudine quotidiana Indutiomarus ad castra accedit
atque ibi magnam partem diei consumit; equites tela conjiciunt et magna cum contumelia verborum nostros ad pugnam
evocant. Nullo ab nostris dato responso, ubi visum est, sub
vesperum dispersi ac dissipati discedunt. Subito Labienus
duabus portis omnem equitatum emittit; praecipit atque interdicit, proterritis hostibus atque in fugam conjectis (quod
fore, sicut accidit, videbat) unum omnes petant Indutioma-

retranchement. Labiénus retenait les soldats au camp et employait
tous les moyens pour faire croire qu'il était épouvanté.

LVIII. Comme Indutiomare s'approchait du camp avec plus de mé
pris chaque jour, Labiénus y fait entrer, la même nuit, la cavalerie
qu'il avait fait venir de toutes les cités voisines, et veille si exactement à ce que personne ne sorte, que les Trévires ne purent en aucune manière être informés de la chose ni la soupçonner. Cependant,
suivant son habitude journalière, Indutiomare s'approche du camp
et y demeure une grande partie de la journée : ses cavaliers lancent
leurs traits et provoquent nos troupes au combat avec les expres-
sions les plus outrageantes. Comme on ne leur répond pas, ils se retirent sur le soir, quand ils le jugent à propos, et se dispersent sans
ordre. Tout à coup Labiénus fait sortir sa cavalerie par deux portes : il prescrit, il ordonne, lorsque les ennemis épouvantés prendront la fuite ( c'était ce qu'il prévoyait et ce qui arriva en effet).
qu'on ne s'attache qu'à Indutiomare, et qu'avant de l'avoir vu tuer

| | |
|---|---|
| Labienus continebat suos intra munitiones, augebatque opinionem timoris quibuscumque rebus poterat. | Labiénus contenait les siens en dedans des retranchements, et augmentait l'idée de *sa* peur par toutes les circonstances qu'il pouvait. |
| LVIII. Quum Indutio- [marus contemptione majore in dies accederet ad castra, equitibus omnium civitatum finitimarum, quos curaverat arcessendos, intromissis una nocte, continuit suos custodiis intra castra tanta diligentia, ut nulla ratione ea res posset enuntiari aut perferri ad Treviros. | LVIII. Comme Indutiomare avec un mépris plus grand *de jour* en jour s'avançait vers le camp, les cavaliers de toutes les cités voisines, [dés desquels il avait eu-soin devant-être man- ayant été introduits en une-seule nuit, il contint les siens par des postes en dedans du camp avec une si-grande exactitude, que par aucun moyen cette circonstance ne pût être révélée ou être portée (parvenir) aux Trévires. |
| Interim ex consuetudine quotidiana Indutiomarus accedit ad castra atque consumit ibi magnam partem diei; equites conjiciunt tela et cum magna contumelia verborum evocant nostros ad pugnam. | Cependant selon *son* habitude de-chaque-jour Indutiomare s'avance vers le camp et consume là une grande partie du jour; *ses* cavaliers lancent des traits et avec une grande insolence de paroles appellent les nôtres au combat. |
| Nullo responso dato ab nostris, sub vesperum dispersi ac dissipati discedunt. | Aucune réponse n'ayant été donnée par les nôtres, vers le soir s'étant dispersés et éparpillés ils se retirent. |
| Subito Labienus emittit omnem equitatum duabus portis; præcipit atque interdicit, hostibus proterritis atque conjectis in fugam (quod videbat fore, sicut accidit), omnes petant | Aussitôt Labiénus lance toute *sa* cavalerie par deux portes; il recommande et fait-défense, les ennemis étant effrayés et lancés (mis) en fuite (*ce* qu'il voyait devoir être, comme *cela* arriva), que tous s'attachent |

rum, neu quis quem prius vulneret, quam illum interfectum
viderit, quod mora reliquorum spatium nactum illum effugere
nolebat; magna proponit iis, qui occiderint, præmia : submittit cohortes equitibus subsidio. Comprobat hominis consilium fortuna, et, quum unum omnes peterent, in ipso fluminis
vado deprehensus Indutiomarus interficitur, caputque ejus re-
fertur in castra : redeuntes equites, quos possunt, consectantur
atque occidunt. Hac re cognita, omnes Eburonum et Nerviorum, quæ convenerant, copiæ discedunt; pauloque habuit
post id factum Cæsar quietiorem Galliam.

on ne frappe pas même un autre homme; car il ne voulait pas qu'en
s'arrêtant aux autres cavaliers on lui donnât le temps de s'échapper. Il promet à qui le tuera d'amples récompenses, et fait soutenir
la cavalerie par des cohortes. L'événement prouva la sagesse de ces
mesures. Comme tous n'en voulaient qu'à un seul, Indutiomare fut
atteint et tué dans le gué même du fleuve : on apporta sa tête au
camp. La cavalerie, en revenant, poursuivit et tua ce qu'elle put. A
la nouvelle de l'affaire, toutes les troupes d'Éburons et de Nerviens
qui s'étaient rassemblées se dispersèrent. et depuis ce moment César
vit la Gaule un peu plus tranquille.

| | |
|---|---|
| unum Indutiomarum ; | au seul Indutiomare ; |
| neu quis vulneret quem | ou (et) que personne ne blesse personne |
| prius quam viderit | avant qu'il n'ait vu |
| illum interfectum, | celui-là tué, |
| quod nolebat illum | parce qu'il ne-voulait-pas celui-là |
| nactum spatium | ayant trouvé de l'espace (du temps) |
| mora reliquorum | par le retard des (causé par les) autres |
| effugere ; | échapper ; |
| proponit magna præmia | il propose de grandes récompenses |
| iis qui occiderint : | à ceux qui l'auraient tué : |
| submittit cohortes | il envoie des cohortes |
| subsidio equitibus. | à appui aux (pour appuyer les) cavaliers. |
| Fortuna comprobat | La fortune prouve *la bonté* |
| consilium hominis, | *de* la mesure de l'homme, |
| et quum omnes | et comme tous |
| peterent unum, | s'attachaient à un seul, |
| Indutiomarus, deprehensus | Indutiomare, saisi |
| in vado ipso fluminis, | dans le gué même du fleuve, |
| interficitur, | est tué, |
| caputque ejus | et la tête de lui |
| refertur in castra : | est rapportée dans le camp : |
| equites redeuntes | les cavaliers revenant |
| consectantur | poursuivent |
| atque occidunt | et tuent |
| quos possunt. | *ceux* qu'ils peuvent. |
| Hac re cognita, | Cet événement étant connu, |
| omnes copiæ | toutes les troupes |
| Eburonum et Nerviorum, | des Éburons et des Nerviens, |
| quæ convenerant, | qui s'étaient rassemblées, |
| discedunt ; | se dissipent ; |
| postque id factum | et après cela fait |
| Cæsar habuit Galliam | César eut (vit) la Gaule |
| paulo quietiorem. | un peu plus tranquille. |

# NOTES

---

Page 4 : 1. *Lucio Domitio, Appio Claudio consulibus.* L'an de Rome 700.

— 2. *Italiam*, l'Italie, c'est-à-dire la Gaule citérieure, en deçà des Alpes par rapport à Rome.

— 3. *Nostro mari.* La mer Méditerranée.

Page 6 : 1. *Actuarias.* On appelait *actuaria* un bâtiment qui marchait à la fois à la voile et à la rame.

— 2. *In Illyricum.* César avait reçu pour province la Gaule cisalpine, à laquelle on avait joint l'Illyrie et toute la Gaule transalpine.

— 3. *Pirustis.* Les Pirustes, voisins de l'Illyrie, étaient établis en Pannonie ou en Dalmatie.

Page 8 : 1. *Itium portum.* Ce port, dont rien ne permet de déterminer la position d'une manière précise, devait se trouver entre Calais et Ambleteuse.

— 2. *Millium passuum triginta*, trente milles, c'est-à-dire un peu plus de quarante-quatre kilomètres, puisque le mille des Romains est évalué à 1472 de nos mètres.

Page 10 : 1. *Trevirorum.* Les Trévires, peuple d'origine germanique ; leur ville principale était Trêves.

— 2. *Equitatu valet.* Nous avons vu plus haut, liv. II, ch. XXIV : *Equites Treviri, quorum inter Gallos virtutis opinio est singularis.*

— 3. *Ut supra demonstravimus.* Voy. liv. III, ch. IX.

Page 12 : 1. *De suis privatim rebus.* Ils venaient sans doute prier César d'épargner leurs terres et leurs habitations.

Page 16 : 1. *Meldis.* La situation de ce peuple est fort incertaine. Les uns pensent qu'ils habitaient la presqu'île où se trouve aujourd'hui Cherbourg ; d'autres les placent sur l'Escaut, entre Gand et Bruges ; d'autres enfin, parce qu'on voit assez souvent leur nom rapproché de celui des Parisiens, supposent qu'il s'agit des habitants de Meaux. Quoique situés dans l'intérieur des terres, ils n'en pouvaient pas moins construire des vaisseaux, puisqu'ils avaient à leur disposition la Marne et la Seine pour les conduire vers César.

Page 16 : 2. *Æduus.* Le territoire des Éduens forme aujourd'hui les départements de la Côte-d'Or, de la Nièvre, de Saône-et-Loire et du Rhône. — *De quo antea dictum est.* Voy. liv. I, ch. III.

Page 18 : 1. *Religionibus.* Sans doute les auspices lui étaient contraires.

Page 20 : 1. *Corus.* Sénèque, *Questions naturelles*, liv. V. ch. XVI : *A solstitiali occidente Corus venit, qui apud quisdam Argestes dicitur.*

Page 24 : 1. *Eam partem insulæ.* Voy. liv. IV, ch. XXIII.

Page 26 : 1. *Millia passuum duodecim.* Un peu plus de dix-sept kilomètres et demi.

Page 28 : 1. *Testudine facta.* Tite Live. XLIV, IX : *Quadrato agmine facto, scutis super capita densatis, stantibus primis, secundis submissioribus, tertiis magis et quartis, postremis etiam genu nixis, fastigatam, sicuti tecta ædificiorum sunt, testudinem faciebant.*

Page 32 : 1. *Millia passuum octoginta*, quatre-vingts milles, c'est-à-dire près de cent dix-huit kilomètres.

Page 34 : 1. *Cantium.* Le Cantium prit plus tard le nom de comté de Kent, et sa ville principale, Durovernum, celui de *Canterbury* (ou *Cantorbéry*).

Page 36 : 1. *Millia passuum quingenta.* Ces cinq cents milles représentent sept cent trente-six de nos kilomètres.

— 2. *Mona.* L'île de Man, vraisemblablement, quoique quelques auteurs compétents, parmi lesquels d'Anville, croient que c'est l'île d'Anglesey dont il est parlé ici.

— 3. *Certis ex aqua mensuris.* Les clepsydres ou horloges d'eau.

— 4. *Septingentorum millium.* Mille trente kilomètres ou deux cent cinquante-sept lieues et demie.

— 5. *Millia passuum octingenta.* Onze cent soixante-dix-sept kilomètres et demi, ou à peu près deux cent quatre-vingt-quinze lieues.

Page 38 : 1. *Vicies centum millium passuum.* Deux mille neuf cent cinquante-quatre kilomètres, ou sept cent trente-huit lieues et demie.

Page 44 : 1. *Signis*, les enseignes, c'est-à-dire les cohortes. Salluste, *Catilina*, ch. LIX : *Octo cohortes in fronte constituit, reliqua signa in subsidio arctius collocat.*

Page 46 : 1. *Ut supra demonstravimus.* Voy. à la fin du ch XVII.

Page 48 : 1. *Trinobantes*. Les Trinobantes occupaient dans la partie orientale de la Grande-Bretagne le territoire qui forma plus tard le comté de Midlesex.

Page 50 : 1. *Cenimagni*. Leur ville principale était Venta, aujourd'hui *Caster*, près de Norwich, dans la province de Norfolk. — *Segontiaci*. On ne sait rien de certain sur la situation de ce peuple; peut-être habitait-il dans la principauté de Galles, au bord de la mer, non loin des comtés de Pembrock et de Cardignan. — *Ancalites*. Peuple inconnu. — *Bibroci*. On conjecture vaguement qu'ils ont pu occuper une partie du comté de Somerset. — *Cassi*. Autre peuple inconnu.

Page 52 : 1. *Supra*. Voy. ch. XIII.

— 2. *Atrebatem Commium*. Ce Commius avait été envoyé en Bretagne l'année précédente par César. Voy. liv. IV, ch. XXI. — Les Atrébates habitaient la contrée qui forme aujourd'hui la plus grande partie du département du Pas-de-Calais.

Page 56 : 1. *Samarobrivæ*, Samarobrive, aujourd'hui Amiens, capitale des Ambiens.

— 2. *Morinos*. Les Morins étaient maîtres du pays qui comprend aujourd'hui une partie des départements du Nord, du Pas-de-Calais et du littoral de la Flandre. — *Nervios*. D'Anville : « Une nation puissante et qui voulait être germanique d'origine, les Nerviens, avait pour capitale, au centre du Hainaut, Bagacum (Bavai), qui paraît déchue à la fin du IVe siècle, lorsque Cameracum (Cambrai) et Turnacum (Tournai) ont prévalu dans le pays qu'occupaient les Nerviens. Il est mention de la Sambre dans ce pays, sous le nom de *Sabis;* mais il faut ajouter que les dépendances des Nerviens s'étendaient dans la Flandre jusqu'à la mer, dont le rivage a été appelé *Nervianus tractus*. » — *Essuos*. On ignore tout à fait quelle était la situation de ce peuple. — *Remis*. Les Rémois étaient situés entre les Ardennes au nord, les Médiomatrices à l'est, la Marne au midi et les Suessions au couchant. Leur ville principale était Durocortorum, aujourd'hui Reims. — *Belgis*. La partie de la Gaule belgique qui comprenait les Bellovaques, les Atrébates et les Ambiens.

Page 58 : 1. *Eburones*. Les Éburons étaient établis dans le pays de Liége.

— 2. *Millibus passuum centum*. Cent quarante-sept kilomètres.

— 3. *Carnutibus*. Les Carnutes étaient établis sur le territoire qui forme aujourd'hui les départements d'Eure-et-Loir et du Loiret.

Page 64 : 1. *Aduatucis.* Ils habitaient cette partie de la Belgique qui forme aujourd'hui le comté de Namur.

Page 66 : 1. *Alteræ.* Cette forme de datif est un archaïsme dont on trouve quelques exemples dans Térence. *Héautontimorumenos*, act. II, sc. III, v. 30 : *Alteræ dum narrat, audivi.* Et *Eunuque*, act. V, sc. VI, v. 3 : *Mihi solæ ridiculo fuit.*

— 2. *Millia passuum quinquaginta.* Environ soixante-treize kilomètres et demi.

Page 68 : 1. *Quantasvis magnas*, pour *quantasvis* ou pour *quantumvis magnas.* On trouve un pléonasme du même genre dans cette phrase de Tite Live, XLIV, XXVII : *Quanta maxima posset præda....*

Page 70 : 1. *Interficiendi Tasgetii.* Voy. ch. XXV.

Page 72 : 1. *Ariovisti mortem.* Voy. liv. I, ch. LIII. Arioviste était sans doute mort en Gaule, ou de chagrin, ou des suites d'une blessure.

Page 76 : 1. *Millibus passuum duobus.* Tout près de trois kilomètres.

Page 90 : 1. *Centrones.* Ce peuple était dans le voisinage des Nerviens, mais on ne sait pas au juste quelles étaient les limites de son territoire. — *Grudios.* Ils habitaient la terre de Groude, au-dessus de l'Écluse, au nord. Cette contrée se nomme aujourd'hui Lat-Sand. — *Levacos.* On ne saurait dire s'ils habitaient aux environs de Gand ou de Louvain. — *Pleumoxios.* Du côté de Tournai. — *Geidunos.* Selon Turpin de Crissé, ce sont les Gantois; selon d'Anville, ils habitaient sur un point de la côte qu'on ne saurait préciser.

— 2. *Huic quoque*, à lui aussi, comme à Sabinus et à Cotta. Voy. ch. XXVI.

Page 98 : 1 *Millium decem*, dix milles, un peu moins de quinze kilomètres.

Page 106 : 1. *Ad M. Crassum.* Voy. ch. XXIV.

— 2. *Millia passuum viginti quinque.* Près de trente-sept kilomètres.

— 3. *Ad. C. Fabium.* Voy. ch. XXIV.

Page 108 : 1. *Millia passuum viginti.* Près de vingt-neuf kilomètres et demi.

Page 110 : 1. *Rem gestam in Eburonibus.* Allusion au désastre de Sabinus et de Cotta.

— 2. *Tria millia passuum.* Près de quatre kilomètres et demi.

Page 112 : 1. *Supra.* Voy. ch. XLV.

Page 114 : 1. *Millia passuum quatuor.* Tout près de six kilomètres.

Page 122 : 1. *Millia passuum sexaginta.* Un peu plus de quatre vingt-huit kilomètres.

Page 124 : 1. *Armoricæ.* Les cités armoricaines occupaient la Normandie et la Bretagne tout entière, c'est-à-dire les départements du Calvados, de la Manche, des Côtes-du-Nord, du Finisterre, du Morbihan, de la Loire-Inférieure et de l'Ile-et-Vilaine.

— 2. *Millia passuum octo.* Un peu plus de onze kilomètres et demi.

— 3 *Senones.* Les Sénonais, bornés au nord par les Parisiens, à l'est par les Lingons, au midi par les Éduens et les Bituriges, à l'ouest par les Carnutes, avaient Sens pour ville principale.

Page 128 : 1. *Ariovisti bello.* Voy. liv. I, ch. XXXI-LII. — *Tenchtherorum transitu.* Voy. liv. IV, ch. I.

Page 130 : 1 *Facinoris.* Voy. ch. XXV et LIV.

— 2. *Supra.* Voy. ch. III.

Page 136 : 1. *Fluminis.* La Meuse, qui séparait les Rémois des Trévires

# ARGUMENT ANALYTIQUE

## DU SIXIÈME LIVRE DES COMMENTAIRES DE CÉSAR
## SUR LA GUERRE DES GAULES.

---

XXXVIII. Bravoure du primipile Sextius Baculus; les soldats, encouragés par son exemple, bordent le retranchement.

XXXIX. Les cohortes, après avoir achevé leur provision de blé, viennent pour rentrer au camp; les barbares fondent sur elles.

XL. La cavalerie et les vieux soldats se font jour à travers les ennemis; une partie des recrues reste sur le champ de bataille.

XLI. Les Germains se retirent; arrivée de César.

XLII. Réflexions sur la singularité de cet événement.

XLIII. César désole de nouveau le territoire des Éburons, mais sans pouvoir atteindre Ambiorix.

XLIV. Il retourne en Italie, après avoir réparti ses troupes dans des cantonnements.

# COMMENTARIORUM

## DE BELLO GALLICO

## LIBER VI.

I. Multis de causis Cæsar majorem Galliæ motum exspectans per M. Silanum, C. Antistium Reginum, T. Sextium, legatos, delectum habere instituit : simul ab Cn. Pompeio proconsule[1] petit, quoniam ipse ad Urbem cum imperio reipublicæ causa remaneret, quos ex Cisalpina Gallia consulis sacramento rogavisset, ad signa convenire et ad se proficisci juberet : magni interesse etiam in reliquum tempus ad opinionem Galliæ existimans, tantas videri Italiæ facultates, ut, si quid esset in bello detrimenti acceptum, non modo in brevi tempore sarciri, sed etiam majoribus adaugeri copiis posset.

1. César, qui s'attendait pour bien des motifs à de plus grands mouvements dans la Gaule, fit faire les levées par ses lieutenants M. Silanus, C. Antistius Réginus et T. Sextius ; et, comme le proconsul Cn. Pompée restait aux portes de Rome avec un commandement, pour le service de la république, il le pria d'ordonner aux nouvelles recrues de la Gaule Cisalpine, dont il avait reçu le serment comme consul, de rejoindre leurs enseignes et de se rendre auprès de lui. César jugeait très-important, même pour l'avenir, de convaincre les Gaulois que telles étaient les ressources de l'Italie, qu'après un échec on pouvait non-seulement réparer en peu de temps la perte, mais encore trouver des forces plus considérables. Pompée

# COMMENTAIRES

## SUR LA GUERRE DES GAULES.

## LIVRE VI.

---

I. Cæsar, exspectans
de multis causis
majorem motum Galliæ,
instituit habere delectum
per M. Silanum,
C. Antistium Reginum,
T. Sextium, legatos :
simul petit
ab Cn. Pompeio proconsule,
quoniam ipse
remaneret ad Urbem
cum imperio
causa reipublicæ,
juberet
quos rogavisset
ex Gallia Cisalpina
sacramento consulis,
convenire ad signa
et proficisci ad se :
existimans
interesse magni
etiam in tempus reliquum
ad opinionem Galliæ,
facultates Italiæ
videri tantas,
ut, si quid detrimenti
acceptum esset in bello,
id posset non modo
sarciri tempore brevi,
sed etiam adaugeri
copiis majoribus.

I. César, attendant
pour de nombreux motifs
un plus grand mouvement de la Gaule,
résolut d'avoir (de faire) la levée
par *l'entremise de* M. Silanus,
C. Antistius Réginus,
T. Sextius, lieutenants :
en-même-temps il demande
à Cn. Pompée proconsul,
puisque lui-même
restait auprès de la ville (Rome)
avec un commandement
dans l'intérêt de la république,
qu'il ordonnât
*ceux* qu'il avait appelés
de la Gaule Cisalpine    [au) consul,
pour le serment du (pour prêter serment
se réunir auprès des enseignes
et partir vers lui-même (César) ·
jugeant
*ceci* être-d'un-intérêt grand
même pour le temps à-venir
relativement-à l'opinion de la Gaule,
les ressources de l'Italie
paraître si-grandes,
que, si quelque chose de (quelque) perte
avait été reçue (essuyée) à la guerre,
cela pût non-seulement
être réparé dans un temps court,
mais encore être accru
de troupes plus grandes.

Quod quum Pompeius et reipublicæ et amicitiæ tribuisset,
celeriter confecto per suos delectu, tribus ante exactam hiemem et constitutis et adductis legionibus, duplicatoque earum
cohortium numero, quas cum Q. Titurio amiserat, et celeritate et copiis docuit quid populi Romani disciplina atque
opes possent.

II. Interfecto Indutiomaro, ut docuimus[1], ad ejus propin-
quos a Treviris[2] imperium defertur. Illi finitimos Germanos
sollicitare et pecuniam polliceri non desistunt[3] : quum ab
proximis impetrare non possent, ulteriores tentant. Inventis
nonnullis civitatibus, jurejurando inter se confirmant obsidi-
busque de pecunia cavent : Ambiorigem sibi societate et fœdere
adjungunt. Quibus rebus cognitis, Cæsar, quum undique
bellum parari videret, Nervios, Aduatucos, Menapios, adjunctis Cisrhenanis omnibus Germanis[4], esse in armis, Senones ad

ayant satisfait ce désir, tant par amitié que dans l'intérêt de l'État,
et les trois lieutenants ayant achevé promptement leurs levées, on
forma et on amena avant la fin de l'hiver trois légions ; et César, dou-
blant le nombre des cohortes qu'il avait perdues avec Sabinus, montra
par ce surcroît de forces et par cette rapidité ce que peuvent les
institutions et les ressources de Rome.

II. Indutiomare ayant péri, comme on l'a vu, les Trévires donnent le commandement à ses parents. Ceux-ci ne cessent pas de sol-
liciter les Germains les plus proches et de leur offrir de l'argent. Ne
réussissant pas auprès de leurs voisins, ils s'adressent à des peuples
plus éloignés. Après en avoir gagné plusieurs, ils se lient entre eux par
des serments, se donnent des otages comme garantie de l'argent
qu'ils auront à fournir, et font amitié et alliance avec Ambiorix.
Instruit de ces menées et voyant que de tous côtés on se préparait à
la guerre, que les Ménapiens, les Nerviens, les Aduatuques étaient
en armes, avec tous les Germains d'en deçà du Rhin, que les Sénonais

| | |
|---|---|
| Quum Pompeius | Comme Pompée |
| tribuisset quod | avait accordé cela |
| et reipublicæ et amicitiæ, | et à l'intérêt-public et à l'amitié, |
| delectu confecto celeriter | la levée ayant été achevée promptement |
| per suos. | par *l'entremise des* siens, |
| tribus legionibus | trois légions |
| et constitutis | et ayant été formées |
| et adductis | et ayant été amenées |
| ante hiemem exactam, | avant l'hiver écoulé, |
| numeroque | et le nombre |
| earum cohortium, | de ces cohortes, |
| quas amiserat | qu'il avait perdues |
| cum Q. Titurio, | avec Q. Titurius, |
| duplicato, | ayant été doublé, |
| docuit et celeritate | il montra et par la promptitude |
| et copiis | et par les troupes |
| quid possent disciplina | ce que pouvaient la constitution |
| atque opes populi Romani. | et les ressources du peuple romain. |
| II. Indutiomaro | II. Indutiomare [tré, |
| interfecto, ut docuimus, | ayant été tué, comme nous *l'*avons mon- |
| imperium | l'autorité |
| defertur a Treviris | est remise par les Trévires |
| ad propinquos ejus. | aux proches de lui. |
| Illi non desistunt | Ceux-ci ne cessent pas |
| sollicitare | de solliciter |
| Germanos finitimos | les Germains voisins |
| et polliceri pecuniam : | et de promettre de l'argent : |
| quum non possent | comme ils ne pouvaient pas |
| impetrare ab proximis, | obtenir *cela* des plus proches, |
| tentant ulteriores. [ventis, | ils *en* essayent de plus reculés. |
| Nonnullis civitatibus in- | Quelques cités ayant été trouvées, |
| confirmant inter se | ils *s'*affermissent entre eux |
| jurejurando | par le serment |
| caventque de pecunia | et *se* donnent-caution pour de l'argent |
| obsidibus : | avec des otages : |
| adjungunt sibi | ils adjoignent à eux-mêmes |
| Ambiorigem | Ambiorix |
| societate et fœdere. | par une alliance et un traité. |
| Quibus rebus cognitis, | Lesquelles choses étant apprises, |
| Cæsar, quum videret | César, comme il voyait |
| bellum parari undique, | la guerre se préparer de-tous-côtés, |
| Nervios, | les Nerviens, |
| Aduatucos, Menapios, | les Aduatuques, les Ménapiens, |
| omnibus Germanis | tous les Germains |
| Cisrhenanis | d'en-deçà-du-Rhin |
| adjunctis, | *leur* étant adjoints, |
| esse in armis, | être en armes, |

imperatum non venire et cum Carnutibus ' finitimisque civitatibus consilia communicare, a Treviris Germanos crebris
legationibus sollicitari, maturius sibi de bello cogitandum
putavit.

III. Itaque nondum hieme confecta, proximis quatuor coactis legionibus, de improviso in fines Nerviorum contendit, et,
prius quam illi aut convenire aut profugere possent, magno
pecoris atque hominum numero capto, atque ea præda militibus concessa, vastatisque agris, in deditionem venire atque
obsides sibi dare coegit. Eo celeriter confecto negotio, rursus
in hiberna legiones reduxit. Concilio Galliæ primo vere, uti
instituerat, indicto, quum reliqui, præter Senones, Carnutes
Trevirosque, venissent, initium belli ac defectionis hoc esse

ne se rendaient pas à ses ordres et se concertaient avec les Carnutes
les cités voisines, enfin que les Trévires sollicitaient les Germains
par de continuelles ambassades, César crut devoir penser de bonne
heure à la guerre.

III. Il rassemble donc, avant la fin de l'hiver, les quatre légions
les plus voisines, se porte subitement chez les Nerviens, et. avant
qu'ils aient pu se réunir ou s'enfuir, leur prend beaucoup d'hommes
et de bétail, butin qu'il abandonne au soldat, ravage leurs terres et
les force à se soumettre et à donner des otages. Ayant terminé
promptement cette affaire, il ramène les légions dans leurs quartiers
d'hiver. Aux premiers jours du printemps, il convoque, suivant son
usage, l'assemblée de la Gaule, et, comme toutes les cités y étaient
venues, à l'exception des Sénonais, des Carnutes et des Trévires,
regardant cette absence comme un commencement de guerre et de

| | |
|---|---|
| Senones non venire | les Sénonais ne pas venir |
| ad imperatum | selon *ce qui avait été* commandé |
| et communicare consilia | et mettre-en-commun des résolutions (se |
| cum Carnutibus | avec les Carnutes        [concerter) |
| civitatibusque finitimis, | et les cités voisines, |
| Germanos | les Germains |
| sollicitari a Treviris | être sollicités par les Trévires |
| crebris legationibus, | par de fréquentes ambassades, |
| putavit | pensa           [vait songer) |
| cogitandum sibi | devoir être songé par lui-même (qu'il de- |
| maturius | de-meilleure-heure |
| de bello. | à la guerre. |
| III. Itaque | III. En conséquence |
| hieme nondum confecta, | l'hiver n'étant pas encore achevé, |
| quatuor legionibus | les quatre légions |
| proximis | les plus proches |
| coactis, | étant rassemblées, |
| contendit de improviso | il se porte à l'improviste |
| in fines Nerviorum, | sur le territoire des Nerviens, |
| et, prius quam illi | et, avant que ceux-là |
| possent | pussent |
| aut convenire | ou se rassembler |
| aut profugere, | ou s'enfuir, |
| magno numero pecoris | un grand nombre de bétail |
| atque hominum | et d'hommes |
| capto, | ayant été pris, |
| atque ea præda | et ce butin |
| concessa militibus, | ayant été abandonné aux soldats, |
| agrisque vastatis, | et les terres ayant été dévastées, |
| coegit | il *les* força |
| venire in deditionem | de venir à soumission |
| atque dare obsides sibi. | et de donner des otages à lui-même. |
| Eo negotio | Cette affaire |
| confecto celeriter, | ayant été achevée promptement, |
| reduxit rursus legiones | il ramena de nouveau les légions |
| in hiberna. | dans *leurs* quartiers-d'hiver. |
| Concilio Galliæ | L'assemblée de la Gaule |
| indicto | ayant été fixée |
| primo vere, | au commencement-du printemps, |
| uti instituerat, | comme il avait établi (selon son usage), |
| quum reliqui | comme tous-les-autres |
| venissent, | étaient venus, |
| præter Senones, | excepté les Sénonais, |
| Carnutes Trevirosque, | les Carnutes et les Trévires, |
| arbitratus hoc | ayant jugé ceci |
| esse initium belli | être un commencement de guerre |
| ac defectionis, | et de défection. |

arbitratus, ut omnia postponere videretur, concilium Lutetiam Parisiorum ¹ transfert. Confines erant hi Senonibus civi-
tatemque patrum memoria conjunxerant; sed ab hoc consilio
afuisse existimabantur. Hac re pro suggestu pronuntiata,
eodem die cum legionibus in Senones proficiscitur magnisque
itineribus eo pervenit.

IV. Cognito ejus adventu, Acco, qui princeps ejus consilii
fuerat, jubet in oppida multitudinem convenire; conantibus,
prius quam id effici posset, adesse Romanos nuntiatur; necessario sententia desistunt legatosque deprecandi causa ad Cæsarem mittunt; adeunt per Æduos ², quorum antiquitus erat in
fide civitas. Libenter Cæsar petentibus Æduis dat veniam
excusationemque accipit, quod æstivum tempus instantis belli,
non quæstionis esse arbitrabatur. Obsidibus imperatis centum, hos Æduis custodiendos tradit. Eodem Carnutes legatos

révolte et voulant montrer quelle importance il y attachait, il trans-
fère l'assemblée à Lutèce, ville des Parisiens. Ce peuple était limitrophe des Sénonais et leur ancien allié; mais on le croyait étranger
au complot actuel. César fait connaître cette décision du haut de
son estrade, part le jour même avec les légions, et se rend, à
marches forcées, chez les Sénonais.

IV. Instruit de son approche, Accou, chef de la rébellion, ordonne
au peuple de se rassembler dans les villes : on essaye de le faire;
mais, avant qu'on ait pu y parvenir, on apprend que les Romains
sont arrivés. Les Sénonais, forcés de renoncer à leur projet, envoient
des députés à César pour essayer de l'apaiser; ils lui sont présentés
par les Éduens, dont jadis les Sénonais étaient clients. César leur
pardonne sans peine, à la prière des Éduens, et reçoit leurs excuses;
car il pensait devoir consacrer l'été à une guerre vigoureuse plutôt qu'à
une enquête. Il exige cent otages qu'il donne en garde aux Éduens.
Les Carnutes lui envoient au même endroit des députés et des otages.

ut videretur | afin qu'il parût [toutes choses,
postponere omnia, | placer-après-cela (mettre au second rang)
transfert concilium | il transporte l'assemblée
Lutetiam Parisiorum. | à Lutèce *ville* des Parisiens.
Hi erant confines | Ceux-ci étaient limitrophes
Senonibus | des Sénonais [na
conjunxerantque civitatem | et avaient uni (allié) *leur* cité *aux* Séno-
memoria patrum ; | du souvenir (temps) de *leurs* pères ;
sed existimabantur | mais ils étaient crus
afuisse ab hoc consilio. | avoir été-étrangers à ce projet *de révolte*.
Hac re pronuntiata | Ce fait ayant été proclamé
pro suggestu, | en avant (du haut) de *son* estrade,
eodem die | le même jour
proficiscitur in Senones | il part chez les Sénonais
cum legionibus | avec les légions
pervenitque eo | et arrive là
magnis itineribus. | par de grandes marches.

IV. Adventus ejus | IV. L'arrivée de lui
cognito, | ayant été apprise,
Acco, qui fuerat princeps | Accon, qui avait été le chef
ejus consilii, | de ce projet *de révolte*,
jubet multitudinem | ordonne la multitude
convenire in oppida ; | se rassembler dans les places,
prius quam id posset effici, | avant que cela pût être exécuté,
nuntiatur conantibus | il est annoncé à *eux* l'essayant
Romanos adesse ; | les Romains être-présents ;
necessario | par-nécessité
desistunt sententia | ils renoncent à *leur* résolution
mittuntque legatos | et envoient des députés
ad Cæsarem | à César
causa deprecandi ; | en vue de détourner-par-prières *sa colère*,
adeunt per Æduos, | ils *l*'abordent par *l'entremise des* Éduens,
in fide quorum | sous la protection desquels
civitas erat antiquitus. | *leur* cité était de-toute-antiquité.
Cæsar dat veniam libenter | César donne le pardon de-bon-cœur
Æduis petentibus | aux Éduens *le* demandant
accipitque excusationem, | et accepte la justification,
quod arbitrabatur | parce qu'il jugeait
tempus æstivum | le temps de-l'été
esse belli instantis, | être *une saison* de guerre pressante,
non quæstionis. | *et* non d'enquête.
Centum obsidibus | Cent otages
imperatis, | ayant été commandés,
tradit hos custodiendos | il remet ceux-ci à-garder
Æduis. | aux Éduens.
Carnutes mittunt eodem | Les Carnutes envoient au-même-endroit
legatos obsidesque, | des députés et des otages,

obsidesque mittunt, usi deprecatoribus Remis [1], quorum erant
in clientela : eadem ferunt responsa. Peragit concilium Cæsar
equitesque imperat civitatibus.

V. Hac parte Galliæ pacata, totus et mente et animo in
bellum Trevirorum et Ambiorigis insistit. Cavarinum [2] cum
equitatu Senonum secum proficisci jubet, ne quis aut ex hujus
iracundia, aut ex eo, quod meruerat, odio civitatis, motus
exsistat. His rebus constitutis, quod pro explorato habebat,
Ambiorigem prœlio non esse concertaturum, reliqua ejus
consilia animo circumspiciebat. Erant Menapii propinqui
Eburonum [3] finibus, perpetuis paludibus silvisque muniti, qui
uni ex Gallia de pace ad Cæsarem legatos nunquam miserant.
Cum iis esse hospitium Ambiorigi sciebat; item per Treviros
venisse Germanis in amicitiam cognoverat. Hæc prius illi
detrahenda auxilia existimabat, quam ipsum bello lacesseret;
ne, desperata salute, aut se in Menapios abderet, aut cum

et prient les Rémois, dont ils étaient clients, d'intercéder pour eux :
ils reçoivent la même réponse. César achève de tenir l'assemblée et
demande aux cités de la cavalerie.

V. Cette partie de la Gaule étant pacifiée, César porte toute son
attention, tous ses efforts, sur la guerre contre Ambiorix et les Trévires. Il ordonne à Cavarinus de partir en même temps que lui avec
la cavalerie des Sénonais, de crainte que son ressentiment ou la haine
qu'il s'était attirée chez ses concitoyens n'excitât des séditions. Ce
point réglé, comme il tenait pour certain qu'Ambiorix ne risquerait
pas une bataille, il passe en revue tous les autres projets que l'ennemi
pourrait avoir. Les Ménapiens, limitrophes des Éburons, défendus
par une longue suite de bois et de marais, étaient les seuls des Gaulois qui n'eussent jamais envoyé de députés pour faire la paix avec
nous. César savait qu'ils étaient liés par l'hospitalité avec Ambiorix,
qui, par l'intermédiaire des Trévires, était aussi devenu l'ami des
Germains. Avant de l'attaquer, César crut devoir lui enlever ces
appuis, de crainte que, perdant tout espoir, il ne se cachât chez les

| | |
|---|---|
| usi deprecatoribus Remis, | ayant usé *comme* d'intercesseurs des Rémois, |
| in clientela quorum erant: ferunt eadem responsa. | dans la clientèle desquels ils étaient : ils remportent les mêmes réponses. |
| Cæsar peragit concilium imperatque equites civitatibus. | César achève-de-tenir l'assemblée et commande des cavaliers aux cités. |
| V. Hac parte Galliæ pacata, | V. Cette partie de la Gaule étant pacifiée, |
| insistit totus et mente et animo in bellum Trevirorum et Ambiorigis. | il s'applique tout-entier et d'esprit et de cœur à la guerre des (contre les) Trévires et de (contre) Ambiorix. |
| Jubet Cavarinum proficisci secum cum equitatu Senonum, ne quis motus exsistat aut ex iracundia hujus, aut ex eo odio civitatis, quod meruerat. | Il ordonne Cavarinus partir avec lui-même avec la cavalerie des Sénonais, [s'élève de peur que quelque mouvement ne ou par-suite-du ressentiment de celui-ci, ou par-suite-de cette haine de *sa* cité. qu'il avait gagnée. |
| His rebus constitutis quod habebat pro explorato Ambiorigem non concertaturum esse prœlio, | Ces choses ayant été réglées, parce qu'il tenait pour vérifié (certain) Ambiorix ne pas devoir lutter par une bataille, |
| circumspiciebat animo reliqua consilia ejus. | il examinait-de-tous-côtés dans *son* esprit tous-les-autres partis de lui (qu'il pouvait |
| Menapii erant propinqui finibus Eburonum, muniti paludibus silvisque perpetuis, qui uni ex Gallia nunquam miserant legatos ad Cæsarem de pace. | Les Ménapiens étaient proches [prendre). du territoire des Éburons, fortifiés par des marais et par des forêts non-interrompues, lesquels seuls de la Gaule jamais n'avaient envoyé de députés à César au-sujet-de la paix. |
| Sciebat hospitium esse Ambiorigi cum iis; item cognoverat venisse in amicitiam Germanis per Treviros. | Il savait des liens-d'hospitalité être à Ambiorix avec eux; de même il avait appris *lui* être venu en (avoir formé) amitié aux (avec les) Germains par *l'entremise des* Trévires. |
| Existimabat hæc auxilia detrahenda illi priusquam lacesseret ipsum bello; | Il estimait ces secours devoir être retirés à lui avant qu'il provoquât lui-même par la guerre; |
| ne, salute desperata, aut se abderet | de peur que, le salut étant cru-désespéré, où il n'allât-se-cacher |

Transrhenanis congredi cogeretur. Hoc inito consilio, totius exercitus impedimenta ad Labienum in Treviros mittit, duasque legiones ad eum proficisci jubet : ipse cum legionibus expeditis quinque in Menapios proficiscitur. Illi, nulla coacta manu, loci præsidio freti, in silvas paludesque confugiunt suaque eodem conferunt.

VI. Cæsar, partitis copiis cum C. Fabio legato et M. Crasso quæstore, celeriterque effectis pontibus, adit tripartito, ædificia vicosque incendit, magno pecoris atque hominum numero potitur. Quibus rebus coacti, Menapii legatos ad eum pacis petendæ causa mittunt. Ille, obsidibus acceptis, hostium se habiturum numero confirmat, si aut Ambiorigem aut ejus legatos finibus suis recepissent. His confirmatis rebus, Commium Atrebatem [1] cum equitatu custodis loco in Menapiis relinquit; ipse in Treviros proficiscitur.

Ménapiens, ou ne se vit forcé de se réfugier de l'autre côté du Rhin. Sa résolution prise, il envoie à Labiénus, chez les Trévires, tous les équipages de l'armée, qu'il fait suivre de deux légions ; il marche lui-même contre les Ménapiens, avec cinq légions sans bagage. Sans rassembler de troupes, comptant uniquement sur la nature du pays, les Ménapiens se réfugièrent dans les marais et dans les bois, avec tout ce qu'ils possédaient.

VI. César, partageant ses forces avec le lieutenant C. Fabius et le questeur M. Crassus, jette promptement des ponts, entre dans le pays sur trois colonnes, brûle les bourgs et les habitations, prend beaucoup d'hommes et de bétail. Grâce à ce plan de campagne, les Ménapiens furent contraints de lui envoyer des députés pour demander la paix. Après avoir reçu des otages, il leur déclare qu'il les comptera au nombre de ses ennemis, s'ils reçoivent chez eux Ambiorix ou ses messagers. Cette affaire terminée, il laisse chez les Ménapiens, pour les surveiller, l'Atrébate Commius avec de la cavalerie, et part pour le pays des Trévires.

| | |
|---|---|
| in Menapios, | chez les Ménapiens, |
| aut cogeretur congredi | ou ne fût forcé de se réunir |
| cum Transrhenanis. | avec les *peuples* d'outre-Rhin. |
| Hoc consilio inito, | Cette résolution étant formée, |
| mittit ad Labienum | il envoie à Labiénus |
| in Treviros | chez les Trévires |
| impedimenta | les bagages |
| totius exercitus, | de toute l'armée, |
| jubetque duas legiones | et ordonne deux légions |
| proficisci ad eum : | partir vers lui : |
| ipse proficiscitur | lui-même part |
| in Menapios | vers les Ménapiens |
| cum quinque legionibus | avec cinq légions |
| expeditis. | sans-bagages. |
| Illi, nulla manu coacta, | Ceux-là, aucune troupe n'étant réunie, |
| freti præsidio loci, | comptant sur l'appui du lieu, |
| confugiunt | se réfugient |
| in silvas paludesque | dans les forêts et les marais [droit. |
| conferuntque sua eodem. | et rassemblent leurs *biens* au-même-en- |
| VI. Cæsar, | VI. César, |
| copiis partitis | *ses* troupes étant partagées |
| cum C. Fabio legato | avec C. Fabius *son* lieutenant |
| et M. Crasso quæstore, | et M. Crassus *son* questeur, |
| pontibusque | et des ponts |
| effectis celeriter, | ayant été achevés promptement, |
| adit tripartito, | aborde *les Ménapiens* en-trois-colonnes, |
| incendit ædificia vicosque, | incendie les habitations et les bourgades |
| potitur magno numero | s'empare d'un grand nombre |
| pecoris atque hominum. | de bétail et d'hommes. |
| Quibus rebus coacti, | Par lesquelles circonstances forcés, |
| Menapii | les Ménapiens |
| mittunt legatos ad eum | envoient des députés vers lui |
| causa petendæ pacis. | en vue de demander la paix. |
| Ille, obsidibus acceptis, | Celui-là, les otages étant reçus, |
| confirmat se habiturum | affirme lui-même devoir tenir *les Ménapiens* |
| numero hostium, | au nombre de *ses* ennemis, |
| si recepissent | s'ils avaient reçus (s'ils recevaient) |
| suis finibus | sur leur territoire |
| Ambiorigem | Ambiorix |
| aut legatos ejus. | ou des députés de lui. |
| His rebus confirmatis, | Ces choses ayant été réglées, |
| relinquit in Menapiis | il laisse chez les Ménapiens |
| loco custodis | en place (qualité) de gardien |
| Commium Atrebatem | Commius l'Atrébate |
| cum equitatu ; | avec la cavalerie : |
| ipse proficiscitur | lui-même part |
| in Treviros. | vers les Trévires. |

VII. Dum hæc a Cæsare geruntur, Treviri, magnis coactis peditatus equitatusque copiis, Labienum cum una legione, quæ in eorum finibus hiemabat, adoriri parabant : jamque ab eo non longius bidui via aberant, quum duas venisse legiones missu Cæsaris cognoscunt. Positis castris a millibus passuum quindecim [1], auxilia Germanorum exspectare constituunt. Labienus, hostium cognito consilio, sperans temeritate eorum fore aliquam dimicandi facultatem, præsidio cohortium quinque impedimentis relicto, cum viginti quinque cohortibus magnoque equitatu contra hostem proficiscitur, et, mille passuum intermisso spatio, castra communit. Erat inter Labienum atque hostem difficili transitu flumen ripisque præruptis : hoc neque ipse transire in animo habebat, neque hostes trans-

VII. Tandis que César agissait chez les Ménapiens, les Trévires, ayant rassemblé des forces considérables en cavalerie et en infanterie, se préparaient à attaquer Labiénus qui, avec une légion, hivernait sur leurs frontières. Ils n'en étaient déjà plus qu'à deux jours de marche, quand ils apprirent que César lui avait envoyé un renfort de deux légions. Ils campent alors à quinze milles de lui, résolus d'attendre les Germains auxiliaires. Labiénus, instruit de ce dessein, et comptant bien que leur imprudence lui offrirait quelque occasion de combattre, laisse cinq cohortes à la garde du bagage, s'avance avec les vingt-cinq autres et avec une nombreuse cavalerie, et se retranche à un mille de leur camp. Il était séparé de l'ennemi par une rivière difficile à passer, et dont les rives étaient fort escarpées : il ne songeait pas à la franchir, et ne croyait pas que les ennemis le fissent. Chaque

VII. Dum hæc
geruntur a Cæsare.
Treviri,
magnis copiis peditatus
equitatusque
coactis,
parabant
adoriri Labienum
cum una legione,
quæ hiemabat
in finibus eorum ;
jamque aberant ab eo
non longius
via bidui,
quum cognoscunt
duas legiones venisse
missu Cæsaris.
Castris positis     [suum,
a quindecim millibus pas-
constituunt exspectare
auxilia Germanorum.
Labienus,
consilio hostium cognito
sperans
aliquam facultatem
dimicandi
fore
temeritate eorum,
præsidio
quinque cohortium
relicto impedimentis,
proficiscitur
contra hostem     [tibus
cum viginti quinque cohor-
equitatuque magno,
et, spatio mille passuum
intermisso,
communit castra.
Flumen transitu difficili
ripisque præruptis
erat inter Labienum
hostemque :
neque ipse
habebat in animo
transire hoc,
neque existimabat
hostes transituros.

VII. Tandis que ces choses
sont faites par César,
les Trévires,
de grandes troupes d'infanterie
et de cavalerie
étant rassemblées,
s'apprêtaient
à attaquer Labiénus
avec une légion,
qui hivernait
sur le territoire d'eux :
et déjà ils étaient-à-distance de lui
non plus loin
qu'une route de deux-jours,
lorsqu'ils apprennent
deux légions être venues
sur l'envoi de (envoyées par) César.
Un camp étant établi
à quinze milliers de pas,
ils décident d'attendre
les secours des Germains.
Labiénus,
le dessein des ennemis étant connu,
espérant
quelque facilité (occasion)
de combattre
devoir être (se présenter)
par la témérité d'eux,
une garde
de cinq cohortes
ayant été laissée aux bagages,
part
contre l'ennemi
avec vingt-cinq cohortes
et une cavalerie considérable,
et, un espace de mille pas
étant laissé-dans-l'intervalle,
fortifie son camp.
Une rivière d'un passage difficile
et de rives escarpées
était entre Labiénus
et l'ennemi :
et lui-même
n'avait pas dans l'esprit
de passer cette rivière,
et il ne croyait pas
les ennemis devoir la passer.

'turos existimabat Augebatur auxiliorum quotidie spes. Lo-
quitur in concilio palam, « Quoniam Germani appropinquare
dicantur, sese suas exercitusque fortunas in dubium non de-
vocaturum, et postero die prima luce castra moturum. »
Celeriter hæc ad hostes deferuntur, ut ex magno Gallorum
equitatus numero nonnullos Gallicis rebus favere natura
cogebat. Labienus, noctu tribunis militum primisque ordinibus coactis, quid sui sit consilii, proponit, et, quo facilius
hostibus timoris det suspicionem, majore strepitu et tumultu,
quam populi Romani fert consuetudo, castra moveri jubet.
His rebus fugæ similem profectionem efficit. Hæc quoque per
exploratores ante lucem, in tanta propinquitate castrorum,
ad hostes deferuntur

VIII. Vix agmen novissimum extra munitiones processerat,
quum Galli, cohortati inter se, « Ne speratam prædam es

jour augmentait leur espoir de voir arriver leurs auxiliaires. Labiénus dit tout haut dans le conseil « Que, puisqu'on annonçait l'approche des Germains, il ne mettrait pas au hasard le sort de son
armée et le sien, et qu'il lèverait le camp le lendemain, à la pointe
du jour. » Ce propos parvint bientôt aux ennemis ; car il était naturel que, parmi tant de cavaliers gaulois, il s'en trouvât qui favori-
sassent la cause de la Gaule. Labiénus assemble de nuit les tribuns
des soldats et les centurions des premiers rangs ; il leur expose son
projet et, pour que l'ennemi croie encore mieux à sa frayeur, il
ordonne de lever le camp avec beaucoup plus de bruit et de tumulte
qu'il n'est ordinaire chez les Romains : il donne ainsi à son départ
l'apparence d'une fuite. Les deux camps étaient si rapprochés que les
ennemis furent instruits de tout avant le jour par leurs espions.

VIII. L'arrière-garde était à peine sortie des retranchements, que
les Gaulois s'animent entre eux « A ne pas laisser échapper une

| | |
|---|---|
| Spes auxiliorum | Leur espoir de secours |
| angebatur quotidie. | était accru chaque-jour. |
| Loquitur palam in concilio, | Il dit publiquement dans le conseil, |
| « Quoniam Germani | « Puisque les Germains |
| dicantur appropinquare, | étaient dits approcher, |
| sese non devocaturum | lui-même ne devoir pas appeler (mettre) |
| in dubium | en doute (en péril) |
| suas fortunas | sa fortune |
| exercitusque, | et la fortune de l'armée, |
| et die postero | et le jour suivant |
| prima luce | au point-du jour |
| moturum castra. » | devoir déplacer (lever) le camp. » |
| Hæc deferuntur celeriter | Ces paroles sont rapportées promptement |
| ad hostes, | aux ennemis, |
| ut ex magno numero | vu que sur un grand nombre |
| equitatus Gallorum | de cavalerie de Gaulois |
| natura cogebat nonnullos | la nature même forçait quelques-uns |
| favere rebus Gallicis. | de favoriser les intérêts gaulois. |
| Labienus, | Labiénus, |
| tribunis militum | les tribuns des soldats |
| primisque ordinibus | et les premiers grades de centurions |
| coactis noctu,        [silii, | étant rassemblés de nuit,        [plan, |
| proponit quid sit sui con- | expose quelle chose est de (quel est) son |
| et, quo facilius | et afin que plus facilement |
| det hostibus | il donne aux ennemis |
| suspicionem timoris, | une opinion de peur éprouvée par nous, |
| jubet castra moveri | il ordonne le camp être déplacé (levé) |
| majore strepitu | avec un plus grand bruit |
| et tumultu, | et un plus grand tumulte, |
| quam fert consuetudo | que ne le comporte la coutume |
| populi Romani. | du peuple romain. |
| His rebus | Par ces choses |
| efficit profectionem | il fait (rend) son départ |
| similem fugæ. | semblable à une fuite. |
| Hæc quoque | Ces circonstances aussi |
| deferuntur ad hostes | sont rapportées aux ennemis |
| ante lucem | avant le jour |
| per exploratores, | par leurs éclaireurs,        [proximité |
| in tanta propinquitate | dans une si-grande(à cause de la grande) |
| castrorum. | des camps. |
| VIII. Vix | VIII. A peine |
| novissimum agmen | le dernier corps (l'arrière-garde) |
| processerat | s'était avancé |
| extra munitiones, | hors des retranchements, |
| quum Galli, | lorsque les Gaulois, |
| cohortati inter se, | s'étant exhortés entre eux, |
| « Ne dimitterent | « Qu'ils ne laissassent-pas-échapper |

manibus dimitterent ; longum esse, perterritis Romanis, Germanorum auxilium exspectare ; neque suam pati dignitatem, ut tantis copiis tam exiguam manum, præsertim fugientem atque impeditam, adoriri non audeant ; » flumen transire et iniquo loco prœlium committere non dubitant. Quæ fore suspicatus Labienus, ut omnes citra flumen eliceret, eadem usus simulatione itineris, placide progrediebatur. Tum, præmissis paulum impedimentis atque in tumulo quodam collocatis: « Habetis, inquit, milites, quam petistis, facultatem ; hostem impedito atque iniquo loco tenetis : præstate eamdem nobis ducibus virtutem, quam sæpenumero imperatori præstitistis : adesse eum et hæc coram cernere existimate. » Simul signa ad hostem converti aciemque dirigi jubet, et, paucis turmis præsidio ad impedimenta dimissis, reliquos equites ad latera

proie si désirée : dans la terreur où étaient les Romains, il serait trop long d'attendre le secours des Germains ; et leur honneur ne pouvait souffrir qu'avec des forces si considérables ils n'osassent pas attaquer un corps si faible, surtout lorsqu'il fuyait encombré de bagages. » Ils n'hésitent pas à passer la rivière et à livrer le combat dans une mauvaise position. Labiénus, qui s'y attendait et qui voulait les attirer tous sur l'autre rive, feignait toujours de continuer sa route, et s'avançait lentement. Bientôt il envoya un peu en avant les bagages et les fit placer sur une éminence, puis : « Soldats, dit-il, voilà l'occasion que vous demandiez ; vous tenez votre ennemi engagé dans une position désavantageuse pour lui. Montrez, sous mes ordres, le même courage que vous avez souvent déployé sous ceux de notre général ; croyez qu'il est ici et qu'il voit tout de ses yeux. » En même temps, il ordonne de tourner les enseignes vers l'ennemi et de former la ligne de bataille, laisse quelques escadrons à la garde du bagage, et poste le reste de la cavalerie sur ses flancs.

| | |
|---|---|
| ex manibus | de *leurs* mains |
| prædam speratam ; | une proie espérée ; |
| esse longum, | être long (il serait trop long). |
| Romanis perterritis, | les Romains étant épouvantés |
| exspectare | d'attendre |
| auxilium Germanorum ; | le secours des Germains ; |
| neque suam dignitatem | et leur *propre* dignité |
| pati | ne pas souffrir |
| ut non audeant | qu'ils n'osent pas |
| adoriri tantis copiis | attaquer avec de si-grandes forces |
| manum tam exiguam, | une troupe si petite, |
| præsertim fugientem | surtout *une troupe* fuyant |
| atque impeditam ; » | et embarrassée de bagages ; » |
| non dubitant | n'hésitent pas |
| transire flumen | à passer la rivière |
| et committere prœlium | et à engager le combat |
| loco iniquo. | dans une position désavantageuse. |
| Quæ Labienus | Lesquelles choses Labiénus |
| suspicatus fore, | ayant soupçonné devoir être (arriver), |
| ut eliceret omnes | afin qu'il *les* attirât tous |
| citra flumen, | en deçà de la rivière, |
| usus eadem simulatione | ayant usé de la même feinte |
| itineris, | de route, |
| progrediebatur placide. | s'avançait paisiblement (lentement). |
| Tum, impedimentis | Puis, les bagages |
| præmissis paulum | ayant été envoyés-en-avant un peu |
| atque collocatis | et placés |
| in quodam tumulo : | sur un certain tertre : |
| « Habetis, inquit, milites, | « Vous avez, dit-il, soldats, |
| facultatem quam petistis ; | l'occasion que vous avez demandée ; |
| tenetis hostem | vous tenez l'ennemi |
| loco impedito | dans une position embarrassée |
| atque iniquo : | et désavantageuse *pour lui* : |
| præstate nobis ducibus | montrez à nous *vos* chefs |
| eamdem virtutem | la même valeur |
| quam sæpenumero | que souvent |
| præstitistis imperatori : | vous avez montrée à *votre* général : |
| existimate eum adesse | pensez lui être-ici |
| et cernere hæc coram. » | et voir ces choses en présence. » |
| Simul jubet | En-même-temps il ordonne |
| signa converti ad hostem | les enseignes être tournées vers l'ennemi |
| aciemque dirigi, | et la ligne-de-bataille être rangée, |
| et, paucis turmis | et, quelques escadrons |
| dimissis præsidio | ayant été envoyés à (comme) garde |
| ad impedimenta, | vers les bagages, |
| disponit ad latera | il dispose sur les flancs |
| reliquos equites. | le reste-des cavaliers |

disponit. Celeriter nostri clamore sublato pila in hostes immīt-
tunt. Illi, ubi præter spem, quos fugere credebant, infestis
signis ad se ire viderunt, impetum modo ferre non potuerunt,
ac, primo concursu in fugam conjecti, proximas silvas petiverunt : quos Labienus equitatu consectatus, magno numero
interfecto, compluribus captis, paucis post diebus civitatem
recepit : nam Germani qui auxilio veniebant, percepta Trevirorum fuga, sese domum contulerunt. Cum iis propinqui
Indutiomari [1], qui defectionis auctores fuerant, comitati eos,
ex civitate excessere. Cingetorigi, quem ab initio perman-
sisse in officio demonstravimus [2], principatus atque imperium
est traditum.

IX. Cæsar, postquam ex Menapiis in Treviros venit, duabus
de causis Rhenum transire constituit : quarum erat altera,
quod auxilia contra se Treviris miserant; altera, ne Am-

A l'instant nos soldats, poussant un cri, lancent leurs javelots sur
les Gaulois qui, voyant contre leur espoir fondre sur eux des gens
qu'ils croyaient en fuite, ne soutiennent pas même le choc, et, prenant
la fuite à la première charge, gagnent les bois voisins. Labiénus
les poursuivit avec sa cavalerie, en prit et en tua un grand nombre,
et reçut, peu de jours après, la soumission de la cité; car, à la nouvelle de cette défaite, les Germains qui venaient pour aider les Trévires retournèrent chez eux. Les parents d'Indutiomare, qui avaient
été les instigateurs de la révolte, quittèrent le pays et partirent avec
eux. On donna le premier rang et l'autorité à Cingétorix, qui, comme
nous l'avons dit, s'était toujours maintenu dans le devoir.

IX. Après être arrivé du pays des Ménapiens chez les Trévires,
César résolut de passer le Rhin pour deux raisons : la première était
que les Germains avaient envoyé des secours aux Trévires contre lui;

| Nostri celeriter, | Les nôtres promptement, |
|---|---|
| clamore sublato, | un cri ayant été élevé (poussé), |
| immittunt pila | lancent *leurs* javelots |
| in hostes. | sur les ennemis. |
| Illi, ubi. præter spem, | Ceux-ci, dès que, contre *leur* espérance, |
| viderunt | ils virent |
| quos credebant fugere | *ceux* qu'ils croyaient être-en-fuite |
| ire ad se | marcher contre eux |
| signis infestis, | avec les enseignes menaçantes, |
| non potuerunt modo | ne purent pas seulement |
| ferre impetum, | supporter *leur* élan, |
| ac, conjecti in fugam | et, jetés (mis) en fuite |
| primo concursu, | au premier choc, |
| petiverunt | gagnèrent |
| silvas proximas : | les forêts les plus proches : |
| quos Labienus consectatus | lesquels Labiénus ayant poursuivi |
| equitatu, | avec la cavalerie, |
| magno numero interfecto, | un grand nombre ayant été tué, |
| compluribus captis, | de nombreux ayant été pris, |
| recepit civitatem | recouvra (soumit) la cité |
| paucis diebus post : | quelques jours ensuite : |
| nam Germani | car les Germains |
| qui veniebant auxilio, | qui venaient au secours, |
| fuga Trevirorum | la fuite des Trévires |
| percepta, | étant apprise,     [demeure. |
| sese contulerunt domum. | se transportèrent (rentrèrent) dans *leur* |
| Propinqui Indutiomari, | Les proches d'Indutiomare, |
| qui fuerant auctores | qui avaient été les moteurs |
| seditionis, | de la sédition, |
| comitati eos, | ayant accompagné eux, |
| excessere cum iis | sortirent avec eux |
| ex civitate. | de la cité. |
| Principatus | Le premier-rang |
| atque imperium | et l'empire |
| traditum est Cingetorigi, | furent remis à Cingétorix, |
| quem demonstravimus | que nous avons indiqué |
| permansisse in officio | avoir persévéré dans le devoir |
| ab initio. | dès le commencement. |
| IX. Cæsar, | IX. César, |
| postquam venit | après qu'il fut arrivé |
| ex Menapiis in Treviros, | des Ménapiens chez les Trévires, |
| constituit | résolut |
| transire Rhenum | de passer le Rhin |
| de duabus causis : | pour deux motifs : |
| quarum altera erat | desquels l'un était     [Trévires |
| quod miserant Treviris | qu'ils (les Germains) avaient envoyé aux |
| auxilia contra se; | des secours contre lui-même ; |

biorix ad eos receptum haberet. His constitutis rebus, paulum
supra eum locum, quo ante exercitum transduxerat[1], facere
pontem instituit. Nota atque instituta ratione, magno militum studio, paucis diebus opus efficitur. Firmo in Treviris
præsidio ad pontem relicto, ne quis ab iis subito motus oriretur, reliquas copias equitatumque transducit. Ubii[2], qui
ante obsides dederant atque in deditionem venerant, purgandi sui causa ad eum legatos mittunt, qui doceant, « Neque
ex sua civitate auxilia in Treviros missa, neque ab se fidem
læsam : » petunt atque orant, « Ut sibi parcat, ne communi
odio Germanorum innocentes pro nocentibus pœnas pendant : » si amplius obsidum velit, dare pollicentur. Cognita
Cæsar causa reperit ab Suevis[3] auxilia missa esse, Ubiorum
satisfactionem accepit, aditus viasque in Suevos perquirit.

la seconde, qu'il ne voulait pas qu'Ambiorix trouvât chez eux un
asile. Cette résolution arrêtée, il fit faire un pont, un peu au-dessus
de l'endroit où son armée avait déjà passé. Comme on travaillait sur
un plan connu et déjà exécuté une fois, l'ouvrage fut achevé dans peu
de jours, grâce à l'ardeur extrême du soldat. César laissa un fort détachement près du pont, chez les Trévires, pour qu'ils ne fissent pas
quelque brusque mouvement, et fit passer le reste des légions et la
cavalerie. Les Ubiens, qui déjà s'étaient soumis et avaient donné
des otages, lui envoyèrent des députés pour se justifier et lui déclarer
« Que leur cité n'avait point donné de secours aux Trévires et
n'avait pas manqué de fidélité. » Ils le prient, ils le conjurent
« De les épargner, et, dans sa haine pour les Germains en général,
de ne pas punir les innocents pour les coupables. » S'il veut un
nombre d'otages plus considérable, ils promettent de le donner.
César prit des informations et reconnut que les secours avaient été
envoyés par les Suèves. Il agréa la justification des Ubiens et s'informa des chemins et des passages qui mènent chez les Suèves.

| | |
|---|---|
| altera, ne Ambiorix | l'autre, *d'empêcher* qu'Ambiorix |
| haberet receptum ad eos. | n'eût une retraite (ne pût se retirer) |
| His rebus constitutis, | Ces choses étant résolues, [vers eux. |
| instituit facere pontem | il commença à faire un pont |
| paulum supra eum locum, | un peu au-dessus de cet endroit, |
| quo ante | où auparavant |
| transduxerat exercitum. | il avait fait-passer *son* armée. |
| Ratione | Le système |
| nota atque instituta, | étant connu et établi, |
| opus efficitur paucis diebus | l'ouvrage est fait en peu-de jours |
| magno studio militum. | avec un grand zèle des soldats. |
| Præsidio firmo | Une garde puissante |
| relicto ad pontem | ayant été laissée auprès du pont |
| in Treviris, | chez les Trévires, |
| ne quis motus | de peur que quelque mouvement |
| oriretur subito ab iis, | ne s'élevât tout à coup de chez eux, |
| transducit reliquas copias | il fait-passer le reste-de *ses* troupes |
| equitatumque. | et *sa* cavalerie. |
| Ubii, qui ante | Les Ubiens, qui auparavant |
| dederant obsides | avaient donné des otages |
| atque venerant | et étaient venus |
| in deditionem, | à soumission, |
| mittunt ad eum | envoient vers lui |
| causa sui purgandi | en vue de se justifier [remontrer) |
| legatos qui doceant | des députés qui *lui* remontrent (pour lui |
| « Neque auxilia missa | « Et des secours n'avoir pas été envoyés |
| ex sua civitate | de leur cité |
| in Treviros, | chez les Trévires, |
| neque fidem læsam | et la fidélité n'avoir pas été violée |
| ab se : » | par eux-mêmes : » |
| petunt atque orant | ils demandent et prient |
| « Ut parcat sibi, | « Qu'il épargne eux-mêmes, |
| ne odio communi | que par une haine commune (générale) |
| Germanorum | des (pour les) Germains [des peines |
| innocentes pendant pœnas | les innocents ne payent (subissent) pas |
| pro nocentibus : » | pour les coupables : » |
| si velit | s'il veut [tages |
| amplius obsidum, | davantage (un plus grand nombre) d'o- |
| pollicentur dare. | ils promettent de *les* donner. |
| Causa cognita, | La cause ayant été informée, |
| Cæsar reperit | César découvrit |
| auxilia missa esse | des secours avoir été envoyés |
| ab Suevis, | par les Suèves, |
| accepit satisfactionem | accueillit la justification |
| Ubiorum, | des Ubiens, |
| perquirit aditus viasque | s'informe des accès et des routes |
| in Suevos. | *pour aller* chez les Suèves. |

**X.** Interim paucis post diebus fit ab Ubiis certior, Suevos omnes unum in locum copias cogere atque iis nationibus, quæ sub eorum sint imperio, denuntiare uti auxilia peditatus equitatusque mittant. His cognitis rebus, rem frumentariam providet, castris idoneum locum deligit, Ubiis imperat ut pecora deducant suaque omnia ex agris in oppida conferant, sperans barbaros atque imperitos homines, inopia cibariorum adductos, ad iniquam pugnandi conditionem posse deduci : mandat ut crebros exploratores in Suevos mittant, quæque apud eos gerantur, cognoscant. Illi imperata faciunt et paucis diebus intermissis referunt, « Suevos omnes, posteaquam certiores nuntii de exercitu Romanorum venerint, cum omnibus suis sociorumque copiis, quas coegissent, penitus ad extremos fines sese recepisse : silvam esse ibi infinita magnitudine, quæ

**X.** Cependant, au bout de quelques jours, il apprend des Ubiens que les Suèves rassemblent toutes leurs forces sur un point et qu'ils ont signifié aux peuples de leur dépendance de leur envoyer des renforts de cavalerie et d'infanterie. Sur cet avis, César se pourvoit de blé et choisit un lieu avantageux pour y asseoir son camp. Il ordonne donc aux Ubiens de retirer des champs leurs troupeaux et tout ce qui leur appartient, de tout réunir dans les villes. Il espérait amener, par la disette, des barbares sans expérience à lui livrer bataille dans une mauvaise position. Enfin il leur recommande d'envoyer souvent des espions chez les Suèves pour se tenir au courant de ce qui s'y passe. On obéit et on lui rapporte, quelques jours après, que, sur la nouvelle positive de l'approche des Romains, les Suèves, avec toutes les forces réunies et celles de leurs alliés, se sont retirés au fond de leur pays : une forêt immense, nommée Bacénis, qui s'étendait au

| | |
|---|---|
| **X.** Interim | **X.** Cependant |
| paucis diebus post | quelques jours après [par les Ubiens |
| fit certior ab Ubiis | il est fait mieux-informé (est instruit) |
| Suevos | les Suèves |
| cogere omnes copias | rassembler toutes *leurs* forces |
| in unum locum, | en un-seul endroit, |
| atque denuntiare | et signifier |
| iis nationibus, | à ces (aux) nations, |
| quæ sint | qui étaient |
| sub imperio eorum, | sous l'autorité d'eux, |
| ut mittant auxilia | qu'elles *leur* envoient des secours |
| peditatus equitatusque. | d'infanterie et de cavalerie. |
| His rebus cognitis, | Ces faits étant appris, |
| providet | il pourvoit |
| rem frumentariam, | à la provision de-blé, |
| deligit locum | choisit un emplacement |
| idoneum castris, | convenable pour un camp, |
| imperat Ubiis | commande aux Ubiens |
| ut deducant pecora | qu'ils amènent du bétail |
| conferantque omnia sua | et transportent tous leurs *biens* |
| ex agris in oppida, | des champs dans les places, |
| sperans homines barbaros | espérant *ces* hommes barbares |
| atque imperitos, | et inexpérimentés, |
| adductos | déterminés |
| inopia cibariorum, | par le manque de vivres, |
| posse deduci | pouvoir être amenés [taille) |
| ad conditionem pugnandi | à une condition de combattre (à une ba- |
| iniquam : | désavantageuse pour eux |
| mandat | il *leur* commande |
| ut mittant in Suevos | qu'ils envoient chez les Suèves |
| crebros exploratores, | de fréquents espions, |
| cognoscantque | et s'instruisent |
| quæ gerantur apud eos. | de ce qui se passe chez eux. |
| Illi faciunt imperata | Ceux-là exécutent les ordres |
| et paucis diebus intermissis | et peu-de-jours étant mis-en-intervalle |
| referunt | rapportent |
| « Omnes Suevos, | « Tous les Suèves, |
| posteaquam nuntii certiores | après que des messagers plus sûrs |
| de exercitu Romanorum | au-sujet-de l'armée des Romains |
| venerint, | étaient arrivés, |
| sese recepisse | s'être retirés |
| cum omnibus suis copiis | avec toutes leurs troupes |
| sociorumque, | et *celles* de *leurs* alliés, |
| quas coegissent, | qu'ils avaient rassemblées, |
| penitus | tout-au-fond |
| ad extremos fines : | à l'extrémité-de *leur* territoire : |
| ibi esse silvam | là être une forêt |

appellatur Bacenis [1] ; hanc longe introrsus pertinere, et pro na-
tivo muro objectam, Cheruscos ab Suevis, Suevosque ab
Cheruscis [2] , injuriis incursionibusque prohibere : ad ejus
initium silvæ Suevos adventum Romanorum exspectare con-
stituisse. »

XI. Quoniam ad hunc locum perventum est, non alienum
esse videtur de Galliæ Germaniæque moribus, et quo differant
hæ nationes inter sese, proponere. In Gallia non solum in omnibus civitatibus atque in omnibus pagis partibusque, sed pæne
etiam in singulis domibus factiones sunt : earumque factionum
principes sunt, qui summam auctoritatem eorum judicio habere
existimantur, quorum ad arbitrium judiciumque summa omnium rerum consiliorumque redeat. Idque ejus rei causa antiquitus institutum videtur, ne quis ex plebe contra potentiorem

loin dans l'intérieur, formait entre les Suèves et les Chérusques
comme un mur naturel et s'opposait à leurs incursions et à leurs
ravages réciproques : c'était à l'entrée de cette forêt que les Suèves
avaient résolu d'attendre les Romains.

XI. Au point où nous en sommes arrivé, il ne semble pas hors
de propos de parler des mœurs des Gaulois et des Germains et de
montrer en quoi ces nations diffèrent l'une de l'autre. Il y a des
factions chez les Gaulois, non-seulement dans chaque cité, dans
chaque bourgade, dans chaque division de bourgade, mais même
presque dans chaque maison. Les hommes en qui ils reconnaissent
le plus de considération sont les chefs de ces factions : c'est à eux
qu'appartient la décision suprême dans toutes les entreprises et toutes
les délibérations. Cela paraît s'être établi jadis afin qu'un homme
du peuple ne manquât jamais d'appui contre un plus puissant : car

| | |
|---|---|
| magnitudine infinita, | d'une grandeur sans-bornes, |
| quæ appellatur Bacenis ; | qui est appelée Bacénis : |
| hanc pertinere longe | celle-ci s'étendre loin |
| introrsus, | dans-l'intérieur, |
| et, objectam | et, mise-en-avant |
| pro muro nativo, | en-guise-de rempart naturel, |
| prohibere injuriis | protéger contre les insultes |
| incursionibusque | et les incursions |
| Cheruscos ab Suevis, | les Chérusques du-côté-des Suèves, |
| Suevosque ab Cheruscis : | et les Suèves du-côté-des Chérusques : |
| Suevos constituisse | les Suèves avoir résolu |
| exspectare | d'attendre |
| adventum Romanorum | l'arrivée des Romains |
| ad initium ejus silvæ. » | au commencement de cette forêt. » |
| XI. Quoniam | XI. Puisque |
| perventum est | on est arrivé |
| ad hunc locum, | à cet endroit, |
| non videtur alienum | il ne paraît pas étranger *au sujet* |
| proponere | d'exposer *les faits* |
| de moribus Galliæ | touchant les mœurs de la Gaule |
| Germaniæque, | et de la Germanie, |
| et quo hæ nationes | et par quoi ces nations |
| differant inter sese. | diffèrent entre elles. |
| Factiones sunt in Gallia | Des partis sont dans la Gaule |
| non solum | non-seulement |
| in omnibus civitatibus | dans toutes les cités |
| atque in omnibus pagis | et dans tous les bourgs |
| partibusque, | et *toutes* les portions *de bourgs*. |
| sed pæne etiam | mais presque même |
| in singulis domibus : | dans chaque maison : |
| quique existimantur | et *ceux* qui sont crus |
| habere | avoir |
| summam auctoritatem | la plus haute autorité |
| judicio eorum | au jugement d'eux |
| sunt principes | sont les chefs |
| earum factionum, | de ces partis, |
| ad arbitrium | *chefs* à l'arbitrage |
| judiciumque quorum | et au jugement desquels |
| redeat summa | doive revenir la souveraineté |
| omnium rerum | de toutes choses |
| consiliorumque. | et de *toutes* résolutions. |
| Idque videtur institutum | Et cela paraît établi |
| antiquitus | de-toute-antiquité |
| causa ejus rei, | en vue de ce fait, |
| ne quis ex plebe | que quelqu'un du peuple |
| egeret auxilii | ne manquât pas de secours |
| contra potentiorem : | contre un plus puissant *que lui* : |

auxilii egeret : suos enim quisque opprimi et circumveniri non patitur, neque, aliter si faciant, ullam inter suos habent auctoritatem. Hæc eadem ratio est in summa totius Galliæ namque omnes civitates in partes divisæ sunt duas.

XII. Quum Cæsar in Galliam venit, alterius factionis principes erant Ædui, alterius Sequani [1]. Hi, quum per se minus valerent, quod summa auctoritas antiquitus erat in Æduis, magnæque eorum erant clientelæ, Germanos atque Ariovistum sibi adjunxerant, eosque ad se magnis jacturis pollicitationibusque perduxerant. Prœliis vero compluribus factis secundis, atque omni nobilitate Æduorum interfecta, tantum potentia antecesserant, ut magnam partem clientium ab Æduis ad se transducerent, obsidesque ab iis principum filios acciperent, et publice jurare cogerent nihil se contra Sequanos consilii inituros, et partem finitimi agri, per vim occupatam, possi-

nul ne souffre qu'on maltraite ou qu'on opprime un de ses partisans; autrement il perdrait tout son crédit. Il en est de même pour les intérêts généraux de la Gaule : toutes les cités forment deux partis.

XII. Lorsque César vint dans la Gaule, les Éduens étaient à la tête d'un parti et les Séquaniens à la tête de l'autre. Ceux-ci, se voyant moins forts (car depuis longtemps la souveraine autorité appartenait aux Éduens et leurs clients étaient fort nombreux), avaient fait alliance avec Arioviste et les Germains, qu'ils avaient attirés dans leur pays à force de sacrifices et de promesses. Après plusieurs victoires où ils anéantirent toute la noblesse éduenne, leur puissance était devenue si supérieure qu'ils avaient enlevé une grande partie de leurs clients aux Éduens, qu'ils en avaient reçu pour otages les enfants des premiers citoyens, et qu'ils les avaient forcés de jurer solennellement qu'ils ne trameraient rien contre les Séquaniens; enfin ils jouissaient d'une partie du territoire limitrophe, qu'ils

| | |
|---|---|
| quisque enim non patitur | chacun en effet ne souffre pas |
| suos opprimi | les siens être opprimés |
| et circumveniri, | et être circonvenus (trompés), |
| neque, si faciant aliter, | et, s'ils font autrement, |
| habent ullam auctoritatem | ils n'ont aucune autorité |
| inter suos. | parmi les leurs. |
| Hæc eadem ratio est | Ce même système existe |
| in summa totius Galliæ : | dans l'ensemble de toute la Gaule : |
| namque omnes civitates | car toutes les cités |
| divisæ sunt in duas partes. | sont divisées en deux partis. |
| XII. Quum Cæsar | XII. Lorsque César |
| venit in Galliam, | vint en Gaule, |
| Ædui erant principes | les Éduens étaient les chefs |
| alterius factionis, | d'un parti, |
| Sequani alterius. | les Séquaniens de l'autre.    [moins |
| Hi, quum valerent minus | Ceux-ci, comme ils avaient-de-la-force |
| per se, | par eux-mêmes, |
| quod summa auctoritas | parce que la plus haute autorité |
| erat in Æduis | était chez les Éduens |
| antiquitus, | de-toute-antiquité, |
| clientelæque eorum | et que les clientèles d'eux |
| erant magnæ, | étaient grandes, |
| adjunxerant sibi | avaient adjoint à eux-mêmes |
| Germanos | les Germains |
| atque Ariovistum, | et Arioviste, |
| perduxerantque eos ad se | et avaient amené eux à eux-mêmes |
| magnis jacturis | par de grands sacrifices |
| pollicitationibusque. | et de *grandes* promesses. |
| Compluribus vero prœliis | Mais plusieurs combats heureux |
| factis,    [secundis | ayant été faits (livrés), |
| atque omni nobilitate | et toute la noblesse |
| Æduorum | des Éduens |
| interfecta, | ayant été tuée, |
| antecesserant tantum | ils *les* avaient dépassés tellement |
| potentia, | par la puissance, |
| ut transducerent ad se | qu'ils avaient fait-passer à eux-mêmes |
| magnam partem clientium | une grande partie des clients |
| ab Æduis, | *détachée* des Éduens, |
| acciperentque ab iis | et avaient reçu d'eux |
| obsides | *pour* otages |
| filios principum, | les fils des principaux, |
| et cogerent jurare | et *les* avaient forcés de jurer |
| publice | au-nom-de-la-nation    [(un) projet |
| se inituros nihil consilii | eux ne devoir entrer dans rien de (au- |
| contra Sequanos, | contre les Séquaniens, |
| et possiderent | et possédaient |
| partem agri finitimi, | une partie du territoire voisin, |

derent, Galliæque totius principatum obtinerent. Qua necessitate adductus Divitiacus, auxilii petendi causa Romam ad senatum profectus, infecta re redierat. Adventu Cæsaris facta
commutatione rerum [1], obsidibus Æduis redditis, veteribus
clientelis restitutis, novis per Cæsarem comparatis (quod hi,
qui se ad eorum amicitiam aggregaverant, meliore conditione
atque æquiore imperio se uti videbant), reliquis rebus eorum,
gratia, dignitate amplificata, Sequani principatum dimiserant.
In eorum locum Remi successerant; quos quod adæquare
apud Cæsarem gratia intelligebatur, ii, qui propter veteres
inimicitias nullo modo cum Æduis conjungi poterant, se Remis in clientelam dicabant. Hos illi diligenter tuebantur. Ita
et novam et repente collectam auctoritatem tenebant. Eo tum

avaient envahie, et de la suprématie de toute la Gaule. C'était cette
triste position des Éduens qui avait conduit Divitiacus à Rome, pour
obtenir des secours du sénat : il était revenu sans avoir réussi.
L'arrivée de César ayant fait changer cet état de choses, les Éduens
avaient recouvré leurs otages et leurs anciens clients, et César leur
en avait fait acquérir de nouveaux, parce qu'on voyait qu'en s'attachant à eux on était traité avec plus de douceur et de ménagement,
et, comme d'ailleurs ils gagnaient de toute manière, en crédit, en
considération, en tout, les Séquaniens avaient perdu le premier rang.
Les Rémois prirent leur place, et, remarquant qu'ils jouissaient au
près de César d'une faveur égale, ceux que d'anciennes haines empêchaient absolument de faire alliance avec les Éduens se rangèrent
sous la clientèle des Rémois, qui se montraient très-attentifs à les
protéger, et se trouvaient ainsi en possession d'une influence toute
récente et rapidement conquise. Tel était l'état des choses, que les

| | |
|---|---|
| occupatam per vim, | envahie par violence |
| obtinerentque principatum | et occupaient le premier-rang |
| totius Galliæ. | de toute la Gaule. |
| Qua necessitate adductus | Par laquelle nécessité amené (déterminé) |
| Divitiacus, | Divitiacus, |
| profectus Romam | étant allé à Rome |
| ad senatum | auprès du sénat |
| causa petendi auxilii, | en vue de demander du secours, |
| redierat | était revenu        [obtenu]. |
| re infecta. | l'affaire n'étant-pas-faite (sans avoir rien |
| Commutatione rerum | Un changement d'état-de-choses |
| facta | ayant été fait |
| adventu Cæsaris, | à l'arrivée de César, |
| obsidibus redditis Æduis, | les otages ayant été rendus aux Éduens, |
| veteribus clientelis | *leurs* anciennes clientèles |
| restitutis, | *leur* ayant été restituées, |
| novis comparatis | de nouvelles *leur* ayant été acquises |
| per Cæsarem, | par *l'intermédiaire* de César, |
| — quod hi | — parce que ceux |
| qui se aggregaverant | qui s'étaient adjoints |
| ad amicitiam eorum | à l'amitié (aux amis) d'eux |
| videbant se uti | voyaient eux-mêmes user (jouir) |
| conditione meliore | d'une condition meilleure |
| atque imperio æquiore, — | et d'une autorité plus bienveillante, — |
| reliquis rebus eorum, | le reste-des affaires d'eux, |
| gratia, dignitate | *leur* crédit, *leur* dignité |
| amplificata, | ayant été augmentés, |
| Sequani | les Séquaniens |
| dimiserant principatum. | avaient vu-échapper le premier-rang. |
| Remi successerant | Les Rémois étaient montés |
| in locum eorum ; | à la place d'eux ; |
| quos quod intelligebatur | lesquels comme on remarquait |
| Adæquare gratia | égaler *les Éduens* en crédit |
| apud Cæsarem, | auprès de César, |
| ii qui poterant nullo modo | ceux qui *ne* pouvaient d'aucune façon |
| propter veteres inimicitias | à-cause-de vieilles inimitiés |
| conjungi cum Æduis | s'unir avec les Éduens |
| se dicabant Remis | se donnaient aux Rémois |
| in clientelam. | en clientèle (comme clients). |
| Illi tuebantur hos | Ceux-là (les Rémois) protégeaient ceux-ci |
| diligenter. | avec-soin. |
| Ita tuebant auctoritatem | Ainsi ils possédaient une autorité |
| et novam | et nouvelle |
| et collectam repente. | et réunie (acquise) tout à coup. |
| Ut erat tum eo statu, | L'affaire était alors en cet état, |
| ut Ædui | que les Éduens |
| haberentur principes | étaient tenus *pour être* les premiers |

statu res erat, ut longe principes haberentur Ædui, secundum
locum dignitatis Remi obtinerent.

XIII. In omni Gallia eorum hominum, qui aliquo sunt numero atque honore, genera sunt duo : nam plebes pæne ser-
vorum habetur loco, quæ per se nihil audet et nullo [1] adhibe-
tur consilio. Plerique, quum aut ære alieno, aut magnitudine
tributorum, aut injuria potentiorum premuntur, sese in servitutem dicant nobilibus : in hos eadem omnia sunt jura, quæ
dominis in servos. Sed de his duobus generibus alterum est
druidum, alterum equitum. Illi rebus divinis intersunt, sacrificia publica ac privata procurant, religiones interpretantur.
Ad hos magnus adolescentium numerus disciplinæ causa
concurrit, magnoquo ii sunt apud eos honore. Nam fere de
omnibus controversiis publicis privatisque constituunt; et, si
quod est admissum facinus, si cædes facta, si de hereditate,

Éduens étaient sans contredit au premier rang et que les Rémois
tenaient le second.

XIII. Il n'y a, dans toute la Gaule, que deux classes que l'on
distingue et qui comptent pour quelque chose; le peuple y est
presque regardé comme esclave. Il n'ose rien par lui-même et n'a
part à aucune délibération. Accablés par les dettes, par le poids
des impôts, ou par les vexations des puissants, la plupart se
mettent au service des nobles, qui ont sur eux tous les droits d'un
maître sur ses esclaves. L'une de ces classes est celle des druides
l'autre celle des chevaliers. Les druides s'occupent de ce qui con-
cerne la religion, font les sacrifices publics et privés, et sont les
interprètes des dieux. Une foule de jeunes gens accourt près d'eux
pour s'instruire, et ils sont entourés de respect. Ils statuent sur
presque tous les différends publics ou particuliers, et, s'il s'est
commis un crime, s'il s'est fait un meurtre, s'il y a discussion sur

| | |
|---|---|
| longe, | de loin (beaucoup), |
| Remi obtinerent | et que les Rémois occupaient |
| secundum locum | la seconde place |
| dignitatis. | de considération. |
| XIII. In omni Gallia | XIII. Dans toute la Gaule |
| sunt duo genera | sont deux espèces |
| eorum hominum | de ces hommes          [quelque estime) |
| qui sunt aliquo numero | qui sont de quelque nombre (jouissent de |
| atque honore : | et de quelque honneur : |
| nam plebes pæne habetur | car le peuple est presque tenu |
| loco servorum, | au rang d'esclaves, |
| quæ audet nihil per se | lui qui n'ose rien par lui-même |
| et adhibetur nullo consilio. | et n'est admis à aucune délibération. |
| Plerique, quum premuntur | La plupart, lorsqu'ils sont accablés |
| aut ære alieno, | ou par l'argent d'-autrui (les dettes), |
| aut magnitudine | ou par la grandeur |
| tributorum, | des impôts, |
| aut injuria potentiorum, | ou par l'injustice de plus puissants, |
| sese dicant in servitutem | se donnent en esclavage |
| nobilibus : | aux nobles : |
| omnia jura in hos | tous les droits sur ceux-ci |
| sunt eadem, | sont les mêmes auæ nobles. |
| quæ dominis | que ceux qui sont aux maîtres |
| in servos. | sur les esclaves. |
| Sed de his duobus generibus | Mais de ces deux espèces |
| alterum est druidum , | l'une est celle des druides, |
| alterum equitum. | l'autre celle des chevaliers. |
| Illi intersunt | Ceux-là sont occupés |
| rebus divinis, | aux choses divines, |
| procurant sacrificia | prennent-soin des sacrifices |
| publica ac privata, | publics et privés, |
| interpretantur religiones. | expliquent les points-de-religion. |
| Magnus numerus | Un grand nombre |
| adolescentium | de jeunes-gens |
| concurrit ad hos | afflue vers ceux-ci |
| causa disciplinæ, | en vue de la doctrine,          [honneur |
| lique sunt magno honore | et ceux-ci sont (jouissent) d'un grand |
| apud eos. | auprès d'eux. |
| Nam constituunt | Car ils décident |
| fere | à peu près |
| de omnibus controversiis | de tous les différends |
| publicis privatisque; | publics et privés ; |
| et, si quod facinus | et, si quelque crime |
| admissum est, | a été commis, |
| si cædes facta, | si un meurtre a été fait, |
| si controversia est | si un différend existe |
| de hereditate, | touchant un héritage, |

si de finibus controversia est, iidem decernunt ; præmia pœ-
nasque constituunt : si qui aut privatus aut publicus eorum
decreto non stetit, sacrificiis interdicunt. Hæc pœna apud
eos est gravissima. Quibus ita est interdictum, ii numero
impiorum ac sceleratorum habentur; iis omnes decedunt,
aditum eorum sermonemque defugiunt, ne quid ex contagione
incommodi accipiant : neque iis petentibus jus redditur, neque
honos ullus communicatur. His autem omnibus druidibus
præest unus, qui summam inter eos habet auctoritatem. Hoc
mortuo, si qui ex reliquis excellit dignitate, succedit : at, si
sunt plures pares, suffragio druidum allegitur, nonnunquam
etiam armis de principatu contendunt. Hi certo anni tempore
in finibus Carnutum, quæ regio totius Galliæ media habetur,
considunt in loco consecrato. Huc omnes undique, qui con-

un héritage, sur des limites, ce sont eux qui prononcent. Ils décer-
nent les récompenses et les peines ; et si quelqu'un, revêtu d'un
caractère public ou privé, ne se soumet pas à leur arrêt, ils lui inter-
disent les sacrifices : c'est, chez eux, la peine la plus grave. Ceux
qui ont été atteints de cette interdiction sont mis au nombre des
impies et des scélérats ; tout le monde s'en éloigne et fuit leur abord
et leur entretien, de peur que leur commerce ne lui porte préjudice.
On ne leur rend point la justice, s'ils la réclament ; on ne les admet
à aucune dignité. Les druides sont soumis à l'autorité suprême d'un
chef. A sa mort, le plus considéré d'entre eux lui succède : si plusieurs ont des droits égaux, le suffrage des druides en décide ; quelquefois même ils se disputent le premier rang les armes à la main.
A une époque fixe de l'année, ils s'assemblent sur le territoire des
Carnutes, qui est considéré comme le centre de la Gaule, dans un
lieu consacré. Tous ceux qui ont des procès y viennent de toutes

| | |
|---|---|
| si de finibus, | si *un différend existe* touchant des limites. |
| iidem decernunt ; | les mêmes décident ; |
| constituunt præmia | ils établissent des récompenses |
| pœnasque : | et des peines : |
| si qui aut privatus | si quelqu'un ou simple-particulier |
| aut publicus | ou ayant-un-caractère-public |
| non stetit decreto eorum, | ne s'en est pas tenu à la décision d'eux, |
| interdicunt sacrificiis. | ils *lui* interdisent les sacrifices. |
| Hæc pœna apud eos | Cette peine chez eux |
| est gravissima. | est la plus sévère. |
| Ii quibus interdictum est ita | Ceux à qui interdiction-a-été-faite ainsi |
| habentur | sont tenus |
| numero impiorum | au nombre des impies |
| sceleratorumque ; | et des criminels ; |
| omnes decedunt iis, | tous s'éloignent d'eux, |
| defugiunt aditum | fuient l'approche |
| sermonemque eorum, | et l'entretien d'eux, |
| ne accipiant | de peur qu'ils ne reçoivent |
| quid incommodi | quelque chose de (quelque) dommage |
| ex contagione : | par-suite-du contact : |
| neque jus redditur | et justice n'est pas rendue |
| iis petentibus, | à eux *la* demandant, |
| neque ullus honos | et aucun honneur |
| communicatur. | ne *leur* est accordé. |
| Unus autem præest | Or un-seul est-à-la-tête |
| omnibus his druidibus, | de tous ces druides, |
| qui habet inter eos | lequel a parmi eux |
| summam auctoritatem. | la souveraine autorité. |
| Hoc mortuo, | Celui-ci étant mort, |
| si qui ex reliquis | si quelqu'un d'entre les autres |
| excellit dignitate, | l'emporte par la considération, |
| succedit ; | il *lui* succède ; |
| at, si plures sunt pares, | mais, si plusieurs sont égaux, |
| allegitur | *le successeur* est choisi |
| suffragio Druidum, | par le suffrage des Druides, |
| nonnunquam etiam | *et* quelquefois même |
| contendunt armis | ils luttent par les armes |
| de principatu. | au-sujet-du premier-rang. |
| Hi, tempore certo anni, | Ceux-ci, à une époque fixe de l'année, |
| considunt | s'asseyent |
| in finibus Carnutum, | sur le territoire des Carnutes, |
| quæ regio | laquelle contrée |
| habetur media | est tenue *pour être* située-au-milieu |
| totius Galliæ, | de toute la Gaule, |
| in loco consecrato. | dans un lieu consacré. |
| Omnes | Tous ceux |
| qui habent controversias | qui ont des différends |

troversias habent, conveniunt, eorumque decretis judiciisque parent. Disciplina in Britannia reperta atque inde in Galliam translata esse existimatur : et nunc, qui diligentius eam rem cognoscere volunt, plerumque illo discendi causa proficiscuntur.

XIV. Druides a bello abesse consuerunt, neque tributa una cum reliquis pendunt; militiæ vacationem omniumque rerum habent immunitatem. Tantis excitati præmiis, et sua sponte multi in disciplinam conveniunt, et a parentibus propinquisque mittuntur. Magnum ibi numerum versuum ediscere dicuntur : itaque annos nonnulli vicenos in disciplina permanent. Neque fas esse existimant ea litteris mandare, quum in reliquis fere rebus, publicis privatisque rationibus, Græcis utantur litteris. Id mihi duabus de causis instituisse videntur, quod neque in vulgum disciplinam efferri velint, neque eos, qui discant, litteris confisos, minus memoriæ

parts et obéissent à leurs décisions et à leurs arrêts. Leur doctrine, découverte, dit-on, dans la Bretagne, a été apportée de là dans la Gaule, et c'est encore là que vont l'étudier aujourd'hui ceux qui veulent la connaître plus à fond.

XIV. Les druides ne sont point dans l'usage d'aller à la guerre; ils ne payent point d'impôts comme les autres Gaulois; ils sont exempts du service militaire et de toute espèce de charges. Séduits par de si belles prérogatives, beaucoup viennent d'eux-mêmes se faire instruire par eux : d'autres y sont envoyés par leurs pères et par leurs parents. On y apprend, dit-on, un grand nombre de vers; aussi quelquefois reste-t-on vingt ans à s'instruire. Ils ne se croient point permis de mettre leur science par écrit, quoiqu'ils se servent de caractères grecs dans presque tous les actes publics et pour les conventions particulières. Ils en agissent ainsi, ce me semble, pour deux raisons : ils ne veulent pas que leur doctrine se divulgue, et ils craignent que leurs disciples, comptant trouver tout écrit, ne culti-

| | |
|---|---|
| conveniunt huc undique, | se rassemblent là de-tous-côtés, |
| parentque | et obéissent |
| decretis judiciisque eorum. | aux décisions et aux jugements d'eux. |
| Disciplina | La doctrine *des druides* |
| existimatur reperta esse | est crue avoir été trouvée |
| in Britannia | dans la Bretagne |
| atque inde | et de là |
| translata in Galliam : | transportée en Gaule : |
| et nunc, | maintenant aussi, |
| qui volunt | *ceux* qui veulent |
| cognoscere eam rem | connaître cette chose (doctrine) |
| diligentius, | plus exactement, |
| proficiscuntur illo | partent pour là-bas (vont en Bretagne) |
| plerumque causa discendi. | le plus souvent en vue d'apprendre. |
| XIV. Druides | XIV. Les druides |
| consuerunt | ont-coutume |
| abesse a bello, | de rester-loin de la guerre, |
| neque pendunt tributa | et ne payent pas d'impôts |
| una cum reliquis ; | ensemble avec tous-les-autres ; |
| habent vacationem | ils ont exemption |
| militiæ | du service-militaire |
| immunitatemque | et immunité |
| omnium rerum. | de toutes choses. |
| Excitati tantis præmiis, | Excités par de si-grandes récompenses, |
| multi et sua sponte | beaucoup et de leur plein-gré |
| conveniunt in disciplinam, | affluent pour *recevoir* la doctrine, |
| et mittuntur a parentibus | et sont envoyés par *leurs* parents |
| propinquisque. | et *leurs* proches. |
| Dicuntur ediscere ibi | Ils sont dits apprendre-par-cœur là |
| magnum numerum | un grand nombre |
| versuum : | de vers : |
| itaque nonnulli | c'est-pourquoi quelques-uns |
| permanent vicenos annos | restent vingt ans |
| in disciplina. | dans *cet* apprentissage. |
| Neque existimant esse fas | Et ils ne croient pas être permis |
| mandare ea litteris, | de confier ces *préceptes* à des caractères, |
| quum fere in reliquis rebus, | quoique dans presque toutes-les-autres |
| rationibus publicis | dans les actes publics          [choses, |
| privatisque, | et particuliers, |
| utantur litteris Græcis. | ils se servent de caractères grecs. |
| Videntur mihi instituisse id | Ils paraissent à moi avoir établi cela |
| de duabus causis , | pour deux motifs , |
| quod velint | parce qu'ils veulent |
| neque disciplinam | ni la doctrine |
| efferri in vulgum, | n'être produite en public (révélée) |
| neque eos qui discant, | ni ceux qui apprennent, |
| confisos litteris, | s'étant fiés aux caractères. |

studere; quod fere plerisque accidit, ut præsidio litterarum diligentiam in perdiscendo ac memoriam remittant. In primis hoc volunt persuadere, non interire animas, sed ab aliis post mortem transire ad alios : atque hoc maxime ad virtutem excitari putant, metu mortis neglecto. Multa præterea de sideribus atque eorum motu, de mundi ac terrarum magnitudine, de rerum natura, de deorum immortalium vi ac potestate disputant et juventuti transdunt.

XV. Alterum genus est equitum. Hi, quum est usus, atque aliquod bellum incidit (quod ante Cæsaris adventum fere quotannis accidere solebat, uti aut ipsi injurias inferrent, aut illatas propulsarent), omnes in bello versantur : atque eorum ut quisque est genere copiisque amplissimus, ita plurimos circum se ambactos¹ clientesque habent. Hanc unam gratiam potentiamque noverunt.

vent avec moins de soin leur mémoire; car il arrive presque toujours qu'on la néglige et qu'on s'applique moins à apprendre par cœur, lorsque l'on a le secours des caractères. Ils s'attachent surtout à persuader que les âmes ne périssent pas, mais qu'après la mort elles passent d'un corps dans un autre. Ils croient ce dogme très-capable d'exalter le courage et de faire mépriser la mort. Ils apprennent aussi à la jeunesse de nombreuses théories sur les astres et leurs mouvements, sur la grandeur du ciel et de la terre, sur la nature des êtres, sur la force et le pouvoir des dieux immortels.

XV. Le second ordre est celui des chevaliers. S'il en est besoin et qu'il survienne quelque guerre (avant que César vînt chez les Gaulois, il arrivait à peu près tous les ans qu'ils portassent le ravage chez les autres ou qu'ils eussent eux-mêmes à repousser quelque agression), ils prennent tous les armes; chacun d'eux, suivant qu'il est plus distingué par sa naissance ou par ses richesses, s'entoure d'un plus grand nombre de clients et de gens à sa solde. C'est à cela seul qu'on reconnaît le crédit et le pouvoir.

| | |
|---|---|
| studere minus memoriæ; | s'appliquer moins à *leur* mémoire; |
| quod accidit fere | parce qu'il arrive ordinairement |
| plerisque, | à la plupart, |
| ut præsidio litterarum | qu'à l'aide des caractères |
| remittant diligentiam | ils relâchent *leur* soin |
| in perdiscendo | en apprenant (à apprendre) -par-cœur |
| ac memoriam. | et *leur* mémoire. |
| In primis | Entre les premières choses |
| volunt persuadere hoc, | ils veulent persuader celle-ci, |
| animas non interire, | les âmes ne pas périr, |
| sed post mortem | mais après la mort |
| transire ab aliis ad alios : | passer des uns aux autres : |
| atque putant | et ils croient *les hommes* |
| excitari ad virtutem | être animés à la valeur |
| hoc maxime, | par ceci surtout, |
| metu mortis neglecto. | la crainte de la mort étant dédaignée. |
| Disputant præterea | Ils soutiennent en outre |
| et transdunt juventuti | et transmettent (enseignent) à la jeunesse |
| multa de sideribus | beaucoup de choses sur les astres |
| atque motu eorum, | et le mouvement d'eux, |
| de magnitudine mundi | sur la grandeur de la voûte-céleste |
| ac terrarum, | et des terres (de la terre), |
| de natura rerum, | sur la nature des choses, |
| de vi ac potestate | sur la force et la puissance |
| deorum immortalium. | des dieux immortels. |
| **XV.** Alterum genus | **XV.** L'autre espèce |
| est equitum. | est *celle* des chevaliers. |
| Hi, quum usus est, | Ceux-ci, quand besoin est, |
| atque aliquod bellum | et *quand* quelque guerre |
| incidit | est survenue |
| (quod solebat accidere | (ce qui avait-coutume d'arriver |
| fere quotannis | presque tous-les-ans |
| ante adventum Cæsaris, | avant l'arrivée de César, |
| uti aut ipsi | selon que ou eux-mêmes |
| inferrent injurias, | portaient des dégâts *chez les autres*, |
| aut propulsarent | ou repoussaient *des dégâts* |
| illatas), | apportés *chez eux*), |
| versantur omnes in bello : | vivent tous dans la guerre : |
| atque ut quisque eorum | et selon que chacun d'eux |
| est amplissimus genere | est le plus considérable par la naissance |
| copiisque, | et par les richesses, |
| ita habent circum se | ainsi ils ont autour d'eux |
| ambactos clientesque | les serviteurs et les clients |
| plurimos. | les plus nombreux. |
| Noverunt | Ils connaissent |
| hanc unam gratiam | ce seul crédit |
| potentiamque. | et *ce seul* pouvoir. |

XVI. Natio est omnium Gallorum admodum dedita religionibus; atque ob eam causam, qui sunt affecti gravioribus morbis, quique in prœliis periculisque versantur, aut pro victimis homines immolant, aut se immolaturos vovent, administrisque ad ea sacrificia druidibus utuntur; quod, ro vita hominis nisi hominis vita reddatur, non posse aliter deorum immortalium numen placari arbitrantur : publiceque ejusdem generis habent, quorum contexta viminibus membra vivis hominibus complent, quibus succensis, circumventi flamma exanimantur homines. Supplicia[1] eorum, qui in furto, aut in latrocinio, aut aliqua noxa sint comprehensi, gratiora diis immortalibus esse arbitrantur : sed, quum ejus generis copia deficit, etiam ad innocentium supplicia descendunt.

XVII. Deum maxime Mercurium[2] colunt : hujus sunt plu-

XVI. Toute la nation gauloise est très-adonnée à la superstition : de là vient que ceux qui sont affectés de maladies graves, ceux qui se trouvent dans les combats et dans quelque danger, immolent des victimes humaines ou font vœu d'en immoler, et pour les sacrifier ils ont recours au ministère des druides. Car ils croient que la vie d'un homme ne peut se racheter que par la vie d'un autre homme, et que les dieux immortels ne peuvent pas être apaisés autrement. Les cités même ont établi des sacrifices de cette espèce. Quelquefois on fait des simulacres d'une grandeur démesurée, dont les membres tressés d'osier sont remplis d'hommes vivants : on y met le feu, et les hommes périssent enveloppés par la flamme. Ils croient que le sacrifice des voleurs, des brigands ou d'autres criminels est plus agréable aux dieux immortels; mais, à défaut de gens de cette sorte, ils en viennent à immoler des innocents.

XVII. La divinité qu'ils honorent principalement est Mercure.

| | |
|---|---|
| **XVI.** Natio | **XVI.** La nation |
| omnium Gallorum | de tous les Gaulois |
| est admodum dedita | est grandement adonnée |
| religionibus ; | aux superstitions ; |
| atque ob eam causam | et pour ce motif |
| qui affecti sunt | *ceux* qui sont affectés |
| morbis gravioribus | de maladies graves |
| quique versantur | et ceux qui se trouvent |
| in prœliis periculisque, | dans les dangers et les combats, |
| aut immolant homines | ou immolent des hommes |
| pro victimis, | au-lieu-de victimes, |
| aut vovent | ou font-vœu |
| se immolaturos, | eux-mêmes devoir *en* immoler, |
| utunturque ad ea sacrificia | et ils se servent pour ces sacrifices |
| druidibus administris ; | des druides *comme* ministres ; |
| quod arbitrantur, | parce qu'ils croient, |
| nisi vita hominis | si la vie d'un homme |
| reddatur | n'était pas rendue (payée) |
| pro vita hominis | pour la vie d'un homme, |
| numen | la puissance |
| deorum immortalium | des dieux immortels |
| non posse placari aliter : | ne pouvoir pas être apaisée autrement : |
| habentque sacrificia | et ils ont des sacrifices |
| ejusdem generis | du même genre |
| instituta publice. | établis au-nom-de-l'État. |
| Alii habent simulacra | D'autres ont des simulacres |
| immani magnitudine, | d'une énorme grandeur, |
| quorum complent membra | dont ils remplissent les membres |
| contexta viminibus | tissus d'osiers |
| hominibus vivis, | d'hommes vivants,  [sous, |
| quibus succensis, | lesquels *simulacres* étant allumés-par-des- |
| homines exanimantur | les hommes sont privés-de-vie |
| circumventi flamma. | étant entourés par la flamme. |
| Arbitrantur supplicia | Ils croient les immolations |
| eorum qui comprehensi sint | de ceux qui ont été saisis |
| in furto, aut in latrocinio, | dans le vol, ou dans le brigandage, |
| aut aliqua noxa, | ou dans quelque délit, |
| esse gratiora | être plus agréables |
| diis immortalibus ; | aux dieux immortels ; |
| sed quum copia | mais lorsque la ressource |
| ejus generis deficit, | *d'hommes* de cette espèce fait-défaut, |
| descendunt ad supplicia | ils descendent (en viennent) à des immo- |
| etiam innocentium. | même d'innocents.  [lations |
| **XVII.** Colunt maxime | **XVII.** Ils honorent le plus |
| deum Mercurium : | le dieu Mercure : |
| simulacra hujus | les images de celui-ci |
| sunt plurima, | sont très-nombreuses, |

rima simulacra, hunc omnium inventorem artium ferunt,
hunc viarum atque itinerum ducem, hunc ad quæstus pecuniæ mercaturasque habere vim maximam arbitrantur. Post
hunc, Apollinem et Martem et Jovem et Minervam; de his
eamdem fere, quam reliquæ gentes, habent opinionem : Apollinem morbos depellere, Minervam operum atque artificiorum
initia transdere, Jovem imperium cœlestium tenere, Martem
bella gerere. Huic, quum prœlio dimicare constituerunt, ea,
quæ bello ceperint, plerumque devovent. Quæ superaverint,
animalia capta immolant; reliquas res in unum locum conferunt. Multis in civitatibus harum rerum exstructos tumulos
locis consecratis conspicari licet : neque sæpe accidit ut
neglecta quispiam religione aut capta apud se occultare, aut
posita tollere auderet; gravissimumque ei rei supplicium cum
cruciatu constitutum est.

dont ils ont beaucoup de statues. Ils en font l'inventeur de tous les
arts, le guide des chemins et des voyages, et lui attribuent la plus
grande influence sur le gain et le commerce. Après Mercure viennent
Apollon, Mars, Jupiter et Minerve, dont ils se font à peu près la
même idée que les autres nations. Apollon chasse les maladies;
Minerve donne les principes des métiers et des arts; Jupiter a l'empire des cieux; Mars préside à la guerre : quand ils ont résolu de
livrer bataille, c'est d'ordinaire à lui qu'ils vouent ce qu'ils pourront
prendre. Ils immolent les êtres vivants dont ils ont pu s'emparer et
déposent en un même endroit les autres dépouilles. Plusieurs cités
ont des lieux consacrés, où l'on peut voir d'énormes monceaux de
ces effets; et il n'arrive guère qu'au mépris de la religion on ose
cacher chez soi une portion de butin, ou soustraire rien de ce qui a
été mis en commun. La peine établie pour ce crime est le dernier supplice accompagné de tortures.

| | |
|---|---|
| ferunt hunc inventorem | ils disent celui-ci *être* l'inventeur |
| omnium artium, | de tous les arts, |
| hunc ducem viarum | celui-ci *être* le guide des routes |
| atque itinerum, | et des voyages, |
| arbitrantur hunc | ils croient celui-ci |
| habere vim maximam | avoir l'influence la plus grande |
| ad quæstus pecuniæ | pour les gains d'argent |
| mercaturasque. | et les trafics. |
| Post hunc | Après celui-ci |
| Apollinem et Martem | *ils honorent* Apollon et Mars |
| et Jovem et Minervam ; | et Jupiter et Minerve ; |
| habent de his | ils ont sur ceux-ci |
| fere eamdem opinionem | à peu près la même opinion |
| quam reliquæ gentes : | que le reste-des-nations : |
| Apollinem | Apollon |
| depellere morbos, | chasser les maladies, |
| Minervam | Minerve          [gner les principes) |
| transdere initia | transmettre les commencements (ensei- |
| operum atque artificiorum, | des travaux et des arts, |
| Jovem tenere imperium | Jupiter posséder l'empire |
| cœlestium, | des choses célestes, |
| Martem gerere bella. | Mars diriger les guerres. |
| Plerumque, | La-plupart-du-temps, |
| quum constituerunt | lorsqu'ils ont résolu |
| dimicare prœlio, | de lutter par une bataille, |
| devovent huic | ils vouent à celui-ci (à Mars, |
| ea quæ ceperint bello. | ce qu'ils auront pris par la guerre. |
| Immolant capta | Ils immolent pris (après les avoir pris) |
| animalia quæ superaverint; | les êtres-animés qui ont survécu ; |
| conferunt in unum locum | ils rassemblent en un-seul endroit |
| reliquas res. | le reste-des-objets. |
| In multis civitatibus | Dans de nombreuses cités |
| licet conspicari | il est-possible de voir |
| tumulos harum rerum | des tas de ces objets |
| exstructos | élevés |
| locis consecratis : | dans des lieux consacrés : |
| neque accidit sæpe | et il n'est pas arrivé souvent |
| ut quispiam, | que quelqu'un, |
| religione neglecta, | la religion étant méprisée, |
| auderet | osât |
| aut occultare apud se | ou cacher chez lui-même |
| capta, | les *objets* pris, |
| aut tollere posita ; | ou enlever les *objets* déposés ; |
| suppliciumque | et le supplice |
| gravissimum | le plus rigoureux |
| cum cruciatu | avec torture |
| constitutum est ei rei. | a été établi pour ce fait. |

XVIII. Galli se omnes ab Dite patre prognatos prædicant, idque ab druidibus proditum dicunt. Ob eam causam spatia omnis temporis non numero dierum, sed noctium finiunt; dies natales et mensium et annorum initia sic observant, ut noctem dies subsequatur. In reliquis vitæ institutis hoc fere ab reliquis differunt, quod suos liberos, nisi quum adoleverint, ut munus militiæ sustinere possint, palam ad se adire non patiuntur; filiumque puerili ætate in publico, in conspectu patris, adsistere, turpe ducunt.

XIX. Viri quantas pecunias ab uxoribus dotis nomine acceperunt, tantas ex suis bonis, æstimatione facta, cum dotibus communicant. Hujus omnis pecuniæ conjunctim ratio habetur, fructusque servantur: uter eorum vita superarit, ad eum pars utriusque cum fructibus superiorum temporum pervenit. Viri

XVIII. Tous les Gaulois se vantent d'être issus du dieu Dis, et prétendent que les druides le leur ont révélé. C'est pour cela qu'ils mesurent le temps par le nombre des nuits et non par celui des jours. Ils marquent la date des naissances, le commencement des mois, celui des années, de manière que la nuit précède le jour. Leurs autres usages ne diffèrent guère de ceux des autres nations qu'en ce qu'ils ne permettent point à leurs fils de se présenter en public devant eux avant d'être en état de porter les armes; ils tiennent pour honteux qu'un fils encore enfant paraisse publiquement devant son père.

XIX. Autant le mari reçoit d'argent pour la dot de sa femme, autant il met de son bien en communauté, après qu'on en a fait l'estimation; on dresse conjointement un état des deux sommes, les fruits en sont mis à part, et les deux portions appartiennent au survivant avec le produit de tout le temps qui s'est écoulé. Les homme

| | |
|---|---|
| **XVIII.** Omnes Galli | **XVIII.** Tous les Gaulois |
| prædicant se prognatos | prétendent eux-mêmes *être* issus |
| Dite patre, | de Dis *pour* père, |
| dicuntque id proditum | et disent cela *avoir été* révélé |
| ab druidibus. | par les druides. |
| Ob eam causam | Pour ce motif |
| finiunt spatia | ils déterminent les espaces |
| omnis temporis | de tout le temps |
| non numero dierum, | non par le nombre des jours, |
| sed noctium ; | mais *par celui* des nuits ; |
| observant | ils observent |
| dies natales | les jours de-la-naissance |
| et initia mensium | et les commencements des mois |
| et annorum | et des années |
| sic, ut dies | de-telle-sorte, que le jour |
| subsequatur noctem. | suive la nuit. |
| In reliquis institutis vitæ | Dans les autres usages de la vie |
| differunt hoc | ils diffèrent en ceci |
| fere ab reliquis, | à peu près de tous-les-autres *peuples*, |
| quod non patiuntur | qu'ils ne souffrent pas |
| suos liberos | leurs enfants |
| adire ad se palam, | s'avancer vers eux publiquement, |
| nisi quum adoleverint | sinon lorsqu'ils ont grandi *assez* |
| ut possint sustinere | pour qu'ils puissent soutenir |
| munus militiæ ; | les fonctions du service-militaire |
| ducuntque turpe | et ils estiment honteux |
| filium ætate puerili | un fils d'un âge d'-enfant |
| adsistere | se tenir |
| in conspectu patris | devant la vue de *son* père |
| in publico. | en public. |
| **XIX.** Viri | **XIX.** Les hommes |
| communicant cum dotibus | mettent-en-commun avec les dots |
| pecunias | des sommes-d'argent |
| ex suis bonis, | *tirées* de leurs biens, |
| æstimatione facta, | évaluation ayant été faite, |
| tantas quantas acceperunt | aussi-grandes que *celles* qu'ils ont reçues |
| ab uxoribus | de *leurs* épouses |
| nomine dotis. | sous le nom de dot. |
| Ratio omnis hujus pecuniæ | Le compte de tout cet argent |
| habetur conjunctim, | est tenu conjointement, |
| fructusque servantur : | et les fruits *en* sont gardés : |
| uter eorum | quel-que-soit-celui d'eux |
| superarit vita, | qui ait duré-plus-longtemps par la **vie,** |
| pars utriusque | la part de l'un-et-l'autre |
| pervenit ad eum | arrive (passe) à lui |
| cum fructibus | avec les fruits |
| temporum superiorum. | des temps précédents. |

in uxores, sicut in liberos, vitæ necisque habent potestatem, et, quum pater familiæ, illustriore loco natus, decessit, ejus propinqui conveniunt, et de morte si res in suspicionem venit, de uxoribus in servilem modum quæstionem habent, et, si compertum est, igni atque omnibus tormentis excruciatas interficiunt. Funera sunt pro culta Gallorum magnifica et sumptuosa ; omniaque, quæ vivis cordi fuisse arbitrantur, in ignem inferunt, etiam animalia : ac paulo supra hanc memoriam servi et clientes, quos ab iis dilectos esse constabat, justis funeribus confectis, una cremabantur.

XX. Quæ civitates commodius suam rem publicam administrare existimantur, habent legibus sanctum, si quis quid de re publica a finitimis rumore ac fama acceperit, uti ad magistratum deferat, neve cum quo alio communicet : quod sæpe homines temerarios atque imperitos falsis rumoribus

ont droit de vie et de mort sur leurs femmes comme sur leurs enfants : quand un père de famille d'une naissance distinguée vient à mourir, ses parents s'assemblent, et, si sa mort donne lieu à quelques soupçons, on applique les femmes à la question, comme on y appliquerait des esclaves ; si les soupçons se confirment, elles périssent par le feu et dans les plus cruelles tortures. Dans les funérailles, les Gaulois sont plus magnifiques et plus somptueux que dans les autres circonstances de la vie. Ils jettent dans les flammes tout ce qu'ils croient avoir été cher au mort, même les êtres vivants ; et naguère les esclaves et les clients reconnus pour avoir été chéris de lui étaient brûlés à la fin des funérailles.

XX. Les cités qui passent pour les mieux gouvernées ont une loi qui porte que celui qui apprend chez un peuple voisin quelque chose qui intéresse l'État, doit, sans en faire part à qui que ce soit, en instruire le magistrat. C'est qu'on a reconnu que souvent, sur un faux bruit, des hommes irréfléchis et sans expérience prenaient

| | |
|---|---|
| Viri habent in uxores, | Les hommes ont sur *leurs* femmes, |
| sicut in liberos, | comme sur *leurs* enfants, |
| potestatem vitæ necisque, | pouvoir (droit) de vie et de mort, |
| et, quum pater familiæ, | et, lorsqu'un père de famille, |
| natus loco illustriore, | né d'un lieu (sang) assez illustre, |
| decessit, | est sorti *de la vie,* |
| propinqui ejus conveniunt, | les proches de lui s'assemblent, |
| et si de morte | et si au-sujet-de la mort |
| res venit in suspicionem, | l'affaire vient en soupçon, |
| habent quæstionem | ils exercent la question |
| de uxoribus | sur les épouses |
| in modum servilem, | à la manière d'-esclaves, |
| et, si compertum est, | et, si *la chose* est vérifiée (reconnue vraie), |
| interficiunt | ils *les* mettent-à-mort |
| excruciatas igni | torturées par le feu |
| atque omnibus tormentis. | et par tous les tourments. |
| Funera, | Les funérailles,                [lois, |
| pro cultu Gallorum, | eu-égard-à la manière-de-vivre des **Gau**- |
| sunt magnifica | sont magnifiques |
| et sumptuosa; | et somptueuses ; |
| inferuntque in ignem | et ils jettent dans le feu |
| omnia quæ arbitrantur | toutes les choses qu'ils croient |
| fuisse cordi vivis, | avoir été à cœur à *eux* vivants, |
| etiam animalia : | même des êtres-animés : |
| ac paulo supra | et un peu au-dessus |
| hanc memoriam, | de ce souvenir (temps) -ci, |
| servi et clientes | les esclaves et les clients |
| quos constabat | lesquels il était avéré |
| dilectos esse ab iis, | avoir été chéris par eux, |
| funeribus justis confectis, | les funérailles régulières étant achevées |
| cremabantur una. | étaient brûlés ensemble (avec eux). |
| **XX.** Civitates | **XX.** Les cités |
| quæ existimantur | qui sont crues |
| administrare commodius | administrer plus avantageusement |
| suam rem publicam, | leurs intérêts publics, |
| habent sanctum legibus, | ont *ceci* sanctionné par les lois, |
| si quis | si quelqu'un |
| acceperit quid | a reçu (appris) quelque chose |
| a finitimis | des *peuples* voisins |
| de re publica | touchant l'intérêt public |
| rumore ac fama, | par le bruit et la renommée, |
| uti deferat ad magistratum, | qu'il *le* rapporte au magistrat, |
| neve communicet | et n'*en* fasse-pas-confidence |
| cum quo alio : | à quelque autre : |
| quod cognitum est | parce qu'il a été reconnu |
| sæpe homines temerarios | souvent des hommes étourdis |
| atque imperitos | et inexpérimentés |

terreri et ad facinus impelli et de summis rebus consilium capere cognitum est. Magistratus, quæ visa sunt, occultant; quæque esse ex usu judicaverint, multitudini produnt. De re publica nisi per concilium loqui non conceditur.

XXI. Germani multum ab hac consuetudine differunt : nam neque druides habent, qui rebus divinis præsint, neque sacrificiis student. Deorum numero eos solos ducunt, quos cernunt et quorum aperte opibus juvantur, Solem et Vulcanum et Lunam : reliquos ne fama quidem acceperunt [1]. Vita omnis in venationibus atque in studiis rei militaris consistit : ab parvulis labori ac duritiæ student. Qui diutissime impuberes permanserunt, maximam inter suos ferunt laudem : hoc ali staturam, ali hoc vires nervosque confirmari putant. Intra annum vero vicesimum feminæ notitiam habuisse, in turpis-

l'alarme, se portaient à des extrémités, et formaient des résolutions sur les affaires les plus importantes. Les magistrats cachent ce qu'ils veulent et ne révèlent à la multitude que ce qu'ils croient utile de lui révéler. Il n'est permis de parler des affaires publiques que dans le conseil.

XXI. Les usages des Germains sont très-différents : car ils n'ont point de druides pour présider au culte et ne s'occupent guère de sacrifices. Ils ne comptent de dieux que ceux qu'ils aperçoivent et dont les bienfaits sont sensibles, le Soleil, Vulcain et la Lune : ils n'ont pas même entendu parler des autres. Ils passent toute leur vie à la chasse ou dans les exercices guerriers, et s'appliquent dès l'enfance à s'endurcir à la fatigue. Ceux qui conservent le plus long-temps leur virginité jouissent d'une haute considération : ils croient que la continence nourrit la taille et la vigueur et fortifie les nerfs. Une des choses les plus honteuses à leur avis, c'est d'avoir connu

| | |
|---|---|
| terreri falsis rumoribus | être effrayés par de faux bruits |
| et impelli ad facinus | et être portés à un grand-acte |
| et capere consilium | et prendre une résolution |
| de summis rebus. | sur les plus hauts intérêts. |
| Magistratus occultant | Les magistrats cachent *les choses* |
| quæ visa sunt ; | qui *leur* ont paru *bonnes à cacher ;* |
| produntque multitudini | et ils révèlent à la multitude |
| quæ judicaverint | *celles* qu'ils ont jugées |
| esse ex usu. | être de l'intérêt *public de révéler.* |
| Non conceditur | Il n'est pas permis |
| loqui de re publica | de parler de l'intérêt public |
| nisi per concilium. | sinon dans le conseil. |
| XXI. Germani | XXI. Les Germains |
| differunt multum | diffèrent beaucoup |
| ab hac consuetudine : | de ces coutumes : |
| nam neque habent druides, | car et ils n'ont pas de druides, |
| qui præsint rebus divinis, | qui président aux choses divines (au culte), |
| neque student sacrificiis. | et ils ne s'appliquent pas aux sacrifices. |
| Ducunt numero Deorum | Ils estiment (mettent) au nombre des dieux |
| eos solos, | ceux-là seuls, |
| quos cernunt | qu'ils voient |
| et opibus quorum | et par les secours desquels |
| juvantur aperte. | ils sont aidés ouvertement, |
| Solem et Vulcanum | le Soleil et Vulcain |
| et Lunam : | et la Lune : |
| ne acceperunt quidem | ils n'ont reçu (ne connaissent) même pas |
| reliquos | les autres |
| fama. | par la renommée. |
| Omnis vita | Toute *leur* vie |
| consistit in venationibus | consiste dans des chasses |
| atque in studiis | et dans les exercices |
| rei militaris : | de l'art de-la-guerre : |
| ab parvulis | dès *le moment où ils sont* tout-petits, |
| student labori | ils s'appliquent au travail |
| ac duritiæ. | et à la patience. |
| Qui permanserunt | Ceux qui sont restés |
| impuberes | continents |
| diutissime | le plus longtemps |
| ferunt maximam laudem | remportent la plus grande louange |
| inter suos : | parmi les leurs : |
| putant staturam | ils croient la taille |
| ali hoc, | être nourrie par cela (la continence), |
| vires ali hoc | les forces être nourries par cela |
| nervosque confirmari. | et les nerfs être affermis. |
| Habent vero | Mais ils tiennent (placent) |
| in rebus turpissimis | parmi les choses les plus honteuses |
| habuisse notitiam feminæ | d'avoir eu connaissance d'une femme |

simis habent rebus; cujus rei nulla est occultatio, quod et promiscue in fluminibus perluuntur, et pellibus aut parvis rhenonum[1] tegimentis utuntur, magna corporis parte nuda.

XXII. Agriculturæ non student, majorque pars victus eorum in lacte, caseo, carne consistit : neque quisquam agri modum certum aut fines habet proprios; sed magistratus ac principes in annos singulos gentibus cognationibusque hominum, qui una coierint, quantum, et quo loco visum est, agri attribuunt atque anno post alio transire cogunt. Ejus rei multas afferunt causas : ne, assidua consuetudine capti, studium belli gerendi agricultura commutent; ne latos fines parare studeant potentioresque humiliores possessionibus expellant, ne accuratius ad frigora atque æstus vitandos ædificent; ne qua oriatur pecuniæ cupiditas, qua ex re factiones dissensionesque nascun-

les femmes avant vingt ans ; cela ne peut se cacher, puisqu'ils se baignent pêle-mele dans les rivières et que les peaux de rennes et les petits manteaux dont ils se couvrent laissent à nu une grande partie du corps.

XXII. Ils ne s'adonnent point à l'agriculture et vivent principalement de lait, de fromage et de chair. Nul n'a une portion de terre en propre ou des limites déterminées; mais, chaque année, les magistrats et les chefs assignent aux diverses peuplades et aux familles qui se sont réunies telle étendue de terrain et dans tel canton qu'ils jugent à propos, et, l'année d'après, ils les forcent à se transporter ailleurs. Ils donnent de cela plusieurs raisons : ils craignent que la force et l'attrait de l'habitude ne fassent abandonner le goût des armes pour celui de l'agriculture; qu'on ne s'occupe d'acquérir de vastes domaines et que le plus puissant ne s'empare des biens du plus faible; qu'on ne bâtisse avec plus de soin pour se garantir du froid et du chaud; que l'amour de l'argent, source de factions et de dissensions, ne prenne naissance chez eux; enfin ils

intra vicesimum annum ;

en deçà de (avant) la vingtième année ;

cujus rei

de laquelle chose

nulla occultatio est,

aucun secret n'existe,

quod et perluuntur

parce que et ils se baignent

promiscue

pêle-mêle

in fluminibus,

dans les rivières,

et utuntur pellibus

et ils se servent de peaux

aut parvis tegimentis

ou de petites couvertures

rhenonum,

de rennes,

magna parte corporis nuda.

une grande partie du corps *étant* nue.

XXII. Non student

XXII. Ils ne s'adonnent pas

agriculturæ,

à l'agriculture,          [d'eux

majorque pars victus eorum

et la plus grande partie de la nourriture

consistit in lacte,

consiste en lait,

caseo, carne :

en fromage, en viande :

neque quisquam habet

et personne ne possède

modum certum agri

une mesure (étendue) déterminée de terre

aut fines proprios ;

ou des limites en-propre ;

sed magistratus

mais les magistrats

ac principes

et les chefs

attribuunt

assignent

in singulos annos

pour chaque année

gentibus

aux peuplades

cognationibusque

et aux associations

hominum

d'hommes

qui coierint una,

qui se sont réunis ensemble,

agri quantum visum est,

*autant* de terre qu'il *leur* a paru-bon,

et quo loco,

et *dans le lieu* dans lequel lieu *il leur a paru*

atque anno post

et l'année d'après          [bon.

cogunt transire alio.

ils *les* forcent de passer ailleurs.

Afferunt multas causas

Ils apportent beaucoup-de raisons

ejus rei :

de cette chose :

ne, capti

*la crainte* que, séduits

consuetudine assidua,

par une habitude perpétuelle,

commutent agricultura

ils n'échangent pour l'agriculture

studium gerendi belli ;

le goût de faire la guerre ;

ne studeant

*la crainte* qu'ils ne s'appliquent

parare latos fines

à acquérir de vastes terres

potentioresque

et que les plus puissants

expellant humiliores

ne chassent les plus faibles

possessionibus ;

de *leurs* possessions ;          [de-soin

ne ædificent accuratius

*la crainte* qu'ils ne bâtissent avec-plus-

ad frigora atque æstus

en-vue-des froids et des chaleurs

vitandos ;

devant être évités ;          [gent

ne qua cupiditas pecuniæ

*la crainte* que quelque passion pour l'ar-

oriatur,

ne s'élève,

ex qua re nascuntur

de laquelle chose naissent

tur ; ut animi æquitate plebem contineant, quum suas quisque opes cum potentissimis æquari videat.

XXIII. Civitatibus maxima laus est, quam latissimas circum se vastatis finibus solitudines habere [1]. Hoc proprium virtutis existimant, expulsos agris finitimos cedere, neque quemquam prope audere consistere : simul hoc se fore tutiores arbitrantur, repentinæ incursionis timore sublato. Quum bellum civitas aut illatum defendit, aut infert, magistratus, qui ei bello præsint, ut vitæ necisque habeant potestatem, deliguntur. In pace nullus est communis magistratus, sed principes regionum atque pagorum inter suos jus dicunt, controversiasque minuunt. Latrocinia nullam habent infamiam, quæ extra fines cujusque civitatis fiunt ; atque ea juventutis exercendæ ac desidiæ minuendæ causa fieri prædicant. Atque, ubi quis ex

veulent maintenir l'égalité d'âme parmi le peuple, qui se voit, du côté des richesses, au niveau des plus puissants.

XXIII. Le plus grand honneur pour les cités est d'avoir autour d'elles des frontières dévastées et d'immenses solitudes. Ils croient que le propre du courage est de forcer les peuples voisins à déserter leur territoire et de ne voir personne qui ose s'établir près d'eux : en même temps ils pensent être ainsi plus en sûreté, n'ayant pas d'invasion soudaine à craindre. Quand une cité repousse les armes de ses voisins ou leur fait la guerre, elle choisit des chefs qui ont droit de vie et de mort : en temps de paix, il n'y a point de magistrature générale, mais les chefs des contrées et des bourgs y rendent la justice et terminent les différends. Le vol commis au delà des frontières de la cité n'a rien de honteux : il sert, disent-ils, à exercer les jeunes gens et à diminuer la paresse. Dès que, dans une assem-

| | |
|---|---|
| factiones dissensionesque; | les factions et les discordes ; |
| ut contineant plebem | le *désir* qu'ils contiennent le peuple |
| æquitate animi, | par l'égalité d'âme, |
| quum quisque videat | lorsque chacun voit |
| suas opes æquari | ses ressources être égalées |
| cum potentissimis. | avec *celles des hommes* les plus puissants. |
| XXIII. Maxima laus | XXIII. La plus grande gloire |
| civitatibus | pour les cités |
| est habere circum se | est d'avoir autour d'elles |
| solitudines | des solitudes *aussi vastes* |
| quam latissimas, | qu'*il est possible a'avoir* les plus vastes, |
| finibus vastatis. | les territoires ayant été ravagés. |
| Existimant hoc | Ils estiment ceci |
| proprium virtutis, | *être* le propre de la valeur, |
| finitimos expulsos | les *peuples* voisins chassés |
| cedere agris, | se retirer de *leurs* terres, |
| neque quemquam audere | et personne n'oser |
| consistere prope; | se tenir près *d'eux;* |
| simul arbitrantur se | en-même-temps ils croient eux-mêmes |
| fore tutiores hoc, | devoir être plus-en-sûreté par cela, |
| timore | la crainte |
| incursionis repentinæ | d'une incursion soudaine |
| sublato. | étant enlevée. |
| Quum civitas | Lorsqu'une cité |
| aut defendit | ou repousse |
| bellum illatum, | la guerre portée *contre elle,* |
| aut infert, | ou porte *la guerre contre une autre,* |
| magistratus deliguntur | des magistrats sont choisis [guerre, |
| qui præsint ei bello, | qui soient (pour être)-à-la-tête de cette |
| ut habeant | *de telle sorte* qu'ils aient |
| potestatem vitæ necisque. | pouvoir (droit) de vie et de mort. |
| In pace [munis | Pendant la paix |
| nullus magistratus com- | aucune magistrature générale |
| est, | n'existe, |
| sed principes regionum | mais les chefs des contrées |
| atque pagorum | et des bourgs |
| dicunt jus inter suos, | disent (rendent) la justice parmi les leurs, |
| minuuntque controversias. | et apaisent les différends. |
| Latrocinia | Les brigandages |
| quæ fiunt extra fines | qui se font hors du territoire |
| cujusque civitatis | de chaque cité |
| habent nullam infamiam ; | n'ont (n'emportent) aucune infamie ; |
| atque prædicant ea fieri | et ils prétendent eux se faire |
| causa exercendæ juventutis | en vue d'exercer la jeunesse |
| ac minuendæ desidiæ. | et de diminuer l'oisiveté. |
| Atque, ubi quis | Et, dès que quelqu'un |
| ex principibus | des principaux |

principibus in concilio dixit « Se ducem fore ; qui sequi velint,
profiteantur ; » consurgunt ii, qui et causam et hominem probant, suumque auxilium pollicentur, atque ab multitudine
collaudantur : qui ex iis secuti non sunt, in desertorum ac
proditorum numero ducuntur, omniumque iis rerum postea
fides derogatur. Hospites violare, fas non putant; qui quaque
de causa ad eos venerint, ab injuria prohibent sanctosque
habent; iis omnium domus patent, victusque communicatur.

XXIV. Ac fuit antea tempus, quum Germanos Galli virtute
superarent, ultro bella inferrent, propter hominum multitudinem agrique inopiam trans Rhenum colonias mitterent[1]
Itaque ea, quæ fertilissima sunt, Germaniæ loca circum
Hercyniam silvam[2] (quam Eratostheni[3] et quibusdam Græcis
fama notam esse video, quam illi Orcyniam appellant), Volcæ

blée, un des principaux dit qu'il servira de chef et engage ceux qui
veulent le suivre à se faire connaître, les hommes à qui conviennent
et le projet et son auteur se lèvent, lui promettent leur aide, et la
multitude les comble de louanges. Ceux qui ne marchent pas ensuite
sont mis au nombre des déserteurs et des traîtres, et dès lors toute
confiance leur est refusée. Ils regardent comme un crime de violer
l'hospitalité : celui qui vient vers eux, quel que soit son motif, est
mis par eux à l'abri de l'outrage; ils le tiennent pour inviolable;
toutes les maisons lui sont ouvertes et on lui fournit la subsis-
tance.

XXIV Il fut un temps où les Gaulois, plus braves que les Germains, et n'ayant pas assez de terres à raison de leur population,
leur déclaraient la guerre les premiers et envoyaient des colonies
au delà du Rhin Alors les Volces Tectosages s'emparèrent de la
contrée la plus fertile de la Germanie et se fixèrent aux environs de
la forêt Hercynie, que je trouve avoir été connue d'Ératosthene et de
quelques Grecs, qui la nomment Orcynie. Ce peuple, qui habite en-

| | |
|---|---|
| dixit in concilio | a dit dans une assemblée |
| « Se fore ducem ; | « Lui-même devoir être chef, |
| qui velint sequi | que *ceux* qui veulent *le* suivre |
| profiteantur ; » | *le* déclarent ; » |
| ii consurgunt, | ceux-là se lèvent, |
| qui probant et causam | qui approuvent et la cause (le projet) |
| et hominem, | et l'homme, |
| pollicenturque | et promettent |
| suum auxilium, | leur secours, |
| atque collaudantur | et sont loués |
| ab multitudine : | par la multitude : |
| ex iis qui non secuti sunt | *ceux* d'entre eux qui n'ont pas suivi |
| ducuntur numero | sont estimés (rangés) au nombre |
| desertorum ac proditorum, | des déserteurs et des traîtres, |
| fidesque omnium rerum | et la confiance de (en) toutes choses |
| derogatur iis postea. | est retirée à eux dans-la-suite. |
| Non putant fas | Ils ne croient pas *être* permis |
| violare hospites ; | de maltraiter des hôtes ; |
| prohibent ab injuria | ils défendent de l'outrage |
| qui venerint ad eos | *ceux* qui sont venus vers eux |
| de quaque causa, | pour quelque motif que ce soit, |
| habentque sanctos ; | et *les* tiennent *pour* sacrés ; |
| domus omnium | les maisons de tous |
| patent iis, | sont-ouvertes à eux, [eux. |
| victusque communicatur. | et la nourriture est mise-en-commun *avec* |
| **XXIV.** Ac antea | **XXIV.** Et auparavant |
| fuit tempus, | il fut un temps, |
| quum Galli | lorsque (où) les Gaulois |
| superarent Germanos | surpassaient les Germains |
| virtute, | en valeur, [ment, |
| inferrent bella ultro, | *leur* apportaient des guerres spontané- |
| mitterent colonias | envoyaient des colonies |
| trans Rhenum | au delà du Rhin |
| propter multitudinem | à-cause-du grand-nombre |
| hominum | de *leurs* hommes |
| inopiamque agri. | et de *leur* disette de terrain. |
| Itaque Volcæ Tectosages | Et ainsi les Volces Tectosages |
| occupaverunt ea loca | occupèrent ces lieux |
| Germaniæ, | de la Germanie, |
| quæ sunt fertilissima, | qui sont les plus fertiles, |
| circum silvam Hercyniam | autour de la forêt Hercynie |
| (quam video notam esse | (que je vois avoir été connue |
| fama | par la renommée |
| Eratostheni | d'Ératosthène |
| et quibusdam Græcis, | et de certains Grecs |
| quam illi appellant | *et* qu'ils appellent |
| Orcyniam), | Orcynie). |

Tectosages [1] occupaverunt atque ibi consederunt. Quæ gens
ad hoc tempus iis sedibus sese continet, summamque habet justitiæ et bellicæ laudis opinionem : nunc quoque in eadem
inopia, egestate, patientia, qua Germani, permanent, eodem
victu et cultu corporis utuntur; Gallis autem provinciæ propinquitas, et transmarinarum rerum notitia, multa ad copiam
atque usus largitur. Paulatim assuefacti superari, multisque
victi præliis, ne se quidem ipsi cum illis virtute comparant.

XXV. Hujus Hercyniæ silvæ, quæ supra demonstrata est,
latitudo novem dierum iter expedito patet : non enim aliter
finiri potest, neque mensuras itinerum noverunt. Oritur ab
Helvetiorum et Nemetum et Rauracorum [2] finibus, rectaque
fluminis Danubii regione pertinet ad fines Dacorum et Anartium [3] : hinc se flectit sinistrorsus, diversis ab flumine regionibus, multarumque gentium fines propter magnitudinem

core le même pays, s'est fait une grande réputation par sa justice et
ses exploits : aujourd'hui encore il vit dans le même dénûment et la
même pauvreté que les Germains ; il est endurci comme eux, il a
le même genre de vie, les mêmes vêtements : mais le voisinage de la
province et la connaissance des denrées étrangères donnent aux Gaulois les moyens de suffire amplement à leurs besoins. Accoutumés
peu à peu à se laisser battre, vaincus dans une foule de rencontres,
ils ne se comparent plus eux-mêmes aux Germains pour la bravoure.

XXV. La forêt Hercynie, dont nous avons parlé plus haut, a, de
largeur, le chemin que peut faire en neuf jours un homme leste ;
les Germains n'ayant pas de mesures de distance, on n'en peut fixer
autrement l'étendue. Elle commence aux frontières des Helvétiens,
des Némètes et des Rauraques, et suit le Danube en droite ligne
jusqu'à celles des Daces et des Anartiens : de là elle tourne à gauche en s'écartant du fleuve, et touche, vu son étendue, au ter-

atque consederunt ibi. — et s'établirent là.
Quæ gens ad hoc tempus — Laquelle nation jusqu'à ce temps ci
sese continet iis sedibus, — se maintient dans cet établissement
habetque — et possède
summam opinionem — la plus haute réputation
justitiæ — de justice
et laudis bellicæ : — et de gloire guerrière :
nunc quoque permanent — maintenant encore ils persévèrent
in eadem inopia, — dans le même dénûment,
egestate, patientia, — la *même* pauvreté, la *même* patience,
qua Germani, — que les Germains,
utuntur eodem victu — font-usage de la même manière-de-vivre
et cultu corporis ; — et de *la même* tenue du corps ;
propinquitas autem — mais la proximité
provinciæ — de la province
et notitia — et la connaissance
rerum transmarinarum — des objets (denrées) d'outre-mer
largitur Gallis — donne aux Gaulois
multa ad copiam — bien des choses pour l'abondance
atque usus. — et les utilités.
Assuefacti paulatim — Accoutumés peu à peu
superari, — à être surpassés,
victique multis prœliis, — et vaincus en de nombreux combats,
ne ipsi quidem — pas même eux-mêmes [mains)
se comparant cum illis — ne se comparent avec ceux-là (les Ger-
virtute. — en valeur.
XXV. Latitudo — XXV. La largeur
hujus silvæ Hercyniæ, — de cette forêt Hercynie,
quæ demonstrata est supra, — qui a été indiquée ci-dessus,
patet — s'étend
iter novem dierum — d'une route de neuf jours
expedito : — pour un *homme* sans-bagage (leste) :
non enim potest — en effet elle ne peut pas
finiri aliter, — être déterminée autrement,
neque noverunt — et ils ne connaissent pas
mensuras itinerum. — les mesures des chemins.
Oritur ab finibus — Elle commence aux frontières
Helvetiorum et Nemetum — des Helvétiens et des Némètes
et Rauracorum, — et des Rauraques,
regioneque recta — et dans la direction droite
fluminis Danubii — du fleuve *du* Danube
pertinet ad fines — se prolonge jusqu'au territoire
Dacorum et Anartium : — des Daces et des Anartiens :
hinc se flectit sinistrorsus, — de là elle s'infléchit à gauche,
regionibus — dans des contrées
diversis ab flumine, — qui-s'éloignent du fleuve,
propterque magnitudinem — et à-cause-de *sa* grandeur

attingit : neque quisquam est hujus Germaniæ, qui se aut
adisse ad initium ejus silvæ dicat, quum dierum iter sexaginta
processerit, aut quo ex loco oriatur, acceperit. Multa in ea
genera ferarum nasci constat, quæ reliquis in locis visa non
sint : ex quibus, quæ maxime differant ab ceteris et memoriæ
prodenda videantur, hæc sunt.

XXVI. Est bos cervi figura[1], cujus a media fronte inter
aures unum cornu exsistit, excelsius magisque directum his,
quæ nobis nota sunt, cornibus. Ab ejus summo, sicut palmæ,
rami quam late diffunduntur. Eadem est feminæ marisque
natura, eadem forma magnitudoque cornuum.

XXVII. Sunt item quæ appellantur alces[2]. Harum est consimilis capreis figura et varietas pellium; sed magnitudine

ritoire de nombreuses nations. Personne, dans cette partie de la
Germanie, ne dit être arrivé au bout de cette forêt, même après
soixante jours de marche, et l'on ne sait en quel pays elle finit. Il
est certain qu'il y naît plusieurs espèces de bêtes farouches que l'on
n'a pas vues ailleurs : voici celles qui semblent les plus extraordi-
naires et les plus dignes de remarque.

XXVI. On y trouve un bœuf de la figure du cerf, auquel il sort,
du milieu du front, entre les oreilles, une corne plus élevée et plus
droite que celles que nous connaissons; du sommet de cette corne
partent, en forme de palmes, des rameaux très-étendus. Le mâle et la
femelle se ressemblent; la grandeur et la forme de leurs cornes sont
les mêmes.

XXVII. L'alcès est un autre animal, semblable au chevreuil par
sa figure et par les taches de sa peau, mais un peu plus grand. Il a

attingit fines
touche les frontières
multarum gentium :
de nombreuses nations :
neque est quisquam
et il n'y a personne
hujus Germaniæ
de cette *partie de la* Germanie
qui aut dicat se
qui ou dise lui-même
adisse ad initium
être arrivé à l'entrée (au bout)
hujus silvæ,
de cette forêt,
quum processerit
bien qu'il se soit avancé
iter sexaginta dierum,
d'une route de soixante jours,
aut acceperit
ou ait appris
ex quo loco oriatur.
à quel endroit elle commence.
Constat
Il est avéré
multa genera ferarum,
de nombreuses espèces de bêtes-farouches,
quæ non visa sint
qui n'ont pas été vues
in reliquis locis,
dans les autres contrées,
nasci in ea :
naître dans elle (cette forêt) :
ex quibus,
entre lesquelles *espèces*,
quæ differant maxime
celles qui diffèrent le plus
ab ceteris
de toutes-les-autres
et videantur
et *qui* paraissent
prodenda memoriæ,
devoir être transmises à la mémoire,
sunt hæc.
sont celles-ci.

XXVI. Est bos
XXVI Il y a un bœuf
figura cervi,
de la figure d'un cerf,
a media fronte cujus
du milieu-du front duquel
inter aures
entre les oreilles
exsistit unum cornu,
s'élève une-seule corne,
excelsius
plus haute
magisque directum
et plus droite
his cornibus,
que ces cornes,
quæ sunt nota nobis.
qui sont connues de nous.
Ab summo ejus,
Du sommet d'elle,
sicut palmæ,
comme des palmes,
rami diffunduntur
des rameaux se répandent-de-divers-côtés
quam late.
fort au large.
Natura feminæ marisque
La nature de la femelle et du mâle
est eadem,
est la même,
forma
la forme
magnitudoque cornuum
et la grandeur des cornes
eadem.
*est* la même.

XXVII. Sunt item
XXVII. Il y a de même *des bêtes*
quæ appellantur alces.
qui sont appelées alcès.
Figura harum
La figure de celles-ci
et varietas pellium
et la bigarrure de *leurs* peaux
est consimilis capreis;
est fort-semblable aux chevreuils ;
sed antecedunt paulo
mais elles *les* dépassent un peu
magnitudine,
par la grandeur,

paulo antecedunt, mutilæque sunt cornibus, et crura sine nodis articulisque habent; neque quietis causa procumbunt, neque, si quo afflictæ casu conciderint, erigere sese aut sublevare possunt. His sunt arbores pro cubilibus; ad eas se applicant, atque ita, paulum modo reclinatæ, quietem capiunt, quarum ex vestigiis quum est animadversum a venatoribus quo se recipere consuerint, omnes eo loco aut a radicibus subruunt aut accidunt arbores tantum, ut summa species earum stantium relinquatur. Huc quum se consuetudine reclinaverint, infirmas arbores pondere affligunt atque una ipsæ concidunt.

XXVIII. Tertium est genus eorum, qui uri appellantur. Hi sunt magnitudine paulo infra elephantos; specie et colore et figura tauri. Magna vis eorum et magna velocitas : neque homini, neque feræ, quam conspexerint, parcunt. Hos stu-

les cornes tronquées et les cuisses sans jointures ni articulations; aussi ne se couche-t-il pas pour dormir, et, s'il lui arrive de tomber, il ne peut se relever et se remettre sur pied. Les arbres lui servent de lit : il s'appuie contre eux et, le corps un peu incliné, prend son repos. Quand les chasseurs, en suivant sa trace, ont découvert l'endroit où il a l'habitude de se retirer, ils y déracinent tous les arbres ou les entaillent au point qu'il ne leur reste que l'apparence d'être debout. Lorsque l'alcès va s'y appuyer, comme de coutume, son poids les renverse et il tombe avec eux.

XXVIII. Une troisième espèce est celle de l'aurochs; il est un peu moins grand que l'éléphant et a l'aspect, la couleur et la forme d'un taureau. Il est très-fort, court très-bien et n'épargne jamais ni les hommes ni les bêtes qu'il aperçoit. On le prend à force d'adresse

| | |
|---|---|
| suntque mutilæ cornibus, | et sont tronquées par les cornes, |
| et habent crura | et ont les jambes |
| sine nodis articulisque ; | sans jointures et articulations ; |
| neque procumbunt | et elles ne se couchent pas |
| causa quietis, | en vue du repos (pour dormir), |
| neque, si conciderint | et, si elles sont tombées |
| afflictæ quo casu, | abattues par quelque chute, |
| possunt sese erigere | elles ne peuvent pas se redresser |
| aut sublevare. | ou se relever. |
| Arbores sunt his | Les arbres sont à celles-ci |
| pro cubilibus : | en-guise-de couches : |
| se applicant ad eas, | elles s'appuient contre eux, |
| atque ita, | et ainsi, |
| modo paulum reclinatæ, | seulement un peu inclinées, |
| capiunt quietem : | elles prennent du repos : |
| ex vestigiis quarum | d'après les traces desquelles |
| quum animadversum est | lorsqu'il a été remarqué |
| a venatoribus | par les chasseurs |
| quo consuerint | en-quel-endroit elles ont-coutume |
| se recipere, | de se retirer , |
| aut subruunt | ou ils minent |
| omnes arbores | tous les arbres |
| a radicibus | depuis les racines |
| eo loco, | dans cet endroit, |
| aut accidunt tantum, | ou ils les entaillent seulement, |
| ut summa species | de sorte qu'une extrême apparence |
| earum stantium | de ces arbres se-tenant-debout |
| relinquatur. | soit laissée. |
| Quum se reclinaverint huc | Quand elles sont-venues-s'appuyer là |
| consuetudine, | par habitude, |
| affligunt pondere | elles renversent par leur poids |
| arbores infirmas | les arbres sans-solidité |
| atque concidunt ipsæ una. | et tombent elles-mêmes avec. |
| XXVIII. Tertium genus | XXVIII. La troisième espèce |
| est eorum | est celle de ceux |
| qui appellantur uri. | qui sont appelés aurochs. |
| Hi sunt magnitudine | Ceux-ci sont par la grandeur |
| paulo infra elephantos ; | un peu au-dessous des éléphants ; |
| specie et colore | par l'apparence et la couleur |
| et figura | et la figure |
| tauri. | ce sont des taureaux. |
| Vis eorum magna | La force d'eux est grande |
| et velocitas magna : | et leur rapidité est grande : |
| parcunt neque homini | ils n'épargnent ni l'homme |
| neque feræ, | ni la bête |
| quam conspexerint. | qu'ils ont aperçue. |
| Interficiunt hos | Ils (les Germains) tuent ceux-ci |

diose foveis captos interficiunt. Hoc se labore durant homines adolescentes atque hoc genere venationis exercent; et, qui plurimos ex his interfecerunt, relatis in publicum cornibus, quæ sint testimonio, magnam ferunt laudem. Sed assuescere ad homines et mansuefieri, ne parvuli quidem excepti, possunt. Amplitudo cornuum et figura et species multum a nostrorum boum cornibus differt. Hæc studiose conquisita a labris argento circumcludunt atque in amplissimis epulis pro poculis utuntur.

XXIX. Cæsar, postquam per Ubios exploratores comperit Suevos sese in silvas recepisse, inopiam frumenti veritus, quod, ut supra¹ demonstravimus, minime omnes Germani agriculturæ student, constituit non progredi longius; sed, ne omnino metum reditus sui barbaris tolleret, atque ut eorum auxilia tardaret, reducto exercitu, partem ultimam pontis,

dans des fosses, où on le tue. Les jeunes gens s'exercent et s'endurcissent à cette chasse très-fatigante : ceux qui ont tué le plus d'aurochs rapportent les cornes pour le prouver, et sont comblés d'éloges. Les aurochs, quoique pris tout jeunes, ne peuvent s'apprivoiser et s'accoutumer à l'homme. Leurs cornes, par leur ampleur, leur forme et leur nature, diffèrent beaucoup de celles de nos bœufs. Les Germains les recherchent, en garnissent les bords en argent et s'en servent comme de coupes dans leurs grands festins.

XXIX. Quand César eut appris, par les espions des Ubiens, que les Suèves s'étaient retirés dans les forêts, il résolut de ne pas aller plus loin, de peur de manquer de blé ; parce que, comme nous l'avons dit ci-dessus, les Germains ne s'adonnent point à l'agriculture. Mais, pour ne pas ôter tout à fait aux barbares la crainte de le voir revenir et aussi pour retarder l'envoi de leurs troupes auxiliaires, son armée ramenée en Gaule, il ne fit couper que deux cents

captos studiose foveis.
pris industrieusement dans des fosses.

Homines adolescentes
Les hommes jeunes

se durant hoc labore
s'endurcissent dans cette fatigue

atque exercent
et s'exercent

hoc genere venationis ;
par ce genre de chasse ;

et, qui interfecerunt
et ceux qui ont tué

plurimos ex his,
les plus nombreux d'entre ces *aurochs*

cornibus
les cornes

relatis in publicum,
étant rapportées en public,

quæ sint testimonio,
lesquelles soient à (pour servir de) témoi-

ferunt magnam laudem.
remportent une grande louange. [gnage,

Sed ne excepti quidem
Mais pas même pris

parvuli
tout-petits

possunt assuescere
ils ne peuvent s'habituer

ad homines
aux hommes

et mansuefieri.
et s'apprivoiser.

Amplitudo cornuum
La grandeur des cornes

et figura et species
et *leur* forme et *leur* apparence

differt multum
diffèrent beaucoup

a cornibus
des cornes

nostrorum boum.
de nos bœufs. [gent

Circumcludunt argento
Ils enferment (bordent)-tout-autour d'ar-

a labris
depuis les lèvres

hæc conquisita studiose
ces *cornes* recherchées ardemment

atque utuntur pro poculis
et s'*en* servent en-guise-de coupes

in amplissimis epulis.
dans les plus grands repas.

XXIX. Cæsar,
XXIX. César,

postquam comperit
lorsqu'il eut appris

per exploratores Ubios
par les espions ubiens

Suevos
les Suèves

sese recepisse in silvas,
s'être retirés dans les forêts,

veritus inopiam frumenti,
ayant craint le manque de blé,

quod,
parce que,

ut demonstravimus supra,
comme nous *l*'avons indiqué ci-dessus,

omnes Germani
tous les Germains

minime student
ne s'adonnent pas du tout

agriculturæ,
à l'agriculture,

constituit
résolut

non progredi longius ;
de ne pas s'avancer plus loin ;

sed, ne tolleret omnino
mais, afin qu'il n'enlevât pas tout à fait

barbaris
aux barbares

metum sui reditus,
la crainte de son retour,

atque ut tardaret
et afin qu'il retardât

auxilia eorum,
les secours d'eux,

exercitu reducto,
*son* armée ayant été ramenée,

rescindit
il coupe

ultimam partem pontis,
la dernière partie du pont,

quæ ripas Ubiorum contingebat, in longitudinem pedum du-
centorum rescindit; atque in extremo ponte turrim tabulatorum
quatuor constituit, præsidiumque cohortium duodecim pontis
tuendi causa ponit magnisque eum locum munitionibus firmat.
Ei loco præsidioque C. Volcatium Tullum adolescentem præ-
ᶠecit : ipse, quum maturescere frumenta inciperent, ad bellum
Ambiorigis profectus (per Arduennam silvam [1], quæ est totius
Galliæ maxima, atque ab ripis Rheni finibusque ad Nervios
pertinet, millibusque amplius quingentis [2] in longitudinem
patet), L. Minucium Basilum cum omni equitatu præmittit, si
quid celeritate itineris atque opportunitate temporis proficere
possit; monet ut ignes fieri in castris prohibeat, ne qua ejus
adventus procul significatio fiat : sese confestim subsequi
dicit.

XXX. Basilus, ut imperatum est, facit; celeriter contra-

pieds du pont, du côté des Ubiens, construisit à l'autre bout une tour
à quatre étages, laissa douze cohortes pour garder le pont, et fortifia
ce poste par des travaux considérables. Il confia le poste et la garnison au jeune C. Volcatius Tullus. Pour lui, comme les blés commençaient à mûrir, partant pour faire la guerre à Ambiorix, et ayant
a traverser l'Ardenne (c'est la plus grande forêt de toute la Gaule;
elle a plus de cinq cents milles en longueur, depuis les bords du
Rhin dans le pays des Trévires jusque chez les Nerviens), il
envoie en avant L. Minucius Basilus avec toute sa cavalerie, espérant tirer avantage de la rapidité de sa marche et de la saison. Il
lui recommande de ne point laisser faire de feu dans le camp, pour
que rien n'annonce au loin son approche, et lui dit qu'il le suivra
de près.

XXX Basilus agit suivant les ordres qu'il a reçus; il achève sa

| | |
|---|---|
| quæ contingebat | qui touchait |
| ripas Ubiorum, | les rives des Ubiens, |
| in longitudinem | jusqu'à une longueur |
| ducentorum pedum ; | de deux-cents pieds ; |
| atque constituit | et il établit |
| in extremo ponte | à l'extrémité-du pont |
| turrim | une tour |
| quatuor tabulatorum, | de quatre étages, |
| ponitque præsidium | et poste une garnison |
| duodecim cohortium | de douze cohortes |
| causa tuendi pontis | en vue de garder le pont |
| firmatque eum locum | et fortifie ce lieu |
| magnis munitionibus. | par de grands retranchements. |
| Præfecit ei loco | Il met-a-la-tête-de ce lieu |
| præsidioque | et de *cette* garnison |
| C. Volcatium Tullum | C. Volcatius Tullus |
| adolescentem : | jeune-homme : |
| ipse, quum frumenta | lui-même, comme les blés |
| inciperent maturescere, | commençaient à mûrir, |
| profectus | étant parti |
| ad bellum Ambiorigis | pour la guerre d'Ambiorix |
| (per silvam Arduennam, | (à travers la forêt Ardenne, |
| quæ est maxima | qui est la plus grande |
| totius Galliæ, | de toute la Gaule, |
| atque pertinet | et s'étend |
| ab ripis Rheni | depuis les rives du Rhin |
| finibusque Trevirorum | et les frontières des Trévires |
| ad Nervios, | jusqu'aux Nerviens, |
| patetque in longitudinem | et se développe en longueur |
| amplius quingentis milli- | de plus de cinq-cents milles), |
| præmittit [bus), | envoie-en-avant |
| L. Minucium Basilum | L. Minucius Basilus |
| cum omni equitatu, | avec toute la cavalerie, [chose |
| si possit proficere quid | *pour voir* s'il pourrait gagner quelque |
| celeritate itineris | par la rapidité de la marche |
| atque opportunitate | et la commodité |
| temporis ; | de la saison ; |
| monet ut prohibeat | il l'avertit qu'il interdise |
| ignes fieri in castris, | des feux se faire dans *son* camp, |
| ne qua significatio | de peur que quelque annonce |
| adventus ejus | de l'approche de lui |
| fiat procul . | ne soit faite de loin : |
| dicit | il dit |
| sese subsequi confestim. | lui-même suivre-de-près sur-le-champ. |
| XXX. Basilus | XXX. Basilus |
| facit ut imperatum est ; | fait comme il a été commandé ; |
| itinere confecto celeriter | sa route ayant été achevée rapidement |

que omnium opinionem confecto itinere, multos in agris in-
opìnantes deprehendit; aorum indicio ad ipsum Ambiorigem
contendit, quo in loco cum paucis equitibus esse dicebatur.
Multum quum in omnibus rebus, tum in re militari potest fortuna. Nam sicut magno accidit casu nt in ipsum incautum
atque etiam imparatum incideret, priusque ejus adventus ab
hominibus videretur, quam fama ac nuntius adventus afferre-
tur : sic magnæ fuit fortunæ, omni militari instrumento, quod
circum se habebat, erepto, rhedis equisque comprehensis,
ipsum effugere mortem. Sed hoc eo factum est, quod, ædificio
circumdato silva (ut sunt fere domicilia Gallorum, qui, vitandi
æstus causa, plerumque silvarùm ac fluminum petunt pro-
pinquitates), comites familiaresque ejus angusto in loco paulisper equitum nostrorum vim sustinuerunt. His pugnantibus,
illum in equum quidam ex suis intulit : fugientem silvæ texe-

route avec une rapidité incroyable, et surprend dans les champs un
grand nombre d'Éburons. Sur les renseignements qu'il en tire, il
marche vers les lieux où on lui disait que se trouvait Ambiorix avec
quelques cavaliers. En guerre, comme en tout, la fortune peut beaucoup : car, comme ce fut un grand hasard que Basilus tombât sur
Ambiorix, qui ne s'attendait à rien et n'était pas sur ses gardes, et
se trouvât en vue avant que des courriers ou la rumeur publique
eussent annoncé son approche, ce fut de même une grande chance
qu'Ambiorix échappât à la mort, après qu'on lui eut enlevé tout le
matériel de guerre qu'il avait autour de lui, et qu'on se fut emparé
de ses chariots et de ses chevaux. Cela vint de ce que, sa maison
étant entourée de bois (comme le sont en général celles des Gaulois, qui, pour éviter la chaleur, cherchent presque tous le voisinage
des forêts et des eaux), sa suite et ses amis soutiurent un instant,
dans un défilé, le choc de nos cavaliers. Tandis qu'ils combattaient,
un des siens le mit sur un cheval et les bois cachèrent sa fuite.

| | |
|---|---|
| contraque opinionem omnium, | et contre l'attente de tous, |
| deprehendit in agris multos inopinantes; | il surprend dans les champs beaucoup *d'ennemis* ne-s'y-attendant pas ; |
| indicio eorum contendit | sur l'indication d'eux il se dirige |
| ad Ambiorigem ipsum, | vers Ambiorix lui-même, |
| in quo loco | *vers le lieu* dans lequel lieu |
| dicebatur esse | il était dit être (se trouver) |
| cum paucis equitibus. | avec peu-de cavaliers. |
| Fortuna potest multum quum in omnibus rebus, tum in re militari. | La fortune peut beaucoup et dans toutes les affaires, et dans la pratique de-la-guerre. |
| Nam sicut accidit magno casu | Car de-même-qu'il arriva par une grande chance |
| ut incideret in ipsum incautum atque etiam imparatum, | que *Basilus* tomba sur *Ambiorix* lui-même hors-de-garde et même non-préparé, |
| adventusque ejus videretur ab hominibus prius quam fama ac nuntius adventus afferretur : | et que l'arrivée de lui fut vue par les hommes avant que le bruit et la nouvelle de *son* arrivée fussent apportés : |
| sic fuit magnæ fortunæ, omni instrumento militari, quod habebat circum se, erepto, | ainsi *ce* fut *le fait* d'un grand bonheur, tout l'appareil de-guerre, qu'il avait autour de lui-même, *lui* ayant été enlevé, |
| rhedis equisque comprehensis, | *ses* chariots et *ses* chevaux ayant été saisis, |
| ipsum effugere mortem. | *Ambiorix* lui-même échapper à la mort |
| Sed hoc factum est eo, quod, ædificio circumdato silva | Mais cela fut fait (arriva) par ceci, que, *son* habitation étant entourée d'un bois |
| ( ut sunt fere domicilia Gallorum, | (comme sont ordinairement les demeures des Gaulois, |
| qui, causa vitandi æstus, petunt plerumque propinquitates silvarum ac fluminum), | qui, en vue d'éviter la chaleur, cherchent la-plupart-du-temps les voisinages des bois et des rivières), |
| comites familiaresque ejus in loco angusto sustinuerunt paulisper vim nostrorum equitum. | les compagnons et les amis de lui dans un lieu resserré soutinrent un-peu-de-temps le choc de nos cavaliers. |
| His pugnantibus, quidam ex suis intulit illum in equum : | Ceux-ci combattant, un des siens porta lui sur un cheval : |
| silvæ | les bois |

runt. Sic et ad subeundum periculum, et ad vitandum [1], multum fortuna valuit.

XXXI. Ambiorix copias suas judicione non conduxerit,
quod prœlio dimicandum non existimarit, an tempore exclusus
et repentino equitum adventu prohibitus, quum reliquum
exercitum subsequi crederet, dubium est ; sed certe, dimissis
per agros nuntiis, sibi quemque consulere jussit : quorum pars
in Arduennam silvam, pars in continentes paludes profugit ;
qui proximi Oceanum fuerunt, hi insulis sese occultaverunt,
quas æstus efficere consuerunt ; multi, ex suis finibus egressi,
se suaque omnia alienissimis crediderunt. Cativolcus, rex di-
midiæ partis Eburonum, qui una cum Ambiorige consilium
inierat, ætate jam confectus, quum laborem aut belli aut fugæ
ferre non posset, omnibus precibus detestatus Ambiorigem, qui

Ainsi la fortune montra deux fois son pouvoir, et en le mettant dans
le péril et en l'en tirant.

XXXI. Était-ce à dessein, et parce qu'il ne jugeait pas devoir engager une action, qu'Ambiorix n'avait pas assemblé de troupes, ou
n'en eut-il pas le temps, et en fut-il empêché par l'arrivée soudaine
de notre cavalerie, qu'il crut suivie du reste de l'armée ? On l'ignore ;
ce qu'il y a de sûr, c'est qu'il envoya de tous côtés des exprès dans
les campagnes ordonner que chacun pourvût à sa sûreté. Les uns
s'enfuirent dans les Ardennes, les autres dans d'immenses marais :
les plus voisins de l'Océan se cachèrent dans les îles que forme la
marée ; et beaucoup, abandonnant leur pays, se livrèrent, avec tout
ce qu'ils possédaient, à leurs plus grands ennemis. L'autre roi des
Éburons, Cativolcus, qui s'était ligué avec Ambiorix et qui était
extrêmement vieux, ne pouvant soutenir les fatigues ni de la guerre
ni de la fuite, s'empoisonna avec les baies de l'if, arbre commun
dans la Gaule et dans la Germanie, après avoir prononcé contre

| | |
|---|---|
| texere fugientem. | couvrirent *lui* fuyant. |
| Sic fortuna | Ainsi la fortune |
| valuit multum          [lum | eut-de-l'influence beaucoup |
| et ad subeundum pericu- | et pour aborder le danger |
| et ad vitandum. | et pour *l'*éviter. |
| XXXI. Est dubium | XXXI. Il est douteux |
| judicione Ambiorix | si *c'est* à dessein *qu'*Ambiorix |
| non conduxerit suas copias, | n'avait pas rassemblé ses troupes, |
| quod non existimarit | parce qu'il n'avait pas pensé |
| dimicandum prœlio, | devoir lutter par la bataille,          [temps |
| an exclusus tempore | ou bien mis-hors-d'état *de le faire* par le |
| et probibitus | et empêché |
| adventu repentino | par l'arrivée soudaine |
| equitum, | des cavaliers, |
| quum crederet | lorsqu'il croyait |
| reliquum exercitum | le reste-de l'armée |
| subsequi ; | *les* suivre-de-près ; |
| sed certe, | mais du moins,          [côtés |
| nuntiis dimissis | des messagers ayant été envoyés-de-tous- |
| per agros, | à travers les champs, |
| jussit quemque | il ordonna chacun          [salut) : |
| consulere sibi : | pourvoir à soi-même (songer à son propre |
| quorum pars | desquels (de ses sujets) une partie |
| profugit | s'enfuit |
| in silvam Arduennam, | dans la forêt Ardenne, |
| pars | une partie |
| in continentes paludes ; | dans une suite-de-marais ; |
| hi qui fuerunt proximi | ceux qui furent les plus proches |
| Oceanum | de l'Océan |
| sese occultaverunt insulis | se cachèrent dans les îles |
| quas æstus | que les marées |
| consuerunt efficere ; | ont-coutume de faire ; |
| multi, | beaucoup, |
| egressi ex suis finibus, | étant sortis de leur territoire, |
| crediderunt alienissimis | confièrent à *leurs* plus-grands-ennemis |
| se omniaque sua. | eux-mêmes et tous leurs *biens.* |
| Cativolcus, | Cativolcus, |
| rex partis dimidiæ | roi d'une partie de-moitié |
| Eburonum, | des Éburons, |
| qui inierat consilium | qui était entré-dans le complot |
| una cum Ambiorige, | ensemble avec Ambiorix, |
| jam confectus ætate, | déjà accablé par l'âge, |
| quum non posset ferre | comme il ne pouvait pas supporter |
| laborem aut belli | la fatigue ou de la guerre |
| aut fugæ, | ou de la fuite, |
| detestatus | ayant maudit |
| precibus omnibus | avec des imprécations de-toute-sorte |

ejus consilii auctor fuisset, taxo [1], cujus magna in Gallia Germaniaque copia est, se exanimavit.

XXXII. Segni Condrusique [2], ex gente et numero Germanorum, qui sunt inter Eburones Trevirosque, legatos ad Cæsarem miserunt, oratum ne se in hostium numero duceret, neve omnium Germanorum, qui essent citra Rhenum, unam esse causam judicaret : nihil se de bello cogitavisse, nulla Ambiorigi auxilia misisse. Cæsar, explorata re quæstione captivorum, si qui ad eos Eburones ex fuga convenissent, ad se ut reducerentur, imperavit : si ita fecissent, fines eorum se violaturum negavit. Tum, copiis in tres partes distributis, impedimenta omnium legionum Aduatucam [3] contulit. Id castelli nomen est. Hoc fere est in mediis Eburonum finibus, ubi Titurius atque Aurunculeius [4] hiemandi causa consederant. Hunc

Ambiorix, l'auteur de ce funeste projet, les plus terribles imprécations.

XXXII. Les Sègnes et les Condruses, peuples de sang germain et comptés parmi les Germains, établis entre les Trévires et les Éburons, envoyèrent prier César « De ne pas les traiter en ennemis et de ne pas considérer tous les Germains d'en deçà du Rhin comme faisant cause commune : pour eux, ils n'avaient formé aucun projet de guerre et n'avaient point donné de secours à Ambiorix. » César, ayant éclairci le fait en questionnant les prisonniers, enjoignit à ces peuples de lui ramener les Éburons qui se réfugieraient chez eux : à cette condition, il promettait de ne pas ravager leur pays. Ensuite il fit trois corps de son armée et réunit le bagage de toutes les légions dans Aduatuca, fort situé presque au centre du pays des Éburons, où Titurius et Aurunculéius avaient pris leurs quartiers d'hiver.

Ambiorigem,
qui fuisset auctor
ejus consilii,
se exanimavit taxo,
cujus magna copia
est in Gallia
Germaniaque.

XXXII. Segni
Condrusique,
ex gente
et numero Germanorum
qui sunt inter Eburones
Trevirosque,
miserunt legatos
ad Cæsarem
oratum ne duceret se
in numero hostium,
neve judicaret
causam
omnium Germanorum
qui essent citra Rhenum
esse unam :
se cogitavisse nihil
de bello,
misisse Ambiorigi
nulla auxilia.
Cæsar, re explorata
quæstione captivorum,
imperavit,
si qui Eburones
convenissent ad eos
ex fuga,
ut reducerentur ad se :
si fecissent ita,
negavit se violaturum
fines eorum.
Tum, copiis
distributis in tres partes,
contulit impedimenta
omnium legionum
Aduatucam.
Id est nomen castelli.
Hoc est fere
in mediis finibus
Eburonum,
ubi Titurius
atque Aurunculeius

Ambiorix,
qui avait été instigateur
de cette résolution,
se fit-périr avec de l'if,
dont une grande quantité
est dans la Gaule
et la Germanie.

XXXII. Les Sègnes
et les Condruses,
de la race
et du nombre des Germains
qui sont entre les Éburons
et les Trévires,
envoyèrent des députés
vers César
prier qu'il ne comptât pas eux-mêmes
au nombre de *ses* ennemis,
ou (et) qu'il ne jugeât pas
la cause
de tous les Germains
qui étaient en deçà du Rhin
être la même :
lui même *n*'avoir médité rien
au-sujet-de la guerre,
*n*'avoir envoyé à Ambiorix
aucuns secours.
César, le fait ayant été vérifié
par une enquête des prisonniers,
commanda,
si quelques Éburons
étaient venus vers eux
à-la-suite-de la déroute,                [même :
qu'ils fussent ramenés auprès de lui-
s'ils avaient fait ainsi,
il dit lui-même ne devoir pas endommager
le territoire d'eux.
Alors, *ses* troupes
ayant été divisées en trois parties (corps),
il rassembla les bagages
de toutes les légions
à Aduatuca.
C'est le nom d'un château.
Celui-ci est à peu près
au milieu-du territoire
des Éburons,
où Titurius
et Aurunculéius

quum reliquis rebus locum probabat, tum quod superioris anni
munitiones integræ manebant, ut militum laborem sublevaret.
Præsidio impedimentis legionem quartam decimam reliquit,
unam ex iis tribus, quas proxime conscriptas [1] ex Italia transduxerat. Ei legioni castrisque Q. Tullium Ciceronem præficit
ducentosque equites attribuit.

XXXIII. Partito exercitu, T. Labienum cum legionibus
tribus ad Oceanum versus in eas partes, quæ Menapios attingunt, proficisci jubet; C. Trebonium cum pari legionum numero
ad eam regionem, quæ Aduatucis adjacet, depopulandam
mittit; ipse cum reliquis tribus ad flumen Scaldem, quod in-
fluit in Mosam, extremasque Arduennæ partes ire constituit,
quod cum paucis equitibus profectum Ambiorigem audiebat.
Discedens, post diem septimum sese reversurum confirmat:
quam ad diem ei legioni, quæ in præsidio relinquebatur, fru-

César choisit cette position pour divers motifs, et surtout parce que,
les retranchements de l'année précédente étant encore entiers, il y
aurait moins de fatigue pour le soldat. Il laissa, pour garder le ba
gage, la quatorzième légion, l'une des trois dernières levées en Italie;
il donna le commandement de la légion et du camp à Q. Tullius
Cicéron, et mit aussi deux cents chevaux sous ses ordres.

XXXIII. L'armée une fois partagée, il ordonne à T. Labiénus de
se porter avec trois légions vers l'Océan, dans la partie voisine des
Ménapiens; il envoie C. Trébonius, avec un nombre égal de légions,
dévaster le pays attenant aux Aduatuques; il décide d'aller lui-même,
avec les trois légions qui lui restaient, jusqu'à l'Escaut, qui se jette
dans la Meuse, et jusqu'à l'extrémité des Ardennes, où l'on disait
qu'Ambiorix s'était dirigé avec quelques cavaliers. Il dit, en partant,
qu'il serait de retour le septième jour: il savait que c'était celui où

| | |
|---|---|
| consederant | s'étaient établis |
| causa hiemandi. | en vue d'hiverner. |
| Probabat hunc locum | Il goûtait ce lieu                [tifs], |
| quum reliquis rebus, | et pour le reste-des choses (d'autres mo |
| tum quod munitiones | et parce que les retranchements |
| anni superioris | de l'année précédente |
| manebant integræ, | restaient intacts, |
| ut sublevaret | pour qu'il soulageât |
| laborem militum. | le travail des soldats. |
| Reliquit | Il laissa |
| præsidio impedimentis | à garde aux (pour garder les) bagages |
| quartam decimam legio- | la quatrième et dixième (quatorzième) |
| unam ex iis tribus, [nem, | une de ces trois,                [légion, |
| quas conscriptas proxime | lesquelles enrôlées dernièrement |
| transduxerat ex Italia. | il avait fait-passer d'Italie en Gaule. |
| Præficit ei legioni | Il met-à-la-tête-de cette légion |
| castrisque | et du camp |
| Q. Tullium Ciceronem | Q. Tullius Cicéron |
| attribuitque | et lui assigne |
| ducentos equites. | deux-cents cavaliers. |
| XXXIII. Exercitu | XXXIII. L'armée |
| partito, | étant partagée, |
| jubet T. Labienum | il ordonne T. Labiénus |
| cum tribus legionibus | avec trois légions |
| proficisci | partir |
| ad versus Oceanum | du côté de l'Océan |
| in eas partes, | vers ces parties (contrées), |
| quæ attingunt Menapios; | qui touchent aux Ménapiens; |
| mittit C. Trebonium | il envoie C. Trébonius |
| cum numero pari legionum | avec un nombre pareil de légions |
| ad depopulandam | pour dévaster |
| eam regionem, | cette contrée, |
| quæ adjacet Aduatucis; | qui est-située-près des Aduatuques |
| ipse constituit ire | lui-même résolut d'aller |
| cum tribus reliquis | avec les trois de-reste |
| ad flumen Scaldem, | vers le fleuve de l'Escaut, |
| quod influit in Mosam, | qui coule (se jette) dans la Meuse, |
| partesque extremas | et les parties extrêmes (l'extrémité |
| Arduennæ, | de l'Ardenne, |
| quo audiebat | pour où il apprenait |
| Ambiorigem profectum | Ambiorix être parti |
| cum paucis equitibus. | avec peu-de-cavaliers. |
| Discedens confirmat | En s'éloignant il affirme |
| sese reversurum | lui-même devoir revenir                [jours), |
| post septimum diem : | après le septième jour (au bout de sept |
| ad quam diem | auquel jour |
| sciebat frumentum deberi | il savait le blé être dû |

mentum deberi sciebat. Labienum Treboniumque hortatur, si
reipublicæ commodo facere possint, ad eam diem revertantur,
ut, rursus communicato consilio, exploratisque hostium rationibus, aliud belli initium capere possent.

XXXIV. Erat, ut supra [1] demonstravimus, manus cert
nulla, non oppidum, non præsidium, quod se armis defenderet ;
sed in omnes partes dispersa multitudo. Ubi cuique aut vallis
abdita, aut locus silvestris, aut palus impedita, spem præsidii
aut salutis aliquam offerebat, consederat. Hæc loca vicinita-
tibus erant nota, magnamque res diligentiam requirebat, non
in summa exercitus tuenda (nullum enim poterat universis ab
perterritis ac dispersis periculum accidere), sed in singulis militibus conservandis ; quæ tamen ex parte res ad salutem
exercitus pertinebat. Nam et prædæ cupiditas multos longius

l'on devait distribuer le blé à la légion qu'il laissait avec le bagage.
Il exhorte Labiénus et Trébonius à revenir pour la même époque, si
le bien de l'État le permettait, afin de délibérer ensemble, une fois
le plan des ennemis connu, et de prendre des mesures ultérieures.

XXXIV. Il n'y avait, comme nous l'avons déjà dit, aucun rassemblement connu, point de poste, point de ville qui offrît de la résistance ; mais la multitude, éparse de tous côtés, s'était arrêtée là
où un vallon obscur, un lieu fourré, des marais peu praticables
lui offraient un asile et quelque espoir de salut. Ces endroits étaient
connus du voisinage et les recherches demandaient beaucoup de précautions, non pour la sûreté du gros de l'armée ( dans la terreur et la dispersion générales, elle était à l'abri de tout danger) ;
mais pour ne pas perdre des hommes en détail, ce qui intéressait
aussi le salut de l'armée : car l'ardeur de piller entraînait trop loin

| | |
|---|---|
| ei legioni, | à cette légion, |
| quæ relinquebatur | qui était laissée |
| in præsidio. | en garnison. |
| Hortatur Labienum | Il exhorte Labiénus |
| Treboniumque, | et Trébonius, |
| si possint facere | s'ils peuvent le faire |
| commodo reipublicæ, | avec l'avantage de la république, |
| revertantur ad eam diem, | qu'ils reviennent pour ce jour-là, |
| ut, consilio | afin que, une délibération |
| communicato rursus, | étant mise-en-commun de nouveau |
| rationibusque hostium | et les plans des ennemis |
| exploratis, | ayant été reconnus, |
| possent capere | ils pussent prendre |
| aliud initium belli. | un autre commencement de guerre. |
| XXXIV. Erat, | XXXIV. Il n'y avait, |
| ut demonstravimus supra, | comme nous l'avons indiqué ci-dessus, |
| nulla manus certa, | aucune troupe certaine, |
| non oppidum, | ni place, |
| non præsidium, | ni poste, |
| quod se defenderet armis; | qui se défendît par les armes; |
| sed multitudo | mais une multitude |
| dispersa in omnes partes. | dispersée de tous côtés. |
| Ubi aut vallis abdita, | A l'endroit où soit une vallée cachée, |
| aut locus silvestris, | soit un lieu boisé, |
| aut palus impedita, | soit un marais embarrassé, |
| offerebat cuique | offrait à chacun |
| aliquam spem præsidii | quelque espérance d'appui |
| aut salutis, | ou de salut, |
| consederat. | il s'y était établi |
| Hæc loca | Ces lieux |
| erant nota vicinitatibus, | étaient connus du voisinage. |
| resque | et l'affaire (la recherche) |
| requirebat | demandait |
| magnam diligentiam, | une grande attention, |
| non in tuenda | non pour protéger |
| summa exercitus | l'ensemble de l'armée |
| (nullum enim periculum | (en effet aucun danger |
| poterat accidere | ne pouvait arriver |
| universis | aux soldats tous-ensemble |
| ab perterritis | de-la-part-de gens épouvantés |
| ac dispersis), | et dispersés), |
| sed in conservandis | mais pour conserver (ne pas perdre) |
| militibus singulis; | les soldats un-à-un; |
| quæ res tamen | laquelle chose cependant |
| pertinebat ex parte | se rapportait en partie |
| ad salutem exercitus. | au salut de l'armée. |
| Nam et cupiditas prædæ | Car et le désir du butin |

evocabat, et silvæ incertis occultisque itineribus confertos
adire prohibebant. Si negotium confici stirpemque hominum
sceleratorum interfici vellet, dimittendæ plures manus, didu-
cendique erant milites : si continere ad signa manipulos vellet,
ut instituta ratio et consuetudo exercitus Romani postulabat,
locus ipse erat præsidio barbaris, neque ex occulto insidiandi
et dispersos circumveniendi singulis deerat audacia. At in
ejusmodi difficultatibus, quantum diligentia provideri poterat,
providebatur; ut potius in nocendo aliquid omitteretur, etsi
omnium animi ad ulciscendum ardebant, quam cum aliquo
militum detrimento noceretur. Cæsar ad finitimas civitates
nuntios dimittit, omnes ad se evocat spe prædæ, ad diripiendos
Eburones, ut potius in silvis Gallorum vita quam legionarius

beauconp de soldats, et des sentiers inconnus et mal tracés nous empêchaient d'entrer en troupe dans les forêts. Si César voulait en finir
et exterminer cette race de scélérats, il fallait faire de petits détachements et subdiviser les manipules : car, si l'on voulait les retenir
sous les enseignes, comme l'exigeaient les règles établies et l'usage
constant des armées romaines, la localité seule défendait les barbares, qui ne manquaient pas d'audace pour s'embusquer individuellement et surprendre les soldats isolés. Au milieu de ces difficultés, on prenait toutes les précautions que pouvait dicter la
prudence; et, bien que tous les cœurs brûlassent de se venger, on
aima mieux négliger quelques moyens de nuire à l'ennemi que
d'exposer une partie des soldats. César cependant envoie des courriers
chez les peuples voisins : il les excite, par l'espoir du butin, à se jeter
sur les Éburons, aimant mieux compromettre dans ces forêts la vie des

| | |
|---|---|
| evocabat multos longius, | en appelait (entraînait) beaucoup trop loin, |
| et silvæ | et les forêts |
| itineribus incertis | avec leurs chemins incertains |
| occultisque | et cachés |
| prohibebant | empêchaient les soldats　　　　(troupe). |
| adire confertos. | de les aborder ( d'y entrer ) serrés ( en |
| Si vellet negotium confici | S'il voulait l'entreprise être achevée |
| stirpemque | et cette race |
| hominum sceleratorum | d'hommes criminels |
| interfici, | être mise-à-mort, |
| plures manus | plusieurs troupes |
| dimittendæ, | devaient être envoyées-de-divers-côtés, |
| militesque | et les soldats |
| diducendi erant : | devaient être divisés : |
| si vellet | s'il voulait |
| continere manipulos | retenir les compagnies |
| ad signa, | auprès des enseignes, |
| ut postulabat | comme le réclamait |
| ratio instituta | le système établi |
| et consuetudo | et l'habitude |
| exercitus Romani, | de toute armée romaine, |
| locus ipse | le lieu lui-même　　　　[barbares, |
| erat præsidio barbaris, | était à protection aux ( protégeait les |
| neque audacia insidiandi | et l'audace de tendre-des-piéges |
| ex occulto | depuis un endroit caché |
| et circumveniendi dispersos | et d'envelopper nos soldats dispersés |
| deerat singulis. | ne manquait pas aux barbares un-à-un. |
| At in difficultatibus | Cependant dans des difficultés |
| ejusmodi | de-cette-sorte |
| providebatur | on prenait-des-précautions |
| quantum poterat provideri | autant qu'il pouvait être-pris-de-précau- |
| diligentia ; | par la prudence ;　　　　[tions |
| ut aliquid omitteretur | que quelque chose fût omis |
| in nocendo, | en faisant-du-mal à l'ennemi, |
| etsi animi omnium | quoique les cœurs de tous les soldats |
| arderent ad ulciscendum, | brûlassent pour (de) se venger, |
| potius quam noceretur | plutôt qu'on ne lui fît-du-mal |
| cum aliquo detrimento | avec quelque dommage |
| militum. | de (pour) nos soldats. |
| Cæsar | César |
| dimittit nuntios | envoie-de-tous-côtés des messagers |
| ad civitates finitimas, | vers les cités voisines, |
| evocat omnes ad se | les appelle toutes vers lui-même |
| spe prædæ, | par l'espoir du butin, |
| ad diripiendos Eburones, | pour piller les Éburons, |
| ut in silvis | afin que dans les forêts |
| vita Gallorum periclitetur | la vie des Gaulois coure-des-risques |

miles periclitetur; simul ut, magna multitudine circumfusa, pro tali facinore, stirps ac nomen civitatis tollatur. Magnus undique numerus celeriter convenit.

XXXV. Hæc in omnibus Eburonum partibus gerebantur, diesque appetebat septimus, quem ad diem Cæsar ad impedimenta legionemque reverti constituerat. Hic, quantum in bello fortuna possit et quantos afferat casus, cognosci potuit. Dissipatis ac perterritis hostibus, ut demonstravimus, manus erat nulla, quæ parvam modo causam timoris afferret. Trans Rhenum ad Germanos pervenit fama, diripi Eburones, atque ultro omnes ad prædam evocari. Cogunt equitum duo millia Sigambri[1], qui sunt proximi Rheno, a quibus receptos ex fuga Tenchtheros atque Usipetes supra docuimus[2] : transeunt Rhenum navibus ratibusque, triginta millibus passuum infra eum locum, ubi pons erat perfectus[3] præsidiumque ab Cæsare relic-

Gaulois que celle des légionnaires, et voulant de plus envelopper l'ennemi d'une multitude considérable, afin d'anéantir, en punition de leur attentat, la race et le nom des Éburons. Bientôt on accourut de toutes parts.

XXXV. Voilà ce qui se passait sur tout le territoire des Éburons, et l'on approchait du septième jour, où César avait promis de rejoindre les bagages et la légion. On put reconnaître alors ce que peut la fortune de la guerre, et quels grands hasards elle amène. Les ennemis étaient épars et consternés, comme nous l'avons dit, et il n'existait aucun corps qui pût inspirer la moindre inquiétude. Le bruit se répand au delà du Rhin, chez les Germains, qu'on met à sac les Éburons et qu'on appelle tout le monde au pillage. Le peuple le plus voisin du fleuve, les Sicambres, qui, comme nous l'avons vu, avaient recueilli les Tenchthères et les Usipètes après leur déroute, rassemblent deux mille cavaliers et passent le Rhin sur des bateaux et des radeaux, environ à trente milles au-dessous de l'endroit où César

potius
quam miles legionarius;  plutôt
simul ut,  que le soldat légionnaire;
magna multitudine  en-même-temps afin que,
circumfusa,  une grande multitude
pro tali facinore,  étant répandue-autour *des ennemis*,
stirps ac nomen civitatis  pour un tel forfait,
tollatur.  la race et le nom de la cité
Magnus numerus  soient enlevés (détruits).
convenit celeriter undique.  Un grand nombre
   se rassemble promptement de-tous-côtés.

XXXV. Hæc gerebantur  XXXV. Ces choses se faisaient
in omnibus partibus  dans toutes les parties (tous les cantons)
Eburonum,  des Éburons,
septimusque dies  et le septième jour
appetebat,  approchait,
ad quem diem Cæsar  pour lequel jour César
constituerat reverti  avait résolu de revenir
ad impedimenta  vers les bagages
legionemque.  et la légion.
Hic potuit cognosci  Là il put être reconnu
quantum fortuna  combien la fortune
possit in bello  a-de-pouvoir à la guerre
et quantos casus offerat.  et quels-grands hasards elle amène.
Hostibus dissipatis  Les ennemis étant dispersés
ac perterritis,  et épouvantés,
ut demonstravimus,  comme nous *l'*avons indiqué,
erat nulla manus,  il *n'*y avait aucune troupe,
quæ afferret  qui pût apporter
modo parvam causam  seulement (même) une petite cause
timoris.  de frayeur.
Fama  Le bruit
pervenit trans Rhenum  arriva au delà du Rhin
ad Germanos,  chez les Germains,
Eburones diripi,  les Éburons être pillés,
atque ultro omnes  et bien-plus tous *les peuples*
evocari ad prædam.  être appelés au butin.
Sigambri,  Les Sicambres,
qui sunt proximi Rheno,  qui sont les plus proches du Rhin,
a quibus docuimus supra  par qui nous avons montré ci-dessus
Tenchtheros atque Usipetes  les Tenchthères et les Usipètes
receptos ex fuga,  *avoir été* recueillis après *leur* déroute,
cogunt duo millia equitum;  rassemblent deux milliers de cavaliers,
transeunt Rhenum  ils passent le Rhin
navibus ratibusque,  sur des embarcations et des radeaux,
triginta millibus passuum  à trente milliers de pas
infra eum locum,  au-dessous de cet endroit,
ubi pons perfectus erat  où un pont avait été fait

tum : primos Eburonum fines adeunt, multos ex fuga dispersos
excipiunt, magno pecoris numero, cujus sunt cupidissimi
barbari, potiuntur. Invitati præda, longius procedunt : non
hos palus, in bello latrociniisque natos, non silvæ morantur :
quibus in locis sit Cæsar, ex captivis quærunt; profectum
longius reperiunt omnemque exercitum discessisse cognoscunt.
Atque unus ex captivis : « Quid vos, inquit, hanc miseram ac
tenuem sectamini prædam, quibus licet jam esse fortunatissi-
mis? Tribus horis Aduatucam venire potestis : huc omnes
suas fortunas exercitus Romanorum contulit : præsidii tantum est, ut ne murus quidem cingi possit, neque quisquam
egredi extra munitiones audeat.» Oblata spe, Germani, quam
nacti erant prædam, in occulto relinquunt; ipsi Aduatucam

avait jeté un pont et établi un poste. Arrivés sur les frontières des
Éburons, ils en enlèvent plusieurs que la fuite avait dispersés, et
s'emparent de beaucoup de bétail, dont ces peuples sont très-avides.
Amorcés par le butin, ils poussent plus avant : nés dans la guerre et
le brigandage, ni forêts ni marais ne les arrêtent. Ils demandent
aux prisonniers où est César; on leur apprend qu'il s'est porté plus
loin ainsi que toute l'armée. Alors un des captifs : « Pourquoi, leur
dit-il, poursuivre une proie si chétive et si misérable, quand vous
pouvez à l'instant même être dans l'opulence? Vous pouvez, dans
trois heures, gagner Aduatuca; c'est là que l'armée romaine a rassemblé toutes ses richesses. La garnison est si faible qu'elle ne peut pas
même border le rempart et que pas un soldat n'ose sortir des retranchements. » Sur cet espoir, les Germains cachent le butin qu'ils

| | |
|---|---|
| præsidiumque | et un poste |
| relictum ab Cæsare : | laissé par César : [toire |
| adeunt primos fines | ils abordent le commencement-du terri- |
| Eburonum, | des Éburons, |
| excipiunt multos | arrêtent beaucoup d'Éburons |
| dispersos ex fuga, | dispersés à-cause-de leur fuite, |
| potiuntur | s'emparent |
| magno numero pecoris, | d'un grand nombre de bétail, |
| cujus barbari | dont les barbares |
| sunt cupidissimi. | sont très-avides. |
| Invitati præda, | Engagés par le butin, |
| procedunt longius : | ils s'avancent plus loin : |
| non palus, non silvæ | ni marais, ni forêts |
| morantur hos, | ne retardent ceux-ci, |
| natos in bello | nés dans la guerre |
| latrociniisque : | et les brigandages : |
| quærunt ex captivis | ils demandent aux prisonniers |
| in quibus locis sit Cæsar ; | en quels lieux est César ; |
| reperiunt | ils trouvent (apprennent) |
| profectum longius | lui être parti plus loin |
| cognoscuntque | et sont informés |
| omnem exercitum | toute l'armée |
| discessisse. | s'être retirée. |
| Atque unus ex captivis : | Et un d'entre les prisonniers : |
| « Quid vos, inquit, | « Pourquoi vous, dit-il, |
| sectamini hanc prædam | poursuivez-vous ce butin |
| miseram ac tenuem, | misérable et chétif, |
| quibus licet | vous à qui il est-possible |
| esse jam fortunatissimis ? | d'être dès-à-présent très-opulents ? |
| Potestis tribus horis | Vous pouvez en trois heures |
| venire Aduatucam : | arriver à Aduatuca : |
| exercitus Romanorum | l'armée des Romains |
| contulit huc | a transporté là |
| omnes suas fortunas : | toutes ses richesses : |
| est tantum præsidii, | il y a tant (si peu) de garnison, |
| ut murus | que le rempart |
| ne possit quidem cingi, | ne pourrait même pas être bordé, |
| neque quisquam | et que personne |
| audeat egredi | n'ose sortir |
| extra munitiones. » | hors des retranchements. » |
| Spe oblata, | Cet espoir leur étant offert, |
| Germani | les Germains |
| relinquunt in occulto | laissent dans un endroit caché |
| prædam | le butin |
| quam nacti erant ; | qu'ils avaient acquis ; |
| ipsi | eux-mêmes |
| contendunt Aduatucam, | se dirigent sur Aduatuca, |

contendunt, usi eodem duce, cujus hæc indicio cognoverant.

XXXVI. Cicero, qui per omnes superiores dies præceptis
Cæsaris summa diligentia milites in castris continuisset, ac ne
calonem quidem quemquam extra munitionem egredi passus
esset, septimo die diffidens de numero dierum Cæsarem fidem
servaturum, quod longius eum progressum audiebat, neque
ulla de reditu ejus fama afferebatur, simul eorum permotus
vocibus, qui illius patientiam pæne obsessionem appellabant,
siquidem ex castris egredi non liceret; nullum ejusmodi casum
exspectans, quo, novem oppositis legionibus [1] maximoque
equitatu, dispersis ac pæne deletis hostibus, in millibus passuum tribus offendi posset, quinque cohortes frumentatum in
proximas segetes misit, quas inter et castra unus omnino collis
intererat. Complures erant in castris ex legionibus ægri relicti;
ex quibus qui hoc spatio dierum convaluerant, circiter tre-

ont fait et marchent vers Aduatuca, guidés par le même homme qui
leur a donné ces renseignements.

XXXVI. D'après les ordres de César, Cicéron avait, les jours précédents, tenu très-sévèrement les soldats renfermés dans le camp,
sans souffrir même qu'un valet sortît des retranchements. Le septième, il douta que César tînt parole et revînt à l'époque fixée; car il
entendait dire qu'il avait poussé plus avant, et on n'avait aucune
nouvelle de son retour. Ébranlé, d'un autre côté, par les propos
des soldats, « qu'autant valait un siége que sa circonspection,
puisqu'il n'était pas permis de sortir du camp; » et ne croyant pas
d'ailleurs qu'ayant devant soi neuf légions et une nombreuse cavalerie, on dût craindre quelque chose à trois milles à la ronde de la
part d'ennemis dispersés et presque détruits, il envoya cinq cohortes
couper du blé dans les champs voisins, qui n'étaient séparés du
camp que par une colline. Les légions avaient laissé au camp beaucoup de malades, dont environ trois cents, qui s'étaient rétablis dans

usi duce | s'étant servis *pour* guide
eodem, indicio cujus | du même *homme*, par la révélation duquel
cognoverant hæc. | ils avaient appris ces choses.

XXXVI. Cicero, qui | XXXVI. Cicéron, qui
per omnes dies superiores | pendant tous les jours précédents
præceptis Cæsaris | sur les recommandations de César
continuisset milites | avait retenu les soldats
in castris | dans le camp
summa diligentia, | avec le plus grand soin,
ac ne passus quidem esset | et n'avait pas même souffert
quemquam calonem | aucun valet
egredi extra munitionem, | sortir hors du retranchement,
septimo die | le septième jour
diffidens | ne comptant-plus
Cæsarem servaturum fidem | César devoir garder *sa* parole
de numero dierum, | relativement-au nombre de jours,
quod audiebat | parce qu'il entendait *dire*
eum progressum longius, | lui s'être avancé plus loin,
neque ulla fama afferebatur | et qu'aucun bruit n'était apporté
de reditu ejus, | touchant le retour de lui,
simul permotus | en-même-temps ému
vocibus eorum | des paroles de ceux
qui appellabant | qui appelaient
patientiam illius | la patience de lui
pæne obsidionem, | presque un siége,
siquidem non liceret | puisqu'il n'était-pas-permis
egredi ex castris ; | de sortir du camp ;
exspectans | *n*'attendant (ne s'attendant à)
nullum casum ejusmodi, | aucun accident de-cette-sorte,
quo, novem legionibus | par lequel, neuf légions
equitatuque maximo | et une cavalerie très-considérable
oppositis, | étant opposées (faisant face) *à l'ennemi*,
hostibus dispersis | les ennemis étant dispersés
ac pæne deletis, | et presque anéantis,
posset offendi | il pût être-essuyé-un-échec
in tribus millibus passuum, | dans (en deçà de) trois milliers de pas,
misit quinque cohortes | envoya cinq cohortes
frumentatum | couper-du-blé
in segetes proximas, | dans les champs les plus proches,
inter quas et castra | entre lesquels et le camp
unus collis omnino | une seule colline en tout
intererat. | se trouvait.
Complures ægri | De nombreux malades
ex legionibus | des légions
relicti erant in castris ; | avaient été laissés dans le camp ;
ex quibus qui convaluerant | d'entre lesquels ceux qui s'étaient guéris
hoc spatio dierum, | dans cet espace de jours,

centi, sub vexillo una mittuntur : magna præterea multitudo calonum, magna vis jumentorum, quæ in castris subsederat, facta potestate, sequitur.

XXXVII. Hoc ipso tempore et casu Germani equites interveniunt, protinusque eodem illo, quo venerant, cursu ab decumana porta in castra irrumpere conantur : nec prius sunt visi, objectis ab ea parte silvis, quam castris appropinquarent, usque eo ut, qui sub vallo tenderent, mercatores recipiendi sui facultatem non haberent. Inopinantes nostri re nova perturbantur, ac vix primum impetum cohors in statione sustinet. Circumfunduntur ex reliquis hostes partibus, si quem aditum reperire possent. Ægre portas nostri tuentur, reliquos aditus locus ipse per se munitioque defendit. Totis trepidatur castris, atque alius ex alio causam tumultus quærit, neque quo signa

l'intervalle, furent réunis sous une enseigne et envoyés avec les cohortes. Une foule de valets restés au camp profita de l'occasion et suivit avec un grand nombre de bêtes de somme.

XXXVII. Le hasard amène, dans cet instant même, la cavalerie des Germains, qui, sans ralentir sa course, tente de pénétrer dans le camp par la porte décumane. Les bois masquant la vue de ce côté, elle s'avança si près du camp sans être aperçue, que les marchands, qui étalaient au pied du retranchement, n'eurent pas le temps de se retirer. Cet événement inattendu mit le trouble parmi nos soldats, et la cohorte de garde eut peine à soutenir le premier choc. L'ennemi se répand de tous côtés pour chercher une entrée, on défend difficilement les portes : le camp partout ailleurs était hors d'atteinte par sa position et par les retranchements. L'alarme est générale dans le camp : de tous côtés on demande la cause de ce tumulte et l'on ne

| | |
|---|---|
| circiter trecenti, | environ trois-cents, |
| mittuntur una | sont envoyés en-même-temps |
| sub vexillo : | sous une enseigne : |
| præterea | en outre |
| magna multitudo calouum, | une grande multitude de valets, |
| magna vis jumentorum, | une grande quantité de bêtes-de-somme, |
| quæ subsederat in castris, | qui étaient restés dans le camp, |
| sequitur, | suit *les soldats,* |
| potestate facta. [ipso | permission ayant été faite (donnée). |
| XXXVII. Hoc tempore | XXXVII. Dans ce temps même |
| et casu | et par hasard |
| equites Germani | les cavaliers germains |
| interveniunt, | surviennent, |
| conanturque | et tentent |
| irrumpere in castra | de faire-irruption dans le camp |
| ad porta decumana | par la porte décumane |
| protinus | tout-d'un-trait [course] |
| illo eodem cursu | par cette même course (sans ralentir la |
| quo venerant : | par laquelle ils étaient venus : |
| nec visi sunt, | et ils ne furent pas vus, |
| silvis objectis | des bois étant situés-en-avant |
| ab ea parte, | de ce côté, |
| prius quam | avant que |
| appropinquarent castris, | ils approchassent du camp, |
| usque adeo ut mercatores | jusqu'à-tel-point que les marchands |
| qui tenderent | qui avaient-leurs-tentes |
| sub vallo | au-pied-de la palissade |
| non haberent facultatem | n'eurent pas la facilité (le temps) |
| sui recipiendi. | de se retirer. |
| Nostri inopinantes | Les nôtres ne-s'y-attendant pas |
| perturbantur re nova, | sont troublés par *cet* événement nouveau, |
| ac cohors in statione | et la cohorte de garde |
| sustinet vix | soutient à peine |
| primum impetum. | le premier choc. |
| Hostes circumfunduntur | Les ennemis se répandent-tout-autour |
| ex reliquis partibus, | des autres côtés, |
| si possent reperire | *cherchant* s'ils pourraient trouver |
| quem aditum. | quelque entrée. |
| Nostri | Les nôtres |
| tuentur ægre portas, | gardent difficilement les portes, |
| locus ipse per se | le lieu même par lui-même |
| munitioque | et le retranchement |
| defendit reliquos aditus. | défendent le reste-des-entrées. |
| Trepidatur totis castris, | On s'empresse dans tout le camp, |
| atque alius quærit ex alio | et l'un demande à l'autre |
| causam tumultus, | la cause du tumulte, |
| neque provident | et ils ne prennent-pas-de-mesures |

ferantur neque quam in partem quisque conveniat, provident.
Alius capta jam castra pronuntiat ; alius, deleto exercitu atque
imperatore, victores barbaros venisse contendit : plerique
novas sibi ex loco religiones fingunt, Cottæque et Titurii calamitatem, qui in eodem occiderint castello, ante oculos ponunt.
Tali timore omnibus perterritis, confirmatur opinio barbaris,
ut ex captivo audierant, nullum esse intus præsidium Perrumpere nituntur seque ipsi adhortantur, ne tantam fortunam
ex manibus dimittant.

XXXVIII. Erat æger in præsidio relictus P. Sextius Baculus,
qui primum pilum ad Cæsarem duxerat, cujus mentionem superioribus prœliis fecimus [1], ac diem jam quintum cibo caruerat. Hic, diffisus suæ atque omnium saluti, inermis ex tabernaculo prodit : videt imminere hostes atque in summo esse rem
discrimine : capit arma a proximis atque in porta consistit.


s'occupe ni des lieux où il faut porter les enseignes, ni des postes où
chacun doit se rendre. L'un assure que le camp est déjà pris ; l'autre
soutient que les barbares sont arrivés triomphants, après avoir exter-
miné le général et l'armée. La plupart, considérant le lieu où ils se
trouvent, se forgent des craintes superstitieuses et se remettent sous
les yeux le malheur de Titurius et de Cotta, qui avaient péri dans le
même fort. Ces frayeurs ayant abattu tous les esprits, les barbares
se confirment dans l'idée que la place est sans garnison, comme
l'avait dit le prisonnier : ils s'efforcent d'y pénétrer et s'exhortent
mutuellement à ne pas laisser échapper de leurs mains tant de
richesses.

XXXVIII. Dans le fort était resté malade P. Sextius Baculus,
devenu primipile sous César, et dont nous avons déjà parlé à propos
des précédents combats. Il y avait cinq jours qu'il n'avait pris de
nourriture. Desespérant de son salut et de celui de ses soldats, il sort
sans armes de sa tente. Voyant que l'ennemi nous presse et que le
péril est extrême, il prend les armes des premiers venus et se tient à

quo signa ferantur,
neque in quam partem
quisque conveniat.
Alius pronuntiat
castra capta jam ;
alius contendit,
exercitu deleto
atque imperatore,
barbaros victores venisse :
plerique sibi fingunt
novas religiones
ex loco,
ponuntque ante oculos
calamitatem
Cottæ et Titurii,
qui occiderint
in eodem castello.
Omnibus perterritis
tali timore,
opinio
confirmatur barbaris,
ut audierant ex captivo,
nullum præsidium
esse intus.
Nituntur perrumpere
ipsique se adhortantur
ne dimittant ex manibus
tantam fortunam. [culus,
XXXVIII. P. Sextius Ba-
qui duxerat
primum pilum
ad Cæsarem,
cujus fecimus mentionem
prœliis superioribus,
relictus erat æger
in præsidio,
ac caruerat cibo
diem jam quintum.
Hic diffisus suæ saluti
atque omnium,
prodit ex tabernaculo
inermis :
videt hostes imminere
atque rem
esse in discrimine summo:
capit arma a proximis
atque consistit in porta.

pour voir où les enseignes doivent être
ni de quel côté [portées,
chacun doit se rassembler.
L'un déclare
le camp *être* pris déjà;
un autre soutient,
l'armée ayant été anéantie
et *aussi* le général,
les barbares vainqueurs être venus :
la plupart se forgent
de nouvelles craintes-religieuses
d'après le lieu,
et *se* mettent devant les yeux
le malheur
de Cotta et de Titurius,
qui avaient succombé
dans le même fort.
Tous étant épouvantés
par une telle frayeur,
l'opinion
s'affermit aux barbares, [nier,
comme ils *l*'avaient entendu du prison-
aucune garnison
n'être au dedans.
Ils s'efforcent de pénétrer
et eux-mêmes s'exhortent [*leurs* mains
pour qu'ils ne laissent-pas-échapper de
une si-grande bonne-fortune.
XXXVIII. P. Sextius Baculus,
qui avait conduit
la première compagnie
auprès de (sous) César,
*et* dont nous avons fait mention
dans les combats précédents,
avait été laissé malade
dans la garnison,
et s'était abstenu de nourriture
*ce jour-là* déjà le cinquième.
Celui-ci, ne-comptant-plus sur son salut
et *sur le salut* de tous,
s'avance hors de sa tente
sans-armes :
il voit les ennemis menacer
et l'affaire
être dans une crise suprême :
il prend des armes des plus proches
et se tient à la porte.

Consequuntur hunc centuriones ejus cohortis, quæ in statione erat : paulisper una prœlium sustinent. Relinquit animus Sextium, gravibus acceptis vulneribus : ægre per manus tractus servatur. Hoc spatio interposito, reliqui sese confirmant tantum , ut in munitionibus consistere audeant speciemque defensorum præbeant.

XXXIX. Interim confecta frumentatione , milites nostri clamorem exaudiunt ; præcurrunt equites, quanto sit res in periculo, cognoscunt. Hic vero nulla munitio est, quæ perterritos recipiat : modo conscripti, atque usus militaris imperiti, ad tribunum militum centurionesque ora convertunt : quid ab his præcipiatur, exspectant. Nemo est tam fortis, quin rei novitate perturbetur. Barbari, signa procul conspicati, oppugnatione desistunt : redisse primo legiones credunt, quas longius

la porte du. camp. Les centurions de la cohorte de garde l'y suivent et soutiennent quelque temps le choc avec lui. Sextius reçoit de profondes blessures et s'evanouit : on le retire à bras avec peine ; il est sauvé. Dans l'intervalle, le reste de la légion s'est assez rassuré pour oser monter sur le retranchement et pour y présenter une apparence de combattants.

XXXIX. Cependant les nôtres, qui avaient fait leur provision de blé , entendent des cris , la cavalerie vient en avant et voit l'état critique des choses ; mais il n'y a point là de retranchements pour recevoir ceux qui ont peur. Les recrues, sans expérience de la guerre, tournent les yeux vers le tribun des soldats et vers les centurions, dont ils attendent les ordres. Il n'est personne de si brave que cet étrange accident n'étonne. Les barbares, voyant de loin les enseignes, abandonnent l'attaque. Ils croient d'abord que les légions, fort

| | |
|---|---|
| Centuriones ejus cohortis, | Les centurions de cette cohorte, |
| quæ erat in statione, | qui était de garde, |
| consequuntur hunc : | suivent celui-ci : |
| sustinent una prœlium | ils soutiennent ensemble le combat |
| paulisper. | un-peu-de temps. |
| Animus | La connaissance |
| relinquit Sextium , | abandonne Sextius , |
| gravibus vulneribus | de graves blessures |
| acceptis : | ayant été reçues : |
| servatur ægre | il est sauvé avec-peine |
| tractus per manus. | tiré (emporté) à bras. |
| Hoc spatio interposito, | Cet espace ayant été mis-en-intervalle, |
| reliqui | les autres |
| sese confirmant tantum , | s'enhardissent tellement, |
| ut audeant consistere | qu'ils osent se tenir |
| in munitionibus, | sur les retranchements, |
| præbeantque speciem | et offrent l'apparence |
| defensorum. | de défenseurs. |
| XXXIX. Interim | XXXIX. Cependant |
| frumentatione confecta, | la coupe-du-blé étant achevée, |
| nostri milites | nos soldats |
| exaudiunt clamorem ; | entendent des cris ; |
| equites præcurrunt, | les cavaliers courent-en avant, |
| cognoscunt | ils reconnaissent |
| in quanto periculo res sit. | dans quel-grand danger l'affaire est. |
| Nulla vero munitio est hic, | Mais aucun retranchement n'est là, |
| quæ recipiat | qui reçoive (pour recevoir) |
| perterritos : | eux épouvantés: |
| conscripti modo, | enrôlés récemment, |
| atque imperiti | et sans-expérience |
| usus militaris, | de la pratique de-la-guerre, |
| convertunt ora | ils tournent leurs visages |
| ad tribunum militum | vers le tribun des soldats |
| centurionesque : | et les centurions : |
| exspectant | ils attendent |
| quid præcipiatur ab his. | ce qui sera prescrit par eux |
| Nemo est tam fortis | Personne n'est si brave |
| quin perturbetur | qu'il ne soit troublé |
| novitate rei. | par la nouveauté (l'étrangeté) du fait. |
| Barbari, | Les barbares, |
| conspicati procul signa, | ayant aperçu au loin les enseignes, |
| desistunt oppugnatione : | cessent l'attaque : |
| credunt primo legiones, | ils croient d'abord les légions, |
| quas cognoverant | qu'ils avaient appris |
| ex captivis | des prisonniers |
| discessisse longius, | s'être éloignées plus loin, |
| rediisse : | être revenues : |

discessisse ex captivis cognoverant : postea, despecta paucitate,
ex omnibus partibus impetum faciunt.

XL. Calones in proximum tumulum procurrunt . hinc celeriter dejecti se in signa manipulosque conjiciunt : eo magis
timidos perterrent milites. Alii, cuneo facto ut celeriter per-
rumpant, censent, quoniam tam propinqua sint castra; et, si
pars aliqua circumventa ceciderit, at reliquos servari posse con-
fidunt : alii, ut in jugo consistant atque eumdem omnes ferant
casum. Hoc veteres non probant milites, quos sub vexillo una
profectos docuimus. Itaque inter se cohortati, duce C. Trebonio,
equite Romano, qui eis erat præpositus, per medios hostes
perrumpunt, incolumesque ad unum omnes in castra perveniunt. Hos subsecuti calones equitesque eodem impetu militum
virtute servantur  At ii, qui in jugo constiterant, nullo etiam
nunc usu rei militaris percepto, neque in eo, quod probave-

éloignées au dire des prisonniers, sont de retour ; ensuite, méprisant
cette poignée d'hommes, ils la chargent de toutes parts.

XL. Les valets s'enfuient sur un tertre voisin : culbutés de là dans
un moment, ils se rejettent vers les enseignes et dans les rangs, ce
qui ajoute encore à l'effroi du soldat. Les uns veulent qu'on forme
le coin pour faire promptement une trouée, puisque le camp est si
près; si une partie de la troupe est enveloppée et succombe, on a
du moins l'espoir de sauver le reste. D'autres proposent de tenir bon
sur la hauteur et de courir tous le même hasard. Ce n'était pas l'avis
des vieux soldats, qui, comme nous l'avons dit, réunis sous la même
enseigne, étaient partis avec les cohortes : s'excitant donc mutuellement, ils se font jour à travers les ennemis, conduits par C. Trébonius, chevalier romain, qu'on avait mis à leur tête ; et tous sans
exception rentrent dans le camp sains et saufs. Les valets et la cavalerie s'élancèrent à leur suite et furent sauvés par leur courage.
Mais ceux qui s'étaient arrêtés sur la colline, n'ayant encore aucune
pratique des manœuvres, ne surent ni s'en tenir à leur premier plan

| | |
|---|---|
| postea, paucitate despecta, | ensuite, *ce* petit-nombre étant méprisé, |
| faciunt impetum | ils font une attaque |
| ex omnibus partibus. | de tous les côtés. |
| XL. Calones procurrunt | XL. Les valets courent |
| ad tumulum proximum : | vers le tertre le plus voisin : |
| dejecti celeriter hinc | chassés promptement de là |
| se conjiciunt in signa | ils se jettent vers les enseignes |
| manipulosque : | et les compagnies : |
| perterrent eo magis | ils achèvent-d'effrayer d'autant plus |
| milites timidos. | les soldats craintifs. |
| Alii censent ut, | Les uns opinent que, |
| cuneo facto, | un coin étant fait (formé), |
| perrumpant celeriter, | ils se fassent-jour promptement, |
| quoniam castra | puisque le camp |
| sint tam propinqua ; | est si proche ; |
| et, si aliqua pars | et, si quelque partie |
| circumventa ceciderit, | enveloppée est tombée, |
| at confidunt | du moins ils ont-confiance |
| reliquos posse servari : | le reste pouvoir être sauvé : |
| alii | les autres *sont d'avis* |
| ut consistant in jugo | qu'ils s'arrêtent sur la hauteur |
| atque omnes | et tous |
| ferant eumdem casum. | supportent le même hasard. |
| Veteres milites, | Les vieux soldats, |
| quos docuimus | que nous avons montré [gne, |
| profectos una sub vexilio, | être partis en-même-temps sous une ensei- |
| non probabant hoc. | n'approuvaient pas ceci. |
| Itaque | En-conséquence |
| cohortati inter se, | s'étant exhortés entre eux, |
| C. Trebonio, | C. Trébonius, |
| equite Romano, | chevalier romain, |
| qui præpositus erat eis, | qui avait été mis-à-la-tête d'eux, |
| duce, | *étant leur* guide, |
| perrumpunt | ils se-font jour |
| per medios hostes, | à travers le milieu-des ennemis, |
| incolumesque | et sains-et-saufs |
| omnes ad unum | tous jusqu'à un-seul (jusqu'au dernier) |
| perveniunt ad castra. | arrivent au camp. |
| Calones equitesque | Les valets et les cavaliers |
| subsecuti hos | ayant suivi-de-près ceux-ci |
| eodem impetu | du même élan |
| servantur virtute militum. | sont sauvés par la valeur des soldats. |
| At ii qui constiterant | Mais ceux qui s'étaient arrêtés |
| in jugo, | sur la hauteur, |
| nullo usu rei militaris | aucune pratique de l'art de-la-guerre |
| percepto etiam nunc, | n'ayant été apprise encore alors, |
| potuerunt | *ne* purent |

rant, consilio permanere, ut se loco superiore defenderent, neque eam, quam profuisse aliis vim celeritatemque viderant, imitari potuerunt; sed, se in castra recipere conati, iniquum in locum demiserant. Centuriones, quorum nonnulli ex inferioribus ordinibus reliquarum legionum virtutis causa in superiores erant ordines hujus legionis transducti, ne ante partam rei militaris laudem amitterent, fortissime pugnantes conciderunt. Militum pars, horum virtute submotis hostibus, præter spem incolumis in castra pervenit; pars a barbaris circumventa periit.

XLI. Germani, desperata expugnatione castrorum, quod nostros jam constitisse in munitionibus videbant, cum ea præda, quam in silvis deposuerant, trans Rhenum sese receperunt. Ac tantus fuit etiam post discessum hostium terror, ut

de se défendre sur la hauteur, ni imiter la vigueur et la vivacité dont ils venaient de voir l'heureux résultat pour les autres; mais, en essayant de rentrer au camp, ils s'engagèrent dans une position désavantageuse. Les centurions, dont plusieurs avaient, pour leur bravoure, passé des grades inférieurs des autres légions aux grades supérieurs de celle-ci, ne voulurent pas flétrir leur ancienne gloire et se firent tuer en combattant très-vaillamment. Leur courage ayant écarté les ennemis, une partie des soldats rentra saine et sauve au camp, contre toute espérance : le reste fut enveloppé par les barbares et périt.

XLI. Les Germains, désespérant de prendre le camp lorsqu'ils virent les retranchements déjà bordés de soldats, se retirèrent au delà du Rhin avec le butin qu'ils avaient caché dans les bois. Telle était encore la terreur après leur départ, que C. Volusénus, qui arriva dans

| | |
|---|---|
| neque permanere | ni persévérer |
| in eo consilio, | dans cette résolution, |
| quod probaverant, | qu'ils avaient approuvée, |
| ut se defenderent | à savoir qu'ils se défendissent, |
| loco superiore, | par une position plus élevée, |
| neque imitari eam vim | ni imiter cette vigueur |
| celeritatemque, | et cette rapidité, |
| quam viderant | qu'ils avaient vues |
| profuisse aliis ; | avoir été-utiles à d'autres ; |
| sed, conati | mais, ayant tenté |
| se recipere in castra, | de se retirer dans le camp, |
| demiserant | ils s'étaient engagés |
| in locum iniquum. | dans une position désavantageuse. |
| Centuriones, | Les centurions, |
| quorum nonnulli | dont quelques-uns |
| ex ordinibus inferioribus | des rangs inférieurs |
| reliquarum legionum | du reste-des légions |
| transducti erant | avaient été transportés |
| in ordines superiores | dans les rangs plus élevés |
| hujus legionis | de cette légion-ci |
| causa virtutis, | à cause de leur valeur, |
| conciderunt | tombèrent |
| pugnantes fortissime, | en combattant très-vaillamment, |
| ne amitterent | de peur qu'ils ne perdissent |
| laudem rei militaris | la gloire de l'art militaire |
| partam ante. | acquise auparavant. |
| Pars militum, | Une partie des soldats, |
| hostibus submotis | les ennemis ayant été écartés |
| virtute horum, | par le courage de ceux-ci (des centurions). |
| incolumis præter spem | saine-et-sauve contre son espérance |
| pervenit in castra ; | arriva dans le camp ; |
| pars periit | une partie périt |
| circumventa a barbaris. | enveloppée par les barbares. |
| XLI. Germani, | XLI. Les Germains, |
| expugnatione castrorum | la prise du camp |
| desperata, | ayant été jugée-désespérée, |
| quod videbant nostros | parce qu'ils voyaient les nôtres |
| constitisse jam | s'être établis déjà |
| in munitionibus, | sur les retranchements, |
| sese receperunt | se retirèrent |
| trans Rhenum | au delà du Rhin |
| cum ea præda, | avec ce butin, |
| quam deposuerant in silvis. | qu'ils avaient déposé dans les forêts. |
| At terror fuit tantus | Mais la terreur fut si-grande |
| etiam post discessum | même après la retraite |
| hostium, | des ennemis, |
| ut ea nocte, | que cette nuit-là, |

ea nocte, quum C. Volusenus missus cum equitatu ad castra venisset, fidem non faceret, adesse cum incolumi Cæsarem exercitu. Sic omnium animos timor præoccupaverat, ut, pæne alienata mente, deletis omnibus copiis, equitatum tantum se ex fuga recepisse dicerent, neque, incolumi exercitu, Germanos castra oppugnaturos fuisse contenderent. Quem timorem Cæsaris adventus sustulit.

XLII. Reversus ille, eventus belli non ignorans, unum, quod cohortes ex statione et præsidio essent emissæ, questus, ne minimo quidem casu locum relinqui debuisse, multum fortunam in repentino hostium adventu potuisse indicavit; multo etiam amplius, quod pæne ab ipso vallo portisque castrorum barbaros avertisset. Quarum omnium rerum maxime admirandum videbatur, quod Germani, qui eo consilio Rhenum transierant, ut Ambiorigis fines depopularentur, ad castra

la nuit au camp avec la cavalerie, ne pouvait persuader aux soldats que César était de retour avec son armée saine et sauve. L'épouvante s'était si bien emparée de tous les esprits, qu'on disait, comme si l'on avait perdu le sens, que, hormis la cavalerie qui s'était sauvée en fuyant, toute l'armée avait été détruite; on soutenait que, si les légions n'avaient pas été écrasées, les Germains n'auraient pas attaqué le camp. L'arrivée de César dissipa ces terreurs.

XLII. Connaissant les hasards de la guerre, il se plaignit uniquement à son retour de ce qu'on avait laissé les cohortes s'éloigner du poste et de la garnison, parce qu'on ne devait pas donner la moindre prise aux accidents. Il jugea que la fortune avait été pour beaucoup dans l'arrivée soudaine des ennemis, et pour bien plus encore dans la chance qu'on avait eue de les repousser du retranchement et des portes du camp. Ce qui paraissait le plus singulier dans tout cela, c'était que les Germains, ayant passé le Rhin dans l'intention de ravager le pays d'Ambiorix, lui avaient

| | |
|---|---|
| quum C. Volusenus | comme C. Volusénus |
| missus cum equitatu | envoyé avec la cavalerie |
| venisset ad castra, | était venu au camp,                [croire) |
| non faceret fidem | il ne faisait pas créance (ne pouvait faire |
| Cæsarem adesse | César être-là |
| cum exercitu incolumi. | avec l'armée saine-et-sauve. |
| Timor præoccupaverat | La crainte s'était emparée |
| animos omnium | des cœurs de tous |
| sic ut, mente | tellement que, *leur* esprit |
| pæne alienata, | étant presque égaré, |
| dicerent, | ils disaient, |
| omnibus copiis deletis, | toutes les troupes ayant été anéanties, |
| equitatum tantum | la cavalerie seulement |
| se recepisse ex fuga, | s'être sauvée de la déroute, |
| contenderentque, | et soutenaient,                [et-sauve, |
| exercitu incolumi, | l'armée étant (si l'armée avait été) saine- |
| Germanos | les Germains |
| non oppugnaturos fuisse | n'avoir pas dû assiéger |
| castra. | le camp. |
| Quem timorem | Laquelle crainte |
| adventus Cæsaris sustulit. | l'arrivée de César fit-disparaître. |
| XLII. Ille reversus, | XLII. Celui-là étant revenu, |
| non ignorans | n'ignorant pas |
| eventus belli, | les éventualités de la guerre, |
| questus unum, | s'étant plaint d'une-seule chose, |
| quod cohortes | que les cohortes |
| emissæ essent | eussent été envoyées |
| ex statione et præsidio, | hors du poste et de la garnison, |
| locum debuisse relinqui | une place n'avoir dû être laissée |
| ne minimo quidem casu, | pas même au moindre accident, |
| indicavit | témoigna |
| fortunam potuisse multum | la fortune avoir pu beaucoup |
| in adventu repentino | dans l'arrivée soudaine |
| hostium ; | des ennemis ; |
| multo amplius etiam, | *et* beaucoup plus encore *dans ceci*, |
| quod avertisset barbaros | qu'elle avait éloigné les barbares |
| pæne a vallo ipso | presque du retranchement même |
| portisque castrorum. | et des portes du camp. |
| Quarum rerum omnium | Desquelles choses toutes |
| maxime admirandum | le plus étonnant |
| videbatur, | paraissait, |
| quod Germani, | que les Germains, |
| qui transierant Rhenum | qui avaient passé le Rhin |
| eo consilio, | dans ce dessein, |
| ut depopularentur | qu'ils dévastassent |
| fines Ambiorigis, | le territoire d'Ambiorix, |
| delati | s'étant portés |

Romanorum delati, optatissimum Ambiorigi beneficium obtu-
ierint.

XLIII. Cæsar, rursus ad vexandos hostes profectus, magno
coacto numero ex finitimis civitatibus, in omnes partes dimittit. Omnes vici atque omnia ædificia, quæ quisque conspexerat,
incendebantur . præda ex omnibus locis agebatur : frumenta
ncn solum a tanta multitudine jumentorum atque hominum
consumebantur, sed etiam anni tempore atque imbribus pro-
cubuerant, ut, si qui etiam in præsentia se occultassent,
tamen iis, deducto exercitu, rerum omnium inopia pereundum
videretur. Ac sæpe in eum locum ventum est, tanto in omnes
partes diviso equitatu, ut modo visum ab se Ambiorigem in
fuga captivi, nec plane etiam abesse ex conspectu contenderent, ut, spe consequendi illata atque infinito labore suscepto,
qui se summam ab Cæsare gratiam inituros putarent, pæne

rendu le service qu'il pouvait le plus désirer, en se portant sur le
camp romain.

XLIII. César, partant de nouveau pour dévaster le territoire des
Eburons, avec des forces considérables rassemblées des cités voisines,
répandit ses troupes de tous côtés. On brûlait toutes les bourgades,
toutes les maisons que l'on découvrait, et de toutes parts on emme-
nait du butin. De plus, un si grand nombre d'hommes et de chevaux
dévorait les blés abattus déjà par la saison et les pluies, que
les ennemis qui parvenaient à se cacher pour le moment semblaient devoir périr de besoin après la retraite de l'armée. Il y avait
tant de cavalerie répartie sur tous les points, que souvent on arriva
dans des lieux où les prisonniers soutenaient non-seulement qu'ils
avaient aperçu Ambiorix, mais qu'il n'était pas encore tout à fait
hors de vue ; en sorte que ceux qui espéraient se saisir de lui, pensant obtenir par là une faveur sans bornes auprès de César, prenaient

| | |
|---|---|
| ad castra Romanorum, | vers le camp des Romains, |
| obtulerint Ambiorigi | avaient offert (rendu) à Ambiorix |
| beneficium optatissimum. | le service le plus souhaité. |
| XLIII. Cæsar, | XLIII. César, |
| profectus rursus | étant parti de nouveau |
| ad vexandos hostes, | pour maltraiter les ennemis, |
| magno numero | un grand nombre d'hommes |
| coacto | ayant été rassemblé |
| ex civitatibus finitimis, | des cités voisines, |
| dimittit in omnes partes. | les envoie-çà-et-là de tous les côtés. |
| Omnes vici | Tous les bourgs |
| atque omnia ædificia, | et toutes les habitations, |
| quæ quisque conspexerat, | que chacun avait aperçus, |
| incendebantur : | étaient incendiés : |
| præda agebatur | du butin était emmené |
| ex omnibus locis ; | de tous les endroits ; |
| non solum frumenta | non-seulement les blés |
| consumebantur | étaient consommés |
| a tanta multitudine | par une si-grande multitude |
| jumentorum | de bêtes-de-somme |
| atque hominum, | et d'hommes, |
| sed etiam procubuerant | mais encore ils avaient été abattus |
| tempore anni | par la saison de l'année |
| atque imbribus; | et par les pluies; |
| ut, si qui etiam | de sorte que, si même quelques-uns |
| se occultassent | s'étaient cachés |
| in præsentia, | pour le moment, |
| tamen , | cependant , |
| exercitu deducto, | l'armée ayant été emmenée, |
| videretur pereundum iis | il paraissait nécessité-de-périr-être à eux |
| inopia omnium rerum. | par le manque de toutes choses. |
| Ac sæpe, | Et souvent, |
| equitatu tanto | une cavalerie si-considérable |
| diviso in omnes partes, | ayant été répartie de tous les côtés, |
| ventum est in eum locum, | on arriva dans un tel endroit, |
| ut captivi contenderent | que les prisonniers soutenaient |
| Ambiorigem in fuga | Ambiorix en fuite |
| visum ab se modo, | avoir été vu par eux naguère, |
| nec etiam abesse plane | et même ne pas être tout à fait |
| ex conspectu, | hors de vue, |
| ut, spe consequendi | de sorte que, l'espoir de l'atteindre |
| illata | étant apporté |
| atque labore infinito | et un travail immense |
| suscepto, | étant entrepris, |
| qui putarent | ceux qui pensaient |
| se inituros | eux-mêmes devoir entrer |
| summam gratiam | dans le plus haut crédit |

naturam studio vincerent, semperque paulum ad summam
felicitatem defuisse videretur, atque ille latebris aut saltibus
se eriperet, et noctu occultatus alias regiones partesque pete-
ret, non majore equitum præsidio quam quatuor . quibus
solis vitam suam committere audebat.

XLIV. Tali modo vastatis regionibus, exercitum Cæsar
duarum cohortium damno Durocortorum Remorum reducit,
concilioque in eum locum Galliæ indicto, de conjuratione
Senonum et Carnutum quæstionem habere instituit; et de
Accone [1], qui princeps ejus consilii fuerat, graviore sent'entia
pronuntiata, more majorum [2] supplicium sumpsit. Nonnulli
judicium veriti profugerunt; quibus quum aqua atque igni
interdixisset, duas legiones ad fines Trevirorum, duas in Lingonibus [3], sex reliquas in Senonum finibus Agendici in hibernis

des peines infinies et trouvaient dans leur ardeur des forces presque
surnaturelles. Souvent on crut toucher a ce comble du bonheur;
mais il échappait toujours, tantôt se cachant, tantôt se jetant dans
les bois, et, à la faveur de la nuit, passait dans une autre contrée,
dans un autre canton, sans autre escorte que quatre cavaliers, les
seuls auxquels il osât confier sa vie.

XLIV. Ayant ainsi dévasté le pays, César ramena son armée, affai-
blie de deux cohortes, à Durocortorum, chez les Rémois. Il y convo-
qua l'assemblée de la Gaule, et fit une enquête sur la conspiration des
Sénonais et des Carnutes. La peine capitale ayant été prononcée
contre Accon, qui en était l'auteur, il fut mis à mort, suivant l'ancien usage : plusieurs redoutèrent le jugement et prirent la fuite.
César leur interdit le feu et l'eau, et mit deux légions en quartiers d'hiver sur la frontière des Trévires, deux chez les Lingons,
et les six autres à Agendicum, chez les Sénonais ; puis, après avoir

| | |
|---|---|
| ab Cæsare, | du-côté-de César,    [ces naturelles) |
| vincerent pæne naturam | surpassaient presque la nature (leurs for- |
| studio, | par l'ardeur, |
| semperque paulum | et que toujours peu de chose |
| videretur defuisse | paraissait avoir manqué |
| ad summam felicitatem, | pour ce suprême bonheur, |
| atque ille se eriperet | et que celui-là se dérobait |
| latebris aut saltibus, | par des cachettes ou des bois, |
| et noctu occultatus | et de nuit étant caché |
| peteret alias regiones | gagnait d'autres contrées |
| partesque, | et d'autres côtés, |
| præsidio equitum | avec une escorte de cavaliers |
| non majore quam quatuor, | non plus nombreuse que quatre, |
| quibus solis | auxquels seuls |
| audebat committere | il osait confier |
| suam vitam. | sa vie. |
| XLIV. Regionibus | XLIV. Ces contrees |
| vastatis tali modo, | ayant été dévastées d'une telle manière, |
| Cæsar | César |
| reducit Durocortorum | ramène à Durocortorum |
| Remorum | ville des Rémois |
| exercitum | son armée |
| damno duarum cohortium, | avec une perte de deux cohortes, |
| concilioque | et l'assemblée |
| indicto Galliæ | ayant été indiquée à la Gaule |
| in eum locum, | dans ce lieu, |
| instituit | il commença |
| habere quæstionem | à avoir (faire) une enquête |
| de conjuratione | sur le complot |
| Senonum et Carnutum; | des Sénonais et des Carnutes; |
| et sententia graviore | et une sentence plus sévère (capitale) |
| pronuntiata, | ayant été prononcée, |
| de more majorum | à la manière des ancêtres |
| sumpsit supplicium | il tira le supplice |
| de Accone, | d'Accon, |
| qui fuerat princeps | qui avait été le chef |
| ejus consilii. | de cette résolution. |
| Nonnulli veriti judicium | Quelques-uns ayant craint le jugement |
| profugerunt; | s'enfuirent; |
| quibus quum interdixisset | auxquels après qu'il eut interdit |
| aqua atque igni, | l'eau et le feu, |
| collocavit in hibernis | il plaça en quartiers-d'hiver |
| duas legiones | deux légions |
| ad fines Treviorum, | aux frontières des Trévires, |
| duas in Lingonibus, | deux chez les Lingons, |
| sex reliquas Agendici | les six autres à Agendicum |
| in finibus Senonum; | sur le territoire des Sénonais; |

collocavit; frumentoque exercitu proviso, ut instituerat, in Italiam ad conventus agendos profectus est.

fait la provision de blé de l'armée, il passa, suivant sa coutume, en Italie, pour y tenir les assemblées.

| | |
|---|---|
| frumentoque | et du blé |
| proviso exercitu, | ayant été assuré-d'avance à l'armée, |
| profectus est in Italiam, | il partit pour l'Italie,          [*le faire*, |
| ut instituerat, | comme il avait établi (avait coutume) *de* |
| ad agendos conventus. | pour tenir les assemblées. |

# NOTES

## DU SIXIÈME LIVRE DE LA GUERRE DES GAULES.

Page 246 : 1. *Cn. Pompeio proconsule*. L'an de Rome 699, on donna à Pompée pour cinq ans la province d'Espagne, avec le droit de lever des troupes partout où il le jugerait convenable et de fixer lui-même le chiffre de son armée.

Page 148 : 1. *Interfecto Indutiomaro*. Voy. liv. V, ch. LVIII.

— 2. *Treviris*. La ville principale des Trévires était Trèves.

— 3. *Non desistunt*. Voy. liv. V, ch. LV.

— 4. *Nervios*. Voy. au liv. V. note 2 de la page 56. — *Aduatucos*. Ils habitaient cette partie de la Belgique qui forme aujourd'hui le comté de Namur. — *Menapios*. Les contrées occupées par les Ménapiens répondent aujourd'hui à la Gueldre, au duché de Clèves et au Brabant hollandais. — *Cisrhenanis Germanis*. César nous a dit au liv. II, ch. IV, quels sont ces Germains.

Page 150 : 1. *Senones*. La ville principale des Sénonais était Agendicum, aujourd'hui Sens. — *Carnutibus*. Les Carnutes étaient établis sur le territoire qui forme aujourd'hui les départements d'Eure-et-Loir et du Loiret.

Page 152 : 1. *Lutetiam Parisiorum*. C'est aujourd'hui la ville de Paris.

— 2. *Æduos*. Le territoire des Éduens forme aujourd'hui les départements de la Côte-d'Or, de la Nièvre, de Saône-et-Loire et du Rhône.

Page 154 : 1. *Remis*. Les Rémois étaient situés entre les Ardennes au nord, les Médiomatrices à l'est, la Marne au midi et les Suessions au couchant. Leur ville principale était Durocortorum, aujourd'hui Reims.

— 2. *Cavarinum*. Voy. liv V, ch. LIV.

— 3. *Eburonum*. Ils étaient établis dans le pays de Liége.

Page 156 : 1. *Commium Atrebatem.* Voy. liv. IV, ch. XXI. — Les Atrébates habitaient la contrée dont est formé aujourd'hui le dépar tement du Pas-de-Calais.

Page 158 : 1. *Millibus passuum quindecim.* Vingt-deux kilomètres.

Page 164 : 1. *Propinqui Indutiomari.* Voy. ch. 11.

— 2. *Demonstravimus.* Voy. liv. V, ch. 111 et LVI.

Page 166 : 1. *Locum quo ante exercitum transduxerat.* Voy. liv. IV, ch. XVII.

— 2. *Ubii.* Ils habitaient entre les Cattes, le Rhin, le Mein et les Sicambres. Sur la soumission des Ubiens, voy. liv. IV, ch. XVI.

— 3. *Suevis.* Voy. au liv. Ier, note 2 de la page 92.

Page 170 : 1. *Bacenis.* Cette forêt faisait partie, à ce qu'on croit, de la forêt Hercynienne, qui est décrite au ch. XXIV.

— 2. *Cheruscis.* Les Chérusques paraissent avoir habité la contrée qui devint depuis le landgraviat de Thuringe, entre Erfurt et Swartsbourg.

Page 172 : 1. *Ædui.... Sequani.* Voy. liv. I, ch. XXXI. — Le territoire des Séquaniens forme aujourd'hui les départements du Doubs et du Jura.

Page 174 : 1. *Commutatione rerum.* Ces mots font allusion à la défaite des Germains et de leur roi Arioviste.

Page 176 : 1. *Nullo.* Archaïsme pour *nulli.* On lit de même, Commentaires sur la Guerre civile, liv. II, ch. VII : *Naves nullo usui fuerunt.*

Page 182 : 1. *Ambactos.* Ce sont sans doute les mêmes que les soldures. Voy. liv. III, ch. XXII.

Page 184 : 1. *Supplicia,* l'immolation. De même Salluste, *Catilina,* ch. IX : *In suppliciis deorum magnifici.*

— 2. *Mercurium.* César donne des noms romains aux divinités gauloises qui lui paraissent avoir quelque rapport avec celles de Rome.

Page 192 : 1. *Reliquos ne fama quidem acceperunt.* Cependant Tacite, dans sa *Germanie,* ch. IX, dit que les Germains rendaient un culte à Mercure, à Isis, et même à Hercule et à Mars.

Page 194 : 1. *Rhenonum.* Le renne, dont nous aurons occasion de parler un peu plus loin. D'autres, à tort, croient qu'il s'agit d'une espèce de gilet.

Page 196 : 1. *Quam latissimas.... habere.* Voy. liv. IV, ch. III.

Page 198 : 1. *Colonias mitterent.* Tite Live raconte, liv. V, ch. xxxiv, que du temps de Tarquin l'Ancien une colonie de Gaulois vint s'établir, sous la conduite de Sigovèse, dans les environs de la forêt Hercynienne.

Page 198 : 2. *Hercyniam silvam.* D'Anville, *Géographie ancienne* : « Entre les autres circonstances locales qui distinguent la Germanie ancienne, il n'en est pas de plus remarquable que ce qui regarde la *silva Hercynia* ou forêt Hercynie, si vaste, selon qu'il en est parlé, qu'elle semble couvrir cette terre, dont l'aspect, sauvage comme il était, peut avoir été conforme à cette description, tout étrange qu'elle puisse paraître en comparaison de l'état actuel. Mais il faut dire aussi que le nom de Hercynie est un terme générique subsistant en quelques endroits de l'Allemagne qui sont appelés *der Hartz*, et si l'on trouve quelques autres noms de forêts, comme celui de *Gabreta silva*, ces noms paraissent propres à des parties de cette immense continuité de bois, qui depuis le voisinage du Rhin s'étendait jusqu'aux limites de la Sarmatie et de la Dacie. »

— 3. Ératosthène le Cyrénéen, auteur d'ouvrages philosophiques, géographiques, historiques, et même de plusieurs poëmes.

Page 200 : 1. *Volcæ Tectosages.* On ignore quelle fut la contrée occupée en Germanie par les Volces Tectosages ; dans la Gaule, leur ville principale était Tolosa, aujourd'hui Toulouse. Ils pénétrèrent jusqu'en Asie, dans la Galatie, où ils occupèrent la ville d'Ancyre.

— 2. *Nemetum.* Les Némètes habitaient la contrée qui forme aujourd'hui le grand-duché de Bade. — *Rauracorum.* Les Rauraques avaient pour ville principale *Augusta Rauracorum*, aujourd'hui le bourg d'Augst, non loin de Bâle.

— 3. *Dacorum.* Le pays des Daces était borné à l'est par les sources du Danube et le Pont-Euxin ; au midi, par la Pannonie ; au nord, par les Carpathes ; à l'ouest, par la Germanie et la forêt Hercynienne. Il comprenait donc la Transylvanie, une grande partie de la Hongrie, la Moldavie et la Valachie. — *Anartium.* Ils habitaient une partie de la Transylvanie, sur les bords de la Theiss, au pied des monts Krapaks.

Page 202 : 1. *Bos cervi figura.* Le Déist de Botidoux : « Buffon, dans cette description de César, a reconnu le *renne*, qui s'est enfoncé dans le nord, à mesure que l'éclaircissement des forêts et les défrichements ont rendu le climat moins rigoureux. Ce passage est assez précis : « Le renne a en effet des andouillers en avant, qui paraissent « former un bois intermédiaire : son bois est divisé en plusieurs

« branches, terminées par de larges empaumures, et la femelle porte
« un bois comme le cerf, au lieu que les femelles de l'élan, du cerf,
« du daim et du chevreuil ne portent pas de bois. » Le renne paraît
avoir existé en France dans les Pyrénées, plus de quinze siècles encore après César. Buffon croit que Gaston Phœbus de Foix en a
parlé sous le nom de *rangier*. »

Page 202 : 2. *Alces*. Le Déist de Botidoux : « C'est l'*élan*, qui ne se
trouve plus en Allemagne. La couleur de son poil varie avec les sai-
sons. Comme l'élan mâle est pourvu de cornes, Buffon conclut, de la
narration de César, qu'il n'avait vu que des femelles qui n'en ont pas,
ou plutôt qui n'ont sur le front qu'une protubérance, une espèce de
tronc d'où pourraient naître des rameaux, mais qui paraît coupé
comme avec une scie : c'est ainsi qu'on le voit dans les planches de
l'ouvrage de cet illustre naturaliste. Ainsi ceux qui ont pris le mot
*mutilæ* pour synonyme de *nullæ* sont tombés dans l'erreur. Quant
à ce que rapporte César que les cuisses de l'élan n'ont point d'articulations, il semble avoir en cela suivi le bruit populaire, qui ne
s'accorde ni avec la nature ni avec la vérité. « L'élan, dit Buffon, a
« les jambes fort roides, c'est-à-dire les articulations très-fermes ; et
« comme les anciens étaient persuadés qu'il y avait des animaux, tels
« que l'éléphant, qui ne pouvaient ni plier les jambes ni se coucher,
« il n'est pas étonnant qu'ils aient attribué à l'élan cette partie de la
« fable de l'éléphant. »

Page 206 : 1. *Supra*. Voy. ch. XXII.

Page 208 : 1. *Arduennam silvam*. Le Déist de Botidoux : « Cluvier
pense que la forêt d'Ardenne s'étendait depuis le Rhin, à travers le
pays des Trévires, jusqu'à l'Escaut dans le pays des Nerviens, et plus
haut jusque chez les Rémois, embrassant dans sa vaste enceinte plusieurs autres peuples. Mais cet auteur trouve beaucoup trop grand
le nombre de *cinq cents milles*; et si, comme le veulent quelques
savants, on met *cinquante milles*, ce serait beaucoup trop peu, puisque, de la source de la Sambre jusqu'au Rhin, au travers du Luxem-
bourg et du pays de Trèves, on peut compter cent soixante milles,
et autant à peu près depuis le pays des Rémois. C'est ce qui a fait
conjecturer à d'Anville qu'il faut lire cent cinquante milles, nombre
qui, s'écrivant en chiffres romains par CL, a pu aisément devenir
cinq cents milles ou D, par la négligence des copistes. »

— 2. *Millibus quingentis*. Sept cent trente-six kilomètres, ou cent
quatre-vingt-quatre lieues.

Page 212 : 1. *Ad subeundum periculum* se rapporte aux Romains, et *ad vitandum* à Ambiorix.

Page 214 : 1. *Taxo.* Pline, *Histoire naturelle*, liv. XVI, ch. x, dit en parlant de l'if : *Letale quippe baccis, in Hispania præcipue, renenum inest.*

— 2. *Segni Condrusique.* Le territoire des Condruses forme une partie de l'évêché actuel de Liége, et on croit que les Sègnes habitaient dans le même évêché la partie où se trouve aujourd'hui la ville de Ciney ou Chiney.

— 3. *Aduatucam.* Aujourd'hui la ville de Tongres, entre Maëstricht et Louvain.

— 4. *Titurius atque Aurunculeius.* Voy. liv. V, ch. XXIV-XXXVIII.

Page 216 : 1. *Proxime conscriptas.* Voy. ch. I.

Page 218 : 1. *Supra.* Voy. ch. XXXI.

Page 222 : 1. *Sigambri.* Les Sicambres, ancêtres des Francs, étaient du temps de César un peuple nomade ; on conjecture qu'ils habitaient entre les Ubiens et la mer.

— 2. *Tenchtheros atque Usipetes.* Il est difficile de déterminer d'une manière précise les limites du territoire de ces deux peuples du temps de César, parce qu'ils étaient en quelque sorte nomades. — *Supra docuimus.* Voy. liv. IV, ch. XVI.

— 3. *Triginta millibus passuum.* Un peu plus de quarante-quatre kilomètres. — *Ubi pons erat perfectus.* Voy. ch. XXIX.

Page 226 : 1. *Novem oppositis legionibus.* Voy. ch. XXXIII.

Page 230 : 1. *Cujus mentionem fecimus.* Voy. liv. II, ch. XXV, et liv. III, ch. V.

Page 234 : 1. *Cuneo facto.* Végèce, liv. III, ch. XIX : *Cuneus multitudo peditum, quæ juncta acie primo angustior, deinde latior procedit, et adversariorum ordines perrumpit.*

Page 242 : 1. *De Accone.* Voy. ch. IV.

— 2. *More majorum.* Suétone, *Vie de Néron*, ch. XLIV : *Interrogavitque quale id genus esset pœnæ ; et quum comperisset nudi hominis cervicem inseri furcæ, corpus virgis ad necem cædi*, etc.

— 3. *Lingonibus.* Les Lingons occupaient la partie du territoire de la Gaule qui forme aujourd'hui le département de la Haute-Marne.

# ARGUMENT ANALYTIQUE

## DU SEPTIÈME LIVRE DES COMMENTAIRES DE CÉSAR
## SUR LA GUERRE DES GAULES.

---

XL. César, par une marche rapide, surprend la troupe de Litavicus, qui se soumet en reconnaissant qu'elle a été trompée par son chef.

XLI. Il apprend que son camp a été attaqué en son absence, et se hâte d'y retourner.

XLII. Les Éduens, qui viennent de recevoir les dépêches de Litavicus, se portent aux derniers excès contre les citoyens romains.

XLIII. Tout en envoyant des députés à César pour se justifier les Éduens poursuivent secrètement leurs machinations.

XLIV. Une colline, occupée les jours précédents par l'ennemi, est abandonnée.

XLV. César fait une démonstration contre la colline, afin de donner le change à l'ennemi.

XLVI. Les soldats montent à l'assaut, et enlèvent les camps de trois cités.

XLVII. Alarme dans Gergovie.

XLVIII. Les ennemis accourent en force; les Romains fatigués ont peine à soutenir la lutte.

XLIX. César demande un renfort aux cohortes qui occupaient le petit camp.

L. Bravoure et mort du centurion L. Fabius.

LI. Les Romains sont enfin repoussés, et les deux armées rentrent dans leur camp.

LII. César gourmande la témérité et la présomption de ses soldats.

LIII. Il lève le siége et se met en marche vers le territoire des Éduens.

LIV. Éporédirix et Virdumare prennent les devants, sous prétexte de raffermir la cité dans le devoir.

LV. Arrivés à Noviodunum, ils massacrent la garnison romaine et rassemblent des troupes pour arrêter la marche de César.

LVI. César passe la Loire et se dirige du côté des Sénonais, pour rejoindre Labiénus.

LVII. Labiénus marche sur Lutèce, ville des Parisiens.

LVIII. Les ennemis brûlent la ville et se postent au bord de la Seine.

LIX. Labiénus, recevant la fausse nouvelle de la retraite de César vers la province, ne songe plus qu'à regagner Agendicum.

LX. Dispositions prises par Labiénus.

LXI. Il trompe l'ennemi, et passe la Seine pendant la nuit.

# COMMENTARIORUM

## DE BELLO GALLICO

## LIBER VII.

I. Quieta Gallia, Cæsar, ut constituerat, in Italiam ad conventus agendos proficiscitur. Ibi cognoscit de Clodii cæde ' de senatusque consulto certior factus, ut omnes juniores Italiæ conjurarent, delectum tota provincia habere instituit. Eæ res in Galliam Transalpinam celeriter perferuntur. Addunt ipsi et affingunt rumoribus Galli, quod res poscere videbatur, retineri urbano motu Cæsarem, neque in tantis dissensionibus ad exercitum venire posse. Hac impulsi occasione, qui jam ante se populi Romani imperio subjectos dolerent, libe-

I. Voyant la Gaule tranquille, César alla en Italie, comme il l'avait résolu, pour tenir les assemblées. Il y apprit le meurtre de Clodius, et, informé du sénatus-consulte qui ordonnait de faire prêter serment à toute la jeunesse d'Italie, il commença les levées dans toute sa province. La nouvelle en arrive bientôt dans la Gaule transalpine. Les Gaulois supposent et ajoutent à ces bruits, ce qui semblait s'accorder avec les circonstances, que des mouvements à Rome retenaient César et qu'au milieu de troubles aussi grands il ne pouvait se rendre à l'armée. Séduits par cette occasion, eux qui déjà se voyaient avec douleur soumis au peuple romain, ils commencent à se livrer

# COMMENTAIRES

## SUR LA GUERRE DES GAULES.

## LIVRE VII.

I. Gallia quieta,
Cæsar, ut constituerat,
proficiscitur in Italiam
ad agendos conventus.
Cognoscit ibi
de cæde Clodii :
factusque certior
de senatusconsulto,
ut omnes juniores
Italiæ
conjurarent,
instituit habere delectum
tota provincia.
Eæ res
perferuntur celeriter
in Galliam Transalpinam.
Galli ipsi addunt
et affingunt rumoribus,
quod res
videbatur poscere,
Cæsarem retineri
motu urbano,
neque posse venire
ad exercitum
in tantis dissensionibus.
Impulsi hac occasione,
qui jam ante
dolerent se subjectos
imperio populi Romani,
incipiunt
inire consilia

I. La Gaule *étant* tranquille,
César, comme il *l*'avait résolu,
part pour l'Italie
pour tenir les assemblées.
Il est informé là
du meurtre de Clodius :
et fait mieux-informé (instruit)
du sénatus-consulte
*portant* que tous les jeunes-gens
de l'Italie
jureraient-ensemble,
il commença de faire la levée
dans toute *sa* province.
Ces faits
sont apportés (répandus) promptement
dans la Gaule transalpine.
Les Gaulois eux-mêmes ajoutent
et supposent-pour-grossir *ces* bruits
*ce* que la circonstance
semblait réclamer,
César être retenu
par un mouvement de-la-ville (de Rome),
et ne pouvoir pas venir
à l'armée
au-milieu-de si-grandes discordes.
Poussés (séduits) par cette occasion,
*eux* qui déjà auparavant          [mis
s'affligeaient *de ceci*, eux-mêmes *être* sou-
à l'empire du peuple romain,
commencent
à entrer-dans (former) des résolutions

rius atque audacius de bello consilia inire incipiunt. Indictis inter se principes Galliæ conciliis silvestribus ac remotis locis, queruntur de Acconis morte [1] ; hunc casum ad ipsos recidere posse demonstrant ; miserantur communem Galliæ fortunam ; omnibus pollicitationibus ac præmiis deposcunt, qui belli initium faciant et sui capitis periculo Galliam in libertatem vindicent. Ejus in primis rationem habendam dicunt, priusquam eorum clandestina consilia efferantur, ut Cæsar ab exercitu intercludatur. Id esse facile, quod neque legiones, absente imperatore, audeant ex hibernis egredi ; neque imperator sine præsidio ad legiones pervenire possit : postremo in acie præstare interfici, quam non veterem belli gloriam libertatemque. quam a majoribus acceperint, recuperare.

II. His rebus agitatis, profitentur Carnutes [2] « Se nullum

plus ouvertement et plus audacieusement à des projets de guerre. Les principaux de la Gaule se donnent rendez-vous dans les bois, dans des lieux déserts ; là ils se plaignent de la mort d'Accon ; ils se disent qu'il peut leur en arriver autant ; ils déplorent le sort commun de la Gaule ; ils emploient toutes sortes de promesses et de récompenses pour décider quelques-uns d'entre eux à commencer la guerre et à rendre à la Gaule sa liberté, au péril de leur tête. Ils ajoutent qu'il faut surtout veiller à ce que César ne puisse rejoindre son armée avant que leurs complots éclatent ; ce qui sera facile, parce qu'en l'absence du général les légions n'oseront sortir de leurs quartiers et qu'il n'y pourra parvenir sans escorte. Enfin il valait mieux périr dans une bataille que de ne pas recouvrer l'antique gloire militaire et la iiberté qu'ils avaient reçues de leurs ancêtres.

II. Après cette délibération, les Carnutes déclarent « Que, pour

| | |
|---|---|
| liberius atque audacius. | plus librement et plus audacieusement |
| de bello. | au-sujet-de la guerre. |
| Principes Galliæ, | Les principaux de la Gaule, |
| conciliis locis silvestribus | des assemblées dans les lieux boisés |
| ac remotis | et retirés |
| indictis inter se, | ayant été fixées entre eux, |
| queruntur | se plaignent |
| de morte Acconis; | de la mort d'Accon; |
| demonstrant | ils *se* montrent |
| hunc casum | cet (un pareil) accident [mêmes; |
| posse recidere ad ipsos; | pouvoir retomber sur (arriver à) eux- |
| miserantur | ils plaignent |
| fortunam communem | la fortune commune |
| Galliæ; | de la Gaule; |
| deposcunt | ils sollicitent |
| omnibus pollicitationibus | avec toute-sorte-de promesses |
| ac præmiis | et de récompenses [la guerre |
| qui faciant initium belli | *des gens* qui fassent le commencement de |
| et periculo sui capitis | et au péril de leur tête |
| vindicent Galliam | revendiquent la Gaule |
| in libertatem. | pour la liberté. |
| Dicunt | Ils disent |
| rationem habendam ejus | compte devoir être tenu de ceci |
| in primis, | parmi les premières choses (surtout), |
| priusquam | avant que |
| consilia clandestina eorum | les résolutions clandestines d'eux |
| efferantur, | soient portées-au-dehors (divulguées) |
| ut Cæsar | que César |
| intercludatur ab exercitu. | soit coupé de *son* armée. |
| Id esse facile, | Ceci être facile, |
| quod neque legiones, | parce que et les légions, |
| imperatore absente, | le général étant-absent, |
| audeant egredi | n'oseraient pas sortir |
| ex hibernis: | des quartiers-d'hiver; |
| neque imperator | et le général |
| possit sine præsidio | ne pourrait pas sans escorte |
| pervenire ad legiones: | arriver à *ses* légions: |
| postremo præstare | enfin être-préférable (il valait mieux) |
| interfici in acie, | *eux* être tués dans une bataille, |
| quam non recuperare | que de ne pas recouvrer |
| veterem gloriam belli | l'ancienne gloire de guerre (militaire) |
| libertatemque | et la liberté |
| quam acceperint | qu'ils avaient reçues |
| a majoribus. | de *leurs* ancêtres. |
| II. His rebus | II. Ces choses |
| agitatis, | ayant été agitées, |
| Carnutes profitentur | les Carnutes déclarent |

periculum communis salutis causa recusare, princ<sub>i</sub>pesque ex omnibus bellum facturos pollicentur, et, quoniam in præsentia obsidibus inter se cavere [1] non possint, ne res efferatur, ut jurejurando ac fide sanciatur petunt, collatis militaribus signis (quo more eorum gravissimæ cerimoniæ continentur), ne, facto initio belli, ab reliquis deserantur. » Tum, collaudatis Carnutibus, dato jurejurando ab omnibus qui aderant, tempore ejus rei constituto, ab concilio disceditur.

III. Ubi ea dies venit, Carnutes, Cotuato et Conetoduno ducibus, desperatis hominibus, Genabum [2] dato signo concurrunt, civesque Romanos, qui negotiandi causa ibi constiterant, in his C. Fusium Citam, honestum equitem Romanum, qui rei frumentariæ jussu Cæsaris præerat, interficiunt, bonaque eorum diripiunt. Celeriter ad omnes Galliæ civitates fama

le salut public, ils ne reculeront devant aucun danger : ils promettent de faire la guerre les premiers ; et comme, afin de ne rien ébruiter, on ne peut se donner d'otages pour sa sûreté mutuelle, ils demandent que chacun engage sa parole et que, sur les drapeaux réunis (cérémonie qui, dans leurs mœurs, est tout ce qu'il y a de plus sacré), on leur jure de ne pas les abandonner quand ils auront ouvert les hostilités. » On comble les Carnutes de louanges, tous ceux qui étaient présents donnent leur parole, on fixe le moment de l'exécution, et l'assemblée se sépare.

III. Au jour dit, les Carnutes, sous les ordres de deux hommes pervers, Cotuatus et Conétodunus, se jettent, à un signal, dans Génabum, massacrent les citoyens romains qui s'y étaient établis pour faire le commerce, entre autres un honorable chevalier, C. Fusius Cotta, que César avait mis à la tête des vivres, et pillent leurs biens. La nouvelle en parvint bientôt à toutes les cités de la

« se recusare
nullum periculum
causa salutis communis,
pollicenturque
facturos bellum
principes ex omnibus,
et, quoniam in præsentia
non possint
cavere inter se
obsidibus,
ne res efferatur,
petunt ut sanciatur
jurejurando ac fide,
signis militaribus
collatis
(quo more eorum
continentur
cerimoniæ gravissimæ),
ne, initio belli
facto,
deserantur ab reliquis. »
Tum,
Carnutibus collaudatis,
jurejurando dato
ab omnibus qui aderant,
tempore ejus rei
constituto,
disceditur ab concilio

III. Ubi ea dies venit,
Carnutes,
Cotuato et Conetoduno,
hominibus desperatis,
ducibus,
concurrunt Genabum
signo dato,
interficiuntque
cives Romanos
qui constiterant ibi
causa negotiandi,
in his C. Fusium Citam,
equitem Romanum
honestum,
qui præerat
rei frumentariæ
jussu Cæsaris,
diripiuntque bona eorum.
Fama perfertur celeriter

« eux-mêmes *ne* refuser
aucun danger
en vue du salut commun,
et promettent
*eux-mêmes* devoir faire la guerre
les premiers d'entre tous,
et, puisque dans le moment-présent
ils ne pouvaient pas
prendre-des-garanties entre eux
par des otages,
de peur que la chose ne soit divulguée,
ils demandent qu'il soit sanctionné
par serment et parole *donnée*,
les enseignes militaires
étant rapprochées
(dans laquelle coutume d'eux
sont renfermées
les cérémonies les plus imposantes),
que, le commencement de la guerre
ayant été fait, [tres. »
ils ne seront pas abandonnés par les au-
Alors,
les Carnutes ayant été loués,
le serment ayant été donné
par tous ceux qui étaient-présents,
le moment de cette entreprise
ayant été fixé,
on se retire de l'assemblée.

III. Dès que ce jour fut arrivé,
les Carnutes,
Cotuatus et Conétodunus,
hommes perdus (très-pervers),
*étant leurs* chefs,
se rassemblent à Génabum
à un signal donné,
et massacrent
les citoyens romains
qui s'étaient établis là
en vue de faire-le-négoce,
parmi ceux-ci C. Fusius Cita,
chevalier romain
honorable,
qui était-à-la-tête
de l'approvisionnement de-blés
par ordre de César,
et pillent les biens d'eux.
Le bruit en est porté promptement

perfertur : nam, ubi major atque illustrior incidit res, clamore per agros regionesque significant ; hunc alii deinceps
excipiunt et proximis tradunt ; ut tum accidit. Nam, quæ
Genabi oriente sole gesta essent, ante primam confectam vigiliam in finibus Arvernorum audita sunt ; quod spatium est
millium circiter centum sexaginta [1].

IV. Simili ratione ibi Vercingetorix, Celtilli filius, Arvernus [2], summæ potentiæ adolescens (cujus pater principatum
Galliæ totius obtinuerat, et ob eam causam, quod regnum
appetebat, ab civitate erat interfectus), convocatis suis clientibus, facile incendit. Cognito ejus consilio, ad arma concurritur : ab Gobanitione, patruo suo, reliquisque principibus,
qui hanc tentandam fortunam non existimabant, expellitur
ex oppido Gergovia [3] : non destitit tamen, atque in agris habet
delectum egentium ac perditorum. Hac coacta manu, quos-

Gaule : car, dès qu'il arrive quelque chose de grand et d'éclatant,
les Gaulois se l'apprennent par des cris poussés dans la campagne, à
travers la contrée : ceux qui les entendent les transmettent plus loin ;
ce fut ce qu'on fit alors. En effet, la première veille ne s'était pas
écoulée, que les Arvernes avaient appris ce qui s'était passé au lever
du soleil à Génabum ; la distance est de cent soixante milles environ.

IV Là, dans les mêmes vues, un jeune Arverne très-puissant,
Vercingétorix, fils de Celtillus (son père avait tenu le premier rang
dans la Gaule et sa cité l'avait fait mourir, parce qu'il aspirait à la
royauté), assemble ses clients et les échauffe sans peine. Dès que
l'on connaît son dessein, on court aux armes. Son oncle Gobanition
et les autres chefs, qui ne voulaient pas tenter la même fortune, le
chassent de la ville de Gergovie. Cependant il ne se rebute pas : il
fait dans la campagne des levées de gens sans ressources et perdus
de crimes. Cette troupe réunie, il entraîne dans ses desseins tous

| | |
|---|---|
| ad omnes civitates Galliæ : | à toutes les cités de la Gaule : |
| nam, ubi res major | car, dès qu'un événement plus grand |
| atque illustrior | et plus éclatant |
| incidit, | est arrivé, |
| significant clamore | ils l'annoncent par des cris |
| per agros regionesque ; | dans les champs et les contrées; |
| alii deinceps | d'autres successivement |
| excipiunt hunc | reçoivent ces cris |
| et tradunt proximis ; | et les transmettent aux plus proches ; |
| ut accidit tum. | comme il arriva alors. |
| Nam quæ gesta essent | Car les choses qui avaient été faites |
| Genabi | à Génabum |
| sole oriente | au soleil levant |
| audita sunt | furent apprises |
| ante primam vigiliam | avant que la première veille |
| confectam | fût achevée |
| in finibus Arvernorum ; | sur le territoire des Arvernes ; |
| quod spatium est circiter | laquelle distance est environ |
| centum sexaginta millium. | de cent soixante milles. |
| IV. Ibi ratione simili | IV. Là par un plan semblable |
| Vercingetorix, | Vercingétorix, |
| filius Celtilli, | fils de Celtillus, |
| Arvernus, | Arverne, |
| adolescens | jeune-homme |
| summæ potentiæ | d'une très-haute puissance |
| (cujus pater | (dont le père |
| obtinuerat principatum | avait tenu le premier-rang |
| totius Galliæ, | de toute la Gaule, |
| et ob eam causam, | et pour ce motif, |
| quod appetebat regnum, | qu'il aspirait à la royauté, |
| interfectus erat ab civitate), | avait été mis-à-mort par la cité), |
| suis clientibus convocatis, | ses clients ayant été convoqués, |
| incendit facile. | les enflamme facilement. |
| Consilio ejus cognito, | Le dessein de lui étant connu, |
| concurritur ad arma : | on court aux armes : |
| expellitur | il est chassé |
| ex oppido Gergovia | de la ville de Gergovie |
| ab Gobanitione, | par Gobanition, |
| suo patruo, | son oncle, |
| reliquisque principibus, | et le reste-des principaux citoyens, |
| qui non existimabant | qui ne pensaient pas |
| hanc fortunam tentandam: | cette chance devoir être tentée ⋅ |
| non destitit tamen, | il n'y renonça pas cependant, |
| atque in agris | et dans les campagnes |
| habet delectum | il fait une levée |
| egentium ac perditorum. | d'hommes indigents et perdus de crimes. |
| Hac manu coacta, | Cette troupe ayant été rassemblée, |

cumque adit ex civitate, ad suam sententiam perducit, hortatur ut communis libertatis causa arma capiant; magnisque
coactis copiis, adversarios suos, a quibus paulo ante erat ejec-
tus, expellit ex civitate. Rex ab suis appellatur; dimittit quoquoversus legationes; obtestatur ut in fide maneant. Celeriter
sibi Senones, Parisios, Pictones, Cadurcos, Turones, Aulercos, Lemovices, Andes ¹ reliquosque omnes, qui Oceanum
attingunt, adjungit : omnium consensu ad eum defertur imperium. Qua oblata potestate, omnibus his civitatibus obsides
imperat, certum numerum militum ad se celeriter adduci
jubet; armorum quantum quæque civitas domi, quodque ante
tempus efficiat, constituit : in primis equitatui studet. Summæ
diligentiæ summam imperii severitatem addit; magnitudine
supplicii dubitantes cogit : nam, majore commisso delicto,

ceux de la cité qu'il rencontre, il les exhorte à prendre les armes
pour la liberté commune, et, après avoir assemblé de grandes forces,
il expulse à son tour de la cité les adversaires qui l'avaient chassé
naguère. Les siens le proclament roi. Il envoie des députés réclamer partout l'exécution des promesses, et bientôt il a entraîné les
Sénonais, les Parisiens, les Pictons, les Cadurces, les Turons, les
Aulerces, les Lémovices, les Andes et tous les peuples qui bordent
l'Océan : tous s'accordent à lui déférer le commandement. Revêtu de
ce pouvoir, il exige des otages de toutes les cités, donne ordre qu'on
lui amène promptement un nombre de soldats déterminé, et règle ce
que chaque cité doit fabriquer d'armes et l'époque où elle les livrera :
surtout il s'occupe de la cavalerie. A l'activité la plus grande il
joint la plus grande sévérité : il contraint les incertains par la ri-
gueur des châtiments; pour un délit grave il fait périr par le feu et

| | |
|---|---|
| perducit | il amène |
| ad suam sententiam | à son avis |
| quoscumque adit | tous ceux qu'il aborde |
| ex civitate ; | de la cité ; |
| hortatur | il *les* exhorte |
| ut capiant arma | pour qu'ils prennent les armes |
| causa libertatis communis ; | en vue de la liberté commune ; [blées, |
| magnisque copiis coactis, | et de grandes troupes ayant été rassem- |
| expellit ex civitate | il chasse de la cité |
| suos adversarios, | ses adversaires, |
| a quibus ejectus erat | par lesquels il avait été expulsé |
| paulo ante. | peu auparavant. |
| Appellatur rex ab suis ; | Il est salué roi par les siens ; |
| dimittit legationes | il envoie des députations |
| quoquoversus ; | de-tous-les-côtés ; |
| obtestatur | il conjure *tous les peuples* [donnée. |
| ut maneant in fide. | pour qu'ils restent dans (tiennent) la foi |
| Adjungit celeriter sibi | Il adjoint promptement à lui-même |
| Senones, Parisios, | les Sénonais, les Parisiens, |
| Pictones, Cadurcos, | les Pictons, les Cadurces, |
| Turones, Aulercos, | les Turons, les Aulerces, |
| Lemovices, Andes, | les Lémovices, les Andes, |
| omnesque reliquos | et tous les autres *peuples* |
| qui attingunt Oceanum | qui touchent l'Océan. |
| consensu omnium | du consentement de tous |
| imperium defertur ad eum. | le commandement est déféré à lui. |
| Qua potestate oblata, | Lequel pouvoir *lui* ayant été offert, |
| imperat obsides | il commande des otages |
| omnibus his civitatibus, | à toutes ces cités, |
| jubet | il ordonne |
| numerum certum militum | un nombre déterminé de soldats |
| adduci ad se | être amené vers lui-même |
| celeriter ; | promptement ; |
| constituit | il règle |
| quantum armorum | combien d'armes |
| quæque civitas | chaque cité |
| efficiat domi, | devrait fabriquer dans *ses* foyers, |
| anteque quod tempus : | et avant quelle époque : |
| in primis | entre les premières choses |
| studet equitatui. | il s'occupe de la cavalerie. |
| Addit | Il ajoute |
| summæ diligentiæ | à une extrême activité |
| summam severitatem | une extrême sévérité |
| imperii ; | de commandement ; |
| cogit | il contraint |
| magnitudine supplicii | par la grandeur du supplice |
| dubitantes : | ceux qui hésitent : |

igni atque omnibus tormentis necat : leviore de causa, auribus desectis, aut singulis effossis oculis, domum remittit, ut sint reliquis documento et magnitudine pœnæ perterreant alios.

V. His suppliciis celeriter coacto exercitu, Lucterium Cadurcum, summæ hominem audaciæ, cum parte copiarum in Ruthenos mittit : ipse in Bituriges [1] proficiscitur. Ejus adventu Bituriges ad Æduos [2], quorum erant in fide, legatos mittunt subsidium rogatum, quo facilius hostium copias sustinere possint. Ædui de consilio legatorum, quos Cæsar ad exercitum reliquerat, copias equitatus peditatusque subsidio Biturigibus mittunt. Qui quum ad flumen Ligerim venissent, quod Bituriges ab Æduis dividit, paucos dies ibi morati, neque flumen transire ausi, domum revertuntur, legatisque nostris renuntiant, se Biturigum perfidiam veritos revertisse, quibus id consilii

par toute espèce de tortures : pour une faute légère, il fait couper les oreilles ou crever un œil, et renvoie chez eux les coupables, pour servir d'exemple et pour effrayer les autres par la grandeur du châtiment.

V. Ayant, par ces moyens violents, rassemblé bientôt une armée, il en fait conduire une partie chez les Ruthènes, sous les ordres de Luctérius Cadurcus, homme d'une audace extrême, et va lui-même chez les Bituriges. A son approche, les Bituriges envoient des députés chez les Éduens, dont ils étaient les clients, pour demander du secours afin de résister plus facilement aux forces de l'ennemi. Les Éduens, de l'avis des lieutenants que César avait laissés à l'armée, envoient aux Bituriges de l'infanterie et de la cavalerie. Arrivées à la Loire, qui sépare les deux cités, ces troupes s'y arrêtèrent quelques jours, et revinrent sans avoir osé la passer. Ils dirent à nos lieutenants qu'ils avaient rebroussé chemin, craignant une perfidie de la part des Bituriges, car ils avaient appris que leur dessein était,

nam, delicto majore | car, un délit plus grand
commisso, | ayant été commis,
necat igni | il *les* fait-périr par le feu
atque omnibus tormentis; | et par toute-sorte-de tortures;
de causa leviore, | pour un motif plus léger,
remittit domum, | il *les* renvoie à *leur* demeure,
auribus desectis, | les oreilles ayant été coupées,
aut singulis oculis effossis, | ou un œil ayant été crevé,
ut sint documento | afin qu'ils soient à (servent de) leçon
reliquis | aux autres
et perterreant alios | et *en* effrayent d'autres
magnitudine pœnæ. | par la grandeur du châtiment.
V. Exercitu | V. Une armée
coacto celeriter | ayant été rassemblée promptement
his suppliciis, | par ces supplices,
mittit in Ruthenos | il envoie chez les Ruthènes
cum parte copiarum | avec une partie de *ses* troupes
Lucterium Cadurcum, | Luctérius Cadurcus,
hominem summæ audaciæ: | homme d'une extrême audace:
ipse | lui-même
proficiscitur in Bituriges. | part chez les Bituriges.
Adventu ejus | A l'approche de lui
Bituriges | les Bituriges
mittunt legatos ad Æduos, | envoient des députés chez les Éduens,
in fide quorum erant, | dans l'alliance desquels ils étaient,
rogatum auxilium, | demander du secours,
quo possint facilius | afin qu'ils puissent plus facilement
sustinere copias hostium. | soutenir les (résister aux) forces des en-
Ædui, | Les Éduens, [nemis.
de consilio legatorum | d'après le conseil des lieutenants
quos Cæsar | que César
reliquerat ad exercitum, | avait laissés à l'armée,
mittunt subsidio | envoient à secours (au secours)
Biturigibus | aux (des) Bituriges
copias equitatus | des forces de cavalerie
peditatusque. | et d'infanterie.
Qui quum venissent | Lesquels lorsqu'ils furent arrivés
ad flumen Ligerim, | au fleuve *de* la Loire,
morati ibi | ayant séjourné là
paucos dies, | peu-de-jours,
neque ausi transire flumen | et n'ayant pas osé passer le fleuve,
revertuntur domum, | reviennent dans *leurs* foyers,
renuntiantque | et déclarent
nostris legatis | à nos lieutenants
se revertisse | eux-mêmes être revenus
veritos | ayant craint
perfidiam Biturigum, | la perfidie des Bituriges,

fuisse cognove .....t, ut, si flumen transissent, una ex parte
ipsi, altera Arverni se circumsisterent. Id eane de causa, quam
legatis pronuntiarunt, an perfidia adducti fecerint, quod nihil
nobis constat, non videtur pro certo esse ponendum. Bituriges
eorum discessu statim se cum Arvernis conjungunt.

VI. His rebus in Italiam Cæsari nuntiatis, quum jam ille
urbanas res virtute Cn. Pompeii commodiorem in statum per-
venisse intelligeret, in Transalpinam Galliam profectus est. Eo
quum venisset, magna difficultate afficiebatur, qua ratione ad
exercitum pervenire posset. Nam si legiones in provinciam
arcesseret, se absente in itinere prœlio dimicaturas intelligebat : si ipse ad exercitum contenderet, ne iis quidem, qui
eo tempore pacati viderentur, suam salutem recte committi
videbat.

si les Éduens passaient le fleuve, de tomber sur eux d'un côté, tandis
que les Arvernes les envelopperaient de l'autre. Fut-ce par le motif
qu'ils déclarèrent aux lieutenants ou par trahison que les Éduens en
agirent ainsi, c'est ce que nous ne voulons pas affirmer, parce que
nous ne sommes sûrs de rien. Dès qu'ils se furent retirés, les Bituriges se joignirent aux Arvernes.

VI. Lorsque César apprit ces événements en Italie, il savait déjà
que, grâce à l'énergie de Pompée, les choses avaient pris une meil-
leure tournure à Rome : il partit donc pour la Gaule transalpine. En
arrivant, il se trouva fort embarrassé sur les moyens de rejoindre
l'armée : car, s'il faisait venir les légions dans la province, il prévoyait qu'en route elles en viendraient aux mains sans lui. S'il tentait
de pénétrer jusqu'à l'armée, il comprenait qu'il serait imprudent de
confier son salut même aux peuples qui paraissaient encore soumis.

| | |
|---|---|
| quibus cognoverint | auxquels ils avaient appris |
| id consilii fuisse, | ceci de (ce) projet avoir été, |
| ut, si transissent flumen, | que, s'ils avaient passé le fleuve, |
| ipsi ex una parte, | eux-mêmes d'un côté, |
| Arverni ex altera parte, | les Arvernes de l'autre côté, |
| circumsisterent se. | enveloppassent eux. |
| Non videtur | Il ne paraît pas |
| ponendum pro certo | devoir être établi pour (comme) certain |
| fecerintne id de ea causa, | s'ils firent cela pour ce motif, |
| quam pronuntiarunt | qu'ils déclarèrent |
| legatis, | aux lieutenants, |
| an adducti perfidia, | ou amenés (poussés) par la perfidie, |
| quod nihil | parce que rien à ce sujet |
| constat nobis. | n'est avéré pour nous. |
| Discessu eorum | Après la retraite d'eux |
| Bituriges statim | les Bituriges aussitôt |
| se conjungunt | s'unissent |
| cum Arvernis. | avec les Arvernes. |
| VI. His rebus | VI. Ces événements |
| nuntiatis Cæsari | ayant été annoncés à César |
| in Italiam, | en Italie, |
| quum jam ille intelligeret | comme déjà il remarquait |
| res urbanas | les affaires de-la-ville |
| virtute Cn. Pompeii | par le courage de Cn. Pompée |
| pervenisse | être arrivées |
| in statum commodiorem, | à un état plus favorable, |
| profectus est | il partit |
| in Galliam Transalpinam. | pour la Gaule transalpine. |
| Quum venisset eo, | Comme il était arrivé là, |
| afficiebatur | il était atteint |
| magna difficultate, | par une grande difficulté, |
| qua ratione | pour savoir par quel moyen |
| posset pervenire | il pourrait arriver |
| ad exercitum. | auprès de l'armée. |
| Nam si arcesseret legiones | Car s'il mandait les légions |
| in provinciam, | dans la province, |
| intelligebat | il comprenait |
| dimicaturas prœlio | elles devoir lutter par la bataille |
| in itinere, | en chemin, |
| se absente : | lui-même étant-absent : |
| si ipse | si lui-même |
| contenderet ad exercitum, | se dirigeait vers l'armée, |
| videbat suam salutem | il voyait son salut |
| committi recte | ne pouvoir être confié sûrement |
| ne iis quidem | pas même à ceux |
| qui eo tempore | qui en ce moment |
| viderentur pacati. | paraissaient pacifiés (soumis). |

VII. Interim Lucterius Cadurcus, in Ruthenos missus, eam civitatem Arvernis conciliat. Progressus in Nitiobriges et Gabalos[1], ab utrisque obsides accipit, et, magna coacta manu, in provinciam Narbonem versus eruptionem facere contendit. Qua re nuntiata, Cæsar omnibus consiliis antevertendum existimavit, ut Narbonem proficisceretur. Eo quum venisset, timentes confirmat, præsidia in Ruthenis provincialibus, Volcis Arecomicis, Tolosatibus[2], circumque Narbonem, quæ loca hostibus erant finitima, constituit; partem copiarum ex provincia supplementumque, quod ex Italia adduxerat, in Helvios[3], qui fines Arvernorum contingunt, convenire jubet.

VIII. His rebus comparatis, represso jam Lucterio et remoto, quod intrare intra præsidia periculosum putabat, in Helvios proficiscitur. etsi mons Cevenna, qui Arvernos ab Helviis discludit, durissimo tempore anni, altissima nive iter

VII. Cependant Luctérius Cadurcus, envoyé chez les Ruthènes, attire cette cité au parti des Arvernes. Il va de là chez les Nitiobriges et chez les Gabales, reçoit les otages des uns et des autres, puis, à la tête d'une nombreuse armée, marche pour envahir la province du côté de Narbonne. Sur cette nouvelle, César crut devoir, préférablement à tout, partir pour Narbonne. Il arrive, rassure les peuples effrayés, établit des postes sur les points voisins de l'ennemi, chez les Ruthènes dépendants de la province, chez les Volces Arécomices, chez les Tolosates, autour de Narbonne; il donne ordre à une partie des troupes de la province et aux recrues qu'il avait amenées d'Italie de se réunir chez les Helviens, qui sont limitrophes des Arvernes.

VIII. Les choses ainsi disposées, et Luctérius étant arrêté et même forcé de s'éloigner, parce qu'il crut dangereux de s'engager au milieu de ces différents corps, César se rendit chez les Helviens. Quoique dans cette saison, la plus rigoureuse de l'année, la neige encombrât les chemins des Cévennes, qui séparent les Helviens des

VII. Interim
Lucterius Cadurcus,
missus in Ruthenos,
conciliat eam civitatem
Arvernis.
Progressus in Nitiobriges
et Gabalos,
accipit obsides
ab utrisque,
et, magna manu coacta,
contendit
facere eruptionem
in provinciam
versus Narbonem.
Qua re nuntiata,
Cæsar existimavit
antevertendum
omnibus consiliis,
ut proficisceretur
Narbonem.
Quum venisset eo,
confirmat timentes,
constituit præsidia
in Ruthenis provincialibus,
Volcis Arecomicis,
Tolosatibus,
circumque Narbonem,
quæ loca
erat finitima hostibus ;
jubet partem copiarum
ex provincia
supplementumque,
quod adduxerat ex Italia,
convenire in Helvios,
qui contingunt
fines Arvernorum.
VIII. His rebus
comparatis,
Lucterio represso jam
et remoto,
quod putabat periculosum
intrare intra præsidia,
proficiscitur in Helvios :
etsi mons Cevenna,
qui discindit Arvernos
ab Helviis,
tempore durissimo anni,

VII. Cependant
Luctérius Cadurcus,
envoyé chez les Ruthènes,
concilie cette cité
aux Arvernes.
S'étant avancé chez les Nitiobriges
et les Gabales,
il reçoit des otages
des uns et des autres,
et une grande troupe étant rassemblée
il s'avance
pour faire une invasion
dans la province
du-côté-de Narbonne.
Lequel fait ayant été annoncé,
César pensa
*ceci* devoir être mis-avant
toutes *autres* résolutions ,
qu'il partît
pour Narbonne.
Comme il était arrivé là,
il rassure ceux qui craignent,
il établit des garnisons
chez les Ruthènes de-la-province,
les Volces Arécomices,
les Tolosates,
et autour de Narbonne,
lesquels lieux
étaient limitrophes des ennemis ;
il ordonne une partie des troupes
de la province
et les recrues,
qu'il avait amenées d'Italie,
se rassembler chez les Helviens,
qui touchent
les frontières des Arvernes.
VIII. Ces choses
ayant été préparées,
Luctérius ayant été arrêté déjà
et écarté,
parce qu'il (César) croyait dangereux
d'entrer dans les garnisons,
il part *pour aller* chez les Helviens :
quoique le mont Cévenne,
qui sépare les Arvernes
des Helviens,
à *cette* époque la plus dure de l'année,

impediebat : tamen discussa nive sex in altitudinem pedum
atque ita viis patefactis, summo militum labore ad fines Arvernorum pervenit. Quibus oppressis inopinantibus, quod se
Cevenna, ut muro, munitos existimabant, ac ne singulari
quidem unquam homini eo tempore anni semitæ patuerant,
equitibus imperat ut, quam latissime possint, vagentur, et
quam maximum hostibus terrorem inferant. Celeriter hæc
fama ac nuntiis ad Vercingetorigem perferuntur : quem perterriti omnes Arverni circumsistunt atque obsecrant ut suis
fortunis consulat, neu se ab hostibus diripi patiatur; præsertim quum videat omne ad se bellum translatum. Quorum
ille precibus permotus, castra ex Biturigibus movet in Arvernos versus.

IX. At Cæsar, biduum in iis locis moratus, quod hæc de
Vercingetorige usuventura opinione præceperat, per causam

Arvernes, cependant, à force de travail, en faisant écarter la neige
épaisse de six pieds, et en s'ouvrant ainsi les routes, César, grâce
à l'ardeur de ses soldats au travail, arrive sur la frontière des
Arvernes. Tombant sur eux contre toute attente, car ils se
croyaient défendus par les Cévennes comme par un mur, et dans
cette saison les sentiers n'en avaient jamais été praticables même
pour un homme seul, il ordonne à sa cavalerie d'étendre ses
courses aussi loin que possible, afin de causer aux ennemis un
plus grand effroi. La renommée et des courriers en informent bientôt Vercingétorix : tous les Arvernes épouvantés l'entourent et le
conjurent de penser à leurs biens, de ne pas les laisser ravager par
l'ennemi, surtout quand il voit que toute la guerre s'est portée chez
eux. Touché de leurs prières, il lève le camp, s'éloigne des Bituriges
et se rapproche des Arvernes.

IX. César, après avoir séjourné deux jours dans ces contrées, car
il avait prévu ce que ferait Vercingétorix, s'éloigne de l'armée pour

| | |
|---|---|
| impediebat iter | entravât la route |
| nive altissima, | par une neige très-haute, |
| tamen nive discussa | cependant la neige ayant été écartée |
| in altitudinem sex pedum | jusqu'à une profondeur de six pieds |
| atque viis patefactis ita, | et les routes ayant été ouvertes ainsi, |
| labore summo militum | avec un travail très-considérable des sol- |
| pervenit | il arriva [dats |
| ad fines Arvernorum. | aux frontières des Arvernes. |
| Quibus oppressis | Lesquels ayant été accablés |
| inopinantibus, | ne-s'y-attendant-pas, |
| quod existimabant | parce qu'ils pensaient [venne |
| se munitos Cevenna | eux-mêmes *être* fortifiés par le *mont* Cé- |
| ut muro, [gulari | comme par un rempart, |
| ac ne homini quidem sin- | et que pas même pour un homme isolé |
| semitæ | les sentiers |
| patuerant unquam | n'avaient été ouverts jamais |
| eo tempore anni, | en cette saison de l'année, |
| imperat equitibus | il commande aux cavaliers |
| ut vagentur | qu'ils fassent-des-courses *aussi loin* |
| quam possint latissime, | qu'ils pourront le plus loin, |
| et inferant hostibus | et apportent aux ennemis |
| terrorem | une terreur *aussi grande* [grande. |
| quam maximum. | qu'*ils pourront leur apporter* la plus |
| Hæc | Ces *événements* |
| perferuntur celeriter | sont portés rapidement |
| fama ac nuntiis | par la renommée et par des messages |
| ad Vercingetorigem : | à Vercingétorix : |
| quem omnes Arverni | que tous les Arvernes |
| perterriti | épouvantés |
| circumsistunt | entourent |
| atque obsecrant | et supplient |
| ut consulat suis fortunis, | pour qu'il veille sur leurs biens, |
| neu patiatur | ou (et) ne souffre pas |
| se diripi ab hostibus; | eux-mêmes être pillés par les ennemis; |
| præsertim quum videat | surtout lorsqu'il voit |
| omne bellum | toute la guerre |
| translatum ad se. | *avoir été* transportée chez eux. |
| Precibus quorum | Par les prières desquels |
| permotus, | ému, |
| ille movet castra | celui là met-en-mouvement *son* camp |
| ex Biturigibus | de chez les Bituriges |
| in Arvernos versus. | *pour aller* du côté des Arvernes. |
| IX. At Cæsar, | IX. Mais César, |
| moratus biduum | ayant séjourné deux-jours |
| in iis locis, | dans ces lieux, |
| quod præceperat opinione | parce qu'il avait conçu dans *son* idée |
| de Vercingetorige | au-sujet-de Vercingétorix |

supplementi equitatusque cogendi ab exercitu discedit; Brutum adolescentem iis copiis præficit; hunc monet ut in omnes partes equites quam latissime pervagentur; daturum se operam ne longius triduo ab castris absit. His constitutis rebus, suis inopinantibus, quam maximis potest itineribus, Viennam pervenit. Ibi nactus recentem equitatum, quem multis ante diebus eo præmiserat, neque diurno neque nocturno itinere intermisso, per fines Æduorum in Lingones[1] contendit, ubi duæ legiones hiemabant, ut, si quid etiam de sua salute ab Æduis iniretur consilii, celeritate præcurreret. Eo quum pervenisset, ad reliquas legiones mittit, priusque omnes in unum locum cogit, quam de ejus adventu Arvernis nuntiari posset. Hac re cognita, Vercingetorix rursus in Bituriges exercitum reducit, atque, inde profectus Gergoviam, Boiorum[2] oppidum,

rassembler des renforts et de la cavalerie, laissant le commandement des troupes au jeune Brutus. Il lui recommande de pousser le plus loin possible, de tous côtés, ses partis de cavalerie : il fera en sorte de n'être pas plus de trois jours loin du camp. Les choses ainsi réglées, il arrive en toute diligence à Vienne au milieu des siens, sans y être attendu : il y prend la nouvelle cavalerie, qu'il y avait envoyée déjà depuis quelques jours, et marchant sans s'arrêter ni jour ni nuit, il traverse le territoire des Éduens pour se rendre chez les Lingons, où deux légions étaient en quartiers d'hiver, voulant, si les Éduens avaient eux-mêmes des desseins contre sa personne, en prévenir l'effet par sa célérité. Arrivé chez les Lingons, il dépêche des courriers aux autres légions et les a rassemblées avant que les Arvernes aient pu savoir qu'il était de retour. A ces nouvelles, Vercingétorix ramène son armée chez les Bituriges, marche sur Gergovie, ville des Boïens, que César, après les avoir vaincus dans la guerre

| | |
|---|---|
| hæc usuventura, | ces choses devoir arriver, |
| discedit ab exercitu | s'éloigne de l'armée |
| per causam | sous le motif |
| cogendi supplementi | de rassembler des recrues |
| equitatusque ; | et de la cavalerie ; |
| præficit iis copiis | il met-à-la-tête-de ces troupes |
| adolescentem Brutum ; | le jeune Brutus ; |
| monet hunc | il avertit celui-ci |
| ut equites | que *ses* cavaliers |
| pervagentur | portent-leurs-courses *aussi loin* |
| quam latissime | qu'*ils pourront* le plus loin |
| in omnes partes ; | de tous les côtés ; |
| se daturum operam | *il dit* lui-même devoir donner *son* soin |
| ne absit ab castris | à ce qu'il ne soit-pas-absent du camp |
| longius triduo. | plus longtemps que trois-jours. |
| His rebus constitutis, | Ces choses ayant été réglées, |
| suis inopinantibus, | les siens ne-s'y-attendant-pas, |
| itineribus | par des marches *aussi longues* |
| quam potest maximis, | qu'il peut les plus longues, |
| pervenit Viennam. | il arrive à Vienne. |
| Nactus ibi | Ayant trouvé là |
| equitatum recentem | la cavalerie nouvelle |
| quem præmiserat eo | qu'il avait envoyée-en-avant là |
| multis diebus ante, | beaucoup-de jours auparavant, |
| neque itinere diurno | et la marche ni de-jour |
| neque nocturno intermisso, | ni de-nuit n'ayant été interrompue, |
| contendit | il se dirige |
| per fines Æduorum | à travers le territoire des Eduens |
| in Lingones, | chez les Lingons, |
| ubi duæ legiones | où deux légions |
| hiemabant, | hivernaient,                [complet |
| ut, si quid consilii | afin que, si quelque chose de ( quelque |
| iniretur | était formé |
| de sua salute | au-sujet-de son *propre* salut |
| etiam ab Æduis, | même par les Éduens, |
| præcurreret celeritate. | il *les* prévînt par la rapidité. |
| Quum pervenisset eo, | Comme il était arrivé là,         [gions, |
| mittit ad reliquas legiones, | il envoie *des courriers* vers les autres lé- |
| cogitque omnes | et *les* rassemble toutes |
| in unum locum, | dans un-seul endroit, |
| prius quam | avant qu'*une nouvelle* |
| de adventu ejus | au-sujet-de l'arrivée de lui |
| posset nuntiari Arvernis. | pût être annoncée aux Arvernes. |
| Hac re cognita, | Ce fait étant appris, |
| Vercingetorix | Vercingétorix |
| reducit rursus exercitum | ramène de nouveau *son* armée |
| in Bituriges. | chez les Bituriges, |

quos ibi Helvetico prœlio [1] victos Cæsar collocaverat Æduis-
que attribuerat, oppugnare instituit.

X. Magnam hæc res Cæsari difficultatem ad consilium capiendum afferebat : si reliquam partem hiemis uno in loco
legiones contineret, ne, stipendiariis Æduorum expugnatis,
cuncta Gallia deficeret, quod nullum amicis in eo præsidium
videret positum esse : sin maturius ex hibernis educeret, ne
ab re frumentaria duris subvectionibus laboraret. Præstare
visum est tamen omnes difficultates perpeti quam, tanta cor-
tumelia accepta, omnium suorum voluntates alienare. Itaque
cohortatus Æduos de supportando commeatu, præmittit ad
Boios, qui de suo adventu doceant hortenturque ut in fide
maneant, atque hostium impetum magno animo sustineant
Duabus Agendici [2] legionibus atque impedimentis totius exercitus relictis, ad Boios proficiscitur.

contre les Helvétiens, avait établi là en les plaçant sous la dépendance des Éduens, et commence le siége.

X. César fut alors très-embarrassé sur le parti qu'il devait prendre. S'il tenait ses légions réunies le reste de l'hiver sur un seul
point, il craignait que la prise d'une ville tributaire des Éduens ne
le fît abandonner de toute la Gaule, parce qu'on verrait que ses amis ne
pouvaient pas compter sur lui : s'il faisait sortir de trop bonne heure
l'armée de ses quartiers d'hiver, il craignait que la difficulté des
transports ne nuisît à ses approvisionnements. Il crut cependant
qu'il valait mieux subir toutes les difficultés que d'essuyer un pareil
affront et de perdre ses alliés. Il exhorte donc les Éduens à lui fournir des vivres, et fait prévenir les Boïens de son approche, en les
engageant à rester fidèles et à soutenir avec grand courage les
attaques de l'ennemi. Ainsi, laissant dans Agendicum deux légions
avec tous les bagages de l'armée, il se dirige vers les Boïens.

atque, profectus inde Gergoviam,
et, étant parti de là pour Gergovie,

oppidum Boiorum, [tico ville des Boiens, [les-Helvétiens
quos victos prœlio Helve- lesquels vaincus dans le combat contre-
Cæsar collocaverat ibi César avait établis là
attribueratque Æduis, et avait donnés aux Éduens,
instituit oppugnare. il commence à l'attaquer.

X. Hæc res
X. Cette circonstance

afferebat Cæsari apportait à César
magnam difficultatem une grande difficulté
ad capiendum consilium : pour prendre une résolution :
si partem hiemis reliquam si pendant la partie de l'hiver qui-restait
contineret legiones il maintenait ses légions
in uno loco, dans un-seul endroit,
ne, stipendiariis Æduorum il craignait que, les tributaires des Éduens
expugnatis, ayant été pris,
cuncta Gallia deficeret, toute la Gaule ne fît-défection
quod videret parce qu'elle verrait
nullum præsidium aucun appui
amicis pour ses amis
esse positum in eo; n'être placé en lui :
sin educeret maturius mais-s'il les faisait-sortir trop tôt
ex hibernis, des quartiers-d'hiver,
ne laboraret il craignait qu'il ne souffrît
ab re frumentaria, du-côté-de l'approvisionnement de-blé,
subvectionibus duris. les transports étant difficiles.
Tamen visum est præstare Cependant il lui parut être-meilleur
perpeti omnes difficultates, d'endurer toutes les difficultés,
quam, tanta contumelia que, un si-grand affront
accepta, ayant été reçu,
alienare voluntates d'aliéner les bonnes-dispositions
omnium suorum. de tous les siens. [Éduens
Itaque cohortatus Æduos En-conséquence ayant encouragé les
de supportando commeatu, pour transporter des vivres,
præmittit ad Boios, il envoie-en-avant chez les Boiens
qui doceant des hommes qui les avertissent
de suo adventu de son arrivée
hortenturque et les exhortent
ut maneant in fide, pour qu'ils restent dans la fidélité (fidèles),
atque sustineant et soutiennent
magno animo d'un grand cœur
impetum hostium. l'attaque des ennemis.
Duabus legionibus Deux légions
atque impedimentis et les bagages
totius exercitus de toute l'armée
relictis Agendici, ayant été laissés à Agendicum,
proficiscitur ad Boios. il part vers les Boiens.

XI. Altero die quum ad oppidum Senonum Vellaunodunum
venisset, ne quem post se hostem relinqueret, quo expeditiore
re frumentaria uteretur, oppugnare instituit, idque biduo cir-
cumvallavit : tertio die missis ex oppido legatis de deditione,
arma proferri, jumenta produci, sexcentos obsides dari jubet.
Ea qui conficeret, C. Trebonium legatum relinquit : ipse, ut
quamprimum iter faceret, Genabum Carnutum proficiscitur,
qui, tum primum allato nuntio de oppugnatione Vellaunoduni,
quum longius eam rem ductum iri existimarent, præsidium
Genabi tuendi causa, quod eo mitterent, comparabant. Huc
biduo pervenit; castris ante oppidum positis, diei tempore
exclusus, in posterum oppugnationem differt, quæque ad eam
rem usui sint, militibus imperat; et, quod oppidum Genabum

XI. Le lendemain, il arrive près de Vellaunodunum, ville des
Sénonais, et, ne voulant point laisser d'ennemis derrière lui, pour
que les vivres circulassent librement, il en forme le siége. La circonvallation fut achevée en deux jours ; le troisième, la ville ayant
envoyé des députés pour se soumettre, César ordonna qu'on lui livrât
les armes, les bêtes de somme et six cents otages. Il laissa, pour
faire exécuter la capitulation, son lieutenant C. Trébonius, et, afin de
ne pas perdre de temps, marcha lui-même sur Génabum, ville des
Carnutes ; ceux-ci venaient seulement d'apprendre le siége de Vellaunodunum, et, croyant qu'il durerait plus longtemps, rassemblaient
des troupes pour les jeter dans Génabum et défendre cette place.
César y arriva en deux jours, campa devant la ville, et, comme la
journée était trop avancée, remit l'attaque au lendemain et ordonna
aux soldats de tenir prêt tout ce qui est nécessaire pour un assaut:

**XI.** Altero die
quum venisset
ad Vellaunodunum,
oppidum Senonum,
ne relinqueret post se
quem hostem,
quo uteretur
re frumentaria
expeditiore,
instituit oppugnare,
circumvallavitque id
biduo :
tertio die
legatis missis ex oppido
de deditione,
jubet arma proferri,
jumenta produci,
sexcentos obsides dari.
Relinquit
C. Trebonium legatum
qui conficeret ea :
ipse, ut faceret iter
quamprimum,
proficiscitur Genabum
Carnutum,
qui, nuntio
de oppugnatione
Vellaunoduni
allato tum
primum,
quum existimarent
eam rem
ductum iri longius,
comparabant
causa tuendi Genabi
præsidium
quod mitterent eo.
Pervenit huc biduo ;
castris
positis ante oppidum,
exclusus tempore diei,
differt oppugnationem
in posterum,
imperatque militibus
quæ sint usui
ad eam rem ;
et, quod pons

**XI.** Le second jour
comme il était arrivé
à Vellaunodunum,
ville des Sénonais ,
afin qu'il ne laissât pas derrière lui
quelque ennemi ,
afin qu'il usât
d'un approvisionnement de-blé
plus dégagé (plus facile),
il commença à l'assiéger,
et l'entoura-d'une-circonvallation
en deux-jours :
le troisième jour
des députés ayant été envoyés de la ville
au-sujet-de la reddition,
il ordonne les armes être apportées,
les bêtes-de-somme être amenées,
six-cents otages être donnés.
Il laisse
C. Trébonius *son* lieutenant
qui achevât (pour achever) ces choses :
lui-même, pour qu'il fît route
le-plus-tôt-possible,
part pour Génabum
*ville* des Carnutes,
qui, la nouvelle
du siége
de Vellaunodunum
ayant été apportée alors
pour-la-première-fois,
comme ils pensaient
cette entreprise
devoir se prolonger plus longtemps,
préparaient
en vue de protéger Génabum
un corps-auxiliaire
qu'ils envoyassent (pour envoyer) là.
Il arrive là en deux-jours ;
*son* camp
ayant été établi devant la ville,
empêché par l'heure du jour,
il remet l'attaque
au *jour* suivant,
et commande aux soldats
*les choses* qui étaient à utilité (utiles)
pour cette entreprise ;
et, parce qu'un pont

pons fluminis Ligeris continebat [1], veritus ne noctu ex oppido profugerent, duas legiones in armis excubare jubet. Gena-benses, paulo ante mediam noctem silentio ex oppido egressi, flumen transire cœperunt. Qua re per exploratores nuntiata, Cæsar legiones, quas expeditas esse jusserat, portis iniensis, intromittit, atque oppido potitur, perpaucis ex hostium numero desideratis quin cuncti vivi caperentur, quod pontis atque itinerum angustiæ multitudini fugam intercluserant. Oppidum diripit atque incendit, prædam militibus donat, exercitum Ligerim transducit, atque in Biturigum fines pervenit.

XII. Vercingetorix, ubi de Cæsaris adventu cognovit, oppugnatione desistit, atque obviam Cæsari proficiscitur. Ille oppidum Biturigum, positum in via, Noviodunum [2] oppugnare instituerat. Quo ex oppido quum legati ad eum venissent,

comme il y avait à Génabum un pont sur la Loire, craignant que l'en-nemi ne sortît de la place dans la nuit, il commanda deux légions pour veiller en armes. En effet, un peu avant minuit, les habitants sor-tent de la ville et commencent à traverser le fleuve. César l'apprend par ses éclaireurs, met le feu aux portes, fait entrer les légions qui avaient eu l'ordre de se tenir prêtes et s'empare de la place, dont presque tous les habitants furent pris, parce que le peu de largeur du pont et des chemins arrêta la foule dans sa fuite. Il saccage et brûle la ville, abandonne le butin aux soldats, fait passer la Loire à son armée et arrive sur les terres des Bituriges.

XII. Vercingétorix lève le siége à la nouvelle de l'approche de César, et vient au-devant de lui. César avait attaqué No-viodunum, ville des Bituriges placée sur sa route : des députés en

| | |
|---|---|
| fluminis Ligeris | du (sur le) fleuve la Loire |
| contingebat | joignait à l'autre rive |
| oppidum Genabum, | la ville de Génabum, |
| veritus ne noctu | craignant que de nuit |
| profugerent ex oppido, | ils ne se sauvassent de la place, |
| jubet duas legiones | il ordonne deux légions |
| excubare in armis. | veiller en armes. |
| Genabenses, | Les habitants-de-Génabum, |
| egressi ex oppido | étant sortis de la place |
| silentio | en silence |
| paulo ante mediam noctem, | un peu avant le milieu-de-la nuit, |
| cœperunt transire flumen. | commencèrent à passer le fleuve. |
| Qua re nuntiata | Lequel fait ayant été annoncé |
| per exploratores, | par l'entremise des éclaireurs, |
| Cæsar, portis incensis, | César, les portes étant incendiées, |
| intromittit legiones | fait-entrer les légions |
| quas jusserat | qu'il avait ordonné |
| esse expeditas, | être dégagées (prêtes), |
| atque potitur oppido, | et s'empare de la place, |
| perpaucis | de très-peu-nombreux |
| ex numero hostium | du nombre (sur la totalité) des ennemis |
| desideratis, | ayant été regrettés (ayant échappé), |
| quin cuncti | pour que tous |
| caperentur vivi, | ne fussent pas pris vivants, |
| quod angustiæ | parce que les passages-resserrés |
| pontis atque itinerum | du pont et des chemins |
| intercluserant fugam | avaient coupé la fuite |
| multitudini. | à la multitude. |
| Diripit | Il pille |
| atque incendit oppidum, | et incendie la place, |
| donat prædam militibus, | donne le butin aux soldats, |
| transducit Ligerim | fait-passer la Loire |
| exercitum, | à son armée, |
| atque pervenit | et arrive |
| in fines Biturigum. | sur le territoire des Bituriges. |
| XII. Vercingetorix, | XII. Vercingétorix, |
| ubi cognovit | dès qu'il fut informé |
| de adventu Cæsaris, | de l'arrivée de César, |
| desistit oppugnatione, | renonce au siége, |
| atque proficiscitur | et part |
| obviam Cæsari. | à-la-rencontre de César. |
| Ille | Celui-là (César) |
| instituerat oppugnare | avait commencé d'assiéger |
| oppidum Biturigum, | une ville des Bituriges, |
| Noviodunum, | Noviodunum, |
| positum in via. | située sur la route. |
| Quo ex oppido | De laquelle ville |

oratum ut sibi ignosceret suæque vitæ consuleret, ut celeritate reliquas res conficeret, qua pleraque erat consecutus, arma proferri, equos produci, obsides dari jubet. Parte jam obsidum transdita, quum reliqua administrarentur, centurionibus et paucis militibus intromissis, qui arma jumentaque conquirerent, equitatus hostium procul visus est, qui agmen Vercingetorigis antecesserat. Quem simul atque oppidani conspexerunt atque in spem auxilii venerunt, clamore sublato arma capere, portas claudere, murum complere cœperunt. Centuriones in oppido quum ex significatione Gallorum novi aliquid ab his iniri consilii intellexissent, gladiis destrictis portas occupaverunt, suosque omnes incolumes receperunt.

XIII. Cæsar ex castris equitatum educi jubet prœliumque

étaient sortis pour le prier de leur pardonner et de leur conserver la vie; et, pour achever son entreprise avec la même célérité qui lui avait déjà valu presque tous ses succès, il leur avait ordonné de livrer leurs armes, de remettre leurs chevaux et de donner des otages: on en avait déjà fourni une partie, on s'occupait du reste, et des centurions étaient entrés dans la ville avec quelques soldats pour faire la recherche des armes et des bêtes de somme, lorsque, dans le lointain, parut la cavalerie ennemie, qui précédait l'armée de Vercingétorix. Dès qu'ils l'aperçoivent et qu'ils ont l'espoir d'être secourus, les habitants poussant un cri, commencent à prendre les armes, à fermer les portes et à border le rempart. Les centurions qui étaient dans la ville, comprenant par les démonstrations des Gaulois qu'ils ont formé quelque résolution nouvelle, s'emparent des portes l'épée à la main, et se retirent sains et saufs avec tous leurs soldats.

XIII. César fait sortir sa cavalerie du camp et engage le combat:

| | |
|---|---|
| quum legati | comme des députés |
| venissent ad eum | étaient venus vers lui |
| oratum | *le* prier |
| ut ignosceret sibi | qu'il pardonnât à eux-mêmes |
| consuleretque suæ vitæ, | et protégeât leur vie, |
| ut conficeret | afin qu'il achevât |
| res reliquas | les affaires qui-restaient |
| celeritate, | avec *cette* rapidité, |
| qua consecutus erat | par laquelle il avait obtenu |
| pleraque, | la plupart *des succès*, |
| jubet arma proferri, | il ordonne les armes être apportées, |
| equos produci, | les chevaux être amenés, |
| obsides dari. | des otages être donnés. |
| Parte obsidum | Une partie des otages |
| transdita jam, | ayant été livrée déjà, |
| quum reliqua | tandis que le reste *des conventions* |
| administrarentur, | s'exécutaient, |
| centurionibus | des centurions |
| et paucis militibus, | et quelques soldats, |
| qui conquirerent | qui recherchassent (chargés de rechercher) |
| arma jumentaque, | les armes et les bêtes-de-somme, |
| intromissis, | ayant été introduits *dans la place*, |
| equitatus hostium, | la cavalerie des ennemis, |
| qui antecesserat | qui avait devancé |
| agmen Vercingetorigis, | l'armée de Vercingétorix, |
| visus est procul. | fut vue au loin. |
| Quem simul atque oppidani | Laquelle dès que les habitants-de-la-ville |
| conspexerunt | eurent aperçue |
| atque venerunt | et qu'ils *en* furent venus |
| in spem auxilii, | à l'espoir d'un secours, |
| clamore sublato | un cri ayant été élevé (poussé) |
| cœperunt capere arma, | ils commencèrent à prendre les armes, |
| claudere portas, | à fermer les portes, |
| complere murum. | à remplir (garnir) le rempart. |
| Centuriones in oppido, | Les centurions *qui étaient* dans la place, comme |
| quum | |
| ex significatione Gallorum | d'après la manifestation des Gaulois |
| intellexissent | ils avaient compris          [velle |
| aliquid consilii novi | quelque chose de (quelque) résolution nou- |
| iniri ab his, | être formée par ceux-ci, |
| gladiis destrictis | *leurs* épées ayant été tirées |
| occupaverunt portas, | s'emparèrent des portes, |
| receperuntque omnes suos | et remmenèrent tous leurs *soldats* |
| incolumes. | sains-et-saufs |
| XIII. Cæsar | XIII. César |
| jubet equitatum | ordonne la cavalerie |
| duci ex castris | être menée-hors du camp |

equestre committit : laborantibus jam suis Germanos equites circiter quadringentos submittit, quos ab initio secum habere instituerat. Eorum impetum Galli sustinere non potuerunt, atque in fugam conjecti, multis amissis, se ad agmen recepe- runt : quibus profligatis, rursus oppidani perterriti compre- hensos eos, quorum opera plebem concitatam existimabant, ad Cæsarem perduxerunt, seseque ei dediderunt. Quibus rebus confectis, Cæsar ad oppidum Avaricum [1], quod erat maximum munitissimumque in finibus Biturigum atque agri fertilissima regione, profectus est ; quod, eo oppido recepto, civitatem Biturigum se in potestatem redacturum confidebat.

XIV. Vercingetorix, tot continuis incommodis Vellauno- duni, Genabi, Novioduni acceptis, suos ad concilium convo- cat. Docet « Longe alia ratione esse bellum gerendum, atque

voyant plier les siens, il envoie à leur secours environ quatre cents cavaliers germains, qu'il avait pris avec lui dès le commencement de la campagne. L'ennemi ne put soutenir leur choc, prit la fuite et se replia sur le gros de son armée, laissant beaucoup de morts. Sa déroute ayant jeté de nouveau la terreur dans la ville, les habitants saisirent ceux qu'ils soupçonnaient d'avoir ameuté la populace, les amenèrent à César et se rendirent. Cette affaire finie, il marche sur Avaricum, ville très-grande et très-forte, située sur le territoire des Bituriges, dans le canton le plus fertile, parce qu'il espérait, en s'en emparant, réduire en son pouvoir la cité entière.

XIV. Après tant d'échecs reçus coup sur coup, à Vellaunodunum, à Génabum, à Noviodunum, Vercingétorix assemble son conseil. Il fait voir « Qu'on doit adopter un plan de campagne tout différent de

| | |
|---|---|
| committitque | et engage |
| prœlium equestre : | un combat de-cavalerie : |
| submittit suis | il envoie-au-secours des siens |
| laborantibus jam | qui etaient-en-péril (pliaient) déjà |
| circiter | environ |
| quadringentos equites | quatre-cents cavaliers |
| Germanos, | germains, |
| quos ab initio | que dès le commencement |
| instituerat habere secum. | il s'était habitué à avoir avec lui-même. |
| Galli | Les Gaulois |
| non potuerunt sustinere | ne purent pas soutenir |
| impetum eorum, | le choc d'eux, |
| atque conjecti in fugam, | et jetés (mis) en fuite, |
| multis amissis, | beaucoup *des leurs* ayant été perdus, |
| se receperunt ad agmen : | se retirèrent vers l'armée : |
| quibus profligatis, | lequels ayant été battus, |
| rursus oppidani | de nouveau les habitants-de-la-ville |
| perterriti | effrayés |
| perduxerunt ad Cæsarem | amenèrent à César |
| comprehensos | saisis (après les avoir arrêtés) |
| eos opera quorum | ceux par l'œuvre desquels |
| existimabant | ils pensaient |
| plebem concitatam, | la populace *avoir été* soulevée, |
| seseque dediderunt ei | et se rendirent à lui. |
| Quibus rebus confectis, | Ces choses ayant été achevées, |
| Cæsar profectus est | César partit |
| ad oppidum Avaricum, | vers la ville *d'*Avaricum, |
| quod erat maximum | qui était la plus grande |
| munitissimumque | et la plus fortifiée |
| in finibus Biturigum | sur les terres des Bituriges |
| atque regione fertilissima | et dans le canton le plus fertile |
| agri ; | du territoire ; |
| quod, eo oppido recepto, | parceque, cette place ayant été recouvrée, |
| confidebat | il avait-confiance |
| se redacturum | lui-même devoir réduire |
| in potestatem | en *son* pouvoir |
| civitatem Biturigum. | la cité des Bituriges. |
| XIV. Vercingetorix, | XIV. Vercingétorix, |
| tot incommodis continuis | tant d'échecs successifs |
| acceptis | ayant été reçus (essuyés) |
| Vellaunoduni, Genabi, | à Vellaunodunum, à Génabum, |
| Novioduni, | à Noviodunum, |
| convocat suos ad concilium. | appelle les siens à une assemblée. |
| Docet | Il *leur* montre |
| « Bellum gerendum esse | « La guerre devoir être faite |
| ratione longe alia | sur un plan de loin (tout à fait) autre |
| atque gestum sit | qu'elle n'avait été faite |

antea sit gestum : omnibus modis huic rei studendum, ut
pabulatione et commeatu Romani prohibeantur : id esse facile,
quod equitatu ipsi abundent, et quod anni tempore subleventur : pabulum secari non posse ; necessario dispersos hostes
ex ædificiis petere : hos omnes quotidie ab equitibus deleri
posse. Præterea salutis causa rei familiaris commoda negligenda ; vicos atque ædificia incendi oportere hoc spatio, a
Boia quoquoversus, quo pabulandi causa adire posse videantur. Harum ipsis rerum copiam suppetere, quod, quorum in
finibus bellum geratur, eorum opibus subleventur ; Romanos
aut inopiam non laturos, aut magno cum periculo longius ab
castris progressuros : neque interesse, ipsosne interficiant,
impedimentisne exuant, quibus amissis bellum geri non possit.

celui qu'on a suivi jusque-là. Il faut employer tous les moyens pour
couper aux Romains le fourrage et les vivres ; chose facile, parce
qu'on a beaucoup de cavalerie et qu'on est secondé par la saison. Le
fourrage ne peut pas encore être coupé : l'ennemi sera forcé de se
disperser pour en chercher dans les habitations, et la cavalerie
pourra chaque jour le détruire en détail. Enfin il fallait sacrifier à
l'intérêt public les intérêts particuliers, brûler les bourgs et les maisons, à partir du pays des Boïens, de tous les côtés où les Romains
paraîtraient pouvoir aller au fourrage. Eux, ils ne manqueraient
de rien, étant approvisionnés par les peuples chez qui se faisait la
guerre. Quant aux Romains, ou ils ne pourraient tenir contre la disette, ou ils s'exposeraient beaucoup en s'écartant de leur camp ; et
peu importait de les tuer ou de leur enlever leurs bagages, sans les-

| | |
|---|---|
| antea : | auparavant (jusque-là) : |
| studendum | qu'il fallait s'appliquer |
| omnibus modis | de toutes les manières |
| huic rei, | à cette chose, |
| ut Romani | que les Romains |
| prohibeantur pabulatione | fussent exclus (privés) de fourrage |
| et commeatu : | et de vivres : |
| id esse facile, | ceci être facile, |
| quod ipsi | parce qu'eux-mêmes |
| abundent equitatu, | avaient-en-abondance de la cavalerie, |
| et quod subleventur | et parce qu'ils étaient aidés |
| tempore anni : | par la saison de l'année : |
| pabulum non posse secari; | du fourrage ne pouvoir pas être coupé ; |
| necessario | nécessairement |
| hostes dispersos | les ennemis dispersés |
| petere ex ædificiis : | *devoir en* tirer des habitations ; |
| omnes hos | tous ceux-ci |
| posse deleri quotidie | pouvoir être anéantis chaque-jour |
| ab equitibus. | par les cavaliers. |
| Præterea | Outre-cela |
| causa salutis | en vue du salut *commun* |
| commoda rei familiaris | les intérêts du bien de-famille |
| negligenda; | devoir être négligés ; |
| oportere | qu'il fallait |
| vicos atque ædificia | les bourgs et les habitations |
| incendi hoc spatio | être incendiés dans *tout* cet espace |
| a Boia | depuis le pays-des-Boiens |
| quoquoversus, | dans-toutes-les-directions, |
| quo videantur | où *les Romains* paraissaient |
| posse adire | pouvoir venir |
| causa pabulandi. | en vue de faire-du-fourrage. |
| Copiam harum rerum | L'abondance de ces choses |
| suppetere ipsis, | être-à-la-disposition d'eux-mêmes, |
| quod subleventur | parce qu'ils seraient aidés |
| opibus eorum | des ressources de ceux |
| in finibus quorum | sur le territoire desquels |
| bellum geratur; | la guerre se ferait ; |
| Romanos | les Romains |
| aut non laturos inopiam, | ou ne pas devoir supporter la disette, |
| aut progressuros | ou devoir s'avancer |
| longius ab castris | trop loin du camp |
| cum magno periculo : | avec un grand péril : |
| neque interesse, | et *ceci* n'être-pas-différent, |
| interficiantne ipsos, | s'ils tueraient *les Romains* eux-mêmes, |
| exuantne impedimentis, | ou *les* dépouilleraient de *leurs* bagages, |
| quibus amissis | lesquels étant perdus |
| bellum non possit geri. | la guerre ne pouvait être faite. |

Præterea oppida incendi oportere, quæ non munitione et loci
natura ab omni sint periculo tuta ; neu suis sint ad detractandam [1] militiam receptacula, neu Romanis proposita ad
copiam commeatus prædamque tollendam. Hæc si gravia aut
acerba videantur, multo illa gravius æstimare debere, liberos,
conjuges in servitutem abstrahi, ipsos interfici ; quæ sit necesse accidere victis. »

XV. Omnium consensu hac sententia probata, uno die amplius viginti urbes Biturigum incenduntur. Hoc idem fit in
reliquis civitatibus. In omnibus partibus incendia conspiciuntur : quæ etsi magno cum dolore omnes ferebant, tamen hoc
sibi solatii proponebant, quod se, prope explorata victoria,
celeriter amissa recuperaturos confidebant. Deliberatur de
Avarico in communi concilio, incendi placeret, an defendi.

quels ils ne pourraient faire la guerre. Il fallait encore brûler toutes
les places que leurs fortifications ou la nature du terrain ne mettaient pas à l'abri de tout péril, afin qu'elles ne servissent ni d'asile
aux Gaulois pour se dérober au service ni de but aux Romains pour
aller enlever du butin et des vivres. Si cela semblait dur et rigoureux, on devait trouver plus dur encore de voir traîner en esclavage
ses enfants et ses femmes et de périr soi-même ; sort inévitable des
vaincus. »

XV. Son avis ayant été accepté d'un consentement unanime, on
brûla, dans un jour, plus de vingt villes des Bituriges : on fit de
même dans les autres cités. De tous côtés on ne voyait qu'incendies : quoique tous en fussent vivement affligés, cependant on se
consolait par l'espoir d'une victoire presque certaine, qui permet-
trait de recouvrer bientôt ce qu'on avait perdu. On délibérait dans
l'assemblée générale s'il convenait de brûler ou de défendre Ava-

Præterea oportere
oppida incendi,
quæ non sint tuta
ab omni periculo
munitione
et natura loci ;
neu receptacula
sint suis
ad detractandam militiam,
neu proposita Romanis
ad tollendam
copiam commeatus
prædamque.
Si hæc
videantur gravia
aut acerba,
debere æstimare illa
multo gravius,
liberos, conjuges
abstrahi in servitutem,
ipsos interfici ;
quæ sit necesse
accidere victis. »
XV. Hac sententia
probata
consensu omnium,
amplius viginti urbes
Biturigum
incenduntur uno die.
Hoc idem fit
in reliquis civitatibus.
Incendia conspiciuntur
in omnibus partibus :
quæ etsi omnes ferebant
cum magno dolore,
tamen proponebant sibi
hoc solatii,
quod confidebant
se, victoria
prope explorata,
recuperaturos celeriter
amissa.
Deliberatur de Avarico
in concilio communi,
placeret
incendi
an defendi.

Outre-cela qu'il fallait
les villes être incendiées,
celles qui n'étaient pas en-sûreté
contre tout danger
par la fortification
et la nature (l'assiette) du lieu
et afin que des retraites
ne soient pas aux leurs
pour refuser le service-militaire,
et afin qu'elles ne soient pas offertes aux
pour enlever                [Romains
abondance de vivres
et du butin.
Si ces choses-ci
paraissaient pénibles
ou affligeantes,
eux devoir estimer celles-là
une condition beaucoup plus pénible,
leurs enfants, leurs épouses
être entraînés en servitude,
eux-mêmes être massacrés ;      [vaient)
accidents qu'il était nécessaire (qui de-
arriver à des vaincus. »
XV. Cette résolution
ayant été approuvée
du consentement de tous,
plus que vingt villes
des Bituriges
sont incendiées en un-seul jour
Cette même chose se fait
dans le reste-des cités.
Des incendies sont aperçus
de tous les côtés :
lesquels quoique tous supportassent
avec une grande douleur,
cependant ils offraient à eux-mêmes
ceci de (cette) consolation,
qu'ils avaient-confiance
eux-mêmes, la victoire
étant presque assurée,
devoir recouvrer promptement
les biens perdus.
On délibère sur Avaricum
dans une assemblée générale,
pour savoir s'il plaisait (si l'on jugeait bon)
elle être incendiée
ou être défendue.

Procumbunt omnibus Gallis ad pedes Bituriges, « Ne pul-
cherrimam prope totius Galliæ urbem, quæ et præsidio et
ornamento sit civitati, suis manibus succendere cogerentur;
facile se loci natura defensuros dicunt, quod, prope ex omnibus partibus flumine et palude circumdata, unum habeat et
perangustum aditum. » Datur petentibus venia, dissuadente
primo Vercingetorige, post concedente, et precibus ipsorum,
et misericordia vulgi. Defensores oppido idonei deliguntur.

XVI. Vercingetorix minoribus Cæsarem itineribus subsequitur et locum castris deligit, paludibus silvisque munitum,
ab Avarico longe millia passuum sedecim [1]. Ibi per certos exploratores in singula diei tempora, quæ ad Avaricum agerentur,
cognoscebat, et, quid fieri vellet, imperabat : omnes nostras
pabulationes frumentationesque observabat, dispersosque,

ricum. Les Bituriges se jettent aux pieds des autres Gaulois et sup-
plient « Qu'on ne les force pas à mettre le feu de leurs mains à la
ville la plus belle de presque toute la Gaule, l'ornement et le boulevard de leur cité. Ils la défendront aisément, grâce à sa position;
car, entourée presque en entier par la rivière et par un marais, elle
n'a qu'une avenue fort étroite. » Ils obtiennent ce qu'ils demandent:
Vercingétorix, qui s'y opposait d'abord, y consent enfin sur leurs
prières, qui avaient ému la pitié de la multitude. On choisit pour la
ville des défenseurs courageux.

XVI. Vercingétorix suit César à petites journées et assoit son
camp à seize milles d'Avaricum, dans une position défendue par des
bois et des marais. A chaque heure du jour, il savait, par des espions
sûrs, ce qui se passait près de la ville, où il faisait parvenir ses
ordres. Tous nos mouvements pour chercher des grains et du fourrage étaient épiés; si nos gens se dispersaient ou s'éloignaient trop,

| | |
|---|---|
| Bituriges | Les Bituriges |
| procumbunt ad pedes | tombent aux pieds |
| omnibus Gallis, | à (de) tous les Gaulois, |
| « Ne cogerentur | *demandant* « Qu'ils ne fussent pas forcé |
| succendere suis manibus | d'incendier de leurs mains |
| urbem pulcherrimam | la ville la plus belle |
| Galliæ prope totius, | de la Gaule presque tout-entière |
| quæ sit et præsidio | qui était et à appui (la défense) |
| et ornamento | et à ornement (et l'ornement) |
| civitati ; | à (de) *leur* cité ; |
| dicunt se | ils disent eux-mêmes |
| defensuros facile | devoir *la* défendre facilement |
| natura loci, | par la nature du lieu, |
| quod, circumdata | parce que, entourée |
| prope ex omnibus partibus | presque de tous côtés |
| flumine et palude, | par un fleuve et par un marais, |
| habeat unum aditum | elle avait un-seul accès |
| et perangustum. » | et très-étroit. » |
| Venia datur | La grâce est accordée |
| petentibus, | à *eux la* demandant, |
| Vercingetorige | Vercingétorix |
| dissuadente primo, | *le* déconseillant d'abord, |
| post concedente, | puis *le* permettant, |
| et precibus ipsorum, | à cause et des prières d'eux-mêmes, |
| et misericordia vulgi. | et de la pitié de la foule. |
| Defensores idonei | Des défenseurs convenables |
| deliguntur oppido. | sont choisis pour la place. |
| XVI. Vercingetorix | XVI. Vercingétorix |
| subsequitur Cæsarem | suit-de-près César |
| itineribus minoribus | par des marches plus petites |
| et deligit castris | et choisit pour *son* camp |
| locum munitum | un emplacement fortifié |
| paludibus silvisque, | par des marais et des forêts, |
| sedecim millia passuum | à seize milliers de pas |
| ab Avarico. | d'Avaricum. |
| Ibi cognoscebat | Là il apprenait |
| per exploratores certos | par des éclaireurs sûrs (affidés) |
| in singula tempora diei | à chaque heure du jour |
| quæ agerentur | ce qui se passait |
| ad Avaricum, | près d'Avaricum, |
| et imperabat | et commandait |
| quid vellet fieri : | ce qu'il voulait être fait (qu'on fît) : |
| observabat | il épiait |
| omnes nostras pabulationes | toutes nos sorties-pour-le-fourrage |
| frumentationesque, | et sorties-pour-le-blé, |
| adoriebaturque | et attaquait |
| dispersos, | *nos soldats* dispersés, |

quum longius necessario procederent, adoriebatur magnoque incommodo afficiebat : etsi, quantum ratione provideri poterat, ab nostris occurrebatur, ut incertis temporibus diversisque itineribus iretur.

XVII. Castris ad eam partem oppidi positis, Cæsar, quæ intermissa a flumine et a palude aditum, ut supra diximus, angustum habebat, aggerem apparare, vineas agere, turres duas constituere cœpit : nam circumvallare loci natura prohibebat. De re frumentaria Boios atque Æduos adhortari non destitit : quorum alteri, quod nullo studio agebant, non multum adjuvabant; alteri, non magnis facultatibus, quod civitas erat exigua et infirma, celeriter, quod habuerunt, consumpserunt. Summa difficultate rei frumentariæ affecto exercitu, tenuitate Boiorum, indiligentia Æduorum, incendiis ædificiorum, usque eo ut complures dies milites frumento caruerint,

il les attaquait et leur faisait beaucoup de mal , quoique l'on prît toutes les précautions possibles et que l'on n'eût ni heure ni direction fixes.

XVII. Ayant assis son camp devant la partie de la ville qui avait, comme nous l'avons dit, une avenue étroite entre la rivière et le marais, César fit commencer une terrasse, pousser des mantelets et établir deux tours : car la nature des lieux empêchait de tracer une circonvallation. Il ne cessait d'insister auprès des Boïens et des Éduens pour les vivres; mais les uns, qui agissaient sans zèle, ne l'aidaient pas beaucoup; les autres, dont les ressources étaient bornées, car leur cité était petite et faible, eurent bientôt épuisé ce qu'ils avaient. L'armée souffrait à la fois et de la disette, grâce à la pauvreté des Boïens et à la nonchalance des Éduens, et de l'incendie des habitations, au point qu'elle manqua de blé plusieurs jours et n'eut,

| | |
|---|---|
| quum procederent longius necessario, | lorsqu'ils s'avançaient plus loin que la *distance* nécessaire, |
| afficiebatque | et *les* accablait |
| magno detrimento : | d'un grand dommage : |
| etsi, | quoique, |
| quantum poterat provideri ratione, | *autant* qu'il pouvait être pourvu par la prudence, |
| occurrebatur ab nostris, | il *y* était remédié par les nôtres, |
| ut iretur | *de telle sorte* qu'on *y* allait |
| temporibus incertis | à des moments non-fixes |
| itineribusque diversis. | et par des chemins différents. |
| XVII. Cæsar, | XVII. César, |
| castris positis | *son* camp ayant été établi |
| ad eam partem oppidi, | de ce côté de la ville, |
| quæ intermissa | qui laissé-en-intervalle (non bordé) |
| a flumine | par le fleuve |
| et a palude, | et par le marais, |
| ut diximus supra, | comme nous avons dit ci-dessus, |
| habebat aditum angustum, | avait un accès étroit, |
| cœpit apparare aggerem, | commença à préparer une terrasse, |
| agere vineas, | à faire-avancer des mantelets, |
| constituere duas turres : | à établir deux tours : |
| nam natura loci | car la nature du lieu |
| prohibebat circumvallare. | empêchait de faire-une-circonvallation. |
| Non destitit | Il ne cessa pas |
| adhortari Boios | d'exhorter les Boïens |
| atque Æduos | et les Éduens |
| de re frumentaria : | au-sujet de l'approvisionnement de-blé : |
| quorum alteri, | desquels les uns, |
| quod agebant nullo studio, | parce qu'ils n'agissaient avec aucun zèle, |
| non adjuvabant multum ; | ne *l'*aidaient pas beaucoup ; |
| alteri, | les autres, |
| facultatibus non magnis, | *leurs* ressources n'*étant* pas grandes, |
| quod civitas | parce que *leur* cité |
| erat exigua et infirma, | était petite et faible, |
| consumpserunt celeriter | épuisèrent rapidement |
| quod habuerunt. | ce qu'ils eurent (avaient). |
| Exercitu affecto | L'armée étant accablée |
| summa difficultate | par l'extrême difficulté |
| rei frumentariæ, | de l'approvisionnement de-blé, |
| tenuitate Boiorum, | la pauvreté des Boïens, |
| indiligentia Æduorum, | le manque-de-zèle des Éduens, |
| incendiis ædificiorum, | les incendies des habitations, |
| usque eo ut milites | jusque-là que les soldats |
| carnerint frumento | manquèrent de blé |
| complures dies, | *pendant* plusieurs jours, |
| et sustentarent | et supportèrent (apaisèrent) |

et pecore e longinquioribus vicis adacto extremam famem
sustentarent, nulla tamen vox est ab iis audita populi Romani
majestate et superioribus victoriis indigna. Quinetiam Cæsar
quum in opere singulas legiones appellaret, et, si acerbius
inopiam ferrent, se dimissurum oppugnationem diceret, universi ab eo, « Ne id faceret, petebant : sic se complures annos
illo imperante meruisse, ut nullam ignominiam acciperent,
nunquam infecta re discederent : hoc se ignominiæ laturos
loco, si inceptam oppugnationem reliquissent : præstare
omnes perferre acerbitates, quam non civibus Romanis, qui
Genabi perfidia Gallorum interissent, parentarent. » Hæc
eadem centurionibus tribunisque militum mandabant, ut per
eos ad Cæsarem deferrentur.

XVIII. Quum jam muro turres appropinquassent, ex captivis
Cæsar cognovit Vercingetorigem, consumpto pabulo, castra mo-

pour se garantir de la famine, que le bétail enlevé dans des bourgs
très-éloignés ; cependant on n'entendit pas un mot indigne de la ma-
jesté du peuple romain et des victoires précédentes. Bien plus, César,
un jour qu'il visitait les travaux, s'étant adressé à chaque légion séparément, en disant que, si cette disette leur semblait trop cruelle,
il lèverait le siége, les soldats le prièrent tous de ne le pas faire :
« Depuis plusieurs années qu'ils servaient sous ses ordres, ils
n'avaient jamais reçu d'affront, jamais ils n'avaient renoncé à une
entreprise : ils tiendraient à déshonneur d'abandonner un siége commencé ; il valait mieux endurer toutes les extrémités que de ne point
venger les citoyens romains qui avaient péri à Génabum par la perfidie des Gaulois. » Ils répétaient ces assurances aux centurions et
aux tribuns des soldats, pour qu'ils les reportassent à César.

XVIII. Les tours approchaient déjà du rempart, quand des prisonniers apprirent à César que Vercingétorix, ayant consommé ses

| | |
|---|---|
| famem extremam | une faim extrême |
| pecore adacto | avec du bétail amené |
| e vicis longinquioribus, | de bourgs plus éloignés, |
| tamen nulla vox | cependant aucune parole |
| indigna | indigne |
| majestate populi Romani | de la majesté du peuple romain |
| et superioribus victoriis | et de *leurs* précédentes victoires |
| audita est ab iis. | ne fut entendue *venant* d'eux. |
| Quinetiam | Bien-plus |
| quum Cæsar in opere | comme César pendant le travail |
| appellaret legiones | interpellait les légions |
| singulas, | une-à-une, |
| et diceret, | et disait, |
| si ferrent acerbius | si elles supportaient avec-trop-de-chagrin |
| inopiam, [nem, | la disette, |
| se dimissurum oppugnatio- | lui-même devoir laisser le siége, |
| universi petebant ab eo | tous demandaient à lui |
| « Ne faceret id : | « Qu'il ne fît pas cela : |
| se meruisse sic | eux-mêmes avoir mérité ainsi |
| complures annos | *pendant* de nombreuses années |
| illo imperante, | lui *les* commandant, |
| ut acciperent | qu'ils ne reçussent |
| nullam contumeliam, | aucun affront, |
| nunquam discederent | que jamais ils ne se retirassent |
| re infecta : | l'affaire n'étant-pas-achevée : |
| se laturos hoc | eux devoir supporter (prendre) ceci |
| loco ignominiæ, | à la place de (pour) une ignominie |
| si reliquissent | s'ils avaient quitté |
| oppugnationem inceptam : | le siége commencé : |
| præstare | qu'il valait-mieux |
| perferre omnes acerbitates, | supporter toutes les souffrances |
| quam non parentarent | *plutôt* qu'ils ne fissent-pas-des-funérailles |
| civibus Romanis | aux citoyens romains |
| qui interissent Genabi | qui avaient péri à Génabum |
| perfidia Gallorum. » | par la perfidie des Gaulois. » |
| Mandabant hæc eadem | Ils confiaient ces mêmes choses |
| centurionibus | aux centurions |
| tribunisque militum, | et aux tribuns des soldats, |
| ut per eos | afin que par eux |
| deferrentur ad Cæsarem. | elles fussent rapportées à César. |
| XVIII. Quum jam turres | XVIII. Lorsque déjà les tours |
| appropinquassent muro, | avaient approché du rempart, |
| Cæsar | César |
| cognovit ex captivis | apprit des prisonniers |
| Vercingetorigem, | Vercingétorix, |
| pabulo consumpto, | *son* fourrage ayant été consommé, |
| movisse castra | avoir mis-en-mouvement *son* camp |

visse propius Avaricum, atque ipsum cum equitatu expeditis-
que. qui inter equites prœliari consuessent[1], insidiarum causa
eo profectum, quo nostros postero die pabulatum venturos
arbitraretur. Quibus rebus cognitis, media nocte silentio profectus, ad hostium castra mane pervenit. Illi, celeriter per
exploratores adventu Cæsaris cognito, carros impedimentaque
sua in arctiores silvas abdiderunt, copias omnes in loco aperto
atque edito instruxerunt. Qua re nuntiata, Cæsar celeriter
sarcinas conferri, arma expediri jussit.

XIX. Collis erat, leniter ab infimo acclivis : hunc ex omnibus fere partibus palus difficilis atque impedita cingebat,
non latior pedibus quinquaginta. Hoc se colle, interruptis
pontibus, Galli fiducia loci continebant, generatimque distri-
buti in civitates, omnia vada ac saltus ejus paludis certis cu-

fourrages, avait rapproché son camp d'Avaricum, et qu'avec sa cavalerie et de l'infanterie légère habituée à combattre entre les chevaux, il était parti lui-même pour dresser une embuscade sur les
lieux où il croyait que nos fourrageurs iraient le lendemain. D'après
ces renseignements, César part à minuit en silence et, de grand matin arrive au camp des ennemis ; ceux-ci, bientôt avertis de son
approche par leurs éclaireurs, cachent dans les bois les plus fourrés
leurs chariots et leurs bagages, et rangent toutes leurs forces en bataille dans une position élevée et découverte. A cette nouvelle, César
ordonne de réunir promptement tout le bagage et d'apprêter les
armes.

XIX. Il y avait une colline qui s'élevait en pente douce ; presque
tout autour régnait un marécage difficile et peu praticable, large au
plus de cinquante pieds. Les Gaulois, en ayant rompu les ponts, se
tenaient sur cette colline, rassurés par la position et rangés séparément par cités. Ils avaient des détachements à tous les gués et à

propius Avaricum, | pour *venir* plus près d'Avaricum,
atque ipsum cum equitatu | et lui-même avec *sa* cavalerie
expeditisque, | et les *troupes* sans-bagages (légères),
qui consuessent | qui avaient-coutume
proeliari inter equites, | de combattre parmi les cavaliers,
profectum | être parti
causa insidiarum | en vue d'embûches *à dresser*
eo, quo arbitraretur | *pour se rendre* là, où il croyait
nostros venturos | les nôtres devoir venir
pabulatum | couper-du-fourrage
die postero. | le jour suivant.
Quibus rebus cognitis, | Lesquels faits étant appris,
profectus silentio | étant parti en silence
media nocte, | au milieu-de la nuit,
pervenit mane | il arriva le matin
ad castra hostium. | au camp des ennemis.
Illi, adventu Cæsaris | Ceux-ci, l'arrivée de César
cognito celeriter | ayant été apprise promptement
per exploratores, | par *l'entremise* d'éclaireurs,
abdiderunt | cachèrent
in silvas arctiores | dans des forêts plus épaisses
carros | *leurs* chariots
suaque impedimenta, | et leurs bagages,
instruxeruntque | et rangèrent
omnes copias | toutes *leurs* troupes
in loco aperto | dans un lieu découvert
atque edito. | et élevé.
Qua re nuntiata, | Ce fait *lui* ayant été annoncé,
Cæsar jussit | César ordonna
sarcinas conferri | les bagages être réunis-ensemble
celeriter, | promptement,
arma expediri. | les armes être préparées.
   XIX. Erat collis, |    XIX. Il y avait une colline,
acclivis leniter | allant-en-pente doucement
ab infimo : | depuis le bas :
palus difficilis | un marais difficile
atque impedita, | et embarrassé,
non latior | non plus large
quinquaginta pedibus, | que cinquante pieds,
cingebat hunc | entourait celle-ci
fere ex omnibus partibus. | presque de tous côtés.
Galli fiducia loci | Les Gaulois par confiance en *ce* lieu
se continebant hoc colle, | se maintenaient sur cette colline,
pontibus interruptis, | les ponts ayant été coupés,
distributique generatim | et répartis races-par-races
in civitates, | par cités,
obtinebant | occupaient

stodiis obtinebant, sic animo parati, ut, si eam paludem Romani perrumpere conarentur, hæsitantes premerent ex loco superiore : ut, qui propinquitatem loci videret, paratos prope æquo Marte ad dimicandum existimaret ; qui iniquitatem conditionis perspiceret, inani simulatione sese ostentare cognosceret. Indignantes milites Cæsar, quod conspectum suum hostes ferre possent, tantulo spatio interjecto, et signum prœlii exposcentes, edocet, « Quanto detrimento et quot virorum fortium morte necesse sit constare victoriam : quos quum sic animo paratos videat, ut nullum pro sua laude periculum recusent, summæ se iniquitatis condemnari debere, nisi eorum vitam sua salute habeat cariorem. » Sic milites consolatus, eodem die reducit in castra ; reliquaque, quæ ad oppugnationem oppidi pertinebant, administrare instituit.

tous les passages, résolus, si les Romains tentaient de franchir le marais, de fondre des hauteurs sur un ennemi embarrassé, en sorte qu'à ne considérer que la proximité du terrain, on aurait cru les deux armées prêtes à combattre presque à chances égales ; mais un coup d'œil sur la différence des positions faisait sentir que les démonstrations de l'ennemi n'étaient qu'une vaine parade. Indignés qu'à si peu de distance il pût soutenir leur aspect, les soldats demandaient le signal du combat ; mais César leur représente « Par quels sacrifices, par la mort de combien de braves il faudrait acheter la victoire : il mériterait d'être taxé de la plus noire injustice, si, disposés comme ils sont à ne reculer pour sa gloire devant aucun péril, il ne préférait leur vie à la sienne. » Les ayant ainsi consolés, il les ramène le même jour au camp et s'occupe des derniers préparatifs du siége.

| | |
|---|---|
| custodiis certis | par des gardes fixées |
| omnia vada | tous les gués |
| ac saltus ejus paludis, | et les passages de ce marais, |
| parati sic animo, | disposés ainsi de cœur, |
| ut, si Romani | que, si les Romains |
| conarentur perrumpere | tentaient de forcer |
| eam paludem, | ce marais, |
| premerent | ils accableraient |
| ex loco superiore | depuis une position plus élevée |
| hæsitantes : | *eux* empêtrés : |
| ut, qui videret | *de telle sorte* que, *celui* qui aurait vu |
| propinquitatem loci, | la proximité de position, |
| existimaret | aurait jugé |
| paratos ad dimicandum | *eux être* prêts à combattre |
| Marte prope æquo ; | avec Mars (un avantage) presque égal ; |
| qui perspiceret | *mais celui* qui aurait pénétré |
| iniquitatem conditionis, | l'inégalité de condition, |
| cognosceret | cût reconnu |
| ostentare sese | *les ennemis* montrer eux-mêmes |
| simulatione inani. | par un semblant vain. |
| Cæsar edocet milites | César remontre aux soldats |
| indignantes quod hostes | qui s'indignaient de ce que les ennemis |
| possent ferre | pouvaient soutenir |
| suum conspectum, | leur aspect, |
| tantulo spatio interjecto, | un si-petit espace étant placé-entre *eux*, |
| et exposcentes | et qui sollicitaient |
| signum prœlii, | le signal du combat, |
| « Quanto detrimento | « Quelle perte |
| et morte quot virorum for- | et la mort de combien d'hommes braves |
| sit necesse        [tium | il était nécessaire |
| victoriam constare : | la victoire coûter : |
| quos quum videat | lesquels lorsqu'il voyait |
| paratos sic animo, | disposés ainsi de cœur, |
| ut recusent | qu'ils *ne* refusaient |
| nullum periculum | aucun péril |
| pro sua laude, | pour sa gloire, |
| se debere condemnari | lui-même devoir être reconnu-conpable |
| summæ iniquitatis, | d'une extrême injustice, |
| nisi habeat vitam eorum | s'il ne tenait pas la vie d'eux |
| cariorem sua salute. » | *comme* plus chère que son *propre* salut. » |
| Consolatus sic milites, | Ayant consolé ainsi les soldats, |
| eodem die | le même jour |
| reducit in castra ; | il *les* ramène dans le camp ; |
| instituitque | et il commence |
| administrare reliqua | à exécuter le reste-des-choses |
| quæ pertinebant | qui se rapportaient |
| ad oppugnationem oppidi. | au siége de la place. |

XX. Vercingetorix, quum ad suos redisset, proditionis insimulatus, quod castra propius Romanos movisset, quod cum omni equitatu discessisset, quod sine imperio tantas copias reliquisset, quod ejus discessu Romani tanta opportunitate et celeritate venissent; non hæc omnia fortuito aut sine consilio accidere potuisse; regnum illum Galliæ malle Cæsaris concessu quam ipsorum habere beneficio; tali modo accusatus ad hæc respondit : « Quod castra movisset, factum inopia pabuli, etiam ipsis hortantibus : quod propius Romanos accessisset, persuasum loci opportunitate, qui se ipsum munitione defenderet : equitum vero operam neque in loco palustri desiderari debuisse, et illic fuisse utilem, quo sint profecti : summam imperii se consulto nulli discedentem tradidisse, ne is multitudinis studio ad dimicandum impelleretur; cui rei

XX. Vercingétorix, de retour auprès des siens, fut accusé de trahison, parce qu'il avait rapproché son camp des ennemis, qu'il l'avait quitté avec toute sa cavalerie, qu'il avait laissé sans chef une armée si nombreuse, qu'à son départ les Romains étaient accourus si à propos et avec tant de rapidité. « Tout cela, disait-on, n'avait pu arriver par hasard, sans un dessein prémédité : Vercingétorix aimait mieux tenir sa royauté de la complaisance des Romains que d'en être redevable à ses compatriotes. » Il répondit à ces accusations : « Qu'il avait levé le camp faute de fourrage et sur leurs propres instances : qu'il s'était rapproché des Romains, déterminé par l'avantage d'une position qui se défendait d'elle-même ; qu'on n'avait point dû sentir .e besoin de la cavalerie dans cet endroit marécageux, et que, là où il l'avait conduite, elle avait été utile. C'était à dessein qu'en partant il n'avait remis le commandement à personne, de peur que celui qu'il aurait choisi n'écoutât l'ardeur de la multitude et ne livrât bataille !

**XX.** Vercingetorix,
quum redisset ad suos,
insimulatus proditionis,
quod movisset castra
propius Romanos,
quod discessisset
cum omni equitatu,
quod reliquisset
tantas copias
sine imperio,
quod discessu ejus
Romani venissent
tanta opportunitate
et celeritate;
hæc omnia
non potuisse accidere
fortuito
ant sine consilio;
illum malle
habere regnum Galliæ
concessu Cæsaris
quam beneficio ipsorum;
accusatus tali modo
respondit ad hæc:
« Quod movisset castra,
factum
inopia pabuli,
etiam ipsis hortantibus;
quod accessisset
propius Romanos,
persuasum
opportunitate loci,
qui se defenderet ipsum
munitione:
operam vero equitum
neque debuisse desiderari
in loco palustri,
et fuisse utilem illic
quo profecti sint:
se discedentem
tradidisse nulli
summam imperii
consulto,
ne is
impelleretur
ad dimicandum
studio multitudinis;

**XX.** Vercingétorix,
lorsqu'il fut revenu près des siens,
accusé de trahison,                    [camp
parce qu'il avait mis-en-mouvement *son*
*pour venir* plus près des Romains,
parce qu'il s'était éloigné
avec toute la cavalerie,
parce qu'il avait laissé
de si-grandes forces
sans commandement,
parce qu'au départ de lui
les Romains étaient venus
avec un si-grand à-propos
et une *si grande* rapidité;
*et on disait* toutes ces choses
n'avoir pas pu arriver
fortuitement
ou sans dessein;
lui aimer-mieux
avoir le royaume de la Gaule
par une concession de César
que par le bienfait d'eux-mêmes;
accusé d'une telle manière
répondit à ces *reproches:*        [son camp,
« En ce qu'il avait mis-en-mouvement
*cela avoir été* fait (causé)
par le manque de fourrage,
même eux-mêmes *l'y* engageant:
en ce qu'il s'était avancé
plus près des Romains,
*lui avoir été* persuadé (déterminé)
par l'avantage d'une position,
qui se défendait elle-même
par un retranchement:
d'autre-part l'aide des cavaliers
et n'avoir pas dû être regrettée
dans un lieu marécageux,
et avoir été utile là
où ils étaient allés:
lui-même en s'éloignant
*n'*avoir remis à personne
l'ensemble du commandement
à dessein,
de peur que celui *qu'il aurait choisi*
ne fût poussé
à combattre
par l'ardeur de la multitude;

propter animi mollitiem studere omnes videret, quod diutius
laborem ferre non possent. Romani si casu intervenerint, fortunæ; si alicujus indicio vocati, huic habendam gratiam, quod
et paucitatem eorum ex loco superiore cognoscere, et virtutem
despicere potuerint ; qui, dimicare non ausi, turpiter se in
castra receperint. Imperium se ab Cæsare per proditionem
nullum desiderare, quod habere victoria posset, quæ jam
esset sibi atque omnibus Gallis explorata : quinetiam ipsis
remittere, si sibi magis honorem tribuere quam ab se salutem
accipere videantur. Hæc ut intelligatis, inquit, a me sincere
pronuntiari, audite Romanos milites. » Producit servos, quos
in pabulatione paucis ante diebus exceperat et fame vincu-
lisque excruciaverat. Hi, jam ante edocti quæ interrogati

car il voyait bien que tous brûlaient de combattre, parce qu'ils n'avaient
pas l'énergie nécessaire pour endurer plus longtemps la fatigue. Si les
Romains étaient survenus par hasard, il fallait en remercier la fortune,
et, si c'était sur des renseignements, rendre grâces à celui qui les
avait donnés, puisque, de la colline, on avait pu reconnaître le petit
nombre et mépriser le courage de ces hommes qui s'étaient honteu-
sement retirés dans leur camp, sans oser combattre. Il ne désirait
point d'obtenir de César par une trahison l'empire qu'il pouvait
s'assurer par une victoire désormais certaine à ses yeux et à ceux de
tous les Gaulois : il était même prêt à leur remettre son autorité, s'ils
croyaient plutôt lui faire honneur que lui devoir leur salut. Et pour
que vous sachiez, dit-il, que je vous parle sans feinte, écoutez des
soldats romains. » Il produit des esclaves enlevés quelques jours
auparavant tandis qu'ils allaient au fourrage, et déjà exténués par
les fers et la faim. Instruits d'avance de ce qu'ils doivent répondre,

| | |
|---|---|
| cui rei | laquelle chose (le combat) |
| videret omnes studere | il voyait tous désirer |
| propter mollitiem animi, | à-cause-de la mollesse de *leur* caractère, |
| quod non possent | parce qu'ils ne pouvaient pas |
| ferre laborem diutius. | supporter la fatigue plus longtemps. |
| Si Romani | Si les Romains |
| intervenerint casu, | étaient survenus par hasard, |
| gratiam habendam | grâce devoir être rendue |
| fortunæ, | à la fortune, |
| si vocati | s'*ils étaient venus* appelés |
| indicio alicujus, | par la délation de quelqu'un, |
| huic, | *grâce devoir être rendue* à celui-ci, |
| quod potuerint | de ce qu'ils avaient pu |
| et cognoscere | et reconnaître |
| ex loco superiore | d'une position plus élevée |
| paucitatem, | le petit-nombre, |
| et despicere | et mépriser |
| virtutem eorum, | la valeur de ces *Romains* |
| qui, non ausi dimicare, | qui, n'ayant pas osé combattre, |
| se receperint turpiter | s'étaient retirés honteusement |
| in castra | dans *leur* camp. |
| Se desiderare | Lui-même *ne* souhaiter |
| ab Cæsare | de César |
| per proditionem | par trahison |
| nullum imperium, | aucun empire, |
| quod posset habere victoria | qu'il pût avoir par une victoire |
| quæ jam esset explorata | qui déjà était assurée |
| sibi | pour lui-même |
| atque omnibus Gallis : | et pour tous les Gaulois · |
| quinetiam | bien-plus [mes, |
| remittere ipsis, | *lui* remettre *le commandement* à eux-mê- |
| si videantur | s'ils paraissaient *à eux-mêmes* (croyaient) |
| magis tribuere honorem | plutôt accorder un honneur |
| sibi | à lui-même |
| quam accipere salutem | que recevoir le salut |
| ab se. | de lui. |
| Ut intelligatis, inquit, | Pour que vous compreniez, dit-il, |
| hæc pronuntiari a me | ces choses-être déclarées par moi |
| sincere, | sincèrement, |
| audite milites Romanos. » | écoutez les soldats romains. » |
| Producit servos | Il fait-avancer des esclaves |
| quos excepera, | qu'il avait pris |
| in pabulatione | pendant la coupe-du-fourrage |
| paucis diebus ante | quelques jours auparavant |
| et excruciaverat | et *qu*'il avait torturés |
| fame vinculisque. | par la faim et par les liens. |
| Hi, edocti jam ante | Ceux-ci, instruits déjà auparavant |

pronuntiarent, « Milites se esse legionarios dicunt : fame et
inopia adductos clam ex castris exisse, si quid frumenti aut
pecoris in agris reperire possent : simili omnem exercitum
inopia premi, nec jam vires sufficere cuiquam, nec ferre operis
laborem posse : itaque statuisse imperatorem, si nihil in
oppugnatione oppidi profecisset, triduo exercitum deducere. »
« Hæc, inquit, a me, Vercingetorix, beneficia habetis, quem
proditionis insimulatis, cujus opera sine vestro sanguine tantum exercitum victorem fame pæne consumptum videtis ;
quem, turpiter se ex hac fuga recipientem, ne qua civitas suis
finibus recipiat, a me provisum est. »

XXI. Conclamat omnis multitudo, et suo more armis con-
crepat ; quod facere in eo consuerunt, cujus orationem appro-

ils se disent soldats légionnaires : « Poussés par le besoin et par la
faim, ils étaient sortis du camp en cachette, pour tâcher de découvrir
dans la campagne du blé ou du bétail. Toute l'armée éprouvait la
même disette ; le soldat, sans vigueur, ne pouvait déjà plus soutenir la
fatigue des travaux. Le général avait, en conséquence, résolu de
battre en retraite sous trois jours avec son armée, si le siége n'avançait pas. » — « Voilà, s'écrie Vercingétorix, les services que je vous
ai rendus, moi que vous taxez de trahison, moi dont les mesures,
vous le voyez, ont presque détruit par la faim et sans qu'il vous en
coûte de sang une armée nombreuse et triomphante ; et j'ai pourvu
à ce que, dans sa honteuse fuite, aucune cité ne l'accueille sur son
territoire. »

XXI. Un cri général se fait entendre avec un cliquetis d'armes,
démonstration ordinaire aux Gaulois quand un discours leur a plu :

| | |
|---|---|
| quæ pronuntiarent interrogati, | *des choses* qu'ils devaient déclarer ayant été interrogés, |
| dicunt « Se esse milites legionarios : | disent « Eux-mêmes être des soldats légionnaires . |
| adductos fame et inopia | amenés (déterminés) par la faim et le dénûment |
| exisse clam ex castris, | être sortis furtivement du camp, |
| si possent reperire in agris | *pour voir* s'ils pourraient trouver dans les champs |
| quid frumenti aut pecoris : | quelque chose (un peu) de blé ou de bétail : |
| omnem exercitum premi inopia simili, | toute-l'armée être pressée d'un dénûment semblable, |
| nec vires sufficere jam cuiquam, | et les forces ne plus être-suffisantes à personne, |
| nec posse ferre laborem operis : | et *personne* ne pouvoir supporter la fatigue du travail : |
| itaque imperatorem statuisse, | aussi le général avoir résolu,                [grès] |
| si profecisset nihil in oppugnatione oppidi, | s'il *n'*avait gagné rien (pas fait de pro- dans le siége de la place, |
| deducere exercitum triduo. » | d'emmener *son* armée dans trois-jours. » |
| « Habetis hæc beneficia, inquit Vercingetorix, a me, | « Vous tenez ces bienfaits, dit Vercingétorix, de moi, |
| quem insimulatis proditionis, | que vous accusez de trahison, |
| opera cujus sine vestro sanguine videtis | par le soin de qui sans *verser* votre sang vous voyez |
| tantum exercitum victorem pæne consumptum fame ; quem. | une si-grande armée victorieuse presque épuisée par la faim ; laquelle, |
| se recipientem turpiter ex hac fuga, | se retirant honteusement après cette déroute, |
| provisum est a me ne qua civitas recipiat suis finibus. » | des-précautions-ont-été-prises par moi pour que quelque cité ne la reçoive pas sur son territoire. » |
| XXI. Omnis multitudo conclamat, | XXI. Toute la multitude pousse-des-acclamations, |
| et concrepat armis suo more ; | et fait-du-bruit avec *ses* armes selon sa coutume ; |
| quod consuerunt facere in eo | ce qu'ils ont-l'habitude de faire à-propos-de celui |
| cujus approbant orationem ; | dont ils approuvent le discours ; |

bant : « Summum esse Vercingetorigem ducem, nec de ejus
fide dubitandum; nec majore ratione bellum administrari
posse. » Statuunt ut decem millia hominum delecta ex omnibus copiis in oppidum submittantur, nec solis Biturigibus
communem salutem committendam censent; quod penes eos,
si id oppidum retinuissent, summam victoriæ constare intelligebant.

XXII. Singulari militum nostrorum virtuti consilia cujusque modi Gallorum occurrebant, ut est summæ genus solertiæ, atque ad omnia imitanda atque efficienda, quæ ab quoque
tradantur, aptissimum. Nam et laqueis falces avertebant,
quas quum destinaverant, tormentis introrsus reducebant; et
aggerem cuniculis subtrahebant, eo scientius, quod apud eos
magnæ sunt ferrariæ, atque omne genus cuniculorum notum
atque usitatum est Totum autem murum ex omni parte turri-

---

« Vercingétorix est leur chef suprême, ou ne doit point douter de
son honneur, et la guerre ne peut pas être conduite avec plus
d'habileté. » On arrête de faire entrer dans la ville dix mille hommes
choisis sur toute l'armée, et de ne pas laisser reposer le salut de tous
sur les seuls Bituriges, parce que l'on sent que, s'ils conservent la
ville, tout l'honneur du succès sera pour eux.

XXII. A la valeur singulière de nos troupes, les Gaulois opposaient des inventions de toute espèce; car ils sont très-industrieux et
très-adroits à imiter et à reproduire tout ce qu'on leur montre. Ils
détournaient nos faux avec des lacs, et, les ayant saisies, ils les
attiraient dans la place à l'aide de câbles. Ils ruinaient notre terrasse, en la minant avec d'autant plus d'habileté qu'ayant des mines
de fer considérables, ils connaissent et pratiquent toutes sortes de
galeries souterraines. Sur tous les points ils avaient rehaussé le

« Vercingetorigem
esse ducem summum,
nec dubitandum
de fide ejus ;
nec bellum
posse administrari
ratione majore. »
Statuunt
ut decem millia hominum
delecta ex omnibus copiis
submittantur in oppidum,
nec censent
salutem communem
committendam
Biturigibus solis ;
quod intelligebant,
si retinuissent id oppidum,
summam victoriæ
constare penes eos.

XXII. Consilia
cujusque modi
Gallorum
occurrebant
virtuti singulari
nostrorum militum,
ut est genus
summæ solertiæ,
atque aptissimum
ad imitanda
atque efficienda
omnia quæ tradantur
ab quoque.
Nam et avertebant falces
laqueis,
quas, quum destinaverant,
reducebant introrsus
tormentis ;
et subtrahebant aggerem
cuniculis,
eo scientius,
quòd magnæ ferrariæ
sunt apud eos,
atque omne genus
cuniculorum
est notum atque usitatum.
Contabulaverant autem
totum murum

ils disent « Vercingétorix
être *leur* chef suprême,
et qu'il ne faut pas douter
de la foi de lui ;
et la guerre
ne pouvoir pas être conduite
avec un plan plus grand (habile). »
Ils décident
que dix milliers d'hommes
choisis entre toutes les troupes
soient envoyés dans la ville,
et ne pensent pas
le salut commun
devoir être confié
aux Bituriges seuls ;
parce qu'ils comprenaient,          [place,
si ils (les Bituriges) avaient conservé cette
l'ensemble de la victoire
être fixé chez (appartenir à) eux.

XXII. Des inventions
de toute sorte
des Gaulois
s'opposaient
au courage unique
de nos soldats,
attendu que *c'*est une race
d'une extrême adresse,
et très-apte
à imiter
et à produire
toutes les choses qui *leur* sont enseignées
par chacun.
Car et ils détournaient les faux
avec des lacets,                [ties,
lesquelles, lorsqu'ils *les* avaient assujet-
ils ramenaient en dedans *de la place*
avec des câbles ;
et ils ruinaient la terrasse
avec des mines,
d'autant plus habilement,
que de grandes mines-de-fer
sont chez eux,
et que toute espèce
de mines
est connue et pratiquée *d'eux*.
D'autre-part ils avaient muni-d'étages
tout le rempart

bus contabulaverant atque has coriis intexerant. Tum crebris
diurnis nocturnisque eruptionibus aut aggeri ignem infere-
bant, aut milites occupatos in opere adoriebantur; et nostra-
rum turrium altitudinem, quantum has quotidianus agger
expresserat, commissis suarum turrium malis, adæquabant :
et apertos cuniculos præusta et præacuta materia et pice fervefacta et maximi ponderis saxis morabantur, mœnibusque
appropinquare prohibebant.

XXIII. Muris autem omnibus Gallicis hæc fere forma est,
Trabes directæ, perpetuæ in longitudinem, paribus intervallis
distantes inter se binos pedes, in solo collocantur : hæ revin-
ciuntur introrsus et multo aggere vestiuntur. Ea autem, quæ
diximus, intervalla grandibus in fronte saxis effarciuntur. His
collocatis et coagmentatis, alius insuper ordo adjicitur, ut
idem illud intervallum servetur, neque inter se contingant

rempart avec des tours revêtues de cuir, et faisant de jour et de nuit
de fréquentes sorties, tantôt ils mettaient le feu aux ouvrages, tantôt
ils attaquaient les travailleurs. L'élévation que gagnaient nos tours
par l'accroissement journalier de la terrasse, ils la donnaient aux
leurs en y ajoutant des mâts. Ils arrêtaient nos mines avec des bois
pointus et brûlés par le bout, de la poix fondue, d'énormes quartiers
de rocher, et nous empêchaient ainsi d'approcher de leurs murailles.

XXIII. Voici quelle est à peu près la forme des murailles dans
toute la Gaule. Sur le sol, à la distance régulière de deux pieds, on
couche sur leur longueur un rang de poutres droites, que l'on assu-
jettit intérieurement entre elles et qu'on revêt de terre bien foulée : à
l'extérieur, on garnit de grosses pierres les intervalles. Sur cette
couche bien arrangée et bien liée, on en met une seconde, en observant les mêmes espaces, de manière que les poutres ne se touchent

| | |
|---|---|
| turribus | par des tours |
| atque intexerant has coriis. | et avaient revêtu celles-ci de cuirs. |
| Tum crebris eruptionibus | Puis dans de fréquentes sorties |
| diurnis nocturnisque | de-jour et de-nuit |
| aut inferebant ignem | ou ils mettaient le feu |
| aggeri, | à la terrasse, |
| aut adoriebantur milites | ou ils attaquaient les soldats |
| occupatos in opere; | occupés au travail; |
| et malis suarum turrium | et les mâts de leurs tours |
| commissis, | étant engagés *dans de nouveaux mâts*, |
| adæquabant altitudinem | ils égalaient la hauteur |
| nostrarum turrium, | de nos tours, |
| quantum agger | *autant* que la terrasse |
| quotidianus | de-tous-les-jours (exhaussée chaque **jour)** |
| expresserat has : | avait élevé celles-ci : |
| et morabantur | et ils retardaient |
| cuniculos apertos | les mines ouvertes *par nous* |
| materia præusta | avec du bois brûlé-au-bout |
| et præacuta | et aiguisé-au-bout |
| et pice fervefacta | et de la poix bouillie (fondue) |
| et saxis maximi ponderis, | et des pierres d'un très-grand poids, |
| prohibebantque | et *les* empêchaient |
| appropinquare mœnibus. | d'approcher des murs. |
| XXIII. Fere autem | XXIII. Or ordinairement |
| hæc forma est | cette forme-ci est |
| omnibus muris Gallicis. | à tous les remparts gaulois. |
| Trabes directæ, | Des poutres droites, |
| perpetuæ | toutes-d'une-pièce |
| in longitudinem, | en longueur, |
| distantes inter se | éloignées entre elles |
| intervallis paribus | à des distances égales |
| binos pedes, | de deux pieds, |
| collocantur in solo : | sont placées sur le sol : |
| hæ revinciuntur | celles-ci sont assujetties |
| introrsus, | en dedans (dans le sens de la largeur), |
| et vestiuntur | et sont revêtues |
| aggere multo. | d'un amas-de-terre considérable. |
| Ea autem intervalla, | Mais ces intervalles, |
| quæ diximus, | que nous avons dits, |
| effarciuntur in fronte | sont remplis à la surface |
| grandibus saxis. | de grosses pierres. |
| His collocatis | Celles-ci ayant été placées |
| et coagmentatis, | et liées-ensemble, |
| alius ordo | une autre rangée |
| adjicitur insuper, | est ajoutée par-dessus, |
| ut illud idem intervallum | *de façon* que ce même intervalle |
| servetur | soit observé, |

trabes, sed paribus intermissæ spatiis, singulæ singulis saxis
interjectis, arcte contineantur. Sic deinceps omne opus con-
texitur, dum justa muri altitudo expleatur. Hoc quum in
speciem varietatemque opus deforme non est, alternis trabibus ac saxis, quæ rectis lineis suos ordines servant; tum ad
utilitatem et defensionem urbium summam habet opportuni-
tatem; quod et ab incendio lapis, et ab ariete materia defendit, quæ perpetuis trabibus pedes quadragenos plerumque
introrsus revincta, neque perrumpi neque distrahi potest.

XXIV. Iis tot rebus impedita oppugnatione, milites, quum
toto tempore luto, frigore et assiduis imbribus tardarentur,
tamen continenti labore omnia hæc superaverunt, et diebus
viginti quinque aggerem, latum pedes trecentos triginta,
altum pedes octoginta, exstruxerunt. Quum is murum hostium

pas, mais que, dans la construction, elles se maintiennent à une distance uniforme, un rang de pierres entre chacune. Tout l'ouvrage se
continue ainsi, jusqu'à l'élévation convenable. Outre que cette alternative de poutres et de pierres, respectivement bien alignées, n'a rien
de désagréable à l'œil, elle est très-avantageuse pour la défense et la
sûreté des places, la pierre garantissant le mur du feu et le bois du
bélier : car on ne peut ni renverser ni même entamer un enchaîne-
ment de poutres de quarante pieds de long, la plupart liées entre
elles dans l'intérieur.

XXIV. Quoique le siége fût retardé par tant d'obstacles, que la
boue, le froid, les pluies continuelles arrêtassent constamment le
soldat, un travail opiniâtre surmonta tout et, en vingt-cinq jours, on
éleva une terrasse large de trois cent trente pieds et haute de quatre-
vingts. Elle touchait presque au rempart de l'ennemi, et César, qui,

| | |
|---|---|
| neque trabes contingant inter se, | et que les poutres ne *se* touchent pas entre elles, |
| sed intermissæ spatiis paribus, | mais qu'étant séparées par des espaces égaux, |
| singulæ | chaque-rangée-de-poutres |
| singulis saxis interjectis, contineantur arcte. | une-rangée-de-pierres étant jetée-entre, elles soient maintenues étroitement. |
| Omne opus contexitur sic deinceps, dum altitudo justa muri expleatur. | Tout l'ouvrage est entrelacé ainsi de-suite, [rempart jusqu'à ce que la hauteur régulière du soit remplie (atteinte). |
| Quum hoc opus non est deforme in speciem varietatemque, | D'une-part cet ouvrage n'est pas laid pour l'apparence et la variété, |
| trabibus ac saxis alternis, | les poutres et les pierres étant alternées, |
| quæ servant suos ordines lineis rectis ; | lesquelles gardent leurs rangs avec des lignes droites ; |
| tum habet summam opportunitatem ad utilitatem et defensionem urbium ; | d'autre-part il a un très-grand avantage pour l'utilité et la défense des villes ; |
| quod et lapis defendit ab incendio, et materia ab ariete, | parce que et la pierre *le* protége contre l'incendie, et le bois contre le bélier, |
| quæ, revincta introrsus trabibus perpetuis quadragenos pedes plerumque, | *le bois* qui, assujetti en dedans en poutres toutes-d'une-pièce de quarante pieds le plus ordinairement, |
| potest neque perrumpi neque distrahi. | *ne* peut ni être pénétré ni être disjoint. |
| XXIV. Oppugnatione impedita iis rebus tot, milites, | XXIV. Le siége [ses, étant entravé par ces choses si-nombreu- les soldats, |
| quum toto tempore tardarentur luto, frigore et imbribus assiduis, | bien que tout le temps ils fussent retardés par la boue, par le froid et par des pluies continuelles, |
| tamen labore continenti superaverunt omnia hæc, | cependant par un travail ininterrompu surmontèrent tous ces *obstacles*, |
| et viginti quinque diebus exstruxerunt aggerem, latum | et en vingt-cinq jours élevèrent une terrasse, lar**se**, |
| trecentos triginta pedes, altum octoginta pedes. | de trois-cent trente pieds, haute de quatre-vingts pieds. |
| Quum is contingeret pæne | Comme cette *terrasse* touchait presque |

pæne contingeret, et Cæsar ad opus consuetudine excubaret militesque cohortaretur, ne quod omnino tempus ab opere intermitteretur, paulo ante tertiam vigiliam est animadversum fumare aggerem, quem cuniculo hostes succenderant : eodemque tempore toto muro clamore sublato, duabus portis ab utroque latere turrium eruptio fiebat. Alii faces atque aridam materiem de muro in aggerem eminus jaciebant, picem reliquasque res, quibus ignis excitari potest, fundebant ; ut, quo primum occurreretur, aut cui rei ferretur auxilium, vix ratio iniri posset. Tamen, quod instituto Cæsaris duæ semper legiones pro castris excubabant, pluresque partitis temporibus erant in opere, celeriter factum est ut alii eruptionibus resisterent, alii turres reducerent aggeremque interscinderent, omnis vero ex castris multitudo ad restinguendum concurreret.

suivant sa coutume, passait la nuit auprès des travailleurs, exhortait les soldats à ne pas se relâcher un instant, quand, un peu avant la troisième veille, on vit de la fumée sortir de la terrasse, à laquelle les barbares avaient mis le feu par une galerie : dans le même instant, au cri qui s'éleva le long du rempart, l'ennemi fit une sortie par deux portes, des deux côtés des tours. D'autres, restés sur le rempart, lançaient sur la terrasse des torches et du bois sec, versaient de la poix et des substances propres à activer l'incendie ; en sorte qu'on pouvait à peine savoir où on devait se porter, à quoi il fallait remédier d'abord. Cependant, comme, suivant la règle adoptée par César, deux légions veillaient toujours en avant du camp, et que plusieurs autres étaient dans les ouvrages, où elles se relevaient, on put bientôt d'une part faire face aux deux sorties, de l'autre retirer les tours et couper la terrasse : cependant toute l'armée accourait du camp pour éteindre le feu.

| | |
|---|---|
| murum hostium, | le rempart des ennemis, |
| et Cæsar consuetudine | et que César selon son habitude |
| excubaret ad opus | veillait auprès des travaux |
| cohortareturque milites, | et exhortait les soldats, |
| ne omnino quod tempus | afin qu'absolument aucun temps |
| intermitteretur ab opere, | ne fût pris-comme-suspension du travail, |
| paulo ante tertiam vigiliam | un peu avant la troisième veille |
| animadversum est | on remarqua |
| aggerem fumare, | la terrasse fumer, |
| quem hostem succenderant | à laquelle les ennemis avaient mis-le-feu |
| cuniculo : | par une mine : |
| eodemque tempore | et dans le même temps |
| clamore sublato | un cri ayant été élevé (poussé) |
| toto muro, | sur tout le rempart, |
| eruptio fiebat | une sortie se faisait |
| duabus portis | par deux portes |
| ab utroque latere turrium. | de l'un-et-l'autre côté des tours. |
| Alii jaciebant eminus | Les uns lançaient de loin |
| de muro in aggerem | du rempart sur la terrasse |
| faces | des torches |
| atque materiem aridam, | et du bois sec, |
| fundebant picem | versaient de la poix |
| reliquasque res, | et les autres substances, |
| quibus ignis | par lesquelles le feu |
| potest excitari ; | peut être activé : |
| ut ratio | de sorte qu'un plan |
| posset vix iniri, | pût à peine être formé, |
| quo occurreretur primum, | pour savoir où on courrait d'abord, |
| aut cui rei | ou à quelle chose |
| auxilium ferretur. | secours serait porté. |
| Tamen, quod | Cependant, parce que |
| instituto Cæsaris | d'après l'usage-établi de (par) César |
| duæ legiones | deux légions |
| excubabant semper | veillaient toujours |
| pro castris, | devant le camp, |
| pluresque, | et que plusieurs autres, |
| temporibus partitis, | les heures étant partagées entre elles, |
| erant in opere, | étaient au travail, |
| factum est celeriter | il fut fait promptement |
| ut alii | que les uns |
| resisterent eruptionibus, | résistaient aux sorties, |
| alii reducerent turres | les autres retiraient les tours |
| interscinderentque | et coupaient |
| aggerem, | la terrasse, |
| omnis vero multitudo | mais que toute la multitude |
| concurreret ex castris | accourait du camp |
| ad restinguendum. | pour éteindre l'incendie. |

XXV. Quum in omnibus locis, consumpta jam reliqua parte
noctis, pugnaretur, semperque hostibus spes victoriæ redinte-
graretur; eo magis, quod deustos pluteos turrium videbant;
nec facile adire apertos ad auxiliandum animum advertebant,
semperque ipsi recentes defessis succederent, omnemque
Galliæ salutem in illo vestigio temporis positam arbitraren-
tur : accidit, inspectantibus nobis, quod dignum memoria
visum, prætermittendum non existimavimus. Quidam ante
portam oppidi Gallus, qui per manus sevi ac picis transditas
glebas in ignem e regione turris projiciebat, scorpione ab
latere dextro transjectus exanimatusque concidit. Hunc ex
proximis unus jacentem transgressus, eodem illo munere fun-
gebatur : eadem ratione ictu scorpionis exanimato altero,
successit tertius, et tertio quartus, nec prius ille est a pro-

XXV. Comme on combattait encore sur tous les points, bien que
le reste de la nuit fût écoulé, comme l'espérance de la victoire se ra-
nimait sans cesse chez les Gaulois, d'autant plus qu'ils voyaient les
revêtements de nos tours brûlés, qu'ils sentaient toute la difficulté
d'y porter du secours à découvert, qu'à tout moment ils remplaçaient par des hommes frais ceux qui étaient fatigués, et qu'enfin
le salut de toute la Gaule leur semblait dépendre de ce moment, nos
yeux furent témoins d'un trait qui nous parut digne de mémoire et
que nous ne voulons pas omettre. Devant une porte de la ville, vis-à-
vis d'une de nos tours, était un Gaulois à qui l'on passait de main en
main des boules de suif et de poix qu'il jetait dans le feu. Un trait
de scorpion lui perce le flanc droit; il tombe mort. Un de ses voisins passe par-dessus le cadavre et s'acquitte du même emploi; il est
tué à son tour d'un coup de scorpion. Un troisième lui succède, à
celui-ci un quatrième; et le poste ne fut abandonné que lorsque le

| | |
|---|---|
| **XXV.** Quum pugnaretur in omnibus locis, | **XXV.** Comme on combattait dans tous les endroits, |
| parte noctis reliqua consumpta jam, | la partie de la nuit qui-restait étant écoulée déjà, |
| spesque victoriæ redintegraretur semper hostibus, | et que l'espoir de la victoire se renouvelait toujours chez les ennemis, |
| eo magis quod videbant pluteos turrium deustos, | d'autant plus qu'ils voyaient les revêtements des tours brûlés, |
| et advertebant animum apertos | et qu'ils tournaient *leur* esprit vers *ceci* les *soldats* découverts [(remarquaient) |
| non adire facile ad auxiliandum; | ne pas s'approcher facilement pour porter-secours ; |
| semperque ipsi recentes succederent fessis, | et que toujours eux-mêmes frais remplaçaient *eux* fatigués, |
| arbitrarenturque omnem salutem Galliæ positam | et qu'ils croyaient tout le salut de la Gaule *être* placé (dépendre) |
| in illo vestigio temporis · accidit, | sur (de) ce moment du temps : il arriva, |
| nobis inspectantibus, quod, visum | nous contemplant, *une chose* que, ayant paru |
| dignum memoria, non existimavimus prætermittendum. | digne de mémoire, nous n'avons pas pensé devoir être omise. |
| Ante portam oppidi quidam Gallus, | Devant la porte de la place un certain Gaulois, |
| qui projiciebat in ignem e regione turris | qui jetait dans le feu [tour dans la direction d'une (vis-à-vis une) |
| glebas sevi ac picis transditas per manus, | des boules de suif et de poix passées *de mains* en mains, |
| transjectus scorpione ab latere dextro | traversé par un scorpion au flanc droit |
| exanimatusque concidit. | et privé-de-la-vie tomba. |
| Unus ex proximis transgressus jacentem fungebatur | Un des plus proches ayant passé-par-dessus *lui* gisant s'acquittait |
| illo eodem munere : altero exanimato | de cette même fonction : le second ayant été tué |
| eadem ratione ictu scorpionis, | de la même manière par un coup de scorpion, |
| tertius successit, et quartus tertio ; | un troisième *le* remplaça, et un quatrième *remplaça* le troisième ; |
| nec ille locus relictus est vacuus propugnatoribus | et cette place ne fut pas laissée vide par les défenseurs *de la ville* |

pugnatoribus vacuus relictus locus, quam, restincto aggere atque omni parte submotis hostibus, finis est pugnandi factus.

XXVI. Omnia experti Galli, quod res nulla successerat, postero die consilium ceperunt ex oppido profugere, hortante et jubente Vercingetorige. Id, silentio noctis conati, non magna jactura suorum sese effecturos sperabant, propterea quod neque longe ab oppido castra Vercingetorigis aberant, et palus perpetua, quæ intercedebat, Romanos ad insequendum tardabat. Jamque hoc facere noctu apparabant, quum matres familiæ repente in publicum procurrerunt, flentesque, projectæ ad pedes suorum, omnibus precibus petierunt ne se et communes liberos hostibus ad supplicium dederent, quos ad capiendam fugam naturæ et virium infirmitas impediret. Ubi eos in sententia perstare viderunt, quod plerumque in summo periculo timor misericordiam non recipit, conclamare

feu de la terrasse fut éteint et que la retraite des ennemis partout repoussés eut mis fin au combat.

XXVI. Après avoir tout tenté sans réussir en rien, les Gaulois, sur les instances et l'ordre de Vercingétorix, prirent le lendemain la résolution de sortir de la place. Ils espéraient le faire dans le silence de la nuit, sans beaucoup de perte, parce que le camp de Vercingétorix n'était pas loin de la ville, et que les marais qui de tous côtés se trouvaient entre eux et les Romains ralentiraient la poursuite. Déjà, la nuit venue, ils se préparaient à partir, quand tout à coup les mères de famille sortent des maisons, se jettent en pleurant aux pieds de leurs époux, et les conjurent de ne pas les livrer aux cruautés de l'ennemi avec leurs enfants, à qui leur âge et leur faiblesse ne permettent pas de fuir. Voyant qu'ils persis'ent dans leur dessein (car, dans un grand péril, la crainte exclut le plus souvent la com-

| | |
|---|---|
| prius quam, | avant que, |
| aggere restincto | la terrasse ayant été éteinte |
| atque hostibus submotis | et les ennemis ayant été écartés |
| omni parte, | de tout côté, |
| finis pugnandi factus est. | la fin de combattre (du combat) fut faite. |
| XXVI. Galli, | XXVI. Les Gaulois, |
| experti omnia, | ayant essayé toutes choses, |
| quod nulla res successerat, | parce qu'aucune entreprise n'avait réussi, |
| die postero | le jour suivant |
| ceperunt consilium | prirent la résolution |
| profugere ex oppido, | de s'enfuir de la place, |
| Vercingetorige | Vercingétorix |
| hortante et jubente. | les y exhortant et le leur ordonnant. |
| Conati silentio noctis, | Ayant tenté dans le silence de la nuit, |
| sperabant | ils espéraient |
| sese effecturos id | eux-mêmes devoir exécuter cela |
| jactura suorum | avec une perte des leurs |
| non magna, | non grande, |
| propterea quod | parce que |
| neque castra | et le camp |
| Vercingetorigis | de Vercingétorix |
| aberant longe ab oppido, | n'était pas loin de la ville, |
| et palus perpetua, | et un marais non-interrompu |
| quæ intercedebat, | qui était-entre les Romains et eux, |
| tardabat Romanos | retardait les Romains |
| ad insequendum. | pour poursuivre. |
| Jamque apparabant | Et déjà ils se préparaient |
| facere hoc noctu, | à faire cela de nuit, |
| quum matres familiæ | lorsque les mères de famille |
| procurrerunt repente | s'élancèrent tout à coup |
| in publicum, | en public, |
| flentesque, | et pleurant, |
| projectæ ad pedes suorum, | s'étant jetées aux pieds des leurs, |
| petierunt omnibus precibus | demandèrent par toutes-sortes-de prières |
| ne dederent hostibus | qu'ils ne livrassent pas aux ennemis |
| ad supplicium | pour le supplice |
| se et liberos communes, | elles-mêmes et leurs enfants communs, |
| quos infirmitas naturæ | que la faiblesse de la nature |
| et virium | et des forces |
| impediret | entravait |
| ad capiendam fugam. | pour prendre la fuite. |
| Ubi viderunt eos | Dès qu'elles eurent vu eux |
| perstare in sententia, | persister dans leur résolution, |
| quod plerumque | parce que le plus ordinairement |
| in summo periculo | dans un extrême danger |
| timor | la crainte |
| non recipit misericordiam, | n'admet pas la pitié, |

et significare de fuga Romanis cœperunt. Quo timore perterriti Galli, ne ab equitatu Romanorum viæ præoccuparentur, consilio destiterunt.

XXVII. Postero die Cæsar, promota turri directisque operibus quæ facere instituerat, magno coorto imbri, non inutilem hanc ad capiendum consilium tempestatem arbitratus, quod paulo incautius custodias in muro dispositas videbat, suos quoque languidius in opere versari jussit, et, quid fieri vellet, ostendit. Legiones intra vineas in occulto expeditas cohortatur, ut aliquando pro tantis laboribus fructum victoriæ perciperent : his, qui primi murum ascendissent, præmia proposuit, militibusque signum dedit. Illi subito ex omnibus partibus evolaverunt murumque celeriter compleverunt.

XXVIII. Hostes, re nova perterriti, muro turribusque dejecti, in foro ac locis patentioribus cuneatim constiterunt,

passion), elles se mettent à pousser des cris et à faire des signes pour avertir les Romains de cette fuite. Les Gaulois effrayés renoncent à leur projet, dans la crainte que la cavalerie romaine ne s'empare des chemins.

XXVII. Le lendemain César faisait avancer une tour et dresser les machines qu'il avait construites; il survint une forte pluie. Pensant que cette circonstance pouvait servir une résolution nouvelle, parce qu'il voyait que la garde se faisait un peu négligemment sur le rempart, il ordonne aussi à ses soldats de ralentir le travail, et explique ce qu'il se propose; puis il exhorte les légions, qu'il tenait toutes prêtes derrière les mantelets, à recueillir enfin les fruits de la victoire pour prix de tant de fatigues, promet des récompenses aux premiers qui escaladeront le rempart, et donne le signal aux soldats. Soudain ils s'élancent de toutes parts et couvrent bientôt les murs de la ville

XXVIII. Consternés de cette attaque imprévue, culbutés des murs et des tours, les Gaulois se forment en coin dans la place publique

cœperunt conclamare
et significare Romanis
de fuga.
Quo timore perterriti
Galli,
ne viæ præoccuparentur
ab equitatu Romanorum,
destiterunt consilio.
XXVII. Die postero
Cæsar,
turri promota
operibusque
quæ instituerat facere
directis,
magno imbri coorto,
arbitratus
hanc tempestatem
non inutilem
ad capiendum consilium,
quod videbat custodias
dispositas in muro
paulo incautius,
jussit suos quoque
versari in opere
languidius,
et ostendit
quid vellet fieri.
Cohortatur legiones
expeditas in occulto
intra vineas,
ut perciperent aliquando
pro tantis laboribus
fructum victoriæ :
proposuit præmia
his qui primi
ascendissent murum,
deditque signum militibus.
Illi evolaverunt subito
ex omnibus partibus,
celeriterque
compleverunt murum.
XXVIII. Hostes,
perterriti re nova,
dejecti muro
turribusque,
constiterunt cuneatim
in foro

elles commencèrent à crier
et à faire-des-signes aux Romains
au-sujet-de la fuite.
Par laquelle crainte épouvantés
les Gaulois, [cupés-d'avance
de peur que les chemins ne fussent oc-
par la cavalerie des Romains,
renoncèrent à *leur* dessein.
XXVII. Le jour suivant
César,
la tour étant poussée-en-avant
et les machines
qu'il avait commencé de faire,
étant dressées,
une grande pluie s'étant élevée,
ayant pensé
ce temps
ne pas *être* désavantageux
pour prendre une résolution,
parce qu'il voyait les gardes
placées sur le rempart
un peu plus négligemment,
ordonna les siens aussi
se donner-du-mouvement dans le travail
plus mollement,
et indiqua
ce qu'il voulait être fait (qu'on fît).
Il exhorte les légions
préparées en secret
en dedans des mantelets,
pour qu'elles recueillissent enfin
en-retour-de si-grandes fatigues
le fruit de la victoire :
il établit des prix
pour ceux qui les premiers
auraient monté sur le rempart,
et donna le signal aux soldats.
Ceux-ci s'élancèrent tout à coup
de tous les côtés,
et promptement
remplirent (couvrirent) le rempart.
XXVIII. Les ennemis,
épouvantés de *cet* événement nouveau,
jetés-en-bas du rempart
et des tours,
s'établirent en-forme-de-coin
dans la place-publique

hoc animo, ut, si qua ex parte obviam contra veniretur, acie instructa depugnarent. Ubi neminem in æquum locum sese demittere, sed toto undique muro circumfundi viderunt, veriti ne omnino spes fugæ tolleretur, abjectis armis, ultimas oppidi partes continenti impetu petiverunt : parsque ibi, quum angusto portarum exitu se ipsi premerent, a militibus; pars, jam egressa portis, ab equitibus est interfecta : nec fuit quisquam qui prædæ studeret. Sic et Genabensi cæde[1], et labore operis incitati, non ætate confectis, non mulieribus, non infantibus pepercerunt. Denique ex omni eo numero, qui fuit circiter quadraginta millium, vix octingenti, qui primo clamore audito se ex oppido ejecerant, incolumes ad Vercingetorigem pervenerunt. Quos ille, multa jam nocte, silentio ex fuga excepit (veritus ne qua in castris ex eorum concursu et misericordia

et dans les endroits les plus spacieux, en vue de se défendre en bataille rangée, de quelque côté que l'on vienne à eux Voyant qu'aucun des Romains ne descend des positions élevées qu'ils occupent, mais qu'ils se répandent sur toute l'enceinte, ils craignent qu'on ne leur ôte tout moyen de fuir, jettent leurs armes et courent sans s'arrêter jusqu'aux extrémités de la ville. Là, comme ils se foulaient eux-mêmes dans l'étroite issue des portes, nos soldats en tuèrent une partie; une autre, déjà sortie de la ville, fut égorgée par la cavalerie · personne ne s'occupa du butin Animés par le massacre de Génabum et par les fatigues du siége, nos soldats n'épargnèrent ni vieillards, ni femmes, ni enfants. Enfin de toute cette multitude, qui s'élevait environ à quarante mille individus, à peine huit cents qui s'étaient jetés hors de la ville dès qu'ils avaient entendu les premiers cris, arrivèrent sains et saufs près de Vercingétorix. Il recueillit ces fuyards au milieu de la nuit, en silence; et, craignant, s'ils arrivaient ensemble, que la pitié n'excitât une sédi-

| | |
|---|---|
| ac locis patentioribus, | et les lieux plus ouverts, |
| hoc animo, ut, | dans cette pensée, que, |
| si ex qua parte | si de quelque côté |
| veniretur obviam contra, | on venait-à-la-rencontre contre *eux*, |
| depugnarent | ils combattissent |
| acie instructa. | en bataille rangée. |
| Ubi viderunt | Dès qu'ils eurent vu |
| neminem se demittere | personne ne descendre |
| in locum æquum, | dans un endroit uni, [tés |
| sed circumfundi undique | mais *les Romains* se répandre de-tous-cô- |
| toto muro, | sur toute la muraille, |
| veriti ne spes fugæ | ayant craint que l'espoir de la fuite |
| tolleretur omnino, | ne *leur* fût enlevé tout à fait, |
| armis abjectis, | *leurs* armes étant jetées, |
| petiverunt | ils gagnèrent |
| impetu continenti | d'un élan non-interrompu |
| partes ultimas oppidi : | les parties les plus reculées de la place : |
| parsque interfecta est ibi | et une partie fut tuée là |
| a militibus, | par les soldats, |
| quum ipsi se premerent | tandis qu'eux-mêmes se pressaient |
| exitu angusto portarum ; | à l'issue étroite des portes ; |
| pars, jam egressa portis, | une partie, déjà sortie des portes, |
| ab equitibus : | *fut tuée* par les cavaliers : |
| nec fuit quisquam | et il n'y eut personne |
| qui studeret prædæ. | qui s'occupât de butin. |
| Sic, incitati | Ainsi, excités |
| et cæde Genabensi, | et par le massacre de-Génabum, |
| et labore operis, | et par la fatigue des travaux, |
| non pepercerunt | ils n'épargnèrent pas |
| confectis ætate, | les *gens* accablés par l'âge, |
| non mulieribus, | ni les femmes, |
| non infantibus. | ni les enfants. |
| Denique | Enfin |
| ex omni eo numero, | de tout ce nombre, |
| qui fuit | qui fut |
| quadraginta millium | de quarante mille |
| circiter, | environ, |
| vix octingenti, | à peine huit-cents, |
| qui primo clamore audito | qui le premier cri ayant été entendu |
| se ejecerant ex oppido, | s'étaient jetés hors de la place, |
| pervenerunt incolumes | arrivèrent sains-et-saufs |
| ad Vercingetorigem. | près de Vercingétorix. |
| Quos ille, | Lesquels celui-ci, |
| nocte jam multa, | la nuit *étant* déjà avancée, |
| excepit silentio | recueillit en silence (en secret) |
| ex fuga | au-sortir-de leur fuite |
| (veritus ne qua seditio | (ayant craint que quelque sédition |

vuígi seditio oriretur), ut, procul in via dispositis familiaribus suis principibusque civitatum, disparandos deducendosque ad suos curaret, quæ cuique civitati pars castrorum ab initio obvenerat.

XXIX. Postero die concilio convocato, consolatus cohortatusque est, « Ne se admodum animo demitterent, neve perturbarentur incommodo : non virtute, neque in acie, vicisse Romanos, sed artificio quodam et scientia oppugnationis, cujus rei fuerint ipsi imperiti : errare, si qui in bello omnes secundos rerum proventus exspectent : sibi nunquam placuisse Avaricum defendi, cujus rei testes ipsos haberet ; sed factum imprudentia Biturigum et nimia obsequentia reliquorum, uti hoc incommodum acciperetur : id tamen se celeriter majoribus commodis sanaturum. Nam, quæ ab reliquis Gallis civitates dissentirent, has sua diligentia adjunctu-

tion parmi la multitude, il avait eu soin de disposer au loin, sur la route, ses amis et les premiers des cités pour les séparer et les conduire chacun dans la partie du camp affectée dès le principe à leur nation.

XXIX. Ayant convoqué une assemblée le lendemain, il console ses soldats, il les exhorte « A ne point se laisser trop abattre et décourager par cet échec. Les Romains ne devaient pas la victoire à leur valeur en bataille rangée, mais à leur art, à leur habileté dans les siéges, dont ils n'avaient eux-mêmes aucune expérience. On se tromperait, si à la guerre on ne s'attendait qu'à des succès. Il n'avait jamais été d'avis de défendre Avaricum ; ils en étaient témoins. Cependant, cette perte, qui était due à la témérité des Bituriges et à l'excessive déférence des autres cités, il la réparerait bientôt par des avantages plus importants. Car, les peuples qui n'étaient pas du parti

oriretur in castris
ex concursu eorum
et misericordia vulgi),
ut, suis familiaribus
principibusque civitatum
dispositis procul in via,
curaret
disparandos
deducendosque ad suos,
quæ pars castrorum
obvenerat ab initio
cuique civitati.

XXIX. Die postero
concilio convocato,
consolatus
cohortatusque est.
« Ne se demitterent
admodum animo,
neve perturbarentur
incommodo :
Romanos vicisse
non virtute, neque in acie,
sed quodam artificio
et scientia oppugnationis,
cujus rei
ipsi fuerint imperiti :
errare,
si qui exspectent
omnes proventus rerum
secundos
in bello :
nunquam placuisse sibi
Avaricum defendi,
cujus rei
haberet ipsos testes ;
sed factum
imprudentia Biturigum
et obsequentia nimia
reliquorum
uti hoc incommodum
acciperetur :
tamen se sanaturum id
celeriter
commodis majoribus.
Nam adjuncturum
sua diligentia
has civitates

ne s'élevât dans le camp
par-suite de l'affluence d'eux
et de la compassion de la foule),
*de telle sorte* que, ses amis
et les principaux des cités
étant disposés loin sur la route,
il prit-soin *d'eux*
devant être séparés
et devant être conduits vers les leurs,
*dans la partie* laquelle partie du camp
était échue dès le principe
à chaque cité.

XXIX. Le jour suivant
une assemblée ayant été convoquée,
il *les* consola
et *les* encouragea.
« Qu'ils ne s'abattissent pas
tout à fait de courage,
ou (et) qu'ils ne fussent pas troublés
par *cet* échec :
les Romains avoir vaincu
non par la valeur, ni dans une bataille,
mais par un certain art
et une science du siége (des siéges),
dans laquelle chose
eux-mêmes étaient sans-expérience
*ceux-là* se tromper,
si quelques-uns attendaient
toutes issues d'affaires
heureuses
à la guerre :
que jamais il n'avait plu à lui
Avaricum être défendu,
duquel fait
il avait eux-mêmes *pour* témoins ;
mais *avoir été* fait (il était arrivé)
par le manque-de-sagesse des Biturige
et la complaisance excessive
de tous-les-autres
que cet échec [cet *échec*
fût reçu (subi) :
toutefois lui-même devoir guérir (réparer)
promptement
par des avantages plus grands.
Car *lui-même* devoir réunir à *eux*
par son activité
ces (les) cités

rum atque unum consilium totius Galliæ effecturum, cujus consensu ne orbis quidem terrarum possit obsistere : idque se prope jam effectum habere. Interea æquum esse ab iis communis salutis causa impetrari, ut castra munire instituerent, quo facilius repentinos hostium impetus sustinere possent. »

XXX. Fuit hæc oratio non ingrata Gallis, maxime quod ipse animo non defecerat, tanto accepto incommodo, neque se in occultum abdiderat et conspectum multitudinis fugerat : plusque animo providere et præsentire existimabatur, quod, re integra, primo incendendum Avaricum, post deserendum censuerat [1]. Itaque, ut reliquorum imperatorum res adversæ auctoritatem minuunt, sic hujus ex contrario dignitas, incommodo accepto, in dies augebatur : simul in spem veniebant ejus affirmatione de reliquis adjungendis civitatibus, primum

du reste de la Gaule, il les y amènerait par ses soins et ferait en sorte que la Gaule entière se réunît dans une unanimité à laquelle l'univers même ne saurait s'opposer : il y avait déjà presque réussi. Il était juste néanmoins qu'il obtînt d'eux, au nom du salut public, de prendre la méthode de retrancher leur camp pour résister plus aisément aux brusques attaques de l'ennemi. »

XXX. Son discours ne fut point désagréable aux Gaulois, surtout parce qu'un si grand échec n'avait point abattu son courage et qu'il ne s'était point caché pour se dérober aux regards de l'armée. On lui trouvait d'autant plus de prudence et de prévoyance que, quand rien ne périclitait, il avait proposé, d'abord de brûler Avaricum, ensuite de l'évacuer. Ainsi, tandis que le crédit des autres généraux s'affaiblit par un revers, son pouvoir s'accrut au contraire de jour en jour après l'échec qu'on avait essuyé : en même temps, grâce aux assurances qu'il en donnait, on espérait l'adhésion des autres cités.

| | |
|---|---|
| quæ dissentirent | qui étaient-en-désaccord |
| ab reliquis Gallis, | avec le reste-des Gaulois, |
| atque effecturum | et devoir produire |
| consilium unum | une résolution unanime |
| totius Galliæ, | de toute la Gaule, |
| consensu cujus | à l'accord de laquelle |
| ne orbis quidem terrarum | pas même le cercle des terres |
| possit obsistere : | ne pourrait s'opposer : |
| seque habere id | et lui-même avoir cela |
| jam prope effectum. | déjà presque exécuté. |
| Interea esse æquum | En attendant être (il était) juste |
| impetrari ab iis | *ceci* être obtenu d'eux |
| causa salutis communis, | en vue du salut commun, |
| ut instituerent | qu'ils prissent-la-méthode |
| munire castra, | de fortifier le camp, |
| quo possent facilius | afin qu'ils pussent plus facilement |
| sustinere | soutenir |
| impetus repentinos | les attaques soudaines |
| hostium. » | des ennemis. » |
| XXX. Hæc oratio | XXX. Ce discours |
| fuit non ingrata Gallis, | fut non désagréable aux Gaulois, |
| maxime quod ipse | surtout parce que lui-même |
| non defecerat animo, | n'avait pas défailli de cœur, |
| tanto incommodo | un si-grand échec |
| accepto, | ayant été reçu (subi), |
| neque se abdiderat | et ne s'était pas caché |
| in occultum | dans un *lieu* secret |
| et fugerat conspectum | et n'avait pas fui la vue |
| multitudinis : | de la multitude : |
| existimabaturque | et il était jugé |
| providere et præsentire plus | prévoir et pressentir davantage |
| animo, | par *son* esprit, |
| quod, re integra, | parce que, l'affaire *étant* non-entamée, |
| censuerat primo | il avait été-d'avis d'abord |
| Avaricum incendendum, | Avaricum devoir être brûlé, |
| post deserendum. | puis devoir être abandonné. |
| Itaque, ut res adversæ | Aussi, comme les événements contraires |
| minuunt auctoritatem | amoindrissent l'autorité |
| reliquorum imperatorum, | des autres généraux, |
| sic ex contrario | ainsi au contraire |
| dignitas hujus, | la dignité de celui-ci, |
| incommodo accepto, | un échec ayant été reçu (subi), |
| augebatur in dies. | s'augmentait *de jour* en jour : |
| simul | en-même-temps |
| affirmatione ejus | par l'affirmation de lui |
| veniebant in spem | ils arrivaient à l'espoir |
| de reliquis civitatibus | touchant le reste-des cités |

que eo tempore Galli castra munire instituerunt, et sic sunt animo consternati, homines insueti laboris, ut omnia, quæ imperarentur, sibi patienda et perferenda existimarent.

XXXI. Nec minus quam est pollicitus Vercingetorix animo laborabat, ut reliquas civitates adjungeret, atque earum principes donis pollicitationibusque alliciebat. Huic rei idoneos homines deligebat, quorum quisque aut oratione subdola, aut amicitia facillime capi posset. Qui Avarico expugnato refugerant, armandos vestiendosque curat. Simul, ut deminutæ copiæ redintegrarentur, imperat certum numerum militum civitatibus, quem et quam ante diem in castra adduci velit; sagittariosque omnes, quorum erat permagnus in Gallia numerus, conquiri et ad se mitti jubet. His rebus celeriter id, quod Avarici deperierat, expletur. Interim Teutomatus, Ollo-

Les Gaulois commencèrent alors, pour la première fois, à retrancher leur camp : telle était leur consternation, que ces hommes inaccoutumés au travail crurent devoir se soumettre et se résigner à tout ce qu'on leur commandait.

XXXI. Vercingétorix, comme il l'avait promis, s'applique à gagner à la cause commune les autres cités, dont il séduit les chefs par des présents et des promesses. Il choisissait les agents les plus capables de circonvenir chacun en particulier soit par des discours captieux soit par des témoignages d'amitié. Il a soin de fournir des vêtements et des armes à ceux qui s'étaient réfugiés auprès de lui après la prise d'Avaricum. En même temps, pour compléter ses troupes affaiblies, il commande aux cités un certain nombre de soldats, et fixe l'époque à laquelle on sera tenu de les lui amener ; il donne ordre de chercher et de lui envoyer tous les archers, dont le nombre est considérable dans la Gaule. Il a bientôt ainsi remplacé ce qui a péri dans Avaricum. Cependant le roi des Nitiobriges, Teuto-

adjungendis,
devant être associées *à eux,*

primumque eo tempore
et pour-la-première-fois à cette époque

Galli instituerunt
les Gaulois commencèrent

munire castra,
à fortifier le camp,

et homines
et *ces* hommes

insueti laboris
inaccoutumés au travail

consternati sunt sic animo,
furent consternés tellement d'âme,

ut existimarent
qu'ils croyaient

omnia quæ imperarentur
tout ce qui était commandé

patienda
devoir être souffert

et perferenda sibi.      [rix
et devoir être supporté par eux-mêmes.

XXXI. Nec Vercingeto-
**XXXI.** Et Vercingétorix

laborabat animo
ne se préoccupait pas dans *son* esprit

minus quam pollicitus est,
moins qu'il *ne l*'avait promis,

ut adjungeret
pour qu'il réunît *aux siens*

reliquas civitates Galliæ,
le reste-des cités de la Gaule,

atque alliciebat
et il attirait

donis pollicitationibusque
par des dons et des promesses

principes earum
les chefs d'elles.

Deligebat huic rei
Il choisissait pour cet objet

homines idoneos,
des hommes capables,

aut oratione subdola
ou par le discours trompeur

aut amicitia quorum
ou par l'amitié desquels

quisque posset capi
chacun pût être pris

facillime.
très-facilement.

Curat qui refugerant,
Il prend-soin de *ceux* qui avaient **fui.**

Avarico expugnato,
Avaricum ayant été pris,

armandos
devant être armés

vestiendosque.
et devant être vêtus.

Simul,
En-même-temps,

ut copiæ deminutæ
pour que *ses* troupes diminuées

redintegrarentur,
fussent remises-en-état (complétées*)*,

imperat civitatibus
il commande aux cités

numerum certum militum,
un nombre déterminé de soldats,

quem
*fixant* quel *nombre*

et ante quam diem
et avant quel jour            [camp;

velit adduci in castra;
il voulait *ce nombre* être amené dans le '

jubetque
et il ordonne

omnes sagittarios,
tous les archers,

quorum numerus
dont le nombre

erat permagnus in Gallia,
était fort-grand dans la Gaule,

conquiri
être recherchés

et mitti ad se.
et être envoyés vers lui-même.

His rebus
Par ces moyens

id quod deperierat Avarici
ce qui avait péri à Avaricum

expletur celeriter.
est remplacé-en-entier promptement.

Interim Teutomatus,
Cependant Teutomate

viconis filius, rex Nitiobrigum, cujus pater ab senatu nostro amicus erat appellatus, cum magno equitum suorum numero, et quos ex Aquitania conduxerat, ad eum pervenit.

XXXII. Cæsar, Avarici complures dies commoratus, summamque ibi copiam frumenti et reliqui commeatus nactus, exercitum ex labore atque inopia refecit. Jam prope hieme confecta, quum ipso anni tempore ad gerendum bellum vocaretur et ad hostem proficisci constituisset, sive eum ex paludibus silvisque elicere, sive obsidione premere posset, legati ad eum principes Æduorum veniunt oratum « Ut maxime necessario tempore civitati subveniat : summo esse in periculo rem ; quod, quum singuli magistratus antiquitus creari, atque regiam potestatem annum obtinere, consuessent, duo magistratum gerant et se uterque eorum legibus creatum esse dicat. Horum esse alterum Convictolitanem, florentem et illu-

mate, fils d'Ollovicon, à qui le sénat avait accordé le titre d'ami, joint l'armée avec un gros de cavalerie tirée en partie de son pays et levée en partie dans l'Aquitaine.

XXXII. César demeura pendant plusieurs jours dans Avaricum, où il avait trouvé beaucoup de blé et d'autres vivres, et remit l'armée de ses fatigues. L'hiver étant presque tout à fait écoulé, et la saison même l'appelant en campagne, il avait résolu de marcher aux ennemis et de les forcer à sortir des marais et des bois ou de les y assiéger, lorsque les premiers des Éduens vinrent en députation vers lui pour le prier « De porter secours à leur cité dans une circonstance critique. L'État était dans le plus grand danger : car, tandis que de tout temps on n'avait créé qu'un magistrat unique, qui jouissait pendant un an de l'autorité royale, il y en avait deux en ce moment, qui se disaient tous deux nommés suivant les lois : l'un était

filius Olloviconis.

rex Nitiobrigum,

cujus pater

appellatus erat amicus

ab nostro senatu,

pervenit ad eum

cum magno numero

equitum suorum

et quos conduxerat

ex Aquitania.

XXXII. Cæsar,

commoratus Avarici

complures dies,

nactusque ibi

summam copiam frumenti

reliquique commeatus,

refecit exercitum

ex labore atque inopia.

Hieme

prope confecta jam,

quum tempore ipso anni

vocaretur

ad gerendum bellum

et constituisset

proficisci ad hostem,

sive posset elicere eum

ex paludibus silvisque,

sive premere obsidione,

principes Æduorum

veniunt ad eum legati

oratum

« Ut subveniat civitati

tempore

maxime necessario :

rem

esse in summo periculo ;

quod, quum antiquitus

singuli magistratus

consuessent creari,

atque obtinere annum

potestatem regiam,

duo gerant magistratum

et uterque eorum

dicat se creatum esse

legibus.

Alterum horum

esse Convictolitanem,

---

fils d'Ollovicon,

roi des Nitiobriges,

dont le père

avait été nommé ami

par notre sénat,

arrive auprès de lui

avec un grand nombre

de cavaliers siens

et *avec ceux* qu'il avait réunis

d'Aquitaine.

XXXII. César,

ayant séjourné à Avaricum

*pendant* plusieurs jours,

et ayant trouvé là

une très-grande quantité de blé

et d'autres vivres,

remit *son* armée

de *sa* fatigue et de *sa* disette.

L'hiver

étant presque achevé déjà,

lorsque par la saison même de l'année

il était invité

à faire la guerre

et avait résolu

de marcher vers l'ennemi,

soit qu'il pût faire-sortir lui

des marais et des forêts,

soit qu'*il pût le* presser par un siége ,

les principaux des Éduens

viennent vers lui *comme* députés

pour *le* prier

« Qu'il secoure *leur* cité

dans un moment

extrêmement nécessaire

l'affaire (l'État)

être dans le plus grand danger,

parce que, tandis qu'anciennement

un seul magistrat

avait-coutume d'être créé (élu),

et de garder un an

le pouvoir royal,

deux *hommes* exerçaient la magistrature

et que l'un-et-l'autre d'eux

disait lui-même avoir été élu

d'après les lois.

L'un de ceux-ci

être Convictolitanis,

strem adolescentem; alterum Cotum, antiquissima familia natum, atque ipsum hominem summæ potentiæ et magnæ cognationis; cujus frater Valetiacus proximo anno eumdem magistratum gesserit : civitatem omnem esse in armis, divisum senatum, divisum populum; suas cujusque eorum clientelas. Quod si diutius alatur controversia, fore uti pars cum parte civitatis confligat; id ne accidat, positum in ejus diligentia atque auctoritate. »

XXXIII. Cæsar, etsi a bello atque hoste discedere detrimentosum esse existimabat, tamen, non ignorans quanta ex dissensionibus incommoda oriri consuessent, ne tanta et tam conjuncta populo Romano civitas, quam ipse semper aluisset omnibusque rebus ornasset, ad vim atque ad arma descenderet, atque ea pars, quæ minus sibi confideret, auxilia a

Convictolitanis, jeune homme célèbre et puissant ; l'autre, Cotus, d'une famille fort ancienne, très-puissant par lui-même et par ses grandes alliances, dont le frère Valétiacus avait l'année précédente rempli la même magistrature. Toute la cité était en armes, le sénat divisé, le peuple divisé; chacun des deux prétendants avait ses clients. Si ce différend était entretenu plus longtemps, une partie de la cité se battrait contre l'autre. C'est ce que pouvaient empêcher l'activité et l'autorité de César. »

XXXIII. Quoique César crût préjudiciable de s'éloigner du théâtre de la guerre et de l'ennemi, cependant, comme il savait combien d'inconvénients entraînent les discordes, il pensa devoir s'occuper aussitôt d'empêcher qu'une cité si importante et si étroitement unie au peuple romain, que lui-même avait toujours protégée et comblée de toutes sortes d'avantages, n'en vînt aux armes, et que le parti qui se croirait

| | |
|---|---|
| adolescentem florentem | jeune-homme florissant |
| et illustrem ; | et illustre ; |
| alterum Cotum, | l'autre Cotus, |
| natum familia | né d'une famille |
| antiquissima, | très-ancienne, |
| atque ipsum | et lui-même |
| hominem summæ potentiæ | homme d'un très-haut pouvoir |
| et magnæ cognationis ; | et d'une grande (nombreuse) parenté , |
| cujus frater Valetiacus | dont le frère Valétiacus |
| anno proximo | l'année dernière |
| gesserit | avait exercé |
| eumdem magistratum : | la même magistrature : |
| omnem civitatem | toute la cité |
| esse in armis, | être en armes, |
| senatum divisum, | le sénat *être* divisé, |
| populum divisum : | le peuple *être* divisé : |
| clientelas suas | une clientèle à-soi (particulière) |
| cujusque eorum. | *être* à chacun d'eux. |
| Quod si controversia | Que si le débat |
| alatur diutius, | était nourri (entretenu) plus longtemps, |
| fore uti | devoir être (il arriverait) que |
| pars civitatis | une partie de la cité |
| confligat cum parte ; | en-viendrait-aux-mains avec *l'autre* partie; |
| positum | *être* placé (il dépendait) |
| in diligentia | dans (de) l'activité |
| atque auctoritate ejus | et de l'autorité de lui |
| ne id accidat. » | que cela n'arrivât pas. » |
| **XXXIII.** Cæsar, | **XXXIII.** César, |
| etsi existimabat | bien qu'il pensât |
| esse detrimentosum | être (qu'il était) préjudiciable |
| discedere a bello | de s'éloigner de la guerre |
| atque hoste, | et de l'ennemi, |
| tamen, non ignorans | cependant, n'ignorant pas |
| quanta incommoda | quels-grands inconvénients |
| consuessent oriri | avaient-coutume de naître |
| ex dissensionibus, | des dissensions, |
| ne civitas tanta | de peur qu'une cité si-grande |
| et tam conjuncta | et si unie |
| populo Romano, | au peuple romain, |
| quam ipse semper aluisset | que lui-même toujours avait développée |
| ornassetque | et avait ornée |
| omnibus rebus, | de toutes-sortes-de choses, |
| descenderet ad vim | ne descendît (n'en vînt) à la violence |
| atque ad arma, | et aux armes, |
| atque ea pars, | et que ce (le) parti |
| quæ confideret minus sibi, | qui aurait-confiance moins en lui-même |
| arcesseret auxilia | ne fît-venir des secours |

Vercingetorige arcesseret, huic rei prævertendum existimavit;
et quod legibus Æduorum his, qui summum magistratum
obtinerent, excedere ex finibus non liceret, ne quid de jure
aut de legibus eorum deminuisse videretur, ipse in Æduos
proficisci statuit, senatumque omnem, et quos inter controversia esset, ad se Decetiam ' evocavit. Quum prope omnis
civitas eo convenisset, docereturque, paucis clam convocatis,
alio loco, alio tempore atque oportuerit, fratrem a fratre
renuntiatum, quum leges duo ex una familia, vivo utroque,
non solum magistratus creari vetarent, sed etiam in senatu
esse prohiberent, Cotum imperium deponere coegit; Convictolitanem, qui per sacerdotes more civitatis, intromissis ma-
gistratibus, esset creatus, potestatem obtinere jussit.

XXXIV. Hoc decreto interposito, cohortatus Æduos ut
controversiarum ac dissensionum obliviscerentur, atque,

le moins fort n'appelât à son secours Vercingétorix. Comme les lois
des Éduens ne permettaient pas aux magistrats suprêmes de sortir du
territoire, César, ne voulant paraître enfreindre en rien ni leur droit
ni leurs lois, résolut d'aller lui-même chez les Éduens et manda
tout le sénat à Décétia avec les deux compétiteurs. Presque toute la
cité s'y étant rassemblée, il apprit de quelques personnes appelées
en secret que le frère avait proclamé son frère dans un temps et
dans un lieu où cela ne devait pas se faire : les lois défendaient de
plus non-seulement de créer magistrats, mais même d'admettre dans
le sénat deux personnes de la même famille, du vivant de l'une et de
l'autre. César força Cotus à abdiquer son autorité et fit remettre le
pouvoir à Convictolitanis, que les prêtres, suivant l'usage de la cité,
avaient élu en présence des magistrats.

XXXIV. Après cette décision, il invita les Éduens à oublier leurs
querelles et leurs dissensions, à mettre de côté toutes ces préoccupa-

| | |
|---|---|
| a Vercingetorige, | de Vercingétorix, |
| existimavit prævertendum | pensa qu'il fallait se-tourner-d'abord |
| huic rei ; | vers cet événement ; |
| et quod legibus Æduorum | et parce que par les lois des Eduens |
| non liceret | il n'était-pas-permis |
| his qui obtinerent | à ceux qui occupaient |
| magistratum summum | la magistrature suprême |
| excedere ex finibus, | de sortir du territoire, |
| ne videretur | afin qu'il ne parût pas |
| deminnisse quid | avoir retranché quelque chose |
| de jure | du droit |
| aut de legibus eorum, | ou des lois d'eux, |
| statuit proficisci ipse | il résolut d'aller lui-même |
| in Æduos, | chez les Éduens, |
| evocavitque Decetiam | et appela à Décétia |
| ad se | auprès de lui-même |
| omnem senatum, | tout le sénat, |
| et inter quos | et ceux entre lesquels |
| esset controversia. | était le différend. |
| Quum prope omnis civitas | Comme presque toute la cité |
| convenisset eo, | s'était rassemblée là, |
| docereturque, | et qu'il était instruit,          [destinement, |
| pancis convocatis clam, | quelques-uns ayant été convoqués clan- |
| alio loco, alio tempore | dans un autre lieu, à une autre époque |
| atque oportuerit, | qu'il n'aurait fallu, |
| fratrem | le frère |
| renuntiatum a fratre, | avoir été proclamé par le frère, |
| quum leges | tandis que les lois |
| non solum vetarent | non-seulement interdisaient |
| duo ex una familia, | deux hommes d'une-seule famille, |
| utroque vivo, | l'un-et-l'autre étant vivant, |
| creari magistratus, | être créés magistrats, |
| sed etiam prohiberent | mais encore défendaient |
| esse in senatu, | eux être dans le sénat, |
| coegit Cotum | il força Cotus |
| deponere imperium ; | de déposer l'autorité ; |
| jussit Convictolitanem, | il ordonna Convictolitanis, |
| qui creatus esset | qui avait été élu |
| per sacerdotes | par l'entremise des prêtres |
| more civitatis, | d'après la coutume de la cité, |
| magistratibus intromissis, | les magistrats ayant été introduits, |
| obtinere potestatem. | garder le pouvoir. |
| XXXIV. Hoc decreto | XXXIV. Cette décision |
| interposito, | ayant été mise-entre les partis, |
| cohortatus Æduos | ayant exhorté les Éduens |
| ut obliviscerentur | afin qu'ils oubliassent |
| controversiarum | leurs différends |

omnibus omissis his rebus, huic bello servirent, eaque, quæ
meruissent, præmia ab se, devicta Gallia, exspectarent, equitatumque omnem et peditum millia decem sibi celeriter mitterent, quæ in præsidiis rei frumentariæ causa disponeret,
exercitum in duas partes divisit: quatuor legiones in Senones
Parisiosque Labieno ducendas dedit; sex ipse in Arvernos, ad
oppidum Gergoviam, secundum flumen Elaver duxit. Equitatus
partem illi attribuit, partem sibi reliquit. Qua re cognita, Vercingetorix, omnibus interruptis ejus fluminis pontibus, ab
altera Elaveris parte iter facere cœpit.

XXXV. Quum uterque utrique esset exercitus in conspectu,
fereque e regione castra poneret, dispositis exploratoribus,
necubi effecto ponte Romani copias transducerent, erat in magnis Cæsari difficultatibus res, ne majorem æstatis partem flu-

tions pour s'occuper de la guerre, et à compter sur les récompenses
qu'ils auraient méritées, une fois la Gaule vaincue ; à lui envoyer
promptement toute leur cavalerie avec dix mille fantassins, dont il
ferait des détachements pour assurer ses convois. Divisant son
armée en deux corps, il donne quatre légions avec une partie de sa
cavalerie à Labiénus pour aller chez les Sénonais et les Parisiens :
lui-même, avec le reste de sa cavalerie et six légions, il marche, le
long de l'Allier, vers Gergovie, ville des Arvernes. A cette nouvelle,
Vercingétorix fit aussitôt rompre tous les ponts sur cette rivière, et
suivit l'autre rive de l'Allier.

XXXV. Comme les deux armées étaient en vue l'une de l'autre et
que Vercingétorix, qui campait presque en face des Romains, dispo-
sait des éclaireurs pour veiller à ce qu'ils ne passassent pas la
rivière en jetant un pont, César se trouva dans un grand embarras :
il craignait d'être arrêté la plus grande partie de l'été par ce fleuve :

| | |
|---|---|
| ac dissensionum, | et *leurs* discordes, |
| atque, omnibus his rebus omissis, | et *que*, toutes ces choses étant mises-de-côté, |
| servirent huic bello, | ils s'appliquassent à cette guerre, |
| exspectarentque ab se, | et attendissent de lui, |
| Gallia devicta, | la Gaule ayant été vaincue, |
| ea præmia | ces (les) récompenses |
| quæ meruissent, | qu'ils avaient méritées, |
| mitterentque sibi celeriter | et qu'ils envoyassent à lui promptement |
| omnem equitatum | toute la cavalerie |
| et decem millia peditum, | et dix milliers de fantassins, |
| quæ disponeret | qu'il placerait-de-divers-côtés |
| in præsidiis | dans des postes |
| causa rei frumentariæ, | en vue de l'approvisionnement de-blé, |
| divisit exercitum | il divisa *son* armée |
| in duas partes : | en deux parts : |
| dedit Labieno | il donna à Labiénus |
| quatuor legiones | quatre légions |
| ducendas in Senones | à-conduire chez les Sénonais |
| Parisiosque ; | et les Parisiens ; |
| ipse duxit sex | lui-même *en* conduisit six |
| in Arvernos, | chez les Arvernes, |
| ad oppidum Gergoviam, | vers la ville *de* Gergovie, |
| secundum flumen Elaver. | en-suivant la rivière *de* l'Allier. |
| Attribuit illi | Il donna à celui-là (Labiénus) |
| partem equitatus, | une partie de la cavalerie, |
| reliquit partem sibi. | *en* laissa une partie à lui-même. |
| Qua re cognita, | Ce fait ayant été appris, |
| Vercingetorix, | Vercingétorix, |
| omnibus pontibus | tous les ponts |
| ejus fluminis | de cette rivière |
| interruptis, | ayant été coupés, |
| cœpit facere iter | commença à faire route |
| ab altera parte Elaveris. | de l'autre côté de l'Allier. |
| XXXV. Quum uterque exercitus | XXXV. Comme l'une-et-l'autre armée |
| esset in conspectu utrique, | était en vue à l'une-et-l'autre, |
| poneretque castra | et établissait *son* camp |
| fere e regione, | presque vis-à-vis,                [côtés, |
| exploratoribus dispositis, | des éclaireurs ayant été placés-de-divers- |
| necubi Romani | de-peur-que-quelque-part les Romains |
| ponte effecto | un pont ayant été fait |
| transducerent copias, | ne-fissent-passer *leurs* troupes, |
| res erat Cæsari | l'affaire était pour César |
| in magnis difficultatibus, | dans de grandes difficultés, |
| ne impediretur flumine | de peur qu'il ne fût retenu par la rivière |

mine impediretur; quod non fere ante autumnum Elaver vado transiri solet¹ Itaque, ne id accideret, silvestri loco castris positis, e regione unius eorum pontium, quos Vercingetorix rescindendos curaverat, postero die cum duabus legionibus in occulto restitit; reliquas copias cum omnibus impedimentis, ut consueverat, misit, captis quartis quibusque cohortibus, uti numerus legionum constare videretur. His, quam longissime possent, progredi jussis, quum jam ex diei tempore conjecturam caperet, in castra perventum, iisdem sublicis, quarum pars inferior integra remanebat, pontem reficere cœpit. Celeriter effecto opere legionibusque transductis, et loco castris idoneo delecto, reliquas copias revocavit. Vercingetorix, re cognita, ne contra suam voluntatem dimicare cogeretur, magnis itineribus antecessit.

**XXXVI.** Cæsar ex eo loco quintis castris Gergoviam perve-

car l'Allier est rarement guéable avant l'automne. Pour y obvier, il campa dans un lieu couvert de bois, vis-à-vis d'un des ponts que Vercingétorix avait fait couper, et, s'y tenant caché le lendemain avec deux légions, il fit partir le reste comme il en avait l'habitude, avec tout le bagage, retirant de chaque légion une cohorte sur quatre, pour que le nombre parût le même. Il leur ordonna de faire la plus longue marche possible, et quand, d'après l'heure, il put supposer que le gros de l'armée était arrivé au campement, il se mit à rétablir le pont sur les anciens pilotis, dont la partie inférieure était restée intacte. L'ouvrage fut bientôt achevé; il fit passer ses légions, choisit pour son camp un emplacement favorable et rappela ses autres troupes. A cette nouvelle, Vercingétorix, pour ne pas se voir forcé de combattre malgré lui, prit les devants à grandes journées.

XXXVI. De là, César vint à Gergovie en cinq marches. Ayant,

| | |
|---|---|
| majorem partem æstatis ; | la plus grande partie de l'été ; |
| quod fere Elaver | parce qu'ordinairement l'Allier |
| non solet transiri vado | n'a-pas-coutume d'être passé à gue |
| ante autumnum. | avant l'automne. |
| Itaque, | En-conséquence, |
| ne id accideret, | pour que cela n'arrivât pas, |
| castris positis | son camp ayant été établi |
| loco silvestri, | dans un lieu boisé, |
| e regione | en face |
| unius eorum pontium, | d'un de ces ponts, |
| quos Vercingetorix | que Vercingétorix |
| curaverat rescindendos, | avait eu-soin de couper, |
| die postero | le jour suivant |
| restitit in occulto | il resta dans un *endroit* caché |
| cum duabus legionibus ; | avec deux légions ; |
| misit reliquas copias | il envoya le reste-des troupes |
| cum omnibus impedimentis | avec tous les bagages, |
| ut consueverat, [bus | comme il avait-coutume, |
| quibusque quartis cohorti- | chaque quatrième cohorte |
| captis, | ayant été prise *pour rester avec lui,* |
| uti numerus legionum | afin que le nombre des légions |
| videretur constare. | parût être-en-règle. |
| His jussis | Ceux-ci ayant reçu-l'ordre |
| progredi | de s'avancer *aussi loin* |
| quam possent longissime, | qu'ils pourraient le plus loin, |
| quum jam ex tempore diei | lorsque déjà d'après le moment du **jour** |
| caperet conjecturam | il prenait conjecture (supposait) |
| perventum in castra, | qu'on était arrivé au camp, |
| cœpit reficere pontem | il commença à refaire le pont |
| iisdem sublicis, | avec les mêmes pilotis, |
| quarum pars inferior | dont la partie inférieure |
| remanebat integra. | restait intacte. |
| Opere effecto celeriter | Le travail ayant été achevé promptement |
| legionibusque transductis, | et les légions menées-de-l'autre-côté, |
| et loco idoneo | et un emplacement convenable |
| capto castris, | ayant été pris pour un camp, |
| revocavit reliquas copias. | il rappela le reste-des-troupes. |
| Vercingetorix, | Vercingétorix, |
| re cognita, | *ce* fait ayant été appris, |
| ne cogeretur dimicare | afin qu'il ne fût pas forcé de combattre |
| contra suam voluntatem, | contre son gré, |
| antecessit | prit-les-devants |
| magnis itineribus. | par de grandes marches. |
| XXXVI. Cæsar | XXXVI. César |
| pervenit Gergoviam | arriva à Gergovie |
| ex eo loco | depuis cet endroit-là |
| quintis castris, | au cinquième camp (jour de marche), |

nit, equestrique prœlio eo die levi facto, perspecto urbis situ, quæ, posita in altissimo monte, omnes aditus difficiles habebat, de expugnatione desperavit; de obsessione non prius agendum constituit, quam rem frumentariam expedisset. At Vercingetorix, castris prope oppidum in monte positis, mediocribus circum se intervallis separatim singularum civitatum copias collocaverat; atque omnibus ejus jugi collibus occupatis, qua despici poterat, horribilem speciem præbebat: principesque earum civitatum, quos sibi ad consilium capiendum delegerat, prima luce quotidie ad se jubebat convenire, seu quid communicandum, seu quid administrandum videretur : neque ullum fere diem intermittebat, quin equestri prœlio, interjectis sagittariis, quid in quoque esset animi ac virtutis suorum, periclitaretur. Erat e regione oppidi collis

le jour même, livré un petit combat de cavalerie et reconnu la position de la ville, qui, assise sur une montagne fort élevée, était de tous côtés d'un accès difficile, il désespéra de la prendre d'assaut, et ne voulut s'occuper du siége qu'après avoir assuré ses vivres. Cependant Vercingétorix, qui avait établi son camp sur une montagne près de la ville, avait autour de lui séparément, mais à de faibles distances, les troupes de chaque cité; elles couvraient la chaîne entière des collines qui dominaient le camp romain, et offraient un coup d'œil effrayant. Chaque jour, il faisait, dès l'aube, venir les chefs dont il avait formé son conseil, soit qu'il eût quelque chose à leur communiquer, soit qu'il fallût prendre quelque mesure, et il ne se passait presque pas de jour que, pour éprouver le courage et l'ardeur de ses troupes, il n'engageât une action avec sa cavalerie, entremêlée

| | |
|---|---|
| levique prœlio equestri | et un léger combat de-cavalerie |
| facto eo die, | ayant été fait ce jour-là, |
| situ urbis perspecto, | l'assiette de la ville ayant été examinée, |
| quæ, posita | laquelle, située |
| in monte altissimo, | sur une montagne très-haute, |
| habebat | avait |
| omnes aditus difficiles, | tous les accès difficiles, |
| desperavit | perdit-tout-espoir |
| de expugnatione ; | pour une prise-d'assaut ; |
| constituit | il résolut |
| non agendum de obsessione | de ne pas s'occuper du siège |
| prius quam expedisset | avant qu'il eût dégagé (assuré) |
| rem frumentariam. | l'approvisionnement de-blé. |
| At Vercingetorix, | Mais Vercingétorix, |
| castris positis | son camp ayant été placé |
| prope oppidum in monte, | près de la ville sur une montagne, |
| collocaverat circum se | avait établi autour de lui |
| mediocribus intervallis | à de faibles distances |
| separatim | séparément |
| copias | les troupes |
| singularum civitatum ; | de chaque cité ; |
| atque omnibus collibus | et toutes les collines |
| ejus jugi | de cette chaîne |
| occupatis, | ayant été occupées, [avait vue sur le camp, |
| qua poterat despici, | partout où il pouvait être vu-d'en-haut (on |
| præbebat | offrait |
| speciem horribilem : | un aspect effrayant : |
| primaque luce | et au point-du jour |
| quotidie | chaque-jour |
| jubebat principes | il ordonnait les principaux |
| earum civitatum, | de ces cités, |
| quos delegerat sibi | qu'il avait choisis pour lui-même |
| ad capiendum consilium, | pour prendre conseil, |
| convenire ad se, | se rassembler auprès de lui, |
| seu quid videretur | soit que quelque chose parût |
| communicandum, | devoir être communiquée, |
| seu quid | soit que quelque chose *parût* |
| administrandum : | devoir être réglée : |
| neque intermittebat | et il ne laissait-passer |
| fere ullum diem, | presque aucun jour, |
| quin periclitaretur | qu'il n'essayât |
| prœlio equestri, | par un combat de-cavalerie, |
| sagittariis | des archers |
| interjectis, | étant placés-entre *les cavaliers*, |
| quid animi | quoi (combien) de cœur |
| ac virtutis | et de courage |
| esset in quoque suorum. | était en chacun des siens. |

sub ipsis radicibus montis, egregie munitus atque ex omni parte circumcisus (quem si tenerent nostri, et aquæ magna parte et pabulatione libera prohibituri hostes videbantur; sed is locus præsidio ab iis non nimis firmo tenebatur) : tamen silentio noctis Cæsar, ex castris egressus, prius quam subsidio ex oppido veniri posset, dejecto præsidio potitus loco, duas ibi legiones collocavit, fossamque duplicem duodenum pedum a majoribus castris ad minora perduxit, ut tuto ab repentino hostium incursu etiam singuli commeare possent.

XXXVII. Dum hæc ad Gergoviam geruntur, Convictolitanis Æduus, cui magistratum adjudicatum a Cæsare demonstravimus [1], sollicitatus ab Arvernis pecunia, cum quibusdam adolescentibus colloquitur, quorum erat princeps Litavicus atque ejus fratres, amplissima familia nati adolescentes. Cum

d'archers. En face de la ville, au pied même de la montagne, était une éminence escarpée de toutes parts et bien fortifiée : en l'occupant, nos soldats semblaient pouvoir priver l'ennemi d'une grande partie de ses eaux et de la facilité de fourrager ; d'ailleurs, elle n'était défendue que par un détachement assez faible. Quoi qu'il en soit, César sort de son camp dans le silence de la nuit, culbute l'ennemi et s'empare de la position avant que de la ville on puisse envoyer du secours, y met deux légions et tire du grand au petit camp un fossé de douze pieds, pour qu'on puisse aller et venir même individuellement, sans craindre d'être surpris par l'ennemi

XXXVII. Tandis que cela se passe près de Gergovie, l'Éduen Convictolitanis, à qui, comme nous l'avons dit, César avait adjugé la magistrature, corrompu à prix d'argent par les Arvernes, s'abouche avec quelques jeunes gens, dont les chefs étaient Litavicus et se-

| | |
|---|---|
| Erat collis | Il y avait une colline |
| e regione oppidi | en face de la ville [tagne, |
| sub radicibus ipsis montis, | aux racines mêmes (au pied) de la mon- |
| egregie munitus | excellemment fortifiée |
| atque circumcisus | et escarpée |
| ex omni parte | de tout côté |
| (quem si nostri tenerent, | (laquelle si les nôtres occupaient, |
| videbantur | ils paraissaient |
| prohibituri hostes | devoir priver les ennemis |
| et magna parte aquæ | et d'une grande partie de l'eau |
| et pabulatione libera ; | et de fourrage libre ; |
| sed is locus | mais cette position |
| tenebatur ab iis | était occupée par eux |
| præsidio non nimis firmo) : | avec un poste pas trop solide) ; |
| tamen Cæsar | cependant César |
| silentio noctis, | dans le silence de la nuit, |
| egressus ex castris, | étant sorti du camp, |
| prius quam posset veniri | avant qu'il pût être venu (qu'on pût venir) |
| subsidio | au secours |
| ex oppido, | de la ville, |
| præsidio dejecto, | le poste ayant été culbuté, |
| potitus loco, | s'étant emparé du lieu, |
| collocavit ibi duas legiones, | plaça là deux légions, |
| perduxitque | et conduisit |
| a majoribus castris | depuis le grand camp |
| ad minora | jusqu'au petit |
| duplicem fossam | un double fossé |
| duodenum pedum, | de douze pieds, |
| ut etiam singuli | afin que même un-à-un |
| possent commeare | ils pussent aller-et-venir |
| tuto | en-sûreté |
| ab incursu repentino | contre une attaque soudaine |
| hostium. | des ennemis. |
| **XXXVII.** Dum hæc | **XXXVII.** Tandis que ces choses |
| geruntur ad Gergoviam, | se font devant Gergovie, |
| Æduus Convictolitanis, | l'Éduen Convictolitanis, |
| cui demonstravimus | à qui nous avons indiqué |
| magistratum | la magistrature |
| adjudicatum a Cæsare, | avoir été adjugée par César, |
| sollicitatus ab Arvernis | sollicité par les Arvernes |
| pecunia, | par de l'argent, |
| colloquitur [tibus, | s'entretient |
| cum quibusdam adolescen- | avec quelques jeunes-gens, |
| quorum princeps | dont le chef |
| erat Litavicus | était Litavicus |
| atque fratres ejus, | et les frères de lui, |
| adolescentes | jeunes-gens |

iis præmium communicat, hortaturque « Ut se liberos et imperio natos meminerint : unam esse Æduorum civitatem, quæ
certissimam Galliæ victoriam distineat ; ejus auctoritate reliquas contineri ; qua transducta, locum consistendi Romanis
in Gallia non fore · esse nonnullo se Cæsaris beneficio affec-
tum, sic tamen, ut justissimam apud eum causam obtinuerit,
sed plus communi libertati tribuere · cur enim potius Ædui
de suo jure et de legibus ad Cæsarem disceptatorem, quam
Romani ad Æduos, veniant ? » Celeriter adolescentibus et oratione magistratus et præmio deductis, quum se vel principes
ejus consilii fore profiterentur, ratio perficiendi quærebatur,
quod civitatem temere ad suscipiendum bellum adduci posse
non confidebant. Placuit uti Litavicus decem illis millibus,

frères, d'une famille très-distinguée. Il partage avec eux la somme et
les exhorte à se souvenir « Qu'ils sont nés libres et pour commander.
La cité des Éduens retardait seule le triomphe infaillible des Gaulois : son influence arrêtait les autres peuples. Qu'elle changeât de
parti, les Romains n'auraient même plus en Gaule un pouce de
terrain. Il avait reçu un bienfait de César, quoique après tout
il eût simplement gagné la cause la plus juste ; mais il devait bien
plus à la liberté commune. Car pourquoi les Éduens venaient-ils
discuter leurs lois et leurs droits devant César, plutôt que le peuple
romain prît les Éduens pour arbitres ? » Le discours du magistrat
et l'appât du gain ont bientôt gagné ces jeunes gens ; ils offrent
même de se mettre en avant. On discute alors les moyens d'exécution, car on ne se flattait pas d'amener la cité à commencer la guerre
sans motif. On convient de mettre Litavicus à la tête des dix mille

| | |
|---|---|
| nati familia amplissima. | nés d'une famille très-considérable. |
| Communicat præmium | Il partage la récompense |
| cum iis, | avec eux, |
| hortaturque | et *les* exhorte |
| « Ut meminerint | « Qu'ils se souviennent |
| se liberos | eux-mêmes *être* libres |
| et natos imperio : | et nés pour le commandement : |
| civitatem Æduorum | la cité des Éduens |
| esse unam | être la seule |
| quæ distineat | qui retarde |
| victoriam certissimam | la victoire très-assurée |
| Galliæ ; | de la Gaule ; |
| reliquas contineri | toutes-les-autres être contenues |
| auctoritate ejus ; | par l'autorité d'elle ; |
| qua transducta, | laquelle étant transportée *dans* [*parti,* *l'autre* |
| locum consistendi | un lieu de (où) se tenir |
| non fore Romanis | ne devoir pas être aux Romains |
| in Gallia : | dans la Gaule : |
| se affectum esse | lui-même avoir été gratifié |
| beneficio Cæsaris nonnullo, | d'un bienfait de César non-nul, |
| sic tamen, | de-telle-sorte cependant, |
| ut obtinuerit apud eum | qu'il avait gagné auprès de lui |
| causam justissimam, | une cause très-juste, |
| sed tribuere plus | mais accorder davantage (penser plutôt |
| libertati communi : | à la liberté commune : |
| cur enim Ædui | car pourquoi les Éduens |
| veniant | viendraient-ils |
| ad Cæsarem disceptatorem | vers César arbitre |
| de suo jure | au-sujet-de leur droit |
| et de legibus, | et au-sujet-de *leurs* lois, |
| potius quam Romani | plutôt que les Romains |
| ad Æduos ? » | vers les Éduens ? » |
| Adolescentibus | Les jeunes-gens |
| deductis celeriter | ayant été amenés (séduits) promptement |
| et oratione magistratus | et par le discours du magistrat |
| et præmio, | et par la récompense, |
| quum profiterentur | comme ils déclaraient |
| se fore vel principes | eux-mêmes devoir être même les chefs |
| ejus consilii, | de cette résolution, |
| ratio perficiendi | un moyen de *la* mener-à-terme |
| quærebatur, | était cherché, |
| quod non confidebant | parce qu'ils ne comptaient pas |
| civitatem | la cité |
| posse adduci temere | pouvoir être amenée sans-motif |
| ad suscipiendum bellum. | à entreprendre la guerre. |
| Placuit | Il plut (fut décidé) |
| uti Litavicus præficeretur | que Litavicus serait mis-à-la-tête |

quæ Cæsari ad bellum mitterentur, præficeretur atque ea
ducenda curaret, fratresque ejus ad Cæsarem præcurrerent.
Reliqua, qua ratione agi placeat, constituunt.

XXXVIII. Litavicus, accepto exercitu, quum millia passuum
circiter triginta [1] ab Gergovia abesset, convocatis subito militibus, lacrimans : « Quo proficiscimur, inquit, milites ? Omnis
noster equitatus, omnis nobilitas interiit : principes civitatis,
Eporedirix et Virdumarus, insimulati proditionis, ab Romanis
indicta causa interfecti sunt. Hæc ab iis cognoscite, qui ex
ipsa cæde fugerunt : nam ego, fratribus atque omnibus meis
propinquis interfectis, dolore prohibeor, quæ gesta sunt, pronuntiare. » Producuntur ii, quos ille edocuerat quæ dici vellet,
atque eadem, quæ Litavicus pronuntiaverat, multitudini exponunt : « Omnes equites Æduorum interfectos, quod collocuti
cum Arvernis dicerentur; ipsos se inter multitudinem mili-

hommes de troupes auxiliaires que l'on enverrait à César ; il se char-
gerait de les conduire, et ses frères le devanceraient auprès du général romain : on fixe également ce que l'on fera ensuite.

XXXVIII. Quand Litavicus eut reçu l'armée, et qu'il ne fut plus
qu'à trente milles environ de Gergovie, tout à coup il convoque les
soldats et, les larmes aux yeux : « Où allons-nous, soldats ? s'écrie-t-il.
Toute notre cavalerie, toute notre noblesse sont détruites. Les Romains  sur une accusation de trahison, ont fait périr, sans forme de
procès, Éporédirix et Virdumare, les premiers de notre cité. Appre-
nez leur sort de ceux qui se sont échappés du milieu du carnage :
car moi, dont les frères et tous les parents ont été massacrés, la douleur m'empêche de vous raconter ce qui s'est passé. » Il produit des
gens à qui il avait fait la leçon, et qui confirment ce que Litavicus
venait de dire à la multitude : « Que tous les cavaliers éduens avaient
été massacrés sous prétexte qu'ils avaient eu des pourparlers
avec les Arvernes : ils n'avaient eux-mêmes échappé au carnage

| | |
|---|---|
| Illis decem millibus, | de ces dix milliers d'hommes, |
| quæ mitterentur Cæsari d bellum, | qui seraient envoyés à César pour la guerre, |
| atque curaret ea ducenda, | et prendrait-soin d'eux devant être conduits, |
| fratresque ejus præcurrerent ad Cæsarem. | et que les frères de lui courraient-en-avant vers César. |
| Constituunt qua ratione placeat | Ils règlent de quelle manière il leur plaît |
| reliqua agi. | le reste être fait. |
| XXXVIII. Litavicus, | XXXVIII. Litavicus, |
| exercitu accepto, | l'armée ayant été reçue, |
| quum abesset a Gergovia | comme il était-éloigné de Gergovie |
| triginta millia passuum circiter, | de trente milliers de pas environ, |
| militibus convocatis subito, | ses soldats étant convoqués tout à coup, |
| inquit lacrimans : | dit en pleurant : |
| « Quo proficiscimur, milites ? | « Où partons (allons)-nous, soldats? |
| Omnis noster equitatus, | Toute notre cavalerie, |
| omnis nobilitas interiit ; | toute notre noblesse a péri : |
| principes civitatis, | les principaux de la cité, |
| Eporedirix et Virdumarus, | Éporédirix et Virdumare, |
| insimulati proditionis, | accusés de trahison, |
| interfecti sunt ab Romanis | ont été tués par les Romains |
| causa indicta. | leur cause n'ayant-pas-été-plaidée. |
| Cognoscite hæc ab iis, | Apprenez ces faits de ceux-ci, |
| qui fugerunt | qui se sont enfuis |
| ex cæde ipsa : | du carnage même : |
| nam ego, | car moi, |
| meis fratribus | mes frères |
| atque omnibus propinquis interfectis, | et tous mes proches ayant été tués, |
| prohibeor dolore | je suis empêché par la douleur |
| pronuntiare | de raconter |
| quæ gesta sunt. » | ce qui a été fait. » |
| Ii quos ille edocuerat | Ceux qu'il avait instruits |
| quæ vellet dici | de ce qu'il voulait être dit |
| producuntur | sont produits, |
| atque exponunt multitudini | et exposent à la multitude |
| eadem | les mêmes choses |
| quæ Litavicus | que Litavicus |
| pronuntiaverat : | avait déclarées : |
| « Omnes equites Æduorum | « Tous les cavaliers des Éduens |
| interfectos, | avoir été tués, |
| quod dicerentur | parce qu'ils étaient dits |
| collocuti cum Arvernis ; | s'être entretenus avec les Arvernes ; |

tum occultasse atque ex media cæde profugisse. » Conclamant
Ædui, et Litavicum, ut sibi consulat, obsecrant. « Quasi vero,
inquit ille, consilii sit res, ac non necesse sit nobis Gergoviam
contendere et cum Arvernis nosmet conjungere. An dubita-
mus quin, nefario facinore admisso, Romani jam ad nos in-
terficiendos concurrant? Proinde, si quid est in nobis animi,
persequamur eorum mortem, qui indignissime interierunt,
atque hos latrones interficiamus. » Ostendit cives Romanos,
qui ejus præsidii fiducia una erant. Continuo magnum numerum frumenti commeatusque diripit, ipsos crudeliter excru-
ciatos interficit : nuntios tota civitate Æduorum dimittit, eodem
mendacio de cæde equitum et principum permovet : hortatur
ut simili ratione, atque ipse fecerit, suas injurias perse-
quantur.

XXXIX. Eporedirix Æduus, summo loco natus adolescens

qu'en se cachant dans la foule des soldats. » Un cri s'élève ; les
Éduens prient Litavicus de pourvoir à leur sûreté : « Comme si,
reprend-il, il y avait à délibérer, et que ce ne fût pas une nécessité
de marcher à Gergovie pour nous joindre aux Arvernes ! Doutons-
nous qu'après ce premier forfait les Romains ne soient en chemin
pour nous égorger ? Si donc il nous reste quelque énergie, vengeons
la mort de ceux qu'on a si indignement assassinés, exterminons
ces brigands. » Il montrait des citoyens romains, qui marchaient
avec lui pour être en sûreté ; il leur enlève aussitôt beaucoup de
vivres et de blé, puis il les fait périr par de cruels supplices. Il envoie
des messagers dans tous les cantons de sa cité, les soulève par le
même mensonge du massacre de la cavalerie et des chefs, et les
exhorte à venger leurs outrages comme lui-même l'avait fait.

XXXIX. Parmi les cavaliers que César avait nominativement
appelés, étaient Éporédirix, jeune homme d'une grande famille et

| | |
|---|---|
| ipsos se occultasse | eux-mêmes s'être cachés |
| inter multitudinem | parmi la multitude |
| militum | des soldats |
| atque profugisse | et s'être enfuis |
| ex media cæde. » | du milieu-du massacre. » |
| Ædui conclamant, | Les Éduens poussent-des-acclamations, |
| et obsecrant Litavicum | et supplient Litavicus |
| ut consulat sibi. | qu'il pourvoie à eux-mêmes (à leur sûreté). |
| « Quasi vero, inquit ille, | « Comme-si en vérité, dit celui-ci, |
| res sit consilii, | l'affaire était (dépendait) d'une délibéra- |
| ac non sit necesse nobis | et s'il n'était pas nécessaire à nous [tion, |
| contendere Gergoviam | de marcher à Gergovie |
| et nosmet conjungere | et de nous unir |
| cum Arvernis. | avec les Arvernes. |
| An dubitamus quin, | Est-ce que nous doutons que, |
| facinore nefario admisso, | cet acte criminel ayant été commis, |
| Romani concurrant jam | les Romains ne se réunissent déjà |
| ad nos interficiendos ? | pour nous égorger ? [rage |
| Proinde, si quid animi | Donc si quelque chose de (quelque) cou- |
| sit in nobis, | est en nous, |
| persequamur | poursuivons (vengeons) |
| mortem eorum | la mort de ceux |
| qui interierunt | qui ont péri |
| indignissime, | très-indignement, |
| atque interficiamus | et tuons |
| hos latrones. » | ces brigands. » |
| Ostendit cives Romanos | Il montre les citoyens romains |
| qui fiducia ejus præsidii | qui par confiance en cet appui |
| erant una. | étaient ensemble (avec eux). |
| Continuo diripit | Aussitôt il pille |
| magnum numerum | une grande quantité |
| frumenti commeatusque, | de blé et de vivres, |
| interficit ipsos | il met-à-mort *les citoyens* eux-mêmes, |
| excruciatos crudeliter : | torturés cruellement : |
| dimittit nuntios | il envoie des messagers, |
| tota civitate Æduorum, | dans toute la cité des Éduens, |
| permovet | il *les* émeut *tous* |
| eodem mendacio | par le même mensonge |
| de cæde equitum | sur le meurtre des cavaliers |
| et principum : | et des principaux *citoyens* : |
| hortatur | il *les* exhorte |
| ut persequantur | pour qu'ils poursuivent (vengent) |
| suas injurias | leurs injures |
| ratione simili, | par un moyen semblable (le même **moyen**] |
| atque ipse fecerit. [dirix, | que lui-même avait fait. |
| XXXIX. Æduus Epore- | XXXIX. L'Éduen Éporédirix, |
| adolescens | jeune-homme |

et summæ domi potentiæ, et una Virdumarus, pari ætate et
gratiæ, sed genere dispari, quem Cæsar, sibi ab Divitiaco
transditum, ex humili loco ad summam dignitatem perduxerat,
in equitum numero convenerant, nominatim ab eo evocati.
His erat inter se de principatu contentio, et in illa magistra-
tuum controversia alter pro Convictolitane, alter pro Coto
summis opibus pugnaverant. Ex iis Eporedirix, cognito Litavici consilio, media fere nocte rem ad Cæsarem defert; orat
« Ne patiatur civitatem pravis adolescentium consiliis ab
amicitia populi Romani deficere, quod futurum provideat, si
se tot hominum millia cum hostibus conjunxerint, quorum
salutem neque propinqui negligere, neque civitas levi mo-
mento æstimare posset. »

XL. Magna affectus sollicitudine hoc nuntio Cæsar, quod
semper Æduorum civitati præcipue indulserat, nulla interpo-

très-puissant dans son pays, et Virdumare, du même âge et non
moins considéré, mais inférieur en naissance : c'était un protégé de
Divitiacus, et César l'avait fait passer d'une condition obscure à la
plus haute dignité. Ils se disputaient le premier rang et, dans le dernier débat entre les magistrats, l'un avait soutenu Cotus de tout son
pouvoir, l'autre Convictolitanis. Éporédirix, informé des projets de
Litavicus, les dénonce à César vers le milieu de la nuit. Il le prie
« De ne pas souffrir que des jeunes gens, par leurs manœuvres per-
verses, détachent la cité des Éduens de l'alliance du peuple romain,
comme il prévoit que cela doit arriver, si tant de milliers de soldats se joignent à l'ennemi : car les familles ne pourraient manquer
de s'intéresser à leur salut, ni la cité d'y attacher une grande importance. »

XL. Très-inquiet de cette nouvelle, parce qu'il avait toujours
particulièrement affectionné les Éduens, César, sans balancer un

| | |
|---|---|
| natus summo loco | né en très-haut lieu (de grande famille, |
| et summæ potentiæ domi, | et d'une très-grande influence à l'inté- |
| et una Virdumarus, | et en-même-temps Virdumare, [rieur, |
| ætate et gratia pari, | d'un âge et d'un crédit égal, |
| sed genere dispari, | mais d'une race inégale, |
| quem, transditum sibi | lequel, présenté à lui |
| ab Divitiaco, | par Divitiacus, |
| Cæsar perduxerat | César avait amené |
| ex loco humili | d'une position humble |
| ad summam dignitatem, | à la plus haute dignité, |
| convenerant | s'étaient rassemblés |
| in numero equitum, | dans le nombre des (parmi les) cavaliers. |
| evocati nominatim ab eo. | appelés nommément par lui. |
| Contentio de principatu | Une rivalité pour le premier-rang |
| erat his inter se, | était à ceux-ci entre eux, |
| et in illa controversia | et dans ce *grand* débat |
| magistratuum | des magistrats |
| pugnaverant | ils avaient lutté |
| summis opibus | de *leurs* plus grandes forces |
| alter pro Convictolitane, | l'un pour Convictolitanis, |
| alter pro Coto. | l'autre pour Cotus. |
| Ex iis Eporedirix, | D'entre ceux-ci Éporédirix, |
| consilio Litavici cognito, | le dessein de Litavicus étant connu, |
| defert rem ad Cæsarem | dénonce l'affaire à César |
| fere media nocte ; | à peu près au milieu-de la nuit ; |
| orat « Ne patiatur | il *le* prie « Qu'il ne souffre pas |
| civitatem deficere | la cité se détacher |
| ab amicitia populi Romani | de l'amitié du peuple romain |
| consiliis pravis | par les conseils pervers |
| adolescentium, | de jeunes-gens, |
| quod provideat futurum, | *ce* qu'il prévoyait devoir arriver, |
| si tot millia hominum | si tant-de milliers d'hommes |
| se conjunxerint | s'étaient unis |
| cum hostibus, | avec les ennemis, |
| salutem quorum | le salut desquels |
| neque propinqui negligere, | ni *leurs* proches *ne pourraient* négliger, |
| neque civitas | ni la cité |
| posset æstimare | ne pourrait estimer |
| momento levi. » | d'une importance légère. » |
| XL. Cæsar, affectus | XL. César, touché |
| magna sollicitudine | d'une grande inquiétude |
| hoc nuntio, | par cette nouvelle, |
| quod semper | parce que toujours |
| indulserat præcipue | il avait protégé particulièrement |
| civitati Æduorum, | la cité des Éduens, |
| nulla dubitatione | aucune hésitation |
| interposita, | n'étant mise-dans-l'intervalle, |

sita dubitatione, legiones expeditas quatuor equitatumque
omnem ex castris educit : nec fuit spatium tali tempore ad con-
trahenda castra, quod res posita in celeritate videbatur. C. Fabium legatum cum legionibus duabus castris præsidio relinquit. Fratres Litavici quum comprehendi jussisset, paulo ante
reperit ad hostes profugisse. Adhortatus milites, ne necessario
tempore itineris labore permoveantur, cupidissimis omnibus,
progressus millia passuum viginti quinque[1], agmen Æduorum
conspicatus, immisso equitatu, iter eorum moratur atque im-
pedit, interdicitque omnibus ne quemquam interficiant. Epo-
redirigem et Virdumarum, quos illi interfectos existimabant,
inter equites versari suosque appellare jubet. Iis cognitis et
Litavici fraude perspecta, Ædui manus tendere, deditionem
significare et projectis armis mortem deprecari incipiunt. Lita-

instant, fait sortir du camp quatre légions sans bagage et toute sa
cavalerie. Tout, dans ce moment, paraissant dépendre de la célérité, on ne prit pas même le temps de resserrer le camp. Il laisse,
pour le garder, le lieutenant C. Fabius avec deux légions. Il avait
ordonné d'arrêter les deux frères de Litavicus : on lui apprend qu'ils
viennent de passer à l'ennemi. César exhorte les soldats à ne pas se
rebuter de la fatigue du chemin dans cette occasion décisive, et, tous
étant remplis d'ardeur, il fait vingt-cinq milles et découvre les
Éduens. Il lance sa cavalerie contre eux, les arrête, leur ferme le
passage et défend que l'on tue personne. Éporédirix et Virdumare,
que les Éduens croyaient morts, ont ordre de se faire voir dans les
rangs de la cavalerie et d'appeler leurs amis. On les reconnaît et,
la fourberie de Litavicus étant dévoilée, les Éduens tendent les
mains, font entendre qu'ils se rendent, jettent leurs armes et sup-
plient pour qu'on leur conserve la vie. Litavicus s'enfuit à Gergovie,

| | |
|---|---|
| educit ex castris | fait-sortir hors du camp |
| quatuor legiones expeditas | quatre légions sans-bagages |
| omnemque equitatum : | et toute la cavalerie : |
| nec spatium fuit | et de l'espace (du temps) ne fut pas |
| tali tempore | en un tel moment |
| ad contrahenda castra, | pour resserrer le camp, |
| quod res videbatur | parce que l'affaire paraissait |
| posita in celeritate. | placée sur (dépendant de) la rapidité. |
| Relinquit præsidio castris | Il laisse à garde au (pour garder le) camp |
| C. Fabium legatum | C. Fabius *son* lieutenant |
| cum duabus legionibus. | avec deux légions. |
| Quum jussisset | Comme il avait ordonné |
| fratres Litavici | les frères de Litavicus |
| comprehendi, | être saisis, |
| reperit | il découvre |
| profugisse ad hostes | *eux* s'être enfuis vers les ennemis |
| paulo ante. | un peu auparavant. |
| Adhortatus milites | Ayant exhorté les soldats |
| ne permoveantur | à ce qu'ils ne soient pas affectés |
| labore itineris | de la fatigue de la marche |
| tempore necessario, | dans un moment nécessaire, |
| omnibus cupidissimis, | tous *étant* très-ardents, |
| progressus | s'étant avancé |
| viginti quinque millia | de vingt-cinq milliers |
| passuum, | de pas, |
| conspicatus | ayant aperçu |
| agmen Æduorum, | la troupe des Éduens, |
| equitatu immisso, | *sa* cavalerie ayant été lancée, |
| moratur atque impedit | il retarde et entrave |
| iter eorum, | la marche d'eux, |
| interdicitque omnibus | et fait-défense à tous |
| ne interficiant quemquam. | qu'ils ne tuent (de tuer) personne. |
| Jubet Eporedirigem | Il ordonne Éporédirix |
| et Virdumarum, | et Virdumare, |
| quos illi | que ceux là (les Éduens) |
| existimabant interfectos, | croyaient tués, |
| versari inter equites | aller-et-venir parmi les cavaliers |
| appellareque suos. | et interpeller les leurs. |
| Iis cognitis | Ceux-ci ayant été reconnus |
| et fraude Litavici | et la tromperie de Litavicus |
| perspecta, | ayant été pénétrée, |
| Ædui | les Éduens |
| incipiunt tendere manus, | commencent à tendre les mains, |
| significare deditionem | à annoncer par-signes *leur* soumission |
| et armis projectis | et *leurs* armes étant jetées |
| deprecari mortem. | à détourner-par-prières la mort. |
| Litavicus | Litavicus |

vicus cum suis clientibus, quibus more Gallorum nefas est
etiam in extrema fortuna deserere patronos, Gergoviam profugit.

XLI. Cæsar, nuntiis ad civitatem Æduorum missis, qui
suo beneficio conservatos docerent, quos jure belli interficere
potuisset, tribusque horis noctis exercitui ad quietem datis,
castra ad Gergoviam movit. Medio fere itinere equites, ab
Fabio missi, quanto res in periculo fuerit, exponunt; summis
copiis castra oppugnata demonstrant; quum crebro integri
defessis succederent nostrosque assiduo labore defatigarent,
quibus propter magnitudinem castrorum perpetuo esset eis-
dem in vallo permanendum, multitudine sagittarum atque
omni genere telorum multos vulneratos : ad hæc sustinenda
magno usui fuisse tormenta : Fabium, discessu eorum, duabus
relictis portis obstruere ceteras, pluteosque vallo addere et

suivi de ses clients : car, dans les mœurs gauloises, c'est un crime
d'abandonner son patron, même lorsqu'il est dans une situation
désespérée.

XLI. César envoie des messagers à la cité des Éduens, pour leur
apprendre que sa bonté avait conservé la vie à des hommes qu'il
pouvait mettre à mort suivant le droit de la guerre. Il donna trois
heures de la nuit à l'armée pour se reposer, et reprit la route de
Gergovie. Presque à moitié chemin, des cavaliers, expédiés par Fabius, lui apprirent quel danger on avait couru : « Le camp avait été
attaqué par de très-grandes forces; des ennemis frais remplaçaient
sans cesse ceux qui étaient las, tandis que les nôtres étaient accablés
d'une fatigue continuelle, puisqu'ils ne pouvaient pas quitter le rempart, à cause de l'étendue du camp. Une grêle de flèches et de traits de
toute espèce avait blessé beaucoup de monde. Les machines avaient
été un grand moyen de défense. A la retraite de l'ennemi, Fabius,
ne conservant que deux portes, avait fait boucher les autres, gar-

| | |
|---|---|
| profugit Gergoviam | s'enfuit à Gergovie |
| cum suis clientibus, | avec ses clients, |
| quibus est nefas | pour lesquels il est impie |
| more Gallorum | dans les mœurs des Gaulois |
| deserere patronos | d'abandonner *leurs* patrons |
| etiam in fortuna extrema. | même dans une fortune extrême |
| XLI. Cæsar, | XLI. César, |
| nuntiis missis | des messagers ayant été envoyés |
| ad civitatem Æduorum, | vers la cité des Éduens, |
| qui docerent | qui *leur* apprissent (pour leur apprendre) |
| quos potuisset interficere | *des hommes* qu'il aurait pu mettre-à-mort |
| jure belli | par le droit de la guerre |
| conservatos suo beneficio, | *avoir été* sauvés par son bienfait, |
| tribusque horis noctis | et trois heures de la nuit |
| datis exercitui | ayant été données à l'armée |
| ad quietem, | pour le repos, |
| movit castra | mit-en-mouvement *son* camp |
| ad Gergoviam. | vers Gergovie. |
| Medio itinere fere | Au milieu-de la route à-peu-près |
| equites, missi ab Fabio, | des cavaliers, envoyés par Fabius, |
| exponunt | exposent *à César* |
| in quanto periculo | dans quel-grand danger |
| res fuerit; | l'affaire a été (on s'est trouvé); |
| demonstrant | ils racontent |
| castra oppugnata | le camp *avoir été* attaqué |
| summis copiis; | par de très-grandes forces; |
| quum integri | comme des *soldats* frais |
| succederent crebro | remplaçaient fréquemment |
| defessis | *ceux* fatigués |
| defatigarentque | et lassaient |
| labore assiduo | par un travail continuel |
| nostros, quibus | les nôtres, auxquels |
| propter magnitudinem | à-cause-de la grandeur |
| castrorum | du camp |
| permanendum esset | nécessité-de-rester était |
| perpetuo eisdem | continuellement les mêmes |
| in vallo, | sur le retranchement, |
| multos vulneratos | beaucoup *avoir été* blessés |
| multitudine sagittarum | par un grand-nombre de flèches |
| atque omni genere telorum: | et toute espèce de traits : |
| ad sustinenda hæc | pour soutenir ces *attaques* |
| tormenta | les machines-de-guerre |
| fuisse magno usui : | avoir été à une (d'une) grande utilité : |
| Fabium, discessu eorum, | Fabius, à la retraite d'eux (des ennemis), |
| duabus portis relictis, | deux portes ayant été laissées, |
| obstruere ceteras, | boucher toutes-les-autres, |
| addereque pluteos vallo | et ajouter des parapets au retranchement |

se in posterum diem similem ad casum parare. His rebus
cognitis, Cæsar summo studio militum ante ortum solis in
castra pervenit.

XLII. Dum hæc ad Gergoviam geruntur, Ædui, primis
nuntiis[1] ab Litavico acceptis, nullum sibi ad cognoscendum
spatium relinquunt. Impellit alios avaritia, alios iracundia et
temeritas, quæ maxime illi hominum generi est innata, ut
levem auditionem habeant pro re comperta. Bona civium Romanorum diripiunt, cædes faciunt, in servitutem abstrahunt.
Adjuvat rem proclinatam Convictolitanis, plebemque ad furorem impellit, ut, facinore admisso, ad sanitatem pudeat
reverti. M. Aristium tribunum militum, iter ad legionem facientem, data fide ex oppido Cabillono[2] educunt : idem facere
cogunt eos, qui negotiandi causa ibi constiterant. Hos continuo in itinere adorti, omnibus impedimentis exuunt; repu-

nir le rempart de parapets, et se préparait pour le lendemain à une
affaire pareille. » Informé de ces événements, César, secondé par
l'extrême ardeur du soldat, arrive au camp avant le lever du soleil.

XLII. Tandis que ces faits se passent devant Gergovie, les Éduens,
qui avaient reçu les premiers messages de Litavicus, ne donnent pas
un instant à la réflexion. Les uns sont poussés par la cupidité, les
autres par la colère et par cette légèreté si naturelle à la nation,
qu'elle prend pour chose avérée un simple ouï-dire. Ils pillent les
biens des citoyens romains, les massacrent, les réduisent en esclavage. Convictolitanis seconde l'impulsion donnée et accroît le délire
du peuple, afin que, le crime une fois commis, on ait honte de revenir à la raison. Le tribun des soldats, M. Aristius, était en route
pour rejoindre sa légion ; on le fait sortir sur parole de Cabillone, où
il se trouvait ; on force ceux qui s'y étaient établis pour leur commerce à en faire autant : sans cesse harcelés sur la route, ils sont
dépouillés de tous leurs bagages ; on assiége jour et nuit ceux qui

et se parare
ad casum similem
in diem posterum.
His rebus cognitis,
Cæsar
studio summo militum
pervenit in castra
ante ortum solis.

XLII. Dum hæc
geruntur ad Gergoviam,
Ædui, primis nuntiis
acceptis ab Litavico,
relinquunt sibi
nullum spatium
ad cognoscendum.
Avaritia impellit alios,
iracundia
et temeritas alios,
quæ est innata       [num,
maxime illi generi homi-
ut habeant
levem auditionem
pro re comperta.
Diripiunt bona
civium Romanorum,
faciunt cædes,
abstrahunt in servitutem.
Convictolitanis
adjuvat rem proclinatam,
impellitque plebem
ad furorem,
ut, facinore admisso,
pudeat
reverti ad sanitatem
Educunt
ex oppido Cabillono,
fide data,
M. Aristium
tribunum militum
facientem iter
ad legionem :
cogunt eos
qui constiterant ibi
causa negotiandi
facere idem.
Adorti hos continuo
in itinere,

et se préparer
à un événement semblable
pour le jour suivant.
Ces faits ayant été appris,
César
par l'ardeur extrême des soldats
arrive dans le camp
avant le lever du soleil.

XLII. Tandis que ces choses
se font auprès de Gergovie,
les Éduens, les premiers messagers
ayant été reçus de-la-part-de Litavicus,
ne laissent à eux-mêmes
aucun espace *de temps*
pour reconnaître *les faits*.
La cupidité pousse les uns,
la colère
et l'étourderie *poussent* les autres,
*étourderie* qui est innée
surtout à cette race d'hommes,
*de façon* qu'ils tiennent
un léger bruit
pour un fait vérifié.
Ils pillent les biens
des citoyens romains,
font des massacres,
*les* entraînent en esclavage.
Convictolitanis       [l'impulsion),
aide la chose *déjà* sur-la-pente (seconde
et pousse la populace
à la fureur,
afin que, un forfait ayant été commis,
ils aient-honte
de revenir à la saine-raison.
Ils font-sortir
de la ville *de* Cabillone,
*leur* foi ayant été donnée
M. Aristius
tribun des soldats
qui faisait route
vers *sa* légion :
ils forcent ceux
qui s'étaient établis là
en vue de commercer
à faire la même chose.
Ayant attaqué ceux-ci sur-le-champ
pendant la route,

gnantes diem noctemque obsident; multis utrinque interfectis, majorem multitudinem ad arma concitant.

XLIII. Interim nuntio allato, omnes eorum milites in potestate Cæsaris teneri, concurrunt ad Aristium, nihil publico factum consilio demonstrant; quæstionem de bonis direptis decernunt; Litavici fratrumque bona publicant; legatos ad Cæsarem sui purgandi gratia mittunt. Hæc faciunt recuperandorum suorum causa; sed, contaminati facinore et capti compendio ex direptis bonis, quod ea res ad multos pertinebat, et timore pœnæ exterriti, consilia clam de bello inire incipiunt, civitatesque reliquas legationibus sollicitant. Quæ tametsi Cæsar intelligebat, tamen, quam mitissime potest, legatos appellat : « Nihil se propter inscientiam levitatemque vulgi gravius de civitate judicare, neque de sua in Æduos benevo-

résistent, et, quand de part et d'autre il a péri beaucoup de monde, on excite une plus grande multitude à prendre les armes.

XLIII. Cependant, à la nouvelle que toutes leurs troupes sont au pouvoir de César. les Éduens accourent près d'Aristius. Ils l'assurent que rien ne s'est fait de l'aveu général, ordonnent une enquête sur le pillage des effets, confisquent les biens de Litavicus et de ses frères, et envoient des députés à César pour se justifier. Ils agissent de la sorte pour recouvrer leurs soldats; mais, souillés d'un premier crime, séduits par le profit du pillage, où plusieurs avaient eu part, et frappés de la crainte d'un châtiment, ils commencent à tramer en secret des plans de guerre, et députent vers les autres cités pour essayer de les soulever. César savait tout; cependant il parle à leurs députés avec toute la douceur possible : « L'aveuglement et l'inconséquence de la populace ne lui feront jamais penser désavantageusement des Éduens et ne pourront pas diminuer sa bienveillance pour

| | |
|---|---|
| exuunt | ils *les* dépouillent |
| omnibus impedimentis; | de tous *leurs* bagages; |
| obsident diem noctemque | ils assiégent jour et nuit |
| repugnantes; | ceux qui résistent; |
| multisque interfectis | et beaucoup ayant été tués |
| utrinque, | de-l'un-et-de-l'autre-côté, |
| concitant ad arma | ils appellent aux armes |
| majorem multitudinem. | une plus grande multitude. |
| XLIII. Interim | XLIII. Cependant |
| nuntio allato, | la nouvelle ayant été apportée, |
| omnes milites eorum | tous les soldats d'eux |
| teneri in potestate Cæsaris, | être retenus au pouvoir de César, |
| concurrunt ad Aristium; | ils accourent vers Aristius; |
| demonstrant | ils *lui* exposent |
| nihil factum | rien n'*avoir été* fait |
| consilio publico: | par une décision publique; |
| decernunt quæstionem | ils décrètent une enquête |
| de bónis direptis; | au-sujet-des biens pillés; |
| publicant bona | ils confisquent les biens |
| Litavici fratrumque; | de Litavicus et de *ses* frères; |
| mittunt legatos | ils envoient des députés |
| ad Cæsarem | vers César |
| causa sui purgandi. | en vue de se justifier. |
| Faciunt hæc     [rum; | Ils font ces choses |
| causa recuperandorum suo- | en vue de recouvrer les leurs; |
| sed, contaminati facinore | mais, souillés par le forfait |
| et capti compendio | et séduits par l'avantage |
| ex bonis direptis, | *résultant* des biens pillés, |
| quod ea res | parce que ce fait |
| pertinebat ad multos, | s'étendait à beaucoup *d'entre eux*, |
| et exterriti | et épouvantés |
| timore pœnæ, | par la crainte du châtiment, |
| incipiunt inire consilia | ils commencent à entrer en délibération |
| clam | furtivement |
| de bello, | au-sujet-de la guerre, |
| sollicitantque legationibus | et sollicitent par des députations |
| reliquas civitates. | le reste-des cités. |
| Quæ tametsi intelligebat, | Quoiqu'il connût ces *faits*, |
| tamen Cæsar | cependant César |
| appellat legatos | parle aux députés *aussi doucement* |
| quam potest mitissime: | qu'il peut le plus doucement: |
| « Se judicare nihil | « Lui-même ne porter-jugement en rien |
| gravius | plus sévèrement |
| de civitate | sur la cité |
| propter inscientiam | à-cause-de l'ignorance |
| levitatemque vulgi, | et de la légèreté de la multitude, |
| neque deminuere | et ne *rien* diminuer |

lentia deminuere. » Ipse, majorem Galliæ motum exspectans,
ne ab omnibus civitatibus circumsisteretur, consilia inibat,
quemadmodum ab Gergovia discederet ac rursus omnem exercitum [1] contraheret; ne profectio, nata ab timore defectionis,
similis fugæ videretur.

XLIV. Hæc cogitanti accidere visa est facultas bene gerendæ rei. Nam, quum minora in castra operis perspiciendi
causa venisset, animadvertit collem, qui ab hostibus tenebatur, nudatum hominibus, qui superioribus diebus vix præ
multitudine cerni poterat. Admiratus quærit ex perfugis causam, quorum magnus ad eum quotidie numerus confluebat.
Constabat inter omnes, quod jam ipse Cæsar per exploratores
cognoverat, dorsum esse ejus jugi prope æquum; sed hinc
silvestre et angustum, qua esset aditus ad alteram oppidi partem : huic loco vehementer illos timere, nec jam aliter sentire,
uno colle ab Romanis occupato [2], si alterum amisissent, quin

eux. » S'attendant néanmoins à un mouvement plus considérable de
la Gaule et ne voulant pas être enveloppé par toutes les cités, il
pensait aux moyens de s'éloigner de Gergovie et de réunir de nouveau toute son armée, sans que son départ, qui venait de la crainte
d'un soulèvement, eût l'air d'une fuite.

XLIV. Occupé de ces idées, il crut avoir trouvé l'occasion de
remporter un avantage. Car, en visitant les travaux du petit camp,
il remarqua qu'il n'y avait plus personne sur la colline qu'occupait
l'ennemi les jours précédents, et qu'il couvrait si bien qu'à peine en
voyait-on le sol. Surpris, il en demande la raison aux transfuges,
dont il lui venait journellement un grand nombre. Tous s'accordent
à lui dire, ce qu'il savait déjà par ses éclaireurs, que le sommet
de cette colline était presque de niveau, mais étroit et couvert de
bois dans la partie qui donnait accès à l'autre côté de la ville. On
craignait beaucoup pour ce point et on sentait que, les Romains
s'étant emparés de la première colline, si on perdait encore celle-là,

| | |
|---|---|
| de sua benevolentia in Æduos. » | de sa bienveillance pour les Eduens. » |
| Ipse, exspectans majorem motum Galliæ, ne circumsisteretur ab omnibus civitatibus, inibat consilia, quemadmodum discederet ab Gergovia ac contraheret rursus omnem exercitum; ne profectio, nata ab timore defectionis, videretur similis fugæ. | Lui-même, attendant un plus grand mouvement de la Gaule afin qu'il ne fût pas enveloppé par toutes les cités, entrait-en délibération, *cherchant* comment il s'éloignerait de Gergovie et rassemblerait de nouveau toute *son* armée; de peur que *son* départ, né de la crainte d'une défection, ne parût semblable à une fuite. |
| XLIV. Facultas bene gerendæ rei visa est accidere cogitanti hæc. Nam, quum venisset in minora castra causa perspiciendi operis, animadvertit collem, qui tenebatur ab hostibus, qui diebus superioribus poterat vix cerni præ multitudine hominum, nudatum hominibus. Admiratus quærit causam ex perfugis, quorum magnus numerus confluebat ad eum quotidie. Constabat inter omnes, quod jam Cæsar ipse cognoverat per exploratores, dorsum ejus jugi esse prope æquum; sed silvestre et angustum hinc qua esset aditus ad alteram partem oppidi: illos timere vehementer huic loco, nec jam sentire aliter, quin, uno colle occupato ab Romanis, si amisissent alterum, | XLIV. Une occasion de bien faire l'affaire parut arriver à *lui* songeant à ces choses. Car, comme il était venu dans le petit camp en vue d'examiner les travaux, il remarqua la colline, qui était occupée par les ennemis, *et* qui les jours précédents pouvait à peine être vue à-cause-du grand-nombre d'hommes, *être* dégarnie d'hommes. S'étant étonné il *en* demande le motif aux transfuges, dont un grand nombre affluait vers lui tous-les-jours. *Ceci* était-d'accord entre tous, que déjà César lui-même avait appris par *ses* éclaireurs, la croupe de cette chaîne être presque unie; mais boisée et étroite de-ce-côté par où était accès vers l'autre partie de la place: eux craindre vivement pour cette position,          [douter], et déjà ne pas penser autrement (ne pas que, une colline ayant été occupée par les Romains, s'ils avaient perdu l'autre, |

pæne circumvallati atque omni exitu et pabulatione inter-
clusi viderentur : ad hunc muniendum locum omnes a Vercingetorige evocatos.

XLV. Hac re cognita, Cæsar mittit compluies equitum
turmas eo de media nocte : iis imperat ut paulo tumultuosius
omnibus in locis pervagarentur. Prima luce magnum numerum
mpedimentorum ex castris mulorumque produci, eque iis
tramenta detrahi, mulionesque cum cassidibus, equitum
specie ac simulatione, collibus circumvehi jubet. His paucos
addit equites, qui latius ostentationis causa vagarentur. Longo
circuitu easdem omnes jubet petere regiones. Hæc procul ex
oppido videbantur, ut erat a Gergovia despectus in castra,
neque tanto spatio, certi quid esset, explorari poterat. Legionem unam eodem jugo [1] mittit et paulo progressam inferiore
constituit loco silvisque occultat. Augetur Gallis suspicio atque

on serait comme enveloppé, sans pouvoir ni sortir ni aller au fourrage. Vercingétorix avait appelé toutes ses troupes pour fortifier
cette position.

XLV. Sur ces renseignements, César, au milieu de la nuit, envoie dans cette direction plusieurs escadrons, avec ordre de battre
tous les environs d'une manière un peu bruyante : au point du jour,
il fait sortir du camp beaucoup de bagage et de mulets sans bâts et
donne des casques aux muletiers, avec ordre de faire le tour des
collines, comme s'ils étaient de la cavalerie : il leur adjoint quelques cavaliers destinés à s'étendre plus au loin, pour l'étalage. Tous
doivent se rendre au même point par de longs détours. De Gergovie, qui dominait le camp, on voyait toutes ces manœuvres ; mais la
distance était assez grande pour qu'on ne pût découvrir au juste ce
que c'était. César détache une légion vers la même colline ; quand
elle a fait quelque chemin, il l'arrête dans un fond et la cache dans

| | |
|---|---|
| viderentur | ils ne parussent |
| pæne circumvallati | presque entourés-d'une-circonvallation |
| atque interclusi | et coupés |
| omni exitu | de toute issue |
| et pabulatione : | et coupe-de-fourrage : |
| omnes evocatos | tous *avoir été* appelés |
| a Vercingetorige | par Vercingétorix |
| ad muniendum | pour fortifier |
| hunc locum. | cette position. |
| XLV. Hac re cognita, | XLV. Ce fait ayant été appris, |
| Cæsar mittit eo | César envoie là |
| de media nocte | dès le milieu-de la nuit |
| complures turmas equitum : | plusieurs escadrons de cavaliers : |
| imperat iis | il commande à ceux-ci |
| ut pervagarentur | qu'ils courent-de-tous-côtés       [nair, |
| paulo tumultuosius | un peu plus tumultueusement *que d'ordi-* |
| in omnibus locis. | dans tous les endroits. |
| Prima luce | Au point-du jour |
| jubet magnum numerum | il ordonne une grande quantité |
| impedimentorum | de bagages |
| mulorumque | et de mules |
| produci ex castris, | être menée hors du camp, |
| stramentaque detrahi | et les bâts être enlevés |
| ex iis,                [bus, | de dessus celles-ci (les mules), |
| mulionesque cum cassidi- | et les muletiers avec des casques, |
| specie ac simulatione | avec l'apparence et le semblant |
| equitnm, | de cavaliers, |
| circumvehi collibus. | faire-le-tour des collines. |
| Addit his | Il ajoute à ceux-ci |
| paucos equites, | quelques cavaliers, |
| qui vagarentur latius | qui devaient se répandre plus au loin |
| causa ostentationis. | en vue d'un étalage *de forces.* |
| Jubet omnes | Il ordonne tous |
| longo circuitu | par un long détour |
| petere easdem regiones. | gagner les mêmes contrées. |
| Hæc videbantur procul | Ces choses étaient vues au loin |
| ex oppido, | depuis la ville, |
| ut despectus in castra | car une vue sur le camp |
| erat a Gergovia ; | était depuis Gergovie ; |
| tantoque spatio | et à une si-grande distance |
| non poterat explorari | il ne pouvait pas être vérifié       [juste). |
| quid certi esset. | quoi de certain était (ce que c'était au |
| Mittit eodem jugo | Il envoie vers la même hauteur |
| unam legionem | une légion |
| et constituit loco inferiore | et établit dans une position plus basse |
| occultatque silvis | et cache dans des forêts |
| progressam paulo. | *elle* s'étant avancée un peu. |

omnes illo ad munitionem copiæ transducuntur. Vacua castra
hostium Cæsar conspicatus, tectis insignibus suorum occui-
tatisque signis militaribus, raros milites, ne ex oppido ani-
madverterentur, ex majoribus castris in minora transducit,
legatisque, quos singulis legionibus præfecerat, quid fieri vollet,
ostendit : imprimis monet ut contineant milites, ne studio
pugnandi aut spe prædæ longius progrediantur : quid iniquitas loci habeat incommodi, proponit : hoc una celeritate posse
vitari : occasionis esse rem, non prœlii. His rebus expositis,
signum dat, et ab dextera parte alio ascensu eodem tempore
Æduos mittit.

XLVI. Oppidi murus ab planitie atque initio ascensus,
recta regione, si nullus anfractus intercederet, mille et du-
centos passus aberat : quidquid huic circuitus ad molliendum

un bois. Les soupçons des Gaulois redoublent et toutes leurs troupes
passent de ce côté du retranchement. César, voyant que le camp des
ennemis est vide, fait couvrir les insignes de ses soldats, cacher les
enseignes et défiler les légions par petits pelotons, pour qu'on n'y fasse
pas attention de la ville ; puis il les mène du grand camp dans le petit.
Il donne ses instructions aux lieutenants qu'il avait mis à la tête de
chaque légion, et les avertit surtout de contenir les soldats, afin que
l'ardeur de combattre et l'espoir du butin ne les entraînent pas trop
loin. Il leur fait voir le désavantage du terrain ; la rapidité seule
pouvait y parer : c'était d'un coup de main qu'il s'agissait, non
d'une bataille. Ces mesures prises, il donne le signal et fait, en
même temps, monter les Éduens par un autre endroit, sur la droite.

XLVI. De la plaine, ou du pied de la colline jusqu'aux murs de
la ville, il y avait douze cents pas, à vol d'oiseau : la distance

| | |
|---|---|
| Suspicio augetur Gallis | Le soupçon s'augmente aux Gaulois |
| atque omnes copiæ | et toutes les troupes |
| transducuntur illo | sont transportées là |
| ad munitionem. | pour le retranchement |
| Cæsar | César |
| conspicatus castra hostium vacua, | ayant aperçu le camp des ennemis vide, |
| insignibus suorum tectis | les insignes des siens étant couverts |
| signisque militaribus | et les enseignes de-guerre |
| occultatis, | étant cachées, |
| transducit | fait-passer |
| ex majoribus castris | du grand camp |
| in minora | dans le petit |
| milites raros, | *ses* soldats disséminés, |
| ne animadverterentur | de peur qu'ils ne fussent remarqués |
| ex oppido, | depuis la ville, |
| ostenditque legatis | et découvre aux lieutenants |
| quos præfecerat | qu'il avait mis-à-la-tête |
| singulis legionibus | *chacun* d'une légion |
| quid vellet fieri : | ce qu'il voulait être fait : |
| imprimis monet | surtout il *les* avertit |
| ut contineant milites, | qu'ils contiennent *leurs* soldats, |
| ne progrediantur longius | de peur qu'ils ne s'avancent trop loin |
| studio pugnandi | par ardeur de (pour) combattre |
| aut spe prædæ : | ou par espoir de butin : |
| proponit | il *leur* expose |
| quid iniquitas loci | ce que l'inégalité du terrain |
| habeat incommodi : | avait de désavantage *pour eux* : |
| hoc posse vitari | *ce désavantage* pouvoir être évité |
| celeritate una : | par la promptitude seule : [de main], |
| esse rem occasionis, | que c'était une affaire d'occasion (un coup |
| non prœlii. | *et* non de combat. |
| His rebus expositis, | Ces choses ayant été exposées |
| dat signum, | il donne le signal, |
| et mittit Æduos | et envoie les Éduens |
| eodem tempore | en même temps |
| ab parte dextera | du côté droit |
| alio ascensu | par une autre montée. |
| XLVI. Murus oppidi | XLVI. Le rempart de la place |
| aberat ab planitie | était éloigné de la plaine |
| atque initio ascensus, | et du commencement de la montée, |
| regione recta, | en direction droite, |
| si nullus anfractus | si aucun détour |
| intercederet, | ne se trouvait-dans-l'intervalle, |
| mille et ducentos passus : | de mille et deux-cents pas : |
| quidquid accesserat huic | tout ce qui s'était ajouté à cette *montée* |
| ad molliendum clivum, | pour adoucir la pente, |

clivum accesserat, id spatium itineris augebat. At medio fere colle in longitudinem, ut natura montis ferebat, ex grandibus saxis sex pedum murum, qui nostrorum impetum tardaret, præduxerant Galli, atque, inferiore omni spatio vacuo relicto, superiorem partem collis usque ad murum oppidi densissimis castris compleverant. Milites, dato signo, celeriter ad munitionem perveniunt, eamque transgressi, trinis castris potiuntur. Ac tanta fuit in castris capiendis celeritas, ut Teutomatus, rex Nitiobrigum, subito in tabernaculo oppressus, ut meridie conquieverat, superiore corporis parte nudata, vulnerato equo, vix se ex manibus prædantium militum eriperet.

XLVII. Consecutus id, quod animo proposuerat, Cæsar receptui cani jussit legionisque decimæ, qua tum erat comitatus, signa consistere. At reliquarum milites legionum, non exaudito tubæ sono, quod satis magna valles intercedebat,

s'augmentait des detours nécessaires pour adoucir la pente. A mi-côte à peu près, les Gaulois avaient tiré, de front et suivant la disposition de la colline, un mur de six pieds de haut en grosses pierres, pour retarder notre élan : ils avaient ensuite abandonné tout à fait la partie inférieure, et, sur le sommet, leurs quartiers très-serrés s'étendaient jusqu'aux murs de la ville. Le signal donné, nos soldats arrivent en un clin d'œil au retranchement, le franchissent et enlèvent trois quartiers. Leur rapidité est si grande que le roi des Nitiobriges, Teutomate, surpris dans sa tente, où il s'était endormi au milieu du jour, sans cuirasse et son cheval blessé, eut de la peine à se retirer des mains de nos soldats occupés au pillage.

XLVII. César, ayant rempli son but ordonna de sonner la retraite, et les enseignes de la dixième légion, qui l'accompagnait, s'arrêtèrent. Mais les soldats des autres légions n'avaient pas entendu la trompette, parce qu'ils étaient au delà d'un assez large vallon.

| | |
|---|---|
| id augebat spatium itineris. | cela augmentait l'espace de chemin. |
| At fere medio colle | Mais presque au milieu-de la colline |
| Galli præduxerant | les Gaulois avaient conduit |
| in longitudinem, | en longueur,           [portait, |
| ut natura montis ferebat, | comme la nature de la montagne le com- |
| murum sex pedum | un mur de six pieds |
| ex grandibus saxis, | fait de grosses pierres, |
| qui tardaret | qui retardât (pour retarder) |
| impetum nostrorum, | l'élan des nôtres, |
| atque, | et, |
| omni spatio inferiore | tout l'espace plus bas |
| relicto vacuo, | ayant été laissé vide, |
| compleverant | ils avaient rempli |
| partem superiorem collis | la partie supérieure de la colline |
| usque ad murum oppidi | jusqu'au rempart de la place |
| castris densissimis. | de camps très-serrés. |
| Milites, signo dato, | Les soldats, le signal étant donné, |
| perveniunt celeriter | arrivent promptement |
| ad munitionem, | au retranchement, |
| transgressique eam, | et ayant franchi ce *retranchement*, |
| potiuntur trinis castris. | s'emparent de trois camps. |
| Ac celeritas | Et la rapidité |
| in capiendis castris | en prenant les camps |
| fuit tanta, | fut si-grande, |
| ut Teutomatus, | que Teutomate, |
| rex Nitiobrigum, | roi des Nitiobriges, |
| oppressus subito | surpris tout à coup |
| in tabernaculo, | dans sa tente, |
| ut conquieverat meridie, | comme il s'était reposé à midi, |
| parte superiore corporis | la partie supérieure de son corps |
| nudata, | ayant été mise-à-nue (dépouillée de sa |
| equo vulnerato, | son cheval ayant été blessé,   [cuirasse), |
| se eriperet vix ex manibus | s'arracha à peine des mains |
| militum prædantium. | des soldats qui butinaient. |
|   XLVII. Cæsar, |   XLVII. César, |
| consecutus id, | ayant obtenu cela, |
| quod proposuerat animo, | qu'il s'était proposé dans son esprit, |
| jussit cani receptui | ordonna qu'on sonnât pour la retraite |
| signaque decimæ legionis, | et les enseignes de la dixième légion, |
| qua tum erat comitatus, | de laquelle alors il était accompagné, |
| consistere. | s'arrêter. |
| At milites | Mais les soldats |
| reliquarum legionum, | du reste-des légions, |
| sono tubæ | le son de la trompette |
| non exaudito, | n'ayant pas été entendu, |
| quod valles satis magna | parce qu'une vallée assez grande |
| intercedebat, | se trouvait-dans-l'intervalle, |

tamen ab tribunis militum legatisque, ut erat a Cæsare præceptum, retinebantur : sed elati spe celeris victoriæ et hostium fuga superiorumque temporum secundis prœliis, nihil adeo arduum sibi existimabant, quod non virtute consequi possent; neque prius finem sequendi fecerunt, quam muro oppidi portisque appropinquarent. Tum vero ex omnibus urbis partibus orto clamore, qui longius aberant, repentino tumultu perterriti, quum hostem intra portas esse existimarent, sese ex oppido ejecerunt. Matres familiæ de muro vestem argentumque jactabant, et, pectoris fine prominentes, passis manibus obtestabantur Romanos ut sibi parcerent, neu, sicut Avarici fecissent [1], ne mulieribus quidem atque infantibus abstinerent. Nonnullæ, de muris per manus demissæ, sese militibus transdebant. L. Fabius, centurio legionis octavæ, quem inter suos

Cependant, d'après les instructions de César, les lieutenants et les tribuns des soldats essayaient de les retenir ; mais, exaltés par l'espoir d'une prompte victoire, par la fuite des ennemis, par leurs anciens succès, les soldats ne voyaient rien de si difficile que leur valeur n'en pût venir à bout, et ne cessèrent la poursuite qu'en approchant des murs et des portes de la place. Un cri s'étant alors élevé de toutes les parties de la ville, les barbares qui étaient à l'autre extrémité, effrayés de ce bruit soudain, crurent l'ennemi dans l'intérieur et se jetèrent hors de Gergovie. Les femmes laissaient tomber du haut du rempart des habits et de l'argent, et, s'avançant le sein nu, les mains étendues, suppliaient les Romains de les épargner et de ne pas faire comme à Avaricum, où l'on n'avait ménagé ni enfants ni femmes. Plusieurs descendirent du rempart en s'aidant des mains et se livrèrent aux soldats. L. Fabius, centurion de la

| | |
|---|---|
| retinebantur tamen | étaient retenus cependant |
| ab tribunis militum | par les tribuns des soldats |
| legatisque, | et les lieutenants, |
| ut præceptum erat | comme il avait été prescrit |
| a Cæsare : | par César : |
| sed elati | mais emportés |
| spe celeris victoriæ | par l'espoir d'une prompte victoire |
| et fuga hostium | et par la fuite des ennemis |
| prœliisque secundis | et par les combats favorables |
| temporum superiorum, | des temps précédents, |
| existimabant | ils pensaient |
| nihil adeo arduum sibi, | rien n'être tellement difficile pour eux, |
| quod non possent consequi | qu'ils ne pussent atteindre |
| virtute : | par *leur* valeur : |
| neque fecerunt finem | et ils ne firent pas fin (ne cessèrent pas) |
| sequendi,     [rent | de poursuivre, |
| prius quam appropinqua- | avant qu'ils approchassent |
| muro oppidi | du rempart de la place |
| portisque. | et des portes. |
| Tum vero clamore orto | Mais alors un cri s'étant élevé |
| ex omnibus partibus urbis, | de toutes les parties de la ville, |
| qui aberant longius, | ceux qui étaient plus loin, |
| perterriti | épouvantés |
| tumultu repentino, | de *ce* tumulte soudain, |
| quum existimarent | comme ils croyaient |
| hostem esse intra portas, | l'ennemi être en dedans des portes, |
| sese ejecerunt ex oppido. | se jetèrent hors de la place. |
| Matres familiæ | Les mères de famille |
| jactabant de muro | jetaient du-haut-du rempart |
| vestem argentumque, | *leurs* habits et *leur* argent, |
| et, prominentes | et, s'avançant-au-dehors |
| fine pectoris, | jusqu'à la poitrine, |
| manibus passis | les mains étendues |
| obtestabantur Romanis | conjuraient les Romains |
| ut parcerent sibi, | qu'ils épargnassent elles, |
| neu, | ou (et) qu'ils ne *fissent* pas, |
| sicut fecissent Avarici, | comme ils avaient fait à Avaricum, |
| ne abstinerent quidem | *c'est-à-dire* qu'ils n'épargnassent même pas |
| mulieribus | les femmes |
| atque infantibus. | et les enfants. |
| Nonnullæ, | Quelques-unes, |
| demissæ de muris | descendues des remparts |
| sese transdebant militibus. | à-l'aide-des mains, |
| L. Fabius, | se remettaient aux soldats. |
| centurio octavæ legionis, | L. Fabius, |
| quem constabat | centurion de la huitième légion, |
| | lequel il était-avéré |

eo die dixisse constabat, excitari se Avaricensibus præmiis, neque commissurum ut prius quisquam murum ascenderet, tres suos nactus manipulares atque ab iis sublevatus, murum ascendit. Eos ipse rursus singulos exceptans, in murum extulit.

XLVIII. Interim ii, qui ad alteram partem oppidi, ut supra demonstravimus [1], munitionis causa convenerant, primo exaudito clamore, inde etiam crebris nuntiis incitati, oppidum ab Romanis teneri, præmissis equitibus, magno concursu eo contenderunt. Eorum ut quisque primus venerat, sub muro consistebat suorumque pugnantium numerum augebat. Quorum quum magna multitudo convenisset, matres familiæ, quæ paulo ante Romanis de muro manus tendebant, suos obtestari et more Gallico passum capillum ostentare liberosque in conspectum proferre cœperunt. Erat Romanis nec loco nec

huitième légion, avait dit ce jour là au milieu des siens « Que les récompenses d'Avaricum l'animaient et qu'il ne souffrirait pas qu'un autre escaladât le premier les murs. » Trouvant trois hommes de son manipule, il se fait soulever par eux, monte sur le rempart, leur tend la main à son tour et les attire l'un après l'autre sur le mur.

XLVIII. Cependant les Gaulois qui s'étaient, comme nous l'avons dit, portés de l'autre côté de la place pour travailler au retranchement, ayant entendu les premiers cris, et excités à chaque instant par des messagers qui annonçaient la prise de la ville par les Romains, détachent en avant leur cavalerie et la suivent en foule. Chacun, à mesure qu'il arrive, se forme sous le mur et augmente le nombre des combattants. Comme ils se trouvaient réunis en grand nombre, les femmes, qui tout à l'heure tendaient les mains à nos soldats du haut du rempart, s'offrent aux barbares, échevelées suivant leur usage, et les implorent en leur présentant leurs enfants. Les Romains avaient le désavantage du terrain et du nombre:

| | |
|---|---|
| dixisse eo die | avoir dit ce jour-là |
| inter suos, | parmi les siens, |
| se excitari | lui-même être excité |
| præmiis Avaricensibus, | par les récompenses d'-Avaricum, |
| neque commissurum | et ne devoir pas risquer |
| ut quisquam prius | que quelqu'un plus tôt *que lui* |
| ascenderet murum, | montât sur le rempart, |
| nactus | ayant trouvé |
| tres manipulares suos | trois soldats-de-la-compagnie de-lui |
| atque sublevatus ab iis, | et ayant été soulevé par eux, |
| ascendit murum. | monta sur le rempart. |
| Ipse rursus | Lui-même à-son-tour |
| exceptans eos singulos | recevant eux un-à-un |
| extulit in murum. | *les* fit-monter sur le rempart. |
| XLVIII. Interim ii qui, | XLVIII. Cependant ceux qui, |
| ut demonstravimus supra, | comme nous *l'*avons indiqué ci-dessus |
| convenerant | s'étaient rassemblés |
| ad alteram partem oppidi | de l'autre côté de la place |
| causa munitionis, | en vue de *faire* un retranchement, |
| primo clamore exaudito, | le premier cri ayant été entendu, |
| inde etiam incitati | ensuite aussi excités |
| crebris nuntiis, | par de fréquents messagers, |
| oppidum | *qui disaient* la ville |
| teneri ab Romanis, | être occupée par les Romains, |
| equitibus præmissis, | les cavaliers ayant été envoyés-en avant, |
| contenderunt eo | se rendirent là |
| magno concursu. | en grande affluence. |
| Ut quisque eorum | Selon que chacun d'eux |
| venerat primus, | était arrivé le premier, |
| consistebat sub muro, | il s'arrêtait au-pied-du rempart, |
| augebatque numerum | et augmentait le nombre |
| suorum pugnantium. | des siens qui combattaient. |
| Quorum | Desquels |
| quum magna multitudo | comme une grande multitude |
| convenisset, | s'était rassemblée, |
| matres familiæ, | les mères de famille, |
| quæ paulo ante | qui un peu auparavant |
| tendebant manus Romanis | tendaient les mains aux Romains |
| de muro, | du-haut-du rempart, |
| cœperunt obtestari suos | commencèrent à conjurer les leurs |
| et more Gallico | et à la manière gauloise |
| ostentare capillum passum | à *leur* montrer *leur* chevelure éparse |
| proferreque liberos | et à faire-avancer *leurs* enfants |
| in conspectum. | à *leur* vue. |
| Contentio | La lutte |
| erat æqua Romanis | *n'*était égale pour les Romains |
| nec loco nec numero : | ni par la position ni par le nombre : |

numero æqua contentio : simul et cursu et spatio pugnæ defatigati, non facile recentes atque integros sustinebant.

XLIX. Cæsar, quum iniquo loco pugnari, hostiumque augeri
copias videret, præmetuens suis, ad T. Sextium legatum,
quem minoribus castris præsidio reliquerat, mittit, ut cohortes
ex castris celeriter educeret, et sub infimo colle ab dextro
latere hostium constitueret : ut, si nostros loco depulsos vidisset, quo minus libere hostes insequerentur, terreret. Ipse
paulum ex eo loco cum legione progressus, ubi constiterat,
eventum pugnæ exspectabat.

L. Quum acerrime cominus pugnaretur, hostes loco et
numero, nostri virtute confiderent, subito sunt Ædui visi, ab
latere nostris aperto, quos Cæsar ab dextra parte alio ascensu
manus distinendæ causa miserat. Hi similitudine armorum
vehementer nostros perterruerunt : ac, tametsi dextris humeris

fatigués à la fois de leur course et de la durée du combat, ils ne se
soutenaient pas sans peine contre des troupes fraîches.

XLIX. César, voyant que l'on combattait dans une position désavantageuse et que le nombre des ennemis s'augmentait, craignit
pour ses troupes, et envoya l'ordre au lieutenant T. Sextius, qu'il
avait chargé de la garde du petit camp, d'en faire sortir promptement des cohortes et de les poster sur le flanc droit des barbares,
afin que, s'il voyait les nôtres culbutés de leur position, il effrayât
l'ennemi et entravât la poursuite. Portant lui-même sa légion un peu
en avant de l'endroit où il l'avait arrêtée, il attendit l'issue du combat.

L. Tandis qu'on se battait très-vivement et de près, l'ennemi se
fiant en sa position et en son nombre, et nos soldats en leur valeur,
tout à coup parurent sur notre flanc découvert les Éduens, que
César avait envoyés sur sa droite par un autre chemin, pour faire
diversion. La ressemblance de leurs armes avec celles des ennemis
alarma beaucoup nos soldats, quoiqu'ils eussent le bras droit nu, ce

defatigati simul
et cursu et spatio,
non sustinebant facile
recentes
atque integros.

XLIX. Cæsar,
quum videret pugnari
loco iniquo,
copiasque hostium augeri,
præmetuens suis,
mittit ad T. Sextium
legatum,
quem reliquerat præsidio
minoribus castris,
ut educeret celeriter
cohortes ex castris,
et constitueret
sub infimo colle
ab latere dextro hostium :
ut, si vidisset
nostros depulsos loco,
quo hostes insequerentur
minus libere,
terreret.
Ipse progressus paulum
cum legione
ex eo loco, ubi constiterat,
exspectabat
eventum pugnæ.

L. Quum pugnaretur
cominus acerrime,
hostes confiderent loco
et numero,
nostri virtute,
subito Ædui,
quos Cæsar miserat
ab parte dextra
alio ascensu
causa distinendæ manus,
visi sunt
ab latere aperto nostris.
Hi perterruerunt nostros
vehementer
similitudine armorum :
ac, tametsi
animadvertebantur
humeris dextris

fatigués à-la-fois
et par la course et par la durée *du combat*,
ils ne soutenaient (résistaient) pas facile-
des (à des) *hommes* frais               [ment
et intacts (sans blessures).

XLIX. César,
comme il voyait le-combat-se-livrer
dans une position désavantageuse,
et les forces des ennemis s'augmenter,
craignant pour les siens,
envoie vers T. Sextius
*son* lieutenant,
qu'il avait laissé à garde (pour garder)
au (le) petit camp,
*pour lui dire* qu'il fît-sortir promptement
les cohortes du camp,
et *les* plaçât
au bas-de la colline
sur le flanc droit des ennemis :
pour que, s'il avait vu
les nôtres chassés de *leur* position,
afin que les ennemis poursuivissent
moins librement,
il *les* effrayât.
Lui-même s'étant avancé un peu
avec *sa* légion
de ce lieu, où il s'était arrêté,
attendait
l'issue du combat.

L. Comme on combattait
de près très-vivement,               [position
*que* les ennemis avaient-confiance en *leur*
et en *leur* nombre,
les nôtres en *leur* valeur,
tout-à-coup les Éduens,
que César avait envoyés
du côté droit
par une autre montée               [*nemis*,
en vue de tenir-à-l'écart une troupe *d'en-*
furent aperçus
sur le flanc découvert pour les nôtres.
Ceux-ci épouvantèrent les nôtres
vivement
par la ressemblance des armes :
et, bien que
ils fussent remarqués
avec les épaules droites

exsertis animadvertebantur, quod insigne pacatis esse consuerat, tamen id ipsum sui fallendi causa milites ab hostibus factum existimabant. Eodem tempore L. Fabius centurio, quique una murum ascenderant, circumventi atque interfecti de muro præcipitantur. M. Petreius, ejusdem legionis centurio, quum portas excidere conatus esset, a multitudine oppressus ac sibi desperans, multis jam vulneribus acceptis, manipularibus suis, qui illum secuti erant : « Quoniam, inquit, me una vobiscum servare non possum, vestræ quidem certe vitæ prospiciam, quos cupiditate gloriæ adductus in periculum deduxi. Vos, data facultate, vobis consulite. » Simul in medios hostes irrupit, duobusque interfectis, reliquos a porta paulum submovit. Conantibus auxiliari suis : « Frustra, inquit, meæ vitæ subvenire conamini, quem jam sanguis viresque deficiunt : proinde hinc abite, dum est facultas, vosque ad legionem

qui était le signe d'amitié convenu ; ils crurent que c'était une ruse de l'ennemi pour nous tromper. Au même moment, le centurion L. Fabius et ceux qui l'avaient suivi furent enveloppés ; on les égorgea et on les précipita du haut du rempart. M. Pétréius, centurion de la même légion, se vit accabler par le nombre, comme il s'efforçait de briser la porte. Ayant déjà reçu plusieurs blessures et désespérant de sa vie : « Puisque je ne puis me sauver avec vous, dit-il à ceux de son manipule qui l'avaient suivi, j'aurai du moins soin de votre salut, car c'est moi qui vous ai conduits dans le péril, entraîné par l'amour de la gloire. Profitez de l'occasion que je vous offre, et ne songez qu'à vous. » A ces mots, il se jette au milieu des ennemis, en tue deux, écarte un peu les autres de la porte, et ses soldats tentant de le secourir : « C'est en vain, reprend-il, que vous essayez de me conserver la vie ; déjà mon sang et mes forces m'abandonnent : éloignez-vous donc, tandis que vous le pouvez, et

| | |
|---|---|
| exsertis, | tirées-hors *du vêtement* (nues), |
| quod consuerat | ce qui avait-coutume |
| esse insigne | d'être le signe |
| pacatis, | pour les *Gaulois* en-paix (amis), |
| tamen milites | cependant les soldats |
| existimabant id ipsum | croyaient cela même |
| factum ab hostibus | *avoir été* fait par les ennemis |
| causa sui fallendi. | en vue de les tromper. |
| Eodem tempore | Dans le même temps |
| centurio L. Fabius, | le centurion L. Fabius, |
| quique ascenderant murum | et ceux qui avaient monté sur le rempart |
| una, [fecti | ensemble (avec lui), |
| circumventi atque inter- | enveloppés et tués |
| præcipitantur de muro. | sont jetés en-bas du rempart. |
| M. Petreius, | M. Pétréius, |
| centurio ejusdem legionis, | centurion de la même légion, |
| quum conatus esset | comme il avait essayé |
| excidere portas, | de couper (briser) les portes, |
| oppressus a multitudine | accablé par la multitude |
| ac desperans sibi, | et n'espérant-plus pour lui-même, |
| multis vulneribus | de nombreuses blessures |
| acceptis jam, | ayant été reçues déjà, |
| inquit manipularibus suis, | dit aux soldats-de-la-compagnie de-lui, |
| qui secuti erant illum : | qui avaient suivi lui : |
| « Quoniam non possum | « Puisque je ne peux pas |
| me servare vobiscum, | me sauver avec-vous, |
| prospiciam quidem certe | je pourvoirai certes du moins |
| vestræ saluti, | à votre salut, |
| quos deduxi in periculum | *vous* que j'ai conduits dans le péril |
| adductus | amené (séduit) |
| cupiditate gloriæ. | par le désir de la gloire. |
| Vos, facultate data, | Vous, l'occasion *vous* étant donnée, |
| consulite vobis. » | songez à vous. » |
| Simul | En-même-temps |
| irrupit in medios hostes, | il se jeta au milieu-des ennemis, |
| duobusque interfectis, | et deux ayant été tués, |
| submovit paulum reliquos | il écarta un peu les autres |
| a porta. | de la porte. |
| Suis conantibus auxiliari : | Aux siens qui s'efforçaient de *le* secourir : |
| « Conamini frustra, | « Vous vous efforcez vainement, |
| inquit, | dit-il, |
| subvenire meæ vitæ, | de venir-en-aide à ma vie, |
| quem jam sanguis | *moi* que déjà le sang |
| viresque deficiunt : | et les forces abandonnent . |
| proinde abite hinc, | donc allez-vous-en d'ici, |
| dum facultas est, | tant que la possibilité existe, |
| vosque recipite | et retirez-vous |

recipite. » Ita pugnans post paululum concidit, ac suis saluti fuit.

LI. Nostri, quum undique premerentur, quadraginta sex centurionibus amissis, dejecti sunt loco : sed intolerantius Gallos insequentes legio decima tardavit, quæ pro subsidio paulo æquiore loco constiterat. Hanc rursus tertiæ decimæ legionis cohortes exceperunt, quæ, ex castris minoribus eductæ, cum T. Sextio legato ceperant locum superiorem. Legiones, ubi primum planitiem attigerunt, infestis contra hostes signis constiterunt. Vercingetorix ab radicibus collis suos intra munitiones reduxit. Eo die milites sunt paulo minus septingenti desiderati.

LII. Postero die Cæsar, concione advocata, temeritatem cupiditatemque militum reprehendit, « Quod sibi ipsi judicavissent, quo procedendum, aut quid agendum videretur, neque signo recipiendi dato constitissent, neque a tribunis

rejoignez la légion. » Un moment après, il périt en combattant et après avoir sauvé les siens.

LI. Nos soldats, pressés de toutes parts, furent chassés de leur position après avoir perdu quarante-six centurions. Mais la dixième légion, placée comme réserve dans une position un peu moins mauvaise, ralentit les Gaulois, qui s'abandonnaient trop vivement à la poursuite : elle fut soutenue à son tour par les cohortes de la treizième, venues du petit camp et postées un peu plus haut, sous les ordres du lieutenant T. Sextius. Dès que les légions eurent touché la plaine, elles s'arrêtèrent et firent face aux ennemis. Vercingétorix ramena les siens du pied de la colline dans ses retranchements. Cette journée nous coûta près de sept cents hommes.

LII. Le lendemain, César assemble l'armée et reproche aux soldats leur témérité et leur cupidité : « Ils avaient eux-mêmes jugé de ce qu'il fallait faire et jusqu'où l'on devait s'avancer; ils ne s'étaient pas arrêtés lorsqu'on avait sonné la retraite, et ni les tribuns ni les

ad legionem. »

Ita pugnans
concidit paululum post,
ac fuit saluti suis.

LI. Nostri,
quum premerentur
undique,                [nibus
quadraginta sex centurio-
amissis,
dejecti sunt loco :
sed decima legio,
quæ constiterat
pro subsidio
loco paulo æquiore,
tardavit Gallos
insequentes intolerantius.
Cohortes
tertiæ decimæ legionis,
quæ, eductæ
ex minoribus castris,
ceperant locum superiorem
cum legato T. Sextio,
exceperunt hanc rursus.
Legiones, ubi primum
attigerunt planitiem,
constiterunt
signis infestis
contra hostes.
Vercingetorix
reduxit suos
ab radicibus collis
intra munitiones.
Eo die                [lites
paulo minus septingenti mi-
desiderati sunt.

LII. Die postero
Cæsar,
concione advocata,
reprehendit temeritatem
cupiditatemque militum,
«Quod judicavissent
ipsi sibi,
quo videretur
procedendum,
aut quid agendum,
neque constitissent
signo recipiendi dato,

vers la légion. »

Puis en combattant
il tomba un peu après,
et fut à salut aux (sauva les) siens.

LI. Les nôtres,
comme ils étaient pressés
de-tous-côtés,
quarante-six centurions
ayant été perdus,
furent jetés-en-bas de *leur* position :
mais la dixième légion,
qui s'était arrêtée
en-guise-de réserve
dans une position un peu plus favorable,
retarda les Gaulois
qui poursuivaient trop impatiemment.
Les cohortes                [gion,
de la troisième *et* dixième (treizième) lé-
qui, menées
hors du petit camp,
avaient pris une position plus élevée
avec le lieutenant T. Sextius,
soutinrent celle-ci à-leur-tour.
Les légions, dès que d'abord (aussitôt que)
elles eurent touché la plaine,
s'arrêtèrent
les enseignes menaçantes
contre les ennemis.
Vercingétorix
ramena les siens
des racines (du pied) de la colline
en dedans des retranchements.
Ce jour-là
un peu moins *que* sept-cents soldats
furent regrettés (perdus).

LII. Le jour suivant
César,
une assemblée ayant été convoquée,
reprend la témérité
et la cupidité des soldats,
« Parce qu'ils avaient jugé
eux-mêmes pour eux-mêmes,
où il semblait
qu'il fallût s'avancer,
ou quoi devait être fait,
et ne s'étaient pas arrêtés
le signal de se retirer ayant été donné.

militum legatisque retineri potuissent : exposito, quid iniquitas loci posset, quid ipse ad Avaricum [1] sensisset, quum, sine
duce et sine equitatu deprehensis hostibus, exploratam victoriam dimisisset, ne parvum modo detrimentum in contentione propter iniquitatem loci accideret. Quanto opere eorum
animi magnitudinem admiraretur, quos non castrorum munitiones, non altitudo montis, non murus oppidi tardare potuisset ; tanto opere licentiam arrogantiamque reprehendere,
quod plus se quam imperatorem de victoria atque exitu
rerum sentire existimarent : nec minus se in milite modestiam
et continentiam quam virtutem atque animi magnitudinem
desiderare. »

LIII. Hac habita concione et ad extremum oratione confirmatis militibus, « Ne ob hanc causam animo permoverentur,
neu, quod iniquitas loci attulisset, id virtuti hostium tribue-

lieutenants n'avaient pu les retenir. Il leur avait exposé cependant
ce que pouvait le désavantage de la position, ce que lui-même avait
cru devoir faire près d'Avaricum, où, surprenant l'ennemi sans
général et sans cavalerie, il avait renoncé à une victoire certaine,
plutôt que de s'exposer à une perte même légère en soutenant la lutte
dans une mauvaise position. Plus il admirait la grandeur de leur
courage, que n'avaient pu ralentir ni les retranchements de l'ennemi, ni l'élévation de la montagne, ni les murs de la ville, plus il
blâmait leur désobéissance et cette présomption qu'ils avaient eue de
croire juger mieux que leur général du succès et de l'issue de l'é-
vénement ; dans un soldat, il ne désirait pas moins de modestie et de
retenue que de valeur et de magnanimité. »

LIII. Après ce discours de César, à la fin duquel il rassura les
soldats « Qui ne devaient pas se rebuter de ce qui était arrivé, ni
attribuer au courage de l'ennemi ce qui avait été l'effet d'une posi-

| | |
|---|---|
| neque potuissent retineri | et n'avaient pas pu être retenus |
| a tribunis militum | par les tribuns des soldats |
| legatisque : | et les lieutenants :          [eût montré), |
| exposito, | *ceci leur* ayant été exposé (bien qu'on leur |
| quid posset | ce que pouvait |
| iniquitas loci, | le désavantage de la position, |
| quid ipse sensisset | ce que lui-même avait pensé |
| ad Avaricum, | auprès d'Avaricum, |
| quum, hostibus | lorsque, les ennemis |
| deprehensis | ayant été surpris |
| sine duce et sine equitatu, | sans chef et sans cavalerie, |
| dimisisset | il avait laissé-échapper |
| victoriam exploratam, | une victoire assurée, |
| ne modo | de peur que seulement (même) |
| parvum detrimentum | une petite perte |
| accideret in contentione | n'arrivât dans la lutte |
| propter iniquitatem loci. | à-cause-du désavantage de la position. |
| Quantopere admiraretur | Autant il admirait |
| magnitudinem | la grandeur |
| animi eorum, | du courage d'eux, |
| quos non munitiones | que ni les retranchements |
| castrorum, | d'un camp, |
| non altitudo montis, | ni la hauteur d'une montagne, |
| non murus oppidi | ni le rempart d'une ville |
| potuisset tardare ; | n'avaient pu retarder ; |
| tantopere reprehendere | autant *lui* reprendre (il blâmait) |
| licentiam arrogantiamque, | *leur* insubordination et *leur* présomption, |
| quod existimarent | parce qu'ils croyaient |
| se sentire | eux-mêmes avoir-du-jugement |
| plus quam imperatorem | plus que *leur* général |
| de victoria | au-sujet-de la victoire |
| atque exitu rerum : | et de l'issue des événements : |
| nec se desiderare minus | et lui-même ne pas désirer moins |
| in milite | dans un soldat |
| modestiam et continentiam | la modestie et la retenue |
| quam virtutem          [mi. » | que le courage |
| atque magnitudinem ani- | et la grandeur d'âme. » |
| LIII. Hac concione | LIII. Cette harangue |
| habita | ayant été tenue |
| et militibus confirmatis | et les soldats ayant été rassurés |
| ad extremum | à la fin |
| oratione, | par *son* discours,          [blés d'esprit |
| « Ne permoverentur animo | *en leur disant* « Qu'ils ne fussent pas trou- |
| ob hanc causam, | pour ce motif, |
| neu tribuerent | ou (et) n'attribuassent pas |
| virtuti hostium | à la valeur des ennemis |
| quod iniquitas loci | ce que le désavantage de la position |

rent; » eadem de profectione cogitans, quæ ante senserat[1], legiones ex castris eduxit aciemque idoneo loco constituit. Quum Vercingetorix nihilo magis in æquum locum descenderet, levi facto equestri prœlio atque eo secundo, in castra exercitum reduxit. Quum hoc idem postero die fecisset, satis ad Gallicam ostentationem minuendam militumque animos confirmandos factum existimans, in Æduos castra movit. Ne tum quidem insecutis hostibus, tertio die ad flumen Elaver pontem refecit atque exercitum transduxit.

LIV. Ibi a Virdumaro atque Eporedirige Æduis appellatus, discit cum omni equitatu Litavicum ad sollicitandos Æduos profectum esse : opus esse et ipsos antecedere ad confirmandam civitatem. Etsi multis jam rebus perfidiam Æduorum perspectam habebat, atque horum discessu admaturari defec-

tion défavorable, persistant dans ses projets de départ, il fit sortir les légions des deux camps, et les mit en bataille sur un terrain convenable. Comme, malgré cela, Vercingétorix ne descendait point en plaine, César ramena ses troupes dans le camp, après un petit engagement de cavalerie où il eut le dessus : il en fut de même le lendemain, et, jugeant que c'était assez pour diminuer la jactance des Gaulois et raffermir le courage des siens, il décampa pour se rendre chez les Éduens, sans être même alors suivi par les ennemis. Le troisième jour il arriva sur l'Allier, dont il rétablit le pont, et fit passer son armée.

LIV. Les deux Éduens Virdumare et Éporédirix vinrent alors le trouver et lui apprirent « Que Litavicus était parti avec toute sa cavalerie pour soulever la nation ; il était nécessaire, disaient-ils, qu'ils prissent eux-mêmes les devants pour la raffermir dans son devoir. » Quoique César eût déjà reconnu par plusieurs circonstances la perfidie des Éduens, et qu'il pensât que le départ de ces deux hommes

| | |
|---|---|
| attulisset ; » | avait apporté (causé) ; » |
| cogitans de profectione | songeant au-sujet-du départ |
| eadem, | les mêmes choses, |
| quæ senserat ante, | qu'il avait pensées auparavant, |
| eduxit legiones ex castris | il fit-sortir les légions du camp |
| constituitque aciem | et rangea sa ligne-de-bataille |
| loco idoneo. | dans une position convenable. |
| Quum Vercingetorix | Comme Vercingétorix    [pas pour cela) |
| descenderet nihilo plus | ne descendait en rien plus (ne descendait |
| in locum æquum, | dans un lieu uni, |
| levi prœlio equestri | un léger combat de-cavalerie |
| atque eo secundo | et celui-ci (et il fut) heureux |
| facto, | ayant été fait (livré), |
| reduxit exercitum | il ramena l'armée |
| in castra. | dans le camp. |
| Quum fecisset hoc idem | Après qu'il eut fait cette même chose |
| die postero, | le jour suivant, |
| existimans satis factum | croyant assez avoir été fait |
| ad minuendam | pour diminuer |
| ostentationem Gallicam | la jactance gauloise |
| confirmandosque animos | et raffermir les esprits |
| militum, | des soldats, |
| movit castra | il mit-en-mouvement son camp |
| in Æduos. | pour aller chez les Éduens. |
| Hostibus insecutis | Les ennemis ne l'ayant suivi |
| ne tum quidem, | pas même alors, |
| tertio die | le troisième jour |
| refecit pontem | il refit un pont |
| ad flumen Elaver | à la rivière de l'Allier |
| atque transduxit | et fit-passer |
| exercitum. | son armée. |
| LIV. Appellatus ibi | LIV. Abordé là |
| a Virdumaro | par Virdumare |
| atque Eporedirige | et Éporédirix |
| Æduis, | les Éduens, |
| discit Litavicum | il apprend Litavicus |
| profectum esse | être parti |
| cum omni equitatu | avec toute sa cavalerie |
| ad sollicitandos Æduos : | pour soulever les Éduens : |
| esse opus et ipsos | qu'il était besoin aussi eux-mêmes |
| antecedere        [tem. | prendre-les-devants |
| ad confirmandam civita- | pour affermir la cité dans le devoir. |
| Etsi rebus jam multis | Quoique par des faits déjà nombreux |
| habebat perspectam | il eût reconnu |
| perfidiam Æduorum, | la perfidie des Éduens, |
| atque existimabat | et qu'il pensât |
| defectionem civitatis | la défection de la cité |

tionem civitatis existimabat, tamen eos retinendos non censuit, ne aut inferre injuriam videretur, aut dare timoris aliquam suspicionem. Discedentibus his breviter sua in Æduos
merita exponit : « Quos et quam humiles accepisset, compul-
sos in oppida, mulctatos agris, omnibus ereptis copiis, impo-
sito stipendio, obsidibus summa cum contumelia extortis; et
quam in fortunam, quamque in amplitudinem deduxisset, ut
non solum in pristinum statum redissent, sed omnium temporum dignitatem et gratiam antecessisse viderentur. » His
datis mandatis, eos ab se dimisit.

LV. Noviodunum [1] erat oppidum Æduorum, ad ripas Ligeris
opportuno loco positum. Huc Cæsar omnes obsides Galliæ,
frumentum, pecuniam publicam, suorum atque exercitus im-
pedimentorum magnam partem contulerat : huc magnum
numerum equorum, hujus belli causa in Italia atque Hispania

ne ferait que hâter la révolte, il ne crut pas cependant devoir les
retenir, de peur de paraître leur faire violence ou de laisser soupçonner qu'il avait conçu quelque crainte. A leur départ, il leur rappela
brièvement les services qu'il avait rendus aux Éduens, dans quel
état d'abaissement il les avait trouvés : rejetés alors dans leurs villes,
dépouillés de leurs terres, ayant perdu toutes leurs troupes, tributaires, réduits à donner des otages qu'on leur arrachait en les ou-
trageant, dans quel éclat, dans quelle puissance ne les avait-il pas
rétablis ? Non-seulement ils avaient recouvré leur ancienne fortune,
mais ils jouissaient d'une influence, d'une considération bien plus
grandes qu'autrefois. Après leur avoir ainsi parlé, il les congédia

LV  Noviodunum est une ville éduenne, située avantageusement
sur le bord de la Loire. César y avait rassemblé tous les otages de la
Gaule, son blé, le trésor, une grande partie de ses bagages et de
ceux de l'armée : il y avait envoyé beaucoup de chevaux achetés
exprès pour cette guerre en Italie et en Espagne. En y arrivant,

| | |
|---|---|
| admaturari | être hâtée |
| discessu horum, | par le départ de ceux-ci, |
| tamen non censuit | cependant il ne fut-pas-d'avis |
| eos retinendos, | eux devoir être retenus, |
| ne videretur | de peur qu'il ne parût |
| aut inferre injuriam, | ou apporter (faire) une injustice, |
| aut dare | ou donner |
| aliquam suspicionem | quelque soupçon |
| timoris. | de crainte *conçue par lui.* |
| Exponit breviter | Il expose brièvement |
| his discedentibus | à ceux-ci s'éloignant |
| sua merita in Æduos : | ses bienfaits envers les Éduens : |
| « Quos et quam humiles | « Quels et combien humbles |
| accepisset, | il *les* avait reçus, |
| compulsos in oppida, | refoulés dans les villes, |
| mulctatos agris, | privés de *leurs* terres, |
| omnibus copiis ereptis, | toutes *leurs* troupes *leur* ayant été ravies, |
| stipendio imposito, | un tribut *leur* ayant été imposé, |
| obsidibus extortis | des otages *leur* ayant été arrachés |
| cum contumelia summa; | avec un outrage excessif ; |
| et in quam fortunam, | et à quelle fortune, |
| inque quam amplitudinem | et à quelle grandeur |
| deduxisset, | il *les* avait amenés, |
| ut non solum | *de telle sorte* que non-seulement |
| redissent | ils étaient revenus |
| in pristinum statum, | à *leur* ancien état, |
| sed viderentur antecessisse | mais ils paraissaient avoir dépassé |
| dignitatem et gratiam | *leur* dignité et *leur* crédit |
| omnium temporum. » | de tous les temps. » |
| His mandatis datis, | Ces instructions *leur* ayant été données, |
| dimisit eos ab se. | il congédia eux d'auprès de lui. |
| LV. Noviodunum | LV. Noviodunum |
| erat oppidum Æduorum, | était une place des Éduens, |
| positum loco opportuno | située dans un endroit favorable |
| ad ripas Ligeris. | sur les rives de la Loire. |
| Cæsar contulerat huc | César avait réuni là |
| omnes obsides Galliæ, | tous les otages de la Gaule, |
| frumentum, | le blé, |
| pecuniam publicam, | l'argent de-l'État, |
| magnam partem | une grande partie |
| suorum impedimentorum | de ses bagages |
| atque exercitus : | et *de ceux* de l'armée : |
| miserat huc | il avait envoyé là |
| magnum numerum | un grand nombre |
| equorum, | de chevaux, |
| coemptum in Italia | acheté en Italie |
| atque Hispania | et en Espagne |

coemptum, miserat. Eo quum Eporedirix Virdumarusque venissent et de statu civitatis cognovissent, Litavicum Bibracte
ab Æduis receptum, quod est oppidum apud eos maximæ
auctoritatis, Convictolitanem magistratum magnamque partem
senatus ad eum convenisse, legatos ad Vercingetorigem de
pace et amicitia concilianda publice missos : non prætermittendum tantum commodum existimaverunt. Itaque, interfectis
Novioduni custodibus, quique eo negotiandi aut itineris causa
convenerant, pecuniam atque equos inter se partiti sunt;
obsides civitatum Bibracte ad magistratum deducendos cura-
verunt; oppidum, quod ab se teneri non posse judicabant, ne
cui esset usui Romanis. incenderunt; frumenti quod subito
potuerunt navibus avexerunt, reliquum flumine atque incen-

Éporédirix et Virdumare apprennent où en sont les choses dans leur
cité : on avait reçu Litavicus dans Bibracte, ville de la plus grande
influence parmi les Éduens ; le premier magistrat, Convictolitanis,
et la plupart des sénateurs étaient venus vers lui ; on avait envoyé
au nom de la cité des ambassadeurs à Vercingétorix, pour faire un
traité de paix et d'alliance. D'après cela, ils crurent ne pas devoir
négliger une si bonne occasion. Ils égorgent la garnison de Noviodunum, les voyageurs et les marchands qui s'y trouvent, partagent
entre eux l'argent et les chevaux, et font conduire dans Bibracte
auprès du magistrat les otages des cités : puis se jugeant hors d'état
de garder la ville, ils la brûlent pour qu'elle ne serve pas aux Romains, enlèvent sur des bateaux autant de blé que le moment le
permet, et jettent le reste au feu ou dans la rivière. Ensuite, ras-

| | |
|---|---|
| causa hujus belli. | en vue de cette guerre. |
| Quum Eporedirix | Lorsque Éporédirix |
| Virdumarusque | et Virdumare |
| venissent eo | furent arrivés là |
| et cognovissent | et se furent informés |
| de statu civitatis, | de l'état de *leur* cité, |
| Litavicum | Litavicus |
| receptum ab Æduis | *avoir été* reçu par les Éduens |
| Bibracte, | à Bibracte, |
| quod est apud eos | qui est chez eux |
| oppidum | une ville |
| maximæ auctoritatis, | d'une très-grande autorité, |
| magistratum | le magistrat |
| Convictolitanem | Convictolitanis |
| magnamque partem | et une grande partie |
| senatus | du sénat |
| convenisse ad eum, | s'être rassemblés auprès de lui, |
| legatos | des députés |
| missos publice | *avoir été* envoyés au-nom-de-l'État |
| ad Vercingetorigem | à Vercingétorix |
| de concilianda pace | pour former paix |
| et amicitia : | et amitié : |
| existimaverunt | ils pensèrent |
| tantum commodum | un si-grand avantage |
| non prætermittendum. | ne devoir pas être négligé. |
| Itaque, | En-conséquence, |
| custodibus Novioduni | les gardiens de Noviodunum |
| interfectis, | ayant été massacrés, |
| quique convenerant eo | et *ceux* qui s'étaient rassemblés là |
| causa negotiandi | en vue de faire-le-commerce |
| aut itineris, | ou d'un voyage, |
| partiti sunt inter se | ils partagèrent entre eux |
| pecuniam atque equos ; | l'argent et les chevaux ; |
| curaverunt | ils prirent-soin |
| obsides civitatum | des otages des cités |
| deducendos Bibracte | devant être conduits à Bibracte |
| ad magistratum ; | auprès du magistrat ; |
| incenderunt oppidum, | ils incendièrent la ville, |
| quod judicabant | qu'ils estimaient |
| non posse teneri ab se, | ne pouvoir pas être gardée par eux, |
| ne esset cui usui | de peur qu'elle ne fût à (de) quelque utilité |
| Romanis ; | aux Romains ; |
| avexerunt navibus | ils emmenèrent sur des bâtiments |
| frumenti | *la quantité* de blé |
| quod potuerunt subito, | qu'ils purent *emmener* subitement, |
| corruperunt reliquum | *et* gâtèrent le reste |
| flumine atque incendio ; | dans la rivière et par l'incendie ; |

dio corruperunt; ipsi ex finitimis regionibus copias cogere, præsidia custodiasque ad ripas Ligeris disponere equitatumque omnibus locis, injiciendi timoris causa, ostentare cœperunt, si ab re frumentaria Romanos excludere aut adductos inopia ex provincia expellere possent. Quam ad spem multum eos adjuvabat, quod Liger ex nivibus creverat, ut omnino vado non posse transiri videretur.

LVI. Quibus rebus cognitis, Cæsar maturandum sibi censuit, si esset in perficiendis pontibus periclitandum, ut prius quam essent majores eo coactæ copiæ, dimicaret. Nam ut commutato consilio iter in provinciam converteret, id nemo tunc quidem necessario faciendum existimabat, quum quod infamia atque indignitas rei et oppositus mons Cevenna viarumque difficultas impediebat, tum maxime, quod abjuncto Labieno atque iis legionibus [1], quas una miserat, vehementer timebat. Itaque, admodum magnis diurnis atque nocturnis itineribus

semblant des forces dans les contrées voisines, ils placent des postes et des détachements le long de la Loire, et font en tous lieux parade de leur cavalerie, pour répandre la terreur et pour essayer de couper les vivres aux Romains ou de les chasser du pays par la disette : ce qu'ils pouvaient d'autant mieux espérer que la Loire, enflée par les neiges, ne semblait guéable absolument nulle part.

LVI. Instruit de ce qui se passait, César crut devoir faire diligence; s'il fallait essayer de jeter des ponts, il voulait combattre avant que l'ennemi eût réuni de plus grandes forces : car, de changer de plan et de se diriger vers la province, c'est ce que personne ne regardait même alors comme indispensable, soit à cause de la bonte, de l'indignité de cette mesure, à laquelle s'opposaient d'ailleurs les Cévennes et la difficulté des chemins, soit surtout parce que César avait de grandes craintes pour Labiénus, qu'il avait détaché de l'armée avec plusieurs légions. Forçant donc sa marche et

| | |
|---|---|
| ipsi cœperunt | eux-mêmes commencèrent |
| cogere copias | à rassembler des troupes |
| ex regionibus finitimis, | des contrées voisines, |
| disponere præsidia | à disposer des postes |
| custodiasque | et des gardes |
| ad ripas Ligeris, | sur les rives de la Loire, |
| ostentareque equitatum | et à montrer *leur* cavalerie |
| omnibus locis, | dans tous les endroits, |
| causa injiciendi timoris, | en vue de jeter (d'inspirer) la terreur, |
| si possent | *pour voir* s'ils pourraient |
| excludere Romanos | couper les Romains |
| ab re frumentaria, | de *leur* approvisionnement de-blé, |
| aut expellere ex provincia | ou *les* chasser de *leur* province |
| adductos inopia. | déterminés *à fuir* par la disette. |
| Ad quam spem | Pour lequel espoir |
| adjuvabat eos multum, | *ceci* aidait eux beaucoup, |
| quod Liger | que la Loire |
| creverat ex nivibus, | s'était accrue par-suite-des neiges, |
| ut videretur | *tellement* qu'elle paraissait |
| non posse omnino | ne pouvoir pas absolument |
| transiri vado. | être passée à gué. |
| LVI. Quibus rebus cognitis, | LVI. Ces faits ayant été appris, |
| Cæsar censuit | César fut-d'avis |
| maturandum sibi, | diligence devoir-être-faite par lui-même, |
| ut, si periclitandum esset | afin que, s'il fallait courir-des-risques |
| in perficiendis pontibus, | en faisant des ponts, |
| dimicaret | il combattît |
| prius quam majores copiæ | avant que de plus grandes forces |
| coactæ essent. | eussent été réunies. |
| Nam tum quidem | Car alors même |
| nemo existimabat | personne ne pensait |
| id faciendum necessario, | ceci devoir être fait nécessairement, |
| ut consilio commutato | que *son* plan étant changé, |
| converteret iter | il tournât *sa* route |
| in provinciam, | vers la province, |
| quum quod infamia | d'une part parce que la honte |
| atque indignitas rei | et l'indignité de la chose |
| et mons Cevenna oppositus | et le mont Cévenne placé-sur-le-passage |
| difficultasque viarum | et la difficulté des chemins |
| impediebat, | *l'*empêchaient, |
| tum maxime | d'autre-part surtout |
| quod timebat vehementer | parce qu'il craignait fortement |
| Labieno abjuncto | pour Labiénus détaché *de lui* |
| atque iis legionibus | et pour ces (les) légions |
| quas miserat una. | qu'il avait envoyées ensemble (**avec lui**). |
| Itaque, itineribus | En-conséquence, des marches |

confectis, contra omnium opinionem ad Ligerim pervenit, vadoque per equites invento, pro rei necessitate opportuno, ut brachia modo atque humeri ad sustinenda arma liberi ab aqua esse possent, disposito equitatu, qui vim fluminis refringeret, atque hostibus primo adspectu perturbatis, incolumem exercitum transduxit : frumentumque in agris et pecoris copiam nactus, repleto iis rebus exercitu, iter in Senonas facere instituit.

LVII. Dum hæc apud Cæsarem geruntur, Labienus, eo supplemento, quod nuper ex Italia venerat, relicto Agendici, ut esset impedimentis præsidio, cum quatuor legionibus Lutetiam proficiscitur. Id est oppidum Parisiorum, positum in insula fluminis Sequanæ. Cujus adventu ab hostibus cognito, magnæ ex finitimis civitatibus copiæ convenerunt. Summa imperii transditur Camulogeno Aulerco, qui, prope confectus ætate,

de jour et de nuit, il arrive, contre l'attente générale, sur les bords de la Loire, et, la cavalerie ayant découvert un gué passable vu les circonstances où l'on se trouvait (les soldats pouvaient avoir hors de l'eau les épaules et les bras pour soutenir leurs armes), il la dispose de manière à rompre le courant; puis toute l'armée passe sans perte, à la vue des ennemis effrayés de notre premier aspect. César trouva dans les campagnes du blé et du bétail dont il approvisionna largement son armée, et se mit en marche du côté des Sénonais.

LVII. Pendant ces opérations, Labiénus, laissant le dernier renfort arrivé d'Italie dans Agendicum pour garder les bagages, en était parti avec quatre légions pour Lutèce, ville des Parisiens, bâtie dans une île de la Seine. Sur la nouvelle de son approche, de nombreuses troupes étaient accourues des cités voisines. On avait donné le commandement en chef à l'Aulerce Camulogène, qui,

| | |
|---|---|
| admodum magnis | tout à fait grandes |
| diurnis atque nocturnis | de-jour et de-nuit |
| confectis, | ayant été faites, |
| pervenit ad Ligerim | il arriva à la Loire |
| contra opinionem omnium ; | contre l'attente de tous ; |
| vadoque opportuno | et un gué favorable |
| pro necessitate rei | selon la nécessité de la chose |
| invento per equites, | ayant été trouvé par les cavaliers, |
| ut brachia modo | *de telle sorte* que les bras seulement |
| atque humeri | et les épaules |
| possent esse liberi ab aqua | pussent être libres (hors) de l'eau |
| ad sustinenda arma, | pour soutenir les armes, |
| equitatu disposito, | *sa* cavalerie ayant été disposée, |
| qui refringeret | qui brisât (pour briser) |
| vim fluminis, | la force du fleuve, |
| atque hostibus perturbatis | et les ennemis ayant été troublés |
| primo adspectu, | à *notre* premier aspect, |
| transduxit | il fit-passer |
| exercitum incolumem : | *son* armée saine-et-sauve : |
| nactusque | et ayant trouvé |
| frumentum in agris | du blé dans les champs |
| et copiam pecoris, | et abondance de bétail, |
| exercitu | *son* armée |
| repleto | ayant été remplie (approvisionné) |
| iis rebus, | de ces objets, |
| instituit facere iter | il commença à faire route |
| in Senones. | vers les Sénonais. |
| LVII. Dum hæc | LVII. Tandis que ces choses |
| geruntur apud Cæsarem, | se font auprès de César, |
| Labienus, | Labiénus, |
| eo supplemento , | ces recrues , |
| quod venerat nuper | qui étaient venues récemment |
| ex Italia, | d'Italie, |
| relicto Agendici, | ayant été laissées à Agendicum, |
| ut esset præsidio | pour qu'elles fussent à garde (pour garder) |
| impedimentis, | aux (les) bagages, |
| proficiscitur Lutetiam | part pour Lutèce |
| cum quatuor legionibus. | avec quatre légions. |
| Id est oppidum Parisiorum, | C'est une ville des Parisiens, |
| positum in insula | située dans une île |
| fluminis Sequanæ. | du fleuve *de* la Seine. |
| Cujus adventu | L'arrivée de lui |
| cognito ab hostibus, | ayant été apprise par les ennemis, |
| magnæ copiæ convenerunt | de grandes forces se rassemblèrent |
| ex civitatibus finitimis. | des cités voisines. |
| Summa imperii | L'ensemble du commandement |
| transditur Camulogeno, | est remis à Camulogène, |

tamen propter singularem scientiam rei militaris ad eum est
honorem evocatus. Is quum animum advertisset, perpetuam
esse paludem, quæ influeret in Sequanam atque illum omnem
locum magnopere impediret, hic consedit nostrosque transitu
prohibere instituit.

LVIII. Labienus primo vineas agere ¹, cratibus atque aggere
paludem explere atque iter munire conabatur. Postquam id
difficilius confieri animadvertit, silentio e castris tertia vigilia
egressus, eodem, quo venerat, itinere Melodunum ² pervenit.
Id est oppidum Senonum, in insula Sequanæ positum, ut
paulo ante Lutetiam diximus. Deprehensis navibus circiter
quinquaginta celeriterque conjunctis, atque eo militibus im-
positis, et rei novitate perterritis oppidanis, quorum magna
pars erat ad bellum evocata, sine contentione oppido potitur.
Refecto ponte, quem superioribus diebus hostes resciderant,

bien qu'extrêmement âgé, fut appelé à cet honneur à cause de ses
grands talents militaires. Ayant remarqué qu'un marais continu,
qui aboutissait à la Seine, rendait de ce côté les abords difficiles, il
choisit cette position et résolut d'en défendre le passage.

LVIII. Labiénus essaye d'abord de pousser des mantelets et de
se faire un chemin en comblant le marécage de fascines et de claies;
mais, trouvant l'opération trop difficile, il sort de son camp à la troisième veille sans faire de bruit, retourne sur ses pas et vient à Mélodunum, ville des Sénonais, bâtie, comme nous venons de dire qu'était
Lutèce, dans une île de la Seine. Il se saisit d'environ cinquante bateaux, les joint promptement l'un à l'autre, les charge de soldats,
et, profitant de la surprise et de l'effroi des habitants, dont une
grande partie avait été appelée sous les drapeaux, il s'empare de la
ville sans combat; il en rétablit le pont, coupé par les Gaulois les

| | |
|---|---|
| Aulerco, | l'Aulerce, |
| qui, prope confectus ætate, | qui, presque épuisé par l'âge, |
| evocatus est tamen | fut appelé cependant |
| ad eum honorem      [rem | à cet honneur |
| propter scientiam singula- | pour une science unique |
| rei militaris. | de (dans) l'art de-la-guerre. |
| Is, | Celui-ci,                    [(remarqué) |
| quum advertisset animum | comme il avait tourné *son* esprit vers *ceci* |
| paludem perpetuam esse, | un marais continu exister, |
| quæ influeret in Sequanam | qui coulait dans la Seine |
| atque impediret magnopere | et embarrassait grandement |
| omnem illum locum, | tout ce lieu-là, |
| consedit hic | se posta là |
| instituitque | et résolut |
| prohibere nostros transitu. | d'écarter les nôtres du passage. |
| LVIII. Labienus | LVIII. Labiénus |
| conabatur primo | tentait d'abord |
| agere vineas, | de faire-avancer des mantelets, |
| explere paludem | de combler le marais |
| cratibus atque aggere | avec des claies et une chaussée |
| atque munire iter. | et de pratiquer un chemin. |
| Postquam animadvertit | Après qu'il eut remarqué |
| id confieri difficilius, | ceci se faire trop difficilement, |
| egressus e castris silentio | étant sorti du camp en silence |
| tertia vigilia, | à la troisième veille, |
| pervenit Melodunum | il arriva à Mélodunum |
| eodem itinere | par le même chemin |
| quo venerat. | par lequel il était venu. |
| Id est oppidum Senonum, | C'est une ville des Sénonais, |
| positum | située |
| in insula Sequanæ, | dans une île de la Seine, |
| ut diximus paulo ante | comme nous avons dit un peu auparavant |
| Lutetiam. | Lutèce *être située.* |
| Quinquaginta navibus | Cinquante bateaux |
| circiter | environ |
| deprehensis | ayant été saisis |
| conjunctisque celeriter, | et joints-ensemble promptement, |
| atque militibus | et des soldats |
| impositis eo, | ayant été placés là (sur ces bateaux), |
| et oppidanis, | et les habitants-de-la-ville, |
| quorum magna pars | dont une grande partie |
| evocata erat ad bellum, | avait été appelée à la guerre, |
| perterritis novitate rei, | ayant été effrayés par la nouveauté du fait, |
| potitur oppido | il se-rend-maître de la place |
| sine contentione. | sans lutte. |
| Ponte, | Le pont, |
| quem hostes resciderant | que les ennemis avaient coupé |

exercitum transducit et secundo flumine ad Lutetiam iter facere cœpit. Hostes, re cognita ab iis, qui a Meloduno profugerant, Lutetiam incendunt pontesque ejus oppidi rescindi jubent : ipsi profecti a palude, in ripis Sequanæ, e regione Lutetiæ, contra Labieni castra considunt.

LIX. Jam Cæsar a Gergovia discessisse audiebatur ; jam de Æduorum defectione et secundo Galliæ motu rumores afferebantur, Gallique in colloquiis, interclusum itinere et Ligeri Cæsarem, inopia frumenti coactum, in provinciam contendisse confirmabant. Bellovaci[1] autem, defectione Æduorum cognita, qui ante erant per se infideles, manus cogere atque aperte bellum parare cœperunt. Tum Labienus, tanta rerum commutatione, longe aliud sibi capiendum consilium, atque antea senserat, intelligebat : neque jam, ut aliquid acquireret prœ-

jours précédents, y fait passer l'armée et se remet en marche pour Lutèce, en suivant le cours du fleuve. Instruits de cette circonstance par ceux qui s'étaient enfuis de Mélodunum, les ennemis brûlent Lutèce, ordonnent de rompre les ponts de la ville, s'éloignent du marais et campent sur l'autre bord de la Seine, en face de la ville.

LIX. Déjà l'on disait que César avait levé le siége de Gergovie déjà l'on recevait des nouvelles du soulèvement des Éduens et des succès des révoltés de la Gaule ; et, dans les pourparlers, les barbares assuraient que César, n'ayant pu ni forcer les passages ni traverser la Loire, avait été réduit par la disette à prendre la route de la province. En outre, les Bellovaques, dès longtemps rebelles dans le cœur, avaient, sur la nouvelle de la défection des Éduens, commencé à lever des troupes et se préparaient ouvertement à la guerre. La face des choses ayant changé à ce point, Labiénus sentait qu'il lui fallait entièrement modifier son plan : il ne pensait plus à attaquer

| | |
|---|---|
| diebus superioribus, | les jours précédents, |
| refecto, | ayant été rétabli, |
| transducit exercitum, | il fait-passer *son* armée. |
| et secundo flumine | et en suivant le fleuve |
| cœpit facere iter | commence à faire route |
| ad Lutetiam. | vers Lutèce. |
| Hostes, | Les ennemis, |
| re cognita ab iis, | le fait ayant été appris de ceux-là, |
| qui profugerant | qui s'étaient sauvés |
| a Meloduno, | de Mélodunum, |
| incendunt Lutetiam | incendient Lutèce |
| jubentque | et ordonnent |
| pontes ejus oppidi | les ponts de cette place |
| rescindi : | être coupés : [du marais, |
| ipsi, profecti a palude, | eux-mêmes, étant partis (s'étant éloignés |
| considunt | se postent |
| in ripis Sequanæ, | sur les rives de la Seine, |
| e regione Lutetiæ, | en face de Lutèce, |
| contra castra Labieni. | vis-à-vis le camp de Labiénus. |
| LIX. Jam | LIX. Déjà [César) |
| Cæsar audiebatur | César était entendu (on entendait dire que |
| discessisse | s'être (s'était) éloigné |
| a Gergovia ; | de Gergovie ; |
| jam rumores afferebantur | déjà des bruits étaient apportés |
| de defectione Æduorum | au-sujet-de la défection des Éduens |
| et motu secundo Galliæ, | et du mouvement heureux de la Gaule, |
| Gallique confirmabant | et les Gaulois affirmaient |
| in colloquiis | dans les conférences |
| Cæsarem | César |
| interclusum itinere | coupé de *sa* route |
| et Ligeri, | et de la Loire, |
| coactum inopia frumenti, | contraint par le manque de blé, |
| contendisse in provinciam. | s'être dirigé vers la province. |
| Bellovaci autem, | D'autre-part les Bellovaques, |
| qui ante | qui auparavant |
| erant infideles per se, | étaient rebelles par eux-mêmes, |
| defectione Æduorum | la défection des Éduens |
| cognita, | étant apprise, |
| cœperunt cogere manus | commencèrent à rassembler des troupes |
| atque parare bellum aperte. | et à préparer la guerre ouvertement. |
| Tum Labienus, | Alors Labiénus, |
| commutatione rerum | · le changement des choses |
| tanta, | *étant* si-grand, |
| intelligebat | comprenait |
| consilium longe aliud | un plan de loin (tout) autre |
| atque senserat antea | qu'il *n*'avait pensé auparavant |
| capiendum sibi : | devoir être pris par lui-même : |

lioque hostes lacesseret, sed ut incolumem exercitum Agendicum reduceret, cogitabat. Namque altera ex parte Bellovaci,
quæ civitas in Gallia maximam habet opinionem virtutis,
instabant; alteram Camulogenus parato atque instructo exercitu tenebat : tum legiones, a præsidio atque impedimentis
interclusas, maximum flumen distinebat. Tantis subito difficultatibus objectis, ab animi virtute auxilium petendum
videbat.

LX. Itaque sub vesperum concilio convocato, cohortatus,
ut ea, quæ imperasset, diligenter industrieque administrarent,
naves, quas a Meloduno deduxerat, singulas equitibus Romanis attribuit, et, prima confecta vigilia, quatuor millia passuum ' secundo flumine silentio progredi ibique se exspectari
jubet. Quinque cohortes, quas minime firmas ad dimicandum

et à faire des progrès, mais à ramener l'armée saine et sauve dans
Agendicum. Car il se voyait serré d'un côté par les Bellovaques, le
peuple de la Gaule le plus renommé pour la bravoure; en face il
avait Camulogène avec une armée toute prête et bien en ordre;
enfin, un très-large fleuve séparait les légions de leur place d'armes
et de leurs bagages. Contre des obstacles si grands et si subits, il
ne voyait d'autre ressource que dans l'énergie.

LIX. Ayant donc sur le soir assemblé le conseil, il exhorte les
officiers à exécuter ses ordres avec exactitude et activité, et donne
les barques qu'il avait ramenées de Mélodunum à autant de chevaliers romains, qu'il charge de descendre en silence le fleuve dès la fin
de la première veille, et d'aller l'attendre à quatre milles. Il laisse à
la garde du camp les cinq cohortes sur lesquelles il croit pouvoir le

| | |
|---|---|
| neque cogitabat jam | et il ne songeait plus |
| ut acquireret aliquid | à ce qu'il gagnât quelque chose |
| lacesseretque hostes prœlio, | et harcelât les ennemis par le combat, |
| sed ut reduceret | mais à ce qu'il ramenât |
| Agendicum | à Agendicum |
| exercitum incolumem. | *son* armée saine-et-sauve. |
| Namque ex altera parte | Car d'un côté |
| Bellovaci, | les Bellovaques, |
| quæ civitas habet in Gallia | laquelle cité a dans la Gaule |
| maximam opinionem | une très-grande réputation |
| virtutis, | de valeur, |
| instabant ; | *le* pressaient ; |
| Camulogenus | Camulogène |
| tenebat alteram | occupait l'autre *côté* |
| exercitu parato | avec une armée préparée |
| atque instructo : | et rangée ; |
| tum maximum flumen | puis un très-grand fleuve |
| distinebat legiones, | tenait-éloignées les légions, |
| interclusas a præsidio | coupées de *leur* poste |
| atque impedimentis. | et de *leurs* bagages. |
| Tantis difficultatibus | De si-grandes difficultés |
| objectis subito, | se présentant tout à coup, |
| videbat auxilium petendum | il voyait le secours devoir être **demandé** |
| a virtute animi. | à l'énergie du cœur. |
| LX. Itaque | LX. En-conséquence |
| concilio convocato | le conseil ayant été convoqué |
| sub vesperum, | vers le soir, |
| cohortatus, | *les* ayant exhortés, |
| ut administrarent | pour qu'ils exécutassent |
| diligenter industrieque | avec-zèle et avec-activité |
| ea quæ imperasset, | ce qu'il aurait commandé, |
| attribuit | il donne |
| equitibus Romanis | à *chacun des* chevaliers romains |
| singulas naves | un-des vaisseaux |
| quas deduxerat | qu'il avait amenés |
| a Meloduno, | de Mélodunum, |
| et, prima vigilia | et, la première veille |
| confecta, | étant achevée, |
| jubet | il *leur* ordonne |
| progredi silentio | de s'avancer en silence |
| quatuor millia passuum | de quatre milliers de pas |
| secundo flumine | en-suivant le fleuve |
| seque exspectari ibi. | et *ordonne* lui-même être attendu là. |
| Relinquit | Il laisse |
| præsidio castris | à garde au (pour garder le) **camp** |
| quinque cohortes, | cinq cohortes, |
| quas existimabat | qu'il estimait |

esse existimabat, castris præsidio relinquit : quinque ejusdem legionis reliquas de media nocte cum omnibus impedimentis adverso flumine magno tumultu proficisci imperat. Conquirit etiam lintres : has, magno sonitu remorum incitatas, in eamdem partem mittit. Ipse post paulo, silentio egressus, cum tribus legionibus eum locum petit, quo naves appelli jusserat.

LXI. Eo quum esset ventum, exploratores hostium, ut omni fluminis parte erant dispositi, inopinantes, quod magna subito erat coorta tempestas, ab nostris opprimuntur : exercitus equitatusque, equitibus Romanis administrantibus, quos ei negotio præfecerat, celeriter transmittitur. Uno fere tempore sub lucem hostibus nuntiatur, in castris Romanorum præter consuetudinem tumultuari[1] et magnum ire agmen adverso flumine, sonitumque remorum in eadem parte exaudiri et paulo infra milites navibus transportari. Quibus rebus auditis, quod existimabant tribus locis transire legiones, atque

moins compter dans une action, et donne ordre aux cinq autres de la même légion de partir au milieu de la nuit avec tous les bagages et de remonter le fleuve en grand tumulte. Il fait encore chercher des bateaux, qu'il envoie dans la même direction, enjoignant de battre fortement l'eau avec les rames. Lui-même il sort peu après du camp en silence, et gagne avec trois légions le point où les barques devaient aborder.

LXI Comme il s'était élevé tout à coup un violent orage, on surprit en arrivant les éclaireurs de l'ennemi, qui en avait sur tous les points du fleuve, et l'infanterie le passa promptement ainsi que la cavalerie, par les soins de chevaliers romains que Labiénus avait chargés de cette opération. Vers le point du jour, on annonce presque à la fois aux ennemis qu'il règne dans le camp romain un tumulte extraordinaire, qu'un corps considérable remonte le fleuve, et que, plus bas, des bateaux transportent des soldats. A cette nouvelle, persuadés que l'armée le passe sur trois points et que, con-

| | |
|---|---|
| esse minime firmas | être le moins solides |
| ad dimicandum : | pour combattre : |
| imperat quinque reliquas | il commande les cinq qui-restaient |
| ejusdem legionis | de la même légion |
| proficisci de media nocte | partir au milieu-de la nuit |
| cum omnibus impedimentis | avec tous les bagages |
| adverso flumine | en-remontant le fleuve |
| magno tumultu. | avec un grand tumulte. |
| Conquirit etiam lintres : | Il cherche encore des barques : |
| mittit in eamdem partem | il envoie du même côté |
| has, incitatas | celles-ci, poussées |
| magno sonitu remorum. | avec un grand bruit de rames. |
| Ipse paulo post, | Lui-même peu après, |
| egressus silentio, | étant sorti en silence, |
| petit cum tribus legionibus | gagne avec trois légions |
| eum locum, | cet endroit, |
| quo jusserat | où il avait ordonné |
| naves appelli.          [eo, | les bateaux aborder. |
| LXI. Quum ventum esset | LXI. Comme on était arrivé là, |
| exploratores hostium, | les éclaireurs des ennemis, |
| ut dispositi erant | comme ils avaient ete disposés |
| omni parte fluminis, | sur tout point (tous les points) du fleuve, |
| inopinantes, | ne-s'y-attendant-pas, |
| quod magna tempestas | parce qu'un grand orage |
| coorta erat subito, | s'était élevé tout à coup, |
| opprimuntur ab nostris : | sont surpris par les nôtres |
| exercitus equitatusque, | l'armée et la cavalerie, |
| equitibus Romanis, | les chevaliers romains, |
| quos præfecerat | qu'il avait mis-à-la-tête |
| ei negotio, | de cette opération, |
| administrantibus, | dirigeant *tout*,          [tement. |
| transmittitur celeriter. | sont transportées-de-l'autre-côté promp- |
| Sub lucem | Vers le jour |
| nuntiatur hostibus | il est annoncé aux ennemis |
| fere uno tempore, | presque en-un-seul moment, |
| tumultuari | du-tumulte-se-produire |
| præter consuetudinem | contre l'habitude |
| in castris Romanorum | dans le camp des Romains |
| et magnum agmen ire | et une grande troupe s'avancer |
| adverso flumine, | en-remontant le fleuve, |
| sonitumque remorum | et le bruit des rames |
| audiri in eadem parte | être entendu du même côté |
| et paulo infra | et un peu au-dessous |
| milites transportari | des soldats être transportés |
| navibus. | dans des bateaux. |
| Quibus rebus auditis, | Ces choses ayant été apprises, |
| quod existimabant | parce qu'ils pensaient |

omnes, perturbatos defectione Æduorum, fugam parare, suas quoque copias in tres partes distribuerunt. Nam, et præsidio e regione castrorum relicto, et parva manu Metiosedum' versus missa, quæ tantum progrederetur, quantum naves processissent, reliquas copias contra Labienum duxerunt

LXII. Prima luce et nostri omnes erant transportati, et hostium acies cernebatur. Labienus, milites cohortatus, « Ut suæ pristinæ virtutis et tot secundissimorum prœliorum memoriam retinerent, atque ipsum Cæsarem, cujus ductu sæpenumero hostes superassent, præsentem adesse existimarent, » dat signum prœlii. Primo concursu ab dextro cornu, ubi septima legio constiterat, hostes pelluntur atque in fugam conjiciuntur : ab sinistro, quem locum duodecima legio tenebat, quum primi ordines hostium transfixi pilis concidissent

sternée de la révolte des Éduens, elle se dispose à fuir, les Gaulois se forment aussi en trois corps, laissent un poste en face de notre camp, envoient vers Métiosédum une troupe peu considérable, qui devait régler sa marche sur celle des bateaux, et conduisent le reste de leurs forces contre Labiénus.

LXII. Au point du jour, nos légions étaient au delà du fleuve et l'on découvrit les ennemis en bataille. Labiénus exhorte les soldats « A se souvenir de leur ancienne valeur, à se rappeler tant de brillants combats, à se figurer qu'ils sont en présence de César lui-même, qui les a souvent guidés à la victoire, » et donne le signal du combat. Du premier choc, à l'aile droite, où se trouvait la septième légion, les ennemis sont repoussés et mis en fuite : mais, à la gauche, où se trouvait la douzième légion, quoique les premiers rangs des barbares fussent tombés sous ses javelots, le reste opposait une vive

| | |
|---|---|
| legiones transire | les légions passer *le fleuve* |
| tribus locis, | en trois endroits, |
| atque omnes, | et tous, |
| perturbatos | troublés |
| defectione Æduorum, | par la défection des Éduens, |
| parare fugam, | préparer *leur* fuite, |
| distribuerunt quoque | ils divisèrent aussi |
| suas copias | leurs troupes |
| in tres partes. | en trois parties. |
| Nam, et præsidio relicto | Car, et un poste ayant été laissé |
| e regione castrorum, | en face du camp, |
| et parva manu missa | et une petite troupe ayant été envoyé |
| versus Metiosedum, | vers Métiosédum, |
| quæ progrederetur tantum | qui devait s'avancer autant |
| quantum naves | que les bateaux |
| processissent, | se seraient avancés, |
| duxeruntcontra Labiennm | ils menèrent contre Labiénus |
| reliquas copias. | le reste-des troupes. |
| LXII. Prima luce | LXII. Au point-du jour |
| si omnes nostri | et tous les nôtres |
| transportati erant, | avaient été transportés, |
| et acies hostium | et la ligne-de-bataille des ennemis |
| cernebatur. | était vue. |
| Labienus, | Labiénus, |
| cohortatus milites, | ayant exhorté les soldats, |
| « Ut retinerent memoriam | « Pour qu'ils gardassent le souvenir |
| suæ pristinæ virtutis | de leur ancienne valeur |
| et tot prœliorum | et de tant de combats |
| secundissimorum, | très-heureux, |
| atque existimarent | et pensassent |
| Cæsarem ipsum, | César lui-même, |
| ductu cujus | sous la conduite duquel |
| superassent hostes | ils avaient vaincu les ennemis |
| sæpenumero, | souvent, |
| adesse præsentem, » | être-là présent, » |
| dat signum prœlii. | donne le signal du combat. |
| Primo concursu | Du premier choc |
| ab cornu dextro, | à l'aile droite, |
| ubi septima legio | où la septième légion |
| constiterat, | avait pris-place, |
| hostes pelluntur      [gam : | les ennemis sont repoussés |
| atque conjiciuntur in fu- | et sont jetés (mis) en fuite : |
| ab sinistro, | à l'*aile* gauche, |
| quem locum | laquelle place |
| duodecima legio tenebat, | la douzième légion occupait, |
| quum primi ordines | bien que les premiers rangs |
| hostium | des ennemis |

tamen acerrime reliqui resistebant, nec dabat suspicionem
fugæ quisquam. Ipse dux hostium Camulogenus suis aderat
atque eos cohortabatur. At, incerto etiam nunc exitu victoriæ,
quum septimæ legionis tribunis esset nuntiatum, quæ in sinistro cornu gererentur, post tergum hostium legionem ostenderunt signaque intulerunt. Ne eo quidem tempore quisquam
loco cessit, sed circumventi omnes interfectique sunt. Eamdem fortunam tulit Camulogenus. At iis, qui præsidio contra
castra Labieni erant relicti, quum prœlium commissum
audissent, subsidio suis ierunt, collemque ceperunt, neque
nostrorum militum victorum impetum sustinere potuerunt.
Sic, cum suis fugientibus permixti, quos non silvæ montesque
texerunt, ab equitatu sunt interfecti. Hoc negotio confecto,
Labienus revertitur Agendicum, ubi impedimenta totius exer-

résistance, et nul ne paraissait penser à la fuite. Leur général, Camulogène, y était de sa personne et les encourageait. L'issue du combat était
encore incertaine, lorsque les tribuns de la septième légion, informés de ce qui se passait à l'aile gauche, parurent sur les derrières
de l'ennemi qu'ils chargèrent. En ce moment même, aucun ne lâcha
pied ; ils furent enveloppés et massacrés tous : Camulogène parta-
gea leur sort. Cependant ceux qu'on avait laissés en face du camp
de Labiénus, apprenant que le combat était engagé, vinrent au secours des leurs et se postèrent sur une colline : mais ils ne purent
soutenir le choc de nos soldats victorieux. Aussi, mêlés aux fuyards,
ceux d'entre eux qui ne trouvèrent pas un asile dans les bois et sur
les hauteurs furent exterminés par la cavalerie. Après cette action,

transfixi pilis — transpercés de javelots
concidissent, — fussent tombés,
tamen reliqui — cependant les autres
resistebant acerrime, — résistaient très-vivement,
nec quisquam — et personne          (l'idée)
dabat suspicionem — ne donnait le soupçon (ne paraissait avoir
fugæ. — de la fuite.
Dux hostium ipse, — Le chef des ennemis lui-même,
Camulogenus, — Camulogène,
aderat suis — était-auprès des siens
atque cohortabatur eos. — et exhortait eux.
At, exitu victoriæ — Mais, l'issue de la victoire
incerto etiam nunc, — *étant* incertaine encore alors,
quum nuntiatum esset — après qu'il eut été annoncé
tribunis septimæ legionis, — aux tribuns de la septième légion,
quæ gererentur — quelles choses se passaient
in cornu sinistro, — à l'aile gauche,
ostenderunt legionem — il montrèrent *leur* légion
post tergum hostium — derrière le dos des ennemis
intuleruntque signa. — et portèrent-en-avant les enseignes.
Ne eo quidem tempore — Pas même à ce moment-là
quisquam cessit loco, — personne ne se retira de *son* poste,
sed omnes — mais tous
circumventi sunt — furent enveloppés
interfectique. — et massacrés.
Camulogenus — Camulogène
tulit eamdem fortunam. — supporta la même fortune.
At ii qui relicti erant — Mais ceux qui avaient été laissé
præsidio — à (pour former un) poste
contra castra Labieni, — vis-à-vis du camp de Labiénus,
quum audissent — lorsqu'ils eurent entendu *dire*
prœlium commissum, — le combat *avoir été* engagé,          [leurs,
ierunt subsidio suis, — allèrent à secours aux (au secours des)
ceperuntque collem, — et prirent (occupèrent) une colline,
neque potuerunt — et ne purent pas
sustinere impetum — soutenir l'élan
nostrorum militum — de nos soldats
victorum. — victorieux.
Sic, permixti — Ainsi, mêlés
cum suis fugientibus, — avec les leurs qui fuyaient,
quos non texerunt — *ceux* que ne cachèrent pas
silvæ montesque — les forêts et les montagnes
interfecti sunt ab equitatu. — furent massacrés par la cavalerie.
Hoc negotio confecto, — Cette affaire étant achevée,
Labienus — Labiénus
revertitur Agendicum, — retourne à Agendicum,
ubi impedimenta — où les bagages

citus relicta erant : inde cum omnibus copiis ad Cæsarem pervenit.

LXIII. Defectione Æduorum cognita, bellum augetur. Legationes in omnes partes circummittuntur : quantum gratia, auctoritate, pecunia valent, ad sollicitandas civitates nituntur. Nacti obsides, quos Cæsar apud eos deposuerat, horum supplicio dubitantes territant. Petunt a Vercingetorige Ædui, ad se veniat rationesque belli gerendi communicet. Re impetrata, contendunt ut ipsis summa imperii transdatur; et. re in controversiam deducta, totius Galliæ concilium Bibracte indicitur. Eodem conveniunt undique frequentes. Multitudinis suffragiis res permittitur : ad unum omnes Vercingetorigem probant imperatorem. Ab hoc concilio Remi, Lingones, Treviri ' afuerunt : illi, quod amicitiam Romanorum sequebantur ; Treviri,

Labiénus retourne à Agendicum, où il avait laissé les bagages de toute l'armée, et de là rejoint César avec toutes ses troupes.

LXIII. Quand la défection des Éduens fut connue, la guerre devint plus vive. Des députations sont envoyées de toutes parts : tout ce que les Éduens ont de puissance, de crédit et d'argent, ils l'emploient à gagner d'autres cités. Maîtres des otages déposés chez eux par César, ils intimident, en menaçant de les faire périr, les peuples qui hésitent. Ils prient Vercingétorix de venir les trouver et s'entendre avec eux sur les opérations de la guerre. Vercingétorix y ayant consenti, ils demandent qu'on leur remette le commandement en chef; et, comme on n'est pas d'accord sur ce point, on convoque à Bibracte une assemblée générale de la Gaule. L'affluence y fut immense ; la décision fut remise à la majorité des suffrages : tous sans exception acceptèrent Vercingétorix pour chef. Ni les Rémois, ni les Lingons, ni les Trévires ne parurent à cette assemblée : les premiers, parce qu'ils restaient attachés aux Romains : les Tré-

| | |
|---|---|
| totius exercitus | de toute l'armée |
| relicta erant : | avaient été laissés : |
| inde cum omnibus copiis | de là avec toutes *ses* troupes |
| pervenit ad Cæsarem. | il arrive auprès de César. |
| LXIII. Defectione | LXIII. La défection |
| Æduorum | des Éduens |
| cognita, | ayant été apprise, |
| bellum augetur. | la guerre s'augmente. |
| Legationes | Des députations |
| circummittuntur | sont envoyées-à-la-ronde |
| in omnes partes : | de tous les côtés : |
| nituntur | ils s'efforcent |
| quantum valent | *autant* qu'ils ont-de-pouvoir |
| gratia, auctoritate, | par le crédit, l'autorité, |
| pecunia, | l'argent, |
| ad sollicitandas civitates. | pour solliciter les cités. |
| Nacti obsides, | Possédant les otages, |
| quos Cæsar | que César |
| deposuerat apud eos, | avait déposés chez eux, |
| territant supplicio horum | ils effrayent par le supplice de ceux-ci |
| dubitantes. | ceux qui hésitent. |
| Ædui | Les Éduens |
| petunt a Vercingetorige | demandent à Vercingétorix |
| veniat ad se | qu'il vienne auprès d'eux |
| communicetque rationes | et arrête-en-commun les moyens |
| gerendi belli. | de faire la guerre. |
| Re impetrata, | *Ce* point obtenu, |
| contendunt | ils réclament |
| ut summa imperii | que l'ensemble du commandement |
| transdatur ipsis; | soit remis à eux-mêmes ; |
| et, re deducta | et, l'affaire ayant été amenée |
| in controversiam, | à un débat, |
| concilium totius Galliæ | une assemblée de toute la Gaule |
| indicitur Bibracte. | est fixée à Bibracte. |
| Conveniunt eodem undique | Ils affluent là-même de-tous-côtés |
| frequentes. | nombreux. |
| Res permittitur | L'affaire est remise |
| suffragiis multitudinis : | aux suffrages de la multitude : |
| omnes ad unum | tous jusqu'à un-seul (jusqu'au dernier) |
| probant Vercingetorigem | approuvent Vercingétorix |
| imperatorem. | *être* général. |
| Remi, Lingones, Treveri, | Les Rémois, les Lingons, les Trévires, |
| afuerunt ab hoc concilio : | furent-absents de cette assemblée : |
| illi, quod sequebantur | ceux-là, parce qu'ils suivaient (s'atta- |
| amicitiam Romanorum; | l'amitié des Romains ;     [chaient à) |
| Treviri, | les Trévires, |
| quod aberant longius | parce qu'ils étaient trop loin |

quod aberant longius et ab Germanis premebantur : quæ fuit
causa quare toto abessent bello et neutris auxilia mitterent.
Magno dolore Ædui ferunt se dejectos principatu ; queruntur
fortunæ commutationem et Cæsaris in se indulgentiam requi-
runt ; neque tamen, suscepto bello, suum consilium ab reliquis
separare audent. Inviti, summæ spei adolescentes, Eporedirix
et Virdumarus, Vercingetorigi parent.

LXIV. Ille imperat reliquis civitatibus obsides : denique ei
rei constituit diem : huc omnes equites, quindecim millia
numero, celeriter convenire jubet : peditatu, quem ante ha-
buerit, se fore contentum dicit, neque fortunam tentaturum,
aut in acie dimicaturum, sed, quoniam abundet equitatu, per-
facile esse factu, frumentationibus pabulationibusque Romanos
prohibere : æquo modo animo sua ipsi frumenta corrumpant

vires, parce qu'ils étaient trop éloignés et que les Germains les
inquiétaient : de là vint qu'ils ne prirent aucune part à la guerre
et n'envoyèrent de secours à aucun des partis. Les Éduens sont dé-
solés d'être déchus du commandement ; ils se plaignent de ce changement de fortune ; ils regrettent les bontés de César. Cependant,
après avoir entrepris la guerre, ils n'osent séparer leur cause de
celle des autres cités. Éporédirix et Virdumare, jeunes gens de la
plus haute espérance, obéissent à regret à Vercingétorix.

LXIV. Celui-ci demande des otages aux divers peuples et fixe le
jour où on devra les lui livrer ; il ordonne que toute la cavalerie,
au nombre de quinze mille hommes, se réunisse sans retard au même
endroit. Il dit qu'il se contentera de ce qu'il a eu jusque-là d'infanterie : il ne veut rien hasarder ; il ne livrera point de bataille. Mais,
avec une cavalerie nombreuse, il lui sera très-facile d'empêcher les
Romains de se procurer des vivres et du fourrage, pourvu que les Gaulois se résignent à détruire eux-mêmes leurs blés et à brûler leurs ha-

| | |
|---|---|
| et premebantur | et étaient pressés |
| ab Germanis : | par les Germains : |
| quæ fuit causa | ce qui fut cause |
| quare abessent | qu'ils se tinrent-loin |
| toto bello | de toute la guerre |
| et mitterent auxilia | et *n*'envoyèrent des secours |
| neutris. | ni-aux-uns-ni-aux-autres. |
| Ædui | Les Éduens |
| ferunt magno dolore | supportent avec un grand ressentiment |
| se dejectos | eux-mêmes *avoir été* renversés |
| principatu ; | du premier-rang ; |
| queruntur | ils se plaignent |
| commutationem fortunæ | du changement de *leur* fortune |
| et requirunt | et regrettent |
| indulgentiam Cæsaris | la bienveillance de César |
| in se ; | envers eux ; |
| neque tamen, | et pourtant, |
| bello suscepto, | la guerre ayant été entreprise, |
| audent separare | ils n'osent pas séparer |
| suum consilium | leur résolution |
| ab reliquis. | des autres. [rance, |
| Adolescentes summæ spei, | *Ces* jeunes-gens de la plus haute espé- |
| Eporedirix et Virdumarus, | Éporédirix et Virdumare, |
| inviti, | malgré-eux, |
| parent Vercingetorigi. | obéissent à Vercingétorix. |
| LXIV. Ille | LXIV. Celui-ci |
| imperat obsides | commande des otages |
| reliquis civitatibus : | au reste-des cités : |
| denique constituit diem | enfin il fixe un jour |
| ei rei : | pour cet objet : |
| jubet omnes equites, | il ordonne tous les cavaliers, |
| quindecim millia numero, | quinze mille en nombre, [fixé) : |
| convenire celeriter huc : | se rassembler promptement là ( au lieu |
| dicit se fore contentum | il dit lui-même devoir être content |
| peditatu | de l'infanterie |
| quem habuerit ante, | qu'il avait eue auparavant, |
| neque tentaturum | et ne pas devoir tenter |
| fortunam, | la fortune, |
| aut dimicaturum | ou devoir combattre |
| in acie ; | en bataille-rangée ; |
| sed, quoniam abundet | mais, puisqu'il abonde |
| equitatu, | en cavalerie, [faite, |
| esse perfacile factu, | que c'était une chose très-facile à être |
| prohibere Romanos | d'exclure les Romains |
| frumentationibus | de la coupe-du blé |
| pabulationibusque : | et de la coupe-du-fourrage : [égale |
| ipsi modo animo æquo | qu'eux-mêmes seulement d'une âme |

ædificiaque incendant, qua rei familiaris jactura perpetuum imperium libertatemque se consequi videant. His constitutis rebus, Æduis Segusianisque[1], qui sunt finitimi provinciæ, decem millia peditum imperat : huc addit equites octingentos. His præficit fratrem Eporedirigis, bellumque inferre Allobrogibus jubet. Altera ex parte Gabalos proximosque pagos Arvernorum in Helvios, item Ruthenos Cadurcosque ad fines Volcarum Arecomicorum depopulandos mittit. Nihilominus clandestinis nuntiis legationibusque Allobrogas sollicitat, quorum mentes nondum ab superiore bello[2] resedisse sperabat. Horum principibus pecunias, civitati autem imperium totius provinciæ pollicetur.

LXV. Ad hos omnes casus provisa erant præsidia cohortium duarum et viginti, quæ ex ipsa coacta provincia ab L. Cæsare[3]

bitations; pertes domestiques qui, comme ils le voient, assureront à jamais leur puissance et leur liberté. Ces points réglés, il demande aux Éduens et aux Ségusiens, qui touchent à notre province, dix mille hommes d'infanterie; il y ajoute huits cents cavaliers, et donne le commandement de ce corps au frère d'Éporédirix, avec l'ordre de porter la guerre chez les Allobroges. Il fait attaquer les Helviens par les Gabales et par les Arvernes limitrophes, et charge les Ruthènes et les Cadurces de ravager les terres des Volces Arécomices. Cependant, par des messages et des députations secrètes, il cherche à gagner les Allobroges, dont il se flatte que les esprits ne sont pas encore bien calmés depuis la guerre précédente. Il promet de l'argent aux chefs et à la cité l'autorité sur toute la province.

LXV. Pour parer à tout cela, on ne pouvait compter que sur vingt-deux cohortes levées dans la province même, avec lesquelles

| | |
|---|---|
| corrumpant sua frumenta | gâtent leurs blés |
| incendantque ædificia, | et incendient *leurs* habitations, |
| qua jactura | par laquelle perte |
| rei familiaris | de *leur* fortune de-famille |
| videant se consequi | ils voyaient eux-mêmes obtenir |
| imperium libertatemque. | l'empire et la liberté. |
| His rebus constitutis, | Ces choses ayant été réglées, |
| imperat | il commande |
| decem millia peditum | dix milliers de fantassins |
| Æduis Segusianisque, | aux Éduens et aux Ségusiens, |
| qui sunt finitimi | qui sont voisins |
| provinciæ : | de la province : |
| addit huc | il ajoute là (à-cela) |
| octingentos equites. | huit-cents cavaliers. |
| Præficit his | Il met-à-la-tête de ceux-ci |
| fratrem Eporedirigis, | le frère d'Éporédirix, |
| jubetque inferre bellum | et *lui* ordonne de porter la guerre |
| Allobrogibus. | aux Allobroges. |
| Ex altera parte | De l'autre côté |
| mittit Gabalos | il envoie les Gabales |
| pagosque proximos | et les bourgades les plus proches |
| Arvernorum | des Arvernes |
| in Helvios, | contre les Helviens, |
| item Ruthenos | *et* de même les Ruthènes |
| Cadurcosque | et les Cadurces |
| ad depopulandos fines | pour dévaster le territoire |
| Volcarum Arecomicorum. | des Volces Arécomices. |
| Nihilominus sollicitat | Néanmoins il sollicite |
| nuntiis clandestinis | par des messages secrets |
| legationibusque | et par des ambassades |
| Allobrogas, | les Allobroges, |
| quorum sperabat mentes | dont il espérait les esprits |
| nondum resedisse | ne s'être pas encore rassis |
| ab bello superiore. | de la guerre précédente. |
| Pollicetur pecunias | Il promet des sommes-d'argent |
| principibus horum, | aux principaux de ceux-ci, |
| civitati autem | mais à la cité |
| imperium | l'empire |
| totius provinciæ. [sus | de toute la province. |
| LXV. Ad omnes hos ca- | LXV. Contre toutes ces chances |
| provisa erant | avaient été préparés |
| præsidia [tium, | les appuis |
| duarum et viginti cohor- | de deux et vingt (vingt-deux) cohortes, |
| quæ coacta | qui rassemblés |
| ex provincia ipsa | de la province même |
| ab legato L. Cæsare | par le lieutenant L. César |
| opponebantur | étaient mis-en-avant |

legato ad omnes partes opponebantur. Helvii, sua sponte cum finitimis prœlio congressi, peiluntur, et, C. Valerio Donotauro, Caburi filio, principe civitatis, compluribusque aliis interfectis, intra oppida murosque compelluntur. Allobroges, crebris ad Rhodanum dispositis præsidiis, magna cum cura et diligentia suos tuentur. Cæsar, quod hostes equitatu superiores esse intelligebat, et, interclusis omnibus itineribus, nulla re ex provincia atque Italia sublevari poterat, trans Rhenum in Germaniam mittit ad eas civitates, quas superioribus annis pacaverat, equitesque ab his arcessit et levis armaturæ pedites, qui inter eos prœliari consueverant [1]. Eorum adventu, quod minus idoneis equis utebantur, a tribunis militum reliquisque, sed et equitibus Romanis atque evocatis, equos sumit, Germanisque distribuit.

LXVI. Interea, dum hæc geruntur, hostium copiæ ex Ar-

---

le lieutenant L. César faisait face de tous côtés. Les Helviens, qui d'eux-mêmes en vinrent aux mains avec les peuples voisins, furent battus et rejetés dans leurs villes et dans leurs forts, après avoir perdu beaucoup de monde et le chef de leur cité, C. Valérius Donotaurus, fils de Caburus. Les Allobroges, ayant placé de nombreux détachements le long du Rhône, défendirent leurs frontières avec beaucoup de soin et de vigilance. César, voyant que les ennemis étaient supérieurs en cavalerie et que, maîtres de tous les chemins, ils l'empêchaient de tirer des secours de l'Italie et de la province, envoya dans les cités germaines d'au delà du Rhin, qu'il avait soumises l'été précédent, et en tira de la cavalerie et de cette infanterie légère, habituée à combattre entre les chevaux. A leur arrivée, comme leurs chevaux étaient peu propres au service, il prit ceux des tribuns des soldats et des autres officiers, même ceux des chevaliers romains et de la cavalerie *évoquée*, et les distribua aux Germains.

LXVI. Cependant toutes les forces des Arvernes se rassemblent

| | |
|---|---|
| ad omnes partes. | de tous les côtés. |
| Helvii, | Les Helviens, [bat |
| congressi prœlio | en-étant-venus-aux-mains dans un com- |
| cum finitimis | avec *leurs* voisins |
| sua sponte, | de leur propre-mouvement, |
| pelluntur, | sont battus, |
| et, C. Valerio Donotauro, | et, C. Valérius Donotaurus, |
| filio Caburi, | fils de Caburus, |
| principe civitatis, | chef de la cité, |
| aliisque compluribus | et d'autres fort-nombreux |
| interfectis, | ayant été tués, |
| compelluntur | ils sont refoulés |
| intra oppida murosque. | dans les villes et les murailles. |
| Allobroges, | Les Allobroges, |
| crebris præsidiis | de nombreux postes |
| dispositis ad Rhodanum, | ayant été disposés près du Rhône, |
| tuentur suos | défendent les leurs |
| cum magna cura | avec un grand soin |
| et diligentia. | et *une grande* activité. |
| Cæsar, quod intelligebat | César, parce qu'il remarquait |
| hostes esse superiores | les ennemis être supérieurs |
| equitatu, | par la cavalerie, |
| et, omnibus itineribus | et, toutes les routes |
| interclusis, | étant interceptées, |
| poterat sublevari nulla re | ne pouvait être secouru en aucun point |
| ex provincia atque Italia, | de la province et de l'Italie, |
| mittit trans Rhenum | envoie au delà du Rhin |
| in Germaniam | en Germanie |
| ad eas civitates, | vers ces cités, |
| quas pacaverat | qu'il avait soumises |
| annis superioribus, | les années précédentes, |
| arcessitque ab his | et fait-venir de chez elles |
| equites | des cavaliers |
| et pedites armaturæ levis, | et des fantassins d'armure légère, |
| qui consueverant prœliari | qui avaient-coutume de combattre |
| inter eos. | parmi ceux-ci (les cavaliers). |
| Adventu eorum, | A l'arrivée d'eux, |
| quod utebantur | parce qu'ils se servaient |
| equis minus idoneis, | de chevaux moins bons, |
| sumit equos | il prend des chevaux |
| a tribunis militum | aux tribuns des soldats |
| reliquisque, | et aux autres, |
| sed et equitibus Romanis | mais même aux chevaliers romains |
| atque evocatis, | et aux évocats, |
| distribuitque Germanis. | et *les* distribue aux Germains. |
| LXVI. Interea, | LXVI. Cependant, |
| dum hæc geruntur, | tandis que ces choses se font, |

vernis equitesque, qui toti Galliæ erant imperati, conveniunt.
Magno horum coacto numero, quum Cæsar in Sequanos [1] per
extremos Lingonum fines iter faceret, quo facilius subsidium
provinciæ ferri posset, circiter millia passuum decem [2] ab Romanis trinis castris Vercingetorix consedit : convocatisque ad
concilium præfectis equitum, « Venisse tempus victoriæ demonstrat : fugere in provinciam Romanos Galliaque excedere :
id sibi ad præsentem obtinendam libertatem satis esse ; ad
reliqui temporis pacem atque otium parum profici : majoribus
enim coactis copiis reversuros, neque finem belli facturos
Proinde in agmine impeditos adoriantur. Si pedites suis auxilium ferant, atque in eo morentur, iter confici non posse ; si,
id quod magis futurum confidat, relictis impedimentis, suæ

avec la cavalerie qui avait été commandée à toute la Gaule. Le
nombre en était considérable. Comme César, afin de pouvoir plus
facilement donner du secours à la province, gagnait le pays des
Séquaniens en suivant la frontière des Lingons, Vercingétorix vint
établir trois camps, à dix milles environ des Romains, et, convo-
quant à un conseil les commandants de sa cavalerie, il leur annonça
« Que l'instant de la victoire était arrivé. Les Romains s'enfuyaient
dans leur province et quittaient la Gaule : c'était assez pour recouvrer
la liberté du moment, mais c'était peu pour la paix et la tranquillité
futures ; car ils rassembleraient de plus grandes forces, ils revien-
draient, et la guerre ne finirait pas. Il fallait les attaquer en marche,
embarrassés de leurs bagages. Si l'infanterie s'arrêtait pour les défendre, elle ne ferait pas de chemin ; si, ce qu'il croyait bien plus probable, elle ne songeait qu'à sa sûreté, elle perdrait tout à la fois et l'hon-

| | |
|---|---|
| copiæ hostium | les forces des ennemis |
| ex Arvernis | *venant* de chez les Arvernes |
| equitesque [liæ | et les cavaliers [Gaule |
| qui imperati erant toti Gal- | qui avaient été commandés à toute la |
| conveniunt. | se rassemblent. |
| Magno numero horum | Un grand nombre de ceux-ci |
| coacto, | ayant été réuni, |
| quum Cæsar faceret iter | comme César faisait route |
| in Sequanos | vers les Séquaniens |
| per extremos fines | en-traversant l'extrémité-du territoire |
| Lingonum, | des Lingons, |
| quo subsidium | afin qu'un secours |
| posset ferri facilius | pût être porté plus facilement |
| provinciæ, | à la province, |
| Vercingetorix | Vercingétorix |
| consedit trinis castris | se posta en trois camps |
| circiter decem millia pas- | environ à dix milliers de pas |
| ab Romanis : [suum | des Romains : |
| præfectisque equitum | et les commandants des cavaliers |
| convocatis ad consilium, | ayant été appelés en conseil, |
| demonstrat | il *leur* montre |
| « Tempus victoriæ venisse: | « Le moment de la victoire être venu : |
| Romanos | les Romains |
| fugere in provinciam | fuir dans la province |
| excedereque Gallia : | et sortir de la Gaule : |
| id esse satis sibi | ceci être assez pour lui-même |
| ad obtinendam | pour conserver |
| libertatem præsentem ; | la liberté présente ; |
| parum profici | peu être gagné |
| ad pacem atque otium | pour la paix et le repos |
| reliqui temporis : | du reste-du temps : |
| majoribus enim copiis | en effet de plus grandes forces |
| coactis, | étant rassemblées, |
| reversuros, | *eux* devoir revenir, |
| neque facturos finem | et ne devoir pas faire la fin |
| belli. | de la guerre. |
| Proinde adoriantur | En-conséquence qu'ils attaquent |
| impeditos in agmine. | *eux* embarrassés pendant la marche. |
| Si pedites | Si les fantassins |
| ferant auxilium suis, | portaient secours aux leurs, |
| atque morentur in eo, | et tardaient en cela, |
| iter non posse confici ; | la marche ne pouvoir pas être achevée ; |
| si, id quod confidat | si, ce qu'il avait-confiance |
| futurum magis, | devoir arriver plutôt, |
| impedimentis relictis, | les bagages étant laissés, |
| consulant suæ saluti, | ils songeaient à leur salut, |
| spoliatum iri | *eux* devoir être dépouillés |

saluti consulant, et usu rerum necessariarum et dignitate spoliatum iri. Nam de equitibus hostium, quin nemo eorum progredi modo extra agmen audeat, ne ipsos quidem debere dubitare. Id quo majore faciant animo, copias se omnes pro castris habiturum et terrori hostibus futurum. » Conclamant equites, « Sanctissimo jurejurando confirmari oportere, ne tecto recipiatur, ne ad liberos, ne ad parentes, ne ad uxorem aditum habeat, qui non bis per agmen hostium perequitarit. »

LXVII. Probata re atque omnibus ad jusjurandum adactis, postero die in tres partes distributo equitatu, duæ se acies ab duobus lateribus ostendunt : una a primo agmine iter impedire cœpit. Qua re nuntiata, Cæsar suum quoque equitatum, tripartito divisum, contra hostem ire jubet. Pugnatur una tunc omnibus in partibus : consistit agmen : impedimenta inter legiones recipiuntur. Si qua in parte nostri laborare aut gravius

neur et les objets de première nécessité. Car, quant aux cavaliers ennemis, nul d'entre eux n'oserait seulement sortir des rangs ; on ne devait pas en douter. Pour animer encore les siens, il aurait toutes ses forces en bataille en avant de son camp, ce qui jetterait la terreur chez l'ennemi. » Tous s'écrient « Qu'il faut que chacun s'engage, par le serment le plus sacré, à ne point rentrer dans sa maison et à n'approcher ni de ses enfants, ni de ses parents, ni de sa femme, s'il n'a passé deux fois à travers l'armée ennemie. »

LXVII. La proposition est approuvée, tout le monde prête le serment et, le lendemain, leur cavalerie s'étant formée en trois divisions, deux se montrent sur nos flancs et la troisième entreprend d'arrêter notre avant-garde. A cette nouvelle, César fait aussi trois corps de sa cavalerie et lui donne l'ordre de marcher à l'ennemi. On se bat partout à la fois, l'armée s'arrête ; les bagages sont placés au milieu des légions. Si notre cavalerie a du dessous ou se trouve

| | |
|---|---|
| et usu rerum necessariarum | et de la jouissance de choses nécessaires |
| et dignitate. | et de *leur* dignité. |
| Nam de equitibus hostium, | Car pour les cavaliers des ennemis, |
| ne ipsos quidem | pas même eux-mêmes |
| debere dubitare | ne devoir douter |
| quin nemo eorum audeat | que personne d'eux n'oserait |
| modo progredi | seulement s'avancer |
| extra agmen. | hors de la colonne-en-marche. |
| Quo faciant id | Afin qu'ils fassent cela (combattent) |
| majore animo, | avec un plus grand cœur, |
| se habiturum omnes copias | lui-même devoir tenir toutes *ses* troupes |
| pro castris | devant le camp |
| et futurum terrori | et devoir être à terreur (épouvanter) |
| hostibus. » | aux (les) ennemis. » |
| Equites conclamant | Les cavaliers crient-tous-ensemble |
| « Oportere confirmari | « Qu'il fallait *ceci* être garanti |
| jurejurando sanctissimo, | par un serment très-saint,          [fois |
| ne qui non perequitarit bis | que *celui* qui n'aurait pas traversé deux- |
| per agmen hostium | à travers la colonne des ennemis |
| recipiatur tecto, | ne serait pas reçu sous *son* toit, |
| ne habeat aditum | qu'il n'aurait pas accès |
| ad liberos, | auprès de *ses* enfants, |
| ne | qu'il *n'aurait* pas *d'accès* |
| ad parentes, | auprès de *ses* parents,          [épouse. » |
| ne ad uxorem. » | qu'il *n'aurait* pas *d'accès* auprès de *son* |
| LXVIII. Re probata | LXVII. La chose ayant été approuvée |
| atque omnibus | et tous |
| adactis ad jusjurandum, | ayant été amenés au serment, |
| die postero | le jour suivant |
| equitatu distributo | *sa* cavalerie ayant été divisée |
| in tres partes, | en trois parties, |
| duæ acies se ostendunt | deux lignes-de-bataille se montrent |
| ab duobus lateribus : | sur les deux flancs : |
| una a primo agmine | une au premier corps-en-marche |
| cœpit impedire iter. | commença à empêcher la route. |
| Qua re nuntiata, | Ce fait ayant été annoncé, |
| Cæsar jubet | César ordonne |
| suum equitatum quoque, | sa cavalerie aussi, |
| divisum tripartito, | divisée en-trois-corps, |
| ire contra hostem. | aller contre l'ennemi. |
| Pugnatur una tunc | On combat à la fois alors |
| in omnibus partibus : | sur tous les points : |
| agmen consistit : | la colonne s'arrête : |
| impedimenta | les bagages |
| recipiuntur inter legiones. | sont reçus entre les légions. |
| Si in qua parte | Si sur quelque point |
| nostri videbantur laborare | les nôtres paraissaient être-en-péril |

premi videbantur, eo signa inferri Cæsar aciemque converti jubebat; quæ res et hostes ad insequendum tardabat, et nostros spe auxilii confirmabat. Tandem Germani ab dextro latere, summum jugum nacti, hostes loco depellunt; fugientes usque ad flumen [1], ubi Vercingetorix cum pedestribus copiis consederat, persequuntur, compluresque interficiunt. Qua re animadversa, reliqui, ne circumvenirentur, veriti, se fugæ mandant. Omnibus locis fit cædes : tres nobilissimi Ædui capti ad Cæsarem perducuntur : Cotus [2], præfectus equitum, qui controverversiam cum Convictolitane proximis comitiis habuerat; et Cavarillus, qui post defectionem Litavici pedestribus copiis præfuerat; et Eporedirix, quo duce ante adventum Cæsaris Ædui cum Sequanis bello contenderant.

LXVIII. Fugato omni equitatu, Vercingetorix copias suas, ut pro castris collocaverat, reduxit; protinusque Alesiam,

---

trop pressée sur un point, César fait faire face de ce côté et porter en avant les enseignes : ainsi il retarde la poursuite des ennemis et rassure les nôtres par l'espoir d'être secourus. Enfin, sur la droite, les Germains s'emparent des hauteurs, culbutent les ennemis, poursuivent les fuyards jusqu'au fleuve où se tenait Vercingétorix avec l'infanterie, et leur tuent beaucoup de monde. En voyant ce qui arrivait, les autres Gaulois, craignant d'être enveloppés, prennent aussi la fuite. Partout on massacre; on amène prisonniers à César trois Éduens des plus distingués : Cotus, le commandant de la cavalerie et le compétiteur de Convictolitanis dans les précédents comices; Cavarillus, qui, depuis la défection de Litavicus, était à la tête de l'infanterie; Éporédirix, qui les commandait quand, avant l'arrivée des Romains, ils en étaient venus aux mains avec les Séquaniens.

LXVIII. Voyant toute sa cavalerie en fuite, Vercingétorix fit rentrer ses troupes dans le même ordre qu'il les avait rangées devant

| | |
|---|---|
| aut premi gravius, | ou être pressés trop fortement, |
| Cæsar jubebat | César ordonnait |
| signa inferri eo | les enseignes être portées là |
| aciemque converti ; | et la ligne-de-bataille être tournée là ; |
| quæ res | laquelle mesure |
| et tardabat hostes | et retardait les ennemis |
| ad insequendum, | pour poursuivre, |
| et confirmabat nostros | et raffermissait les nôtres |
| spe auxilii. | par l'espoir d'un secours. |
| Tandem Germani | Enfin les Germains |
| ab latere dextro, | sur le côté droit, |
| nacti summum jugum, | ayant occupé le sommet-d'une hauteur, |
| depellunt hostes loco ; | chassent les ennemis de leur position ; |
| persequuntur fugientes | ils les poursuivent fuyant |
| usque ad flumen, | jusqu'à la rivière, |
| ubi Vercingetorix | où Vercingétorix |
| consederat | s'était établi |
| cum copiis pedestribus, | avec les troupes d'-infanterie, |
| interficiuntque complures. | et les tuent en-grand-nombre. |
| Qua re animadversa, | Ce fait ayant été remarqué, |
| reliqui, veriti | les autres, ayant craint |
| ne circumvenirentur, | qu'ils ne fussent enveloppés, [la fuite. |
| se mandant fugæ. | se confient à (cherchent leur salut dans) |
| Cædes fit omnibus locis ; | Un carnage se fait sur tous les points ; |
| tres Ædui nobilissimi | trois Éduens très-nobles |
| capti | faits-prisonniers |
| perducuntur ad Cæsarem : | sont amenés à César : |
| Cotus, præfectus equitum | Cotus, commandant des cavaliers, |
| qui proximis comitiis | qui aux derniers comices |
| habuerat controversiam | avait eu un différend |
| cum Convictolitane ; | avec Convictolitanis ; |
| et Cavarillus, qui | et Cavarillus, qui |
| post defectionem Litavici | après la défection de Litavicus |
| præfuerat | avait commandé |
| copiis pedestribus ; | les troupes d'-infanterie ; |
| et Eporedirix, | et Éporédirix, |
| quo duce | lequel étant chef |
| Ædui contenderant bello | le Éduens avaient lutté par la guerre |
| cum Sequanis | avec les Séquaniens |
| ante adventum Cæsaris. | avant l'arrivée de César. |
| LXVIII. Omni equitatu · | LXVIII. Toute la cavalerie |
| fugato, | ayant été mise-en-fuite, |
| Vercingetorix | Vercingétorix |
| reduxit suas copias, | ramena ses troupes, |
| ut collocaverat | comme il les avait placées |
| pro castris ; | devant le camp ; |
| protinusque | et sans-s'arrêter |

quod est oppidum Mandubiorum[1], iter facere cœpit; ce_eriter-
que impedimenta ex castris educi et se subsequi jussit. Cæsar,
impedimentis in proximum collem deductis, duabusque legionibus præsidio relictis, secutus, quantum diei tempus est passum, circiter tribus millibus hostium ex novissimo agmine
interfectis, altero die ad Alesiam castra fecit. Perspecto urbis
situ, perterritisque hostibus, quod equitatu, qua maxime parte
exercitus confidebant, erant pulsi, adhortatus ad laborem milites, Alesiam circumvallare instituit.

LXIX. Ipsum erat oppidum in colle summo, admodum
edito loco, ut, nisi obsidione, expugnari posse non videretur.
Cujus collis radices duo duabus ex partibus flumina[2] subblue-
bant. Ante id oppidum planities circiter millia passuum tria in
longitudinem patebat : reliquis ex omnibus partibus colles,

le camp, et prit aussitôt le chemin d'Alésia, ville des Mandubiens,
donnant ordre de faire sortir sur-le-champ les bagages pour le suivre
de près. César, faisant conduire les siens sur la colline la plus proche,
et les laissant à la garde de deux légions, poursuivit les ennemis
autant que le jour le lui permit, tua environ trois mille hommes de
leur arrière-garde, et campa le lendemain près d'Alésia. Il reconnut
la position de la ville, et, voyant les ennemis consternés de la défaite de leur cavalerie, sur laquelle ils comptaient le plus, il encouragea les soldats au travail et entreprit la circonvallation d'Alésia.

LXIX. Située au sommet d'une colline fort élevée, cette place
paraissait ne pouvoir être prise que par blocus. Deux rivières bai-
gnaient de deux côtés le pied de cette colline. Devant la ville s'étendait une plaine d'environ trois milles de long, et, partout ailleurs,

| | |
|---|---|
| cœpit facere iter | il commença à faire route |
| Alesiam, | vers Alésia, |
| oppidum Mandubiorum ; | ville des Mandubiens ; |
| jussitque impedimenta | et il ordonna les bagages |
| educi celeriter ex castris | être sortis promptement du camp |
| et subsequi se. | et suivre-de-près lui-même. |
| Cæsar, | César, |
| impedimentis deductis | *ses* bagages ayant été conduits |
| in collem proximum, | sur une colline voisine, |
| duabusque legionibus | et deux légions       [der), |
| relictis præsidio, | ayant été laissées à garde (pour les gar- |
| secutus, | ayant poursuivi *l'ennemi,* |
| quantum tempus diei | *autant* que le moment du jour |
| passum est, | *le* souffrit (permit), |
| circiter tribus millibus | environ trois milliers |
| hostium | d'ennemis |
| ex novissimo agmine | du dernier corps (de l'arrière-garde) |
| interfectis, | ayant été tués, |
| altero die | le second jour |
| fecit castra ad Alesiam. | fit (mit) *son* camp devant Alésia. |
| Situ urbis perspecto, | L'assiette de la ville ayant été examinée, |
| hostibusque perterritis, | et les ennemis étant épouvantés, |
| quod pulsi erant | parce qu'ils avaient été battus |
| equitatu, | dans *leur* cavalerie, |
| qua parte exercitus | sur laquelle partie de *leur* armée |
| confidebant maxime, | ils comptaient le plus, |
| adhortatus milites | ayant exhorté *ses* soldats |
| ad laborem, | au travail, |
| instituit | il entreprit |
| circumvallare Alesiam. | de faire-la-circonvallation d'Alésia. |
| LXIX. Oppidum ipsum | LXIX. La place même |
| erat in summo colle, | était sur le sommet-d'une colline, |
| loco admodum edito, | dans un lieu fort élevé, |
| ut non videretur | *de sorte* qu'elle ne paraissait pas |
| posse expugnari, | pouvoir être prise, |
| nisi obsidione. | sinon par un siége. |
| Cujus collis | De laquelle colline |
| duo flumina | deux rivières |
| ex duabus partibus | de deux côtés |
| subluebant radices. | baignaient les racines (pieds). |
| Ante id oppidum | Devant cette place |
| patebat planities | s'étendait une plaine |
| circiter tria millia passuum | d'environ trois milliers de pas |
| in longitudinem :    [bus, | en longueur, |
| ex omnibus reliquis parti- | de tous les autres côtés, |
| colles, | des collines, |
| spatio mediocri | une distance médiocre |

mediocri interjecto spatio, pari altitudinis fastigio, oppidum cingebant. Sub muro, quæ pars collis ad orientem solem spectabat, hunc omnem locum copiæ Gallorum compleverant fossamque et maceriam sex in altitudinem pedum præduxerant. Ejus munitionis, quæ ab Romanis instituebatur, circuitus undecim millium passuum [1] tenebat. Castra opportunis locis erant posita, ibique castella viginti tria facta; quibus in castellis interdiu stationes disponebantur, ne qua subito eruptio fieret : hæc eadem noctu excubitoribus ac firmis præsidiis tenebantur.

LXX. Opere instituto, fit equestre prœlium in ea planitie, quam intermissam collibus tria millia passuum in longitudinem patere supra demonstravimus. Summa vi ab utrisque contenditur. Laborantibus nostris Cæsar Germanos submittit, legionesque pro castris constituit, ne qua subito irruptio ab

elle était entourée, à une médiocre distance, par d'autres collines, tout aussi élevées que la première. La partie de la montagne qui regardait le soleil levant était couverte en entier par l'armée des Gaulois, campée au pied du rempart : en avant, ils avaient mené un mur de six pieds de haut avec un fossé. Les lignes commencées par les Romains embrassaient un circuit de onze milles : leur camp était dans une excellente position et flanqué de vingt-trois redoutes, où l'on tenait des postes de jour, dans la crainte de quelque brusque sortie; la nuit, elles avaient de forts détachements avec des sentinelles.

LXX. Les travaux commencés, il se livre un combat de cavalerie dans cette plaine de trois milles, qui, comme nous l'avons dit ci-dessus, s'étendait entre les collines. On se battit de part et d'autre avec acharnement. Les nôtres ayant le dessous, César les fit soutenir par les Germains et mit les légions en bataille devant le camp, de

| | |
|---|---|
| Interjecto, | étant placée-entre *elles*, |
| pari fastigio altitudinis, | d'une pareille élévation de hauteur, |
| cingebant oppidum. | entouraient la place. |
| Sub muro, | Sous le rempart, |
| quæ pars collis spectabat | la partie de la colline qui regardait |
| ad solem orientem, | vers le soleil levant, |
| copiæ Gallorum | les troupes des Gaulois |
| compleverant | avaient rempli |
| omnem hunc locum | tout cet endroit |
| præduxerantque fossam | et avaient mené-par-devant un fossé |
| et maceriam | et un mur |
| sex pedum in altitudinem. | de six pieds en hauteur. |
| Circuitus ejus munitionis, | Le circuit de ce retranchement, |
| quæ instituebatur | qui était commencé |
| ab Romanis, | par les Romains, |
| tenebat | occupait *un espace* |
| undecim millium passuum. | de onze mille pas. |
| Castra posita erant | Le camp avait été placé |
| locis opportunis, | dans des lieux avantageux, |
| vigintique tria castella | et vingt-trois redoutes |
| facta ibi; | *avaient été* faites là; |
| in quibus castellis | dans lesquelles redoutes |
| stationes disponebantur | des postes étaient placés |
| interdiu, | pendant-le-jour, |
| ne qua eruptio | de peur que quelque sortie *des assiégés* |
| fieret subito: | ne se fît tout à coup: |
| hæc eadem | ces mêmes *redoutes* |
| tenebantur noctu | étaient occupées de nuit |
| excubitoribus | par des sentinelles |
| ac præsidiis firmis. | et des détachements solides. |
| LXX. Opere instituto, | LXX. L'ouvrage étant commencé. |
| prœlium equestre | un combat de-cavalerie |
| fit in ea planitie, | se fait dans cette plaine, |
| quam demonstravimus | que nous avons indiquée |
| supra | ci-dessus |
| intermissam collibus | placée-entre des collines |
| patere tria millia passuum | s'étendre de trois milliers de pas |
| in longitudinem. | en longueur.          [autres |
| Contenditur ab utrisque | La-lutte-est-soutenue par les-uns-et-les- |
| summa vi. | avec une extrême vigueur. |
| Cæsar submittit Germanos | César envoie les Germains |
| nostris laborantibus. | aux nôtres en-péril, |
| constituitque legiones | et poste les légions |
| pro castris, | devant le camp, |
| ne qua irruptio | de peur que quelque attaque |
| fiat subito | ne soit faite tout à coup |
| a peditatu hostium. | par l'infanterie des ennemis. |

hostium peditatu fiat. Præsidio legionum addito, nostris animus augetur : hostes, in fugam conjecti, se ipsi multitudine
impediunt atque angustioribus portis relictis coarctantur. Tum
Germani acrius usque ad munitiones sequuntur. Fit magna
cædes : nonnulli, relictis equis, fossam transire et maceriam
transcendere conantur. Paulum legiones Cæsar, quas pro
vallo constituerat, promoveri jubet. Non minus, qui intra
munitiones erant, Galli perturbantur; veniri ad se confestim
existimantes, ad arma conclamant; nonnulli perterriti in oppidum irrumpunt. Vercingetorix portas jubet claudi. ne castra
nudentur. Multis interfectis, compluribus equis captis, Germani sese recipiunt.

LXXI. Vercingetorix, priusquam munitiones ab Romanis
perficiantur, consilium capit, omnem ab se equitatum noctu
dimittere [1]. Discedentibus mandat, « Ut suam quisque eorum
civitatem adeat, omnesque, qui per ætatem arma ferre possint,

crainte d'une attaque soudaine de la part de l'infanterie ennemie. Assurée du secours des légions, notre cavalerie sent croître son courage :
les ennemis en déroute s'embarrassent par leur propre nombre et
s'entassent dans leurs portes trop étroites. Les Germains les poursuivent avec ardeur jusqu'à leurs retranchements et en font un grand
carnage. Plusieurs Gaulois, abandonnant leurs chevaux, essayent de
traverser le fossé et d'escalader le rempart. César fait faire un léger
mouvement en avant aux légions qu'il avait rangées devant le retranchement. Les Gaulois qui se trouvaient en dedans des fortifications
sont frappés aussi d'épouvante ; ils croient qu'on marche à eux sur-
le-champ et crient aux armes : un grand nombre se jette de frayeur
dans la ville. Vercingétorix ordonne d'en fermer les portes, pour que
le camp ne se dégarnisse pas. Enfin, après avoir tué beaucoup de
monde et pris un grand nombre de chevaux, les Germains se retirent.

LXXI. Vercingétorix, avant que la circonvallation fût achevée
par les Romains, prit le parti de renvoyer de nuit toute sa cavalerie.
Il donne pour instructions à ses cavaliers, au moment du départ, « De
se rendre chacun dans sa cité, et de réunir pour la guerre tous ceux

| | |
|---|---|
| Præsidio legionum addito, | L'appui des légions étant ajouté, |
| animus augetur nostris : | le courage s'augmente aux nôtres : |
| hostes, | les ennemis, |
| conjecti in fugam, | jetés (mis) en fuite, |
| se impediunt ipsi | s'embarrassent eux - mêmes |
| multitudine | par *leur* grand-nombre |
| atque coarctantur, | et se pressent, |
| portis angustioribus | des portes trop étroites |
| relictis. | ayant *seules* été laissées. |
| Tum Germani | Alors les Germains |
| insequuntur acrius | poursuivent plus vivement |
| usque ad munitiones | jusqu'aux retranchements. |
| Magna cædes fit : | Un grand carnage se fait : |
| nonnulli, equis relictis, | quelques-uns, *leurs* chevaux étant laissés, |
| conantur transire fossam | essayent de passer le fossé |
| et transcendere maceriam. | et de franchir la muraille. |
| Cæsar jubet | César ordonne |
| legiones, | les légions, |
| quas constituerat | qu'il avait rangées |
| pro vallo, | devant le retranchement, |
| promoveri paulum. | être portées-en-avant un peu. |
| Galli | Les Gaulois |
| qui erant intra munitiones | qui étaient en dedans des retranchements |
| non perturbantur minus ; | ne sont pas troublés moins ; |
| existimantes | pensant |
| veniri ad se confestim, | qu'on vient contre eux sur le-champ, |
| conclamant ad arma ; | ils crient aux armes ; |
| nonnulli perterriti | quelques-uns épouvantés |
| irrumpunt in oppidum. | se jettent dans la place. |
| Vercingetorix | Vercingétorix |
| jubet portas claudi, | ordonne les portes être fermées, |
| ne castra nudentur | de peur que le camp ne soit dégarni. |
| Multis interfectis, | Beaucoup ayant été tués, |
| compluribus equis captis, | de nombreux chevaux ayant été pris, |
| Germani sese recipiunt. | les Germains se retirent. |
| LXXI. Vercingetorix, | LXXI. Vercingétorix, |
| priusquam munitiones | avant que les travaux |
| perficiantur ab Romanis, | soient achevés par les Romains, |
| capit consilium | prend la résolution |
| dimittere noctu ab se | de renvoyer de nuit d'auprès de lui |
| omnem equitatum. | toute la cavalerie. |
| Mandat discedentibus | Il ordonne à *eux* se retirant |
| « Ut quisque eorum | « Que chacun d'eux |
| adeat suam civitatem, | aille-trouver sa cité, |
| cogantque ad bellum | et qu'ils rassemblent pour la guerre |
| omnes qui per ætatem | tous ceux qui par *leur* âge |
| possint ferre arma. | pouvaient porter les armes. |

ad bellum cogant. Sua in illos merita proponit, obtestaturque ut suæ salutis rationem habeant, neu se, de communi libertate optime meritum, hostibus in cruciatum dedant : quod si indiligentiores fuerint, millia hominum delecta octoginta una secum interitura demonstrat ; ratione inita , frumentum se exigue dierum triginta habere, sed paulo etiam longius tolerare posse parcendo. » His datis mandatis, qua erat nostrum opus intermissum, secunda vigilia silentio equitatum dimittit; frumentum omne ad se referri jubet; capitis pœnam iis, qui non paruerint, constituit : pecus, cujus magna erat ab Mandubiis compulsa copia, viritim distribuit ; frumentum parce et paulatim metiri instituit; copias omnes, quas pro oppido collocaverat , in oppidum recipit. His rationibus auxilia Galliæ exspectare et bellum administrare parat.

LXXII. Quibus rebus ex perfugis et captivis cognitis, Cæsar

que leur âge met en état de porter les armes. Il leur retrace les services qu'il a rendus; il les conjure de penser à le sauver et de ne pas livrer aux ennemis pour le supplice un homme qui a bien mérité de la liberté commune. Il leur expose que leur nonchalance ferait périr avec lui quatre-vingt mille guerriers d'élite, et que, comme il s'en est assuré, il lui reste à peine du blé pour trente jours ; mais en le ménageant il pourra le faire durer un peu plus longtemps. » Après leur avoir donné ces instructions , il fait, à la seconde veille, évader ses cavaliers par un endroit où nos lignes laissaient encore un vide. Il ordonne, sous peine de mort en cas de désobéissance, qu'on lui apporte tout le blé, et distribue par tête le bétail, dont les Mandubiens avaient fait rentrer une grande quantité; il commence à mesurer le blé avec économie et par petites rations à la fois; il retire dans la ville toutes les troupes qu'il avait postées en avant. Tel fut son plan pour attendre les secours de la Gaule et continuer la guerre.

LXXII César, instruit de toutes ces circonstances par les déser-

| | |
|---|---|
| Proponit | Il expose |
| sua merita in illos, | ses bienfaits envers eux, |
| obtestaturque | et *les* conjure |
| ut habeant rationem | qu'ils tiennent compte |
| suæ salutis, | de son *propre* salut, |
| neu dedant hostibus | ou (et) ne livrent pas aux ennemis |
| ad cruciatum | pour la torture |
| se meritum optime | lui-même qui avait mérité très-bien |
| de libertate communi : | de la liberté commune : |
| quod si fuerint | que s'ils ont été |
| indiligentiores, | trop dépourvus-d'activité, |
| demonstrat | il *leur* montre |
| octoginta millia delecta | quatre-vingts milliers choisis |
| hominum | d'hommes |
| interitura secum : | devoir périr avec lui-même ; |
| ratione inita, | la supputation ayant été abordée, |
| se habere exigue [rum, | lui-même avoir petitement |
| frumentum triginta die- | le blé de (du blé pour) trente jours, |
| sed posse tolerare longius | mais pouvoir supporter plus longtemps |
| parcendo. » | en économisant. » |
| His mandatis datis, | Ces instructions étant données, |
| secunda vigilia, | à la seconde veille, |
| dimittit silentio equitatum, | il congédie en silence *sa* cavalerie, |
| qua nostrum opus | *par un endroit* par où nos travaux |
| erat intermissum ; | étaient interrompus (non achevés); |
| jubet omne frumentum | il ordonne tout le blé |
| referri ad se ; | être rapporté vers lui-même ; |
| constituit pœnam capitis | il établit la peine de la tête (capitale) |
| iis qui non paruerint : | pour ceux qui n'auront pas obéi : |
| distribuit viritim | il distribue tête-par-tête |
| pecus, cujus magna copia | le bétail, dont une grande quantité |
| compulsa erat | avait été réunie |
| ab Mandubiis ; | par les Mandubiens ; |
| instituit | il commence |
| metiri frumentum | à mesurer (distribuer) le blé |
| parce et paulatim ; | modiquement et peu à peu ; |
| recipit in oppidum | il fait-rentrer dans la place |
| omnes copias | toutes les troupes |
| quas collocaverat | qu'il avait postées |
| pro oppido. | devant la place. |
| His rationibus | Avec ces mesures |
| parat exspectare | il se prépare à attendre |
| auxilia Galliæ | les secours de la Gaule |
| et administrare bellum. | et à conduire la guerre. |
| LXXII. Quibus rebus | LXXII. Ces circonstances |
| cognitis ex perfugis | ayant été apprises des transfuges |
| t captivis, | et des prisonniers, |

hæc genera munitionis instituit. Fossam pedum viginti directis lateribus duxit, ut ejus fossæ solum tantumdem pateret, quantum summa labra distabant. Reliquas omnes munitiones ab ea fossa passus quadringentos reduxit : in hoc consilio (quoniam tantum esset necessario spatium complexus, nec facile totum corpus corona militum cingeretur), ne de improviso aut noctu ad munitiones hostium multitudo advolaret; aut interdiu tela in nostros, operi destinatos, conjicere possent. Hoc intermisso spatio, duas fossas [1], quindecim pedes latas, eadem altitudine perduxit : quarum interiorem, campestribus ac demissis locis, aqua ex flumine derivata complevit. Post eas aggerem ac vallum duodecim pedum exstruxit ; huic loricam pinnasque adjecit, grandibus cervis eminentibus ad commis-

teurs et les prisonniers, ordonna l'espèce de fortification suivante. Il fit creuser un fossé de vingt pieds, perpendiculaire, aussi large par conséquent dans le fond qu'au niveau du sol. Il reporta tous les autres ouvrages à quatre cents pas en arrière. Comme il avait embrassé un terrain si vaste que les lignes ne pouvaient guère être complétement garnies de soldats, il voulait empêcher l'ennemi de venir en force attaquer nos retranchements, de nuit, à l'improviste, et de lancer de jour des traits aux travailleurs. Laissant donc cet intervalle libre, il fit creuser deux autres fossés aussi profonds que le premier et larges de quinze pieds : celui du centre, qui passait dans la plaine et dans les fonds, fut rempli d'eau tirée de la rivière. Derrière ces fossés, il fit élever un rempart et une terrasse de douze pieds de haut, avec un parapet, des créneaux et d'énormes cerfs, à la jonction de la

| | |
|---|---|
| Cæsar instituit | César établit |
| hæc genera munitionis. | ces sortes de fortification. |
| Duxit fossam | Il mena un fossé |
| viginti pedum | de vingt pieds |
| lateribus directis, | les côtes étant-en-ligne-droite, |
| ut solum | *de sorte* que le sol (fond) |
| ejus fossæ | de ce fossé |
| pateret tantumdem | avait-de-l'étendue tout-autant |
| quantum labra summa | que les bords à-la-surface |
| distabant. | étaient-éloignés *l'un de l'autre.* |
| Reduxit | Il ramena |
| omnes reliquas munitiones | tous les autres retranchements |
| quadringentos passus | à quatre-cents pas |
| ab ea fossa : | de (derrière) ce fossé : |
| id hoc consilio | *et* cela dans cette vue |
| (quoniam necessario | (puisque forcément |
| complexus esset | il avait embrassé |
| tantum spatium, | un si-grand espace, |
| nec totum corpus | et tout l'ouvrage |
| cingeretur facile | n'était pas bordé facilement |
| corona militum), | d'un cercle de soldats), |
| ne multitudo hostium | que la multitude des ennemis |
| advolaret de improviso | ne s'élançât pas à l'improviste |
| aut noctu | ou de nuit |
| ad munitiones; | contre nos travaux ; |
| aut possent | ou qu'ils pussent (et qu'ils ne pussent pas) |
| interdiu | pendant le jour |
| conjicere tela in nostros | lancer des traits contre les nôtres |
| destinatos operi. | appliqués à l'ouvrage. |
| Hoc spatio intermisso, | Cet espace étant mis-en-intervalle, |
| perduxit duas fossas | il mena deux fossés |
| latas quindecim pedes, | larges de quinze pieds, |
| eadem altitudine . | de la même profondeur : |
| quarum complevit aqua | desquels il remplit d'eau |
| derivata ex flumine | tirée de la rivière |
| interiorem | le *fossé* plus-en-dedans |
| locis campestribus | *qui se trouvait* dans des lieux de-plaine |
| ac demissis. | et bas. |
| Post eas exstruxit aggerem | Derrière ceux-ci il éleva une terrasse |
| ac vallum | et une palissade |
| duodecim pedum ; | de douze pieds ; |
| adjecit huic | il ajouta à celle-ci |
| loricam pinnasque, | un parapet et des créneaux, |
| grandibus cervis | de grands cerfs |
| eminentibus | faisant-saillie |
| ad commissuras | aux points-de-jonction |
| pluteorum, | des parapets, |

suras pluteorum atque aggeris, qui ascensum hostium tar-
darent; et turres toto opere circumdedit, quæ pedes octoginta
inter se distarent.

LXXIII. Erat eodem tempore et materiari, et frumentari,
et tantas munitiones fieri necesse, deminutis nostris copiis,
quæ longius ab castris progrediebantur : ac nonnunquam
opera nostra Galli tentare atque eruptionem ex oppido pluribus portis summa vi facere conabantur. Quare ad hæc rursus
opera addendum Cæsar putavit, quo minore numero militum
munitiones defendi possent. Itaque truncis arborum aut admodum firmis ramis abscisis, atque horum delibratis ac præa-
cutis cacuminibus, perpetuæ fossæ, quinos pedes altæ, duce-
bantur. Huc illi stipites demissi et ab infimo revincti, ne revelli
possent, ab ramis eminebant. Quini erant ordines, conjuncti
inter se atque implicati, quo qui intraverant, se ipsi acutis-

terrasse et du parapet, pour arrêter l'ennemi, s'il tentait l'escalade.
Le tout fut flanqué de tours éloignées entre elles de quatre-vingts
pieds.

LXXIII. Il fallait tout à la fois aller au bois, aux vivres et faire
d'aussi grands ouvrages, ce qui affaiblissait nos troupes, forcées de
s'avancer loin du camp : plus d'une fois les Gaulois, sortant de la
place par plusieurs portes à la fois, vinrent attaquer nos retranchements avec une extrême impétuosité. César crut donc devoir ajouter
encore à ces travaux, afin qu'on pût les défendre avec un plus petit
nombre de soldats. Ainsi l'on coupa des troncs d'arbres ou de très-
fortes branches qu'on enfonçait, équarris à la hache et aiguisés par
le sommet, dans des fosses contiguës de cinq pieds de profondeur,
d'où sortait le branchage de ces pieux; et on les assujettissait au
fond, pour qu'on ne pût les arracher. Il y en avait cinq rangs, liés
et entrelacés entre eux. Ceux qui s'y engageaient se perçaient eux-

| | |
|---|---|
| qui tardarent | qui retardassent (pour retarder) |
| ascensum hostium ; | l'escalade des ennemis ; |
| et circumdedit | et il plaça-tout-autour |
| toto opere | sur tout l'ouvrage |
| turres | des tours |
| quæ distarent inter se | qui étaient éloignées entre elles |
| octoginta pedes. | de quatre-vingts pieds. |
| LXXIII. Erat necesse | LXXIII. Il était nécessaire |
| eodem tempore | en même temps |
| et materiari, | et de couper du-bois, |
| et frumentari, | et de couper du-blé, |
| et tantas munitiones fieri, | et de si-grandes fortifications se faire, |
| nostris copiis, | nos troupes, |
| quæ progrediebantur | qui s'avançaient |
| longius ab castris, | assez-loin du camp, |
| deminutis : | étant affaiblies : |
| ac nonnunquam | et quelquefois |
| Galli conabantur | les Gaulois tentaient |
| tentare nostra opera | d'attaquer nos travaux |
| atque facere eruptionem | et de faire une sortie |
| ex oppido | hors de la place |
| pluribus portis | par plusieurs portes |
| summa vi. | avec la plus grande vigueur. |
| Quare Cæsar putavit | C'est-pourquoi César pensa |
| addendum rursus | qu'il fallait ajouter encore |
| ad hæc opera, | à ces travaux, |
| quo munitiones | afin que les fortifications |
| possent defendi | pussent-être-défendues |
| numero minore militum. | par un nombre moindre de soldats. |
| Itaque truncis arborum | En-conséquence des troncs d'arbres |
| aut ramis admodum firmis | ou des branches tout à fait solides |
| abscisis, | étant coupées, |
| atque cacuminibus horum | et les sommets de ceux-ci |
| delibratis | étant dépouillés-de-l'écorce |
| ac præacutis, | et aiguisés-par-le-bout, |
| fossæ perpetuæ, | des fossés continus, |
| altæ quinos pedes, | profonds de cinq pieds *chacun*, |
| ducebantur. | étaient conduits. |
| Illi stipites demissi huc | Ces pieux enfoncés là |
| et revincti ab infimo, | et assujettis par le bas, |
| ne possent revelli, | pour qu'ils ne pussent pas être arrachés, |
| eminebant | faisaient-saillie |
| ab ramis. | depuis les branches. |
| Erant quini ordines, | Il y avait cinq rangs, |
| conjuncti inter se | reliés entre eux |
| atque implicati ; | et entrelacés ; |
| quo qui intraverant | où ceux qui étaient entrés |

simis vallis induebant. Hos cippes appellabant. Ante hos,
obliquis ordinibus in quincuncem dispositos, scrobes trium
in altitudinem pedum fodiebantur, paulatim angustiore ad
infimum fastigio. Huc teretes stipites, feminis crassitudine,
ab summo praeacuti et praeusti, demittebantur ita, ut non amplius digitis quatuor ex terra eminerent : simul, confirmandi
et stabiliendi causa, singuli ab infimo solo pedes terra excul-
cabantur : reliqua pars scrobis ad occultandas insidias viminibus ac virgultis integebatur. Hujus generis octoni ordines
ducti ternos inter se pedes distabant. Id ex similitudine floris
lilium appellabant. Ante haec taleae, pedem longae, ferreis
hamis infixis, totae in terram infodiebantur, mediocribusque
intermissis spatiis, omnibus locis disserebantur, quos stimulos
nominabant.

mêmes des pointes très-aiguës de ces pieux. Cela s'appelait des *cippes*.
Devant les cippes, on creusa, suivant des directions obliques, en
quinconce, des trous profonds de trois pieds et un peu rétrécis par
le haut. On y enfonçait d'autres pieux ronds et gros comme la cuisse,
très-pointus et brûlés par le bout : ils ne dépassaient le sol que de
quatre doigts. Autour de chaque pieu, pour l'assujettir et l'affermir,
on foulait la terre jusqu'à la hauteur d'un pied ; le reste du trou se
remplissait de branchages et de broussailles qui cachaient le piége.
Il y en avait huit rangs, à trois pieds l'un de l'autre : on les nom-
mait des *lis*, parce qu'ils ressemblaient à cette fleur. En avant encore on semait partout et très-près l'une de l'autre des plaques de
fer d'un pied de long, garnies de crochets de fer : elles étaient entièrement recouvertes de terre et s'appelaient des *éperons*.

| | |
|---|---|
| se induebant ipsi | se perçaient eux-mêmes |
| vallis acutissimis. | de pieux très-aigus. |
| Appellabant hos cippos. | Ils appelaient ces *pieux* des cippes. |
| Ante hos, | Devant ceux-ci, |
| dispositos in quincuncem | disposés en quinconce |
| ordinibus obliquis, | par rangs obliques, |
| fodiebantur scrobes | étaient creusés des trous |
| trium pedum | de trois pieds |
| in altitudinem, | en profondeur, |
| fastigio | l'inclinaison |
| paulatim angustiore | *étant* peu à peu plus étroite |
| ad infimum. | jusqu'au bas. |
| Stipites teretes, | Des pieux ronds, |
| crassitudine feminis, | de la grosseur de la cuisse, |
| præacuti et præusti | aiguisés-au-bout et brûlés-au-bout |
| ab summo, | par le haut, |
| demittebantur huc | étaient enfoncés là     [de terre |
| ita ut eminerent ex terra | de-telle-sorte qu'ils s'élevaient au-dessus |
| non amplius | de pas plus |
| quatuor digitis ; | que quatre doigts ; |
| simul, | en-même-temps, |
| causa confirmandi | en vue de *les* affermir |
| et stabiliendi, | et de *les* assujettir, |
| singuli pedes | un pied *dans chaque trou* |
| a solo infimo | à-partir du sol le plus bas     [foulée) : |
| exculcabantur terra : | était foulé avec de la terre rempli de terre |
| pars scrobis reliqua | la partie du trou qui restait |
| integebatur viminibus | était couverte de branchages |
| ac virgultis | et de broussailles |
| ad occultandas insidias. | pour cacher le piège. |
| Octoni ordines | Huit rangs |
| hujus generis | de cette sorte |
| ducti | tracés |
| distabant inter se | étaient-écartés entre eux |
| ternos pedes. | de trois pieds *chacun*. |
| Appellabant id lilium | Ils appelaient cela un lis     [fleur. |
| ex similitudine floris. | d'après la ressemblance de (avec) *cette* |
| Ante hæc taleæ, | Devant ces *lis* des pieux, |
| longæ pedem , | longs d'un pied, |
| hamis ferreis infixis, | des crochets de fer étant fichés-dedans, |
| infodiebantur totæ | étaient enfoncés tout-entiers |
| in terram, | dans la terre, |
| spatiisque mediocribus | et des distances peu-considérables |
| intermissis, | étant mises-en-intervalle, |
| disserebantur | étaient semés |
| omnibus locis, | en tous les endroits , |
| quos nominabant stimulos. | lesquels *pieux* ils nommaient éperons. |

LXXIV. His rebus perfectis, regiones secutus quam potuit æquissimas pro loci natura, quatuordecim millia passuum complexus, pares ejusdem generis munitiones, diversas ab his[1], contra exteriorem hostem perfecit, ut ne magna quidem multitudine, si ita accidat ejus discessu, munitionum præsidia circumfundi possent : neu cum periculo ex castris egredi cogantur, dierum triginta pabulum frumentumque habere omnes convectum jubet.

LXXV. Dum hæc ad Alesiam geruntur, Galli, concilio principum indicto, non omnes, qui arma ferre possent, ut censuit Vercingetorix[2], convocandos statuunt, sed certum numerum cuique civitati imperandum; ne, tanta multitudine confusa, nec moderari, nec discernere suos, nec frumentandi rationem habere possent. Imperant Æduis atque eorum clientibus, Segusianis, Ambivaretis, Aulercis Brannovicibus, Brannoviis[3], millia triginta quinque; parem numerum Ar-

LXXIV. Ces travaux achevés, César, se maintenant dans un terrain uni autant que le permettait la nature des lieux, et embrassant un espace de quatorze milles, fit faire des travaux absolument pareils en sens contraire, pour recevoir les ennemis qui étaient sortis de la place, afin que, s'ils attaquaient, ils ne pussent, quelque grand que fût leur nombre, investir complètement nos postes. Pour que nos soldats ne fussent pas forcés de s'exposer en sortant du camp, il donna ordre que chacun s'approvisionnât de fourrage et de blé pour trente jours.

LXXV. Tandis que cela se passait autour d'Alésia, les principaux de la Gaule, s'étant réunis, décidaient qu'on ne ferait pas marcher, comme le voulait Vercingétorix, tout ce qui était en état de porter les armes, mais que chaque cité fournirait un nombre d'hommes déterminé. Ils craignaient que, dans la confusion inséparable d'une grande multitude, on ne pût ni la gouverner, ni reconnaître chacun les siens, ni assurer les approvisionnements. Le contingent fut fixé, pour les Éduens et leurs clients, les Ségusiens, les Ambivarètes et les Aulerces Brannovices, à trente-cinq mille hommes;

| | |
|---|---|
| LXXIV. His rebus perfectis, | LXXIV. Ces choses ayant été achevées, |
| secutus regiones | ayant suivi des directions *aussi unies* |
| quam potuit æquissimas | qu'il put *les suivre* le plus unies |
| pro natura loci, | relativement-à la nature du lieu, |
| complexus [suum, | ayant embrassé |
| quatuordecim millia pas- | quatorze milliers de pas, |
| perfecit munitiones pares | il acheva des fortifications pareilles |
| ejusdem generis, | du même genre, |
| diversas ab his, | dans-le-sens-contraire à celles-ci, |
| contra hostem exteriorem, | contre l'ennemi du-dehors, |
| ut præsidia munitionum | afin que les postes des fortifications |
| possent circumfundi [dine, | *ne* pussent être enveloppés |
| ne magna quidem multitu- | pas même par une grande multitude, |
| si accidat ita | s'il arrivait ainsi |
| discessu ejus : | par le départ de lui (de l'ennemi) : |
| neu cogantur | ou (et) pour qu'ils ne soient pas forcés |
| egredi ex castris | de sortir du camp |
| cum periculo, | avec danger, |
| jubet omnes habere | il ordonne tous avoir |
| pabulum frumentumque | le fourrage et le blé |
| triginta dierum | de trente jours |
| convectum. | transporté *par eux.* |
| LXXV. Dum hæc geruntur ad Alesiam, | LXXV. Tandis que ces choses se font devant Alésia, |
| Galli, concilio principum indicto, | les Gaulois, une assemblée des principaux ayant été fixée, |
| statuunt non, | décident non pas, |
| ut Vercingetorix censuit, omnes | comme Vercingétorix avait été-d'avis, tous *ceux* |
| qui possent ferre arma convocandos, | qui pouvaient porter les armes devoir être convoqués, |
| sed numerum certum imperandum | mais un nombre déterminé devoir être commandé |
| cuique civitati ; | à chaque cité ; |
| ne tanta multitudine confusa, | de peur que, une si-grande multitude étant mêlée-ensemble, |
| possent nec moderari, | ils *ne* pussent ni *les* gouverner, |
| nec discernere suos, | ni distinguer les leurs, |
| nec habere rationem frumentandi. | ni tenir compte (pourvoir) [blé. de s'approvisionner (à la provision)-de- |
| Imperant Æduis | Ils commandent aux Éduens |
| atque clientibus eorum, | et aux clients d'eux, |
| Segusianis, Ambivaretis, | les Séguiens, les Ambivarètes, |
| Aulercis Brannovicibus, | les Aulerces Brannovices, |
| Brannoviis, | les Brannoviens, |
| triginta quinque millia ; | trente-cinq milliers *d'hommes ;* |

vernis, adjunctis Eleutetis Cadurcis, Gabalis, Velaunis [1], qui
sub imperio Arvernorum esse consuerunt; Senonibus, Sequanis, Biturigibus, Santonis [2], Ruthenis, Carnutibus duodena
millia ; Bellovacis decem ; totidem Lemovicibus; octona Pic-
tonibus et Turonis [3] et Parisiis et Helviis; Suessionibus, Ambianis, Mediomatricis, Petrocoriis, Nerviis, Morinis [4], Nitiobri-
gibus quina millia ; Aulercis Cenomanis [5] totidem; Atrebatibus [6]
quatuor ; Bellocassis, Lexoviis [7], Aulercis Eburonibus terna;
Rauracis [8] et Boiis triginta; universis civitatibus, quæ Oceanum
attingunt, quæque eorum consuetudine Armoricæ appellantur
(quo sunt in numero Curiosolites, Rhedones, Ambibari, Caletes, Osismii, Lemovices, Veneti, Unelli [9]), sex. Ex his Bellovaci
suum numerum non contulerunt, quod se suo nomine atque

pour les Arvernes, conjointement avec les Éleutètes Cadurces, les Gabales et les Vélaunes, qui dépendent ordinairement des Arvernes, à
trente cinq mille; pour les Sénonais, les Séquaniens, les Bituriges,
les Santons, les Ruthènes et les Carnutes, à douze mille; pour les
Bellovaques, à dix mille; pour les Lémovices, à dix mille; pour les
Pictons, les Turons, les Parisiens et les Helviens, à huit mille;
pour les Suessions, les Ambiens, les Médiomatrices, les Pétrocoriens
les Nerviens, les Morins et les Nitiobriges, à cinq mille; pour les Aulerces Cénomans, à cinq mille; pour les Atrébates, à quatre mille;
pour les Bellocasses, les Lexoviens et les Aulerces Éburons, à trois
mille; pour les Rauraques et les Boïens réunis, à trente mille; pour
toutes les cités que baigne l'Océan et que les Gaulois appellent Armoricaines, les Curiosolites, les Rhédons, les Ambibares, les Calètes,
les Osismiens, les Lémovices, les Vénètes et les Unelles, à six mille. Les
Bellovaques ne fournirent point leur contingent, parce qu'ils voulaient

| | |
|---|---|
| numerum parem | un nombre égal |
| Arvernis, | aux Arvernes, |
| Eleutetis Cadurcis, | les Éleutètes Cadurces, |
| Gabalis, Velaunis, | les Gabales, les Vélaunes, |
| qui consuerunt | qui ont-coutume |
| esse sub imperio | d'être sous l'autorité |
| Arvernorum, | des Arvernes, |
| adjunctis ; | étant joints (compris dans le contingent) |
| Senonibus, Sequanis, | aux Sénonais, aux Séquaniens, |
| Biturigibus, Santonis, | aux Bituriges, aux Santons, |
| Ruthenis, Carnutibus, | aux Ruthènes, aux Carnutes, |
| duodena millia ; | douze milliers ; |
| Bellovacis decem ; | aux Bellovaques dix ; |
| todidem Lemovicibus ; | tout-autant aux Lémovices ; |
| octona Pictonibus | huit aux Pictons |
| et Turonis et Parisiis | et aux Turons et aux Parisiens |
| et Helviis ; | et aux Helviens ; |
| Suessionibus. Ambianis, | aux Suessions, aux Ambiens, |
| Mediomatricis, Petrocoriis, | aux Médiomatrices, aux Pétrocoriens, |
| Nerviis, Morinis, | aux Nerviens, aux Morins, |
| Nitiobrigibus | aux Nitiobriges |
| quina millia ; | cinq milliers ; |
| Aulercis Cenomanis | aux Aulerces Cénomans |
| todidem ; | tout-autant; |
| Atrebatibus quatuor ; | aux Atrébates quatre *milliers* ; |
| Bellocassis, Lexoviis, | aux Bellocasses, aux Lexoviens, |
| Aulercis Eburonibus | aux Aulerces Éburons |
| terna ; | trois *milliers ;* |
| Rauracis et Boiis | aux Rauraques et aux Boïens |
| triginta ; | trente *milliers ;* |
| universis civitatibus | à toutes les cités |
| quæ attingunt Oceanum, | qui touchent à l'Océan, |
| quæque | et qui |
| consuetudine eorum | d'après la coutume d'eux |
| appellantur Armoricæ | sont appelées Armoricaines |
| (in quo numero | (dans lequel nombre |
| sunt Curiosolites, | sont les Curiosolites, |
| Rhedones, | les Rhédons, |
| Ambibari, Caletes, | les Ambibares, les Calètes, |
| Osismii, Lemovices, | les Osismiens, les Lémovices, |
| Veneti, Unelli), | les Vénètes, les Unelles), |
| sex. | six *milliers.* |
| Ex his Bellovaci | D'entre ceux-ci les Bellovaques |
| non contulerunt | n'apportèrent pas |
| suum numerum, | leur nombre, |
| quod dicerent | parce qu'ils disaient |
| se gesturos bellum | eux-mêmes devoir faire la guerre |

arbitrio cum Romanis bellum gesturos dicerent, neque cujus-
quam imperio obtemperaturos : rogati tamen ab Commio, pro
ejus hospitio bina millia miserunt.

LXXVI. Hujus opera Commii, ita ut antea demonstravimus[1],
fideli atque utili superioribus annis erat usus in Britannia
Cæsar : quibus ille pro meritis civitatem ejus immunem esse
jusserat, jura legesque reddiderat atque ipsi Morinos attribuerat. Tanta tamen universæ Galliæ consensio fuit libertatis
vindicandæ et pristinæ belli laudis recuperandæ, ut neque
beneficiis neque amicitiæ memoria moverentur, omnesque
et animo et opibus in id bellum incumberent, coactis equitum
octo millibus et peditum circiter ducentis quadraginta. Hæc in
Æduorum finibus recensebantur, numerusque inibatur; præ-
fecti constituebantur : Commio Atrebati, Virdumaro et Epore-

disaient-ils, faire la guerre aux Romains en leur nom et à leur fantai-
sie, et ne recevraient d'ordres de personne. Cependant, à la prière de
Commius, qui était leur hôte, ils envoyèrent deux mille hommes.

LXXVI. Ce Commius, comme nous l'avons dit plus haut, avait
pendant les campagnes précédentes, rendu dans la Bretagne
d'utiles et fidèles services à César, qui avait, par reconnaissance pour
lui, affranchi sa cité de toutes charges, lui avait rendu ses droits et ses
lois, et avait même soumis les Morins à Commius. Tel fut cependant l'accord de toute la Gaule pour recouvrer son indépendance et
pour ressaisir son ancienne réputation militaire, que le cœur des
Gaulois n'était touché ni des bienfaits ni du souvenir de l'amitié, et
et que tous apportaient à cette guerre leur ardeur et leurs ressources; car on réunit huit mille cavaliers et environ deux cent quarante mille fantassins. On en fit la revue et le recensement chez les
Éduens; on leur donna des chefs, et on remit le commandement
suprême à l'Atrébate Commius, aux deux Éduens Éporédirix et Vir-

| | |
|---|---|
| cum Romanis | avec les Romains |
| suo nomine atque arbitrio, | en leur nom et à *leur* gré, |
| neque obtemperaturos | et ne devoir obéir |
| imperio cujusquam : | au commandement de qui-que-ce-fut. |
| rogati tamen ab Commio, | priés cependant par Commius. [avec *eux* |
| pro hospitio ejus | en-raison-des liens-d'hospitalité de lui |
| miserunt bina millia. | ils envoyèrent deux milliers *d'hommes.* |

LXXVI. Cæsar,        LXXVI. César,

| | |
|---|---|
| ita ut demonstravimus antea, | ainsi que nous *l'*avons indiqué précédemment, |
| usus erat in Britannia | avait usé en Bretagne |
| annis superioribus | les années précédentes |
| opera fideli atque utili | de l'aide fidèle et utile |
| hujus Commii : | de ce Commius : |
| pro quibus meritis | en-reconnaissance desquels services |
| ille jusserat | il avait ordonné |
| civitatem ejus | la cité de lui |
| esse immunem, | être exempte-de-charges, |
| reddiderat jura | *lui* avait rendu *ses* droits |
| legesque | et *ses* lois |
| atque attribuerat Morinos ipsi. | et avait donné les Morins à *Commius* lui-même. |
| Tamen consensio | Cependant l'accord |
| Galliæ universæ | de la Gaule tout-entière |
| vindicandæ libertatis | pour revendiquer *sa* liberté |
| et recuperandæ | et recouvrer |
| pristinæ laudis belli | *son* ancienne gloire de guerre (guerrière) |
| fuit tanta, | fut si-grand, |
| ut moverentur | qu'ils *ne* furent émus |
| neque beneficiis | ni par les bienfaits |
| neque memoria amicitiæ, | ni par le souvenir de l'amitié, |
| omnesque | et que tous |
| incumberent in id bellum | s'appliquèrent à cette guerre |
| et animo et opibus, | et de cœur et de ressources, |
| octo millibus equitum | huit milliers de cavaliers |
| et circiter | et environ |
| ducentis quadraginta | deux-cent quarante *milliers* |
| peditum | de fantassins |
| coactis. | ayant été réunis. |
| Hæc recensebantur | Ces *forces* étaient passées-en-revue |
| in finibus Æduorum, | sur le territoire des Éduens, |
| numerusque inibatur; | et le nombre était calculé; |
| præfecti constituebantur : | des commandants étaient établis : |
| summa imperii | l'ensemble du commandement |
| transditur | est remis |
| Commio Atrebati, | à Commius l'Atrébate, |
| Virdumaro et Eporedirigi, | à Virdumare et à Éporédirix, |

GUERRE DES GAULES. LIVRE VII.

dirigi, Æduis, Vergasillauno Arverno, consobrino Vercingetorigis, summa imperii transditur. His delecti ex civitatibus
attribuuntur, quorum consilio bellum administraretur. Omnes
alacres et fiduciæ pleni ad Alesiam proficiscuntur : neque erat
omnium quisquam qui adspectum modo tantæ multitudinis
sustineri posse arbitraretur; præsertim ancipiti prœlio, quum
ex oppido eruptione pugnaretur, foris tantæ copiæ equitatus
peditatusque cernerentur.

LXXVII. At ii, qui Alesiæ obsidebantur, præterita die qua
suorum auxilia exspectaverant, consumpto omni frumento,
inscii quid in Æduis gereretur, concilio coacto, de exitu for-
tunarum suarum consultabant. Apud quos variis dictis sententiis, quarum pars deditionem, pars, dum vires suppeterent,
eruptionem censebant, non prætereunda videtur oratio Critognati, propter ejus singularem ac nefariam crudelitatem.

---

dumare et à l'Arverne Vergasillaunus, cousin de Vercingétorix. On
leur choisit des adjoints dans les autres cités, pour former le conseil
de guerre. Ils partent tous pour Alésia, pleins d'ardeur et de confiance : il n'en était pas un qui supposât qu'on pût soutenir même
l'aspect d'une telle multitude, surtout dans une double attaque,
quand les assiégés feraient une sortie et qu'une infanterie et une
cavalerie si nombreuses paraîtraient en même temps du côté de la
campagne.

LXXVII. Cependant les Gaulois assiégés dans Alésia, voyant que
l'époque où ils attendaient le secours était passée, que tout leur blé
était épuisé, ignorant ce qui se faisait chez les Éduens, avaient assemblé le conseil et délibéraient sur le parti à prendre. Entre les divers avis, dont les uns étaient pour se rendre, les autres pour faire
une sortie tandis qu'on avait encore quelque vigueur, il ne faut pas,
ce semble, omettre le discours de Critognat, pour son exécrable et

| | |
|---|---|
| Æduis, | Éduens, |
| Vergasillauno Arverno, | à Vergasillaunus l'Arverne, |
| consobrino | cousin |
| Vercingetorigis. | de Vercingétorix. |
| Delecti ex civitatibus, | Des *hommes* choisis entre les cités, |
| consilio quorum | par le conseil desquels |
| bellum administraretur, | la guerre fût conduite, |
| attribuuntur his. | sont adjoints à ceux-ci. |
| Omnes proficiscuntur | Tous partent |
| ad Alesiam | vers Alésia |
| alacres et pleni fiduciæ : | ardents et pleins de confiance : |
| neque erat quisquam | et il n'y avait personne |
| omnium | de tous |
| qui arbitraretur | qui pensât |
| adspectum modo | l'aspect seulement (même) |
| tantæ multitudinis | d'une si-grande multitude |
| posse sustineri ; | pouvoir être soutenu ; |
| præsertim prœlio ancipiti, | surtout le combat *étant* double, |
| quum pugnaretur | quand on combattrait |
| ex oppido | de la place |
| eruptione, | par une sortie, |
| foris tantæ copiæ | *et qu'*au dehors de si-grandes forces |
| equitatus peditatusque | de cavalerie et d'infanterie |
| cernerentur. | seraient vues. |
| LXXVII. At ii | LXXVII. Mais ceux |
| qui obsidebantur Alesiæ, | qui étaient assiégés à Alésia, |
| die qua exspectaverant | le jour dans lequel ils avaient attendu |
| auxilia suorum | les secours des leurs |
| præterita, | étant passé, |
| omni frumento | tout le blé |
| consumpto, | étant consommé, |
| inscii | ignorant |
| quid gereretur in Æduis, | ce qui se faisait chez les Éduens, |
| concilio coacto, | une assemblée étant réunie, |
| consultabant de exitu | délibéraient sur l'issue |
| suarum fortunarum. | de leur fortune. |
| Apud quos | Devant lesquels |
| variis sententiis dictis, | diverses opinions ayant été dites, |
| quarum pars | desquelles une partie |
| censebant deditionem, | étaient-d'avis d'une reddition, |
| pars, | une partie, |
| dum vires suppeterent, | tandis que les forces étaient-suffisantes, |
| eruptionem, | d'une sortie, |
| oratio Critognati | le discours de Critognat |
| non videtur prætereunda, | ne paraît pas devoir être omis, |
| propter crudelitatem ejus | à-cause-de la cruauté de lui |
| singularem ac nefariam. | singulière et abominable. |

Hic, summo in Arvernis ortus loco et magnæ habitus auctoritatis : « Nihil, inquit, de eorum sententia dicturus sum, qui
turpissimam servitutem deditionis nomine appellant ; neque
hos habendos civium loco , neque ad concilium adhibendos
censeo. Cum iis mihi res sit, qui eruptionem probant : quorum
in consilio, omnium vestrum consensu, pristinæ residere virtutis memoria videtur. Animi est ista mollities, non virtus,
inopiam paulisper ferre non posse. Qui se ultro morti offerant,
facilius reperiuntur, quam qui dolorem patienter ferant. Atque
ego hanc sententiam probarem (nam apud me tantum dignitas
potest), si nullam, præterquam vitæ nostræ, jacturam fieri
viderem ; sed in consilio capiendo omnem Galliam respicia-
mus, quam ad nostrum auxilium concitavimus. Quid, hominum millibus octoginta uno loco interfectis, propinquis con-
sanguineisque nostris animi fore existimatis, si pæne in ipsis

singulière atrocité. Cet Arverne, d'une haute naissance et d'une très-
grande autorité, s'exprima en ces termes : « Je ne dirai rien de l'a-
vis de ceux qui donnent à la plus honteuse servitude le nom de capitulation : on ne doit, je crois, ni les regarder comme citoyens, ni
les admettre dans nos conseils : je veux m'occuper seulement de
ceux qui opinent pour une sortie, et dont la proposition vous semble
à tous conserver comme un reflet de notre ancienne gloire. Mais ne
pouvoir soutenir quelque temps la disette , ce n'est pas énergie, c'est
faiblesse. Les hommes qui se dévouent à la mort se trouvent plus
aisément que ceux qui endurent patiemment la douleur. Et moi aussi,
sur qui l'honneur peut beaucoup, je serais de cet avis, si je voyais
qu'il n'entraînât que la perte de notre vie ; mais, en prenant un
parti, songeons à toute la Gaule, que nous avons soulevée pour venir
à notre secours. Quel courage pensez-vous que pourront avoir nos
parents et nos proches, s'ils sont réduits à combattre presque sur les

| | |
|---|---|
| Hic, | Celui-ci,                    [ble famille) |
| ortus loco summo | sorti d'un lieu très-élevé (d'une très-no- |
| in Arvernis | chez les Arvernes |
| et habitus | et tenu |
| magnæ auctoritatis, | *pour être* d'une grande autorité, |
| inquit : | dit : |
| « Dicturus sum nihil | « Je *ne* dirai rien |
| de sententia eorum, | de l'opinion de ces *hommes,* |
| qui appellant | qui appellent |
| nomine deditionis | du nom de reddition |
| turpissimam servitutem ; | la plus honteuse servitude ; |
| neque censeo | et je ne suis-pas-d'avis |
| hos habendos | ceux-ci devoir être tenus (regardés) |
| loco civium, | au rang de  comme des) citoyens, |
| neque adhibendos | ni devoir être admis |
| ad concilium. | à l'assemblée. |
| Res sit mihi cum iis | Que l'affaire soit à moi avec ceux |
| qui probant eruptionem : | qui approuvent une sortie : |
| in consilio quorum, | dans le sentiment desquels. |
| consensu omnium vestrum, | de l'assentiment de vous tous, |
| videtur residere memoria | paraît résider le souvenir |
| pristinæ virtutis. | de *notre* ancienne valeur. |
| Ista est mollities animi, | C'est mollesse d'âme, |
| non virtus, | *et* non énergie, |
| non posse ferre inopiam | de ne pouvoir supporter la disette |
| paulisper. | un-peu-de-temps. |
| Qui se offerant morti | *Des gens* qui s'offrent à la mort |
| ultro | spontanément |
| reperiuntur facilius | sont trouvés plus facilement |
| quam qui ferant dolorem | que *des gens* qui supportent la douleur |
| patienter. | avec-patience. |
| Atque ego probarem | Et moi j'approuverais |
| hanc sententiam | cette opinion |
| (nam dignitas | (car l'honneur |
| potest tantum apud me), | a-du pouvoir tellement auprès de moi), |
| si viderem | si je voyais |
| nullam jacturam fieri | aucune perte n'être faite ; |
| præterquam nostræ vitæ ; | hormis *celle* de notre vie |
| sed in capiendo consilio | mais en prenant un parti |
| respiciamus | regardons-derrière-nous |
| omnem Galliam, | toute la Gaule, |
| quam concitavimus | que nous avons appelée |
| ad nostrum auxilium. | à notre secours. |
| Quid animi | Quoi de (quel) courage |
| existimatis fore | croyez-vous devoir être |
| nostris propinquis | à nos proches |
| consanguineisque, | et à ceux du-même-sang *que nous,* |

cadaveribus prœlio decertare cogentur? Nolite hos vestro
auxilio exspoliare, qui vestræ salutis causa suum periculum
neglexerint; nec stultitia ac temeritate vestra, aut imbecilli-
tate animi, omnem Galliam prosternere et perpetuæ servituti
addicere. An, quod ad diem non venerunt, de eorum fide
constantiaque dubitatis? Quid ergo? Romanos in illis ulterioribus munitionibus animine causa quotidie exerceri putatis?
Si illorum nuntiis confirmari non potestis, omni aditu præ-
septo, iis utimini testibus, appropinquare eorum adventum;
cujus rei timore exterriti diem noctemque in opere versantur.
Quid ergo mei consilii est? Facere quod nostri majores,
nequaquam pari bello Cimbrorum Teutonumque, fecerunt;
qui, in oppida compulsi, ac simili inopia subacti, eorum cor-
poribus, qui ætate inutiles ad bellum videbantur, vitam tolera-

cadavres de quatre-vingt mille des leurs égorgés en un seul lieu? Ne
les privez pas de votre secours, eux qui, pour vous sauver, n'ont
pas songé à leurs dangers; et n'allez pas, par folie et par témérité, ou par faiblesse d'âme, accabler toute la Gaule et la con-
damner à un éternel esclavage. Doutez-vous de leur parole et de
leur constance, parce qu'ils ne sont pas arrivés au jour précis?
Eh quoi! pensez-vous que ce soit pour se tenir en haleine que,
chaque jour, les Romains travaillent à ces fortifications extérieures?
Si, tous les chemins étant fermés, vos amis ne peuvent vous rassurer
par des messages, rapportez-vous-en aux Romains et comptez que
leur arrivée est prochaine : c'est là ce qui effraye nos ennemis; c'est
pour cela qu'il poursuivent nuit et jour leurs travaux. Quelle est donc
mon opinion? C'est de faire ce que firent nos ancêtres dans la guerre
bien différente des Cimbres et des Teutons. Refoulés dans leurs villes,
réduits à la même disette, ils soutinrent leur existence avec les
corps de ceux que l'âge rendait inhabiles à la guerre, et ne se livrè-

| | |
|---|---|
| octoginta millibus homi- | quatre-vingts milliers d'hommes |
| interfectis uno loco, [num | ayant été massacrés en un-seul endroit, |
| si cogentur | s'ils sont forcés |
| decertare prœlio | de lutter par la bataille |
| pæne in cadaveribus ipsis ? | presque sur les cadavres mêmes ? |
| Nolite exspoliare hos | Ne-veuillez-pas priver ceux-ci |
| vestro auxilio, | de votre secours, |
| qui causa vestræ salutis | eux qui en vue de votre salut |
| neglexerint | auront méprisé |
| suum periculum ; | leur propre danger ; |
| nec vestra stultitia | et ne veuillez pas par votre sottise |
| ac temeritate, | et votre témérité, |
| aut imbecillitate animi, | ou votre faiblesse de caractère, |
| prosternere omnem Galliam | abattre toute la Gaule |
| et addicere | et la condamner |
| servituti perpetuæ. | à un esclavage éternel. |
| An, quod non venerunt | Est-ce que, parce qu'ils ne sont pas venus |
| ad diem, | au jour fixé, |
| dubitatis de fide | vous doutez de la fidélité |
| constantiaque eorum ? | et de la constance d'eux ? |
| Quid ergo ? | Quoi donc ? |
| putatisne Romanos | pensez-vous les Romains |
| exerceri quotidie | s'exercer chaque-jour |
| in illis munitionibus | dans ces fortifications |
| ulterioribus | plus éloignées |
| causa animi ? | en vue de la satisfaction de leur esprit ? |
| Si non potestis confirmari | Si vous ne pouvez être rassurés |
| ..untiis | par des messages |
| illorum, | de ceux-là (des Gaulois), |
| omni aditu præsepto, | tout accès étant fermé, [pour témoins] |
| utimini iis testibus | usez de ces témoins (prenez les Romains |
| adventum eorum | l'arrivée d'eux |
| appropinquare ; | approcher ; |
| timore cujus rei exterriti | par la crainte duquel fait épouvantés |
| versantur in opere | ils vont-et-viennent dans les travaux |
| diem noctemque. | jour et nuit. |
| Quid ergo est mei consilii ? | Quoi donc est de (quel est) mon avis ? |
| facere quod nostri majores | De faire ce que nos ancêtres |
| fecerunt, | ont fait, |
| bello nequaquam pari | dans la guerre nullement égale |
| Cimbrorum Teutonumque ; | des Cimbres et des Teutons ; |
| Qui, compulsi in oppida, | eux qui, refoulés dans les places, |
| ac subacti | et domptés |
| inopia simili, | par une disette semblable, |
| toleraverunt vitam | soutinrent leur vie |
| corporibus eorum | avec les corps de ceux |
| qui ætate | qui par leur âge |

verunt, neque se hostibus transdiderunt. Cujus rei si exemplum
non haberemus, tamen libertatis causa institui et posteris
prodi, pulcherrimum judicarem. Nam quid illi simile bello
fuit? Depopulata Gallia, Cimbri, magnaque illata calamitate,
finibus quidem nostris aliquando excesserunt atque alias
terras petierunt ; jura, leges, agros, libertatem nobis relique-
runt : Romani vero quid petunt aliud, aut quid volunt, nisi
invidia adducti, quos fama nobiles potentesque bello cognoverunt, horum in agris civitatibusque considere, atque his
æternam injungere servitutem? Neque enim unquam alia conditione bella gesserunt. Quod si ea, quæ in longinquis nationibus geruntur, ignoratis, respicite finitimam Galliam, quæ, in

rent pas à l'ennemi. Si nous n'avions pas cet exemple, je croirais
bien beau de le donner anjourd'hui pour la liberté, de le transmettre
à nos neveux. Car quelle ressemblance y a-t-il entre cette ancienne
guerre et celle d'aujourd'hui? Après avoir ravagé la Gaule et lui
avoir causé des maux infinis, les Cimbres sortirent enfin de notre
territoire et allèrent chercher d'autres contrées ; ils nous laissèrent
nos droits, nos lois, nos champs, notre liberté : mais les Romains,
dominés par la jalousie, que prétendent-ils, que veulent-ils autre
chose que de soumettre à un joug éternel des peuples dont la renommée leur a fait connaître la gloire et la valeur, et de se fixer dans
nos campagnes et dans nos villes? Ils n'ont jamais eu d'autre
but dans leurs guerres. Si vous ignorez ce qui se passe chez les nations éloignées, considérez la partie de la Gaule qui vous touche :

| | |
|---|---|
| videbantur inutiles | paraissaient inutiles |
| ad bellum, | pour la guerre, |
| neque se transdiderunt | et ne se livrèrent pas |
| hostibus. | aux ennemis. |
| Cujus rei | De laquelle chose |
| si non haberemus | si nous n'avions pas |
| exemplum, | un exemple, |
| tamen | cependant |
| judicarem pulcherrimum | je jugerais très-beau |
| institui | *cet exemple* être établi |
| causa libertatis | en vue de la liberté |
| et prodi posteris. | et être transmis aux descendants. |
| Nam quid fuit simile | Car qu'y a-t-il eu de semblable |
| illi bello ? | à cette guerre *des Cimbres ?* |
| Gallia depopulata, | La Gaule ayant été saccagée, |
| magnaque calamitate | et un grand désastre |
| illata, | *nous* ayant été apporté, |
| Cimbri | les Cimbres |
| excesserunt quidem | sortirent cependant |
| aliquando | enfin |
| nostris finibus | de notre territoire |
| atque petierunt | et gagnèrent |
| alias terras; | d'autres terres ; |
| reliquerunt nobis | ils laissèrent à nous |
| jura, leges, | droits, lois, |
| agros, libertatem · | champs, liberté : |
| quid vero aliud | mais quoi d'autre |
| petunt Romani, | cherchent les Romains, |
| aut quid volunt, | ou que veulent-ils, |
| nisi, adducti invidia, | sinon, poussés par l'envie, |
| considere in agris | de s'établir dans les terres |
| civitatibusque | et dans les cités |
| horum quos cognoverunt | de ceux qu'ils ont appris |
| fama | par la renommée |
| nobiles | *être* nobles |
| potentesque bello, | et puissants par la guerre, |
| atque injungere his | et d'imposer à ceux-ci |
| æternam servitutem ? | une éternelle servitude? |
| Neque enim unquam | Et en effet jamais |
| gesserunt bella | ils n'ont fait des guerres |
| alia conditione. | à une autre condition. |
| Quod si ignoratis | Que si vous ne-savez-pas |
| ea quæ geruntur | ce qui se fait |
| in nationibus longinquis, | chez les nations lointaines, |
| respicite | regardez-derrière-vous |
| Galliam finitimam, | la Gaule voisine, |
| quæ, | qui, |

provinciam redacta, jure et legibus commutatis, securibus subjecta, perpetua premitur servitute. »

LXXVIII. Sententiis dictis, constituunt ut qui valetudine aut ætate inutiles sint bello, oppido excedant, atque omnia prius experiantur, quam ad Critognati sententiam descendant: illo tamen potius utendum consilio, si res cogat atque auxilia morentur, quam aut deditionis aut pacis subeundam conditionem. Mandubii, qui eos oppido receperant, cum liberis atque uxoribus exire coguntur. Hi, quum ad munitiones Romanorum accessissent, flentes omnibus precibus orabant ut se, in servitutem receptos, cibo juvarent. At Cæsar, dispositis in vallo custodiis, recipi prohibebat.

LXXIX. Interea Commius et reliqui duces, quibus summa imperii permissa erat, cum omnibus copiis ad Alesiam perveniunt, et, colle exteriore occupato, non longius mille passibus

réduite en province, son droit et ses lois sont changés; elle est soumise à la hache, et elle gémit dans une servitude sans terme. »

LXXVIII. Les voix recueillies, on résolut de faire sortir de la place tous ceux que leur santé ou leur âge rendait impropres à la guerre, et de tout tenter avant de suivre l'avis de Critognat : cependant, si le secours tardait trop et qu'on en fût réduit là, on s'y résoudrait plutôt que d'en venir à capituler ou à subir des conditions de paix. Les Mandubiens, qui avaient reçu les autres Gaulois dans leur ville, sont forcés d'en sortir avec leurs femmes et leurs enfants: ils s'avancèrent vers les lignes des Romains, pleurant et ne cessant de supplier qu'on les prît pour esclaves et qu'on leur donnât des vivres. Mais César plaça des postes sur le rempart pour empêcher de les recevoir.

LXXIX. Cependant Commius et les autres chefs auxquels on avait confié le commandement arrivent avec toutes leurs forces près d'Alésia, et campent en dehors sur une colline, à mille pas tout au plus de nos

| | |
|---|---|
| redacta in provinciam, | réduite en province, |
| jure et legibus commutatis, | le droit et les lois étant changés, |
| subjecta securibus, | soumise aux haches, |
| premitur | est accablée |
| servitute perpetua. » | d'un esclavage perpétuel. » |
| LXXVIII. Sententiis dictis, | LXXVIII. Les opinions ayant été dites, |
| constituunt ut | ils décident que |
| qui valetudine aut ætate | *ceux* qui par la santé ou par l'âge |
| sint inutiles bello, | étaient inutiles pour la guerre, |
| excedant oppido, | sortent de la place, |
| atque experiantur omnia | et qu'*eux-mêmes* tentent tout |
| prius quam descendant | avant qu'ils ne descendent (n'en viennent) |
| ad sententiam Critognati : | à l'avis de Critognat : |
| utendum tamen | qu'il faudrait user cependant |
| illo consilio, | de ce conseil, |
| si res cogat | si la situation y forçait |
| atque auxilia morentur, | et *si* les secours tardaient, |
| potius quam subeundam | plutôt que de subir |
| conditionem deditionis | la condition d'une reddition |
| aut pacis. | ou d'une paix. |
| Mandubii, | Les Mandubiens, |
| qui receperant eos oppido, | qui avaient reçu eux dans la place, |
| coguntur exire | sont forcés de sortir |
| cum liberis | avec *leurs* enfants |
| atque uxoribus. | et *leurs* femmes. |
| Hi, quum accessissent | Ceux-ci, comme ils s'étaient approchés |
| ad munitiones | des fortifications |
| Romanorum, | des Romains, |
| flentes | pleurant |
| orabant omnibus precibus | suppliaient par toutes *sortes de* prières |
| ut juvarent cibo | qu'ils aidassent de nourriture |
| se receptos in servitutem. | eux-mêmes reçus en esclavage. |
| At Cæsar, | Mais César, |
| custodiis dispositis | des gardes étant placées |
| in vallo, | sur le retranchement, |
| prohibebat recipi. | empêchait *eux* être reçus. |
| LXXIX. Interea | LXXIX. Cependant |
| Commius et reliqui duces, | Commius et les autres chefs, |
| quibus summa imperii | à qui l'ensemble du commandement |
| permissa erat, | avait été remis, |
| perveniunt ad Alesiam | arrivent auprès d'Alésia |
| cum omnibus copiis, | avec toutes *leurs* troupes, |
| et, colle exteriore | et, une colline extérieure |
| occupato, | ayant été occupée, |
| considunt | s'établissent |
| non longius mille passibus | pas plus loin que mille pas |

ab nostris munitionibus considunt. Postero die equitatu ex castris educto, omnem eam planitiem. quam in longitudinem tria millia passuum patere demonstravimus[1], complent, pedestresque copias paulum ab eo loco abditas in locis superioribus constituunt. Erat ex oppido Alesia despectus in campum. Concurritur. his auxiliis visis : fit gratulatio inter eos atque omnium animi ad lætitiam excitantur. Itaque productis copiis ante oppidum considunt et proximam fossam cratibus integunt atque aggere explent, seque ad eruptionem atque omnes casus comparant.

LXXX. Cæsar, omni exercitu ad utramque partem munitionum disposito, ut, si usus veniat, suum quisque locum teneat et noverit, equitatum ex castris educi et prœlium committi jubet. Erat ex omnibus castris, quæ summum undique jugum tenebant, despectus; atque omnium militum intenti animi pugnæ proventum exspectabant. Galli inter equites raros

retranchements. Le lendemain ils font sortir leur cavalerie ; elle couvre toute cette plaine, qui s'étendait, comme nous l'avons dit, jusqu'à trois milles en longueur ; leur infanterie se tenait à quelque distance, cachée derrière les hauteurs. D'Alésia on dominait la campagne : à la vue du secours, on s'empresse, on se félicite et tous les cœurs s'excitent à l'allégresse. Les troupes s'avancent donc, se forment devant la ville, couvrent le premier fossé de fascines, le comblent avec de la terre et se tiennent prêtes pour une sortie et pour tout événement.

LXXX. Ayant disposé l'armée sur le double front de ses retranchements, afin qu'au besoin chacun connaisse et prenne son poste César ordonne à la cavalerie de sortir du camp et d'engager le combat. On pouvait le voir des divers camps qui occupaient toutes les hauteurs, et tous les soldats, l'âme en suspens, attendaient l'issue de la lutte. Les Gaulois avaient jeté quelques archers et des fantassins

| | |
|---|---|
| ab nostris munitionibus. | de nos fortifications. |
| Die postero, | Le jour suivant, [camp, |
| equitatu educto ex castris, | la cavalerie ayant été menée hors du |
| complent | ils remplissent |
| omnem eam planitiem, | toute cette plaine, |
| quam demonstravimus | que nous avons indiquée |
| patere tria millia passuum | s'étendre de trois milliers de pas |
| in longitudinem, | en longueur, |
| constituuntque | et rangent |
| copias pedestres | *leurs* troupes d'-infanterie |
| paulum abditas ab eo loco | un peu éloignées de ce lieu |
| in locis superioribus. | dans les positions plus élevées. |
| Ex oppido Alesia | Depuis la ville *d'*Alésia |
| erat despectus in campum. | il y avait (on avait) vue sur la plaine. |
| Concurritur, | On accourt, |
| his auxiliis visis : | ces secours ayant été vus : |
| gratulatio fit inter eos | des félicitations se font entre eux |
| atque animi omnium | et les esprits de tous |
| excitantur ad lætitiam. | sont excités à la joie. |
| Itaque copiis productis | Aussi les troupes ayant été sorties |
| considunt ante oppidum | ils se postent devant la place |
| et integunt cratibus | et couvrent de claies |
| fossam proximam | le fossé le plus proche |
| atque explent aggere, | et *le* comblent par un remblai, |
| seque comparant | et se préparent |
| ad eruptionem | à une sortie |
| atque omnes casus. | et *à* tous les événements. |
| LXXX. Cæsar, | LXXX. César, |
| omni exercitu disposito | toute *son* armée ayant été rangée |
| ad utramque partem | de l'un-et-l'autre-côté |
| munitionum, | des fortifications, |
| ut, si usus veniat, | afin que, si le besoin vient, |
| quisque teneat | chacun conserve |
| et noverit suum locum, | et connaisse son poste, |
| jubet equitatum | ordonne la cavalerie |
| educi ex castris | être menée hors du camp |
| et prœlium committi. | et le combat être engagé. |
| Despectus erat | Une vue-de-haut-en-bas était |
| ex omnibus castris, | de tous les camps, |
| quæ tenebant undique | qui occupaient de-tous-côtés |
| summum jugum ; | le sommet-de la hauteur ; |
| atque animi | et les esprits |
| omnium militum | de tous les soldats |
| intenti | attentifs |
| exspectabant proventum | attendaient l'issue |
| pugnæ. | du combat. |
| Galli | Les Gaulois |

sagittarios expeditosque levis armaturæ interjecerant, qui suis
cedentibus auxilio succurrerent et nostrorum equitum impetus
sustinerent. Ab his complures de improviso vulnerati prœlio
excedebant. Quum suos pugna superiores esse Galli confiderent et nostros multitudine premi viderent, ex omnibus partibus et ii, qui munitionibus continebantur, et ii, qui ad auxilium
convenerant, clamore et ulutatu suorum animos confirmabant.
Quod in conspectu omnium res gerebatur, neque recte ac turpiter factum celari poterat, utrosque et laudis cupiditas et
timor ignominiæ ad virtutem excitabant. Quum a meridie
prope ad solis occasum dubia victoria pugnaretur, Germani
una in parte confertis turmis in hostes impetum fecerunt,
eosque propulerunt : quibus in fugam conjectis, sagittarii circumventi interfectique sunt. Item ex reliquis partibus nostri,

armés à la légère dans les rangs peu serrés de leur cavalerie, pour
lui porter secours, si elle pliait, et pour soutenir le choc de la nôtre :
ils surprirent et blessèrent plusieurs de nos cavaliers qui se retirèrent de la mêlée. Les Gaulois, croyant que l'avantage était de leur
côté et voyant les nôtres pressés par le nombre, encourageaient les
leurs par des cris et des hurlements, que poussaient de toutes parts
et ceux qui étaient enfermés par nos lignes et ceux qui venaient à
leur secours. L'affaire se passant sous les yeux de tous, et nul trait
de valeur ou de lâcheté ne pouvant rester caché, l'amour de la
gloire et la crainte de l'infamie enflammaient des deux côtés les cou-
rages. On avait combattu depuis midi presque jusqu'au coucher du
soleil, et la victoire était indécise, lorsque les Germains, serrant
leurs escadrons sur un point, chargèrent l'ennemi, l'ébranlèrent, le
mirent en fuite, enveloppèrent ses archers et les taillèrent en pièces.
Les Gaulois plièrent de même partout et furent poursuivis par les

| | |
|---|---|
| interjecerant | avaient placé |
| inter equites raros | entre les cavaliers peu-serrés |
| sagittarios expeditosque | des archers et des *soldats* sans bagage |
| armaturæ levis, | d'armes légères, |
| qui succurrerent auxilio | qui devaient courir au secours |
| suis cedentibus | aux (des) leurs se retirant |
| et sustinerent impetum | et devaient arrêter l'élan |
| nostrorum equitum. | de nos cavaliers. |
| Complures | De nombreux *des nôtres* |
| vulnerati ab his | blessés par ceux-ci |
| de improviso | à l'improviste |
| excedebant prœlio. | se retiraient du combat. |
| Quum Galli confiderent | Comme les Gaulois avaient-confiance |
| suos esse superiores | les leurs être supérieurs |
| pugna | dans le combat |
| et viderent nostros | et voyaient les nôtres |
| premi multitudine, | être pressés par la multitude, |
| et ii qui continebantur | et ceux qui étaient enfermés |
| munitionibus, | par les fortifications, |
| et ii qui convenerant | et ceux qui étaient venus |
| ad auxilium, | au secours, |
| ex omnibus partibus | de tous côtés |
| confirmabant | raffermissaient |
| animos suorum | le courage des leurs |
| clamore et ululatu. | par des cris et des hurlements. |
| Quod res gerebatur | Parce que l'affaire se passait |
| in conspectu omnium, | à la vue de tous, |
| neque factum recte | et qu'une chose faite bien |
| ac turpiter | et (ou) honteusement |
| poterat celari, | ne pouvait pas être cachée, |
| et cupiditas laudis | et le désir de la gloire |
| et timor ignominiæ | et la crainte de l'infamie |
| excitabant utrosque | animaient les-uns-et-les-autres |
| ad virtutem. | à la valeur. |
| Quum a meridie | Comme depuis midi |
| prope ad occasum solis | presque jusqu'au coucher du soleil |
| pugnaretur victoria dubia, | on combattait avec une victoire douteuse, |
| Germani, | les Germains, |
| turmis confertis | *leurs* escadrons étant serrés |
| in una parte, | sur un point, |
| fecerunt impetum in hostes, | firent une charge sur les ennemis, |
| propuleruntque eos : | et repoussèrent eux : |
| quibus conjectis in fugam, | lesquels étant jetés (mis) en fuite |
| sagittarii circumventi sunt | les archers furent enveloppés |
| interfectique. | et massacrés. |
| Item ex reliquis partibus | De même des autres côtés |
| nostri, insecuti | les nôtres, ayant poursuivi |

cedentes usque ad castra insecuti, sui colligendi facultatem non dederunt. At ii, qui ab Alesia processerant, mœsti, prope victoria desperata, se in oppidum receperunt.

LXXXI. Uno die intermisso, Galli, atque hoc spatio magno cratium, scalarum, harpagonum [1] numero effecto, media nocte silentio ex castris egressi, ad campestres munitiones accedunt. Subito clamore sublato, qua significatione, qui in oppido obsidebantur, de suo adventu cognoscere possent, crates projicere, fundis, sagittis, lapidibus nostros de vallo deturbare, reliquaque, quæ ad oppugnationem pertinent, administrare. Eodem tempore, clamore exaudito, dat tuba signum suis Vercingetorix. atque ex oppido educit. Nostri, ut superioribus diebus suus cuique locus erat definitus, ad munitiones accedunt : fundis, librilibus sudibusque quas in opere dis-

nôtres jusqu'à leur camp, sans qu'on leur donnât le temps de se reconnaître. Ceux qui étaient sortis d'Alésia, tristes et désespérant presque de la victoire, rentrèrent dans la place.

LXXXI. Le surlendemain, les Gaulois, ayant dans l'intervalle fabriqué une grande quantité de claies, d'échelles et de crocs, sortent de leur camp en silence au milieu de la nuit, et s'approchent des fortifications établies dans la plaine. Tout à coup, poussant un cri pour faire connaître leur arrivée aux assiégés, ils jettent leurs claies, renversent à coups de frondes, de flèches et de pierres les gardes du rempart, et font toutes leurs dispositions pour l'assaut. En même temps Vercingétorix, qui avait entendu leur cri, donne le signal avec la trompette et fait sortir ses troupes de la ville. Nos soldats, à chacun desquels on avait antérieurement assigné son poste, garnissent les lignes et jettent l'épouvante chez les Gaulois avec les frondes, les balles de plomb et les épieux qu'on tenait prêts

| | |
|---|---|
| usque ad castra | jusqu'à *leur* camp |
| cedentes, | *eux* qui se retiraient, |
| non dederunt facultatem | ne *leur* donnèrent pas la facilité |
| sui colligendi. | de se reconnaître. |
| At ii qui processerant | Mais ceux qui étaient sortis |
| ab Alesia, | d'Alésia, |
| mœsti, | tristes, |
| victoria prope desperata, | la victoire étant presque crue-désespérée, |
| se receperunt in oppidum. | se retirèrent dans la place. |
| LXXXI. Uno die | LXXXI. Un-seul jour |
| intermisso, | ayant été laissé-en-intervalle, |
| atque hoc spatio | et dans cet espace *de temps* |
| magno numero cratium, | un grand nombre de claies, |
| scalarum, harpagonum, | d'échelles, de crocs, |
| effecto, | ayant été fabriqué, |
| Galli, egressi ex castris | les Gaulois, étant sortis du camp |
| silentio media nocte, | en silence au milieu-de la nuit, |
| accedunt | s'avancent |
| ad munitiones campestres. | vers les fortifications de-la-plaine. |
| Clamore subito sublato, | Un cri soudain ayant été élevé (poussé), |
| qua significatione | par lequel signal (afin que par ce signal) |
| qui obsidebantur | ceux qui étaient assiégés |
| in oppido | dans la place |
| possent cognoscere | pussent être informés |
| de suo adventu, | de leur arrivée, |
| projicere crates, | *ils commencent* à jeter les claies, |
| deturbare nostros de vallo | à culbuter les nôtres du retranchement |
| fundis, sagittis, | avec les frondes, les flèches, |
| lapidibus, | les pierres, |
| administrareque reliqua | et *à* exécuter les autres choses |
| quæ pertinent | qui ont-rapport |
| ad oppugnationem. | à une attaque. |
| Eodem tempore, | Dans le même temps, |
| clamore exaudito, | le cri ayant été entendu, |
| Vercingetorix | Vercingétorix |
| dat signum suis | donne le signal aux siens |
| tuba, | avec la trompette, |
| atque educit ex oppido. | et *les* fait-sortir de la place. |
| Nostri, | Les nôtres, |
| ut diebus superioribus | comme les jours précédents |
| suus locus | sa place |
| definitus erat cuique, | avait été marquée à chacun, |
| accedunt ad munitiones: | s'avancent vers les retranchements. |
| perterrent Gallos | ils effrayent les Gaulois |
| fundis, librilibus | par les frondes, les *pierres* de-trait |
| sudibusque | et les épieux |
| quas disposuerant in opere, | qu'ils avaient disposés dans les travaux, |

posuerant, ac glandibus Gallos perterrent. Prospectu tenebris
adempto, multa utrinque vulnera accipiuntur; complura tormentis tela conjiciuntur. At M. Antonius et C. Trebonius,
legati, quibus eæ partes ad defendandum obvenerant, qua ex
parte nostros premi intellexerant, iis auxilio ex ulterioribus
castellis deductos submittebant.

LXXXII. Dum longius ab munitione aberant Galli, plus
multitudine telorum proficiebant . posteaquam propius successerunt, aut se ipsi stimulis inopinantes induebant, aut in scrobes delapsi transfodiebantur, aut ex vallo ac turribus transjecti
pilis muralibus interibant. Multis undique vulneribus acceptis, nulla munitione perrupta, quum lux appeteret, veriti ne
ab latere aperto ex superioribus castris eruptione circumvenirentur, se ad suos receperunt. At interiores, dum ea, quæ a
Vercingetorige ad eruptionem præparata erant, proferunt,

dans les travaux. Au milieu de l'obscurité qui dérobait la vue, on
reçut de part et d'autre de nombreuses blessures et nos machines
lancèrent une grande quantité de traits. Les lieutenants M. Antonius
et C. Trébonius, qui étaient chargés de la défense de cette partie des
lignes, faisaient venir des renforts des redoutes éloignées et les diri-
geaient sur les points les plus menacés.

LXXXII. Tant que les Gaulois furent à quelque distance des
retranchements, ils tiraient meilleur parti du grand nombre de leurs
traits : quand ils s'approchèrent, ils s'enferraient eux-mêmes dans
les éperons, ou tombaient dans les trous, ou périssaient percés par
les javelots de rempart qu'on lançait de la terrasse et des tours. Après
beaucoup de blessures reçues de tous côtés, comme nos fortifications
n'étaient pas entamées et que le jour approchait, les Gaulois, craignant d'être pris en flanc par une sortie des quartiers plus élevés, se
retirèrent. Les assiégés apportent cependant ce qu'avait fait préparer
Vercingétorix pour une sortie : ils comblent les premiers fossés;

ac glandibus.
Prospectu
adempto tenebris,
multa vulnera
accipiuntur utrinque;
complura tela
conjiciuntur tormentis.
At M. Antonius
et C. Trebonius, legati,
quibus eæ partes
obvenerant
ad defendendum,
ex qua parte intellexerant
nostros premi,
submittebant auxilio iis
deductos
ex castellis ulterioribus.
LXXXII. Dum Galli
aberant longius
ab munitione,
proficiebant plus
multitudine telorum :
posteaquam successerunt
propius,
aut ipsi inopinantes
se induebant stimulis,
aut delapsi in scrobes
transfodiebantur;
aut transjecti
pilis muralibus
ex vallo
ac turribus
interibant.
Multis vulneribus acceptis
undique,
nulla munitione perrupta,
quum lux appeteret,
veriti ne ab latere aperto
circumvenirentur
eruptione
ex castris superioribus,
se receperunt ad suos
At interiores,
dum proferunt
ea quæ præparata erant
a Vercingetorige
ad eruptionem,

et par des balles.
La vue
étant ôtée par les ténèbres,
de nombreuses blessures
sont reçues de-part-et-d'autre,
un-grand-nombre-de traits
sont lancés par les machines.
Mais M. Antonius
et C. Trébonius, lieutenants,
à qui ces côtés
avaient échu
pour repousser *l'ennemi*,
du côté où ils avaient vu
les nôtres être pressés,
envoyaient au secours à eux
des *soldats* tirés
des redoutes plus éloignées.
LXXXII. Tandis que les Gaulois
étaient plus loin
du retranchement,
ils gagnaient davantage
par le grand-nombre des traits.
après qu'ils se furent avancés
plus près,
ou eux-mêmes ne-s'y-attendant-pas
s'enferraient dans les éperons,
ou étant tombés dans les trous
étaient transpercés,
ou traversés
par des javelots de-rempart
*lancés* du retranchement
et des tours
périssaient.
De nombreuses blessures ayant été reçues
de-tous-côtés,
aucune fortification n'ayant été forcée,
comme le jour approchait,
craignant que sur *leur* côté découvert
ils ne fussent enveloppés
par une sortie
*faite* du camp plus élevé,
ils se retirèrent vers les leurs.
Mais ceux-qui-étaient-au-dedans *de la ville,*
tandis qu'ils portent-au-dehors
ce qui avait été préparé
par Vercingétorix
pour une sortie,

priores fossas explent, diutius in iis rebus administrandis morati, prius suos discessisse cognoverunt, quam munitionibus appropinquarent. Ita, re infecta, in oppidum reverterunt.

LXXXIII. Bis magno cum detrimento repulsi, Galli quid agant consulunt : locorum peritos adhibent : ab his superiorum castrorum situs munitionesque cognoscunt. Erat a septentrionibus collis, quem propter magnitudinem circuitus opere circumplecti non potuerant nostri, necessarioque pæne iniquo loco et leniter declivi castra fecerant. Hæc C. Antistius Reginus et C. Caninius Rebilus, legati, cum duabus legionibus obtinebant. Cognitis per exploratores regionibus, duces hostium sexaginta millia ex omni numero deligunt earum civitatum, quæ maximam virtutis opinionem habebant; quid quoque pacto agi placeat, occulte inter se constituunt; adeundi tempus definiunt, quum meridies esse videatur. Iis copiis Vergasillau-

mais, l'opération ayant traîné en longueur, ils n'étaient pas encore à portée des lignes, lorsqu'ils reconnurent que leurs auxiliaires avaient abandonné l'attaque. Ainsi, sans avoir rien fait, ils rentrèrent dans la place.

LXXXIII. Deux fois repoussés avec une perte considérable, les Gaulois délibérèrent sur ce qu'ils avaient à faire. En consultant ceux qui connaissaient le pays, ils apprirent la situation et l'état de défense de nos quartiers sur les hauteurs. Au nord était une colline que son trop grand circuit avait empêché de renfermer dans les lignes. On avait donc été forcé d'y former un camp dans une assez mauvaise position, sur une pente douce. Les lieutenants C. Antistius Réginus et C. Caninius Rébilus l'occupaient avec deux légions. Les ennemis, après avoir fait reconnaître le terrain par leurs éclaireurs, choisissent sur toute l'armée soixante mille combattants, pris parmi les nations les plus renommées pour leur bravoure, arrêtent en secret leur plan et le mode d'exécution, fixent l'heure d'environ midi pour celle de l'attaque et placent ces forces sous les ordres de l'Arverne

explent priores fossas, / *et* comblent les premiers fossés,

morati diutius / ayant tardé trop longtemps

in administrandis iis rebus, / en exécutant ces choses,

cognoverunt / apprirent

suos discessisse [rent / les leurs s'être retirés

priusquam appropinqua- / avant qu'*eux-mêmes* approchassent

munitionibus. / des fortifications. [faite,

Itaque, re infecta, / En-conséquence, l'affaire n'étant-pas-

reverterunt in oppidum. / ils retournèrent dans la place.

LXXXIII. Galli, / LXXXIII. Les Gaulois,

repulsi bis / repoussés deux-fois

cum magno detrimento, / avec une grande perte,

consulunt quid agant : / délibèrent sur ce qu'ils doivent faire :

adhibent / ils admettent *à la délibération*

peritos locorum : / les *gens* ayant-connaissance des lieux :

cognoscunt ab his / ils apprennent d'eux

situs munitionesque / l'assiette et les fortifications

castrorum superiorum. / du camp placé-sur-la-hauteur.

Erat a septentrionibus / Il y avait du-côté-du septentrion

collis, quem nostri / une colline, que les nôtres

propter magnitudinem / à-cause-de la grandeur

circuitus / de *son* circuit

non potuerant circumplecti / n'avaient pas pu embrasser

opere, / par les travaux,

necessarioque / et forcément

fecerant castra / ils avaient fait le camp [geux

loco pæne iniquo / sur un emplacement presque désavanta-

et declivi leniter. / et allant-en-pente doucement.

C. Antistius Reginus / C. Antistius Réginus

et C. Caninius Rebilus, / et C. Caninius Rébilus,

legati, / lieutenants,

obtinebant hæc / occupaient ce camp

cum duabus legionibus. / avec deux légions.

Regionibus cognitis / Les localités étant reconnues

per exploratores, / par *leurs* éclaireurs,

duces hostium / les chefs des ennemis

deligunt sexaginta millia / choisissent soixante milliers *d'hommes*

ex omni numero / sur tout le nombre

earum civitatum, / de ces cités,

quæ habebant [tutis ; / qui avaient

maximam opinionem vir- / la plus grande réputation de valeur ;

constituunt occulte inter se / ils règlent secrètement entre eux

quid placeat agi / ce qu'il *leur* plaît qu'on fasse

quoque pacto ; / et de quelle manière ;

definiunt tempus adeundi, / ils fixent le moment d'aborder *le camp*,

quum meridies / quand le milieu-du-jour

videatur esse. / semblerait être.

num Arvernum, unum ex quatuor ducibus, propinquum Vercingetorigis, præficiunt. Ille, ex castris prima vigilia egressus, prope confecto sub lucem itinere, post montem se occultavit militesque ex nocturno labore sese reficere jussit. Quum jam meridies appropinquare videretur, ad ea castra, quæ supra demonstravimus, contendit : eodemque tempore equitatus ad campestres munitiones accedere et reliquæ copiæ pro castris sese ostendere cœperunt.

LXXXIV. Vercingetorix ex arce Alesiæ suos conspicatus ex oppido egreditur; a castris longurios, musculos, falces reliquaque, quæ eruptionis causa paraverat, profert. Pugnatur uno tempore omnibus locis acriter atque omnia tentantur : qua minime visa pars firma est, huc concurritur. Romanorum manus tantis munitionibus distinetur, nec facile pluribus locis occurrit. Multum ad terrendos nostros valuit clamor qui post

Vergasillaunus, l'un de leurs quatre chefs, parent de Vercingétorix. Il sort du camp à la première veille, et, vers le point du jour, ayant presque achevé le trajet, il se cache derrière une montagne et laisse ses troupes se reposer de la fatigue de la nuit ; puis, quand il juge qu'il est près de midi, il marche au camp dont nous avons parlé. La cavalerie gauloise s'approche en même temps des lignes de la plaine; le reste de l'infanterie se range en avant de son camp.

LXXXIV. Vercingétorix, qui les découvre de la citadelle d'Alésia, sort de la ville, emportant les perches, les claies, les mantelets, les faux, et tout ce qu'il avait préparé pour une sortie. On se bat partout à la fois avec acharnement; partout on attaque; on se porte vers l'endroit qui paraît le plus faible. L'étendue des ouvrages a disséminé les Romains sur plusieurs points, ils ont peine à se défendre. Les cris qu'on poussait derrière eux contribuaient beaucoup à les

| | |
|---|---|
| Præficiunt iis copiis | Ils mettent-à-la-tête-de ces troupes |
| Vergasillaunum | Vergasillaunus |
| Arvernum, | l'Arverne, |
| unum ex quatuor ducibus, | un des quatre chefs, |
| propinquum | parent |
| Vercingetorigis. | de Vercingétorix. |
| Ille, egressus ex castris | Celui-ci, étant sorti du camp |
| prima vigilia, | à la première veille, |
| itinere prope confecto | la route étant à peu près achevée |
| sub lucem, | à-l'approche-du jour, |
| se occultavit post montem | se cacha derrière une montagne |
| jussitque milites | et ordonna aux soldats |
| sese reficere | de se remettre |
| ex labore nocturno. | de la fatigue de-la-nuit. |
| Quum meridies   [quare, | Comme le milieu-du-jour |
| videretur jam appropin- | paraissait déjà approcher, |
| contendit ad ea castra, | il se dirige vers ce camp, |
| quæ demonstravimus | que nous avons indiqué |
| supra : | ci-dessus : |
| eodemque tempore | et dans le même temps |
| equitatus accedere | la cavalerie *commença* d'avancer |
| ad munitiones campestres | vers les fortifications de-la-plaine |
| et reliquæ copiæ | et le reste-des troupes |
| cœperunt sese ostendere | commença de se montrer |
| pro castris. | en avant du camp. |
| LXXXIV. Vercingetorix | LXXXIV. Vercingétorix |
| conspicatus suos | ayant aperçu les siens |
| ex arce Alesiæ | depuis la citadelle d'Alésia |
| egreditur ex oppido ; | sort de la place ; |
| profert a castris | il fait-apporter du camp |
| longurios, musculos, | les perches, les mantelets, |
| falces reliquaque, | les faux et les autres *objets*, |
| quæ paraverat | qu'il avait préparés |
| causa eruptionis. | en vue d'une sortie. |
| Pugnatur uno tempore | On combat en un-seul (même) temps |
| omnibus locis acriter | sur tous les points avec-acharnement |
| atque omnia tentantur : | et tout est essayé : |
| concurritur huc, | on accourt là, |
| qua pars | où un côté |
| visa est minime firma. | a paru le moins solide. |
| Manus Romanorum | La troupe des Romains |
| distinetur | est tenue-disséminée |
| tantis munitionibus, | par de si-grandes fortifications, |
| nec occurrit facile | et ne résiste pas facilement |
| pluribus locis. | sur plusieurs points. |
| Clamor qui exstitit | Le cri qui s'éleva |
| post tergum | derrière le dos |

tergum pugnantibus exstitit, quod suum periculum in aliena vident virtute consistere : omnia enim plerumque quæ absunt vehementius hominum mentes perturbant.

LXXXV. Cæsar, idoneum locum nactus, quid quaque in parte geratur, cognoscit, laborantibus auxilium submittit. Utrisque ad animum occurrit, unum illud esse tempus, quo maxime contendi conveniat. Galli, nisi perfregerint munitiones, de omni salute desperant ; Romani, si rem obtinuerint, finem laborum omnium exspectant. Maxime ad superiores munitiones laboratur, quo Vergasillaunum missum demonstravimus. Exiguum loci ad declivitatem fastigium magnum habet momentum. Alii tela conjiciunt ; alii testudine facta subeunt ; defatigatis in vicem integri succedunt. Agger, ab universis in munitionem conjectus, et ascensum dat Gallis,

intimider, chacun sentant que sa vie dépendait du courage d'un autre : car ce qu'on ne voit pas est, le plus souvent, ce qui trouble le plus vivement les esprits.

LXXXV. César, placé dans un lieu d'où il pouvait découvrir ce qui se passait sur toute la ligne, envoie des renforts partout où il voit les siens plier. De part et d'autre on comprend que le moment est décisif et qu'on doit faire les derniers efforts. Les Gaulois ne voient plus d'espoir de salut, s'ils ne forcent les lignes ; les Romains, s'ils ont l'avantage, s'attendent à voir finir toutes leurs fatigues. Le péril était surtout vers les hauteurs, où nous avons dit que Vergasillaunus s'était porté. L'étroit sommet qui en dominait la pente était d'une grande importance. Une partie des Gaulois y lance des traits ; une autre forme la tortue et monte à l'assaut : des hommes frais relèvent ceux qui se fatiguent. Ils jettent tous dans les retranchements des monceaux de terre, qui leur facilitent l'accès et

| | |
|---|---|
| pugnantibus | à *eux* combattant |
| valuit multum | eut-de-l'influence beaucoup |
| ad terrendos nostros, | pour effrayer les nôtres, |
| quod vident | parce qu'ils voient |
| suum periculum | leur péril [trui : |
| consistere in virtute aliena : | reposer sur (dépendre de) la valeur d'-au- |
| plerumque enim | car le plus souvent |
| omnia quæ absunt | toutes les choses qui sont-loin *des yeux* |
| perturbant vehementius | troublent plus fortement |
| mentes hominum. | les esprits des hommes. |
| LXXXV. Cæsar, | LXXXV. César, |
| nactus locum idoneum, | ayant trouvé un lieu convenable, |
| cognoscit quid geratur | examine ce qui se fait |
| in quaque parte, | sur chaque point, |
| submittit auxilium | envoie du secours |
| laborantibus. | à ceux qui-sont-en-péril. |
| Occurrit ad animum | *Ceci* se présente à la pensée |
| utrisque, | aux-uns-et-aux-autres, |
| illud tempus esse unum | ce moment être le seul |
| quo conveniat | où il convienne |
| contendi maxime. | des-efforts-être-faits le plus. |
| Galli, | Les Gaulois, |
| nisi perfregerint | s'ils ne forcent |
| munitiones, | les retranchements, |
| desperant de omni salute ; | désespèrent de tout salut ; |
| Romani, | les Romains, |
| si obtinuerint rem, | s'ils ont remporté l'avantage, |
| exspectant finem | attendent la fin |
| omnium laborum. | de toutes *leurs* fatigues. |
| Laboratur maxime | On est-en-péril surtout |
| ad munitiones superiores, | auprès des fortifications supérieures, |
| quo demonstravimus | où nous avons indiqué |
| Vergasillaunum missum. | Vergasillaunus *avoir été* envoyé. |
| Fastigium loci | Le sommet de la position |
| exiguum | *quoique* étroit |
| habet magnum momentum | a une grande importance |
| ad declivitatem. | relativement-à la pente. |
| Alii conjiciunt tela ; | Les uns jettent des traits ; |
| alii subeunt. | les autres gravissent, |
| testudine facta ; | la tortue étant faite ; |
| integri | des *combattants* frais |
| succedunt in vicem | remplacent *tour* à tour |
| defatigatis. | ceux fatigués. |
| Agger, | Un amas-de-terre, |
| conjectus in munitionem | jeté dans la fortification |
| ab universis, | par *les Gaulois* tous-ensemble, |
| et dat ascensum Gallis, | et donne l'escalade aux Gaulois, |

et ea quæ in terram occultaverant Romani [1] contegit : nec jam arma nostris nec vires suppetunt.

LXXXVI. His rebus cognitis, Cæsar Labienum cum cohortibus sex subsidio laborantibus mittit : imperat, si sustinere non possit, deductis cohortibus eruptione pugnet : id nisi necessario, ne faciat. Ipse adit reliquos ; cohortatur ne labori succumbant ; omnium superiorum dimicationum fructum in eo die atque hora docet consistere. Interiores, desperatis campestribus locis propter magnitudinem munitionum, loca prærupta ex ascensu tentant : huc ea, quæ paraverant, conferunt : multitudine telorum ex turribus propugnantes deturbant : aggere et cratibus fossas explent, aditus expediunt : falcibus vallum ac loricam rescindunt.

LXXXVII. Cæsar mittit primo Brutum adolescentem cum

recouvrent les piéges cachés par les Romains ; déjà les nôtres n'ont plus ni assez de traits ni assez de forces.

LXXXVI. César, informé de ce qui se passe, envoie au secours de ses soldats accablés Labiénus avec six cohortes ; il lui ordonne de faire une sortie, s'il craint d'être forcé, mais seulement en cas de nécessité : lui-même il parcourt les autres postes, exhortant les soldats à ne point se laisser abattre par la fatigue : il leur montre que de ce jour, de ce moment, dépend tout le fruit de leurs anciennes victoires. Désespérant de réussir dans la plaine, à cause de la force des ouvrages, les assiégés tentent l'escalade des endroits escarpés. Ils y portent tout ce qu'ils ont préparé, écartent, par une grêle de traits, ceux qui défendent les tours, comblent le fossé de terre et de claies, et, se frayant ainsi les approches, entament la terrasse et le parapet avec des faux.

LXXXVII. César y envoie d'abord le jeune Brutus avec six co-

| | |
|---|---|
| et contegit ea, | et recouvre ces *piéges,* |
| quæ Romani | que les Romains |
| occultaverant in terram : | avaient cachés dans la terre : |
| jam nec arma | déjà ni les armes |
| nec vires | ni les forces |
| suppetunt nostris. | ne sont-suffisantes aux nôtres. |
| LXXXVI. His rebus | LXXXVI. Ces faits |
| cognitis, | étant appris, |
| Cæsar mittit Labienum | César envoie Labiénus |
| cum sex cohortibus | avec six cohortes |
| subsidio | à secours (au secours) |
| laborantibus : | à (de) ceux qui sont-en-péril : |
| imperat, | il commande, |
| si non possit sustinere, | s'il ne peut résister, |
| pugnet eruptione | qu'il combatte par une sortie |
| cohortibus deductis ; | avec les cohortes emmenées ; |
| ne faciat id, | *mais* qu'il ne fasse pas cela, |
| nisi necessario. | sinon par-nécessité. |
| Ipse adit reliquos ; | Lui-même va trouver les autres ; |
| hortatur | il *les* exhorte          [tigue; |
| ne succumbant labori ; | pour qu'ils ne succombent pas à la fa- |
| docet fructum | il *leur* montre le fruit |
| omnium dimicationum | de toutes les luttes |
| superiorum | précédentes |
| consistere in eo die | reposer sur (dépendre de) ce jour |
| atque hora. | et *cette* heure. |
| Interiores, | Les assiégés, |
| locis campestribus | les positions de-la-plaine |
| desperatis | étant crues-désespérées |
| propter magnitudinem | à-cause-de la grandeur |
| munitionum, | des fortifications, |
| tentant ex ascensu | tentent par escalade |
| loca prærupta : | les positions escarpées : |
| conferunt huc | ils transportent là |
| ea quæ paraverant : | ce qu'ils avaient préparé : |
| deturbant ex turribus | ils chassent des tours |
| multitudine telorum | par la grande-quantité des **traits** |
| propugnantes : | les défenseurs : |
| explent fossas | ils comblent les fossés |
| aggere et cratibus, | par un amas-de-terre et des claies, |
| expediunt aditus ; | dégagent les accès : |
| rescindunt vallum | ils coupent la palissade |
| ac loricam | et le parapet |
| falcibus. | avec des faux. |
| LXXXVII. Cæsar | LXXXVII. César |
| mittit primo | envoie d'abord |
| adolescentem Brutum | le jeune Brutus |

cohortibus sex, post cum aliis septem C. Fabium legatum :
postremo ipse, quum vehementius pugnarent, integros subsidio adducit. Restituto prœlio ac repulsis hostibus, eo, quo
Labienum miserat, contendit; cohortes quatuor ex proximo
castello deducit; equitum se partem sequi, partem circumire
exteriores munitiones et ab tergo hostes adoriri jubet. Labienus, postquam neque aggeres neque fossæ vim hostium
sustinere poterant, coactis undequadraginta cohortibus, quas
ex proximis præsidiis deductas fors obtulit, Cæsarem per
nuntios facit certiorem, quid faciendum existimet. Accelerat
Cæsar, ut prœlio intersit.

LXXXVIII. Ejus adventu ex colore vestitus cognito (quo
insigni in prœliis uti consueverat), turmisque equitum et
cohortibus visis, quas se sequi jusserat, ut de locis superioribus hæc declivia et devexa cernebantur, hostes prœlium com-

hortes, ensuite le lieutenant Fabius avec sept autres : enfin, l'action
s'échauffant de plus en plus, il y conduit lui même des troupes toutes
fraîches. Ayant rétabli le combat et repoussé les ennemis, il marche
vers le poste où il avait envoyé Labiénus; il tire quatre cohortes de
la redoute la plus proche; il ordonne à une partie de sa cavalerie
de le suivre, et au reste de faire le tour des fortifications et d'attaquer l'ennemi par derrière. Labiénus, voyant que ni les terrasses ni
les fossés n'arrêtaient l'impétuosité des barbares, avait rassemblé des
redoutes voisines trente-neuf cohortes, comme le hasard les lui offrit;
il fait prévenir César de ce qu'il croit devoir faire. César fait diligence, afin d'assister au combat.

LXXXVIII. Averti de son approche et par la vue de ses habits,
qu'il avait l'habitude de porter d'une couleur éclatante les jours de
bataille, et par celle des escadrons et des cohortes qui le suivaient,
car, de la hauteur, on découvrait aisément le penchant de la

| | |
|---|---|
| cum sex cohortibus, | avec six cohortes, |
| post legatum C. Fabium | puis le lieutenant C. Fabius |
| cum septem aliis : | avec sept autres : |
| postremo ipse, | enfin lui-même, |
| quum pugnarent | comme ils combattaient |
| vehementius, | plus vivement, |
| adducit subsidio | amène au secours |
| integros. | des *soldats* frais. |
| Prœlio restituto | Le combat ayant été rétabli |
| ac hostibus repulsis, | et les ennemis repoussés, |
| contendit eo, | il se rend là, |
| quo miserat Labienum ; | où il avait envoyé Labiénus ; |
| deducit quatuor cohortes | il emmène quatre cohortes |
| ex castello proximo ; | de la redoute la plus voisine ; |
| jubet partem equitum | il ordonne une partie des cavaliers |
| sequi se, | suivre lui-même, |
| partem circumire | une partie tourner |
| munitiones exteriores | les fortifications extérieures |
| et adoriri hostes ab tergo. | et attaquer les ennemis par derrière. |
| Labienus, | Labiénus, |
| postquam neque aggeres | comme ni les terrasses |
| neque fossæ | ni les fossés |
| poterant sustinere | ne pouvaient arrêter |
| vim hostium,     [bus | l'impétuosité des ennemis, |
| undequadraginta cohorti- | trente-neuf cohortes |
| coactis, | ayant été rassemblées, |
| quas fors obtulit | lesquelles le hasard *lui* présenta |
| deductas | tirées |
| ex præsidiis proximis, | des postes les plus voisins, |
| facit Cæsarem certiorem | fait César mieux-informé (instruit César) |
| per nuntios | par des messagers |
| quid existimet faciendum. | de ce qu'il croit devoir être fait. |
| Cæsar accelerat, | César se hâte, |
| ut intersit prœlio.     [jus | pour qu'il soit-présent au combat. |
| LXXXVIII. Adventu e- | LXXXVIII. L'arrivée de lui |
| cognito | ayant été apprise |
| ex colore vestitus | d'après la couleur de *son* vêtement |
| (quo insigni | (duquel remarquable     [combats), |
| consueverat uti in prœliis), | il avait-coutume de se servir dans les |
| turmisque equitum | et les escadrons de cavaliers |
| et cohortibus, | et les cohortes, |
| quas jusserat se sequi, | auxquels il avait ordonné de le suivre, |
| visis, | ayant été vus, |
| ut de locis superioribus | car des lieux plus élevés |
| hæc declivia et devexa | .ces *lieux* en-pente et inclinés |
| cernebantur, | étaient aperçus, |
| hostes | les ennemis |

mittunt. Utrinque clamore sublato, excipit rursus ex vallo
atque omnibus munitionibus clamor. Nostri, emissis pilis,
gladiis rem gerunt. Repente post tergum equitatus cernitur :
cohortes aliæ appropinquant : hostes terga vertunt : fugientibus equites occurrunt : fit magna cædes. Sedulius, dux et
princeps Lemovicum, occiditur : Vergasillaunus Arvernus
vivus in fuga comprehenditur : signa militaria septuaginta
quatuor ad Cæsarem referuntur : pauci ex tanto numero se
incolumes in castra recipiunt. Conspicati ex oppido cædem
et fugam suorum, desperata salute, copias a munitionibus
reducunt. Fit protinus, hac re audita, ex castris Gallorum fuga.
Quod nisi crebris subsidiis ac totius diei labore milites essent
defessi, omnes hostium copiæ deleri potuissent. De media
nocte missus equitatus novissimum agmen consequitur : ma-

colline, les ennemis engagent le combat. Le cri que poussent les
deux partis se répète sur le rempart et dans tous les ouvrages. Nos
soldats lancent leurs javelots et combattent l'épée à la main. Tout à
coup les Gaulois voient derrière eux notre cavalerie ; d'autres cohortes approchent : l'ennemi tourne le dos ; la cavalerie ferme le
chemin aux fuyards. On fit un grand carnage. Sédulius, prince et
général des Lémovices, fut tué ; on prit vivant l'Arverne Vergasill-
launus, qui fuyait. On rapporta soixante-quatorze enseignes à César ;
et, d'une si grande multitude, fort peu d'hommes rentrèrent au
camp sans blessures. Les assiégés, voyant de la ville cette déroute et
ce carnage, désespèrent de leur salut et retirent leurs troupes. A cette
nouvelle, les Gaulois du camp prennent aussitôt la fuite et, si nos
gens n'avaient pas été épuisés par les fréquents mouvements et par
la fatigue de toute la journée, on pouvait détruire toute l'armée
ennemie. La cavalerie, qu'on fit partir vers minuit, atteignit l'arrière-

committunt prœlium.
Clamore sublato
utrinque,
clamor ex vallo          [bus
atque omnibus munitioni-
excipit rursus.
Nostri, pilis emissis,
gerunt rem gladiis.
Repente equitatus
cernitur post tergum :
aliæ cohortes
appropinquant :
hostes vertunt terga:
equites occurrunt
fugientibus :
magna cædes fit.
Sedulius,
dux et princeps
Lemovicum,
occiditur :
Vergasillaunus Arvernus
comprehenditur vivus
in fuga :
septuaginta quatuor signa
militaria
referuntur ad Cæsarem :
pauci ex tanto numero
se recipiunt incolumes
in castra.
Conspicati ex oppido
cædem et fugam suorum,
salute desperata,
reducunt copias
a munitionibus.
Hac re audita,
fuga fit protinus
ex castris Gallorum.
Quod nisi milites
defessi essent
crebris subsidiis
et labore totius diei,
omnes copiæ hostium
potuissent deleri.
Equitatus
missus de media nocte
consequitur
novissimum agmen :

engagent le combat.
Un cri ayant été élevé (poussé)
de-part-et-d'autre,
un cri du retranchement
et de toutes les fortifications
le suit à-son-tour.
Les nôtres, les javelots *une fois* lancés,
font l'affaire (combattent) avec les épées.
Tout à coup la cavalerie
est vue derrière le dos *des ennemis* :
d'autres cohortes
approchent :
les ennemis tournent le dos ;
les cavaliers se-jettent-à-la-rencontre
d'*eux* fuyant :
un grand carnage se fait.
Sédulius,
le chef et le premier
des Lémovices,
est tué :
Vergasillaunus l'Arverne
est saisi vivant
dans la fuite :
soixante-dix *et* quatre enseignes
de-guerre
sont rapportées à César :
peu d'un si-grand nombre
se retirent sains-et-saufs
dans le camp.
Ayant aperçu de la ville
le carnage et la fuite des leurs,
*les assiégés, leur* salut étant cru-désespéré,
ramènent *leurs* troupes
des fortifications.
Ce fait ayant été appris,
une fuite se fait aussitôt
du camp des Gaulois.
Que si les soldats
n'avaient été fatigués
par de fréquents secours *portés aux autre*
et par le travail de toute la journée,
toutes les troupes des ennemis
auraient pu être détruites
La cavalerie
envoyée dès le milieu-de la nuit
atteint
le dernier corps-en-marche :

gnus numerus capitur atque interficitur, reliqui ex fuga in civitates discedunt.

LXXXIX. Postero die Vercingetorix, concilio convocato, id se bellum suscepisse non suarum necessitatum, sed communis libertatis causa, demonstrat; et quoniam sit fortunæ cedendum, ad utramque rem se illis offerre, seu morte sua Romanis satisfacere, seu vivum transdere velint. Mittuntur de his rebus ad Cæsarem legati. Jubet arma transdi, principes produci. Ipse in munitione pro castris consedit : eo duces producuntur. Vercingetorix deditur ¹, arma projiciuntur. Reservatis Æduis atque Arvernis, si per eos civitates recuperare posset, ex reliquis captivis toto exercitu capita singula prædæ nomine distribuit.

XC. His rebus confectis, in Æduos proficiscitur; civitatem recipit. Eo legati ab Arvernis missi, quæ imperaret, se facturos pollicentur. Imperat magnum numerum obsidum. Legiones

garde et lui prit ou lui tua beaucoup de monde. Le reste, après cette déroute, se dispersa dans les cités.

LXXXIX. Le lendemain, Vercingétorix convoque l'assemblée : il y expose qu'il n'a point entrepris cette guerre pour son intérêt, mais pour la liberté commune ; puisqu'il faut céder à la fortune, on peut disposer de lui, soit qu'on veuille apaiser les Romains par sa mort, soit qu'on préfère le livrer vivant. Sur cela, on députe vers César. Il ordonne de remettre les armes et de livrer les chefs, et va se placer dans le retranchement, en avant du camp. Là, on amène les chefs, on livre Vercingétorix, on met bas les armes. César se réserve les Éduens et les Arvernes ; il veut essayer de s'en servir pour regagner leurs cités. Quant aux autres prisonniers, chaque soldat en eut un à titre de butin.

XC. Cette affaire terminée, César va chez les Éduens et reçoit la soumission de leur cité. Les Arvernes y envoient des députés et promettent de faire tout ce qu'il ordonnera : il exige un grand nombre

| | |
|---|---|
| magnus numerus capitur | un grand nombre est pris |
| atque interficitur, | et est tué, |
| reliqui ex fuga | les autres au-sortir-de la déroute |
| discedunt in civitates. | se dispersent dans les cités. |
| LXXXIX. Die postero | LXXXIX. Le jour suivant |
| Vercingetorix, | Vercingétorix, |
| concilio convocato, | une assemblée ayant été convoquée, |
| demonstrat | expose                        [guerre |
| se non suscepisse id bellum | lui-même n'avoir pas entrepris cette |
| causa | en vue |
| suarum necessitatum, | de ses intérêts, |
| sed libertatis communis ; | mais de la liberté commune ; |
| et quoniam cedendum sit | et puisqu'il fallait céder |
| fortunæ, | à la fortune, |
| se offerre illis | *lui* s'offrir à eux |
| ad utramque rem, | pour l'une-et-l'autre-chose, |
| seu veiint | soit qu'ils veuillent |
| satisfacere Romanis | donner-satisfaction aux Romains |
| sua morte, | par sa mort, |
| seu transdere vivum. | soit qu'*ils veuillent le* livrer vivant. |
| Legati | Des députés |
| mittuntur ad Cæsarem | sont envoyés à César |
| de his rebus. | à-propos-de ces objets. |
| Jubet arma transdi, | Il ordonne les armes être livrées, |
| principes produci. | les principaux être amenés. |
| Ipse consedit pro castris | Lui-même se plaça devant le camp |
| in munitione : | sur le retranchement : |
| duces producuntur eo. | les chefs sont amenés là. |
| Vincingetorix deditur, | Vercingétorix est livré, |
| arma projiciuntur. | les armes sont jetées-devant *César*. |
| Æduis atque Arvernis | Les Éduens et les Arvernes |
| reservatis, | ayant été réservés, |
| si per eos | *pour voir* si au-moyen d'eux |
| posset recuperare civitates, | il pourrait regagner *leurs* cités, |
| distribuit toto exercitu | il distribua à toute l'armée |
| nomine prædæ | à titre de butin |
| singula capita | à *chaque soldat* une tête |
| ex reliquis captivis. | d'entre les autres prisonniers. |
| XC. His rebus confectis, | XC. Ces choses ayant été achevées, |
| proficiscitur in Æduos ; | il se rend chez les Éduens ; |
| recipit civitatem. | il reçoit la *soumission de la* cité. |
| Legati missi eo | Des députés envoyés là |
| ab Arvernis | par les Arvernes |
| pollicentur se facturos | promettent eux-mêmes devoir faire |
| quæ imperaret. | ce qu'il commanderait. |
| Imperat            [dum. | Il *leur* commande |
| magnum numerum obsi | un grand nombre d'otages. |

in hiberna mittit : captivorum circiter viginti millia Æduis
Arvernisque reddit : **T. Labienum** duabus cum legionibus et
equitatu in Sequanos proficisci jubet : huic M. Sempronium
Rutilum attribuit; C. Fabium et L. Minucium Basilum cum
duabus legionibus in Remis collocat, ne quam ab finitimis
Bellovacis calamitatem accipiant. C. Antistium Reginum in
Ambivaretos, T. Sextium in Bituriges, C. Caninium Rebilum
in Ruthenos cum singulis legionibus mittit. Q. Tullium Ciceronem et P. Sulpicium Cabilloni et Matiscone [1] in Æduis ad
Ararim, rei frumentariæ causa, collocat. Ipse Bibracte hiemare
constituit. His rebus litteris Cæsaris cognitis, Romæ dierum
viginti supplicatio indicitur.

d'otages, et envoie les légions en quartiers d'hiver. Il rend aux **Éduens**
et aux Arvernes environ vingt mille prisonniers. Il envoie chez les
Séquaniens T. Labiénus, ayant sous ses ordres M. Sempronius Rutilus, avec deux légions et de la cavalerie; C. Fabius et L. Minucius
Basilus chez les Rémois, afin qu'ils n'aient rien à craindre du voisinage des Bellovaques ; C. Antistius chez les Ambivarètes, T. Sextius
chez les Bituriges et C. Caninius chez les Ruthènes, chacun avec une
légion. Il place dans Cabillone et dans Matiscon, villes des Éduens
sur la Saône, Q. Tullius Cicéron et P. Sulpicius pour veiller aux
vivres. Lui-même il se décide à passer l'hiver à Bibracte. D'après
les dépêches de César sur ces événements, on ordonna vingt jours de
supplications à Rome.

Mittit legiones
in hiberna :
reddit Æduis Arvernisque
circiter viginti millia
captivorum :
jubet T. Labienum
cum duabus legionibus
et equitatu
proficisci in Sequanos :
attribuit huic
M. Sempronium Rutilum ;
collocat C. Fabium
et L. Minucium Basilum
cum duabus legionibus
in Remis,
ne accipiant
quam calamitatem
ab Bellovacis finitimis.
Mittit in Ambivaretos
C. Antistium Reginum,
T. Sextium in Bituriges,
C. Caninium Rebilum
in Ruthenos
cum singulis legionibus.
Collocat
Q. Tullium Ciceronem
et P. Sulpicium
Cabilloni et Matiscone
in Æduis ad Ararim,
causa rei frumentariæ.
Ipse constituit
hiemare Bibracte.
His rebus cognitis
litteris Cæsaris,
supplicatio viginti dierum
indicitur Romæ.

Il envoie les légions
en quartiers-d'hiver :
il rend aux Éduens et aux Arvernes
environ vingt milliers
de prisonniers :
il ordonne T. Labiénus
avec deux légions
et de la cavalerie
se rendre chez les Séquaniens :
il adjoint à celui-ci
M. Sempronius Rutilus ;
il établit C. Fabius
et L. Minucius Basilus
avec deux légions
chez les Rémois,
de peur qu'ils ne reçoivent
quelque désastre
des Bellovaques *leurs* voisins.
Il envoie chez les Ambivarètes
C. Antistius Réginus,
T. Sextius chez les Bituriges,
C. Caninius Rébilus
chez les Ruthènes
avec *chacun* une légion.
Il établit
Q. Tullius Cicéron
et P. Sulpicius
à Cabillone et à Matiscon
chez les Éduens près de la Saône,
en vue de l'appprovisionnement de-blé.
Lui-même résolut
d'hiverner à Bibracte.
Ces faits ayant été appris
par une lettre de César,
des supplications de vingt jours
sont ordonnées à Rome.

# NOTES

## DU SEPTIÈME LIVRE DE LA GUERRE DES GAULES.

Page 256 : 1. *De Clodii cæde.* Clodius venait d'être tué par Milon, et cet événement jetait le trouble dans Rome. Voy. le plaidoyer de Cicéron *pro Milone.*

Page 258 : 1. *De Acconis morte.* Voy. liv. VI, chap. XLIV.

— 2. *Carnutes.* Les Carnutes étaient établis sur le territoire qui forme aujourd'hui les départements d'Eure-et-Loir et du Loiret.

Page 260 : 1. *Obsidibus inter se cavere.* Voy. liv. VI, chap. II.

— 2. *Genabum.* Selon l'opinion générale, c'est la ville qui porte aujourd'hui le nom d'Orléans ; quelques-uns cependant croient qu'il est question de Gien ou du village appelé le Vieux-Gien.

Page 262 : 1. *Millium centum sexaginta.* Deux cent trente-cinq kilomètres et demi.

— 2. *Arvernus.* Les Arvernes, peuple très-riche et très-puissant, occupaient le territoire qui forma depuis la province d'Auvergne, et qui comprend aujourd'hui les départements du Puy-de-Dôme et du Cantal, avec une partie du département de la Haute-Loire.

— 3. *Gergovia.* On trouve encore les ruines de Gergovie, qui était la ville principale des Arvernes, sur le mont de Gergovie, entre Clermont et l'Allier. Quelques géographes cependant soutiennent que Clermont elle-même n'est pas autre que l'ancienne Gergovie.

Page 264 : 1. *Senones.* Les Sénonais, bornés au nord par les Parisiens, à l'est par les Lingons, au midi par les Eduens et les Bituriges, à l'ouest par les Carnutes, avaient Sens pour ville principale. — *Parisios.* La ville principale des Parisiens était Lutèce, aujourd'hui Paris. — *Pictones.* Les Pictons se trouvaient entre les Namnètes, dont ils étaient séparés par la Loire, les Bituriges, les Lémovices et les Santons. — *Cadurcos.* Les Cadurces, clients des Arvernes, avaient pour ville principale Divona, aujourd'hui *Cahors.* — *Turones.* Leur ville principale était Tours. — *Aulercos.* Ils occupaient le territoire qui forme actuellement le département de la Sarthe. — *Lemovices.* Il y avait deux peuples de ce nom : l'un dans l'Aquitaine, occupant le territoire qui est devenu le Limousin ; l'autre dans l'Armorique, vers Saint-Pol de Léon ; il est question sans doute du premier. — *Andes.* Ils habitaient la contrée qui forme actuellement le département de la Mayenne.

Page 266 : 1. *Bituriges.* Les Bituriges occupaient le territoire qui devint la province du Berry, et qui a donné les départements du Cher et de l'Indre.

— 2. *Æduos.* Le territoire des Éduens forme aujourd'hui les départements de la Côte-d'Or, de la Nièvre, de Saône-et-Loire et du Rhône.

Page 270 : 1. *Nitiobriges.* Ils habitaient l'Agénois, aujourd'hui le département de Lot-et-Garonne. — *Gabalos.* La ville principale des Gabales était Andéritum, aujourd'hui *Antérieux*, dans le département du Cantal.

— 2. *Ruthenis provincialibus.* Les Ruthènes occupaient le territoire dont fut formé le Rouergue ; leur ville principale, Ségodunum, devint plus tard Rodez. Mais une partie des Ruthènes était comprise dans la province romaine et habitait la contrée qui fut depuis l'Albigeois. — *Volcis Arecomicis.* Ils occupaient une partie de la Narbonaise. — *Tolosatibus.* Les Tolosates, ou Volces Tectosages, habitaient aussi la Gaule narbonaise ; leur ville principale était *Tolosa*, aujourd'hui Toulouse.

— 3. *Helvios.* Les Helviens se trouvaient dans les environs de Viviers, entre le Rhône et les Cévennes.

Page 274 : 1. *Lingones.* Les Lingons occupaient la partie du territoire de la Gaule qui forme aujourd'hui le département de la Haute-Marne

— 2. *Gergoviam Boiorum.* Le territoire des Boïens est actuellement le département de l'Allier. Leur ville principale, Gergovie, qu'il ne faut pas confondre avec la Gergovie des Arvernes, est aujourd'hui Moulins.

Page 276 : 1. *Helvetico prœlio.* Voy. au livre I.

— 2. *Agendici.* Aujourd'hui Provins.

Page 278 : 1. *Vellaunodunum.* On croit avoir retrouvé les ruines de cette ville à quatre lieues environ de Montargis, un peu au-dessous de Scénevière.

Page 280 : 1. *Continebat.* On lit de même dans Cicéron : *Pars oppidi, mari disjuncta angusto, ponte rursus adjungitur et continetur.*

— 2. *Noviodunm.* C'est, selon les uns, Neuvy-sur-Baranjon, et, selon les autres, Nouan-le-Fuzélier.

Page 284 : 1. *Avaricum.* Aujourd'hui Bourges.

Page 288 : 1. *Detractandam.* Forme archaïque pour *detrectandam.*

Page 290 : 1. *Millia passuum sedecim.* Vingt-trois kilomètres et demi.

Page 296 : 1. *Qui inter equites prœliari consuessent.* Voy. liv. I, chap. XLVIII.

Page 318 : 1. *Cuneatim.* Voy. au liv. VI, note 1 de la page 214.

Page 320 : 1. *Genabensi cæde.* Voy. chap. III.

Page 324 : 1. *Primo incendendum.... censuerat.* Voy. chap. XIV.

Page 332 : 1. *Decetiam.* Aujourd'hui Decize, dans le département de la Nièvre.

Page 336 : 1. *Quod non fere.... transiri solet.* En effet, l'Allier est grossi, pendant tout le printemps et tout l'été, par la fonte des neiges.

Page 340 : 1. *Demonstravimus.* Voy. chap. XXXIII.

Page 344 : 1. *Millia passuum triginta.* Un peu plus de quarante-quatre kilomètres.

Page 350 : 1. *Millia passuum viginti quinque.* Vingt-cinq milles ou près de trente-sept kilomètres.

Page 354 : 1. *Primis nuntiis.* Voy. à la fin du chap. XXXVIII.

— 2. *Cabillono,* Cabillone, aujourd'hui Châlons-sur-Saône.

Page 358 : 1. *Omnem exercitum.* Nous avons vu, chap. XXXIV, que César avait confié une partie de ses troupes à Labiénus.

— 2. *Uno colle occupato.* Voy. chap. XXXVI.

Page 360 : 1. *Eodem jugo,* au datif. *Eodem* est donc ici un archaïsme pour *eidem.*

Page 366 : 1. *Sicut Avarici fecissent.* Voy. chap. XXVIII.

Page 368 : 1. *Demonstravimus.* Voy. chap. XLIV.

Page 376 : 1. *Ad Avaricum.* Voy. chap. XVIII et XIX.

Page 378 : 1. *Eadem.... quæ ante senserat.* César voulait bien s'éloigner ; mais il ne voulait pas que son départ ressemblât à une fuite. Voy. chap. XLIII.

Page 380 : 1. *Noviodunum* Aujourd'hui Nevers, chef-lieu du département de la Nièvre.

Page 382 : 1. *Bibracte*. Autun, dans le département de Saône-et-Loire.

Page 384 : 1. *Iis legionibus*. Nous avons lu en effet, chap. **XXXI** : *Quatuor legiones in Senones Parisiosque Labieno ducendas dedit*.

Page 388 : 1. *Vineas agere*. Voy. au liv. II, note 2 de la page 178.

— 2. *Melodunum*. Aujourd'hui Melun.

Page 390 : 1. *Bellovaci*. Les Bellovaques occupaient le territoire qui forme aujourd'hui le département de l'Oise.

Page 392 : 1. *Quatuor millia passuum*. Près de six kilomètres, ce qui nous mène aux environs de Sèvres.

Page 394 : 1. *Tumultuari* est pris ici au passif, ce qui a lieu aussi quelquefois pour d'autres verbes déponents. On lit dans *l'Hécyre* de Térence, act. III, sc. II, v. 2 :

> Nescio quid jamdudum audio hic tumultuari misera.

Page 396 : 1. *Metiosedum*. La ville dont il est question ici se trouvait sans doute à peu près dans les environs de Corbeil.

Page 400 : 1. *Remi*. Les Rémois étaient situés entre les Ardennes au nord, les Médiomatrices à l'est, la Marne au midi et les Suessions au couchant. Leur ville principale était Durocortorum, aujourd'hui Reims. — *Treviri*. Les Trévires, peuple d'origine germanique; leur ville principale était Trèves.

Page 404 : 1. *Segusianis*. On croit que la ville principale des Ségusiens était Lugdunum, aujourd'hui Lyon.

— 2. *Superiore bello*. Voy. liv. I, chap. **VI**.

— 3. *L. Cæsare*. L. César, parent de Jules César, fut consul l'an de Rome 640.

Page 406 : 1. *Qui inter eos prœliari consueverant*. Voy. liv. **I**, chap. **XLVIII**.

Page 408 : 1. *Sequanos*. Le territoire des Séquaniens forme aujourd'hui les départements du Doubs et du Jura.

— 2. *Millia passuum decem*. Près de quinze kilomètres.

Page 412 : 1. *Flumen*. La Saône.

— 2. *Cotus*. Voy. chap. **XXXIII**.

Page 414 : 1. *Alesiam, Mandubiorum*. Les Mandubiens habitaient la contrée qui forme aujourd'hui le département de la Côte-d'Or. Leur ville principale, *Alesia*, est aujourd'hui Alise ou le bourg de Sainte-Reine.

— 2. *Duo flumina*. La Loze et le Lozerain.

Page 416 : 1. *Undecim millium passuum.* Environ seize kilomètres.

Page 418 : 1. *Consilium capit dimittere.* Hellénisme, pour *consi-lium capit dimittendi.*

Page 422 : 1. *Duas fossas.* « Ces deux fossés, dit Guischard, bordaient les remparts de l'une et l'autre ligne. »

Page 428 : 1. *His.* Les travaux décrits au chap. LXIX.

— 2. *Ut censuit Vercingetorix.* Voy. chap. LXXI.

— 3. *Ambivaretis.* Peuple dont la situation précise n'est pas connue. — *Aulercis Brannovicibus.* On suppose qu'ils habitaient dans les environs de Mâcon. — *Brannoviis.* Peuple inconnu.

Page 430 : 1. *Eleutetis Cadurcis.* On n'a aucun renseignement sur ce peuple. — *Velaunis.* Les Vélaunes habitaient le Velai; leur territoire fait actuellement partie du département de la Haute-Loire.

— 2. *Santonis.* Les Santons occupaient le territoire qui fut depuis la province de Saintonge.

— 3. *Turonis.* Leur ville principale était Tours, chef-lieu du département d'Indre-et Loir.

— 4. *Suessionibus.* Les Suessions occupaient toute la partie de la Belgique qui se trouvait entre les Véromanduens, les Rémois, les Sénonais, les Parisiens et les Bellovaques. On n'a pas déterminé d'une manière bien précise si leur capitale était Noyon (Noviodunum) ou Soissons. Il paraît cependant probable que c'était cette dernière ville. — *Ambianis.* Ils habitaient le pays qui forme le département de la Somme. — *Mediomatricis.* Le territoire habité par les Médiomatrices, dont la ville principale était *Divodurus*, Metz, répond aujourd'hui au département de la Moselle et à la Lorraine allemande, comprenant Sarreguemines, Sarrelouis, Hombourg, Deux-Ponts, Salins, Bitche, jusqu'auprès de Landau. — *Petrocoriis.* D'Anville : « Le nom de *Petrocorii* a fait Périgueux, et celui du Périgord, quoique Vesuna, nom primitif de la capitale, soit conservé à ce qu'on nomme *la Visonne* dans cette ville. » — *Nerviis, Morinis.* Voy. au liv. V, la note 2 de la page 34.

— 5. *Aulercis Cenomanis.* Leur territoire fait aujourd'hui le département de la Sarthe.

— 6. *Atrebatibus.* Les Atrébates habitaient la contrée dont est formé aujourd'hui le département du Pas-de-Calais.

— 7. *Bellocassis.* Le teritoire des Bellocasses ou Vélocassés forme une partie des départements de Seine-et-Oise, de l'Oise, de l'Eure et de la Seine-Inférieure. — *Lexoviis.* Les Lexoviens occupaient le

territoire sur lequel se trouve aujourd'hui Lizieux, dans le départe
ment du Calvados.

Page 430 : 8. *Rauracis.* Ils avaient pour ville principale *Augusta
Rauracorum,* aujourd'hui le bourg d'Augst, non loin de Bâle.

— 9. *Curiosolites.* Ils habitaient aux environs de Saint-Malo, sur une
partie du territoire dont est formé le département des Côtes-du-Nord.
— *Rhedones.* Leur ville principale était celle qui se nomme aujour-
d'hui Rennes, dans le département de l'Ille-et-Vilaine. — *Ambibari.*
Ils habitaient la contrée qui forme le département de la Manche. —
*Caletes.* Les Calètes habitaient ce qu'on nomme aujourd'hui le pays
de Caux, dans la Normandie, département de la Seine-Inférieure.
Leur ville principale était Lillebonne (*Juliobona*). — *Osismii.* Selon
d'Anville, c'était un peuple de la Basse-Bretagne, dont la capitale
était Vorgannum, aujourd'hui Karhez. — *Veneti.* Leur ville principale était Dariorigum, aujourd'hui Vannes, dans le département
du Morbihan. — *Unelli.* On croit qu'ils habitaient une portion du
territoire qui forme aujourd'hui le département de la Manche, et
que Valognes (Crociatonum) était leur capitale.

Page 432 : 1. *Ut antea demonstravimus.* Voy. liv. IV, chap. XXI.

Page 444 : 1. *Demonstravimus.* Voy. chap. LXIX.

Page 448 : 1. *Harpagonum.* Tite Live, liv. XXX, chap. X : *Asseres
ferro unco præfixi (harpagones vocant).*

Page 458 : 1. *Ea quæ.... Romani.* Voy. chap. LXXIII.

Page 464 : 1. *Vercingetorix deditur.* Le Déist de Botidoux : « Dion
Cassius rapporte (XL, XLI), que Vercingétorix, comptant sur l'ancienne amitié de César, parut tout à coup devant lui, comme il était
sur son tribunal, et lui demanda grâce : il dit que ce fut pour cela
qu'il avait violé les droits de l'amitié, que César le fit d'abord jeter
dans les fers, ensuite paraître à son triomphe, et enfin mettre à
mort. Mais le souvenir des dangers que lui avait fait courir cet
Arverne n'entra pas sans doute pour peu dans le traitement qu'il
reçut de César, qui, dans cette circonstance, semble être sorti de son
caractère. En effet, il ne paraît pas qu'il ait traité avec la même ri-
gueur aucun des Éduens, à plusieurs desquels il avait témoigné
autant d'amitié pour le moins qu'à Vercingétorix. »

Page 466 : 1. *Matiscone.* C'est aujourd'hui la ville de Mâcon.

FIN DE LA GUERRE DES GAULES.

47.558. — PARIS, IMPRIMERIE LAHURE

9, rue de Fleurus, 9

www.ingramcontent.com/pod-product-compliance
Lightning Source LLC
Chambersburg PA
CBHW061036030726
47504CB00002B/399